[韩天航文集] ⑬

西北汉子

（电视连续剧文学剧本）

韩天航　著

新疆生产建设兵团出版社

图书在版编目（ＣＩＰ）数据

西北汉子 / 韩天航著. -- 五家渠 : 新疆生产建设
兵团出版社, 2020.12
　　ISBN 978-7-5574-1591-4

　　Ⅰ.①西… Ⅱ.①韩…Ⅲ.①电视文学剧本－中国－当代
Ⅳ.①I235.2

　　中国版本图书馆 CIP 数据核字(2021)第 014055 号

责任编辑:刘虹利

西北汉子

出版发行	新疆生产建设兵团出版社	
地　　址	新疆五家渠市迎宾路 619 号	
邮　　编	831300	
电　　话	0994—5677185	
发　　行	0994—5677048	
传　　真	0994—5677519	
印　　刷	北京一鑫印务有限责任公司	
开　　本	710mm*1000mm　　1/16	
印　　张	35	
字　　数	510 千字	
版　　次	2020 年 12 月第 1 版	
印　　次	2021 年 8 月第 1 次印刷	
书　　号	ISBN 978-7-5574-1591-4	
定　　价	98.00 元	

目　录

第一集

1.

新疆某农场一个偏僻的生产队。

山坡上是连绵的白皑皑的积雪,山坡下有一栋孤零零的小木屋。屋里亮着一丝微弱的灯光。

大雪纷飞,狂风怒吼,小木屋笼罩在蒙蒙的风雪之中。

小木屋不时地传出一个女人痛苦的分娩前的尖叫声。

2.

小木屋里。

大风振动着屋里的门窗。风夹着雪不时地从窗或门的缝隙中钻进来,吹得煤油灯的灯芯时暗时明。

床上躺着田美娜,二十四岁,一张江南姑娘那小巧而美丽的脸,临分娩前的阵阵疼痛使她额头上冒着一粒粒硕大的汗珠。她对正在屋里忙碌着的沙驼说:"沙驼,快!我可能要生了……"

　　沙驼,二十五岁,一个憨厚而机敏的西北汉子,他正在急匆匆地用破布塞着漏风的门缝隙。沙驼回头关切地说:"田美娜,我这就去队上卫生所,把接生员叫来。"

　　田美娜说:"来……不及了。你去叫阿依古丽大嫂吧。她的毡房离这儿不太远。到队上卫生所有好几里地呢!"

　　沙驼匆匆又往炉里添了几根柴火,说:"好,我这就去!"

　　沙驼急匆匆地闪出屋外。

3.

屋外,暴风雪依然在呼啸着。

沙驼牵着马,眼望着窗户透出微弱灯光的小屋冲入暴风雪。

4.

屋内,窗门在大风中颤抖。田美娜看看窗外,雪花在狂飞乱舞。

5.

风雪交加。

沙驼骑马在风雪中狂奔。

6.

田美娜躺在床上。

烘烘燃着的炉火在闪烁着红光。

田美娜感到疼痛暂时缓解了一点儿。

田美娜泪水涟涟,咬牙切齿地自语着说:"瞿欧德,你把我害得好苦啊!"

田美娜在回忆……

闪回:

7.

辽阔的草原,起伏的山峦。

沙驼在放牧着羊群。

田美娜骑马背着药箱出现在草坡上,她看到沙驼放牧的羊群。于是急急地策马朝沙驼那儿赶去。

8.

不远处的山坡下,沙驼看到田美娜,于是高兴地站在羊群边朝她挥手。

田美娜笑了笑,也友好地朝沙驼挥挥手。但她脸色有些阴沉,显得心情很沉重。

9.

沙驼放牧的羊群边上,两只羊卧在那里。

田美娜收拾好药箱,对沙驼说:"沙驼,这两只羊没病,就是有点积食。让它们在山坡上多跑点路就行了。"

沙驼有些不好意思地说:"田美娜,你看多不好意思,就这点小事,让你跑这么远的路。"

田美娜说:"这有什么,我是队上的兽医,给羊看病这是我的职责,不是吗?"

沙驼笑着点点头。他对这位从上海来的姑娘,有着特别的好感,说:"田美娜,你怎么啦? 脸色有点不太对头呀。"

田美娜咬着嘴唇强忍住泪,摇摇头说:"没什么。"

但这时有一个人骑马朝他们这边赶来。

10.

瞿欧德远远地看到了沙驼跟田美娜在一起,脸上闪出些醋意,赶紧策马奔了过去。

瞿欧德骑马来到田美娜和沙驼的跟前,也不下马,看着田美娜说:"田美娜,能腾出空吗?"

11.

瞿欧德与田美娜坐在草坡上几棵稀疏的沙枣树下。

田美娜用冷冷的口吻说:"你要出国,你要分手,我都同意了,你找我还有什么事?"

瞿欧德说:"田美娜,事情有些严重了!"

田美娜说:"怎么了?"

瞿欧德说:"你怀孕的事,队上可能已经知道了。"

田美娜伤心地说:"这是迟早的事!肚子总有一天会出卖我的,我也知道。这个丑我是丢大了,全是因为你!"

瞿欧德愧疚地说:"田美娜,对不起,真的对不起你!其实我的心也在流泪。"

田美娜说:"今天你找我又有什么事?"

瞿欧德说:"田美娜,我的命运现在全掌控在你手里了,队上可能要追查让你怀孕的男方是谁。如果他们知道是我,我就出不了国了,当然还会受到严厉的处罚。"

田美娜咬咬牙,冷笑一声说:"我明白你的意思了。既然我已经无法摆脱将要承担苦难,那就由我全部承担吧。你放心好了,我会成全你的。"

瞿欧德感动而愧疚地说:"田美娜,我该怎么报答你?……"

田美娜说:"这种虚伪的话,我看你不说更好!我不爱听!"

瞿欧德拉着田美娜的衣袖,说:"美娜,我越想越觉得对不起你,但我也是没办法呀。你想,我怎么甘心在这个山沟里困一辈子呢?"

田美娜说:"那我算什么?山沟沟里的烂石头?一脚踹开?"

瞿欧德回避着田美娜咄咄逼人的目光,说:"人跟人的位置不一样,想法也会不同。既然我能有这个改变命运的机会,我怎么可能放弃呢?"

田美娜说:"那要是我也不放手呢?"

瞿欧德说:"美娜,你不要这么幼稚。这样,你会毁了我!"

田美娜说:"放你走,那就是在毁灭我自己!那当初你跟我在一起的时候,你说的是什么?你说你无法想象离开我的日子,还说要紧紧把我攥在手里,这才多久啊?怎么一切就变了?!"

瞿欧德说:"人在热恋中是会失去理智的。"

田美娜用嘲讽的口吻说:"现在你恢复理智了?得到了你想要的东西后爱情就变得微不足道了?"

瞿欧德说:"美娜,我承认那时候我很冲动,我们做了些原本不该发生的事情。可你不能拿这种事情来要挟我,让我放弃我的前程和我的希望!"

田美娜激动地大声说:"那我的希望呢?我的前程呢?不要啦?!"

12.

沙驼赶着那两只羊在背阴一边的草坡上溜达,两只羊虽然步履蹒跚,但精神确实比刚才好许多。沙驼长舒了口气。他很感激田美娜。

不远处,瞿欧德和田美娜的身影被阳光拉长,投射到草坡的这一头。沙驼不由地朝那方向望了望。

13.

草坡朝阳的那一边。

瞿欧德对田美娜说:"美娜,你用不着这么冲动。每个人的命运是不一样的,我不能拿我的命运开玩笑!"

田美娜说:"那你就是在跟我开玩笑!"

瞿欧德说:"美娜,你冷静点好不好。我们都是受过高等教育的人,能不能用更理智点的方式来解决这个问题?"

田美娜说:"你现在需要解决的就是怎样抛弃我!这种问题你让我怎么理智?"

瞿欧德说:"我只是想用很冷静很平和的方式来分手,你非要把它变成两个人的战争,这是何苦呢?"

田美娜说:"瞿欧德,你不觉得自己很无耻吗?"

瞿欧德说："不，这只是你的看法。我个人认为，在生死存亡的时候，首先考虑到自己，这是生存的本能，无可厚非。"

田美娜说："你不就是想跟你的姆妈去德国吗？去继承你祖父的大把遗产吗？这跟生死有什么关系！"

瞿欧德说："去，我就能找回我的尊严，活得像个人样。留在这里，我就是等死！人虽然苟活着，心却死了，被这些牛羊践踏，像猪狗一样过日子，我不甘心！"

田美娜说："那你可以带我一起走呀！"

瞿欧德先是一愣，然后苦笑着摇摇头说："你觉得这可能吗？就法律意义上而言，我们什么关系都没有，我怎么带你走？"

田美娜说："那就跟我结婚，然后带我走！"

瞿欧德说："田美娜，这话你说得太傻了。结婚是说结就能结的吗？我出国就是这几天的事，可我和你的事我姆妈根本就不知道，而且在现在这种状况下，她也许根本就不会接受你。"

田美娜说："那你呢？你是干什么的？"

瞿欧德说："我？我也无能为力呀，我们结了婚，我可能就出不去了，这就是现实。也许你觉得我这么做很残酷，但为了我的前程，我必须放弃这里的一切，包括爱情。"

田美娜一记耳光甩了过去。

14.
沙驼看到田美娜猛地打了瞿欧德一记耳光，吓了一跳，不由地吐了吐舌头。他突然觉得自己站在这边很尴尬，忙打了个呼哨，吆喬着羊群离开。

沙驼听到了田美娜和瞿欧德的谈话，心情也很沉重。他为田美娜感到不平。

15.
瞿欧德和田美娜突然听到沙驼的吆喬声，都吃了一惊。

田美娜含着泪背过脸去。

瞿欧德盯着沙驼赶着羊群的背影,嘴里不满地嘟哝了一句。然后酸酸地说:"这个沙驼,真有些不自量,他好像对你也有点……"

田美娜狂怒说:"闭上你的臭嘴!"

这时远处有人喊:"瞿欧德,刘队长找你,让你快去队部——"

瞿欧德心沉了下来,对田美娜说:"田美娜,你一定要帮我,我求你了,不然我就出不去了!"

16.

队长办公室外。

瞿欧德匆匆忙忙赶到队长办公室。

瞿欧德站在门口犹豫了一下,敲开门说:"刘队长,你找我?"

17.

队长办公室内。

队长刘应丛和指导员安然在跟瞿欧德谈话。

刘应丛,三十几岁,行伍出身,性子有些暴。

安然,比刘应丛小两岁,但有些老相,显得很沉稳。

刘应丛黑着脸说:"瞿欧德,你昨晚跑到场部干什么去了?"

瞿欧德说:"刘队长,你是在审犯人吗? 我现在连去场部的自由都没有了?"

刘应丛说:"你这是什么态度? 你只说你去了没有!"

安然说:"老刘,别这么生硬,瞿技术员又不是犯了什么严重错误,不就是去了一趟场部嘛。"

刘应丛说:"你知道他干什么去了? 他跑到场部去告我的黑状,说我卡住他的探亲报告,不让他回上海!"

瞿欧德说:"我没告你的黑状,我就是去场部问问尤场长,我的报告你们有没有递交到场部来。"

刘应丛说:"你哪是回上海探亲呀,你是另有目的!我告诉你,你的户口在队上!你要出国,首先得队上批!队上不批,你休想出去!"

安然对瞿欧德说:"你妈在上海提交了申请报告,说要跟你一起出国。现在上海方面已经给我们农场来函了,是不是这个情况?你用不着隐瞒嘛,这么大的事对组织你能隐瞒得住吗?"

瞿欧德沉默了半天,最后挤出一个字说:"是。"

安然说:"所以你不能欺骗组织,说是你妈病危要回家探亲。喏,这份探亲报告退给你。"

瞿欧德说:"那我出国的事……"

安然说:"我们会按政策办的。你回去,先好好工作,别再节外生枝了。"

18.

瞿欧德垂头丧气地捏着他的探亲报告,在林带里走着。他满脸的懊恼,狠狠地一拳捶在一棵胡杨树干上,手指缝里渗出血来。

19.

刘应丛从队部走出来,瞥见不远处一个叫郑娟的姑娘正向他打招呼。

郑娟,快三十岁的老姑娘了,人长得矮胖敦实,脸上有些横肉,黑黑的看上去很凶相。

刘应丛走到郑娟跟前说:"郑娟,什么事这么神秘兮兮的?"

郑娟在刘应丛耳边咕哝了几句。

刘应丛吃惊地说:"真有这事?"

郑娟说:"绝对不会错。我们同住一个宿舍,又是床挨着床。"

20.

田美娜骑马往回走。眼里满含着痛苦、沮丧、懊悔与愤恨的泪。

21.

刘应丛看着田美娜从草原上走来，就站住，严肃地板着脸说："田美娜，你下来，我有话问你。"

田美娜低着头，一言不发地站在刘应丛面前。

刘应丛显得很烦躁，狠狠地踩了一下扔到地上的烟屁股，说："田美娜同志，你是个大学生，我想……"他又点了一支烟，平定了一下恼怒的情绪，说："党的政策你也该知道，如果是犯了生活作风问题。"

田美娜装糊涂地说："刘队长，什么生活作风问题呀？谁跟你说什么啦？"

刘应丛说："别人说什么不重要，关键是你自己！你要没什么那最好，要真像人家说的那样，我就得提醒你，坦白从宽抗拒从严，这话放在哪儿都合适！回去好好想想，想好了可以来找我。当然，找安指导员也行！今天我就说到这儿，但你得尽早把问题想清楚，早交代就能早放下包袱。"

田美娜一咬牙说："好，我说！"

22.

领导办公室。

刘应丛看着他办公桌对面的田美娜，一脸严峻地说："田美娜，这么说，事情是真的喽！"

田美娜说："是。"

刘应丛说："田美娜，对方到底是谁？你应该向组织讲清楚。"

田美娜毫不犹豫地说："刘队长，请原谅，我不能告诉你。"

刘应丛说："田美娜，我可以明白地告诉你，在男女作风问题上，男方的责任是大过女方的。在处理上也就要重一点。我希望你能看清形势，你只要坦白交代好，写个检查也就过关了。怎么样，说吧，到底是谁？"

田美娜说："这事全是我的责任，要处理就处理我吧。"

刘应丛气恼地说："那你就要在全班大会上做检查，受批判！你干吗非要去受这罪呢？对方是不是瞿欧德？你们不是已经恋爱了很长时间吗？"

田美娜说:"不是他!"

刘应丛说:"那是谁?"

田美娜说:"我说了,我不能告诉你。"

刘应丛气得一拍桌了,说:"我会让你说的! 明天晚上我让郑娟班长开班会,你得在会上做检查!"

23.

一间土房子。

田美娜抱着已有一岁的崔兆强。

姚姗梅端着一碗饭放到一张矮桌上说:"吃吧。美娜,你听我一句话,既然队上要追查男方,那你就把瞿欧德捅出来! 本来就是两个人做的事,凭什么要你一个人承担责任! 我们那位崔秉全说是出去蹚蹚路子,不能老窝在山沟里过这种苦日子,得另去谋条生路。一年半载就回来。怎么样? 他走时我怀孩子才三个月,现在小兆强已一岁了。他连个影儿也没有,信也不见一封! 男人都不是什么好东西!"

姚姗梅,二十八岁,上海支青,是个能干、泼辣、忠厚的女人。

田美娜说:"姗梅姐,我跟你的情况不一样,你们已结过婚,可我……"

姚姗梅说:"你们不就少张结婚证吗? 你也用不着瞒我,你们俩的关系到了什么份上,我还不清楚。前两个月,你们不已经在商量结婚的事吗? 怎么现在成这样了? 你要放他走,让他去国外,又要把责任承担到自己身上,那怎么行? 明天班里开会,我来揭发他!"

田美娜哀求说:"姗梅姐,你千万别这样。这关系到他的整个人生。你这么做,不但毁了他,也会毁了我的!"

姚姗梅说:"你这么考虑到他,他考虑到你了吗? 要不这样,你就是放他走,也得让他写上份保证书。保证他去后,安顿好了,把你和孩子也接过去。你不能为了他,把自己给彻底毁了,你总该为自己留点希望吧。"

田美娜说:"我不想这样做!"

姚姗梅拍了一下小饭桌说:"你要不好意思去说,我去说!"

24.

瞿欧德的房间。

姚姗梅走进去，瞿欧德一脸沮丧地抽着烟。姚姗梅怒视了他一眼。

姚姗梅说："瞿欧德，你真要走啊?!"

瞿欧德看看姚姗梅，为难地叹口气说："姚姗梅，我不能不走啊。我妈在上海把一切手续都给我办好了。她也要跟我一起走。"

姚姗梅说："你就把田美娜这么抛下了？"

瞿欧德摊了摊手，哭丧着脸说："我这是不得已而为之，我也舍不得她呀。"

姚姗梅说："你别假惺惺的! 你要真舍不得她，那你就留下!"

瞿欧德用希望能理解他的眼神看着姚姗梅，坦诚地说："我不能拿我的整个人生去赌。真的，我做不到。其实我心里也很痛苦。"

姚姗梅说："那你就太没良心了。现在你造下的孽，却叫田美娜一个人担! 这讲得过去吗？"

瞿欧德："我不是没有良心的人，从我决定要离开这儿时，我的良心其实一直在受着煎熬! 而且现在……"

姚姗梅愤怒地说："要不是田美娜阻止我，我就到队领导那揭发你，看你还能出国不!"

瞿欧德惶恐地说："姗梅大姐，你千万别这样!"

姚姗梅说："那你就写份保证书，保证你去后，也想办法把她接过去。"

瞿欧德想了好一会，但最后还是摇摇头说："姚姗梅，我想过，但我不能这样做。我这次出去，连我自己的命运都不知道会怎样，怎么可以做这样的保证呢？ 如果我要是写了这样的保证书，做不到怎么办？ 我不是又在欺骗她吗？ 那我不就更卑鄙了吗？ 没良心的事，我只能做这么一回。为了我整个人生，我只能这么做。"

姚姗梅说："瞿欧德，你这样做，你的整个人生都会受到良心的谴责的!"

瞿欧德说："我现在，已经在受良心的谴责了!"

25.

房间里坐着二十几个牧民,可以看到瞿欧德、沙驼等人也都坐在下面。

郑娟在主持对田美娜的批判会。

26.

田美娜低着头站在大房间的人群前面,满脸的冷汗和泪水,样子十分可怜。

郑娟厉声说:"田美娜,你不要一错再错! 只要你不交代出对方是谁,你所有的检查就都是不深刻的,都不是真心真意的! 要是你今天不老实交代对方是谁,那今天这个会就不能散! 我们大家就一起陪着你!"

27.

坐着的群众议论纷纷,也有些人偷偷地对瞿欧德指指点点。

瞿欧德的精神似乎要崩溃了,他把脑袋埋在两腿之间。

沙驼抬头看着田美娜,越看越不忍心。

28.

田美娜流着泪,还是什么也不说。

郑娟说:"说吧,你要不说,我们大家就这么跟着你熬夜,看谁能熬过谁!"

29.

田美娜流着泪,依然顽强地咬着嘴唇什么也不说。

沙驼瞅着田美娜那孤弱无助的样子。他不满地看着前面声色俱厉地指责田美娜的郑娟,然后又看看坐在他前面的瞿欧德。

30.

夜色已经深了,田美娜站在前面,依然流着泪,还是什么也不说。

坐在下面的姚姗梅同情而怜悯地抬头看着上面的田美娜。

坐在姚姗梅边上有一对上海支青夫妇。男的叫殷正银,女的叫许萝琴。年龄与姚姗梅相仿。

许萝琴说:"田美娜也太丢我们上海人的脸了。"

姚姗梅说:"许萝琴,你有没有一点同情心!"

许萝琴说:"做出这种事来,有什么可以同情的!"

殷正银低声地说:"喔哟,都是上海人! 干吗呀?"

许萝琴也低声地说:"屁话。你殷正银就不像个男人,连个孩子都没让我生出来。"

殷正银气得瞪了许萝琴一眼,但又无奈地叹了口气,他怕老婆。

这时,郑娟又强硬地说:"说吧,你要不说,我们大家就这么等着你!"

班里的人开始不耐烦了,吵吵嚷嚷的,有的人叽叽喳喳指责着田美娜。姚姗梅虽然是满脸的不忍,但看看把头深埋在膝盖里的瞿欧德,不免显得焦躁起来。

31.

沙驼从地上捡起根小树枝戳戳他前面的瞿欧德的屁股,轻声说:"瞿欧德,你他妈的是个男人吗?"

瞿欧德用手拨开小树枝,偷眼瞪着沙驼低声说:"沙驼,你干什么?"

沙驼说:"是男人,就敢作敢当!"

瞿欧德说:"这事跟我无关!"

沙驼说:"你哄鬼呀! 你跟田美娜吵架为了啥?"

瞿欧德说:"沙驼,我警告你,你要无事生非,我就跟你拼了!"

32.

郑娟指着田美娜厉声呵斥说:"田美娜! 你不要再顽固不化了!"

田美娜满脸是汗,滴滴答答地往下流。

沙驼紧张地看看田美娜,她摇摇晃晃地似乎要跌倒了。

郑娟还在喊:"说呀!"

下面也有人说:"你说呀! 你犯了事,咱们有啥错? 非得陪着你遭罪? 快说呀!"

也有人附和说:"对呀! 说了咱们都好回家休息,明天一早还要干活呢!"

下面的人七嘴八舌在喊:"快说吧!"

田美娜两腿一软,好像要倒下去,但又顽强地站直了。

田美娜咬着牙,那神情仿佛是告诉在座的各位说:"你们越是这样,我越不说!"

33.

瞿欧德把头深深地埋在两腿之间,他强烈地控制住自己。心里在说:"我不能拿我的命运开玩笑,我不能拿我的命运开玩笑……"

沙驼坐不住了,凑近瞿欧德压低声音说:"瞿欧德,你要是再不说,我可说了!"

瞿欧德咬牙切齿地说:"你想死吗?"

34.

汗流满面的田美娜有些支撑不住了。

姚姗梅转过头看看瞿欧德依然埋着头,她有些忍不住了,正想要说什么,突然沙驼站了起来。

沙驼满脸涨得通红,大喊一声说:"田美娜肚里的孩子,是我的!"

大房间里一片寂然。

所有人惊讶的眼神。

瞿欧德猛地抬头,吃惊地看着沙驼。

田美娜有些恍惚,抬起头怔怔地望着沙驼。

郑娟张大嘴愣在那里。

沙驼挤出人堆,站到田美娜的身边说:"她肚里的娃儿是我的,你们批判我吧！让田美娜下去。"

郑娟说："沙驼,你别耍二杆子!"

沙驼说："这孩子就是我的,是我主动的!"

下面骚动起来,议论声起。

下面有个男人,说："沙驼,你这话是什么意思? 难道是你强迫她的?"

田美娜大喊："不,是我愿意的!"说着,一下晕倒在地上。

35.

安然的办公室。

安然正在与沙驼谈话。

安然说："沙驼,你耍什么二球呀? 田美娜肚子里的孩子是你的?"

沙驼说："对,是我的! 你们要处分就处分我呗。她郑娟在会上把田美娜往死里逼,我不站出来,不有心要出人命吗?"

安然叹口气,说："这个郑娟怎么能这样! 不就是个作风问题嘛,用得着这样吗? 做个检查不就行了,你说人家是个女人容易嘛,干吗非得把人家的面子里子剥个光光的呢?"

沙驼愤愤地附和说："就是!"

安然说："我知道田美娜是想保住那个人,因为那个人要出国。"安然摇摇头,一挥手说,"行,沙驼,你就走吧,没你的事了。"

沙驼说："那……"

安然又叹口气,说："得饶人处且饶人嘛。"

36.

十几天后的一个清晨。

瞿欧德赶着辆单匹马拉的车,车上装着几件行李。来到田美娜的宿舍前。

瞿欧德叫了声,田美娜走出来。

瞿欧德用内疚的眼神看着田美娜,眼里渗出了泪,说："田美娜,我要走了。"

田美娜虽痛苦极了,但风暴已经过去,她却反而显得很平静,说:"那我送送你。"

瞿欧德说:"不用了。"

田美娜说:"就送到路口吧。算我最后给你的一点儿情分。"

37.

鲜花盛开,阳光灿烂。

瞿欧德和田美娜各自牵着马并肩走着。但两人之间都突然感到变得陌生了。

瞿欧德说:"田美娜,你恨我吗?"

田美娜说:"我恨你又有什么用?"

瞿欧德说:"田美娜,那天晚上,你挨批时的情景,我想起来就浑身打战。这对我来说真是太残忍了,而你受的伤害就更不用说了。田美娜,将来我一定会好好想法补偿你的。"

田美娜冷笑一声说:"补偿什么? 这事是两个人的事,我要是不愿意,这事也不会发生。何况那时我们决定要很快就结婚。要说责任,我可能更大。你用不着补偿什么,由于我的失误,所以责任就该由我自己来承担。你用不着藕断丝连地来什么补偿,孩子我会生下来抚养大的。但我也要告诉你,你以后别再想来认孩子! 他没有你这个父亲,从今天你离开这儿起,你就失去了做父亲的资格! 这就是你该付出的代价! 孩子现在有父亲,就是沙驼!"

瞿欧德不知该说什么好,只是感情极其复杂地叫了声:"田美娜……"

田美娜说:"你不要想歪了! 我肚子里的孩子是你的,但他的父亲现在只能是沙驼!"

38.

他俩默默地走到路口车站。长途汽车还没有到。公路上空荡荡的。

田美娜含着泪坚定地:"路口到了,我也该回去了,愿你一路保重。"

瞿欧德一下跪在田美娜跟前喊:"田美娜!……"

田美娜没再理他,翻身上马,头也不回地策马消失在草丛中。

39.

田美娜又感到一阵巨大的疼痛袭来,她大声地呻吟着。

窗外,风雪在怒吼着。

40.

小木屋上那根用枯空了的胡杨树干做的烟囱在冒着烟。青烟被风吹弯后,在风的空歇间,又直了起来,摇曳着飘向阴沉的天空。

41.

床上的田美娜痛苦地流着泪,她似乎有了一种不祥的预感。

42.

毡房。

风雪中,沙驼跳下马,冲进了阿依古丽的毡房。

第二集

1.

三十几岁的阿依古丽跟着沙驼走出毡房，很稳健地翻身上了马。

沙驼领着她策马朝小木屋奔去。

2.

田美娜朝阿依古丽凄然地一笑。

阿依古丽亲切地走到田美娜跟前，朝田美娜点点头。让她不要紧张。

阿依古丽说："沙驼，烧上水，你就出去吧。女人生孩子，男人不可以在屋里的。"

3.

沙驼在屋前在风雪中焦虑地来回走着。

地上的积雪在狂风中卷起团，发出呼啸。

屋里不时地传出痛苦的喊声和呻吟声。

沙驼也痛苦得满眼是泪。

沙驼在回忆：

闪回：

4.

沙驼策马在一条崎岖的小路上狂奔。

5.

一辆长途公共车停在路口。瞿欧德正在往车顶上搬行李，然后用绳子把行李网好。

沙驼翻身下马，冲着车顶喊："瞿欧德你给我下来！"

瞿欧德从车顶上下来，说："沙驼，有事吗？"

沙驼冲着他说："瞿欧德，你就这么走了？"

瞿欧德说："那怎么着？那天晚上你不是站出来，说田美娜肚子里的孩子是你的吗，我还有什么退路？"

沙驼气愤地说："好呀，你就把责任往我身上推好了！为了出国，可以抛下自己心爱的女人，你不觉得亏心吗？你他妈的是个男人吗？那天晚上，你就是头没心没肺的畜生！"

瞿欧德说："是呀，我也感到很亏心呀，但我又有什么办法呢？我不能因为喜欢这个女人，把自己的一生都赔进去呀！"

沙驼说："怎么叫赔？既然爱这个女人，就算把自己的一生全献给她，那也值呀！"

瞿欧德说："为她献出自己的一生？这我恐怕做不到。"

沙驼说："那你就不是个男人！"

瞿欧德冷笑一声说："你沙驼能做到？"

沙驼说："那天晚上，我已经做到了！"

汽车司机已在按喇叭喊："快上车！路还远着呢。"

瞿欧德说："对不起，我该走了。我知道你沙驼也爱着田美娜。现在你该如意了吧？因为田美娜已经承认肚子里的孩子是你的了，那你就为她去献出你的一生吧。"

沙驼愤怒地一拳把瞿欧德撂在了地上。

瞿欧德抹去鼻子上的血,爬起来跳上车。

沙驼跳上马喊:"这一拳我是代田美娜送给你的,你个畜生!"

长途公共车吐着烟开出了车站。

6.

长途汽车里。

车上的瞿欧德没有生气和恼怒的表情,他是心甘情愿地挨那一拳的。他木然地望着窗外那一望无际的草原,眼神显得很惆怅。

7.

羊群分散在姚姗梅的身边,在贪婪地吃着鲜嫩的青草。

姚姗梅坐在草地上,一岁多的兆强正在草地上蹒跚学步。

沙驼骑马走到羊群边,跳下马来。

姚姗梅问:"怎么样?"

沙驼说:"我赶到时,他刚上车,我就狠狠地给了他一拳。他奶奶的,这样的人也算是个男人,没出息的货!"

姚姗梅想了想说:"你不该打他,他也有他的难处啊。水往低处流,人往高处走,人不都是这样吗?"

沙驼说:"人想往高处走,谁也拦不住,但不能抛下自己心爱的女人不管,这不是做人的道理!再说我一想到田美娜受这样的欺侮,我怎么也忍不住了。不过你讲得对,我不该打他。细想起来,我有什么资格打人家。"

姚姗梅笑了笑说:"既然已经打了,也用不着后悔,要说起来呢,他也该挨打!这么相貌堂堂的一个人,也会做出这种事!"姚姗梅想起了什么,脸色突然变得凝重,说,"沙驼,刚才我看见田美娜骑马上山了,我总觉得她神色很不对。你快去看看,她可不要想不开。"

沙驼紧张地说:"她不会干傻事吧?"

姚姗梅说:"也许是我想太多了,但还是去看看吧。"

沙驼翻身上马说:"她要干傻事,我沙驼可就惨了,这干系我是甩不掉了!"

8.

夕阳西下,山下的草原是一片金黄。

田美娜坐在山崖上望着西下的夕阳,眯着的眼睛里充满了迷茫和绝望,她正沉浸在痛苦与悔恨的回忆中。

9.

暮色苍茫。

田美娜绝望的眼睛,她已是满面的泪。

田美娜咬咬牙,站了起来。她缓缓走向山崖边,闭上了眼睛正准备往下跳。

10.

站在崖顶上的田美娜双眼紧闭,身体在向前倾斜。

一双强壮的手,一把抱住了她。

田美娜睁开眼,看到的是沙驼愤怒的脸。

沙驼大吼:"田美娜,你这是干什么! 你要死没人拦你,可孩子呢? 你没权利带着孩子去死! 因为现在你肚子里的娃儿是我沙驼的! 再说……你要真死了,我沙驼也逃不脱干系,我会去坐牢的。"

后怕之极的田美娜倒在了沙驼的怀里,失声痛哭。

沙驼说:"田美娜,有句话我不知该不该说。"

田美娜说:"你现在还有什么不能对我说的。"

沙驼说:"我们结婚吧。"

11.

秋风萧瑟,草原已是一片枯黄。

牧业队队部。

田美娜腆着微微鼓起的肚子，走进安然的办公室。安然便很客气地站起来。

安然说："田兽医，你来啦，你快请坐吧。"

田美娜说："指导员，你找我有事？"

安然说："是。田美娜同志，你肚子里的孩子真是沙驼的？"

田美娜点点头说："是！"

安然说："那你们就快结婚吧，要不……"安然为难地咽了一下口水。

田美娜说："指导员，我知道你的意思了。"

安然同情地点点头说："是呀，这事群众中有议论，说这孩子不是沙驼的，是瞿欧德的。说我不该批准瞿欧德走，说我在包庇瞿欧德。"

田美娜说："指导员，你放心，我会和沙驼尽快结婚的。"

安然说："那好，那好。到时我去喝你们的喜酒。"

12.

田美娜坐在姚姗梅家里，说："姗梅姐，你找我？"

姚姗梅同情地叹了口气，说："田美娜，我想告诉你一件事。我要回上海了。"

田美娜伤心地说："姗梅姐，你这一走，我不是更孤单了吗？"

姚姗梅说："崔秉全来信了，他已在上海落下了脚，他母亲去世了，留下了一套房子归给他了。他正同人家合伙在做生意。他说以前他不敢给我写信，是因为什么都没有着落，现在好了，可以回去了。田美娜，你索性也回上海去吧。你们家不是很有钱吗？"

田美娜摇摇头说："我是回不了家的。"

姚姗梅说："为什么？"

田美娜说："一言难尽啊！为了来新疆，我母亲与我断绝了母女关系。我这个样子，怎么回去？再说……母亲又是书香门第家的千金小姐，家教极严，我在家时，规矩就大得不得了。我这种情况叫我母亲知道了，她会发疯的。只要我母亲活着，我是回不去了。"

姚姗梅鼻子一酸说:"唉——瞿欧德可是把你害惨了,那你怎么办? 跟沙驼结婚?"

田美娜沉默了一会儿,说:"我也只有这一条路了。"

姚姗梅说:"也好,沙驼是个好男人啊,他会让你幸福的。"

但田美娜的眼里却渗出了泪。

13.

沙驼正在帮姚姗梅往车上装行李。

田美娜也赶来送行。

车装好了。

沙驼说:"走吧。"

姚姗梅和田美娜伤感地拥抱,流泪。

田美娜说:"沙驼,你就把姗梅姐送上车吧。我去给你放羊。"

姚姗梅又一次含泪拥抱田美娜说:"美娜,你要好好照顾好自己,我走了!"

沙驼甩了个响鞭,车轱辘转起来,小兆强挥手说:"美娜阿姨,再见!"

14.

草原上的枯草在风中摇曳。

姚姗梅坐在马车上,沙驼赶着车。

姚姗梅不时地回过头来,看到田美娜仍站在那儿挥手。

姚姗梅轻轻叹口气,转头看到沙驼熟练地赶着马车,便笑着说:"沙驼,你真是个能人,做啥像啥。"

沙驼说:"我十二岁离开家,流浪在社会上,啥都得学啊,啥都得会啊! 嫂子,你回去见了秉全大哥,一定得给我带句话啊! 说我沙驼一直惦记着他呢。当初要不是遇见了秉全大哥,把我领到这儿,我哪有这么安定的日子过。"

15.

草原小路。

马车在崎岖的小路上走着。

姚姗梅说:"沙驼,在你放牧的羊群里,有我们家的十几头自留羊,秉全在信上说了,这些自留羊,就都留给你了。"

沙驼说:"这咋行?还是我给你们养着吧,你们啥时候缺钱花了,我就帮你们卖掉,把钱寄给你们。"

姚姗梅想了想说:"那也行。这是我们家地址,有事就给我们写信。还有啊,你要有机会到上海来,就到我们家来找我们。"

沙驼说:"大上海我倒是真想去看看,不过哪有这种机会呀。"

姚姗梅一笑说:"总会有机会的。"

16.

田美娜骑着马,赶着羊群上了草坡。

殷正银和许萝琴也刚好赶着羊群路过。

许萝琴看到已大着肚子的田美娜,眼里满是想法。

17.

北山坡。

枯黄的草原,苍翠的塔松。

羊群散开在草地上吃草。

沙驼、田美娜坐在小溪边在吃干粮。

田美娜说:"沙驼。"

沙驼说:"啊?"

田美娜深思了很久,突然说:"沙驼,你是不是很爱我?"

沙驼又憨憨地一笑说:"这还用说。但我知道我配不上你。"

田美娜说:"不是配不上,是我现在这么个情况你会不会嫌弃我?"

沙驼说:"怎么会!"

田美娜诚恳地说:"沙驼,这些日子里,我一直在考虑着自己的命运。不管怎么样,我得有个家,我不能让孩子没有爸爸。"

沙驼越来越深情地望着田美娜,而且知道田美娜想说什么,心顿时紧缩了起来,脸上显得既紧张,又激动,他盯着田美娜。

田美娜说:"我深爱过一个人,可是这个人却抛弃我和他的孩子就这么走了。那么为了将来的孩子,也为了我自己,我得在这儿有个家,我得找一个真心爱我的人。其实那天晚上,你和我就等于向大家宣布了咱俩的关系。咱们⋯⋯结婚吧!"

沙驼狂喜,张着嘴一个劲地点头。

田美娜说:"不过沙驼,等我把孩子生下来后,我们再举行婚礼吧?"

沙驼说:"为啥?"

田美娜说:"我不想现在就同你结婚,就因为我怕人说我找了个垫背的。"

沙驼想说什么。

田美娜说:"就等我生下孩子后,再办咱们的事。"

沙驼说:"好!"

田美娜伸手摸摸沙驼的脸,说:"沙驼,因为我要让你结婚那天得到幸福。可我现在这样子,恐怕不行⋯⋯你真是个好人哪。你真的会好好待我,对吗?"

沙驼一把握住田美娜的手,激动地说:"好! 我听你的! 田美娜,我沙驼会为你豁出我的一切的! 你就看我的行动好了!"

田美娜含着泪说:"我相信⋯⋯"

18.

沙驼住的是离生产队不远的一座简陋的小木屋,木屋前有几株高大的白杨树。

天上正在飘着雪花。

沙驼和田美娜在小木屋边上的马厩边。

母马刚产下的小马正顽强地站立了起来。

已大腹便便的田美娜笑了笑说:"好了,没事了。母马小马都平安了。"

沙驼深情地说:"田美娜,你真行。"

田美娜也笑笑。她比以前要开朗多了。

沙驼说:"田美娜,你累了吧,快回屋里去歇会儿。"然后又不好意思地笑笑说:"你……这个……"

田美娜知道沙驼想说什么,便一笑说:"再有一个多月吧。"

沙驼憨憨地一笑说:"田美娜……"但把想说的话又咽了回去。

田美娜一笑,说:"沙驼,有话你就说,吞吞吐吐地干吗?"

沙驼说:"你生下孩子后,真跟我结婚吗?"

田美娜说:"是,这几个月来,你对我照顾得这么好,说实话,我倒真对你有感情了。沙驼,如果你不放心的话,咱俩明天就去场部扯结婚证吧。不过婚礼,得到了我生下孩子后再举行。你看行吗?"

沙驼兴奋地点着头,抓了两下头皮。笑得脸上绽出了一朵花。

19.

群工科。

工作人员把两张结婚证分别递给沙驼和田美娜。

沙驼欣喜若狂。

田美娜微笑了一下,但眼里突然涌上了一汪心酸的泪。

20.

沙驼兴奋地骑着马在草原上狂奔。

21.

沙驼在小木屋前扛着木料。

沙驼在兴致勃勃地修缮着他的小木屋。

22.

寒风瑟瑟,大地上已铺上了厚厚的积雪。

小木屋已修缮一新。

离木屋不远处有一个很大的羊圈,羊圈边上堆着几垛又大又高的干草垛。

沙驼来到一草垛旁,捧了几大捧干草,撒在羊圈里,羊群拥挤着,啃吃着干草。

沙驼骑上马,朝队部跑去。

23.

田美娜一个人住在一间破烂的地窝子里。

此刻田美娜正躺在床上,她在看信。那是瞿欧德的来信。

瞿欧德的画外音:"美娜,真的很对不起。从离开你的那天起,我的愧疚感可以说是与日俱增。但我想把你接过来的条件还不成熟。我这儿一切都得从头开始学,也很艰难。再过两年看看吧,如果条件许可的话,我一定把你和我们的孩子接过来。我会努力的……"

田美娜没有把信看完就愤怒地把信撕得粉碎。

田美娜心情复杂地捂着脸哭着。

24.

沙驼下马,走到地窝子前轻轻地敲门。

25.

田美娜开门让沙驼走进去。

田美娜说:"你没去放羊?"

沙驼说:"我不放心,先来看看你,看你有啥要我做的。我已给羊喂了些草,你这儿要没事,我再去放羊也不迟。"

田美娜说:"我这儿没事,你去放羊吧。"

沙驼犹豫了一会,但还是说:"孩子是不是快要生了?"

田美娜说:"也就这两天吧。"

沙驼说:"送你去医院吧。"

田美娜说:"我不去!我这一去,又成了人家谈话的材料了,还有那些医生和护士的眼神,我会受不了的!"

沙驼摇摇头说:"你和我不已经扯了结婚证了吗?"

田美娜说:"那就更成人家谈话的材料了。我不愿意!沙驼,离你那儿两三公里的地方,是不是就是阿依古丽大嫂的毡房?"

沙驼说:"是。"

田美娜说:"到时你就帮我找阿依古丽大嫂,我在她那儿为他们家的牛治过病。我知道,她给好几家哈萨克牧民接生过。"

沙驼想了想说:"还是找队上的接生员吧,那样保险点。"

田美娜说:"那也行。"

沙驼说:"田美娜,冬天了,你这间破地窝子不能再住下去了。去我那个小木屋住吧。我把木屋都拾掇好了,你抽空去看看。有哪儿不满意的,我好再拾掇拾掇。"

田美娜想了想,说:"辛苦你了,明天我就搬过去住。"

26.

窗外狂风怒号,大团大团的雪团在相互追逐着。

田美娜突然感到肚子一阵阵疼痛。

27.

风雪越来越大,沙驼不放心地打开门。风夹雪冲进屋里。

沙驼看着远处的队部,星星点点的灯光在风雪中闪烁。

28.

田美娜躺在床上,满头的冷汗。

一阵疼痛过去后,她想了想,艰难地爬起来,穿上棉大衣,走出门外。

29.

田美娜裹着大衣在艰难地朝前走。

风雪几次几乎要把她吹倒。

她不时地跌倒爬起,朝沙驼的小木屋走去。

30.

沙驼看着越来越大的风雪,不放心了。从屋里抓上皮大衣,走出屋外,迎着风雪,朝田美娜的地窝子走去。

31.

田美娜在风雪中走着。

她几次跌倒,但又顽强地爬起来。可她越来越感到自己快要支撑不住了。

她看到了小木屋的灯光。她大声地喊着:"沙驼——沙驼——"

但风的呼啸声似乎比她的喊叫声更响。

32.

狂风卷着雪花在旋转。

沙驼在风雪中隐约听到了田美娜的喊声。他顶着风雪加快了步子。

33.

风雪中,沙驼看到田美娜摇摇晃晃地朝他走来。

沙驼喊:"田美娜——别跑,我来了——"

沙驼奔到田美娜跟前,田美娜一下跌倒在雪地里。

沙驼赶紧扶起田美娜说:"田美娜,你怎么啦?"

田美娜说:"我可能要生了。"

沙驼抱起田美娜,回转身急急地朝木屋走去。

34.

沙驼在小木屋前焦急地来回走着。

小木屋笼罩在茫茫的风雪之中。

风雪渐渐小了下来,天上飘的雪花也变得稀稀拉拉,而这时,天边透出一丝光亮。

屋子里传出一声婴儿的啼哭声。

沙驼忍不住喊:"阿依古丽大嫂,生了吗?"

屋里传出阿依古丽的声音:"生了一个,可还有一个呢。"

沙驼的心又紧缩起来。独白:"怎么? 是双胞胎?"

沙驼感到既揪心又激动,不住地在屋前搓着手走着。

35.

东方越来越亮,但风雪又一次地呼号起来。

又一声婴儿的啼哭声传了出来。

36.

阿依古丽打开一条门缝说:"进来吧。是对双胞胎,一男一女。"

沙驼高兴地说:"那太好了。男的是哥哥,是吗?"

阿依古丽神色有些黯然地说:"是。可是……进来再说吧。"

37.

窗外,雪花又一次地搅乱了天空。

阿依古丽神色哀伤地说:"孩子是生下来了,可大人……"

沙驼说:"怎么啦?"

阿依古丽眼中挂着泪说:"不行了,血流得太多。"

38.

躺在床上已显得筋疲力尽的田美娜这时脸色苍白得像一张白纸,她看着沙驼,眼中流露让人揪心的忧伤,说:"沙驼,过来,坐到我身边来。"

沙驼走到她床边坐下。

沙驼说:"我送你去场部医院吧。"

田美娜摇摇头说:"没用了。二十公里的路,我会死在路上的,这两个孩子怎么办? 还是……我们再说上几句话吧。"

沙驼含泪点头。

田美娜说:"沙驼,本来等我生完孩子后,我们就举行婚礼,然后我们就一起好好地过日子。可是……"

沙驼眼里流泪了……

田美娜说:"沙驼,我感到我好对不住你啊。我好像觉得我是在欺骗你……其实不是的,等生完孩子后,我是真心想同你一起好好过日子的……"说着,泪从她的眼角上挂了下来。

沙驼说:"你咋是在骗我呢? 你都和我领了结婚证了!"

田美娜说:"是呀,沙驼,那这两个孩子就是你的亲生儿女了。"

沙驼说:"我就是这两个孩子的爸!"

田美娜说:"沙驼,我可能不行了,真对不起你,我就拜托你把他们抚养大。但我有一个要求,就是你决不能让瞿欧德来认他们。"

沙驼点点头。

田美娜说:"我知道你心肠软,可孩子们是你的! 你一定要答应我!"

沙驼说:"我决不会让他认的!"

田美娜吃力地支撑起身子,盯着他的眼睛说:"你发誓……"

沙驼说:"我对天发誓! 我决不会让他认这两个孩子的,我一定做得到!"

田美娜被沙驼扶着慢慢地躺下,沉默了一会,说:"如果有机会的话,就送他们回到我的故乡上海去。我不想让他们永远生活在这里。我知道我这种想法不对头,但我还是这么想,这是我的真实想法。"

沙驼说:"我知道了。"

田美娜说:"如果你真有这样的机会,去上海后,千万别去找我妈妈,我告诉你,我为了能来新疆,跟我妈又是划清界限,又是断绝关系的,她已经不认我这个女儿了!而且我妈是个脾气古怪的人,她会让你碰一鼻子灰的。我把我和你结婚的事写信告诉我弟弟,我弟弟来信说,我妈知道这事气得都昏死过去。醒来后骂我说,我把祖宗的脸面全丢尽了!她说我不是她的女儿,她也决不会认你这个女婿的。所以你真的别去找她,她会让你难堪的,我不想因为我而让你去受这种委屈。"

沙驼说:"可她毕竟是我岳母啊。"

田美娜说:"她不会认你这个女婿的,如果需要的话,你可以找一下我弟弟,但也不要存太大的希望,我弟弟是个很懦弱的人。"

沙驼说:"那我还是靠我自己吧。"

田美娜点头:"就是苦了你了……你一定要争取让他们留在上海。只要他们回去了,我的魂也就跟着回到了故乡。我好想回上海啊……"

沙驼点点头说:"好,我保证!"

田美娜说:"我走后,把我的东西都搬过来……由你保管,因为你是我丈夫,我家的地址在我的日记本里。沙驼,来,趁我还活着的时候,亲亲我吧。"

沙驼在田美娜额头上亲了一下。

田美娜说:"不……亲这儿……"

沙驼含泪轻轻地去吻了田美娜的嘴唇。

田美娜用手臂勾住沙驼的脖子,凄凉而轻松地微笑了一下,手臂从沙驼的脖子上滑落了下来。

39.

雪花还在飞舞。

木屋里传出沙驼撕心裂肺的哭喊声:"田美娜——"

哭喊声在雪原上彻响。

40.

天已放晴,阳光照得新雪十分的耀眼。

在殷正银家可以看到,行李已经完全整理妥当,殷正银心事重重地在抽烟。

许萝琴冲进家里。

许萝琴说:"正银,你晓得哦,田美娜生了一对双胞胎,而且是一男一女,是龙凤胎。"

殷正银毫不感兴趣地说:"那又怎么啦?"

许萝琴说:"孩子生下来后,田美娜因为流血过多,死了。唉,真作孽啊!"

殷正银生气地说:"那你有什么好高兴的啦!"

许萝琴说:"我又没有高兴喽。对田美娜的死,我心里也很难过呀。她这么年轻轻地就这么走了,我也感到很可惜呀。可我觉得,她生了双胞胎,好像就是特意为我们生了一个。"

殷正银:"那我们也得不到!"

许萝琴:"为什么得不到?我为田美娜的死感到难过,可她死了呀。"

殷正银:"那沙驼也不会给我们的!"

许萝琴:"干吗要他给呀!又不是他的孩子!那是瞿欧德和田美娜的。跟他沙驼一点关系都没有!殷正银,这次你要听我的!"

殷正银说:"听你什么?"

许萝琴说:"我们去偷偷抱一个出来,我们先把行李托运走。沙驼去给田美娜送葬去时,孩子肯定放在家里,然后我们……"

殷正银说:"去偷啊,我不干,这是犯法的事。"

许萝琴说:"犯什么法!殷正银,我告诉你,我们这是在做好事,天大的好事!把我们上海人的孩子,带回上海去。再说,沙驼这么个光棍,两个孩子怎么带?孩子也不是跟着吃苦吗?我们这样做,也是在帮沙驼啦!你好好想想清楚呀!"

41.

沙驼把一小马车行李拉到木屋前。可以看出,这些行李都是田美娜的。

阿依古丽骑着马,拎着一面粉袋沉甸甸的东西过来。

沙驼说:"阿依古丽大嫂……"

阿依古丽说:"那两个孩子都好吧。"

沙驼说:"睡着了。"

阿依古丽把那个面粉袋递给沙驼说:"这面粉袋里都是冻的鲜牛奶,吃完后,我再送来。"

沙驼感激地说:"阿依古丽大嫂,真太谢谢你了。"

42.

沙驼打开一个从田美娜那儿拉回来的布袋,发现里面除奶瓶奶嘴外,还有几套田美娜做好的婴儿衣服。还有婴儿用的小棉被,小床垫。看着这些东西,沙驼鼻子一酸,眼泪几乎冲出眼眶……

暮色已降临大地。

43

阳光寒冷而灿烂。

送葬的队伍开始出发。队伍中有刘队长、安指导员、沙驼,阿依古丽等二十几个人。

44.

家里的行李已经搬空。

许萝琴急急地从外面回来说:"殷正银,我去参加送葬,你去抱娃娃,要男孩。"

殷正银说:"孩子放在家里了?"

许萝琴说:"在!我去看过了。我告诉你,不要觉得良心上过不去,我们这是在做好事,做大好事。我们把孩子带回上海,这也叫叶落归根,所以,你要抱不来孩子,我们就离婚!"

45.
山坡上的塔松虽然挂满了雪花,但依然苍翠。

山坡下,几个人把棺木吊入坑内。

沙驼捂着脸失声痛哭着,他心里在说:"田美娜,是我没这福,我们的婚姻咋会是这样,但你肯嫁给我,我沙驼就已经是天大的幸福了,我一定会对得起你的!"

46.
殷正银急急地来到木屋前,看到一条健壮硕大的牧羊犬像一位卫兵一样严阵以待地坐在门口。

牧羊犬看到殷正银,便呼地站了起来,朝殷正银狂吠。

殷正银就朝狗喊:"嗨!嗨!你不认识我啦?我是和沙驼一起放羊的呀。"

牧羊犬依然冲着殷正银狂叫着。

第三集

1.

坟地。

人们正往坑里填土。

许萝琴偷偷地从人群中急匆匆地溜走了。

2.

牧羊犬叫着,跳咬着,不许殷正银进屋。

殷正银急得一下跪在牧羊犬跟前,抱住头哭丧着脸说:"你咬吧,你把我咬死算了!"

牧羊犬冲到殷正银跟前,突然不叫了,还用舌头舔舔他抱住头的手,在殷正银跟前坐下了。

殷正银摸摸牧羊犬的脖子说:"嗨,你怎么不认识我了? 我求求你,让我进去吧。我想要个儿子,我会好好待他的! 你让我进去,你就是我的恩人! 啊?"

3.

牧羊犬给眼泪汪汪的殷正银让开了路。

殷正银奔进了木屋。

4.

殷正银打开尿布看了看两个孩子的性别,抱起男孩就想走。但突然又停住了脚步。

殷正银掏出钢笔,撕开香烟纸,匆匆写了几句话。塞进躺着的女婴的襁褓里。

5.

殷正银抱着孩子出来,感激地朝又坐回到屋前的牧羊犬鞠了个躬。

6.

送葬的队伍已经散去。坟前只有沙驼和安然。

沙驼凝视着坟冢,怎么也不肯离去。

安然说:"沙驼,回吧。"

沙驼又伤心地流泪,然后扑通跪在坟前说:"田美娜,我会把孩子带大的。到时候,我会照你说的话去做的。我要把你的相片放大,永远地挂在墙上。你不嫌弃我,跟我领了结婚证,还说以后跟我要好好地过日子! 就你这一点,我就知足了!"

沙驼扑在坟前又哭了一阵。

7.

许萝琴气喘吁吁地奔向车站,看到殷正银抱着孩子在等她。

满脸兴奋与幸福的许萝琴轻轻地拨开襁褓看看说:"呀! 好英俊啊! 正银,从今天起,我再不说你无能了!"

殷正银也是满面的喜悦。

长途汽车停在了车站上。

8.

雪地上那崎岖的小路。

安然与沙驼走在路上。

安然关心地说:"沙驼,你一个人带两个孩子行吗?"

沙驼说:"不行也得行啊。谁让我是孩子的父亲呢?再说,对我沙驼来说,天下没有不行的事。别人能行的事,我沙驼也能行!"

安然说:"不要说大话,我帮你带一个吧。我那女儿已两岁了,老婆子待在家里也没事。"

沙驼说:"安指导员,谢谢你,我行!"

安然说:"那好吧,有什么困难,你就尽管提。"

沙驼说:"安指导员,事情已经到了这份上,哪怕有再大的困难,我也要把这两个孩子带大呀!"

9.

木屋里传出婴儿的啼哭声。

牧羊犬在门口也着急地在汪汪地叫着。

沙驼听到哭声,似乎从梦中醒来似的想起什么,立即冲进屋里。

10.

沙驼冲进屋里,朝床上看。

沙驼发现床上少了一个孩子。

沙驼在屋里四处寻找。

床上的女婴因为饿了,越哭越响。

沙驼冲到门口,冲牧羊犬喊:"嗨,是不是有人来抱孩子了?"

牧羊犬奔到院门口,冲着屋前的小路叫。

婴儿不停地在啼哭。

沙驼想了想,赶紧回屋热奶,抱起女婴喂。

11.

颠簸的长途公共汽车上。

许萝琴抱着婴儿似乎看不够。

殷正银在大瓷缸里用热水把装满牛奶的奶瓶热好,递给许萝琴。

许萝琴用奶瓶给婴儿喂奶。婴儿吮着奶嘴吃得很香。

许萝琴甜蜜幸福地说:"正银,你看他吃得多好,这孩子肯定好养。"

殷正银:"你看他像谁?"

许萝琴:"当然像我也像你喽! 还能像谁? 我们的儿子嘛!"

殷正银突然醒悟过来,笑着说:"哦,对对对!"

许萝琴问:"火车今晚几点开?"

殷正银说:"晚上十一点四十二分开。"

许萝琴说:"只要我们一上火车,沙驼做梦也想不到……这已是我们的儿子了。"

12.

沙驼用奶瓶在喂婴儿,脑子在思考着。

他想起安然在路上时对他说的话:"我帮你带一个吧,我那女儿已两岁了,老婆子待在家里也没事。"

13.

沙驼骑上马飞快地赶到队部。

沙驼推开安然办公室的门。

沙驼说:"指导员,你让你老婆把我那个男孩已经抱去啦?"

安然吃惊地说:"没有呀,怎么会呢? 我只是同你商量,没有得到你的同意,我们怎么会去抱孩子呢?"

沙驼喊:"那我的儿子会到哪儿去了呀!"

14.

安然跟着沙驼走进木屋。

安然看到沙驼那副着急的样子,安慰他说:"沙驼你别急。刚出生的婴儿自己不会爬,更不会飞,肯定是有人抱走了。从时间上来看,说不定就是我们队上的人,我是队领导,我一定帮你查。"

15.

长途公共汽车上。

殷正银犹豫了一会,鼓足勇气对许萝琴说:"萝琴,沙驼他会知道的。"

许萝琴问:"他怎么会知道?"

殷正银说:"我……我给他留了张条子。"

许萝琴说:"你说什么?!"

殷正银说:"我们不能把事做得太绝。要不,沙驼会找孩子找疯的……"

许萝琴说:"你呀,殷正银,你真是在自找麻烦啊!"

16.

婴儿又在大声地啼哭。

沙驼抱起女婴。

安然说:"孩子是不是饿了?"

沙驼说:"刚喂过呀。"

安然说:"那就是尿湿了。"

沙驼忙着打开襁褓,里面掉出一张烟盒纸来。沙驼展开烟盒纸,安然也凑上去看。

殷正银的画外音:"沙驼,对不起,我把男孩抱回上海去了,我们会像亲生儿子一样待他的。请你放心吧!殷正银。"

安然说:"殷正银这家伙,怎么能这样干呀!"

沙驼说:"指导员,请你帮个忙,孩子让你老婆帮着带一会儿。"

17.

沙驼冲出屋外,翻身上马。

安然在门口喊:"沙驼,你干啥去?"

沙驼喊:"我去把孩子追回来!"

安然说:"他们肯定上了班车,走了很长时间了,你怎么追?"

沙驼一夹马肚,马便像箭一样地射了出去。

18.

车站。

沙驼骑着马,气喘吁吁地赶来到车站,公路上只有稀稀拉拉的车辆在行驶。沙驼也清醒过来,知道没有希望追上他们了。

太阳正在西落。

沙驼哭着嗓子冲着大路喊:"殷正银、许萝琴,我总有一天会要回我儿子的!——"

19.

沙驼抱着女婴坐在火炉边在痛苦地深思。

门外传来马蹄声,安然端了碗羊肉和两个玉米饼推门进来。

安然说:"沙驼,我知道你肯定还没吃饭,来,刚煮的羊肉,还热着呢,吃吧。"

沙驼心情沉重地说:"我吃不下。"

安然说:"人是铁,饭是钢,怎么也得吃一点啊。"

沙驼说:"指导员,这事我该怎么办呢?"

安然说:"这事我也在琢磨呢。我想,你如果想追到上海去,这假我可以批,当然只能批事假。但你想,你放的这群羊怎么办?再说,去上海盘缠可不少,我们队穷,几年都发不出工资了,每月就那么几元钱的生活费,能顶什么用?你一走,连生活费都没有了,你总不能带着这么小的孩子,讨饭去上海吧?再说,孩子又吃什么?好在队上穷虽穷,牛奶、羊奶倒不缺。再说你去上海一时半会孩子要不回来又怎么办?"

沙驼说:"这些我也知道,可我就是咽不下这口气!可是……"沙驼叹口气:"真是一分钱能憋死英雄汉,没钱啥事也办不成啊。"

安然说:"俗话说,小不忍则乱大谋,退一步就会海阔天空。先忍一忍,退一步吧。眼下政策开放了,政府鼓励大家勤劳致富。等条件成熟了再去找也不迟。反正你已经知道孩子在谁那儿了。我相信,殷正银他们也不会亏待孩子的。他们夫妇真的是想要个孩子呢。"

沙驼抱着孩子猛地站起来说:"对,眼下政策允许了,我就是要挣钱,而且要挣大钱,我沙驼要开创我自己的事业!为了找回孩子,为了这妞儿,为了让我配得上死去的田美娜。我沙驼一定要活得像个人物。"

20.

沙驼背着女婴,马背上挂着奶瓶、暖壶、尿布在放着羊群。

阿依古丽看到了,骑马走到沙驼跟前说:"沙驼,我抱小娜回毡房里去,你放你的羊群。晚上,我把孩子给你送来。"

沙驼说:"阿依古丽大嫂,真太谢谢你了。"

沙驼把孩子递给阿依古丽。

阿依古丽不忍地摇摇头,说:"沙驼老弟,真难为你啊!"

21.

沙驼把羊群赶进小木屋边的羊圈里。

阿依古丽抱着孩子,赶着一只母山羊来了。

阿依古丽说:"沙驼兄弟,这只正在下奶的母山羊就给你了,让它当孩子的羊妈妈吧。挤奶你会吗?"

沙驼感激地满含着泪点头说:"会。阿依古丽,你让我要咋感谢你呀。"

阿依古丽说:"一家人,不说两家话。忙了,就把孩子送我这毡房。"阿依古丽指指她山坡下的毡房,毡房的烟囱在冒着袅袅的青烟。

22.

光阴如梭。

阿依古丽的毡房前。

已经四岁的小娜跟着母山羊在毡房前的草地上欢乐地奔跑着。

沙驼和阿依古丽看着,绽放着满脸的笑容。

安然和刘应丛骑马来到毡房前。

沙驼说:"两位队领导怎么一起来啦?"

安然说:"来找你沙驼啊,有件重要的事同你商量。"

23.

沙驼、安然、刘应丛坐在一片草地上。

安然说:"我们队上领导经过再三研究,让你来承包你放的这群羊,你看咋样?"

沙驼一笑,说:"我就知道,好事肯定找不上我。"

刘应丛说:"这是啥话?"

沙驼说:"队上凡是承包羊群的,已经亏了好几年啦,现在又要我承包,我可不当这冤大头。"

刘应丛说:"但这羊群到你沙驼手里肯定不会亏!说不定还能发大财呢。你沙驼是干啥的?不会也是个孬种吧?"

沙驼说:"刘队长,你别给我灌迷魂汤。"

刘应丛说:"沙驼,你这个态度,可太让人失望了啊!"

沙驼想了想,说:"让我承包羊群,可以。但队上得给我优惠政策。"

刘应丛说:"咋个优惠法?"

沙驼说:"农场可以搞家庭农场,我要搞,就搞家庭牧场。要搞就搞个大的,可以长期固定的。"

刘应丛说:"场里可没有搞家庭牧场的政策。"

安然说:"我看可以试试。你这小子要是真能搞出点名堂,说不定还能盘活一片呢。"

24.

五月,草原一片碧绿,早开的鲜花也是一大片一大片像云一样的在绿草中飘曳。

沙驼正在修葺小木屋和木屋周围的木栏。羊圈已经修缮一新,摆出了一副要大干一番的架势。

25.

阿依古丽急匆匆地朝木屋走来。

阿依古丽说:"沙驼老弟你得帮我个忙。"

沙驼说:"咋啦?"

阿依古丽说:"有个姑娘,在我毡房里病倒了。"

26.

阿依古丽的毡房。

沙驼和阿依古丽走进毡房,见一位十六七岁的汉族姑娘躺在床上,嘴唇上都已是水泡。那姑娘虽然病得不省人事,但脸上却透出一股秀气。

沙驼说:"哎呀,病得不轻呀!"

阿依古丽说:"这姑娘说她是从江苏探亲来的。要找的人没找着,又迷了路,身上的盘缠也用完了。不知咋地走到我们山里来了,昨晚就晕倒在我的毡房前。"

沙驼说:"阿依古丽,我去赶我的马车,得赶快把她送场部医院,小娜就交给你了。"

阿依古丽说:"你就放心去吧。"

27.

沙驼急急地赶着马车下山。

那个姑娘躺在车上。

姑娘醒了,看着沙驼说:"大哥,你要把我拉到哪儿去呀?"

沙驼说："去医院,还能去哪儿?"

姑娘说："我不去医院。"

沙驼说："你病得这么重,不去医院咋整? 你叫啥名字?"

姑娘说："徐爱莲。"

28.

阿依古丽的毡房前。草坡上已开满了鲜花。

小娜跟母山羊一起在草地上奔跑着。

阿依古丽朝小娜喊："小娜,就在那儿玩,别跑远啦!"她看看小娜跟那只母山羊在那草坡上玩得高兴,便就又低头干起活来。

29.

小娜摘着几朵鲜花,往母羊的头上插。

小娜对母羊说："羊妈妈,我给你打扮漂亮,好回家,爸爸看了会高兴的。我头上也插上花,也打扮得漂亮点。这样,爸爸就更喜欢我了,是吗?"

母山羊"咩"地叫了一声。

30.

急诊室。

医生对沙驼说："已经转成肺炎了,得住院治疗,快去办住院手续吧。"

徐爱莲说："不,不,我不住院,我住不起院啊!"

医生问沙驼说："她是你什么人?"

沙驼说："你别管她是我什么人,我给她办住院手续就行了。"

徐爱莲说："我没钱。"

沙驼说："治病要紧! 命金贵还是钱金贵? 你好好在这儿治病吧,钱的事我来解决。"

31.

沙驼正急匆匆地往小木屋里走,看到阿依古丽朝小屋奔来,问沙驼说:"小娜回来了没?"

沙驼一惊,说:"没啊,我也是刚进屋。来拿点钱,出啥事啦? 姑娘是外地人,住院得先交点钱。"

阿依古丽说:"没事,我就是来找找小娜。"

沙驼说:"小娜咋啦?"

阿依古丽说:"我干完活没见着小娜,她肯定又跟山羊妈妈到干沟玩去了。你赶快去医院吧,救人要紧。"

32.

一条草木丛生开满鲜花的干沟。

小娜在自己和母山羊头上都插上几枝花后,说:"好了,羊妈妈我们回家。你知道回家的路吗?"

母山羊的奶胀了,咩咩地叫了两声,然后轻轻顶了顶小娜。小娜说:"让我吃饭啦?"

小娜熟练而利索地钻到山羊的肚下,吮吸起山羊胀鼓鼓的奶。

山羊一脸的舒服。

小娜吸着吸着就睡着了。

33.

阿依古丽毡房前。

沙驼骑马飞快地来到毡房前,焦急地问:"阿依古丽,小娜找到没?"

阿依古丽摇摇头。

34.

沙驼骑着马一面慢慢地走着一面喊:"小娜! 小娜——"

35.

阿依古丽也骑马焦急地喊着:"小娜! 小娜——"

36.

沙驼扯着嗓子喊:"小娜——小娜——"沙驼的嗓子喊哑了,而且带着哭腔。

夕阳渐渐地滑落到雪山后,一抹昏暗的云彩孤单地横在天边。

37.

指导员办公室。

安然在接电话,电话是从医院打来的。

电话中的声音在说:"对,是你们队一个叫沙驼的人送来的,那病人刚挂完一瓶盐水后就跑了。你转告那个叫沙驼的,病人的病情很重,如果不及时治疗会有生命危险的……"

38.

沙驼匆匆赶到队部。

安然也急慌慌从队部赶出来。

沙驼翻身下马说:"指导员,我的小娜不见了,请队上派几个人帮我上山找找吧。"

安然也说:"沙驼,你送什么人住院了?"

沙驼说:"一个姑娘,咋啦?"

安然说:"她是你什么人啊?"

沙驼说:"干吗非得是什么人呢,她咋啦?"

安然说:"那姑娘从医院跑啦! 医生打电话来,说姑娘病得很重,不及时治疗,会有生命危险的。"

沙驼焦躁地说:"可我在找我的小娜呢! 咋啥事都凑一块儿了呢? 不行,我得先找我家小娜! 指导员,你帮我个忙,去医院找那姑娘,那姑娘叫徐爱莲。"

安然说:"那姑娘我又不认识,咋找?"

沙驼说:"那咋办?我不能丢下我家小娜不管啊!要是小娜真有个啥,我沙驼就没法在这世上活了!"

安然说:"沙驼,你这也太夸张了吧,哪有那么严重!你先去医院,找那姑娘吧。我派上几个人,上山帮你去找小娜。就那么个小山头,一个小孩能跑到哪儿去!"

39.

安然带着十几个人骑马在山坡上搜索。

草原上到处都闪着手电筒的光,呼唤小娜的声音此起彼伏。

许多队上的牧工都自觉地骑着马加入到寻找小娜的行列中,参加的人越来越多,呼唤的声音也越来越焦急,人们拉网似的在草原上寻找着小娜。

40.

沙驼骑着马,在路上喊:"徐爱莲——徐爱莲——"他那嘶哑的嗓子已经发不出声了。

41.

安然也在搜索小娜的队伍中,他打着手电筒仔细地照着草丛一面呼喊:"小娜!小娜!"突然他感到前面草丛有动静,赶紧奔过去,一扒拉草丛,一只野兔蹿了出来,迅速逃走了。

安然叹了口气,继续找。

不远处有手电筒在闪,刘应丛的声音在喊:"指导员,指导员?"

安然忙答应一声问:"老刘,找到了吗?"

刘应丛走了过来,说:"没。"

安然一挥手,说:"再往回拉网,找!"

42.

夜色还是很浓。林带里已传来夜莺的啼叫声。

沙驼赶着马车拐向医院时,发现林带里躺着一个人。

沙驼嘶哑着嗓子喊:"徐爱莲。"

徐爱莲吃力地从地上坐起来说:"是我。"

沙驼跳下马说:"你干吗从医院跑出来?"

徐爱莲说:"我付不起住院费。"

沙驼说:"我不是说了嘛,我借给你!"

徐爱莲说:"我还不了。"

沙驼说:"谁让你还啦? 我说要让你还了吗?"

徐爱莲说:"大哥,你干吗要对我这么好?"

沙驼说:"人心都是肉长的,我沙驼总不能见死不救吧?"

43.

护士在给徐爱莲挂盐水。

沙驼对徐爱莲说:"我已经把你住院的钱付了,你不能再跑了,你再跑可就太对不起人了!"

徐爱莲虚弱地说:"知道了,谢谢你大哥。"

44.

阿依古丽在找小娜,急得眼里满是泪。也沙哑着嗓子喊:"小娜——小娜——咩——咩——"

她想找到母山羊也就找到小娜了,山羊是有灵性的动物。

45.

沙驼骑着马在公路上飞奔。

46.

沙驼迎面碰上阿依古丽,忙问:"小娜找到了吗?"

阿依古丽痛苦地摇摇头。

沙驼感觉似乎一下子掉进了冰窟里,但他突然想起了什么,策马就跑。

阿依古丽喊:"沙驼,你去哪儿?"

沙驼喊:"我再回家看看去。"

47.

天已经蒙蒙亮了。

沙驼匆匆跳下马车,刚冲到小屋前,突然听到屋里传出羊叫声。

沙驼与阿依古丽朝小木屋奔去。

48.

沙驼推开门。

窗外透进的晨曦中,墙角里卧着的母羊咩地又一声叫,小娜依偎着母羊睡得正香。

小娜睁开眼看到沙驼,爬起来冲向沙驼喊:"爸爸——"

沙驼狠狠地在小娜屁股上打了两下,小娜哭了。

沙驼说:"你到哪儿去啦? 你瞧,你把阿依古丽大妈都吓哭了。"

小娜眼角挂着泪,说:"爸爸,我给羊妈妈头上插花了,我也插花了,好看吗? 我要让爸爸看了喜欢。"

沙驼一把抱住小娜,顿时泪如泉涌。

阿依古丽也抹去泪说:"好了,好了,回家就好了。"

49.

安然、刘应丛和找了一夜小娜的职工们正精疲力竭地往回走。

一个年轻人远远地从路口奔过来,喊:"指导员,找到了,找到啦!"

安然和刘应丛几乎同时喊出声说:"啊? 找到了! 在哪儿?"

这时,沙驼抱着小娜骑马朝大家走来。

所有的人都松了口气。

沙驼抱着小娜跳下马对小娜说:"为了找你,这些伯伯叔叔在草原上寻了一夜,快给伯伯叔叔们鞠个躬。"

小娜朝大家鞠躬说:"伯伯叔叔们对不起,你们辛苦了。"

安然问沙驼说:"那个叫徐爱莲的姑娘咋样了?"

沙驼说:"也找到了,我出来时,还正挂盐水呢。"

50.

十天后。

医院门前。

徐爱莲跟着沙驼走出了医院。

沙驼对徐爱莲说:"好了吗?"

徐爱莲说:"好利索了,谢谢大哥救命之恩。"

沙驼说:"不是我救了你的命,是医院救了你的命。医院知道你的情况后,免了你的大部分费用,我没给你掏几个钱。"沙驼又从口袋里掏出几块钱说:"这点钱,你拿着。可以吃上几顿饭的。我也只有这么点能力,你该去哪就去哪吧。啊?"

沙驼跳上马车,赶着马车就走。

51.

马拉着车一路小跑。

沙驼大概感到自己办了一件可心的事,便哼起了小调唱道:"走哩走哩(者)哟的远(哈)了,眼泪的花儿飘满了,哎哟的哟……"

车扬起尘埃。

突然他听到有人在后面喊:"沙驼大哥,你等一等!"

沙驼回头一看,见是徐爱莲跑着追了上来。

沙驼车还没停住,徐爱莲就跳上了马车。

沙驼说:"咋啦?"

徐爱莲说:"我跟你上山。"

沙驼说:"你上山干啥?"

徐爱莲说:"跟你一起放羊。"

沙驼说:"跟我一起放羊?"

徐爱莲说:"对。再说,我也得上山去谢谢阿依古丽大嫂呀。你们都是我的救命恩人哪。"

52.

马车上。

徐爱莲问沙驼说:"沙驼大哥,你刚才唱的啥?"

沙驼说:"我老家的花儿调。"

徐爱莲说:"花儿调？就是你老家的民歌吧。真好听,能再给我唱一段吗?"

沙驼一甩鞭,唱道:"眼泪的花儿把心淹(哈)了,走哩走哩(者)越哟的远(哈)了,褡裢里的锅盔轻(哈)了,哎哟的哟,心上的惆怅就重(哈)了……"

徐爱莲听得入了神。

沙驼突然想起了什么,说,"对了,既然你来新疆找不到亲戚,那就回老家吧。你老家在哪?"

徐爱莲说:"在江苏。"

沙驼说:"江苏……"他在思索着江苏是在哪块儿地方。

徐爱莲说:"上海你知道吗？就在上海边上。"

沙驼吃惊地说:"那可老远了！你跑到这儿来干吗?"

徐爱莲低头不语。

沙驼说:"怎么啦?"

徐爱莲突然抬起头说:"大哥,让我当你媳妇吧。你救了我的命,我给你做牛做马都可以。"

沙驼听了这话吓了一跳说:"你多大呀?"

徐爱莲说："十六岁了。"

沙驼说："十六岁！还不到婚姻法的年龄呢，你是想让我犯大错误啊。
吁——"

沙驼停住马车。

徐爱莲说："这有啥！在我们老家，十六岁就结婚的姑娘有的是。"

沙驼说："徐爱莲，下车！"

徐爱莲说："为啥？"

沙驼说："我叫你下车你就下车。"

第四集

1.

马车停在路边。

沙驼一脸严肃地对徐爱莲说:"快点下车!"

徐爱莲说:"怎么啦?"

沙驼说:"我不想跟着你一起犯错误。再说,我已结过婚了。"

徐爱莲说:"那我也得给你放上几个月的羊。"

沙驼说:"为啥?"

徐爱莲说:"我不想白花你的钱!我用我的劳动来给你补上,不行吗?"

沙驼说:"那你住哪儿?"

徐爱莲说:"住阿依古丽大妈家,不行吗?"

徐爱莲长着大大的眼睛,小小的鼻子,秀气得很,发怒时的样子更可爱。

沙驼还想说什么。

徐爱莲抢先说:"你这位大哥,心肠虽好,但一点都不通情理。赶车呀,我还要去见阿依古丽大嫂呢!你总不能不让我去跟阿依古丽大嫂道个谢吧？"

2.
阿依古丽的毡房前。
沙驼跳下马。
小娜从毡房里冲出来。喊："爸爸——"
沙驼一把抱起小娜亲了亲。
徐爱莲也从车上跳下来，吃惊地说："大哥，你女儿这么大啦？"
沙驼说："快五岁了。"
徐爱莲忙说："对不起，大哥，刚才我……"
阿依古丽也从毡房出来，看到徐爱莲说："病好啦？"
徐爱莲说："好了，我特地跟着沙驼大哥上山来谢谢您的。"
阿依古丽说："不用谢不用谢，都是一家人嘛，快进毡房坐吧。"

3.
路口。
沙驼赶车把徐爱莲送到路口。
徐爱莲跳下车说："沙驼大哥，你不肯留我在山上给你放羊，我也真没啥好报答你的。阿依古丽大嫂告诉我，小娜妈妈生下小娜就去世了，你也不肯留我，我就给你磕个头吧，再次谢谢你的救命之恩。这辈子，我会永远记住你的。"
沙驼说："那你就一路走好。"

4.
阿依古丽的毡房前。
沙驼赶着马车回来。
小娜冲出毡房，奔向沙驼。
小娜的两条小腿在绿草地上奔跑着。

小娜的两条腿变大变长了,是个十六七岁的姑娘的腿了。

5.

沙驼的牧场。

延绵起伏的山坡上是绿意盎然的草场,牧工们正在放牧着一群群的羊。

羊只在欢叫着,一片兴旺的景象。

小娜朝原先的小木屋,但现在是一栋很大的砖瓦平房,走去。

沙驼正在房前的用红柳圈起来的很大的院子里种果树。

小娜走进院子,叫了声:"爸。"

沙驼说:"放学啦。小娜,姚姗梅阿姨来信了,在屋里的桌上放着呢。你去看看,有件同你有关的事。"

6.

小娜举着信冲出屋外,高兴地说:"爸,我可以回上海了,姗梅阿姨在信中说,我还可以在上海落户呢。"

沙驼笑着说:"详细的政策我们还不知道,等我明天到场部的有关部门去问问再说。"

7.

沙驼家的客厅。

小娜坐在沙发上,一边仔细地用钩针钩着坎肩,一边看着电视,电视里正播着一部以上海为背景的电视剧。

沙驼风尘仆仆地走进来。

小娜赶紧站起来说:"爸,你场部去过啦?"

沙驼说:"去过了。"

小娜说:"怎么样?有希望吗?明天我又要回学校了,我想带着希望回学校去。我还要告诉我同学,我可以回上海了,可以当个上海人了。"

沙驼坐到沙发上说:"小娜,帮我倒杯水吧,渴死我了。"

小娜说:"好!"跑去冲了一大杯凉开水递给沙驼。然后指着电视说:"爸,你看,这个电视剧就是讲上海的,跟咱们这儿比起来,简直是另外一个世界。"

沙驼咕嘟咕嘟喝了大半杯水,说:"小娜,我们这事办起来有些困难。"

小娜说:"为啥?"

沙驼说:"因为你的情况有些特殊。"

小娜说:"办不成了? 我回不了上海了?"

沙驼说:"不是办不成,是有困难。"

小娜说:"爸,有困难就说明还有希望,对吧? 我真的很想回上海,去上海看看妈妈的那个家,去看看外婆。"

沙驼说:"让你回上海,这是你妈的心愿,我也答应了的。所以有没有这方面的政策,爸都要努力去做到。爸办牧场,千辛万苦地拼命去发家致富。很重要的一条,就是为了要实现你母亲的遗愿,而且,我还要回上海去找回你在上海的哥哥。可要想办成这些事,没经济实力是弄不成事的。"

小娜说:"爸,你现在不就是个大款了吗? 我们现在就可以回去呀!"

沙驼说:"现在还不行。"

小娜说:"为什么?"

沙驼说:"因为你正在上高中,等你高中毕业了,你还得考大学。等你大学毕业了,我们再回上海。"

小娜从沙发上跳起来,有些任性地大声喊:"为什么? 那还得好几年呢!"

沙驼说:"我答应过你妈,要把你抚养长大成人。现在你还只是个高中生,所以我只完成了一半任务。你一定要大学毕业,这才算长大成人,我可不能半途而废。"

小娜说:"爸,我看出来了,你就是不想让我回上海!"说着,怒气冲冲地走出屋外。

8.

小娜走出屋外,骑上拴在门前的马,飞也似的奔向草原。

沙驼也走出屋外,他的脸色是冷峻而坚定的,然后他走向他院子外停着的一辆新的客货两用车。

9.

小娜骑马在草原上狂奔。然后又拨转马头向山下走去。

10.

阿依古丽的毡房。

沙驼跳下那辆客货两用车,走进阿依古丽的毡房问阿依古丽说:"阿依古丽大嫂,小娜来过了吗?"

阿依古丽说:"没有呀,怎么啦?"

11.

小娜在田美娜的坟前哭泣。

小娜哭着说:"妈,我想回上海。"

小娜听到了沙驼的车开过来的声音,她抹了抹眼泪,站起身就往马身边走。

沙驼的车刚停下,小娜已经翻身上马,飞奔而去。

沙驼喊:"小娜,你给我站住!"

12.

小娜在策马飞奔,沙驼的车紧紧跟在后面。

沙驼喊:"小娜,你停下来!"

小娜说:"我不! 我要回上海,我现在就走!"

沙驼喊:"你要走,可以! 但必须得听我把话讲完!"

小娜说:"我不听!"

沙驼说:"那你以后就永远别喊我爸!"说着,沙驼的车慢慢停了下来。

小娜加了一鞭,马继续往前飞奔。

沙驼走下车,点了一支烟,望着远去的小娜。

13.

沙驼掐灭烟头,正准备上车。

小娜骑着马慢慢从一个山坡背后走了上来。

14.

小娜骑马停在沙驼面前,不说话,只是跳下马倔强地盯着沙驼。

沙驼严肃地看着小娜说:"小娜,我去场部打听下来,你的情况不一样。根据上海过来的文件,只有上海来新疆支边的青年享受这项政策,你妈不是,你妈是大学分配到这儿来的。所以你不属于这个政策范围的子女。"

小娜说:"那我也要回!"

沙驼说:"当然要回,但不是现在!"

小娜说:"现在怎么啦? 我已经满十六岁了,我能照顾自己,而且还能把自己照顾得很好!"

沙驼说:"但现在你必须好好上完高中,然后考大学。"

小娜说:"高中毕业回去不行吗?"

沙驼说:"不行! 你妈是让我把你养大成人再送你回上海。所以你得读书上大学,受高等教育! 你妈是个大学生,我也得让你上完大学,这样回上海找工作也好找! 我要是送个半吊子回上海去,找不到工作,你流落街头吗?"

小娜说:"我会自己找工作,自己养活自己!"

沙驼说:"那你现在回去干啥? 有啥意义吗?"

小娜说:"反正我要回上海,就是要回!"

沙驼说:"你小娜就这么点出息? 我沙驼十二岁走出家门,到处流浪,虽然断断续续受了些教育,但也只有个小学程度。因为没有文化,四处被人瞧不起,而且只能干些粗活体力活,这中间的艰辛我尝够了。我羡慕那些上大学的,有学问的人。所以那时我特佩服你妈,也爱上你妈了。而且,我自己多想成为这样的人啊!可是我做不到了,但我不能让你也像我这样,那我就太对不起你妈了,知道吗?"

小娜咬着嘴唇不说话。

沙驼说:"小娜,你要是不想完成你的学业就要回上海,我可以给你一笔钱走。你走!但你就用不着再认我这个爸了!"

小娜说:"可以,我走!"小娜拉过马缰绳,马喷着响鼻。

沙驼严厉地说:"小娜,你就这样回报我吗?"

小娜想上马但停住了,小娜回头,她知道自己过分了,于是她冲向沙驼,紧紧地抱住沙驼,含着泪说:"爸,我听你的!"

沙驼说:"我们到时一定回上海。因为我心里还有个疙瘩,不知道你哥到底咋样了。虽然你哥出生没几天就被人抱走了,但他一直像个吊锤一样吊在我心上!再说,我也想去见见你的外婆,虽然你妈说她跟你外婆的关系有点僵,但那毕竟是你亲外婆啊!"

15.

春去夏来,秋去冬至,光阴如梭。

六年以后。

毡房里头发花白戴着老花镜的阿依古丽正看着比田美娜还要漂亮的二十二岁的小娜在用毛线钩着一条披肩。

小娜抖开披肩,上面的花纹又别致又漂亮。

阿依古丽说:"小娜,你钩的花纹比大妈的还要好看。"

小娜说:"古丽大妈,我钩得再好,也是你大妈一手教出来的呀。"

阿依古丽说:"小娜,你大学毕业了,准备干什么?"

小娜说:"在我上高中时,我爸对我说,等我大学毕业了,就送我回上海。"

阿依古丽说:"干吗一定要回上海呢?沙驼现在可是了不得,不但把自己的牧场搞得这么兴旺,满坡的羊、满山的牛,还有乌鲁木齐的那个大饭店。

连我们家都跟着享福了。你看我的羊,全让饭店包下了,价钱又给的比市场上高。"

小娜说:"就是我爸要两头跑,也太辛苦了。"

阿依古丽说:"所以嘛,你大学毕业回来了,就好好帮衬帮衬你爸爸。"

小娜说:"我也这么想。本来我想考上海的大学,差了几分没录取,我还哭了鼻子。后来我跟同学们一起到上海旅游过。其实,上海并不像我想象得那么好。楼高,人多,商场里的东西虽然多,但在乌鲁木齐也一样可以买到的啊。"

阿依古丽说:"就是嘛,电视里都说,在上海的人生存压力大,生活成本高。"

小娜说:"嗯,所以我决定,不回上海了,就在爸的牧场工作,给他当帮手。"

阿依古丽说:"好,就该这样嘛。"说着,两人都笑了起来。

16.

沙驼家客厅。

沙驼对小娜说:"不行。你得回上海!"

小娜说:"为啥呀?我不想回上海了,就在你这儿工作。你别以为我是在你这儿吃现成的。我还可以像以前放暑假时那样,给你放羊,你给我发工资就行了。"

沙驼说:"让你这个大学生给我放羊?亏你想得出!"

小娜说:"那我给你当会计,我是财贸大学毕业的,当个会计总可以吧?"

沙驼说:"不行,你得回上海!在上海自己找工作,自己谋生。"

小娜说:"干吗呀!上高中的时候我说要回上海,你差点都不认我这个女儿了,这会儿又急吼吼地轰我走。"

沙驼说:"因为你已经是个大人了!大学毕业了,我可以让你回上海了。这样,我的任务也算完成了。"

小娜说:"爸,你把我养这么大,就只是为了完成任务吗?"

沙驼说:"那你还想咋样? 让我养活你一辈子吗?"

小娜说:"爸!"

沙驼说:"小娜,让你回上海,是我沙驼对你妈妈的承诺,所以你必须得回去。而且我还要到上海找你的哥哥。"

小娜说:"那这牧场、乌鲁木齐的饭店怎么办?"

沙驼说:"刘队长和安指导员都退休了。牧场我交给安指导员代我管理。饭店交给刘队长去管。"

小娜说:"他们愿意?"

沙驼说:"高薪聘请呀。他们是五十五岁以上根据场部的政策退的休。两个人身体都好着呢,头脑也清醒,又当过那么多年的领导,跟我也有二十几年的交情了。"

小娜说:"可是……"

沙驼说:"没有什么可是! 我说过,回上海这件事,必须得办! 你在上海除了你哥,还有你外婆、你舅舅,你不得去认吗?"

小娜嘟哝说:"你不是说因为跟你结婚,我外婆已经不认我妈了吗?"

沙驼说:"那你也得认! 因为她是你亲外婆。"

17.

碧绿的山坡上有一栋三层楼房。门口挂着块"北山沙驼畜牧有限责任公司"的招牌。

沙驼、刘应丛、安然从楼里出来。朝牧场走去。

18.

沙驼、刘应丛、安然走过养牛场的牛舍。

牛舍里养着成千头的黑白花奶牛。

19.

山坡上,用铁丝网围起来的围栏里,成群的毛肉两用细毛羊在里面放牧。

沙驼对刘应丛和安然说:"刘队长、安指导员,我就把这牧场,还有在乌鲁木齐开的那个西域大酒店暂时都交给你们了。"

刘应丛说:"沙驼,既然你这么信得过我们,那你就放心地去上海吧。我和老安会尽力的。"刘应丛想了想,有些感慨地说,"想不到啊,沙驼,你的事业会做得这么大!"

安然一笑说:"当初队里没人肯承包羊群,我说让沙驼试试,你刘队长还持怀疑态度呢,我说沙驼这小子,可不是只会耍二球的棒槌,人家肚里有货着呢! 而且有胆有识有见地,现在看到了吧?"

沙驼说:"闯事业就得往大里闯,那才过瘾呢。这次我去上海,我也想在上海开个西域大酒店的分店呢,要有新疆特色的!"

安然说:"为小娜去开的?"

沙驼说:"不。她得靠自己的能耐去立身上海,只要饿不死冻不死就成!"

20.

沙驼正准备出门,小娜说:"爸,我跟你商量商量,这次回上海,认完外婆,我再跟你回来好不?"

沙驼说:"不行! 把你送回上海,在那里生活,这是我对你妈的承诺。还有你哥,我沙驼等了二十多年,现在我要把你哥找回来的想法也越来越强烈,要不我就对不住你妈。小娜,这话我已经说了很多遍了,以后我也不想再重复了。你把东西收拾收拾,过几天我们就走。"

小娜说:"爸,你真的舍得把我送走吗? 你真的就不要我了吗?"

沙驼说:"小娜,你不是我的亲生女儿,这点我告诉过你。但我疼你,这点你也知道。不过我现在明确地告诉你,我的财产不会留给你,只要我把你送回上海,再找到你哥哥,等你能自立后,我的任务也就完成了。从那以后,我就要过我自己的日子了。"

小娜说:"爸,我明白了,这就是你的真实想法对吗? 我这个女儿在你的生活里原本就是多余的,现在终于可以摆脱我了。"

沙驼说:"你胡说什么？不管是不是亲生,我和你妈是办了结婚证的,所以你永远都是我的女儿！但你不能在我这个爸的胳膊下生活一辈子！"

小娜说:"可我不想离开你,我也不想回上海了！我只想留在你身边,因为你是我爸,是我最亲最近的人！"

沙驼说:"不行！"

小娜说:"爸！"

沙驼说:"在这件事上,没什么好商量的！"

小娜说:"爸,我现在已经是个成年人了！我有自己的思想和感情,过去我是吵着闹着要回上海,但现在看明白了,上海对我来说就只是我妈生活过的地方,对我来说没有任何的吸引力。我喜欢我现在待的这个地方,这里有我最亲近的人,也能容纳我的生活我的理想,作为一个成年人我选择了这里,不行吗？"

沙驼坚定地说:"绝对不行！"

小娜说:"爸,以前我崇拜你,觉得你很伟大,但现在这个看法有些改变。"

沙驼说:"就因为要让你回上海,我就变矬了？"

小娜说:"不,你变得越来越冷酷,不通情理。"

沙驼说:"我是为了通情理才这样做的！因为我不能对你死去的妈食言！"

小娜说:"过去的决定并不一定都正确,尤其是现在我的想法已经改变了,而你却不肯尊重我的选择,你这就是一言堂！"

沙驼说:"决定是不是正确你没做咋知道？我现在是在履行对你妈妈的承诺,要是这种承诺都能改,那这世上还有信义二字吗？"

小娜说:"我知道爸你把信义看得比啥都重要,但如果你一定要坚持你的决定,而我又不肯改变我的想法,你会怎样？不认我这个女儿了吗？"

沙驼说:"对,那你就不配做我的女儿！"

小娜说:"那我就坚决不回上海了。你不认我这个女儿,也不肯让我在你的牧场工作,我现在就给你磕个头,谢谢你这二十二年来的养育之恩。"说着跪下磕了个头。

沙驼怒喝说:"小娜,你这是干什么?"

小娜说:"现在我已经不是你的女儿了,我这就自谋生路去。"说完,起身就走。

沙驼喊:"小娜,你给我站住!"

小娜反而加快了脚步,冲了出去。

21.

阿依古丽摇摇头对沙驼说:"你看你,小娜也是个有自尊心的孩子嘛,你应该好好跟她商量,这么蛮横地命令她,她当然不愿意了。"

沙驼说:"雏鸟长大了,总得逼她飞出窝,到新的天地里去呀。况且,让她回上海,也是她妈妈的遗愿。还有她的哥哥,我得把他也找回来呀!要不,我这爸当得也太不像个爸了!"

阿依古丽说:"小娜的个性跟你一样,倔强起来九十头牛都拉不动。要是上海非去不可,那就换个方式跟她说,她也是吃软不吃硬的,跟你一个样。"

沙驼一笑,说:"是啊,谁养大的娃像谁嘛。那我再去找找。"

阿依古丽说:"找到了,要好好跟她说。"

22.

夕阳下,小娜背着背包,脚边是个大一些的旅行包。她站在一处草坡上遥望沙驼的那栋小楼,身边是那匹她一直骑着的红色骏马。

小娜深情地抚摸着那匹马,说:"我走了,我走是为了能留在这里,只要能留在新疆,我就不会跟我爸天各一方,形同陌路。再见了,我们以后再见。"

小娜拍了一下马,拎起旅行包转身朝山下走去。

23.

小娜背着背包,在路口的车站上,踏上了一辆长途公共汽车。

24.

沙驼开着客货两用的小车,远远地看到小娜背着背包上了一辆长途公共汽车。

25.

长途公共汽车在前面开。

沙驼开着客货两用车在后面追。

26.

小娜坐在公共汽车上,不时地回头看。看到沙驼开着车不屈不挠地一直尾随着。

公共汽车停站,有人下车。小娜看到,沙驼的车也停在车后。

27.

天色渐渐暗了下来。

沙驼的车一直紧追着长途汽车。

小娜屈服了,她长长地叹了口气。

小娜走到公共汽车的前面,对驾驶员说:"师傅,请你停一下车好吗? 我要下车。"

28.

小娜从公共汽车上下来。

公共汽车开走了。

沙驼的车慢慢地停到了小娜身边,小娜拉开驾驶室另一边的车门,坐了进去。

小娜看看沙驼,说:"爸,我投降,我跟你去上海。"

29.

小娜坐在副驾驶座上,沙驼驾驶着车凝视着前方,车窗外是急急后退的戈壁滩。

沙驼激动而伤感地说:"小娜,原谅你爸爸,也成全你爸爸吧。让爸爸做好我该做的事。要不,我的心这辈子都不会安宁的!"

小娜的眼泪也冲出了眼眶,不住地点头。

30.

候车室。沙驼和小娜挤坐在一起。

沙驼说:"小娜。"

小娜说:"啊?"

沙驼说:"我把牧场和饭店都已经交给你安然伯伯和刘应丛伯伯了,爸也没有带多少钱。上海,你爸也没去过。到上海后,我们又都得重新开始生活。但好马不吃回头草,我们没有回头草吃,尤其是你,你心里应该有这个底。"

小娜说:"爸,你不会不管我吧。"

沙驼说:"当然不会,你是我心上的肉,怎么会不管呢? 但你自己不能这么想。这就像你学骑马一样,当你骑到马上,马开始奔跑后,爸想帮你也帮不上了。你要不想从马上摔下来,那就全得靠你自己的本领和能耐了。"

广播里喊:"开往上海的54次列车开始检票啦——"

31.

列车在奔驰,窗外的景色迅速地往身后退去。沙驼凝视着窗外。他在回忆。

闪回:

工作人员把两张结婚证分别递到沙驼和田美娜手里。沙驼欣喜若狂。

……

生完孩子后,脸色苍白的田美娜躺在床上说:"沙驼,我感到我好对不住你啊。我好像觉得我是在欺骗你……其实不是的,等生完孩子后,我是真心想同你一起好好过日子的……"

……

田美娜:"只要两个孩子回去了,我的魂也就跟着回到了故乡。我好想回上海啊……"

……

路口,车站。

沙驼冲着公路喊:"殷正银、许萝琴,我总有一天会要回我儿子的——"

……

列车里,沙驼的眼里含着泪。

32.

小娜看着沙驼那沉浸在往事的脸说:"爸,你在想什么呀?看你眼里都是泪。"

沙驼说:"爸是在想,人活在这世上是各有各的活法。有的人活在这世上,当然只是在为自己忙碌;但有些人活在这世上,仅仅只是为了去完成他对别人的一个承诺。而且他还会心甘情愿地,而且尽自己一切的力量去做。"

小娜凝视着沙驼,感动地说:"爸,我知道,你说的是你对我妈的承诺。不管后面的路有多么难走,爸,我不会再跟你闹别扭了,我会听你话的……"

33.

火车徐徐开进上海站,上海站里灯火通明。

沙驼和小娜都有些兴奋和紧张地拎着行李走出火车站,车站外是一片灯红酒绿。

小娜看着沙驼说:"爸,我们去找谁?"

沙驼说:"先找家小旅馆住一夜。明天我们去找你姗梅阿姨还有你崔秉全伯伯,崔秉全是爸的恩人哪。我这儿有他们家的地址。可是二十二年了,不知道他们还住不住在那个地方,也不知道他们认不认得我了。"

小娜说:"爸,要是找不到他们呢?"

沙驼说:"到时再说吧,船到桥头自会直,反正咱们得做好自己闯天下的准备。现在爸是有了经济基础,眼下这年头,只要有钱,大多数的事就都办得到。"沙驼看到夜色中的车流人流,灯光似白昼,感叹道:"真正是大上海啊。"

34.

火车站附近一家较大的饭店,霓虹灯上闪着"全福饭店"四个字。

沙驼和小娜路过饭店,看到里面灯火通明,还不时传出喝酒划拳的声音。

沙驼说:"小娜,肚子饿了吧? 进去吃点东西,咱们再找旅馆。"

35.

一楼大厅。

夜已深,里面虽然灯火通明,但已无别的顾客,只有一张桌子围着六七个年轻人在喝酒,他们都已经喝得七八分醉了。其中就有一个是姚姗梅的儿子崔兆强,二十三岁了,长得很英俊,也算忠厚,但此时却是个游手好闲的人。

青年甲:男,长得很胖,一看就是营养过剩的样子。

青年乙:女,与甲是一对,长相一般,打扮得却很入时。

青年丙:男,瘦高个,典型的上海人,小眼睛总是睁不开,一副色眯眯的样子。

青年丁:女,与丙是一对,身材比较丰满,很会发嗲的上海小女人形象。

崔兆强又给女青年乙倒了杯红葡萄酒,说:"你是个有才气的艺术家!"

青年甲喊:"还是位美女!"

青年丙很崇拜的样子喊:"好像韩国的影视明星蔡琳!"

崔兆强说:"艺术家嘛,就要放得开!阮婉,你的头发还不够长!再长点,就更飘逸更潇洒!抽烟,喝酒,样样都要来点,这才叫个性!"

女青年乙笑着说:"那我不成女嬉皮士了?"

崔兆强举着酒杯说:"艺术家就要像嬉皮士呀!来,我们敬你一杯!"

青年甲喊:"要喝就喝交杯酒!"

其他人起哄:"对,喝交杯酒!"

36.

饭店大堂门口。

沙驼和小娜推门进来,崔兆强等人的目光转向他俩。

沙驼问:"你们这里还有饭吃吗?"

崔兆强说:"没有了,早打烊了!"

小娜耿直地问:"你们不是在吃着吗?"

女青年乙看着他俩风尘仆仆的样子说:"你们刚下火车吧?"

沙驼说:"对!"

青年甲凑热闹地问:"从哪里来啊?"

小娜没好气地说:"新疆!"

已经喝得有些醉意的青年甲喊:"哇,新疆妹子啊!怪不得那么漂亮!"

女青年乙皱着眉头扫了一眼青年甲,对崔兆强说:"崔兆强,他们是从新疆来的。帮我们做菜的厨房间师父不是还没下班吗?"

崔兆强一听是从新疆来的,自然也有了一种亲切感,语调缓和了许多说:"你们想吃些什么?菜单要吗?"

沙驼说:"不用,来两碗面条就可以了。"

崔兆强说:"那你们请坐。"

37.

崔兆强从后堂端了两碗大排面出来。女青年乙接过来送到沙驼和小娜跟前。

女青年乙笑吟吟地说:"请用吧。"

沙驼说:"谢谢。姑娘,我想请问这里有没有便宜点的小旅馆?"

女青年乙说:"这我倒不大清楚,我这里不太熟。"她转向崔兆强问:"崔兆强,你应该知道的吧?"

崔兆强说:"啊哟,这里的小旅馆多如牛毛,宰起人来刀可快着呢!而且里面乌七八糟的,还不晓得会碰上什么事哚!你们要住就得找大点的旅馆,贵也贵不了多少的!"

沙驼吃着面一笑说:"只要我们自己不去乌七八糟不就行了?"

崔兆强看了眼小娜说:"那倒也是。这样吧,等会儿你们出门朝西走,有条小街,左拐就是家旅馆,那家倒还比较干净些。"

沙驼说:"那就谢谢啦!"

38.

沙驼和小娜正吃着面。

崔兆强他们继续喝酒闹着。

青年丙眯着眼睛一直往小娜那里瞟,女青年丁不满地踢了他一脚。青年丙只好收回目光讪讪地怂恿青年甲说:"喂,杨杨。你看,那个新疆妹子真的好漂亮嗳!"

青年甲眯缝着醉眼,拿着杯子哗地一推椅子站了起来,说:"好,我去敬她一杯酒!"

第五集

1.

饭店大堂里。

青年甲带着醉意摇摇晃晃地走到小娜桌边,手中的杯子伸到小娜面前说:"新疆妹子,因为你的美丽,我敬你一杯酒!请赏个面子,一口干了吧!"

女青年乙嘟着嘴看着他。

青年丙也想端着酒杯上前,被女青年丁拽回到椅子上。可青年丙借着酒胆又站了起来,往小娜的跟前凑。女青年乙皱着眉头,想站起来阻止青年丙,被崔兆强拉住。

崔兆强说:"没事的,人家是好意,没别的意思。"崔兆强也站了起来,凑过去说:"对,新疆妹子,一口干了吧!"

沙驼怒视着他们。

小娜说:"请你们从我身边走开!"

崔兆强说:"你放心,我们没别的意思!"

青年甲喷着酒气,把杯子凑到小娜嘴边嬉笑着说:"请,请赏光!"

沙驼没想到一进上海就遇到这种事,看来世上有些事想躲也躲不开,于是忙向小娜使了个眼色。

小娜说:"好,我喝。"说着拿过杯子,突然用手臂抬起青年甲的下巴,把酒一下灌进他的嘴里,呛得青年甲满脖子都是酒,踉踉跄跄后退着,把青年丙撞开好几步,崔兆强赶忙扶住他。

沙驼把一张五十元的票子拍在了桌子上。

2.
沙驼和小娜拿着行李,走到门外。

小娜回过头说:"喂,小子! 你找错玩的对象了!"

3.
沙驼和小娜走到一家小旅馆前。

沙驼朝里面看看,说:"应该是这里吧,好像是挺干净。我们就住这儿吧。"

4.
沙驼和小娜走到一栋石库门房前,看看门牌号。

沙驼说:"对,是这儿。"

5.
姚姗梅气狠狠地冲进崔兆强的房间,一把掀开崔兆强的被褥,把崔兆强揪起来。

崔兆强睡眼惺忪地说:"姆妈,作啥啦?"

姚姗梅说:"我问你,你今天早上啥辰光回的家? 我一直等你等到两点钟!"

崔兆强说:"过夜生活呀……"

姚姗梅一个耳光甩了过去,把几张单子拍在床头柜上说:"你看看! 昨天我去饭店财务室,这是赵会计交给我的账单!这几个月来营业额连续下降,从上个月开始就已经亏损了。我看你阿爸用二十几年撑起来的饭店就要关门了!……你个不争气的东西!要气死我啊!"说着,姚姗梅伤心地哭了。

崔兆强说:"姆妈,老沈爷叔讲,现在是饭店营业的淡季嘛,哪家饭店都是这样。"

姚姗梅说:"放屁!你阿爸在世的时候,哪个月有过亏损?"

崔兆强捂着脸说:"好了,好了,姆妈,从今朝起,我好好做生意,好哦?"

姚姗梅说:"这几天你天天给我下保证!可你哪一天在饭店实实在在地做生意了?"

6.
沙驼又核对了一下纸条和门牌号,认为准确无误了,于是伸手按门铃。

7.
屋里电铃响。

楼下有人叫:"姚姗梅,外面有人找!"

姚姗梅忙擦干眼泪边下着楼边喊:"来了,来了。"

8.
姚姗梅家门前。

姚姗梅开门,看到拎着些礼品的沙驼和小娜就站在门口。

姚姗梅一时间没认出沙驼说:"你们找谁?"

沙驼笑了说:"姗梅嫂子,你认不出我啦?"

姚姗梅眼睛猛一亮说:"啊呀,是沙驼啊!这位……"姚姗梅有些恍惚,感觉好像田美娜就站在沙驼身后,但又不十分像。

沙驼:"我女儿小娜呀!"

姚姗梅拍拍自己的脑门说:"噢,晓得了,晓得了。"

沙驼说:"小娜,这就是姗梅阿姨呀。"

小娜很有礼貌地鞠躬叫:"姗梅阿姨你好。"

姚姗梅说:"啊呀,长得这么漂亮啊,比你妈妈还要漂亮! 你们怎么找到这儿的?"

沙驼说:"你临走时不是给过我地址嘛。你别忘了,我们还通过几次信呢。"

姚姗梅说:"对对对,你看我这脑子。"

9.

客厅。

姚姗梅兴奋而热情地说:"沙驼、小娜,快坐。"

沙驼、小娜在客厅的沙发上坐下。

姚姗梅忙着给他们倒茶水。

沙驼说:"秉全大哥呢?"

姚姗梅一指遗像,伤心地说:"喏。几个月前刚走。"

沙驼心头一惊,忙拉起小娜,在遗像前鞠了三个躬。

姚姗梅坐下后伤感地说:"唉,其实想想,做人也真没意思。刚把事业撑得像回事了,说走也就这么走了,辛苦了一辈子,图个啥?"

沙驼宽慰地说:"人不都这样吗? 你也不要太伤心了。有些人辛辛苦苦地活着,不就是为了能给家里人和后人带来一些幸福吗? 我看秉全大哥就是这样的人。"

姚姗梅说:"唉,不说这些伤心话了。你们住在哪儿?"

沙驼说:"住旅馆呀,还能住哪儿?"

姚姗梅说:"住到我这儿来吧。我这儿房子宽敞。"

沙驼说:"姗梅嫂子,我们还是住旅馆吧。以后再租间房子。住在你们家,总不太方便。"

姚姗梅也不强求,说:"那好吧。但你有什么事,只管来找我。沙驼,我听说你发大财,是个大款了。"

沙驼笑着说:"你看我像个大款吗?只不过放羊赚了几个钱。"

姚姗梅上下打量了一下沙驼,笑着说:"我看你也不像个什么大款,还是个大西北的乡巴佬。这样吧,等会我去买点菜,晚上我给你们接风。对了,我先得去把崔兆强叫起来!唉,这孩子越大越不像话,全是秉全给惯的。"

10.

崔兆强已经像没事人一样地在卫生间细细地打扮自己。

姚姗梅敲敲门,推开说:"你又不是小姑娘,在镜子面前照过来照过去的干什么!"

崔兆强说:"姆妈,你也太落伍了。好好修饰自己,就是对别人的尊重。来的是什么客人啦?"

姚姗梅说:"是你阿爸在新疆时一起放羊的兄弟。"

崔兆强说:"放羊的啊,我以为是啥人呢。"

姚姗梅说:"你以为是啥人?是你阿爸和我的患难兄弟,我们间的情谊在我看来比那些所谓的亲戚更深更纯!"

11.

崔兆强一走进客厅就傻眼了。

姚姗梅说:"沙驼,这是兆强。"

沙驼看着傻愣在那里的崔兆强,乐呵呵地说:"哈,小子,是你啊!"

姚姗梅说:"怎么?你们见过?"

沙驼说:"昨晚我们刚下火车就认识了。"

姚姗梅说:"哦?怎么……"

沙驼说:"全福饭店啊!我咋就没想到呢?呵呵,我和小娜一人吃了一碗面,味道还不错!"

姚姗梅突然明白了些什么,气恼地在崔兆强背上又拍了一巴掌说:"你是不是又带着那帮狐朋狗友到饭店白吃白喝了?"

崔兆强面子有些挂不住了,着急地喊:"姆妈,有客人在!"

　　沙驼赶紧打圆场说："喂,小子,你们离开新疆的时候你才一岁多吧? 每天都吵着要我抱抱,现在都这么大了! 来,我介绍一下,这是你妹子沙小娜!"

　　小娜不计前嫌地朝崔兆强鞠了一躬说："兆强哥,你好。"

　　崔兆强马上变得很热情地说："沙驼爷叔,你好。小娜妹妹,你好,昨天真是对不住你们!"

　　沙驼说："姗梅嫂子,我有话想单独同你说。"

　　姚姗梅说："兆强,带你小娜妹妹到你房间去坐会儿,我和你沙驼爷叔有话要说。"

　　12.

　　沙驼把一张烟盒纸递给姚姗梅。

　　沙驼说："姗梅嫂子。你看。"

　　姚姗梅说："怪不得呢。我想殷正银得了那种病后不会生育了。他们哪来的孩子!"

　　沙驼说："所以现在我得把孩子要回来,我才是这孩子的父亲! 田美娜是我的妻子!"

　　姚姗梅说："当然得要回来了!"姚姗梅沉思着,恼怒地说,"这肯定是许萝琴的主意。"

　　沙驼说："你知道殷正银的家住在哪儿吗?"

　　姚姗梅说："知道。我们是属于同一个街道的。"

　　沙驼说："离这儿有多远?"

　　姚姗梅说："不太远,三站路多一点。我在上海第一次见他们时,他们正领着孩子在逛马路。许萝琴告诉我说,这孩子是他们的亲生孩子,那时孩子已经五岁了。叫殷浦江。长得真漂亮。我还想,他们怎么会生出这么漂亮的孩子。"

　　沙驼说："他们现在还住在那儿吗?"

　　姚姗梅说："可能还在,因为他们的经济情况不太好。那俩是双顶回上海的,结果他们顶职进去的两爿厂经营状况都不好,前些年两个人都下岗了,现在他们怎么样,我也不晓得。到上海后,我们就没什么来往。"

沙驼关切地问:"那孩子怎么样?"

姚姗梅摇摇头说:"情况我也不大清楚。"

沙驼说:"这就更让我担心了。过上几天,你就带我去找找殷正银、许萝琴他们吧。"

姚姗梅叹了口气,想了想说:"好吧。不过……我只能把你领到他们住的那条街上。"

沙驼说:"这当然! 我不能让你为这事得罪他们。唉,这二十二年来,这孩子就一直在揪着我的心呢! 不把这孩子要回来,田美娜在九泉之下也不会安心哪,会骂我的啊! 起码我得让他们兄妹俩团聚吧。不过这两天,我想先去拜访一下小娜的外婆和舅舅、舅妈。"

13.

崔兆强问小娜说:"小娜,你会开车吗?"

爽快的小娜脱口而出说:"会。"

崔兆强说:"你们家也有车啊?"

小娜马上改口说:"我们家哪来的车呀。我是在上大学时跟着几个同学一起学的,因为找工作,学会开车也是个有利条件。"

崔兆强说:"这倒也是。你在大学学的是什么专业?"

小娜说:"财会。"

崔兆强说:"这个专业以前在上海很吃香,现在这方面的人才已经不是太缺了。我是专科学校毕业的,学的是企业管理,可是用不上。"

小娜说:"学企业管理的怎么会用不上?"

崔兆强说:"我想管理饭店,我阿爸不让我管,所以用不上。"

小娜说:"干吗一定要在父亲的饭店干呢? 到别的单位工作去嘛。"

崔兆强说:"自己家里开饭店,干吗要到别人手下去干,去受气呢? 让别人提溜着转,多没意思。"

小娜说:"在上海找工作不容易吧?"

崔兆强说:"那就要看你自己的能耐了。小娜,你会骑马吧?"

小娜说:"在牧场生活的人,哪有不会骑马的!"

崔兆强说:"唱歌呢?"

小娜说:"那当然也会。我在学校里卡拉OK比赛得过一等奖呢。"

14.

沙驼对姚姗梅说:"我到上海来,第一件事当然要先去拜访一下小娜的外婆和舅舅、舅妈。"

姚姗梅说:"你可能不知道,为了房产的事,小娜的舅舅、舅妈同小娜的外婆吵得差点要打官司。现在小娜的舅舅、舅妈住在原先的一栋小楼里,小娜的外婆搬出来,住在一套石库门房子里。你想先去谁家?"

沙驼说:"当然是先去外婆家了。田美娜临走前,就要求我把两个孩子送到外婆家。"

姗梅说:"这个老太婆脾气可有点怪。"

沙驼一笑说:"总不会杀人吧?"

姗梅也笑着说:"那倒不至于,不过很可能会让你吃闭门羹。田美娜去新疆时,母女俩闹得很僵。"

沙驼说:"田美娜跟我说了,但我还是得去呀! 我先把礼送上总行了吧。"

姗梅说:"那明天早上我带你去。"

15.

第二天早上。

弄堂门口牌坊上雕着"聚全里"字样。

沙驼、小娜从出租车上下来,拎着好几大包新疆特产,发现姚姗梅已经站在弄堂门口了。

16.

姚姗梅领着沙驼、小娜来到一栋石库门房前。

姚姗梅说:"就在这儿。"

姚姗梅敲门。

里面有人喊:"啥人啊?"是一位老保姆来开的门,看看他们说:"你们找谁?"

姚姗梅说:"刘妈,田家姆妈在吗?"

刘妈朝里喊:"师母,有人找!"然后上下打量了一下小娜,她大概觉得很眼熟。她是田家的老保姆了,显然跟田美娜也很熟。

17.

田美娜的母亲梅洁从屋里走出来。

姚姗梅忙说:"田家姆妈,是我,姚姗梅。我来过你这儿,同你讲过有关田美娜的事。"

梅洁虽已七十多了,但依然很有气质,而且看上去要比实际年龄年轻得多。

梅洁说:"我不是同你说过吗? 再也不要跟我提田美娜的事了。"但事隔二十几年,气也不那么大了,于是很快把语气缓和下来,说:"你来有什么事吗?"

姚姗梅说:"田家姆妈,这就是田美娜的女儿,小娜。"

沙驼轻轻推了推小娜。于是小娜往前走上半步,微微鞠了一躬说:"外婆您好。"

梅洁看一看小娜,眼睛一亮,似乎眼前就是女儿田美娜。但脸色突然又变得伤感而恼怒起来,似乎心头一股无名火又蹿了上来。她说:"田美娜已经不是我的女儿了,我们已经断绝母女关系了,所以不管这小姑娘是不是田美娜的女儿,都与我无关,你们走吧。"

姚姗梅说:"田家姆妈,你听我说一句好不好。事情都过去二十几年了,不管你同美娜之间有什么过节,田美娜也已经在新疆的戈壁滩坟地里躺了二十几年了。现在她留下的骨肉你要都不肯认,是不是有点太不近情理了?"

梅洁说:"我不会认的!因为我怕上当受骗!好了哦?再说,听说她婚都没有结,肚子里就有了孩子,光彩吗?我老太婆丢不起这个人啊!"

小娜说:"外婆,你不该这么说我妈!"

梅洁厉声说:"谁是你外婆!你插什么嘴。"

小娜还想说什么,被沙驼一把拉开了。说:"伯母,我就是沙驼,小娜的爸爸。"

梅洁看一看沙驼说:"是你没结婚就把我女儿肚子搞大的?"

沙驼说:"是。这件事我实在做得很糟糕,也很对不起田美娜,但田美娜和我是扯了结婚证的。"

梅洁说:"你是不是田美娜的丈夫,这小姑娘是不是田美娜的女儿,我都无从考证,我也不想考证。因为我老了,快要入土了,我不想别人再来打扰我的生活,只想能过上几天清静的日子。请你们也体谅我这么个七十几岁的老人,就这样吧。"说着,就想关门。

沙驼笑容可掬地说:"您老刚才讲的话虽然很伤我和小娜的心,但我们也不生气,对人,对生活,各人有各人的看法,强求不得的。"沙驼把几大包新疆特产放到梅洁跟前说:"这是小娜孝敬您老的。您老多保重,那我们走了。小娜,你不是还有东西要孝敬外婆吗?"

小娜下意识地摸了摸背包,包里放着她钩的羊毛披肩,但她咬咬嘴唇,说:"爸,再说吧。"

沙驼说:"那您老歇着,不打扰您了。"

梅洁说:"等等,我不认识你们,陌生人的东西我也不想收。"

沙驼说:"伯母,您老可以不认我们,但我们不能不认您啊!我们既然来见您了,怎么也得来孝敬孝敬您哪。要是您觉得这些东西不合您口味,您就看着处置吧,但心意我们一定得送到。"说着,拉着小娜就往弄堂外走。

梅洁不知该怎么应对了,只好看着他们走出弄堂。她想了想,让刘妈把那几包礼物掇进家里。

18.

姚姗梅对沙驼说:"就这么算了?"

沙驼说:"那怎么办? 总不能牛不饮水强按头吧?"

小娜说:"爸,我们就不该来上海!"

沙驼说:"咋不该来? 我们肯定来对了!"

小娜说:"爸!"

沙驼说:"你也别发脾气,老太太这种反应也正常的。你妈跟我说过,你外婆跟你妈断绝过母女关系,断了的弦要接上,哪有那么容易的事。"

小娜说:"那她凭什么冲我发火啊!"

姚姗梅叹口气,说:"你妈当初那事是有点那个……"她看到沙驼在看她,也就不往下说了。

沙驼一笑说:"这事就慢慢来吧,世上没有过不去的火焰山。"

姚姗梅说:"那你们还是坐出租车子回旅馆去。我要去我们家的饭店看看,不晓得那个浑小子昨天又吃掉我多少。今天晚饭后我再陪你们到小娜的舅舅家去。小娜的舅舅晚上才在家。"

19.

刘妈把礼品放到八仙桌上说:"我看这个小姑娘,活脱脱就是当年的田美娜。师母,你作啥勿认啦?"

梅洁说:"我怕上当受骗!"

刘妈说:"肯定是美娜的女儿,哪能会上当受骗呢?"

梅洁说:"就是美娜的女儿,我也不想认!"

20.

一栋旧式的花园洋楼。

田铭源,田美娜的弟弟,看得出年轻时很英俊,但性格懦弱,很典型的上海小男人。

贾莉娅,田铭源的妻子。年轻时也有几分姿色,但透着些俗气,个性泼辣。

一楼客厅里。

田铭源和贾莉娅正在焦急地等着什么人。

贾莉娅说:"哎,瞿董讲好几点钟来的呀?"

田铭源说:"讲好是八点钟的。"

21.

沙驼和小娜拎着大包小包的礼品,姚姗梅领着他们往田铭源家的小楼走去。

22.

客厅,贾莉娅看着客厅的钟,担心地说:"只差一分钟就八点了,怎么还不来呀?瞿董不会变卦吧?"

田铭源说:"不会的。瞿董办事向来认真,他应酬多,说不定一时脱不开身呢。你现在急也没用,耐心点吧。"

门铃响。

田铭源说:"你看,来了吧。"

贾莉娅跳起来说:"我去开门。"

23.

院门前。

贾莉娅打开院门,惊奇地看着院门口站着的姚姗梅和两个陌生人。

姚姗梅说:"我叫姚姗梅,前些年上你家来过一次。"

随后跟出来的田铭源马上认出来了,说:"哦,你是全福饭店的老板娘,有啥事体哦?"

姚姗梅说:"喏,"她指了小娜一下,"这是你阿姐田美娜的女儿小娜,这位是小娜的爸爸,叫沙驼。他们特地来拜访一下你们。"

贾莉娅因看到不是他们热切等待的瞿董,由失望而变得恼火。对田铭源说:"田铭源,你阿姐啥时候有女儿啦? 我哪能从来没听说过啊?"

田铭源说:"这位老板娘上次来不是讲过了吗?"他看看小娜,贾莉娅也盯着小娜看了一阵。

贾莉娅说:"喔哟,今天真不巧,等一会我们家有个重要的客人要来,只好恕不接待了。"

姚姗梅说:"人家大老远地从新疆来,又是你阿姐的女儿,总得让人进去坐一会儿呀。"

田铭源犹豫着说:"那就……"

贾莉娅马上插话说:"真是对不起,我们实在是有人要来,这个人现在对我们来说太重要了。你们过几天再来好哦?"说着就要关门。

沙驼说:"那你们就把礼物收下吧。这都是新疆的特产。"

田铭源要去接。贾莉娅一把拉开他的手说:"不好意思,无功不受禄,这东西我们不能收。再说,这小姑娘是不是阿拉阿姐的女儿我们也真是勿晓得。对勿起了,对勿起了!"说着,把门砰地关上了。

24.

田铭源气恼地对贾莉娅说:"你哪能这副样子? 这个小姑娘长得太像我阿姐了! 况且不管是不是,你也不能这样待人家呀,天都不打送礼的人呢。"

贾莉娅说:"要是瞿董来了,看到这帮乡下人坐在家里,像什么话!"说着一扭身进了屋。

田铭源有些犹豫要不要再去开门。

贾莉娅说:"你不许开门! 要是因为这些人得罪了瞿董,我拆你的骨头!"

25.

沙驼气得站在门口,好一阵子不出声,最后才说出一句:"姗梅嫂子,你们上海人都这样吗?"

姚姗梅也有点恼火地说:"百分之九十九不是,但恰恰让你碰上了两个他们这样的,我不也是上海人吗?"

小娜一举手上的东西,说:"爸,这些咋办?"

姚姗梅叹口气,说:"拿回去吧,总还是花钱买的,送别人也一样。"

沙驼拿过那几包礼品说:"既然拿来了,干吗还要带回去?去你的,不想接待我们,这礼我还照样给你送!"说着,把那几包礼品用力摔进了院子里,说,"走!过几天我们再来,哪有舅舅不认外甥女的!"

26.

田铭源刚进屋,就听到院子里咚的响了一声。贾莉娅也探头张望,他们回头看到几包礼品散落在地上。

两人面面相觑。

贾莉娅推开田铭源冲出去打开院门,院门外已空无一人。

贾莉娅嘀咕说:"出呐,一帮乡下人,脾气倒蛮大的。"

田铭源指着地上的几包礼品说:"怎么办?"

贾莉娅关上院门,跑去拣起那些礼品说:"帮忙呀!快拿到屋里去。瞿董来了,看到这一地像什么样子!"

田铭源气恼地说:"亲眷嘛不认,东西这会儿拿得倒勤快,刚刚摆出那副样子作什么?我不拣!"

贾莉娅说:"我那是做出个姿态来!省得那些乡下人染不清。既然他们都扔进来了,总不能丢在这里吧。新疆特产呀,不吃白不吃。等会儿我拆两包,瞿董来了,刚好招待他。"

田铭源气得转身进屋,说:"你这个女人,不可理喻!"

贾莉娅说:"你少在那里酸,我告诉你田铭源,不管那个小姑娘是不是你阿姐的女儿,我肯定是不会认的!"

27.

沙驼、小娜、姚姗梅从弄堂口走出来,一辆奔驰车缓慢地从他们身边擦过。

沙驼转头看了看那辆车。

奔驰车驶进他们刚走出来的弄堂。

在弄堂口,沙驼要拦出租车。

姚姗梅说:"不用坐出租了,刚才我打电话让兆强来接我们回去。"

28.

奔驰车在门前停住了。

车门打开,从车里面走出来的是瞿欧德。

29.

马路两旁灯红酒绿。

崔兆强开着车。

车里坐着沙驼和小娜,姚姗梅显然已经下车了。

小娜对沙驼说:"爸,我们还是回新疆去吧。"

沙驼说:"没出息!"

小娜说:"爸,我那时候就说了,我对我妈的那些亲戚一个都不认识,也不知道他们是什么样的人。现在好了,我都见识到了。这样的外婆,这样的舅舅、舅妈,有什么好认的。我这辈子有你这个爸就行了。"

沙驼说:"你这辈子有多长?我的一辈子还没过完呢!再说你哥我还没找回来呢!你妈交给我的事我不办完,我绝对不会离开上海!"

小娜说:"可我不愿为了这么些亲戚让爸你受这种委屈!"

沙驼说:"我可没觉着委屈,比起我过去经历的,这算个啥?"

小娜说:"可我委屈啊!不仅委屈,我还憋屈着呢!人人都说上海好,好在哪儿呀?一点人情味儿都没,谁稀罕!"

崔兆强说:"小娜,话不要说得太早。你们没听说过嘛,人家说美国的纽约,既是天堂,又是地狱,上海也可以这么说。所以到过上海的人,只要能站住脚的,谁都不想离开!"

小娜说:"呸,我一分钟都不想在这儿待!"

崔兆强说："那是你没见识到上海好的地方！告诉你，我崔兆强也是新疆出生的，但我决不离开上海，因为它也是天堂啊，哪怕我过上几天就要成个穷光蛋，可能要在上海过地狱般的生活了，我也会选择留在上海。"

沙驼说："兆强，我听你话里头有话啊，咋回事啊？"

30.
田铭源和贾莉娅殷勤地把瞿欧德引进屋里。

贾莉娅说："瞿董，你今晚能来，我们真是太高兴了。"

瞿欧德说："很对不起，迟到了快一个小时了，叫客户拖住了。"

田铭源说："听说瞿董的生意越做越大了。你从德国回来，投资建材生意，真是有眼光。"

贾莉娅说："是呀是呀，现在上海商品房越造越多，买房的人也越来越多，房子装修得也越来越讲究，现在市场上需要的建材绝对是个天文数字。"

瞿欧德说："你们约我来有什么事吗？"

田铭源跟贾莉娅对视了一眼，田铭源说："瞿董，我们咖啡馆能重新装潢，您是帮了不少忙。现在重新开业已经有几天了，我们想请瞿董屈尊去放松放松。"

贾莉娅满脸堆笑地说："瞿董，我们的咖啡馆生意这几天蛮兴旺的，这不全都靠了瞿董的帮忙，装潢材料也都是成本价给我们的，比市场价要低好多啊。现如今我们在咖啡馆里搞几只像样的包厢，里面可以唱唱歌，跳跳舞什么的，今晚想请瞿董过去看看。"

瞿欧德说："今晚不行，我还有事。你们的心意我领了，下次吧。过上些日子，我感到累了，会上你们店里去坐坐的，再说我帮你们一点忙是应该的，何足挂齿。"

贾莉娅说："那到时你一定得来啊。人再忙也得调剂一下，要是神经绷得太紧，对身体不好的。"

田铭源有些若有所思地说："不过，瞿董，我们有点弄不懂，你为什么要这么慷慨地帮我们？"

瞿欧德说:"这是我的事,你们用不着知道底细,也用不着再多问。"站起身来说:"就这样吧,我还有事,就先告辞了。"

31.

崔兆强的小车里。

崔兆强说:"我妈没告诉你们,她那是要面子。我们家的全福饭店是我爸同一个姓沈的合伙开的,他在饭店有三分之一的股份。我爸去世后,饭店有些不景气了,他就要抽走资金,我们现在家里拿不出这么多钱。我妈说,把饭店转让掉,就是卖掉,好把姓沈的钱还给他。"

沙驼说:"这么好的地段,生意怎么会不好呢?"

小娜说:"就兆强哥那样经营饭店,生意能好才怪!"

崔兆强说:"话可不能这么说,其实我爸走的时候,饭店生意就已经走下坡路了。这饭店到我手上也是个烂摊子,好师傅都走了,又碰上淡季,再加上有人釜底抽薪,能有个好吗?"

沙驼说:"饭店卖掉了吗?"

崔兆强说:"还没,不过也快了。就是下家把价压得太低了,想趁火打劫。说起来,那个下家还是姓沈的给介绍的呢,谁知道里面有没有猫腻。都欺负我妈不懂,一旦我想说两句,我妈十句回过来,先把我骂个狗血喷头。"

小娜说:"活该骂!"

崔兆强伤感地说:"还有,这车过两天也不属于我的了。"

小娜说:"为啥?"

崔兆强说:"养不起了呀。"

小娜说:"爸,今天你有件事做得让我特别欣赏。"

沙驼说:"啥事?"

小娜说:"就是把礼品咚地摔进舅舅家的院子啊!"

沙驼笑了。

崔兆强说:"小娜,现在还早,我带你出去逛逛吧。这些天我心里憋屈得慌,特别想出去放松放松。再说,有得车用可别放过啊,还有免费向导带着,不去可很难再有机会了啊。"

小娜说:"去就去,上海最漂亮的也就是夜景了。白天的时候除了人跟楼房,啥也看不到。爸,我跟兆强哥去逛逛,行吗?"

沙驼说:"那你们就去吧!不过别玩得太晚。"

32.

客厅里。

瞿欧德刚站起来,贾莉娅慌了,瞪了田铭源一眼,说:"瞿董,你不要误会,我们没想着要打听什么你的底细。人家说,知恩图报,我们也就是想多了解了解你,以后好报答你。"

瞿欧德说:"我没帮什么忙,也不想提什么报答,你们只要能把这个咖啡馆好好经营下去,比说什么话都强。"

田铭源忙点头说:"是,是,那是一定的。"

贾莉娅指指桌上摆的一些干果说:"瞿董,没必要这么急着走嘛。今天有新疆来人给送了些土特产,你要不再坐会儿,尝一尝?"

瞿欧德看看桌上摆放的干果,脸色微微有些变,说:"新疆来人,什么人啊?"

田铭源说:"是我阿姐……"

第六集

1.

客厅里。

瞿欧德有些敏感地问田铭源说:"是你阿姐什么?……"

田铭源见贾莉娅在瞪他,便改口说:"过去在新疆的朋友。"

瞿欧德忙又问:"叫什么?"

田铭源说:"不太清楚,他们放下东西就走了。"

瞿欧德哦了一声,想了好一会儿,这才从回忆中出来,说:"我不吃了,晚上确实有事,我告辞了。"

2.

瞿欧德的奔驰车开出了田铭源家的弄堂口,驶入川流不息的车流中。

3.

梅洁坐在客厅的沙发上看着电视,电视里在播放越剧,可以看出,梅洁是个越剧迷。

梅洁似看非看地盯着电视屏幕,时不时地瞟一眼饭厅桌子上放的那些礼品。

梅洁轻轻地叹了口气。

4.
沙驼的房间。
沙驼坐在床边,手里拿着那张香烟盒纸,沉思着。

闪回:
沙驼奔向路口喊:"我一定要把我的儿子要回来——"

5.
崔兆强把车拐向一条高架路入口。
小娜说:"这又是去哪?"
崔兆强说:"小娜你去过歌舞厅吗?"
小娜说:"去过,有次跟同学一起去疯,玩到大半夜,被我爸好一顿训。以后就很少去,去也待不了多久。"
崔兆强一笑说:"上海是个不夜城,一到华灯初放就是年轻人的天下,玩到多晚都没什么问题。我跟我朋友去泡酒吧,打保龄球,经常通宵。"
小娜说:"你那帮狐朋狗友都不工作啊?"
崔兆强说:"有啊,大上海朝九晚五的小白领们,也经常会去玩通宵。大城市里工作压力大,就靠着这会儿缓解压力,放松心情呢。"
小娜说:"你整天游手好闲的,也需要缓解压力吗?"
崔兆强说:"怎么不需要? 游手好闲又不是我的错,以前我想做什么事我爸妈又不肯放手让我去做,现在彻底撒手了嘛,我又不知道该怎么做了。饭店都快没了,要成穷光蛋了,压力大啊!"
小娜哼了一声,说:"自找!"

6.

夜空中阴云密布,闪电时隐时现。

瞿欧德开车正往上海的近郊驶去。他眼睛的余光看着窗外繁华都市的夜景渐渐远去,脸上流露出怅然和忧伤。

7.

某舞厅。

舞厅舞池里已拥满了人。

迪斯科的音乐震天响。

小娜跟着崔兆强进了舞厅,看着舞池中男男女女疯狂起舞的样子,小娜显得有些拘谨。舞池当中有一个小型的领舞台,一男两女三个年轻人正在领舞。

小娜站在舞池边看着领舞人的动作,开始有些感觉了。

崔兆强拉着小娜进了舞池。

小娜本来就有舞蹈天赋,因此舞跳得刚柔相济,狂热而优美,渐渐成为舞池的中心,吸引了不少人的眼球。

8.

两个年纪与崔兆强差不多的男青年每人拿着一瓶酒,坐在一边,边喝边欣赏着小娜那狂热而优美的舞姿。

崔兆强渐渐有些跟不上小娜了,舞池中央有一个领舞的青年把小娜拉上台,一起跳了起来,舞池中气氛变得更加浓烈。崔兆强从人群中挤出来,跑到吧台要了瓶啤酒。

那两个年轻人拿着酒瓶跟了过来,他们显然与崔兆强相熟。

男青年甲用上海话说:"喔哟兆强,只勿过两天就调女朋友啦?"

崔兆强擦擦汗,说:"勿要瞎讲,伊是我阿妹。"

男青年乙说:"好来,勿要骗阿拉了,侬咯底细阿拉还勿晓得啊,有鲜嫩草侬咯只牛想独吞啊?"

崔兆强咕嘟咕嘟喝了一大口酒,说:"勿要瞎三话四,阿妹就是阿妹,昨天夜里刚到上海,今朝陪伊来白相。"

男青年甲说:"噶好的事体啊! 阿拉陪伊白相好哦啦。"

崔兆强又喝了一口酒,把酒瓶往吧台上一放,说:"朋友,勿要搞好哦!跳舞去了。"说着,又进了舞池。

9.

一声炸雷,大雨瞬息而下,噼噼啪啪地砸在建筑物的雨篷上。

沙驼住的小旅馆窗口,沙驼正望着窗外。

闪回:

田美娜临死前苍白无助的脸……

10.

雨越下越大,瞿欧德把车停在马路边上。

他点燃了一支烟,深吸了一口。

闪回:

田美娜把瞿欧德送到路口……

瞿欧德跪在田美娜面前……

田美娜那甜美而温婉的脸……

11.

沙驼看着窗外的雨说:"田美娜,我们回到上海了,你是不是也跟着回来了?……"

沙驼把手中的烟头掐灭扔到烟灰缸里。

12.

瞿欧德把烟头扔出车窗外,使劲用手捋了几下头,他似乎想从这种回忆中挣脱出来。

瞿欧德自语说:"田美娜,自从我离开你后,我没有一天不在想你,这二十几年来,我的心一直泡在悔恨的苦水里……"

13.

小娜在领舞台上跳了下来,继续跟崔兆强共舞。她跳得很投入,崔兆强配合着她的动作,感觉到别人艳羡的目光,自豪又很得意。

那两个男青年也跳进舞池,他们早已被小娜的舞姿迷倒了。

男青年甲对乙说:"出呐,兆强太不够朋友了,噶好咯卖相,噶灵咯身段,居然想独吞。"

男青年甲借着酒兴凑过去想搂小娜的腰,小娜机警地闪开了。

崔兆强喊:"嗨嗨,朋友,作啥啦?"

男青年乙拉住崔兆强说:"兆强,不要噶没腔调好哦,一道白相么好唻。"

崔兆强说:"不是跟你们讲了嘛,伊是阿拉阿妹呀!"

男青年乙说:"侬个独养儿子啥辰光来咯阿妹?瞎讲!"说着把崔兆强往边上推。

男青年甲对小娜说:"小姑娘,不要跟牢兆强嘞,伊是个花架子。哥哥我陪你来白相,哪能?"说着就想去亲小娜的脸。

小娜一个耳光就甩了上去。

青年甲根本想不到小娜会甩他耳光,捂着脸说:"出呐,侬敢打我。"

崔兆强跟青年乙都愣住了。

青年乙反应过来,冲过去喊:"出呐,咯野女人敢打人啊!"崔兆强想拉住乙,被他一胳膊肘顶到了地上。还没等青年乙的拳头凑到小娜面前,小娜一扭身一个背包将他摔在地上。

青年甲也想扑过去抱小娜,也被小娜一个扫堂腿绊倒在地上。

崔兆强坐在地上看着有点傻。

旁边的人都不知所措地看着他们。

小娜一个跳跃,像翻身上马的姿势翻过舞池小栏杆,回头看看崔兆强说："兆强哥,你回不回?"

14.

小车里。

崔兆强对小娜说:"小娜,这么做没必要的。"

小娜说:"这号人我见得多了,不要说社会上有,就连我们大学里也有。不教训一下,他们就不知道尊重人!"

崔兆强说:"他们都是我朋友,开玩笑没分寸的,我解释一下不就行了,何必一定要动粗呢?"

小娜说:"你把这号人当朋友?"

崔兆强说:"大家都是白相朋友,虽然讲不上交情有多深,但得罪了总不是好事。"

小娜说:"得罪这些人算什么? 不过都是些酒肉朋友,连结交都不应该!"

崔兆强说:"要想在生意场上站住脚,酒肉朋友是少不了的。"

小娜说:"停车!"

崔兆强猛一踩刹车,说:"怎么了?"

小娜说:"我现在算是看清了,你崔兆强跟那号人是一路货色! 有了几个臭钱就不知道自己姓什么了,整天拿着父母的钱花天酒地,不务正业,坐你这种人的车,我觉得丢脸!"说着,猛地打开车门,走出车外。

15.

大雨还在下。

小娜走到路边拦出租车。

崔兆强想追出去,又怕淋湿自己,忙摇下车窗喊:"小娜,小娜! 下雨天车少,打的不好打! 你快回来,我送你回去。"

小娜不理他,伸着手还在拦车。

崔兆强又喊:"小娜,你这样要淋出病的,快进来。"

　　一辆亮着绿灯的出租车慢慢停了下来,小娜正要上车。崔兆强有些急了,打开车门在大雨中追了上去说:"小娜,哥哥向你道歉好哦? 别任性了,我送你回去。"

　　小娜钻进出租车,砰的一声关上了车门。

　　崔兆强只好拍着车窗喊:"小娜,这事情你别告诉沙驼爷叔好吗? 拜托啊……"

　　出租车开走了。

16.

　　梅洁躺在床上翻来覆去睡不着,她打开台灯,下了床。

　　梅洁从大衣柜里拿出两本相册,翻看着田美娜小时候的照片。

　　田美娜的脸突然变成了小娜的脸。

　　梅洁含泪说:"美娜,你真是个冤孽啊。你干什么要把女儿送来呀,你让我怎么办好啊? 你走了那么多年,还让我这个当妈的不得安宁!"

17.

　　小娜的房间。

　　小娜洗完澡,换了身衣服,坐在床上发呆。

　　坐了一会儿,小娜突然跳下床,打开门走了出去。

18.

　　沙驼的房间。

　　小娜猛敲沙驼房间的门。

　　沙驼拉开门,看看小娜说:"小娜,咋啦?"

　　小娜用严肃的口吻说:"爸,我们还是回新疆吧!"

19.

　　贾莉娅已睡下,田铭源仍坐在床上。

贾莉娅说:"想啥心事啦,好睡觉来。"

田铭源说:"我在想我阿姐,还有她今天来的女儿。"

贾莉娅说:"你肯定那个小姑娘是你阿姐的女儿? 现在骗子勿要太多噢。认你当亲戚,然后在你家住下,结果卷上家里值钱的东西跑了。"

田铭源说:"你胡说些什么? 那个小姑娘肯定是我阿姐的女儿!"

贾莉娅说:"你那么肯定?"

田铭源说:"肯定! 那个姚姗梅就是全福饭店的老板娘,她年轻时在新疆,跟我阿姐在一个生产队。她领着人来骗我们干什么?"

贾莉娅说:"不过这个小姑娘倒是长得蛮漂亮的。"

田铭源说:"你就这么把人赶跑了,我九泉之下的阿姐肯定在骂我。"

贾莉娅突然灵机一动说:"哎,我倒有个办法。"

田铭源说:"什么办法?"

贾莉娅说:"让小姑娘到我们咖啡店来做。"

田铭源说:"做啥?"

贾莉娅说:"当服务员呀,还能做啥? 那么漂亮一张脸,肯定吸引人。"

田铭源说:"不行。你不要在我阿姐小人的身上打这种主意。"

贾莉娅说:"怎么,你还想把她领回家里来呀。田铭源,我告诉你,你要把她领回家,我就同你离婚! 让她到我们咖啡馆来做做,我已经是放你一马了! 你这个当舅舅的也就算是关照她的了。"

20.

沙驼住的房间。

小娜说:"爸,我们就这样住在上海吗?"

沙驼说:"刚才我想了,在离你外婆住的近一点的地方租上间房间,你去找份工作做,我呢? 也找个活儿干。看来,我们得长期住下来。打持久战。"

小娜说:"干吗非要这样呀?"

沙驼说:"小娜,我告诉你,你不回到你外婆身边,爸是不会离开上海的! 有一件事爸感到很欣慰。就是你外婆还活着,而且还很健康,看上去要比她实际年龄年轻多了。你妈交给我的任务,我能完成了,而且一定要完成。小娜,你要好好配合你爸,那是你亲外婆呀,而且你还有个亲舅舅。"

小娜说:"我不稀罕!"说着转身走向自己住的那间房间要开门时,转脸对沙驼说:"爸,你放心好了,我会自己去找份工作做的。"

21.

天还没亮。

这是一条还没被改造过的上海旧式小街,还是用石子铺的路面。路两边是用木板与砖泥搭起来的两层楼房子,看上去很陈旧。楼下铺面开着些点心店、杂货店、水果店。殷正银开的是豆浆大饼油条店。

22.

在二楼的小房间里,用布帘隔成两间房间。

殷浦江躺在靠后窗的那张小床上,他闭着眼睛,习惯性地开始穿衣服。

二十二岁的殷浦江长得帅气十足,英气照人。

殷正银和许萝琴也开始起床了。

殷正银说:"浦江,你再多睡会儿吧。这么早起来干吗?现在你每天都得上班,用不着这么早起来帮忙,店里的活有你姆妈和我呢。"

许萝琴说:"是啊。"

殷浦江说:"姆妈,阿爸,每天我都习惯这个时候起床了,再睡也睡不着了。"

许萝琴笑着说:"好呀,咯你就起来帮忙吧。这些天,你出面端豆浆,端油条大饼,生意要好多喽!尤其是那些同你一起长大的小姑娘,早点不肯到别人那里去吃,偏偏要到我们这里来吃。"

殷正银说:"浦江,这两天有个穿着考究的小姑娘,每次都开着小车跑到我们店门口来吃早点,不会也是冲着你来的吧!你认得她吗?"

殷浦江说:"跟我没啥关系。是我们家豆浆整得好,人家特意来吃阿爸做的豆浆豆腐脑的。"浦江拉开帘子说:"姆妈,你降压药不要忘记吃。"

许萝琴满足地说:"喔哟,儿子不提醒,我又要忘记了。"

23.

穿着白色工作服戴着口罩的许萝琴在炸着油条,同样打扮的殷正银在卖豆浆,他们雇了一个人在烙大饼。

门口有两条长桌,桌两边是几条长凳。有几位顾客正坐在条桌前喝豆浆和吃大饼油条。

穿着工作服的殷浦江忙着给大家端豆浆、点心。

一条长桌上坐满了叽叽喳喳的小姑娘。

有两个小姑娘叫:"殷帅哥,快点呀! 不然我们上班要迟到了!"

殷浦江用托盘端着她们的早点说:"不是还早嘛!"

其中一个说:"我上班要调两部车呢,加上地铁也要将近两个钟头咪! 不早点哪能行啦。"

殷浦江笑着说:"那就在公司附近租个房子嘛。"

另一个小姑娘发嗲说:"喔哟,那房租你帮我出啊? 现在市区里租个豆腐干大的房间都要上千块呢! 我一个月工资也只有两千多点,哪里租得起呀?"

24.

瞿月雅开着小车在那儿停住。

瞿月雅,二十岁,一看打扮就是有钱人家姑娘,有些气质,虽不是很漂亮,但透出的是一种讨人喜欢的秀气。

许萝琴对殷正银说:"正银,你看! 那个小姑娘又来了。"

瞿月雅坐到一条空出来的长条凳上说:"来碗咸浆,两根油条。"

殷浦江说:"马上就到!"

25.

沙驼和姚姗梅走出弄堂口。

姚姗梅说:"还是我同你一起去找吧。"

沙驼说:"不不,你只要领我到他们家住的那条街就行了。你不要同他们见面,不然他们会恨你的。"

姚姗梅一笑说:"好吧。"

沙驼说:"这事也不要跟小娜和兆强讲,免得把事情弄得复杂化。"

姚姗梅说:"小娜还不知道她哥哥的事?"

沙驼说:"知道,但详细情况还不太清楚。在上中学时我就告诉她了,只是详情我没同她讲,她知道有一对夫妇把她哥抱走了,她也很想找到她哥哥,但我对她说,你不要掺和这件事!这是你爸的事,不是你的事!再说,在没找到她哥前,我不想让她知道得太多。让她活得轻松愉快点,不更好吗?"

姚姗梅:"沙驼,这么多年不见,你可成熟老练得多了,不像以前的那个二杆子沙驼了。"

26.

沙驼对姚姗梅说:"你回吧。我自己去慢慢找,只要他们没离开这条街,总能找到的。"

27.

沙驼在街上慢慢寻找着。

28.

沙驼走到一个早点摊前,看到一条长桌边坐满了嘻嘻哈哈的姑娘,想了想,就转到另一条长桌边坐下。他也想吃上点早点再说。

29.

戴着口罩的殷正银和许萝琴还在忙碌。

沙驼喊:"来碗咸豆浆,五根油条!……再加两个大烧饼。"

一群姑娘好奇地看看他,又转头开始叽叽喳喳起来。

许萝琴应了声:"哎——"她突然感觉到什么,盯着沙驼看了好一会儿,忽然浑身哆嗦了一下,把殷正银拉到屋里面,悄悄说:"正银,你看那个人……像不像沙驼?"

殷正银盯着沙驼仔细地看了一会,说:"啊,好像是他!"

许萝琴说:"他怎么会到上海来? 会不会来找浦江的?"

殷正银说:"可能……是。"

许萝琴说:"肯定是!"

浦江进来说:"姆妈,阿爸,那位客人要碗咸浆,五根油条和两个大饼。"浦江扑哧一笑,说:"这位客人胃口真好,一个人吃得了吗?"

许萝琴说:"我端过去吧。浦江,你该去上班了!"

30.

小娜夹着一个纸包,里面包着那条羊毛坎肩。

小娜敲梅洁家的门。

来开门的是刘妈,刘妈一见是小娜,满面堆笑地说:"你找谁?"

小娜说:"找我外婆。"

刘妈想了想,说:"那快进。"

31.

梅洁家的两间屋子显得很宽敞,也收拾得十分整洁,并且很有些品味,透出一种古朴的典雅。

刘妈领着小娜往里走时,梅洁问:"刘妈,是谁呀?"

刘妈领着小娜进屋,梅洁一见是小娜,有些吃惊,说:"你来干什么?"

小娜说:"外婆,我只想告诉你一点,就是我妈,她是个好人,凡是见过她的人都说她是个好人,绝不是像你说的是田家的什么耻辱,你的这些话我不爱听!"

梅洁说:"你就来告诉我这个吗? 你有什么资格来跟我说这些话。你是不是我的外孙女,我还不知道呢!"

小娜说:"我是田美娜的女儿,这点肯定不会错。田美娜是你的女儿,这也不会错吧?"

刘妈在一边说:"这哪能会错呢。"

梅洁说:"刘妈,你别插嘴!"

小娜说:"所以你是我外婆,这谁也改变不了。但外婆,我要告诉你,你可以不认我这个外孙女,我同样也可以不认你这个外婆!没你,我照样可以好好地活在这个世界上!"

梅洁说:"那你还来找我干什么?"

小娜说:"因为你是我外婆呀。正因为我要到上海来见我的外婆,我还连着两个晚上,特地钩了一条羊毛坎肩来送你。现在,我就来把坎肩送来,因为是给我外婆钩的,所以我只能送你,送给别人就没意义了。给!"小娜把纸包的羊毛坎肩拍在桌子上。

梅洁没有缓过神来,小娜已经走了。

32.

梅洁坐在桌子边上发呆,一大早小娜就跟阵旋风似的进来走一遭,把她给弄蒙了。

刘妈抖开羊毛坎肩,有意放大声音说:"喔哟,多好的手工呀。师母你要不想要,就给我吧。"

梅洁气恼地说:"给我放回桌子上去!以后这种事你少插嘴。"

刘妈说:"师母,我在你们家做了几十年了,从小看着美娜长大的。现在这个小姑娘肯定是美娜的女儿!不但模样像,连走路的样子,说话的声音都像。"

梅洁说:"那又怎么样?"

刘妈说:"认呀!你跟你儿子媳妇又过不到一块儿。现在突然有了这么一个漂亮透顶的亲外孙女,这不是菩萨给你带来的福气吗?干吗不认呀?"

梅洁说:"你不知道我跟美娜的那段事吗?女儿都不认我了,我还认她的女儿干什么!"

刘妈说:"事情过去都二十多年快三十年了,你还老记在心上啊! 那个年代这种事还少吗? 可现在时代不一样了呀,师母不是我说你,当妈的怎么能这么小心眼呢?"

33.

浦江正在把豆浆放进托盘里,说:"我来端吧,还早呢。"

殷正银说:"浦江,让你姆妈去,你赶快去上班!"殷正银显然是为了转移殷浦江的注意力,说:"你看那个小姑娘,吃完早点都走了!"

瞿月雅从桌边站起来,看了殷浦江一眼,一笑,就朝小车走去。

浦江感到有些奇怪地看了看许萝琴和殷正银,有些不情愿地上楼去拿包。

34.

许萝琴把大饼油条和豆浆端到沙驼跟前,转身要走。

沙驼说:"老板娘,我想打听一个人!"

许萝琴说:"打听谁?"

沙驼说:"这条街上有没有一对叫殷正银、许萝琴的夫妇?"

许萝琴还是一惊,说:"没听说过! 这里恐怕没有,你还是到别处去找找吧!"

脱下工作服的殷浦江已经提着包下楼了。他听到沙驼的问话,马上在楼梯上停住听。殷浦江下楼后,惊讶地看着许萝琴。

殷浦江走到沙驼跟前,想同沙驼说话,意思是你打听殷正银、许萝琴干什么? 但许萝琴喊:"浦江,再不走你要迟到了!"

浦江满脸的疑惑看看许萝琴,应了声:"噢。"然后走了。

35.

沙驼坐在长桌前,喝着豆浆吃着油条,盯着殷正银和许萝琴看了一会。

殷正银与许萝琴戴着口罩都不敢抬头,所以脸不太看得清,但沙驼已经怀疑这两个就是殷正银与许萝琴,于是把豆浆喝完,喊:"老板,埋单!"

36.
满脸疑惑的殷浦江上了公交车。

37.
殷浦江从公交车上跳下来,朝写字楼走去。

38.
殷浦江走进写字楼的大厅,在电梯口等电梯。瞿月雅走到电梯口站在他身边,看他。殷浦江并没有注意她。

瞿月雅,瞿欧德的继女。

瞿月雅从边上喊了殷浦江一声。

殷浦江转脸看着瞿月雅,认出了这个一连几天开着小车到他们家摊上吃早点的姑娘。

瞿月雅说:"殷浦江,怎么,这两天我天天上你们家吃早点,你不认识?"

殷浦江客气地说:"你每天来吃早点,你我只是脸熟,还谈不上认识。"

瞿月雅说:"我跟你就在同一个公司工作,真不认识我?"

殷浦江摇摇头。

瞿月雅:"那晚上我请你吃饭,我们认识一下,行吗?"

殷浦江淡淡地说:"我从不跟陌生人吃饭,尤其是陌生的女生。"

瞿月雅一笑,说:"我们都是一个公司的同事,不是陌生人,只能算不熟而已。一起吃上两次饭,彼此多聊聊,不就熟啦?"

殷浦江说:"对不起,不行。"

电梯到了,两人进电梯。

39.
瞿月雅说:"女生请你吃饭,你拒绝是很不礼貌的,而且也是不可以的!

况且,我还是天天光顾你们家生意的人。"

殷浦江说:"上我们家吃早点的人多着呢!再说,拒绝男生那就可以了?"

瞿月雅说:"对!"

殷浦江说:"为什么?"

瞿月雅说:"因为男生可能会伤害女生,而女生请男生吃饭,她会伤害到你什么?"

殷浦江说:"这你说得有点过了,一顿饭跟会不会伤害对方扯得上关系吗?"

瞿月雅说:"那你怕什么?不就是一顿饭嘛,至于这么斩钉截铁地拒绝吗?"

电梯停,殷浦江走出电梯,瞿月雅却没有跟上。

瞿月雅说:"不好意思,我的工作间在上面一层。"

殷浦江把住电梯门说:"你请我吃饭到底是为了什么?"

瞿月雅耸了耸肩说:"吃吃饭,聊聊天,同事之间的正常交流,不可以吗?"瞿月雅按了一下电梯关门的按钮,说:"下班后我来找你,拜拜!"

殷浦江对着关闭的电梯门呆了好一阵。

40.

只有沙驼和姚姗梅坐在客厅里。

姚姗梅说:"要不,明天我同你一起去看看?"

沙驼想了想说:"我是去要孩子的,这是得罪人的事。你最好还是不要出面,还是我自己去。那两个人肯定就是殷正银和许萝琴,而那个想问我话的男孩,说不定就是我的儿子。"说到这儿,沙驼按捺不住兴奋地说:"我那儿子长得好帅啊,同小娜很像!"

姚姗梅说:"你还没确认那就是田美娜的儿子呢!连那两个是不是殷浦江他们还不一定呢。这几年上海的变化大,到处都在搞拆迁,我看你最好还是找住在那儿的上海本地人问问,万一他们搬家了早就不住在那儿了呢?"

41.

下班后的人群熙熙攘攘,瞿月雅就在电梯门口等着。她看到殷浦江从电梯里出来。

瞿月雅迎上去说:"嗨,下班啦!"

殷浦江出于礼貌地笑笑说:"是。"

两人顺着人群向外走去。

瞿月雅看看殷浦江,说:"殷浦江先生,你有没有合适的餐厅可以推荐的?"

殷浦江说:"你不是要请我吃饭吗? 怎么连餐厅都没选好啊?"

瞿月雅说:"餐厅我倒是选了几家,但不知道是不是合你的口味。你们上海本地人喜欢比较清淡的对不对?"

殷浦江说:"那倒未必,麻辣鲜香我一样能接受。"

瞿月雅说:"那……泰国菜呢?"

42.

瞿月雅与殷浦江面对面地坐着,殷浦江虽然没来过这么高档的餐厅,但也不想显出很没见识的样子,只是表现得有些拘谨。

殷浦江说:"我们都面对面坐在餐桌前了,我居然还不知道你叫什么。"

瞿月雅不以为然地说:"我姓瞿,叫瞿月雅。"

殷浦江说:"好像咱们公司的老总也姓瞿。"

瞿月雅说:"对,叫瞿欧德。他是我父亲,我母亲叫姜丽佩。我父亲和我母亲名字的最后两个字,德佩就是我们公司的名字。"

殷浦江觉得更不自在了,说:"噢,原来是这样。"

瞿月雅很大方地说:"但我不是瞿欧德的亲生女儿。我母亲同我父亲结合主要考虑的是经济上的利益关系,我是拖油瓶拖过来的,当时我只有一岁半,很透明吧?"

殷浦江倒有些尴尬了,说:"我并没有想问你这么多。"

瞿月雅说:"可我知道,一旦我报出自己的名字,你心里会有很多想法。"

殷浦江说:"当然会有,突然之间的落差自然会衍生出许多想法。"

瞿月雅说:"此话怎讲?"

殷浦江说:"因为现在你我并不是平等的同事关系,而是老板的女儿跟一个刚入行的毛头穷小子之间的对话。这种落差对于高高在上的千金小姐,是可以忽略的,但对于我这种人,影响可大得惊人。"

瞿月雅说:"你那么看轻自己吗?"

殷浦江说:"我父母是摆大饼油条摊的,就算我名牌大学毕业,又进了这家人见人羡的跨国公司,但我是什么属性,我自己心里清楚。"

瞿月雅说:"那你是在看轻我咯?我不是名牌大学毕业,靠的是父母关系进的这家公司,那我又是什么属性?"

殷浦江说:"不好意思,我想我可能有些词不达意……"

瞿月雅一笑说:"那就别再往下说了,我是请你来吃饭的,还是先点菜吧。"

殷浦江看看菜单,说:"客随主便吧。"

瞿月雅说:"我又不知道你爱吃什么,万一点的不合口味,那岂不是很扫兴?"

殷浦江说:"我不过是个弄堂里出来的穷小子,实在没什么经济实力到这种餐厅里打牙祭。你让我点,不是难为我吗?"

瞿月雅又是一笑,不自觉地显出某些优越感,说:"好吧,那我就点了。要是不合心意,你可就多担待点了。"

殷浦江拘泥地一笑,浑身的不自在。

第七集

1.

店面上霓虹灯在闪烁。

瞿月雅和殷浦江坐在靠窗的位置,从窗外可以看到瞿月雅正在侃侃而谈,殷浦江却显得很拘束。

2.

瞿月雅和殷浦江从饭店出来。

瞿月雅说:"我用车送你回去。"

殷浦江说:"不用,我搭公交车回去。瞿月雅,谢谢你今天的晚饭,但以后请你不要再用吃饭的理由跟我搭讪了。"

瞿月雅说:"为什么?"

殷浦江用坦率而坚定的口气说:"因为我们之间的落差太大。你在公司的任何场合跟我说话,都会引来议论,而且你我之间的往来,对我来说毫无意义。"

瞿月雅说:"难道你一直是看人眼色生活的吗?那些议论只是妒忌罢了,那么在乎他们干吗?你不就在我父亲的公司里工作吗？怎么会没有意义呢？人家想巴结我都巴结不上呢！"

殷浦江说："我是凭我自己的能力应聘进你父亲公司的,我也要凭我自己的能力在你父亲的公司里生存。如果别人的议论只是妒忌,我并不在乎,可我在乎我的能力被人低估,被人看轻。所以跟老板的女儿走得太近,并不是什么好事。"

瞿月雅笑着说："那好吧。拜拜!"她喜欢这样的男人。

3.

殷浦江走到家门口,想起早上沙驼问许萝琴的那一幕,疑惑又笼罩到他的脸上。

4.

殷浦江走进家门,殷正银和许萝琴正在焦急地等待。

许萝琴关切地说："浦江,今天怎么这么晚回来? 公司加班啊?"

殷浦江敷衍着说："有人请我吃饭。"

许萝琴说："啥人啊?"

殷浦江说："跟你讲你也不认识。今朝我有点累。我想早点休息。"

许萝琴说："咯姆妈给你倒洗脚水。"

殷浦江有些不耐烦地说："我自己会倒的。你们也早点休息吧。"

殷正银说："浦江,你今天怎么啦?"

殷浦江说："我不是讲了嘛,我累了,想休息。你们也早点休息好了。"

殷正银与许萝琴有些惊讶地相互看看。

5.

田铭源坐在床上发呆。

贾莉娅说："又在想你阿姐的那个什么野种女儿了是不是?"

田铭源说："贾莉娅,我警告你,你再用这种口气说我阿姐,我就对你不客气!"

贾莉娅说:"你准备把我怎么样？少在我跟前狠三狠四的。哎,我上次说过的话你考虑过了没有?"

田铭源说:"什么话?"

贾莉娅说:"让小姑娘先到我们咖啡馆做呀。"

田铭源说:"做啥?"

贾莉娅说:"当服务员呀,还能做啥?"

田铭源说:"不行! 我说了,你少在我阿姐的女儿身上打这种主意!"

贾莉娅说:"喔哟,一个新疆来的野丫头,又不是什么大小姐,你还金贵的咪! 我告诉你,我只是在帮你的忙,让你有机会去关照那个小姑娘。"贾莉娅看看田铭源表情,把口气放缓和了些,坐到田铭源身边又用商量的口吻继续说:"不管怎么说,那小姑娘长得倒是蛮讨人喜欢的。让她到咱们咖啡屋里当两天服务员,等以后证实她真是你的外甥女,你再出面给她换份好点的工作也不迟嘛。"

田铭源想了想,觉得贾莉娅讲的也有些道理,说:"是哦,在上海生存花销蛮大的,他们回来肯定是想以后在上海生活的,能有份工作就有份收入,这样也算是帮了个大忙了。"

贾莉娅说:"就是嘛,我这是好心,你脑子要拎拎清爽,别不识抬举!"

田铭源说:"那就索性一步到位,认下来再说嘛。"

贾莉娅说:"不行,先让她来咖啡馆干活,其他的以后再说! 你可别得寸进尺,听懂了哦?"

6.

田铭源为难地和姚姗梅说:"我和我阿姐的感情一直很好,我当然想认她的女儿了。"

姚姗梅说:"那你就认呀。"

田铭源说:"问题是现在我一个人当不了家,所以我想让我阿姐的女儿先到我们家咖啡馆去做服务员,让她有一碗饭吃。"

姚姍梅冷笑说:"不会是看中小娜长得漂亮,你们想让她留下来招揽顾客是哦?"

田铭源说:"事情要慢慢来,目前来讲,我已经尽到我最大的力量了。先让她有碗饭吃,以后的事以后再说嘛。"

姚姍梅想了想说:"好吧,我带你去。"

7.

一条还没有改造过的老式小街。

姚姍梅领着田铭源往里走。

田铭源说:"他们住哪儿?"

姍梅说:"一家小旅馆里。"

田铭源说:"你看看,他们这么到上海来肯定很艰难,马上让小娜有这么一份工作做就很不错了。"

8.

沙驼和小娜拎着行李刚好从旅馆出来。迎面撞上了姍梅和田铭源。

姍梅说:"沙驼,你们要去哪儿?"

沙驼说:"我们租了一套小房子,租金要比住旅馆便宜多了。现在我们就搬过去。我们租的房子离小娜外婆家很近。"

姍梅说:"这是小娜的舅舅,你们见过。"

沙驼忙说:"你好你好,前天是夜里见的,你们背对着灯光,所以没有看清。"

姍梅对田铭源说:"你说吧。"

9.

某弄堂边上的一排类似棚户房的一套小小的但倒也是两层楼的房子。

沙驼说:"小娜,你住楼上,我住楼下。"

小娜说:"爸,你住楼上吧。"

沙驼说:"女孩子的事情多,我住楼下。"

小娜对住这样的房子显然不满意,说:"爸,我们又不是……"

沙驼说:"先吃苦,一切从头做起。古人讲吃得苦中苦,方为人上人,这话是有道理的,这方面你爸深有体会。你舅舅那边的工作你去不去?"

小娜干脆地说:"去!先自己养活自己,不是吗?"

沙驼说:"明天我也要出去找份工作做。"

小娜笑了说:"当老板?"

沙驼说:"先当个小工,以后再当老板。想当将军得从当小兵做起,当老板也得从当小工做起。"

小娜说:"爸,你已经是大老板了。"

沙驼笑着说:"再从头做一遍,就像失败了一次,从头再来。"

小娜会心地笑了,她也很敬佩沙驼对生活的这种态度。

10.

沙驼租住的房子。

天还没大亮,小娜悄悄地从楼上下来,沙驼已经醒了,坐在床上抽烟。

小娜说:"爸,我去买菜去,顺便把早点带回来。吃了,我好去舅舅的店里上班。"

沙驼说:"这么早就去买菜?"

小娜说:"上海人都是这样,很早就起来去买菜了,说早上的菜特别新鲜。"

沙驼笑笑,他觉得小娜已经慢慢开始在熟悉和习惯上海的生活节奏了。

11.

小娜提着个篮子东张西望的不知买什么菜好,突然一个人拉了她一把,小娜回头一看,是刘妈。

小娜忙叫:"刘妈。"

刘妈说:"来买菜呀。"

小娜说:"我和爸就在这儿租了间房,我爸说我们先住下再说。"

刘妈说:"小娜呀,你放心,外婆会认你的。"

小娜说:"真的?"

刘妈说:"我看出来了,她就是嘴巴犟。每天老看着你送她的那条羊毛坎肩发呆,眼里都是泪。"

12.

由于怕沙驼再来,早点摊摆开后,许萝琴和殷正银怎么也不肯让殷浦江再端盘服务。

许萝琴说:"浦江,快上班去,摊子上的事,你再也不要做了。"

条桌上围坐的姑娘喊:"老板娘,你怕我们把你们家的帅哥吃了啊!"

许萝琴说:"我们浦江是正儿八经的名牌大学生,现在又是在一家外资企业里做白领,天天给你们端盘子算什么!"

殷浦江的情绪也不好,于是说:"那姆妈、阿爸,我上去换件衣服。"

有一位姑娘喊:"殷帅哥,帮我们服务完了再走嘛!"

殷浦江回过头看看他们,迟疑了一下,还是进了屋,上楼去了。

瞿月雅的小车也没有再准时出现,许萝琴和殷正银看着小街的拐角,又互相看看,都在奇怪那姑娘怎么不来了。

13.

殷正银看到有个瘦高个朝他们走来。

殷正银看着那人,不悦地说:"萝琴,吃白食咯人又来了。"

许萝琴说:"这次不付钱不给他吃!"

殷正银说:"晓得了。"

那个瘦高个往条凳上一坐,气氛顿时有些紧张。

这个人叫阿林。

阿林说:"殷老板,给我来一碗咸浆,再来一副大饼油条。"

旁边一位老顾客说:"阿林,你平时不是爱吃甜浆的吗?"

阿林说："哎,我听人家讲,甜东西吃得太多会得糖尿病的,所以我从今朝开始要改吃咸浆了。"

许萝琴说："阿林,今朝你先付钞票后再吃点心。"

阿林说："喔哟,一副大饼油条一碗咸浆呀,嘎小气作啥呀!"

许萝琴说："我们是小本生意,大方勿起。今朝要么先付钱再吃,要么把前几次的账还清。"

阿林说："许萝琴、殷正银,你们也太不够朋友了。我阿林现在是下岗了,穷了,但想当年,我也有钞票过呀,山珍海味也吃过呀。我阿林算过命,再过两年还会发迹的,你们也不要狗眼看人低了。"

许萝琴说："我就是狗眼看人低了,怎么样? 不付钱或者不清账,你今朝勿要想在我这儿吃到东西。"

阿林说："许萝琴,我听讲你儿子浦江大学毕业后,最近被德佩公司招聘到财务室去工作了。德佩公司是德国的一家大公司呢,听讲刚进去月薪就有3000元,等于我过去半年的工资了。你们还这么小气作啥啦? 好了,好了,来一碗咸浆一副大饼油条。我欠的账,我阿林一定会全部还清,一分钱也少不了你们的。"

殷正银说："阿林,真的对勿起,如果大家都像你一样吃了东西欠账,我们生意还做得成吗? 你也给我们想想呀。"

阿林突然爬到条桌上往上一躺,耍赖说："那你们也别想做生意。"

14.
沙驼正朝殷正银家的小吃摊走来。

15.
沙驼走了上来,坐在另一张条桌前说："来碗豆浆好吗?"

许萝琴一看是沙驼,紧张地把口罩往上拉了拉,忙又向殷正银递了个脸色。

沙驼说："再来五根油条,两个大饼吧。"

许萝琴对着躺在条桌上的阿林轻声地喊:"阿林,你起来不起来?你不起来我就要打110了。"

阿林说:"你打110好了呀,110里面的人我又勿是没有见过。"

沙驼问身边那位正在喝豆浆的老顾客怎么回事。老顾客在沙驼的耳边说了几句。沙驼就端起自己的豆浆和油条,放到阿林的跟前。

沙驼说:"喂,这位先生,来,你吃吧,我请你客。"

阿林翻身下来坐在条凳上说:"对不起,先生,谢谢你的好意。我阿林虽然目前遇到了暂时的困难,但还没有到要饭的地步,嗟来之食我不吃。我只是欠他们几顿早点钱,到时我一定还清,不清不白的事我阿林不做!"

沙驼想了想,一笑说:"这位先生倒活得蛮有志气。这样吧,你嗟来之食不吃,那我请你帮我个忙,帮忙前我先请你吃一顿总可以吧。"

阿林来了兴致,说:"嗳,这倒是可以的!不过,你要我帮啥忙?要是违法的事情我可从来不往里蹚的!"

沙驼说:"不会,不会!先生在这条街住了很长时间了吧?"

许萝琴一听就紧张了,忙用上海话打岔说:"阿林,好了,好了,你要吃啥我请你吃好了,要咸浆是哦啦?"

阿林却没理许萝琴,很认真地回答沙驼说:"嗳,我阿林从小就住在这条街上的,有啥事情?"

沙驼说:"我想打听两个人!"

许萝琴绝望地喊:"阿林,我请你吃还勿可以啊!"

阿林还是没有理会许萝琴,说:"你讲,啥人?"

沙驼有意大声地说:"一个叫殷正银,一个叫许萝琴。"

阿林回头看了看许萝琴和殷正银,爽快地一指两位:"诺,这两位就是呀!"

16.

院子前。

小娜走到小楼院门口,敲开门。

　　贾莉娅也没让小娜进屋,就在院子里对小娜说:"沙小娜,你来啦?但我要告诉你,让你到我们开的咖啡店里干活,并不等于我们认你这个外甥女了。"田铭源站在一边一直想插嘴,贾莉娅根本不让他说,继续对小娜说:"你是不是我们阿姐的女儿,我并不关心,我们只是出于一种同情心才让你在上海有份工作做的,你不要会错了意。"

　　小娜咬着牙忍着。

　　田铭源只好无奈地说:"好唻,这种话多讲有啥讲头啦。"

　　贾莉娅说:"话当然要讲清爽的啰!不然……"

　　田铭源说:"好了,走了,走了。"说着拉着小娜就走出了院门。

17.

　　摊前吃早点的众人都注视着殷正银和许萝琴夫妇俩。沉默了好一阵,他俩只好脱下口罩,满脸的尴尬与沮丧。

　　沙驼说:"我是沙驼,你们不认识?"

　　许萝琴表情复杂结巴着说:"沙驼,你是来……来找我们的?"

　　沙驼说:"这还用得着说吗?"

　　许萝琴很紧张,但又故意装糊涂说:"什么事?"

　　沙驼想了想,看着四周人的目光说:"你们先做生意吧,做完生意再说。给这位阿林先生一份早点吧。"

　　许萝琴朝殷正银使了个眼色。

　　殷正银给阿林冲了碗咸豆浆,又拿了一副大饼油条给阿林。殷正银走到沙驼身边。

　　殷正银说:"沙驼你是特意为那事来的吗?"

　　沙驼说:"殷正银,你不会让我现在就说吧?"

　　殷正银说:"不不不……"

18.

　　正在气氛很紧张的时候,殷浦江从楼上下来,走出店面。

殷浦江说:"阿爸、姆妈,我上班去了。"

许萝琴声音发抖地说:"你勿吃早点啦?"

殷浦江说:"我到公司去吃。姆妈,怎么啦?"

许萝琴故作镇定说:"没什么,你上班去吧。"

沙驼的眼光一直盯着殷浦江,朝殷浦江亲切地笑笑。

殷浦江感到沙驼的目光很奇怪,也出于礼貌朝沙驼一笑,但从心中生出一脸的疑惑。

许萝琴催他说:"浦江,快去上班呀!"

19.

殷浦江在电梯口等电梯,一脸的沉思状。

瞿月雅又走到他身边,只是对殷浦江笑笑,什么话也没有说。

20.

电梯里。

瞿月雅一直笑嘻嘻地看着殷浦江。

殷浦江说:"我脸上有什么东西吗?"

瞿月雅一笑说:"故作一脸沉思状,耍酷啊?"

殷浦江自嘲地一笑,还是眉头紧锁。

21.

电梯门开了,殷浦江走了出来。

瞿月雅在电梯内说:"殷帅哥,好运正等着你呢,有什么可苦恼的!"然后咯咯咯地笑了。

电梯门关上了,殷浦江回头看看已关上的电梯门。

22.

德佩建材实业有限公司财务室。

殷浦江怕迟到，急匆匆地走进办公室。

财务室经理是个三十几岁的中年人，姓金。

金经理看着进门的浦江说："殷浦江，你这几天跟人事部的赵经理一起到人才交流中心去。"

殷浦江说："金经理，要招聘工作人员？"

金经理说："建材超市很快就要开张了，也要成立财务室。我们还要招聘五到六名财会人员。"

殷浦江说："让我也去？"

金经理："对，人事部的赵经理让你跟他一起去。"

殷浦江："为什么？"

金经理："这个是公司安排的，因为要招聘财会人员，所以我们财务室也得派个人去。"

殷浦江看看财会室里其他员工，觉得他们都在用一种奇怪的眼神看他，不禁有些嗫嚅地说："为什么派我去？"

金经理奇怪地看看他，说："人事部就这么安排的，怎么，不想去？"

殷浦江赶紧摇头说："不不，我去。"但他耳边顿时响起了瞿月雅说的那句话："好运正等着你呢！咯咯咯……"殷浦江的眉头拧成了疙瘩，他心里有些烦那个老板的女儿了。

23.
殷正银、许萝琴收摊，沙驼也在一边帮忙。

24.
二楼很窄小，靠街面的大窗下是一张大床，对面的小窗下是一张小床，中间用布帘子隔开。除床外，还有两只方凳，一只旧五斗柜，除此就没有什么了。

沙驼坐在一个方凳上。

殷正银小心翼翼地坐在另一只方凳上，许萝琴坐在床边。

沙驼从口袋里拿出张烟盒纸说:"殷正银,这是你写的吧?"

殷正银说:"是。"

许萝琴说:"沙驼,你这是想干什么?"

沙驼说:"我来要我的儿子。"

25.

街面上一家刚重新装潢显得很气派的咖啡馆,招牌上写着"甜蜜蜜咖啡馆"。

街面上人来人往,熙熙攘攘。

26.

店堂里。

贾莉娅把一套制服拿给小娜说:"换上吧。沙小娜,我告诉你,像你这样没有上海户口,又是新疆来的,在上海能有份工作就不错了! 你不晓得在上海找份工作有多难。"

小娜说:"我晓得。"但心里很不快。

贾莉娅说:"我们是咖啡屋,是服务业,对顾客的态度一定要好,顾客是上帝呀! 所以要是受到点委屈你得忍着,能过去的就让他过去,实在不像话的你可以来告诉我,或者田老板,晓得了哦?"

小娜说:"晓得了。"

贾莉娅说:"你要是真是我们阿姐的女儿,也就是说是田美娜的女儿,我们只要有充分的证据时,我们会认你的,到时候你就会不一样了。你现在就在这儿好好做吧,听到了哦?"

小娜一肚子的怒气,但还是说:"晓得了。"

27.

沙驼看着殷正银和许萝琴,气氛很紧张。

许萝琴突然大声说:"你的儿子? 你哪来的儿子? 亏你说得出口,那是田美娜的儿子！"

沙驼说："那就是我的儿子！田美娜是我的妻子，我们是领了结婚证的，那我就是田美娜的丈夫，田美娜生的孩子不是我的孩子是谁的？难道是你们的孩子？咱们要不要到法院去问问？"

殷正银说："沙驼，可……"

许萝琴立即阻止殷正银说："你不要说！沙驼，我倒要问问你，我们含辛茹苦地把这孩子养大，而且培养成大学生，现在又找到了份好工作，将来的前程辉煌着呢。你倒好，什么事也没做，却跑到这儿来要儿子来了，讲得过去吗？你怎么好意思来要！"

沙驼说："他是我的儿子，我是他父亲，我怎么不好意思来要？你讲这些话，好像是我把这孩子遗弃了，是你们把他抚养大，然后我又来要儿子了！事实是这样的吗？你们是把这孩子偷走的，当时我恨不得追上你们，想把你们揍个半死。二十多年来，一想到这件事，我就觉得对不住田美娜，我就感到揪心！许萝琴、殷正银，你们从别人家偷走婴儿是犯法的行为，你们难道不知道？"沙驼站起来说："好吧，本来我想同你们好好商量怎样更好地来解决这件事，你们却是这么个态度，好像你们偷了我的儿子反而有理了。那我们就通过法律来解决这件事！"

许萝琴色厉内荏地说："法律解决就法律解决，谁怕谁呀！不见得我养了二十二年的儿子就会归你。"

沙驼压住自己的怒气说："那好吧。不过许萝琴，你也太蛮不讲理了！那好，那我们就法律解决。"

28.

餐厅里，沙驼、小娜和姚姗梅正在吃中饭。

姚姗梅气愤地说："许萝琴这个女人从来就这么不讲理！沙驼，你就同他去法律解决！"

沙驼说："我一开始也是这么想。但冷静下来，觉得这事不急，能好好商量，就尽量好好商量着办。打官司总归是件费时费钱的事，而且又特别伤感情。"

小娜说:"趁着我爸不在把我哥偷走,原本是他们做了件伤天害理的事,可现在倒觉得自己成受害者了。这种人,跟他们讲理没用的,就该用法律手段来解决问题!"

沙驼说:"当初殷正银把你哥抱走时,毕竟留下了张条,这说明他们也不是那种没天理的人。要不,为了找孩子,我又得费多大的劲啊。而且我去的又很突然,他们一点思想准备也没有,让他们考虑上几天再说。"

小娜说:"爸,你在新疆的时候天天叨叨一定要把我哥找回来,怎么都到了人家门口了,又不急了呢?"

沙驼说:"我说过,要找回你哥,是你老爸的事,你别掺和。我都等了二十多年了,再等几天又能怎么着?这个儿子,我是一定要要回来的。"

29.

许萝琴冲着殷正银声嘶力竭地喊:"殷正银,你抱了孩子为啥要给他留什么纸条啊——现在你看看,怎么办?我们有这么好的儿子谁不羡慕?现在就这么要飞了。我的心都要碎了!我还有个什么活头啊——"说着,痛心疾首地大哭起来。

殷正银说:"我不给他留纸条他就找不到我们了?到派出所一查户口不就可以查出来了?到那时可能情况更糟!刚才你就不该跟沙驼说这种话,在法律上,人家就是孩子的父亲嘛,你说的那些话又有什么用?"

许萝琴说:"那怎么办呀?我不能失去浦江呀,他是我心头上的肉啊!"

殷正银说:"刚才沙驼不是说了嘛,他来找我们,是想来好好同我们商量这件事的。你一开口就把路全堵死了,还怎么跟人家商量嘛。"

许萝琴说:"怎么商量?他一开口就说是来要他儿子的,这还有什么好商量的?!"

30.

董事长办公室。

公司女秘书宋蓓走进瞿欧德的办公室。

宋蓓说:"瞿董,甜蜜蜜咖啡屋送来一张请柬,说他们新装潢好的咖啡屋要重新开张,请你去参加剪彩仪式。"

瞿欧德说:"放着吧。"

宋蓓说:"瞿董,我不晓得他们是你什么人,这次你又给他们填了那么大一笔款子。"

瞿欧德说:"这是最后一次了,不会再帮了。我也觉得那个叫贾莉娅的女人,有点太贪得无厌了。"

宋蓓说:"瞿董,他们跟你有亲戚关系吗?"

瞿欧德叹口气,说:"亲兄弟还明算账呢。有亲戚关系有什么呀,我是在还一笔债。"

宋蓓说:"还债? 什么债?"

瞿欧德看看宋蓓,说:"这是我的隐私,你不要问!"

宋蓓犹豫了一下,说:"我只是,怕夫人……"

瞿欧德说:"这你不要管,如果她要过问,我会跟她解释的。"

31.

下班的人流涌出电梯。

瞿月雅在电梯门口等着,有人在电梯上看到她,以为她要上电梯,瞿月雅摇摇头,示意自己在等人。

32.

电梯口。

下班的人流渐渐散去,瞿月雅还站在电梯口。

殷浦江走出走廊看到瞿月雅,犹豫了一下,但还是走上去,漠然地在电梯口一站。

瞿月雅说:"喂,殷浦江,你不知道我是在等你吗?"

殷浦江说:"我不是说了,请不要再用吃饭的借口跟我搭讪了。"

瞿月雅说:"不认识的人来套近乎那才叫搭讪。现在我们已经很熟了,相互打个招呼应该是最起码的礼貌吧?"

殷浦江说:"你站在这里并不是打招呼这么简单,如果见到你之前还能有另一个出口,我会选择回避。"

瞿月雅说:"你就这么怕我吗?"

殷浦江说:"对。"

瞿月雅说:"你还真是懦弱啊,在大学里没被女孩子喜欢或是追过吗?"

殷浦江说:"从幼儿园开始就没间断过,所以我对你这套行事方式很有免疫力。"

瞿月雅说:"你觉得我对你有企图?"

殷浦江说:"我还是那句话,你是老板的女儿,我们之间有落差,而且我也很在乎这个,所以没必要再进行下去了,就算尊重我一下,行吗?"

瞿月雅说:"不行。因为你这样说就是不尊重我。"

殷浦江说:"那怎样才算尊重你? 跟你去吃饭? 陪你去喝咖啡? 泡酒吧? 还是逛街? 我有我的生活,更不想因为你的一时兴起扰乱我的生活节奏。"

瞿月雅说:"你有女朋友吗?"

殷浦江说:"我有必要回答你吗?"

瞿月雅说:"说这话就说明你没女朋友,那我就不算扰乱你的生活,除非你是个……"瞿月雅打住不说了,似笑非笑地看着殷浦江。

殷浦江知道她说的是什么意思,走进打开的电梯门说:"你也不用胡猜,我只是对不适合我的女生没兴趣。"

33.

电梯内。

殷浦江站在电梯里,瞿月雅跟进电梯说:"你怎么知道我不适合你呢? 我们又没深入交往过。"

殷浦江说:"我想我没必要再解释了吧。"

电梯缓缓下降。

沉默了一会儿,瞿月雅说:"殷浦江,我真的很惹人讨厌吗?"

殷浦江说:"不,你很有气质,绝对谈不上惹人讨厌。"

瞿月雅说:"你对在你家早点摊上的那些女孩子都很温柔,笑起来也阳光灿烂,可为什么对我要摆出张臭脸,说话也那么刻薄呢?"

殷浦江说:"说实话我不喜欢你身上的小姐做派,让我很不自在。"

瞿月雅有些黯然,说:"我觉得我已经很努力了呀,虽然是在我父亲的公司里,但我比别人都要勤奋,我也不想让人家看轻我啊!这就是你所谓的落差吗?生在什么样的家庭又不是自己可以选择的。从你进公司第一天我就注意到你了,你从来没避讳过自己的家庭,长得又帅,也很讨女孩子喜欢,每天阳光灿烂的一张脸,看到就让人心里暖烘烘的。可我没想到,原来你心里是那么狭隘阴暗,把身份地位看得比人心还重要!你这样对我,其实也是一种歧视。"

到了底楼,电梯门开了。

瞿月雅对默不作声的殷浦江说:"请吧,弄堂里出来的穷小子。"

殷浦江走出电梯门,想了想,突然又回头挡住电梯门说:"瞿大小姐,我想问你,我被人事部挑去人才中心搞招聘的事,你有没有掺和?"

瞿月雅盯着殷浦江看了看,说:"我还没那么大的能量,我爸也不是能被家人影响的那种人。"

电梯门关上了。

殷浦江站了一会儿,他似乎也觉得刚才言语之间有些过分了。殷浦江抬头看看电梯的灯,转身走向一旁安全门内的楼梯口。

34.

瞿月雅走向自己的车,眼睛有些湿润,显然是感到很委屈。

瞿月雅打开车门,坐进车里。

35.

殷浦江从楼梯口冲了出来,他在四处张望,找寻瞿月雅。突然两道车灯闪过,殷浦江赶紧奔了过去。

36.

瞿月雅开着车正往出口走,突然车窗有人拍了拍,瞿月雅吓了一跳。

车门打开,殷浦江不由分说坐了进来。

殷浦江说:"开车,我请你吃饭。"

瞿月雅瞪大眼睛看着殷浦江,说:"什么?"

殷浦江说:"来而不往非礼也,昨天是你请的客,今天我请你。"

第八集

1.

马路上。

瞿月雅在开车。

瞿月雅问殷浦江说："你说要请我吃饭,上哪家餐厅?"

殷浦江说："前面有条小路,可以免费停车。你把车停在那儿,然后我们步行过去,那里是个弄堂,停车比较麻烦。"

瞿月雅莫名其妙,说："这里有餐厅吗? 我怎么没听说。"

殷浦江一笑,说："是家小面馆,他们家的盖浇面做得蛮灵的。"

2.

一片老式石库门房的小区,弄堂口有一家小面馆,虽然不大,但里面亮堂堂的,人多热闹,吃面的人非常多,面馆外面还支着两张桌子,也是坐满人,当中的走道还排着队。

瞿月雅和殷浦江走到面馆门口停了下来。

瞿月雅说:"就这儿?"

殷浦江一笑说:"对!那天你请我吃的泰国菜很不错,餐厅也很有档次。不过我想日本韩国料理,法式的西班牙的意大利的那些大餐,估计你也都吃过,我这个弄堂里的穷小子就算请得起,也是在打肿脸充胖子。现在请你来尝尝地道的上海小吃,味道可不见得比那些大餐差。你要是不嫌弃这里的卫生条件,怎么样,要不要试试?"

瞿月雅倒也干脆,说:"行,就这里,不就是吃个饭嘛,到哪儿不是吃啊。"

3.

瞿月雅站在一个桌边等位置,被端面和排队的客人挤来挤去,多少显出些不自然来。

殷浦江排队等着端面,看到瞿月雅的窘样,暗自好笑,他是故意的。

瞿月雅终于等到了空座位,桌对面的座位也终于空出来了。一个年轻人端着面就要往位置上坐,瞿月雅有点傻眼,不知道该怎么办好。

冷不丁殷浦江端着托盘挤了过来,一面用上海话叫:"哎哎,有人了啊!"

那年轻人倒也识趣,看到附近桌上空出来一个位置,连忙就转移了过去。

殷浦江将托盘放到桌上,大大咧咧在瞿月雅面前坐了下来。

瞿月雅哪里见过这阵势,呆愣愣地看着殷浦江。

殷浦江说:"请吧,瞿大小姐。"

瞿月雅眉头一皱,说:"请别叫我大小姐好吗?怪怪的!"她低头看看面前的两碗面,上面不知浇的什么东西,还各放了一个荷包蛋,油汪汪的。

殷浦江递给瞿月雅一双一次性筷子,说:"这个是咸菜肉丝面,这个是咸菜黄鱼面,想吃哪个就拿哪个。"

瞿月雅看看这个又看看那个,点了一下咸菜肉丝面,说:"就这个吧,上面的荷包蛋我就不要了。"

殷浦江一笑,说:"行,那给我吃。"说着,把咸菜肉丝面上的荷包蛋夹到另一个碗里,然后把那碗面推到瞿月雅面前,热情地说:"吃啊,吃啊!"

瞿月雅看着殷浦江大口大口吃着面,似乎很香,便也学着样子吃了起来。面的品相虽然不好看,但吃起来味道确实不错,最后瞿月雅居然把一大碗面吃完,还把汤喝了个精光。

这会儿轮着殷浦江呆愣愣地看着瞿月雅了。

瞿月雅满足地一推碗说:"这面真好吃,可惜我实在吃不下了,不然我会叫你再帮我端一碗的。"

殷浦江不知道该说什么好,不由得笑了起来。

4.

殷浦江和瞿月雅沿着弄堂外的小街走着。

瞿月雅说:"我的胃今天可是超负荷了,先不去开车,我们随便走走吧。"

殷浦江说:"你请我吃大餐,我却将就你一碗咸菜肉丝面,瞿月雅,真是太不好意思了。"

瞿月雅说:"这有什么不好意思的? 在有些人看来,吃什么东西是内容是目的。但在我看来,吃只是一种形式,只要能把肚子填饱就行。"

殷浦江说:"那什么是内容和目的?"

瞿月雅一笑说:"我能跟你坐在一起聊聊天才是内容才是目的。我们找家咖啡馆坐坐怎么样?"

殷浦江说:"你不是说你吃撑了吗? 那就走走路消消食不是更好嘛。而且,你干吗非要找我聊天?"

瞿月雅说:"因为你长得帅,女孩子哪有不爱跟帅哥聊天的! 正像男人爱跟漂亮的女人聊天一样。爱美之心谁没有! 我虽然长得不很漂亮,但你说过我并不令人讨厌,对吧?"

殷浦江的:"以你的身份地位,想找个帅哥跟你聊天那不是轻而易举的事吗? 随便什么聚会,你只要往那儿一站,自然就会有帅哥凑过来找你聊天。"

瞿月雅说:"你真这么看?"

殷浦江说:"不是吗?"

瞿月雅说:"我爸我妈的那些商业圈里,到处都是铜臭味儿。他们参加的聚会我从来不去,因为我知道我往那儿一站,来找我聊天的不是纨绔子弟,就是有目的的。所以我要找,就得自己找,而且我很相信自己的直觉。"

殷浦江说:"依靠直觉来找人聊天?"

瞿月雅说:"对,不过聊天是形式,交往才是目的。"

殷浦江说:"那你的这个目的是很难达到了,因为我对你的这个目的很反感,也很排斥。"

瞿月雅说:"为什么呢? 殷浦江帅哥,你知道不知道,现代文明正在把人变得越来越孤立越来越冷漠。在原始社会里,人们群居在一起,一起打猎,一起耕作。拥在一个山洞里睡觉,所以他们永远不会感到孤独。在封建社会,也有许多许多的大家庭住在一起,三代同堂啦四世同堂啦。像《红楼梦》里贾家那样,那也很热闹。可现在,父母子女不住在一起了。父母孤单,子女也孤单。有的甚至搞独身,那就更孤单。在家是独生子女,再加上长大了又要独身。结果,孤独感成了这个社会永远的悲哀。人类干吗要这么自己折磨自己。"

殷浦江有些哭笑不得,说:"瞿月雅,难怪你要找人聊天啊,整一个话痨嘛。"

瞿月雅说:"我平时没人跟我说话,能遇见个肯跟我讲话的人,话匣子自然就打开了呀。所以呀,现代文明更多的不应该让人承受这么多的孤独,而应该让自己更多地融入人与人之间的情感交流之中,你说对吗?"

5.

殷正银、许萝琴老两口正在吃饭。

许萝琴吃了两口就把碗放下了。

殷正银说:"你怎么啦?"

许萝琴泪汪汪地说:"我吃不下。殷正银,到底怎么办呀。我恨不得去把沙驼杀了!"

殷正银说:"别说气话了,你真去把他杀了又能解决什么问题? 而且你一个老太婆能杀得了他? 你看看沙驼,奔五十的人了,还像年轻人一样身强力壮。咱们不能再这么一错再错下去,把孩子还给他吧?"

许萝琴说:"那我就去死! 没有浦江,我这老太婆活着还有什么意思!"

殷正银一脸的愁容与痛苦,他看看窗外,也没心思吃饭了,叹口气说:"怎么这会儿了,浦江还没回来啊?"

6.

瞿月雅和殷浦江已经走到了江边,瞿月雅迎着江风,深深地吸了口气,显得神情舒畅。

殷浦江问瞿月雅说:"怎么会没人跟你说话? 你不是说人家巴结你都来不及吗?"

瞿月雅说:"想巴结我的根本都是些没法沟通的人,我讨厌死那帮人了,一凑过来我就没好脸色,时间久了,自然就没人跟我说话了呀。"

殷浦江说:"所以你就跑来找我了?"

瞿月雅说:"对啊! 你得承认,你的外在很吸引人,但内心却非常闭塞,不然就不会二十多了连个女朋友都没有。"

殷浦江说:"那是因为我的家庭并不吸引女孩子,而且,我也不想谈女朋友。"

瞿月雅说:"为什么?"

殷浦江说:"没钱谈什么女朋友? 自己喜欢的女孩子,连她想要的东西都买不起,那还谈什么? 做男人不能只凭着个花架子哄女人,我首先得改变自己的现状,让我父母能生活得好一些,其他的我一概不想。"

瞿月雅说:"所以你就更没有理由拒绝我和你之间的往来啊!"

殷浦江说:"为什么?"

瞿月雅说:"想要买的东西我自己都能买到,这不是帮你省下了一笔开销? 要改变现状你想靠自己,那没问题,可这跟谈朋友有什么冲突? 干吗要排斥?"

殷浦江语塞,但想了想说:"我还是想问问你,今天让我去人事部搞招聘工作,跟你究竟有没有关联?"

瞿月雅说:"那我再郑重地回答你,没有! 公司的工作我是在做,但关于员工我可没插嘴的份儿。"

殷浦江说:"那你怎么知道?"

瞿月雅说:"我在我爸同我妈商量这件事时,顺便听到的。两个公司高层居然能谈论起你这个小职员,我当然要竖起耳朵听个仔细咯! 看来我爸也挺欣赏你的。"

殷浦江自嘲说:"不会也是因为长得帅吧?"

瞿月雅咯咯一笑,说:"那可难说! 员工形象也代表着公司形象嘛。"

7.

殷浦江走进家。

许萝琴正抹去泪,闪出笑容说:"浦江,快吃饭,我给你热菜去。"

殷浦江说:"姆妈,我吃过了。"

许萝琴说:"又有人请你吃饭?"

殷浦江说:"姆妈、阿爸,咱们家安个电话吧,现在谁家还没有电话啊。我知道,以前你们省钱是为了供我读书。现在我工作了,家里的负担也轻了,安个电话吧,我有啥事情就可以打电话给你们。电话费就从我工资中出好了。"

许萝琴说:"儿子,你能这么想到我们,孝顺我们,我和你阿爸不知道心里有多高兴了。"

殷正银带着满腔的心思长长地叹了口气,说:"你忙了一天,也累了,早点上楼休息去吧。"

殷浦江看殷正银叹气,就问:"阿爸,怎么啦?"

殷正银说:"没什么,气压低,胸闷,你快休息去吧。"

殷浦江"咚咚咚"地上了楼。

看着浦江的背影,许萝琴又悄悄地抹了一把眼泪。

8.

沙驼租住的房子。

小娜从楼上下来对沙驼说:"爸,我去买菜了。"

沙驼说:"今天这么早啊?"

小娜说:"今天新装潢好的咖啡店要重新开业,老板娘也让我早点过去。"

沙驼说:"那是你舅妈,怎么能叫老板娘呢?"

小娜说:"她不让我叫她舅妈,叫舅舅她也不让叫。她说在没有证实我是田美娜的女儿之前,就叫老板、老板娘。"

沙驼冷笑地一耸肩说:"荒唐!"

小娜说:"爸,我哥找回来了吗?"

沙驼说:"这事你不要管。等我找回你哥,我会让你们兄妹相见的。"说着,翻身从床上起来说:"今天我也要去找份工作做。"

小娜说:"爸,你就专心把我哥这事搞定吧!还找什么工作呀。"

沙驼说:"有关你哥的事没那么简单,得慢慢来。再说,我这个人一闲下来手就痒痒,每天有活干,心里就痛快踏实。你上你的班去吧,但还是要同舅舅、舅妈把关系搞好。"

小娜说:"爸,我先买菜买早点去。"

9.

小娜拎着篮子在买菜。她又遇见了刘妈。

刘妈拉着小娜说:"小娜,这几天你外婆天天晚上都睡不着觉,拿着本相簿翻呀翻,有时还落眼泪。她把你给她打的羊毛坎肩也放在五斗柜上,动都不让我动。看呀看的,肯定是想你妈和想你了。"

小娜说:"那她干吗不认我呀?"

刘妈说:"我说了呀。可她说,有谁能证明那个小姑娘就是我的外孙女。我说,她的模样跟她妈一模一样,还要用啥证明?可她说,世界上长得一模一样的人有的是。我说,有长得像的,但没有长得这么像的,连说话声音,走路样子都一样!"

10.
由于睡眠不好,脸色有些憔悴的梅洁偷偷地尾随在小娜和刘妈的后面。

小娜在买菜时,下意识地回了一下头,突然看到了梅洁。

小娜忙对刘妈说:"刘妈,你看后面是不是我外婆?"

刘妈回头看时,梅洁突然消失在人群中。刘妈还是看到了闪过的人影说:"好像就是你外婆。"

11.
殷正银与许萝琴已起床。

正在揉面的许萝琴走到在生炉子的殷正银身边,贴着耳朵:"正银,浦江会不会知道这件事了?"

殷正银说:"他怎么会知道?"

许萝琴说:"沙驼说不定找过他了。"

殷正银说:"不可能吧?"

许萝琴说:"怎么不可能。前天他认出我们,不是已经看到浦江了吗?这两天晚上,浦江回来神色就有些不对。说不定他在我们这儿说不通,就直接去找浦江了。正银,这件事到底怎么办才好啊?昨晚一夜我就没法合上眼,我都要疯了。"

殷正银说:"当初我们就不该做这件事。我们这是偷鸡不着蚀把米。"

许萝琴说:"现在讲这些话有什么用!"

12.
殷浦江下楼。

许萝琴试探地说:"浦江这两天怎么啦?你没什么事吧?"

殷浦江说:"我有什么事?昨天晚上我是请公司老总的女儿吃了顿饭。"

许萝琴总算松了口气,说:"这不是蛮好嘛。"

殷浦江说:"但我不喜欢。跟这样的人在一起吃饭,我心里不舒服不自在,觉得自尊心受到了伤害! 而且我只请她吃了碗面,我上班去了!"

13.
看着儿子走远的背影,殷正银和许萝琴都松了口气。

许萝琴说:"这孩子脾气像啥人? 同富家小姐一起吃饭,这跟自尊心有啥关系啦?"

殷正银说:"你连这点都不懂! 一个像武大郎这样的矮子,同一个穆铁柱这样的高个子站在一起,你问问那矮子,他是个啥感觉?"

14.
一条开满饭店店面的马路。

沙驼沿着这条街在走,东张西望打量着两边的铺面。

15.
一家店面比较宽敞的牛肉面馆。

门口挤满了看热闹的人,里面吵吵嚷嚷的,沙驼也挤了过去。

16.
一位拉面师傅正在跟老板娘吵架。

拉面师傅说:"你这个老板娘说话不算数,我不在你这儿干了!"

老板娘说:"不做可以呀。但你得等我请到新的拉面师傅你才能走呀。要不,我这店这几天不是要关门了。"

拉面师傅说:"那是你的事! 或者你把那五百元钱给我补上,说好每月三千五的,昨天一早你却给了我三千。"

老板娘说:"原来说的第一个月就是三千嘛,以后做得好了,再给加到三千五呀。"

拉面师傅一挥手说:"他娘的,不跟你说了,走人!"说着,转身就走。

老板娘气得一跺脚,说:"肯定又是哪个翘边模子在拆我台呀!你要走就走好了,你那个拉面的手艺根本就不是正宗的,给了你三千块,原本就是抬举你了!"

拉面师傅头也不回地走出门口,经过沙驼身边时,沙驼好奇地打量了一下那个人,感觉他不像西北人。沙驼正琢磨着呢,有一个人突然拉了沙驼一把。

17.

一条比较繁华的马路。

重新装潢过的咖啡屋,竖着用霓虹灯围起来的"甜蜜蜜咖啡屋"几个字。

贾莉娅让小娜穿上礼仪小姐的服装后,上下打量了一下小娜后,满意地说:"嗯,很漂亮。"

小娜感到很别扭,但想了想后只好忍着。

田铭源在一边看着。

贾莉娅对田铭源说:"客人们都来了哦?"

田铭源说:"瞿董还没到。"

贾莉娅说:"再等等吧,财大气粗啊!小娜,你去吧。同那几个礼仪小姐站在一起,不要板着个面孔,要面带微笑,要这样!"贾莉娅很做作地媚笑了一下,满脸的粉立刻显出几道细纹来。

几个礼仪小姐在偷笑,看小娜正往这边走,忙止住了笑。

田铭源看着小娜的背影,叹惋说:"肯定是我阿姐的女儿。"

贾莉娅脸一板,说:"田铭源!做啥啦,今天重新开张,这种事少跟我说!"

18.

沙驼回头一看,是一位三十出点头蛮秀气的女人,沙驼一时没有认出来。

那女人说:"沙驼大哥,你不认识我啦?可我一眼就认出你来了,你怎到上海来了?"

沙驼这才认出她是徐爱莲,忙高兴地说:"徐爱莲,你怎么在上海?"

徐爱莲说:"你不要我当你媳妇,把我赶出来了,我只好又回到乡下老家。老家的生活太苦,我就跟着家乡的几个姐妹,到上海来打工了。"

沙驼说:"家里都好吧?"

徐爱莲说:"什么家? 全家就我一个人,我好,全家就都好。"

沙驼说:"你还没成家?"

徐爱莲说:"不就一直等着你了吗?"

沙驼笑着说:"别开玩笑,你怎么在这儿?"

徐爱莲说:"我现在就在这家面馆打工呀。"

19.

瞿欧德带着他的女助手宋蓓,还有他的营销部经理崔宜一起走下车。

几个礼仪小姐站在门口鞠躬,说:"欢迎光临。"

只有最靠近门口的小娜还在生闷气,站在后面没反应过来。

瞿欧德抬眼与小娜的目光一碰,猛地一惊,以为是田美娜,但马上知道不可能是。等他回过神时,小娜已和其他礼仪小姐一样在鞠躬。瞿欧德经过小娜身边时,转脸看了看低着头的小娜。

跟在后面的崔宜也看了小娜一眼,是小娜的美丽吸引了他。

20.

沙驼正在向老板娘展示他的拉面手艺,围看的人惊叹不已。

徐爱莲站在一边用敬服的眼神看着。

老板娘说:"可以呀。试用三个月,试用期每月三千。"

沙驼说:"三千五百! 不行我就走人。"

徐爱莲忙说:"老板娘,像他这样好的手艺,你到哪儿去找呀!"

老板娘也慌忙说:"好,好,留下,就按你讲的三千五。不过你得到医院去检查身体,我们上海在防疫方面是管得很严的。"

21.

咖啡屋门前鞭炮齐鸣,彩带飘舞,花篮拥簇。

在剪彩仪式上,站在一边的瞿欧德不时地朝小娜看,他总是恍惚着觉得他前面站的就是田美娜。

崔宜也在盯着小娜看,眼里流着邪念。

22.

沙驼在卖力地拉着面。

牛肉面馆的店堂里坐满了人,但还有人在不断地往里进。

老板娘满面笑容地招呼着客人。

徐爱莲托着托盘,灵巧而熟练地穿梭在餐桌之间。

23.

剪彩仪式完后,田铭源、贾莉娅领着瞿欧德等人参观咖啡屋。

崔宜一边看一边说:"蛮好蛮好。"然后对瞿欧德说:"瞿董,吃好饭我们在这儿唱会歌吧? 放松放松,你看怎么样?"

瞿欧德点点头,他又瞥了一眼不远处正在接待客人的小娜。

贾莉娅忙殷勤地说:"好呀,好呀,我们已经安排了你们的这项活动了。"

他们都是为了小娜想留下来。

瞿欧德对宋蓓说:"宋蓓,吃好饭你先回公司,有急事打电话。"

24.

一间宽敞的有卡拉OK的包厢。

瞿欧德与崔宜酒足饭饱后坐在那儿,崔宜还在用牙签剔着牙齿。

贾莉娅亲自端了一盘果盘进来说:"瞿董,崔经理,你们难得这么悠闲,就在我这儿好好玩一天。"

瞿欧德想说什么却没有说。

崔宜马上说:"老板娘,就我和瞿董唱卡拉OK多没意思。"

贾莉娅说："啊呀,现在不是晚上,我这里还没有陪唱的姑娘。"

崔宜说："你们服务员里有会唱歌的也行,就来陪我们唱唱歌,也没有别的意思。"

贾莉娅说："可以可以,你们看让谁来?"

崔宜说："就那个当司仪的站在门边上的姑娘好了,她叫什么?"

贾莉娅有些为难地说："她是这两天刚来的,叫沙小娜,还没有培训过,可能还不大懂规矩,你们是不是?……"

瞿欧德说："就让她来吧。"

贾莉娅忙讨好地说："既然瞿董发话了,那我就去请。"

25.

吧台边上。

贾莉娅对田铭源说："瞿董想让沙小娜去陪着唱唱歌。"

田铭源说："这恐怕不大好吧?"

贾莉娅说："这有什么不可以的啦,我打听过的,瞿董是个很传统的人,勿白相女人的。"

田铭源说："但那个姓崔的呢? 看到漂亮姑娘就像猫看到老鼠一样,我看不行。"

贾莉娅说："田铭源,你不要忘记,瞿董在我们这里投了好几十万了! 他是我们最大的债主,我们得罪不起。"

田铭源说："要说你去说去。"

26.

贾莉娅把小娜拉进一间空包厢。

贾莉娅说："沙小娜,你能不能帮我一个忙?"

小娜说："什么事?"

贾莉娅说："沙小娜,你刚来没几天,这事我有点不大好说出口。就是这里有位客人,就是那个瞿董,他想请你去陪他们唱两支歌。"

小娜说:"虽然这话你已经说过了,但这种事我还是要问,就是我到底该叫你什么? 是叫舅妈还是叫老板娘?"

贾莉娅有些尴尬,笑了笑说:"好唻,好唻,你想怎么叫就怎么叫吧。"

小娜说:"如果你认为我该叫你舅妈,哪有舅妈让自己的外甥女去做三陪的? 我该叫你老板娘,我更不会去,因为我只是你们雇来给你们干活的,没有说还要三陪,让他们找三陪小姐去!"说着要走。

贾莉娅又拉住小娜说:"小娜,你听我说,我这是在求你。我告诉你,这个瞿董是很传统的,不会对你怎样的,我向你保证。我们这个咖啡店从开张到重新装修,全靠的是他。你帮我和你舅舅一个忙,就去唱两首歌行不行?我真的求你了!"

27.

后堂。

徐爱莲把空碗端进后堂,敬服地看着沙驼把一小团面三下两下在案板上敲打着然后拉出了细细的面。

徐爱莲走到沙驼的身边,咬着耳朵用生硬的上海话说:"沙驼大哥,侬老来仨噢!"

沙驼一笑。

老板娘看到了不满地说:"徐爱莲,做生活呀! 活儿都忙不过来了。再说,你这样也会干扰沙师傅做生活的!"

老板娘对沙驼的手艺与干活的卖力劲很是满意。

28.

瞿欧德坐的包厢。

贾莉娅领着小娜走进包厢。

瞿欧德忙站了起来,热情地说:"喔哟,来来来,请坐请坐。"

瞿欧德的热情让贾莉娅与崔宜都感到吃惊。

瞿欧德问:"叫什么名字啊?"

小娜说:"沙小娜。"

瞿欧德说:"不是上海人吧?"

小娜说:"我妈妈是上海人。"

瞿欧德心里一个激灵,刚想说什么,崔宜凑过来说:"你会唱什么歌啊?"

小娜说:"只要不是太偏门的,流行歌曲我大都会唱一些。"

瞿欧德突然说:"那……新疆歌你会唱吗?"

小娜惊异地看看瞿欧德,说:"当然会,我出生在新疆,怎么能不会唱新疆歌?"

瞿欧德浑身一颤,险些将桌上的杯子碰倒。

贾莉娅说:"小娜是刚从新疆来,又没经过培训,说话态度比较生硬,瞿董您别见怪。"

瞿欧德忙掩饰说:"没事,没事。"

崔宜有些不耐烦地对贾莉娅说:"老板娘,你先出去吧! 这儿有小娜小姐招呼着就行了。"

贾莉娅说:"是,是。"

崔宜转头又问小娜说:"你真是从新疆来的? 那一定还会跳舞! 听说新疆是歌舞之乡,瓜果满地……"

贾莉娅很识趣地退出了包房。

29.

包厢门口,贾莉娅走出门,刚关上门,就看见田铭源不放心地在门口晃荡。

贾莉娅说:"做啥啦? 不去照看生意,在这里探头探脑干什么?"

田铭源指指包厢,意思是里面怎么样?

贾莉娅说:"不就是唱个歌跳个舞,还能做啥?"

田铭源还是不放心,耳朵贴在门上想听动静。贾莉娅怕人看见,忙推搡着要他走。

30.

包厢内。

瞿欧德盯着小娜说："你妈妈是上海人,她叫什么?"

小娜刚想回答,但又觉得不妥,便说："我出生的那天我妈妈就去世了,瞿董你问这些做什么?"

瞿欧德忙说："随便问问,随便问问。"但忍不住又问："那是谁把你带大的?"

小娜说："我爸呀。"

瞿欧德说："你爸叫什么?"

小娜更觉得不对劲儿了,说："瞿董,我还是给你唱首歌吧,唱完我就走。"

崔宜也说："对对,唱歌唱歌,瞿董你这是在调查户口啊?"

瞿欧德也觉得自己有些失态,说："对,那就先唱首歌吧。"

小娜说："唱什么? 新疆歌吗?"

瞿欧德想了一会,说："等会儿你再给我们跳个新疆舞吧。歌嘛……有首歌叫《真的好想你》,你会吗?"

小娜说："会。"

31.

包厢外,田铭源和贾莉娅在门口侧耳听里面的动静。

包厢里响起了音乐,小娜在唱《真的好想你》。

田铭源长舒了一口气,有些放心了。

贾莉娅白了他一眼说："哪能? 我讲瞿董不是那样的人吧,还不信! 好来好来,勿要听了,去做生活。"说着,拉着田铭源离开包厢门口。

32.

瞿欧德的包厢。

小娜在唱《真的好想你》。

瞿欧德动情地在回忆：

他回忆着与田美娜相处的一些细节。

33.

店堂里已没有客人了。

沙驼换下工作服说："下午我都会有点事，四点半准时来上班。这可是说好的。"

老板娘说："那你四点半准时到，不要耽误了店里的生意。"

老板娘对沙驼显然还是比较满意。

34.

小娜唱完，音乐也结束了，瞿欧德还沉浸在回忆中。

崔宜又是鼓掌，又是吹口哨，说："沙小娜，你完全可以去当歌星，唱得太好了，太好了！再跳个舞吧。"

瞿欧德惊醒过来，用极其亲切的口气说："就请再跳一个舞吧，行吗？你是从新疆来的，你的舞一定也跳得很好。"

35.

沙驼朝殷正银的家走去。

小街边有一堆人在打扑克牌，阿林也夹在里面，他看到沙驼忙迎了上去。

阿林客气地说："这位先生，你好。"

沙驼点头回礼说："你好，你好。"

阿林说："先生，你又去找殷正银他们是哦？"

沙驼说："你有事吗？"

阿林说："噢，我没有事，随便问问。我觉得殷正银夫妻俩有点怕你。"

沙驼说："他们怕我干什么呀？"

阿林说："这种事只有你们清楚，我怎么晓得啦？"

沙驼继续朝殷正银家走去,阿林好奇地跟在后面。

36.

瞿欧德所在的包厢。

小娜在新疆民歌曲调的伴奏下跳着舞。她那优美的身段,充满乐感的舞姿,地道的新疆民族舞的韵味,让瞿欧德思绪千万。

瞿欧德在回忆。

闪回:

画面一

草原上开满了鲜花,年轻人围成一个大圈。

田美娜跟几个姑娘一起在跳着新疆舞。

瞿欧德看着田美娜跳舞时那深情而甜蜜的笑容。

画面二

田美娜告诉瞿欧德说:"我怀孕了,你还要走吗?……"

画面三

田美娜送瞿欧德去车站说:"将来你没有资格认你的这个孩子,你从离开这儿起,你就失去了当这个孩子父亲的资格!"

画面四

车站。沙驼骑马赶来。

在瞿欧德准备上车时,沙驼狠狠地揍了他一拳说:"这是我代表田美娜揍你的……"

37.

瞿欧德还在回忆,但这时舞曲突然停住了,瞿欧德缓过神来。

因为这时崔宜突然扑向小娜,一把紧紧地抱住了小娜。

小娜奋力挣开崔宜的双手,抓起茶几上放点心的玻璃盘,狠狠地砸在崔宜头上,崔宜大叫了一声。

崔宜头上顿时流出血来。

小娜冲出包厢外，瞿欧德想喊，但没能叫出声。

第九集

1.

殷正银和许萝琴正在收摊。

沙驼走到他们跟前。

殷正银、许萝琴看到沙驼,情绪一下子又变得很紧张,很低落。

沙驼脸色严峻,说:"殷正银、许萝琴,你们考虑好了吗?"

殷正银说:"沙驼,有话我们到屋里谈好吗?"

2.

沙驼跟着殷正银和许萝琴走上二楼。

门是虚掩着的。

阿林闪进来,走到楼梯下,耳朵紧贴着楼梯偷听。

3.

屋后的更衣室。

小娜气呼呼地脱下工作制服,穿上自己的

衣服。

4.

小娜走出咖啡屋。

天空正飘起细细的雨丝。

田铭源冲出门喊："喂,小娜,怎么啦？小娜!"

小娜头也不回走远了。

田铭源想了想,追了出去。

5.

崔宜捂着流血的头,瞿欧德怒不可遏狠狠地扇了崔宜一个耳光。因为他心里隐约已感到,小娜就是他的女儿。内心的想法是,你竟敢对我女儿非礼!

瞿欧德吼道说："你也太放肆了! 就在我的眼皮底下都敢对姑娘非礼,那姑娘是我请来的!"

崔宜满手的血,带着哭腔说："你看我被砸成啥样啦？"

瞿欧德说："对你这样的行为,我看她是砸得太轻了! 你自己去医院吧!"

6.

二楼。

许萝琴哭着说："沙驼,你就这么狠心吗？非要把我儿子从我身边抢走。"

沙驼说："许萝琴,你还讲理不讲理？他是你儿子吗？"

许萝琴说："他现在就是我儿子!"

沙驼说："我今天来,是想再好好来同你们谈一谈的。可许萝琴,你这样是逼着我上法院告你们哪! 难道你们把我的儿子偷走,反而你倒有理啦？"

7.

楼下,偷听的阿林神情变得很紧张,贴着楼梯想听得更清楚。

殷正银说:"许萝琴,这样闹解决不了问题,上法院我们是不占理的。"

许萝琴哭着喊:"那怎么办? 我不能让他就这样把我儿子领走!"

沙驼说:"是我的儿子,我要回我的儿子这是天经地义的事。"

许萝琴一下跪在沙驼跟前,殷正银也跟着跪下了。

许萝琴哀求说:"沙驼,你不知道我们把这孩子养大有多不容易啊! 自从我们抱着孩子回上海后,我和正银辛辛苦苦就都是为了这个孩子。你知道这二十几年来,我们是怎么熬过来的吗? 沙驼,我和正银求你了!"

沙驼说:"许萝琴、殷正银,我同情你们。但你们也站在我的位置上为我想想,田美娜和我结婚了,她是我心爱的妻子。孩子生下后,她把孩子托付给我时对我说,沙驼,你是这两个孩子的亲生父亲,你一定要把他们抚养大。我说,这还用说,作为父亲这是我的责任! 这是我对我妻子死前许下的诺言! 可你们却做出这样的事,你们站在我的位置上会怎么想? 怎么感觉? 当你们知道你们的亲生儿子在哪儿时,你们难道不会找? 不会去要? 天下有这样做父母的吗? 你们起来! 跪着能解决什么问题?"

8.

楼下,偷听的阿林因窥探到了如此大的秘密,神情在紧张中显出了兴奋。

9.

瞿欧德的包厢里。

崔宜捂着流血的脑袋在大声地呻吟。

瞿欧德说:"不要嚎了,嚎什么嚎! 我看你是玩女人玩昏头了,也不看看对象!"

崔宜哭丧着脸说:"谁知道是个这么没青头的小姑娘呀。"

贾莉娅冲了进来,说:"出啥事体,出啥事体啦?"

瞿欧德说:"贾莉娅,你送崔宜去医院包扎一下。田铭源呢? 我要问他一些事情。"

贾莉娅有些六神无主地说:"不晓得他呀,刚刚沙小娜跑掉了,他也追出去了。喔哟,这个新疆来的野丫头,怎么这么没青头呀! 崔经理,真是对不住啊,我马上送你去医院。"

10.

许萝琴说:"沙驼,你这是在逼着我去死!"

沙驼说:"你不要用死来威胁我,我沙驼吃过这一套吗?"

殷正银说:"沙驼,那你想怎么办?"

沙驼说:"一,你们自己向孩子说明真相;二,孩子是你们偷走的,那你们就该领着孩子来还给我! 至于孩子是个什么态度,可以由孩子自己决定。他二十二岁了,有自主的权利了。"

许萝琴说:"可我们一直对他说,他是我们的亲生儿子呀!"

沙驼说:"所以该由你们跟他说明真相! 我不能不要回我的儿子,要不我还是个做爸的吗? 我又怎么对得起我死去的妻子!"沙驼看到许萝琴和殷正银眼泪汪汪的可怜样子,叹了口气说:"给你们一个月的时间,一个月后我来听回话!"

11.

楼下,听见沙驼要下楼的声音,阿林赶紧逃出殷正银家。

12.

窗外在下雨。

瞿欧德独自坐在包房里,看着地上的一片狼藉发呆。

瞿欧德心里说:"这个孩子肯定是田美娜的女儿! ……不然她怎么会在田铭源这里? 一切都太吻合了,她叫沙小娜,那一定没错了! 她肯定就是我的女儿。"

瞿欧德眼里含着泪。

雨越下越大,窗外已是一片茫茫的雨幕,天色也暗了下来。

13.

田铭源回到咖啡屋,身上已经淋了个通透,显然他没能追上小娜。

瞿欧德刚从包房里走出来,一见到田铭源就说:"沙小娜是你的什么人?"

田铭源一愣,看着瞿欧德,不知道该怎么回答好。

这时贾莉娅也撑着伞走了进来,说:"哎呀,瞿董,崔经理我已经派人送去医院了。我这里真是太不好意思了!那个野丫头,我一定得炒她鱿鱼,太不像话了!"

田铭源看看贾莉娅,说:"你算了吧,人家也不会再来了。"

瞿欧德说:"贾莉娅,你们还有空余的包房吗?"

贾莉娅看看瞿欧德,又看看田铭源,忙说:"有,有。瞿董,这边请。"

14.

后堂。

沙驼在尝着他熬的牛肉汤,他吧唧着嘴,满意地点点头。

徐爱莲在一边说:"沙驼大哥,你熬的牛肉汤味道特别的鲜,有啥路子吗?"

沙驼说:"我十二岁从老家出来后,在兰州一家牛肉面的老店里当了三年学徒。除了学会拉面外,我还偷偷地学会了熬汤的秘诀。这门熬汤的技巧,师傅是不传人的。"

徐爱莲说:"沙驼大哥,你真是个做啥像啥的人。"

15.

包房内。

瞿欧德对贾莉娅与田铭源说:"崔宜他是咎由自取,我明天就炒他鱿鱼!

这样的人,我没法让他继续留在我公司里工作!他这种行为太有损于我们公司的形象了!"

贾莉娅说:"您千万别责怪崔经理,是我们这个沙小娜太野蛮点了。还好崔经理没再跟她计较!"

瞿欧德说:"小娜不再砸他一盘子,就算便宜他了。"

贾莉娅还想说什么,田铭源拉了她一把,不让她说了。

瞿欧德看看田铭源,说:"我还想问问这个叫沙小娜的小姑娘的事,你们得跟我讲实话。"

贾莉娅说:"瞿董,你认识这个小姑娘?"

瞿欧德说:"我怎么会认识她?"

田铭源说:"是呀,小娜是从新疆来的,瞿董是从德国回来的,怎么会认识!"

瞿欧德说:"这个小姑娘的母亲是谁你们知道吗?"

16.

面馆已打烊。

徐爱莲帮着沙驼收拾着后堂。

老板娘撇着嘴在一边看着。

收拾完后沙驼对老板娘说:"今天熬的汤你们不要动,明天一大早我会提前来的。新鲜牛肉订了没有?"

老板娘立马又换了一副笑脸,说:"明天一早就送来。"

17.

沙驼走了。

徐爱莲脱下工作服也准备走。

老板娘说:"徐爱莲,你是不是看上这个西北佬了。"

徐爱莲一笑说:"十几年前我就看上他了。"

老板娘说:"十几年前你们就认识?那时你才多大呀?"

徐爱莲说:"那时我十六岁,这方面的事懂了。就是他不敢要我,怕破坏婚姻法。"

老板娘说:"你长得这么漂亮,干吗要找他这样的人呀? 他这年纪都可以当你爷叔了。"

徐爱莲说:"老板娘,你这可管不着,现在二十出头的姑娘找能当爸爸的,甚至找能当爷爷的人都有。何况我只跟他差十几岁。"

老板娘说:"那些老头子有钞票呀,他有啥? 最多只是个拉面师傅。"

徐爱莲说:"那我要比那些姑娘强,她们看中的是钱,而我看中的是人!"

徐爱莲说着昂着头走出饭店。

老板娘说:"统统是乡巴佬!"

18.

包房里。

田铭源想说什么,但贾莉娅拉住他说:"你不要说,我来说。瞿董,事情是这样的,前些日子有个新疆人带着他的女儿……"

瞿欧德说:"那人叫什么?"

贾莉娅说:"好像叫沙驼。他说这个小姑娘,就是沙小娜,说她就是我阿姐田美娜的女儿。瞿董,你想想,现在骗子勿要太多噢,我们怎么敢随便认呢? 要是认下了,住在我们家,趁我们不注意时,把我们家值钱的东西卷走了……"

田铭源瞪了贾莉娅一眼。

瞿欧德说:"你不要说了,现在这个沙驼住在哪儿?"

贾莉娅说:"勿晓得。"

田铭源说:"前几天就住在一家附近的小旅馆里,我去找过他们,现在就勿晓得了。"

瞿欧德说:"田铭源,你陪我到那家小旅馆去看看好吗?"

贾莉娅忙说:"田铭源,那你陪瞿董去看看。瞿董,你是不是认识他们啊?"

瞿欧德说:"那个沙小娜受到了伤害,是我请她来唱歌,我负有主要责任,我得向人家道个歉!"

贾莉娅说:"喔哟,瞿董,你真是有绅士风度吔。"

19.

沙驼住过的小旅馆。

小旅馆的老板对瞿欧德与田铭源说:"他们已经走了好多天了。"

瞿欧德说:"去哪儿了,你知道吗?"

老板摇摇头说:"听说是在上海租了个房间住的。"

瞿欧德对田铭源说:"那怎么办?我真是特别想找到那个沙小娜。"

田铭源看看瞿欧德,他越发觉得这个瞿董肯定和自己阿姐的关系不一般。于是说:"还有个人,可能知道他们现在住哪。"

瞿欧德说:"那我们这就去问问吧。"

20.

姚姗梅家。

田铭源敲开姚姗梅家的门。

田铭源说:"姚老板娘,真对不起,天这么晚了,还来打扰你,这位先生一定要现在就来见你。"

姚姗梅说:"有什么事?"

田铭源说:"这位先生想知道一下沙驼和沙小娜现在住在哪里。"

姚姗梅说:"最近这几天他们没有到我这儿来过。你?……"她看着瞿欧德,感到脸熟,想了想,立刻就认出来了,说:"你不是瞿欧德吗?怎么从国外回来啦?"

瞿欧德说:"回上海来投资,已经有四五年了。"

田铭源说:"瞿董事长现在是上海很大的一家建材公司德佩建材公司的老板,你们认识啊?"

姚姗梅说:"我和瞿董以前在新疆的一个生产队里待过,还有田美娜。"

田铭源说:"噢,原来……"

瞿欧德打断田铭源的话说:"姚姗梅,可以请我们进去谈谈吗? 我有很多事要问你。"

21.

姚姗梅要给瞿欧德和田铭源倒茶,瞿欧德忙制止说:"姚姗梅,我不需要喝茶。你应该知道我想要问你什么,请你尽快告诉我,小娜是不是田美娜的孩子? 她是不是……"

姚姗梅冷笑说:"你问这些干什么? 你离开新疆的时候,不是不要田美娜了吗? 她生下的孩子跟你有什么关系?"

瞿欧德说:"姚姗梅,我们就先不要翻那些老账了好吗? 我做的孽我会补偿的! 看在过去我们在一个生产队吃过苦的份上,我求你,我只想知道田美娜当初到底把孩子生下来了没有?"

姚姗梅说:"生了,怎么没生? 而且还生了两个,一男一女龙凤胎!"

瞿欧德和田铭源都同时"啊"了一声。

姚姗梅继续说:"可惜啊,田美娜生下两个孩子就离开人世了。两个孩子,一个被人偷走了,剩下的这个女儿,全靠沙驼把她拉扯大。沙驼是个放羊的,也很艰难,但还是把小娜带到上海来认外婆,但外婆不认。还有你这个舅舅。"姗梅对田铭源说:"你也不肯认!"

田铭源急了,说:"不是我不认,是我的那位不肯认,说没有证据证明小娜是我们阿姐的女儿,怕上当受骗。"

瞿欧德跌坐在沙发上半晌,突然恼怒地对田铭源说:"你们怎么能不认? 小娜完完全全就是田美娜的翻版,这还不够证据吗? 要真的是怕上当,那为什么又把小娜弄到你们咖啡店当服务小姐呢?"

田铭源说:"是我那位出的主意,说是给她一碗饭吃呀! 看到她和她的那个阿爸到上海来后也很艰难的。"

瞿欧德对姚姗梅说:"沙驼也来上海了对吧? 那他们到底去哪儿了? 我上旅馆去找,说已经搬走了。"

姚姗梅说："他们从旅馆搬出来后,沙驼过来告诉我他们租了一间房子,离小娜外婆家不远。他说他在一家牛肉面馆找了份拉面师傅的工作。"

瞿欧德说："姚姗梅,还有田铭源,你们得帮帮我忙,一定要找到他们!"

田铭源说："瞿董,你这是?……"

姚姗梅忍不住说："瞿董就是小娜的亲阿爸呀!"

田铭源大惊："啊?!"

22.

沙驼回家,看到小娜坐在凳子上,脸色铁青。

沙驼说："怎么啦?"

小娜说："爸,舅舅那个咖啡屋我不想去了。那个贾莉娅……"

沙驼说："那是你舅妈。"

小娜说："屁的舅妈! 说的那些个话听了就让人生气! 但我忍了。可今天她非要让我陪客人去唱歌,说那个人对他们很重要,可那个人对我非礼,我就用玻璃托盘把那个人的头砸烂了。"

沙驼说："有这事?"

小娜说："当然! 爸,我不明白,我干吗非要到上海来认这些什么亲戚呀? 不认又怎么啦? 都是一些什么屁人嘛!"

沙驼说："外婆就是外婆,舅舅就是舅舅,不要什么屁人屁人的,像什么话!"

小娜说："反正,我再也不去那个咖啡屋了! 我自己另外找工作去。"

沙驼想了想说："要不,上我那个面馆干活去。"

小娜说："还当服务员啊?"

沙驼说："先自己养活自己,再慢慢找别的工作做。靠自己养活自己,这是人活在这世上最重要的事,因为靠别人都是靠不住的,哪怕自己的亲爸亲妈,也总会有靠不住的一天!"

小娜一笑打趣说："爸,你这么结实,才死不了呢。"

沙驼也笑着说："你还要我养下去啊? 好意思吗? 只要你过十八岁,我就可以把你扫地出门,自谋生路。"

小娜说:"行,明天我就上你面馆去当服务员。"然后上楼回到自己的房间。

沙驼笑笑。

小娜又突然拉开门说:"爸,今天我上菜市场去买菜买早点时,发现外婆在偷偷地跟着我哎。"

沙驼说:"唉,世上哪有外婆不心疼自己外孙女的,隔代亲嘛!她总有认你的一天。明天一早,我和你一起去买菜买早点。"

23.

贾莉娅对田铭源说:"这怎么办好呢? 快去把小娜找回来呀! 这次我们把瞿董得罪完了。"

田铭源抱怨说:"我说小娜肯定是阿姐的女儿,是我阿姐的女儿。你就是不信! 当时瞿董看小娜的眼神就勿一样,大概他已经感到小娜是他女儿了。"

贾莉娅说:"瞿董原来是阿姐的……喔哟,"仿佛大梦初醒似的,"怪不得他这么关照我们。我想呢,无缘无故怎么会有这么慷慨的人? 我还以为他看中我了呢,原来是你阿姐的……"一看田铭源怒气冲冲的眼神,马上改口说,"喔哟,我就是瞎讲讲呀! 我估计呀,他当初肯定是欠了你阿姐的感情债,因为你阿姐过世,他只好从我们身上还了。"

田铭源说:"又在自作多情了,事情全坏在你手头上!"

24.

沙驼与小娜在菜市场和早点摊上买早点。

灯光下,梧桐树上飘落下几片枯叶。

梅洁远远地跟在他们后面,沙驼与小娜都感觉到那了。

小娜说:"爸,是不是我外婆?"

沙驼说:"是。"

小娜说:"会是找我的吗?"

沙驼说:"小娜,你主动迎过去看看。"

小娜突然转身,朝梅洁走去。

梅洁看到小娜朝她走来,犹豫了一下,又赶忙斜插到小路上,消失在人群中。

小娜回到沙驼身边说:"爸,她还是不想认我。"

沙驼说:"是黎明前的黑暗。走,回去吃早点,我去上班,你十一点到我面馆来。在那儿打上两个小时的工,够你的饭钱了。其余的时间,你就找工作去。"

小娜笑道说:"爸,你真会算计我,让我最忙的时候去。"

沙驼说:"最忙的时候老板娘才肯要钟点工。闲时,店里的员工都没活干,她会要吗?爸不是有意为难你,爸现在也在挣自己的饭钱。"

小娜说:"爸,我知道,你这是在做样子给我看。行,当钟点工我去。"

25.

沙驼翻看着刚送来的牛肉。然后对老板娘说:"老板娘,这牛肉不太新鲜了呀。"

老板娘把鼻子凑到牛肉前闻了闻说:"好的呀,没有坏呀。"

沙驼说:"我是说不新鲜了,没有说坏。坏了还能吃啊!"

老板娘说:"既然没有坏,那你就赶快熬汤。"

沙驼说:"不新鲜的牛肉我不做!"

老板娘说:"作啥?"

沙驼说:"这样的肉,熬出的汤就没鲜味了!"

老板娘说:"只要能吃就行。"

沙驼说:"你不怕坏了你店里的名声,我还怕坏我沙驼的名声呢!"

老板娘说:"今天就凑合算了,再去换肉,生意就要耽搁了。"

沙驼说:"那今天我请假,工钱你怎么扣就怎么扣。"

老板娘说:"喔哟,你沙驼的名声能值几个钱啦。"

沙驼说："比你这个店值钱多了。赶快换新鲜牛肉来,不然我走人!"

老板娘气急败坏地朝后院喊："阿根,你从哪里进的肉啦? 赶快给我换去!"

正在打扫店堂的徐爱莲朝沙驼竖了竖大拇指。

26.

中午,小娜走进面馆。

沙驼隔着后堂的玻璃看到小娜。

沙驼把小娜领到老板娘跟前。

老板娘高兴地说："喔哟,沙师傅,你还有这么漂亮的女儿呀。那你的老婆也一定很漂亮啦。"

徐爱莲说："可惜小娜的妈妈生下小娜就过世了,哪来的老婆!"

老板娘说："徐爱莲,你消息真灵通,这种事你都打听清楚了,怪不得一个劲地追沙师傅。"

徐爱莲说："晓得又哪能啦,晓得又勿犯法喽!"

沙驼说："老板娘,给个话吧。"

老板娘说："每天上午十点到下午两点。四个钟头,二十元钱。我再管一顿中饭,可以了吧? 对你沙师傅的女儿,我总得关照点嘛。但做生活可不要偷懒!"

徐爱莲拉着小娜说："来,跟我换工作服去。"

27.

下午两点钟后,面馆已没什么客人了。

小娜下班,沙驼也解下围兜,说："老板娘,我要和小娜出去一次,四点半我准时回来。"

28.

沙驼领着小娜走进弄堂,说："有好些天没去你姗梅阿姨家了,我们搬了家她也不知道,得跟她去打声招呼。"

小娜笑着说:"爸,那个徐爱莲在追你？ 她长得好漂亮哎,你们早就认识?"

沙驼说:"年龄相差十几岁呢。不现实。"

小娜说:"那有什么! 只要她愿意跟你就行! 爸,她不知道咱们家的底细吧?"

沙驼说:"可能不知道。只知道我现在是个拉面师傅,手艺还行。"

小娜说:"那说明她看中的是你人! 爸,这样的好事你可千万别错过。"

沙驼说:"人家是嘴上的话,心里咋想还不知道呢,你可不要胡搅和。"

29.

姚姗梅高兴地把沙驼和小娜引到家里。

姚姗梅抱怨说:"沙驼,你搬出旅馆也不来打个招呼,让我好找! 这几天有几个人找你们都快找疯了。"

沙驼说:"谁呀?"

姚姗梅说:"小娜的舅舅,舅妈呀! 还有⋯⋯"姚姗梅看看小娜说:"小娜,你去找兆强说说话,兆强几天都闷在他自己屋子里。我有话要单独同你阿爸讲。"

沙驼朝小娜示意了一下。

小娜刚敲开兆强的房间门,立马传来震天响的音乐声。

姚姗梅说:"吵死了,兆强你音乐不能开轻一点吗?"忙把小娜推进去,关上门。这才走过来小声地对沙驼说:"瞿欧德也来找小娜了呀。"

沙驼说:"他不是去德国了吗?"

姚姗梅说:"从德国回到上海来了呀,开了一家很大的建材公司。"

沙驼想了想,说:"田美娜临死前有话,不能让孩子认他这个爸,田美娜说,他已经失去了当父亲的资格。"

姚姗梅说:"是呀,田美娜的死,他该负主要责任。"

沙驼说:"你不要告诉他我们住哪儿。"

姚姗梅有些为难地说:"他要是再来找我呢? 我这儿他可是来过了。"

沙驼说:"你说不晓得不就行了,反正这小子不地道!"

姚姗梅叹口气,说:"唉,先就这样吧。还有件事,沙驼,我把全福饭店转让掉了。"

30.

德佩建材有限公司。

瞿欧德的心情显得很烦躁,有些坐立不安。

宋蓓为他倒来一杯咖啡,说:"瞿董,这几天你怎么老心神不宁的呀? 是不是最近太累了,要不,出去走走,旅游一下散散心?"

瞿欧德感慨地说:"要说累,你比我更累。我累,那是我活该,总想把自己的事业做大点,好显出自己人生的一份价值。你累呢,那就应该得到一份关照,一份奖励。"

宋蓓抿嘴一笑,说:"瞿董,你看你说的。这几年我跟着你,你已经待我很不薄了。现在,我房有了,车也有了,在目前的上海滩,我也该知足了。而瞿董你呢? 事业也越做越大,最近的生意又那么兴旺,可你干吗还闷闷不乐呢?"

瞿欧德说:"因为我有一份很沉重的感情债,它一直压在我心上。尤其是最近这几天,我感到格外的沉重。"

宋蓓说:"瞿董,是不是夫人她……"

瞿欧德摇摇头,说:"跟她没关系。这个债,欠的年月太久远了,就像高利贷,雪球越滚越大,越背越沉重,都不知道该怎么还了。"

宋蓓小心翼翼地说:"是瞿董年轻时候……欠下的债?"

瞿欧德说:"年轻的时候,为自己能活得潇洒活得体面,把感情债看轻了。可是我忽略了时间这东西是把人良心上的愧疚层层加码的! 现在这债务已经压得我喘不过气了,我不知道这笔债该怎么还才好。"瞿欧德摇摇手说:"不说了,你回去干活吧。"说着,眼中含着泪花。

31.

姚姗梅说:"沙驼,现在你住哪儿?"

沙驼说:"住的地方离小娜的外婆家不远。离你这儿也不是很远。"

姗梅说:"住得怎么样?"

沙驼说:"一栋两层楼的小楼房,小娜住楼上,我住楼下,一出门就是菜市场。买菜吃早点都挺方便的。"

姗梅说:"那工作呢?"

沙驼说:"我在一家面馆当拉面师傅,小娜在跑堂,小娜的工作慢慢再找吧。兆强呢?"

姗梅叹口气说:"在家待着。"

沙驼说:"姗梅,不是我说你,你与崔大哥也太惯兆强了。"

姗梅说:"独养儿子呀!哪有不心疼的。小娜不是你亲生的,要是小娜是你亲生女儿你试试。"

沙驼说:"就是亲生,我也不会那么惯她。那不是在疼孩子,那是在害孩子!你能管兆强一辈子?"

32.

崔兆强的房间里。

崔兆强对小娜说:"你在上海没有户口,工作很难找的。"

小娜说:"外来的打工妹打工仔不也没有上海户口吗?他们不也都找到工作了吗?"

崔兆强说:"你是大学生。他们打工的那些个工作你肯去做?那也太掉价了。"

小娜说:"我现在就在一家面馆当钟点工。上午十点到下午两点,二十元工资,起码自己挣了个零花钱。你现在呢?"

崔兆强说:"饭店转让掉了,我现在失业了。"然后又突然神情紧张感叹地说:"哎,小娜,我们那饭店是个新疆人收购的,出手太大方了,连价都没还,拍!钱是一次性给的,成交!所以那个跟我们合伙的沈老板高兴得不得了,他把他的投资拿走了,我们还剩点钱,够我们花销几年的了。所以我现在还不急着找工作。"

33.

姚姗梅说:"我还真是没看出来啊,那新疆人连价都没还,钱也是一次性划到我们账上的。唉,可惜了呀!要是那饭店还在,我肯定会让你跟小娜到我们饭店里来做的。"

沙驼说:"没事儿,到哪儿不都是干活吗?我这里当拉面师傅,收入也不错,那个老板娘还蛮看重我的。"

姚姗梅半信半疑,说:"当拉面师傅?你学过的啊?"

沙驼说:"我在兰州的牛肉面馆当过三年学徒。"

姚姗梅说:"你这个人也聪明,学啥像啥。不过像你这种情况,到上海来,能找到一份工作,当当拉面师傅,有口饭吃,也算不错了。"

沙驼说:"那姗梅,我们就告辞了。"

姚姗梅说:"哎,要是瞿欧德,还有小娜的舅舅再来找我怎么办?让他们来找你?"

沙驼说:"小娜的舅舅舅妈啊,我正要去找他们呢,他们在家吗?"

姗梅说:"那你们快去,这两天他们找你们都要找疯了。"

34.

沙驼和小娜来到田家小楼前。

沙驼毫不犹豫地按响门铃。

贾莉娅来开门,田铭源跟在后面。

贾莉娅一见是小娜与沙驼,高兴的要蹦起来,双手一合说:"小娜,小娜阿爸快进屋,快进屋。"

沙驼拨开贾莉娅对田铭源说:"慢,我先有话问你们。"

田铭源忙说:"沙驼,你听我讲。"

沙驼说:"我什么也不想听,小娜都对我讲了。不管你们认不认,但小娜是田美娜的女儿,这点是确定无疑的。那你是不是田美娜的亲弟弟?"

田铭源不明所以,说:"是呀。肯定是呀!"

贾莉娅也忙不迭地说:"我们找你们,就是想认小娜这个外甥女呀。"

沙驼说:"现在你们要认,我们还不想认呢。"

沙驼一拳把田铭源撂倒在地上。

沙驼说:"你们丧尽天良!让自己的外甥女去陪下三流的客人,你们还配当舅舅、舅妈吗?小娜,我们走!"

沙驼拉着小娜往回走。

贾莉娅一看田铭源的鼻子里渗出血来,心疼坏了。在后面跺脚骂:"喔哟,这个人哪能噶野蛮啊!乡下人,你哪能随便打人的啦!啊!"

田铭源冲着贾莉娅说:"全都是你做的好事!"

35.

瞿欧德看看田铭源那张青肿的脸,叹口气说:"沙驼这人还是那么野蛮,什么事情都喜欢用拳头说话。"

田铭源说:"瞿董,我请你来,不是为了诉委屈。我想到了一个办法,能让你找到小娜,就是你得……"

瞿欧德急忙问:"什么办法?"

田铭源说:"你去拜访一下我母亲。"

第十集

1.

梅洁家门口。

西装革履的瞿欧德从小轿车里下来,敲开梅洁家的门。

来开门的刘妈上下打量着瞿欧德,说:"请问你找谁?"

瞿欧德说:"这儿是田美娜母亲的家吗?"

刘妈说:"是。"然后回头朝里喊:"师母,有人找。"

梅洁出来,看看瞿欧德,那气质和穿着,再看他身后的一辆奔驰车,觉得是个很有身份的人,就说:"请进吧。"

2.

瞿欧德对梅洁说:"伯母,我想打听一下,有没有一个叫沙驼的人带着一个姑娘,她叫沙小娜,来找过你?"

梅洁说:"有。不过让我赶走了。"

瞿欧德说:"为啥?"

梅洁说:"他说那个小姑娘是我女儿田美娜的女儿,那个男的是她的父亲,也就是说是田美娜的老公。人长得倒还可以,但面相土里土气的,我怎么敢认呢,现在这社会这么的复杂。"

瞿欧德说:"你知道他们现在在哪儿吗?"

梅洁想了想说:"不知道! 你是干什么的? 找他们干什么?"

瞿欧德拿出名片说:"我是德佩建材公司的董事长,这是我的名片。"

刘妈在一边说:"师母,德佩建材公司就在武铭路上,离这儿不远,老大老气派咯。"

梅洁说:"不用你多嘴!"然后又说:"找他们有什么事吗?"

瞿欧德的耳边响起了田铭源的话说:"见到我母亲,千万别说你跟我阿姐还有小娜的关系,我姆妈一直对我阿姐未婚先孕的事耿耿于怀,她是个要面子的人,你现在把事情捅开来,她会立刻把你赶出去的!"

瞿欧德深吸了一口气,诚恳地说:"找到他们后,我会来告诉你的。"

梅洁仔细地打量着瞿欧德,停了一会儿说:"对不起,我也不知道他们在哪里。"

瞿欧德说:"伯母,我现在很急,真的想尽快找到他们。"

梅洁站起身说:"不好意思了,恐怕我帮不了你。"那意思是要送客了。

瞿欧德垂头丧气地站起身,向门口走了两步,突然鼓足勇气转头对梅洁说:"伯母,我还有个可能是很过分的要求,我想……"

梅洁说:"作啥?"

瞿欧德有些心虚,嗫嚅地说:"我想……要一张田美娜的旧照片。"

梅洁的脸唰地一下白了,警觉地瞪着瞿欧德。

瞿欧德慌了,说:"如果您认为不合适,也就算了。不过一有小娜他们的消息,请打电话告诉我,好吗? 拜托了,名片上有我的电话和地址。那我就告辞了。"

3.

瞿欧德狼狈地走出梅洁家,一坐进车里,他懊恼地捶了一下自己。

4.

一套富丽堂皇的公寓。

由于在梅洁家没有打听到沙驼和小娜的消息,瞿欧德感到很沮丧,他洗完澡走进卧室。

卧室的布置有些与众不同,不是一张双人大床,而是两张单人床中间用床头柜隔开。

姜丽佩正躺在床上看杂志消遣。

姜丽佩,四十几岁,很洋气,但并不怎么漂亮,保养得很好的身材依然充满激情。

瞿欧德对姜丽佩显然没什么感情。他看了她一眼,就上了自己的床。

姜丽佩放下手中的杂志说:"欧德,今天我能不能上一次你的床?"

瞿欧德说:"有必要吗?"

姜丽佩说:"什么有必要吗? 我们是夫妻呀! 这几年来,你尽过一个做丈夫的责任吗?"

瞿欧德说:"年岁大了,没有激情了。"

姜丽佩说:"可我有激情! 我的激情你怎么解决?"

瞿欧德说:"我们是因为什么才结合的? 你心里不清楚吗?"

姜丽佩说:"可我是因为爱你才同你结合的,这与你我之间的经济利益没关系!"

瞿欧德说:"但我不是因为感情,这点我们在结婚前我就坦率地告诉你了,我让你好好考虑考虑再决定,可你说只要能同我结婚就行。结婚后我也尽过丈夫的责任,不是吗?"

姜丽佩说:"可这些年你为什么不尽了? 哪怕几个月一次也行呀!"

瞿欧德说:"我说了,我老了,没激情了,这种事情我强迫不了我自己。"说着掉转头躺在床上不再理姜丽佩。

姜丽佩发泄似的将手中的杂志往对面墙上扔了过去,捂着脸伤心地说:"我的两次婚姻,怎么都会这么失败啊!"

瞿欧德冷冷地说:"你可以提出离婚嘛。"

姜丽佩大喊:"到时候我会提的!"

5.

窗外秋风萧瑟,但店堂里挤满了人,而且还不停地有客人往里走。

老板娘熟练地开着票,一面喊:"牛肉面一个,小碗,二细! 干拌牛肉面,两份,打包带走! ……"

徐爱莲端着托盘穿梭在店堂间,不时还关切地往厨房间的窗口看。

6.

后堂。

沙驼汗流浃背地在用力揉面。

徐爱莲端着托盘进来,将一大堆碗碟往洗碗池里一放,赶紧递上毛巾让沙驼擦汗。

外面的人在喊:"老板娘,好了哦? 我们都等了快半个小时了呀。"

老板娘在外面回应说:"好了,好了,马上就好。"

老板娘拐进后堂,看到沙驼还在揉面。

老板娘说:"哪能还没有揉好啦?"

沙驼说:"今天客人太多,面用得太快。"

老板娘说:"那就快拉呀,客人都等不及了呀!"说着用手指戳了戳面团说:"可以了呀。"

沙驼说:"可以不可以我比你清楚。"

老板娘说:"凑合着拉就可以了呀。"

沙驼说:"面揉不好,拉出的面就会断丝。我是手艺人,手艺上失误既会丢面子又会丢饭碗,就是杀头也不能这么做!"

外面有顾客喊:"再不好就退票。"

有人喊:"退票! 退票!"

有几个顾客要往外走。

老板娘急了,冲着沙驼喊:"乡下人,你懂勿懂做生意啦! 顾客是上帝哎!"

沙驼说:"手艺上的信誉才是我的上帝,面拉不好,谁还肯来吃我们的面? 到那时,走掉的不是几个顾客,而是全部!"

老板娘恼怒而无奈地说:"你这个人搞啥嘛搞啦!"

老板娘瞪了沙驼一眼,转头对着店堂里,笑容可掬地朝顾客们点着头说:"对不起,对不起,大家再稍等一等,马上就好,马上就好!"

7.

店堂里。

小娜端着托盘在坐满人的餐桌间绕着穿梭着。

小娜收拾完将空碗端回来。

徐爱莲对小娜说:"小娜,你把这两碗面端到四号桌上去,端的时候一定要把托盘端平。不然汤流到托盘上,很难看的。"

小娜说:"哎,知道了。"

徐爱莲说:"还有。把碗端给顾客时,大拇指要竖起来,不要扣在碗口上。"

小娜点头。

徐爱莲朝小娜笑笑。

8.

贾莉娅问田铭源说:"小娜寻到了哦?"

田铭源说:"这么大的一个上海,我到哪儿去寻呀!"

贾莉娅说:"再到那个全福饭店的老板娘那儿去问呀。"

田铭源说:"听说全福饭店已经转让给别人了,那个姚姗梅已经不是老板娘了。"

贾莉娅说:"那个姚姗梅是不是全福饭店的老板娘已经不重要了。重要的是小娜是瞿董的女儿!我们得罪了小娜就是得罪了瞿董。"

田铭源说:"当初我要认小娜,你就是不让认,现在倒急了。"

贾莉娅说:"好咪,你不要事后诸葛亮了,快到姚姗梅家去问问呀!"

田铭源说:"勿去。"

贾莉娅厉声说:"做啥勿去?"

田铭源指指自己的脸,说:"你还想让我挨揍吗?"

贾莉娅说:"挨揍也得去!是脸面重要还是生意重要啦?!"

9.

刘妈对梅洁絮絮叨叨地说:"天哪,那个人他说他是德佩建材公司的董事长哎!坐的那个车我是不认得叫啥牌子的车,反正人家派头勿要太大噢!师母啊,他来家里到底想做啥?又要找小娜,又要美娜的照片,说不定他就是……"

梅洁喝道:"刘妈!"

刘妈说:"好好好,这种事体不好瞎猜的,但肯定他们之间有关系。不过师母呀,你不要怪我多嘴哦,这个外孙女你得认,这么好的一个外孙女你要不认,你会后悔一辈子的!"

梅洁说:"我还能有几年活头啦,什么后悔一辈子。"

刘妈说:"那你现在做啥每天晚上都睡不着觉,一清早还要跟在我的屁股后面去菜市场?你又不去买菜,你就是想去看小娜的呀。师母,不要拉不下面子,女儿的事已经过去二十几年了。"

梅洁说:"我是怕这里有假!"

刘妈说:"有啥假啦!人家要骗你这个老太婆做啥啦?你现在只是靠点养老金生活的人呀。"

梅洁气恼地说:"你晓得啥!"

刘妈说:"好好好,我勿讲了,勿讲了。"

10.

店堂里此时人挤得更满了。

有的人还站在餐桌后面等。

小娜端着盘子在穿梭。当小娜穿过墙边的一张餐桌时,一个"小混混"趁机在小娜的大腿上拧了一下。

小娜厌恶地怒视了他一眼,想发作,但忍住了。

11.

小娜端着空碗,走进后堂,在沙驼耳边嘀咕了一句。

沙驼说:"哪一个?"

小娜从窗口指了指那个正坐在那儿吃面的"小混混"。

沙驼拉开窗子,一团面团就飞了出去,刚好射在那"小混混"的鼻尖上。那"小混混"捂着鼻子大叫起来。

沙驼说:"小子哎,你再敢欺侮我女儿,小心你的两只狗眼!"

徐爱莲问小娜:"咋回事?"

小娜把这事讲给徐爱莲听,徐爱莲气呼呼地走到那"小混混"跟前,把那"小混混"吃剩下的面连汤带碗一下扣在他的头上。

徐爱莲说:"我看你再敢耍流氓!"

12.

瞿欧德的办公室。

宋蓓拿着几份合同走进来说:"瞿董,这几份合同您看一下吧。"

瞿欧德翻着合同,对宋蓓说:"宋蓓,你说,人在这世上是不是像古时候书上说的那样,人若富,拉出白纸变成布;人若穷,挖出黄金变成铜。就是说,该你得的你就能得上,不该你得的你怎么也得不上?"

宋蓓说:"话是这么说,但在我看来这也太消极了,该去争取的还是要努力去争取。"

瞿欧德说:"是呀,我也这样想。宋蓓,在这世上,我可能有个女儿啊!

一个非常非常可爱的女儿。"

宋蓓吃惊地说:"您不是有女儿吗?现在怎么又冒出一个女儿来?"

瞿欧德:"瞿月雅是姜丽佩同我结婚时带来的,而现在这个……唉,往事不堪回首啊!"

宋蓓说:"您年轻的时候?……"

瞿欧德苦笑说:"那是真正的爱情,刻骨铭心的爱情。但人就是这么一种动物,得到的时候不珍惜,失去了才发现那是最好的。当初为了自己有个更好的生存条件,我把爱情给抛弃了,我以为,爱情那种感性的东西是虚无的,可以放下的。谁知道那份爱,是怎么也不会从心里遗忘的,爱有时也很可怕啊!"

宋蓓说:"您见到她了?"

瞿欧德:"见到了。"

宋蓓说:"相认了?"

瞿欧德说:"没有。"

宋蓓说:"有人告诉您了?"

瞿欧德说:"也没有。"

宋蓓说:"那您怎么知道她是您女儿呢?"

瞿欧德说:"种种情况表明,那个姑娘就是我女儿,因为她太像她的母亲了。"

宋蓓说:"你指的那份感情债就是她吗?"

瞿欧德长叹了口气说:"我好后悔啊,那是一个我真正爱过的女人,她至今,还占据着我的全部心灵。"

宋蓓说:"那她人呢?"

瞿欧德说:"知情人告诉我,她生下我这个女儿和她哥哥后就去世了,是我害死了她,还有我的那个儿子也被人偷走了,从此生死不明。"瞿欧德的眼里渗出了泪说:"这份债真的是好沉重啊!"

宋蓓宽慰他说:"瞿董,你不是常说,你事业上的成功,也许是上苍对你以前遭受过的苦难的一种补偿吗?你说,你现在缺的是一份亲情,现在你女儿突然出现了,这不是太好了吗?"

瞿欧德痛苦地说:"可她突然又从我眼前消失了。我怎么也找不到她了。"

13.

殷正银把饭菜摆在了饭桌上,正准备吃晚饭。

许萝琴下楼说:"刚才是浦江来的电话。"

殷正银说:"是不是又不回来吃饭了? 那我们就吃吧。"

许萝琴发愁地坐在饭桌前,说:"浦江的事我们到底该怎么办呀? 你倒拿个主意呀!"

殷正银说:"我又有什么办法。你看是不是把这事讲给浦江听,由他自己来作决定?"

许萝琴说:"你这算什么办法! 我看你就会吃干饭。"

殷正银说:"唉,我真想远走高飞,去一个沙驼永远找不到我们的地方,好好地过我们的日子。可……"

许萝琴突然被提醒了,说:"对,我们搬家,搬到一个沙驼找不到的地方。"

殷正银说:"这可能吗?"

许萝琴说:"怎么不可能? 我们搬到别的区去,离市区远一点,上海这么大,他怎么找?"

殷正银说:"沙驼只要到公安局去报案,有警察出面找,会找不到?"

许萝琴说:"搬家! 先搬走再说!"

殷正银无奈地摇摇头。

14.

瞿月雅的房间。

姜丽佩推开瞿月雅房间的门。

瞿月雅正在看电视。

姜丽佩坐下说:"月雅,姆妈有件事要问你。"

瞿月雅说:"姆妈,啥事体?"

姜丽佩说:"我是想问你,我听公司的人讲,你正在追那个叫殷浦江的男生。"

瞿月雅说:"怎么啦? 是我对他一见钟情,不让我追吗?"

姜丽佩说:"那他呢? 对你是什么态度?"

瞿月雅说:"他吗,应该说还在犹豫当中。"

姜丽佩说:"那么说是你主动的?"

瞿月雅说:"对。"

姜丽佩说:"他的家庭情况你了解吗?"

瞿月雅说:"姆妈,你问这个干吗?"

姜丽佩说:"我当然要问! 你是姆妈唯一的女儿,是姆妈的全部希望,是我们家事业和财产的唯一继承人,我怎么能不问。"

瞿月雅想了想,很干脆地说:"好,我告诉你,他阿爸姆妈是摆大饼油条摊的,可以了吧?"

姜丽佩说:"立即停止!"

瞿月雅说:"为啥?"

15.

殷浦江从大马路拐进小街。

阿林挡在殷浦江面前。

阿林说:"喂,殷浦江,我有一件相当相当重要的事情要告诉你。"

殷浦江不在意地说:"啥事体?"

阿林说:"殷浦江你要听哦? 有关你的身世大事!"

殷浦江不以为然地笑笑说:"阿林爷叔,小时候你讲的故事就不灵咯。"

阿林说:"这是发生在你身上的真实案例,不听后悔哦!"

殷浦江哈哈一笑,说:"侬又瞎七搭八,我从小到大,连人家身上一毛钱都没拿过,我身上能有什么案子?"

阿林说:"喔哟,想听哦? 想听就给我根香烟抽,我讲完后,你肯定就笑不起来了。"

殷浦江说:"阿林爷叔,你想要我帮你买包烟就明说嘛,搞这么大的噱头作啥啦?"

16.

瞿月雅卧室。

姜丽佩说:"姆妈在出国前,一直住在上海,上海的这些小市民姆妈是太了解了。要不是瞿欧德非要回国到上海来办公司,姆妈是根本不想回来的。你跟那小子的事,就到此为止。世上优秀的男生多的是,干吗非要找一个摆大饼油条摊人家的儿子?!"

瞿月雅说:"姆妈,你这种看法太可笑了,摆大饼油条摊人家的儿子怎么样? 只要他本人优秀就行,这跟他们家摆大饼油条摊又有什么关系?"

姜丽佩说:"怎么没关系? 小市民的那些恶习是怎么传下来的? 不是通过家庭传下来的吗? 小市民的那种刁钻刻薄,见钱眼开,唯利是图姆妈是亲身体验过的!"

瞿月雅说:"姆妈,你是越说越不像话了。有钱人家就没有恶习了? 自以为是,瞧不起人,这不是恶习是什么? 而且,你身上也不见得没有小市民的那种俗习,你刚才那种观点就是小市民的观点!"

姜丽佩咬着牙说:"我不会跟一个摆大饼油条摊的人家结亲家的,你死了这条心吧!"说完,出去,砰地把门关上了。

瞿月雅气恼地自语:"岂有此理!"

17.

殷浦江在路边的一家烟杂店给阿林买了一包烟,还买了一个一次性的打火机。

阿林高兴地说:"哎呀,龙生龙凤生凤,这话一点都没错! 浦江,谢谢侬,谢谢侬。你要比你这家阿爸姆妈大方多了! 所以呀,浦江,你的亲生父母肯定是个大家子,你亲阿爸也很大方!"

殷浦江这下不高兴了,说:"阿林爷叔,开玩笑不好这么开的!"

阿林郑重其事地说:"我讲你的亲生父亲也是个很大方的人,这话有理有据,绝对不是开玩笑!"

殷浦江正色说:"我阿爸姆妈对你有点偏见,我是晓得的。但你也不能这么挑拨离间吧?再开这种玩笑,我可要生气了。"

阿林点上烟,吐了口烟圈说:"我把话讲到前头,我跟你阿爸姆妈之间的过节,跟我现在和你说的话没有一丁点关系好哦!而且我还告诉你,你的亲生父亲已经来找过你了,还跟你有一面之缘,这是千真万确的事!我阿林虽然有时候做事有点荒诞,但我有我做事的准则,如果今天我跟你说的这话,有一点不着调,天打五雷轰!"

阿林很严肃认真地说:"浦江,我这包烟不是白抽你的。真的你的亲生父亲来找你了!而且殷正银、许萝琴根本不是你阿爸姆妈。你看看你自己,有哪一点像他们俩,那时我都感到有点想不通。殷正银、许萝琴好像是在你姆妈死后,他们把你偷出来,逃到上海来的。"

18.

夜深了,窗外淅淅沥沥下着小雨。

殷浦江睁大着眼睛躺在床上。

耳边响起阿林的声音:"我阿林骗你是小狗!你亲生父亲我都见了,虽然是西北人,但长得很男人,老豪爽咯,像条西北汉子!"

殷浦江眨了眨眼睛。

耳边又响起阿林的声音说:"浦江啊,你老实告诉我,你自己觉得你跟你阿爸姆妈的长相有哪一点像?我们邻里街坊一直搞不懂这个问题,尤其是殷正银跟你父子两个,看上去像是有血缘关系的人吗?"

殷浦江的独白:"阿林是个骗吃骗喝的人,他的话能信吗?"

阿林的声音又响起:"最近你没觉着吗?殷正银同许萝琴两个,天天跟魂不守舍似的,满脸的心事,那是因为你亲阿爸找上门来要自己儿子咯!我亲耳听到的,你阿爸说他们两个,趁你亲姆妈过世的时候,把你偷走逃回上海的!"

殷浦江的独白:"这难道是真的? 阿爸同姆妈怎么能干出这种事呢?……这太可怕了!"殷浦江烦躁地翻了个身,"……可就算阿林想揩我包香烟,也用不着编这种谎言来唬我啊……"

殷浦江满肚子的烦恼和矛盾,显得十分痛苦。

19.

失眠的梅洁翻起身,披上衣服。想了想,就去拉开大衣柜的抽屉,拿出两本相册来翻。

屋外的雨点敲击在窗玻璃上,在梅洁的心里泛起无数涟漪。

她仿佛又看到小娜在说:"外婆,你可以不认我这个外孙女,我也可以不认你这个外婆。"

梅洁满眼都是泪,从眼角上一串串地流了下来。

20.

一夜未睡的梅洁对刘妈说:"刘妈,今天我去买小菜,你就勿要去了。"

刘妈说:"作啥?"

梅洁说:"因为最近你买的菜不对我的胃口!"

刘妈似乎明白了什么,笑着说:"好好好,你去买,你去买。我乐得困个懒觉。"

21.

沙驼和小娜又来到菜市场买菜和早点。

小娜说:"爸,兆强哥今天要跟我一起去找工作。"

沙驼说:"怎么,他不当寄生虫啦?"

小娜笑着说:"爸,你说话干吗这么刻薄呀,我觉得兆强哥本质上还是蛮好的。"

沙驼说:"是让他爸妈给惯坏了的!"

22.

梅洁又尾随在沙驼和小娜的后面。她鼓起勇气,朝沙驼和小娜他们越走越近。

23.

小娜和沙驼走到买早点的摊位前。

小娜对沙驼说:"爸,外婆又跟在后面了。"

沙驼说:"别往后看,让她再走近点。"

24.

梅洁眼见快要走到沙驼和小娜跟前。

这时沙驼和小娜都猛地回过头来。

梅洁抬手想说什么,但眼睛一黑,突然晕倒在地上。

小娜冲上去,扶起梅洁的头喊:"外婆!外婆!"

有不少人围了上来。

有位中年妇女说:"快送医院呀!喏,旁边那条马路上就有地段医院。"

沙驼背起梅洁说:"哪位师傅给我们指一下路。"

那位热心的妇女说:"我带你去。"

25.

兆强从出租车上下来,跟车上几个狐朋狗友打了声招呼,摇摇摆摆走到家门口。突然看见两辆黑色奔驰停在家门口,瞿欧德背倚在车门旁抽烟,眼圈黑着,显得很憔悴。

兆强看看瞿欧德,并不认识,他说:"先生,你找谁啊?"

瞿欧德一愣,马上意识到他是谁了,赶紧说:"我找你姆妈,姚姗梅。"

26.

兆强一开门就冲屋里嚷嚷说:"姆妈,有人找!"

27.

客厅。

瞿欧德恳求姚姗梅说:"姗梅,请你告诉我沙驼与小娜到底住在什么地方。你有什么需要我帮的,我也可以为你出点力。"

姚姗梅摇摇头说:"不用了。"回头看看兆强说:"兆强,你是不是又跑去玩通宵啦?快给这位爷叔倒杯水呀。"

兆强很不情愿地走进客厅为瞿欧德沏了杯茶。

姚姗梅说:"叫爷叔好呀,怎么这么不懂礼貌的。"

兆强勉强地叫了声:"爷叔好。"

瞿欧德说:"你好。"

姚姗梅瞪着兆强,那意思是等会儿再找你算账。兆强自知理亏,迅速回自己的房间去了。

姚姗梅长长叹口气,说:"没出息呀,让人烦了一辈子的心。"

瞿欧德说:"怎么啦?"

姚姗梅摇摇手说:"不说了。瞿欧德,我告诉你,你就是找到沙驼和小娜也没有用。"

瞿欧德说:"怎么啦?"

28.

某地段医院。

梅洁躺在床上挂着点滴。

小娜守在旁边。

29.

沙驼在付款窗口付钱。

30.

梅洁的病房。

沙驼匆匆走了进来。

梅洁睁开眼睛,看看沙驼和小娜,想说什么却怎么也说不出来,只是感到身上很疲惫,又闭上了眼睛。

沙驼说:"小娜,你陪着外婆,我要上班去了。我跟老板娘去说一声,中午你就不去上班了吧。"

梅洁突然睁开眼睛说:"你们都走吧,只是麻烦你们到我家去把刘妈叫来。"

沙驼用很坚定的口气说:"我到您家拐一下,去叫刘妈,但小娜还陪着您吧。不管您认不认小娜这个外孙女,但她都得陪着您这位老人! 百善孝为先,只要是个人都应该这么做!"

这话让梅洁感到震撼,她感动地点点头,心在翻腾。

31.

瞿欧德问姗梅说:"为什么?"

姚姗梅说:"因为田美娜临死前有话。说不能让你认这个女儿。"

瞿欧德说:"不让我认,她也是我女儿呀! 世上哪有不让父亲认女儿的事? 这个女儿我怎么也得认!"

姚姗梅说:"这话你跟我说没用,你得去跟沙驼说。"

瞿欧德激动地说:"就算是沙驼,他也不能这么没情理!"

姚姗梅说:"沙驼现在是小娜的父亲。而且沙驼这个人你也知道,是一头认死理的犟驴! 我绝对好肯定,他是不会让你认小娜的。他说,他不能对一个死去的人食言!"

瞿欧德说:"姗梅,我也告诉你,我现在虽然有个家,但我感到我心中其实只装了一个女人,那就是田美娜。"

姚姗梅说:"那当初你为什么一定要抛弃田美娜呢?"

瞿欧德说:"现在我也很后悔。你知道我背着这笔感情债,背得有多苦,有多累！年轻时犯下的错,我愿意用我下半辈子去弥补,去还债！我现在不遗余力地去帮田铭源,不就是想为田美娜家做点事吗?"

32.

梅洁的病房。

梅洁的吊滴打完了,一位年纪比较大的护士过来收了针,对梅洁说:"你没什么大病,一是没休息好,还有就是精神受了点刺激。年纪大了,还有什么事放不下的? 好好休养几天。等一歇医生再来给你做个检查,要是没什么事,叫孙女送你回家吧。"

梅洁转过头,愣愣地看着小娜。

33.

姚姗梅叹口气,说:"早知今日,何必当初！你也别在我这里费精神了,这事我夹在当中也很为难。"

瞿欧德说:"姚姗梅,不管你曾经答应过沙驼什么,但你现在一定要听我说！我知道现在为田美娜弟弟做的那些事,只是为了让我良心上的愧疚平衡一些,可那都是自欺欺人的！我对不起田美娜,为了生存我不惜牺牲她,还有我们的孩子,我罪不可赦！"

姚姗梅说:"可你现在跟我说这些有什么用呢? 是田美娜不许你认孩子,我只是个外人,我又能怎样呢?"

瞿欧德说:"不,姗梅你听我说完。那天我突然看到小娜,那是田美娜的女儿,也就是我的女儿出现在了我的面前。你知道那一刻,当我意识到那是我女儿时那是什么感觉吗? 这是老天在怜悯我,给我的一个机会呀!"瞿欧德激动得不能自已,在房间里不停地踱着步。

姚姗梅同情地看着他。

瞿欧德说:"我好几个晚上都没法入睡,我知道又有了弥补我过失的机会！我有一个亲生女儿,而且是我跟田美娜的女儿,我这一生再也不会孤单了。现在,我觉得小娜就是我的命。所以姗梅你得告诉我,我在哪儿能找到沙驼和小娜,姗梅,我求你了!"瞿欧德眼角上渗出了一滴泪。

34.

护士走后，梅洁还是愣愣地盯着小娜看。

小娜走到梅洁跟前："外婆，怎么啦？您哪里不舒服？"

梅洁说："你真是美娜的女儿吗？"

小娜说："您看呢？"

梅洁眼里涌出了泪说："我天天看照片，越看越觉得你像美娜。"

小娜说："因为我是田美娜的女儿！"

梅洁说："你叫小娜？"

小娜说："全名叫沙小娜。刚才那个背您来医院的是我爸。我从没见过我妈，只是听我爸说，我妈是结婚前有了我，我爸妈虽然领了结婚证，但我妈说，等把我们生下来后要好好跟我爸过日子，但妈却死了。其实，他跟我妈啥关系也没有……"

梅洁说："怎么，你们？……"

小娜含着泪说："我还有个哥，我们是双胞胎。我哥在生出来的第二天就被人偷走了，偷到上海来了。这些天，我爸正在四下找呢，我爸他……真的很了不起，他为了我妈，为了我，到现在连其他女人正眼都没瞧过。所以外婆，您可以不认我们，但您不能骂我妈，也不能说我爸……"小娜已经是泣不成声了。

梅洁也控制不住了，大声地叫："小娜——"伸开双臂一下抱住了小娜说："我的小娜，外婆心里好难过呀，外婆对不住你们。"

小娜哭着也抱住梅洁说："外婆，我妈在九泉之下，会安心了。"

刘妈匆匆推门正要进来，一看这场景赶紧退出门外。

35.

医院走廊。

刘妈轻轻关上门，又在窗口张望了一会儿。她转过头笑了，笑得很灿烂地说："师母，你早就该这样了！"

第十一集

1.

梅洁的病房。

沙驼拎着两篮水果走进病房。

沙驼说:"小娜外婆,你好点了吗?"

梅洁看着沙驼,她突然对这个西北汉子有了很多好感,于是口气也变得柔和亲切多了,说:"小娜阿爸,真太麻烦你了。要不是你和小娜及时把我送进医院,我这条老命也没有了。"

沙驼说:"外婆,没这么严重。我来医院时问了医生,说您主要是这些天神经紧张,没休息好,年岁又大了点,所以才晕倒的。只要好好注意休息,没事儿的,下午您就可以回家去。"

梅洁说:"小娜阿爸,你领着小娜到上海来,就是来找我的是哦?"

沙驼说:"田美娜在临终前对我说,让我把孩子养大,然后送回上海。如果孩子的外婆还健在的话,就把孩子送到她外婆身边吧。"

梅洁说:"我听小娜说小娜还有个哥哥,被人偷走了。"

沙驼说:"那是对上海支青夫妇,不会生育,顶职回上海,就把那个男孩抱走了,但给我留了张条子,所以也说不上偷。哪有小偷偷东西还留条子的?"

梅洁说:"那孩子现在在哪儿?"

沙驼说:"我正在找,但他也会回到您身边的。"

梅洁抹泪说:"沙驼,我发觉美娜找你算是找对了。"

2.

下午,殷正银从外面回来。

许萝琴问:"寻到合适的房子了吗?"

殷正银失望地摇摇头说:"价钱上我们吃不消。想不到现在郊区县城的房租都那么贵。而且那边大饼油条的生意也不好做。"

许萝琴说:"再往远里去寻寻,价钱贵一点就贵一点了,只要不让沙驼再找到我们就行。沙驼只是来寻浦江的,不可能一直泡在上海,等他走了,我们再搬回来。"

殷正银摇摇头,说:"这样做不见得行。沙驼是个不把事情办成决不罢休的人,一个山里的倔头。"

许萝琴抹了一把眼泪,说:"那你说怎么办,总不能在这里等死吧! 反正我没有浦江,是一天都活不下去的。"

殷正银说:"你也别哭了,这样伤身体。那明天我再到宝山区去找找,唉……"

许萝琴说:"不管怎么着,现如今只能是走一走看一步了。"

3.

梅洁的病房。

梅洁拉住小娜的手说:"小娜阿爸,既然田美娜有这话,那我先认小娜这个外孙女,就让她回到我身边吧。明天,就让小娜搬到我那儿去住,可以吗?"

沙驼长长地吐了口气,说:"那我沙驼的任务就算完成一半了。妈,谢谢你的宽容。"

梅洁哭了,说:"小娜阿爸,这些年你辛苦了。我这个妈一开始还对你们这样,真是太对不住你们啊。"

沙驼说:"妈,我们不怨你。在当今这世道,有点戒心不为错。我们能理解,何况……"沙驼把话又咽了回去。

梅洁说:"小娜阿爸,你真是个大好人哪。"

沙驼说:"妈,你能认下小娜,我真是太高兴了。你看,我要上班去了,明天我就把小娜送到妈家来。"

小娜看看沙驼,想要说什么,沙驼看了她一眼。

梅洁高兴地说:"你说话要算数噢! 那你走好,小娜,快帮我送送你阿爸。"

刘妈提着一罐鸡汤走进病房。

4.

小娜噘着嘴把沙驼送到医院门口。

小娜说:"爸,干吗要让我住到外婆家去呀! 我要跟你住在一起。"

沙驼说:"小娜,我告诉你,你外婆认你了,而且主动提出要你住到她那儿去。那就是说,你妈交给我的任务我沙驼完成了一半,我今天特别的高兴,叫你去你就去,别再给我添乱。"

小娜说:"爸,我在你身边就是给你添乱的吗? 就算你把我养这么大只是为了完成任务,可你还是我爸呀,你不能说赶我走就赶我走啊!"

沙驼说:"小娜我早就告诉过你,你不可能跟爸过一辈子。等我完成你妈托付给我的任务后,是要回新疆去的,因为那里有我的事业。"

小娜说:"可你就这么把我一脚踢出门,这太让人心寒了!"

沙驼严肃地说:"你已经二十二岁了,成年人了! 难道还要在老爸的翅膀底下赖一辈子吗? 你在你外婆这儿,好好替你妈孝敬你外婆吧,你外婆已经是七十几岁的人了。"

小娜伤心地说:"爸,要孝敬外婆,我当然会做! 可你不能就这么把我扔下不管了呀,爸,求求你了!"

沙驼有些烦躁起来,说:"你这个丫头,怎么就这么不懂事呢? 这话要跟你说几遍才说得通呢?"

小娜哭着喊:"爸——"

沙驼一摆手说:"爸上班去了,你快回外婆那儿去吧!"

5.

梅洁病房。

刘妈正在喂梅洁喝鸡汤。

小娜眼泪汪汪地进来。

梅洁和刘妈都吃惊地问:"小娜,你怎么啦?"

小娜说:"外婆,我能不能不住到你那儿去,我还想跟我爸住在一起。"说完,转身就走出了病房。

梅洁傻了,张大嘴说不出话来。

梅洁懊悔地敲了一下自己的腿,说:"都怪我,这事都怪我呀!"

刘妈说:"你看看,煮熟的鸭子,又飞了。"

梅洁一脸的沮丧,喊:"小娜,小娜! 这孩子脾性怎么跟她妈一个样!"

6.

沙驼推开门,见小娜还坐在屋里,有些吃惊,但没有说话。

小娜说:"爸,你回来了,我给你烧水洗澡。"

沙驼说:"不用,你收拾一下东西。"

小娜说:"干吗呀?"

沙驼发火了,说:"你说干吗? 我现在就送你去外婆家!"

7.

桌上又放着小娜钩的那条羊毛坎肩,梅洁看着发呆。

刘妈说:"师母,这样不吃不喝,胃要吃不消得呀!"

梅洁还是木呆呆的,眼圈一红说:"看来,小娜还是对我有看法呀。"

刘妈说:"当初你就该认下来。"

梅洁说:"当初啥都勿晓得,他们就这么凭空出现在我面前,我怎么敢认啦!"

刘妈说:"你那是自己作的!什么不敢认,女儿都死去二十几年了,还在记仇。"

梅洁生气了,说:"好唻,刘妈,你少讲两句好哦?你晓得他们住在哪儿吗?"

刘妈说:"勿晓得,但就住在我们附近。"

梅洁说:"走,咱们去找去,就在附近,一家一家地找。"

刘妈说:"喔哟,当初人家送上门来,你不肯认,个些辰光又急得跟热锅上的蚂蚁似的。你先吃饭,我再去找好哦!你还想昏倒在路上啊!"

8.

小娜说:"爸,我就跟你住这儿,我哪儿也不想去。"

沙驼火大了,说:"小娜,你去也得去,不去也得去!因为这是你妈的遗愿。从你妈生下你到现在千辛万苦二十几年,我就是为这件事活着的!你要不去你外婆家,你对不起你妈,你也对不起我沙驼!"

小娜看沙驼真发火了,于是赶忙整理自己的东西。

沙驼说:"你外婆都为你晕倒在菜市场了,可见你外婆多疼你呀!你总不能让你外婆再晕倒在菜市场吧?"

小娜说:"可爸……"

沙驼说:"说!"

小娜说:"你别扔下我不管,你得永远都是我爸……"小娜顿时泪流满面说:"我不是任性,我真是舍不得你,要知道,你是个比亲爸还要亲的爸。"

沙驼平静下来,说:"小娜,你是我的女儿,这点永远也改变不了的。但你先得在外婆家住上些日子,你看看你外婆,她是鼓足了多大的勇气来找你的。听爸的话,去住上段日子吧。"

小娜流着泪说:"爸……"

沙驼说:"想你爸了,就回来住,爸没说不要你,但你现在必须得去外婆家住,懂我的意思了吗?"

小娜扑向沙驼,沙驼也紧紧地抱住小娜,他的眼里也含着泪,他也舍不得这种分别啊!

9.

梅洁看着桌子上的羊毛坎肩伤感得发呆,想了想,披上衣服正要出门。

刘妈进来。

梅洁忙问:"找到了哦?"

刘妈摇摇头,说:"大海捞针,哪能捞得到啦。"

有人敲门。

刘妈忙去开门。

10.

刘妈打开门,一脸的失望。原来是瞿欧德拎着礼品站在门口,他刚想说话,梅洁也赶到门口说:"是小……"一见是瞿欧德,忙把话咽了回去。

瞿欧德忙说:"伯母,我又来了。"

梅洁板着脸说:"你又来作啥?都说了,小娜的地址我们也不知道。"

瞿欧德说:"不,不,我来主要是想来看看伯母,另外……"

梅洁说:"我今天不舒服,不方便见客。刘妈,帮我送客。"说着,转头就回屋了。

刘妈也说:"瞿董事长啊,我们家老太太今天身体确实不好,刚从医院里回来,不好意思了啊!"说着,也把门关上了。

瞿欧德被晾在门口,呆了半晌,灰溜溜地上车,把车开走了。

11.

瞿欧德的车刚刚开走,沙驼和小娜沿着街走了过来,转进了弄堂口。

12.

敲门声又响起。

梅洁烦躁地对刘妈说:"不要理他!"

刘妈说:"不太好吧,人家是大老板,大公司的董事长哎。"

梅洁说:"那又怎样,不就是有两个臭钱吗?我不见!"

敲门声继续。

刘妈捱不住了,说:"喔哟,这个人也蛮犟的哦,我再去看看吧。"说着,就往外走。

梅洁说:"不许把那人放进来!"

突然门口的刘妈大叫一声说:"喔哟,小娜,你来啦!"

刚要转身进里屋的梅洁喊着冲了出去。

13.

梅洁冲出门外,她一把抱住小娜喊:"小娜——"二十几年心中积压的各种情感及对女儿的思念和爱对外孙女的怜悯与爱猛地一下发泄了出来,她哭喊着说:"我的心肝宝贝呀!"

14.

梅洁悄悄地起床,看着睡得正香的小娜,她现在有了这么一个漂亮的亲外孙女,多像她梅洁的女儿田美娜啊,她一脸的幸福状。

15.

洗漱间。

梅洁为小娜倒好洗脸水,挤好牙膏。

16.

餐厅兼客厅。

梅洁冲好果汁,切好面包。

刘妈匆匆进来抱怨说:"师母,服侍小娜的事情我来做,你休息哦。"

梅洁说:"我是她外婆,这些事该由我来做!"

刘妈说:"我是保姆呀!我从十六岁进你们家,服侍你,服侍你女儿田美娜,现在该转到服侍你外孙女了。让我这个保姆做到有始有终好哦?你是多忙特咯!"

17.

卧室。

小娜醒了,翻身下床。

她上洗漱间,摸摸洗脸水是热的。已倒满水的刷牙缸子上搁着挤好牙膏的牙刷。再探头看看餐桌上。已放着果汁、面包等早点。梅洁与刘妈都用充满慈祥与疼爱的眼神看着她。她突然感到一种从未有的温馨与幸福。

小娜感动地说:"外婆、刘妈,这些事以后让我自己做。我爸知道了,会说我的。"

梅洁一脸的满足与幸福,说:"小娜,你这一来,外婆再也不会感到孤单了。"

18.

小娜帮着刘妈洗菜。

洗好菜后小娜看看表说:"外婆、刘妈,我要上面馆打工去了。"

梅洁说:"不上面馆打工不行吗?"

小娜笑着,摇摇头说:"不行。我爸说,先在面馆打工,再慢慢找其他的工作,自己先得养活自己。"

刘妈眉头一皱,说:"小娜,你这个阿爸是你亲阿爸吗?"

这时田铭源突然走了进来。一见小娜吃了一惊,说:"沙小娜,你怎么在这儿?"

梅洁说:"田铭源你来做啥?又是你老婆让你来要钞票是哦?你告诉你老婆,房子给你们住了,我还有点积蓄,但你们一分钱也拿不走,房产还是属于我的!"

田铭源说:"姆妈,我是来看看你的。儿子看母亲不是情理之中的事嘛,何必一大早就摔出这一连串伤感情的话呢!"

小娜说:"外婆,我上班去了。"

田铭源忙问:"小娜你现在在哪儿上班?"

小娜也没多想,说:"在江陵路上的西北风牛肉面馆。"

19.

田铭源正在打电话。

20.

小娜匆匆走在人行道上,朝面馆走去。

21.

在路口不远处,瞿欧德和宋蓓坐在一辆奔驰车里,车开得很慢,刚刚转过路口。

瞿欧德激动地回电话说:"田铭源,我看到小娜了,真是谢谢你了。"

小娜在那辆慢慢行驶的奔驰车对面走着,然后转向另一条路。

小娜匆匆走过后,瞿欧德忙把车掉头跟上。

宋蓓赞美地说:"这姑娘的身材太好了,又条又匀称。"

瞿欧德说:"那就是我的女儿啊。"

宋蓓说:"这样的姑娘,谁见谁不疼啊!所以崔宜让你给炒鱿鱼,怪有点冤枉的。"

瞿欧德说:"我怎么可能让一个对我女儿非礼的人,还留在我身边工作呢!一想起这事,我心里就发毛。"

22.

小娜走进面馆。

瞿欧德停下车说:"宋蓓你在这儿等我,我进去吃碗面。"

宋蓓说:"这样的面馆你也进去吃? 太掉价了吧?"

瞿欧德说:"为了女儿,我还怕什么掉价不掉价啊!"

23.

瞿欧德推门走进面馆,看到刚换好制服的小娜走出来。

小娜抬头看到瞿欧德,马上认出来是那个在咖啡屋让她唱歌的人。

小娜说:"请坐吧。"

瞿欧德说:"给我来碗面。"

小娜冷冷地说:"先去开票。"

24.

小娜走进后堂,在沙驼耳边说了两句话。

沙驼朝窗外看看,也吃了一惊,他认出是瞿欧德,于是对小娜说:"小娜,他要对你说什么话,你别理他! 他要想吃面,就老老实实地吃他的面。还有,他的面让徐爱莲端给他,你不要去!"

小娜点点头。

25.

徐爱莲端了碗面给瞿欧德。

瞿欧德说:"服务员,你能不能让那位小姑娘过来一下,我有话想对她说。"

徐爱莲说:"你没看到我们都忙着吗? 有话等我们下班再说!"

瞿欧德也不吃面,径直走到正给别人端面的小娜身边说:"沙小娜,对不起,那天……"

小娜说:"先生,请让一让,我在工作呢。"

瞿欧德拉着小娜说："沙小娜,我只说一句话。"

小娜朝后堂喊:"爸……"

一团面团飞到了瞿欧德的脸上,瞿欧德捂着脸。

沙驼拉开窗户说:"喂,你他妈穿的人模狗样的,怎么对我女儿耍流氓啊!"

店堂里吃面的顾客都哄了起来。

瞿欧德赶忙逃出面馆。

26.

瞿欧德气恼地走出面馆,急步地走向那辆停在路边的奔驰车。

27.

路边的奔驰车。

瞿欧德钻进车里,把车门呼地关上了。

宋蓓问:"怎么啦?"

瞿欧德在方向盘上狠狠地敲了几下说:"他妈的,这个沙驼,怎么能这样待我呢?"

宋蓓说:"那个沙驼是干啥的?"

瞿欧德说:"一个放羊的!可他应该知道,小娜是我瞿欧德的女儿啊!他有什么权利不让我接近我女儿?还说我调戏小娜,我怎么会调戏我女儿呢?那不是有意在胡搅蛮缠嘛。"

宋蓓说:"瞿董,跟这种乡下人计较什么,犯不着生这么大的气。"

瞿欧德情绪激动地说:"可我得认我的女儿啊!现在她是我在这世上唯一的亲人啊!宋蓓,你来开车吧,我是开不成车了。"

28.

德佩公司。

姜丽佩走进人事部,员工们都站起来。

财务部金经理说:"董事长夫人,你有事?"

姜丽佩说:"没什么事,我只是想过来看看,大家都照常工作吧。"

金经理说:"都继续工作。"

姜丽佩说:"金经理,我有事找你,请你到我办公室来一下。"

29.

这是一间装潢考究的小办公室。

金经理看着姜丽佩,一笑说:"董事长夫人,按你说的情况来看,那可能就是殷浦江了。"

姜丽佩说:"让我见见这个人。你不要直接指,暗示一下就行了,他在办公室吗?"

金经理说:"现在在,但等一会儿,就要跟人事部的赵经理上人才交流中心去招聘人员了。"

30.

金经理假装一一向姜丽佩介绍部里人员的分工情况。

金经理领着姜丽佩来到殷浦江等人跟前,员工们站起来。

金经理说:"这位是王时飞组长。"

姜丽佩说:"这我认识,公司的老人了。"

金经理说:"这位是殷浦江,在我们公司工作也快有一年了,上海财经大学的,本科学历。"

殷浦江点头说:"您好!"

姜丽佩看看殷浦江,确实帅!

姜丽佩矜持地朝殷浦江点点头说:"好。"为了掩饰,她接着又问殷浦江身边的另一位年轻人说:"那这位呢?"

31.

晚霞抹在鳞次栉比的楼房上。

牛肉面馆。

店堂里又拥满了人。

后堂,沙驼手不停地把一团团面拉开,抛进锅里。

徐爱莲闪进后堂。

徐爱莲在沙驼耳边说:"沙师傅,外面有人找你,就是今天中午让你轰走的那个人,不过看上去派头蛮大的。"

沙驼说:"你没看见我正忙着吗?"

徐爱莲说:"我跟他说了呀。可他说见上一面就行。"

沙驼说:"叫他等上几分钟。我把这几碗面拉完再说。"

徐爱莲忙拿了块毛巾在沙驼的额头上抹了把汗,这才出去。

32.

瞿欧德正在面馆门前焦急地来回踱着步。还不时探头往里看看。他害怕进去又会吃沙驼的面团,被轰出来。

徐爱莲出来说:"喂,先生。沙师傅让你等上几分钟。"

瞿欧德说:"就几句话,说好就走。"

徐爱莲说:"我说了呀。他现在忙得脱不开手,客人太多呀。"

瞿欧德说:"好好好,我等我等。"

33.

华灯齐放。

瞿欧德只好点燃一支烟,他吸了两口后,心急地推门朝面馆里看看。坐满顾客的店堂一片嘈杂,他只好退回,又在门前来回踱步。

沙驼终于露面了。

沙驼问:"你找我有什么事?"

瞿欧德仔细看看沙驼,说:"你不认识我吗?"

沙驼说:"你就是烧成灰我也能认出你,你不是去德国了吗?"

瞿欧德:"几年前我就回国了,在上海开了家公司,你怎么来上海了?"

沙驼说:"来上海打打工,当个拉面师傅,以前当学徒时的手艺用上了。"

老板娘探出头来喊:"沙师傅,面跟不上了呀! 现在这种时候会啥客啦!"

沙驼说:"瞿欧德,就这样吧,我正忙着呢。"

瞿欧德说:"等你下班,我再来找你,你什么时候下班?"

沙驼说:"用不着啦。你是个大老板,我只是个拉面师傅,有啥好聊的,聊不到一块的。就这样吧,祝你发财。"

沙驼转回店里,瞿欧德只好站在面店门口发呆。

34.

面馆打烊后,沙驼走了出来。徐爱莲也紧跟着走了出来。

沙驼说:"徐爱莲你老跟着我做什么?"

徐爱莲说:"陪你走走呀。怎么,不可以啊?"

沙驼只好无奈地朝她一笑。

徐爱莲勾住沙驼的胳膊说:"沙驼大哥,我那时候坐你的大车,老听你嘴巴里哼哼唱的那首歌,就是你家乡的那个花儿调。"

沙驼说:"咋啦?"

徐爱莲说:"你再唱我听听。"

沙驼唱道:"眼泪的花儿把心淹(哈)了,走哩走哩(者)越哟的远(哈)了,褡裢里的锅盔轻(哈)了,哎哟的哟,心上的惆怅就重(哈)了……"

徐爱莲眼睛眨了眨,似乎刚从回忆中惊醒过来,说:"沙驼大哥,这么多年了,我做梦都一直记着这个调调呢,真好听啊!"

35.

姜丽佩走进瞿欧德的办公室。

瞿欧德说:"这两天你怎么老往公司跑? 咱俩之间不是说好了吗? 你主内,我主外。家里的事你做主,公司的事我做主。一般的情况下你不干涉公司的业务,只有在公司有重大决策时,你可以参与意见,所以在公司也给你配了间办公室,因为你拥有公司的不少股份。"

姜丽佩气恼地说:"但现在有件事我不能不管!"

瞿欧德说:"什么事?"

姜丽佩说:"我女儿的事,你说我能不管吗?"

瞿欧德说:"又怎么啦?"

宋蓓走了进来说:"瞿董,这是昨天需要你签字的文件,还有九点半有个会议⋯⋯"姜丽佩瞪着宋蓓,宋蓓一见赶紧往后退,说,"不好意思,董事长夫人,我先出去一下。"

瞿欧德叫住宋蓓说:"文件给我放下,我来签。"

姜丽佩生气地说:"行了,那事我自己处理,你忙你的吧。"

36.

徐爱莲在店堂里打扫卫生,口中在轻轻地哼唱着沙驼唱过的那首花儿调。

沙驼在窗口探头看了看她,又继续忙自己的。

37.

后堂厨房。

沙驼在熬汤,老板娘的表弟阿根在偷看。沙驼发现了。

沙驼吼道:"阿根,你给我出来!"

二十几岁长得很瘦小的阿根贼眉鼠眼地从后面出来。

沙驼说:"你做啥?"

阿根说:"没做啥呀。"

沙驼说:"那你偷看啥?"

阿根说:"我表姐说。"

沙驼说:"你表姐是谁?"

阿根说:"就是老板娘呀。我表姐说,你熬的汤的味道跟别人不一样,特别鲜也特别爽口。她让我要偷着学到手。"

沙驼说:"要想学就直说,偷偷摸摸的干什么? 要看就过来好好看,像贼一样的眼睛这么偷着瞄,我见了心里发毛,做人要光明正大点!"

38.

财务部金经理办公室。

姜丽佩对金经理说:"殷浦江这个人的业务能力怎么样?"

金经理说:"从这一年来看,人倒是蛮聪明的,业务上也慢慢熟练了,总的来说,还可以吧。"

姜丽佩说:"这样吧,把他调到超市的财务室去,让他当个副主任吧。"

金经理说:"董事长夫人,这不恰当吧?"

姜丽佩说:"怎么?"

金经理说:"这也升迁得太快了。"

姜丽佩发狠地说:"这事我同瞿董商量过了,他也同意,让他离开公司,去超市!"

金经理看看姜丽佩,从姜丽佩的口气里,他体味出了另一种味道。那就是姜丽佩嫌弃这个人!

39.

沙驼熬着汤,指点着阿根。

沙驼说:"看到没有,血水泡沫一定要舀尽,汤要熬到没有杂色,除了飘着的油花外,汤就要像清水一样,这就叫清汤。你现在尝尝。"

阿根尝了一口说:"好鲜哪。"

沙驼说:"咱们西北人爱吃的就是这种清汤,你们上海人呢,爱吃那种咖喱汤。"

阿根说:"那现在就往汤里放咖喱吗?"

沙驼说:"你要这么放,那这汤就完了。"

阿根说:"那怎么做?"

沙驼耐心地说:"咖喱先在牛油里炒,看清了?"

阿根说:"看清了。"

沙驼说:"把咖喱炒得化开了。看见了吧？好,现在在倒上·些清汤煮。等汤熬成黄澄澄的,然后再慢慢地搅到大锅里。看清了?"

阿根点点头。

沙驼说:"等汤熬好后,你再来尝尝。现在你就忙你的去吧。"

阿根一走,沙驼把一些佐料放进汤里,狡黠地一笑,说:"罗成的回马枪,老子万不能教给你这偷鸡摸狗的人。"

第十二集

1.

下午,殷正银有些疲惫地从外面回来。

许萝琴问:"怎么样?"

殷正银说:"宝山区倒寻到了一家店面,租金倒也还可以,就是地段偏了点,生意大概不一定好做。"

许萝琴说:"只要能养活我俩就行。浦江现在又用不着我们负担什么,有时他还可以孝敬我们一点。"

殷正银说:"可是搬家的事怎么同浦江讲?"

许萝琴想了想,说:"就讲我们想躲一个人。"

殷正银问:"躲什么人?"

许萝琴说:"阿林呀。就讲他天天来吃白食,我们怎么吃得消。"

殷正银说:"就这么点理由,浦江会相信吗?"

许萝琴说:"就这个理由,他还会往哪儿去想?"

殷正银说:"那让他住哪儿? 还住这儿吗? 早饭晚饭他怎么吃?"

许萝琴说："不能让他住这儿,住这儿沙驼找来怎么办? 让他在外面租间房子住吧,吃饭在小饭店包饭吃,把这事熬过去再说。沙驼要来,房子空空的,他来上几次也就不会再来了。"

殷正银长叹口气说："许萝琴,我觉得你把事情想得太简单了。"

许萝琴说："我说了,走一步看一步,只有这样了,还能怎么办?"

2.

瞿月雅气呼呼地冲进姜丽佩的书房。

瞿月雅喊："姆妈,你真的好愚蠢啊,怪不得阿爸对你产生不了感情。"

姜丽佩说："我是你姆妈,说话尊重些。"

瞿月雅说："你让我怎么尊重你? 你以为把殷浦江调离公司去超市,我就不会去追他了?"

姜丽佩说："追不追是你的事,但我得表明我的态度。现在我是提了他的职务,提了他的工资,已经是很客气了。如果你不想害他,那你就到此为止。"

瞿月雅说："要是我不按你说的做呢?"

姜丽佩用严厉的口气说："如果你非要固执己见,我就炒他鱿鱼。目前在上海,像他这样的人才有的是!"

瞿月雅说："姆妈,这年月了,你还干涉女儿的婚姻啊,太落伍了吧? 我告诉你,我决不会屈服! 我偏要一追到底,追到太阳从西边出!"说着转身就走。

姜丽佩喊："月雅,你给我回来!"

瞿月雅砰的一声摔门而出。

3.

牛肉面馆打烊后,沙驼从面馆走出来,徐爱莲也接着跟了出来。

突然瞿欧德从后面走上去,一把拉住沙驼说："沙驼,我有话跟你说!"

沙驼回头一看是瞿欧德,就对徐爱莲说："徐爱莲,你自己回家吧。我跟这位先生有话要说。"

徐爱莲有些不情愿地走了。

4.

瞿欧德给沙驼点了一支烟,说:"沙驼,那个小娜是不是我女儿?"

沙驼说:"你说呢?"

瞿欧德说:"当然是我女儿!我听姚姗梅说,田美娜生下小娜和她哥哥后就死了,所以小娜肯定是我女儿。"

沙驼看着瞿欧德,抽着烟并不说话。

瞿欧德又说:"既然小娜是我女儿,你有什么权力连话都不让我跟我女儿说?"

沙驼把烟头扔到地上,踩灭了说:"瞿欧德,你站在这里左一个女儿又一个女儿,你要脸不要脸啊?小娜怎么会是你女儿呢?那是我沙驼的女儿,她叫沙小娜,不叫瞿小娜!你听懂了没有?"

瞿欧德说:"你只不过是把她养大了,但她身上有我瞿欧德的血脉。"

沙驼说:"瞿欧德,你好无耻哦!是你的血脉,你当初为什么抛弃她?"

瞿欧德说:"我……"

沙驼说:"当初,田美娜被批判时,人家要她讲出她肚里的孩子是谁的,你他妈的把头夹在裤裆里,连抬都不敢抬!是我沙驼站出来说,那孩子是我的。那时你为啥不站出来说那是你的血脉啊?现在你发达了?有两个臭钱了?挺着胸腆着肚跑到我跟前来说是你的血脉了?你给我滚一边去!你再敢来纠缠小娜,我揍扁你!"

沙驼说完,大步地走了。

天下起了雨。

瞿欧德呆愣在原地好半天,他无话可说,但却是满脸的愧疚与无奈。

5.

瞿月雅的房间。

瞿月雅坐在床上,满眼的泪。

门外响起敲门声,姜丽佩走了进来。

姜丽佩缓和了一下语气说:"月雅,好好听姆妈讲好吗?"

瞿月雅转过头不理她。

姜丽佩在床对面的沙发上坐下,叹了口气,说:"月雅,我见过殷浦江了,长得是很帅,对女孩子是有吸引力,而且我还觉得长得跟你阿爸年轻时有点像,但我觉得他不合适你。"

瞿月雅说:"为什么? 又是他的那个摆大饼油条摊的家庭,是吗?"

姜丽佩说:"这是其中一个原因。过去,人们把门当户对看成是一种错误的说法,但你想想,几千年来,人们都在这么做,其实它是有道理的。"

瞿月雅说:"有什么道理!"

姜丽佩说:"绝对有道理。姆妈是过来人,你看那些在'文革'中,有许多人尤其是一些女性知识分子因为出身不好,只好去跟工人、农民结婚的,有多少是幸福的? 后来有不少家庭不就解体了吗?"

瞿月雅说:"但也有过得好的呀!"

姜丽佩说:"是在勉强维持。真正过得好的只是例外,很个别。还有,你对殷浦江那么钟情,他对你怎么样? 是不是也跟你一样的感情呢?"

瞿月雅说:"是我在追他! 虽然他现在对我没什么感觉,可只要他不讨厌我,我还会追下去的。"

姜丽佩说:"这就是问题的关键呀! 我可以告诉你,那时候在德国,华侨本来就不是很多。那时我同你的亲阿爸离异后,我就看上了你现在的这个阿爸,那时我也是追得很执着。我认为,只要能得到瞿欧德,就得到了幸福。当时他的公司正出现了危机,我帮了他,也得到了他,但结果怎么样? 有些话姆妈没法同你说,这种痛苦只有姆妈自己知道。"说着,她的眼睛湿润了。

瞿月雅同情地说:"姆妈……"

姜丽佩说:"不要以为得到自己所爱的人就有了幸福,不是的,对方不爱你,同样不会有幸福,甚至带来的是更多的痛苦! 我不想让你也走这么个路……"说着,眼里涌出了泪。

6.

雨开始下大了。

瞿欧德淋着雨还站在街道上,他抬头看着黑暗中厚厚的云层后面闪过的光亮,显然还没有放弃希望。

7.

雨还在下。

沙驼拿着两篮水果,来到梅洁家。

刘妈一看是沙驼,忙高兴地说:"喔哟,这么晚了,你还来呀!"

梅洁也迎了上来,说:"是小娜阿爸啊,快进来快进来,外面又在下雨啦?"

沙驼说:"是啊,我发现上海的雨水就是多呀。我白天忙,只能这会儿来看看你和小娜。你看,这么晚了还来打扰你们,还有刘妈。"

刘妈笑着说:"不打紧,不打紧。你一来,一老一少都开心得跟什么似的,我也跟着高兴。"

梅洁说:"来就来好了呀,还买什么水果呀!"

小娜在一边接过水果说:"爸,我今天把那个人到面馆找我们的事给外婆讲了。外婆说,那个人到外婆这儿也来过。"

8.

贾莉娅气恼地问田铭源说:"小娜怎么会住在姆妈家里呀?"

田铭源说:"我怎么知道。我就在姆妈家碰上她的,才知道前些日子姆妈已经认下这个外孙女了。"

贾莉娅说:"这老太太,打的什么主意? 怎么说认就认呀!"

田铭源说:"我家姆妈的个性有时候我也琢磨不透。那时候对我阿姐恨得要死,只要我一提阿姐,就要把我赶出门。这会儿认阿姐的女儿倒是爽快的哝……"

这时瞿欧德满脸沮丧地走进咖啡屋。

9.

沙驼对小娜说："小娜，你出去帮我买包烟吧，我有话要单独对外婆说。"

小娜出去后，梅洁把门关上，然后拉开抽屉拿出一张名片说："就是这个人，还是个大老板呢。他临走时还问我要田美娜的照片。"

沙驼看了看名片，沉默了好长时间，最后叹口气说："妈，这个人就是小娜的亲阿爸。"

梅洁惊道："啊？怪不得。他和美娜是怎么回事？"

沙驼说："怎么回事，我不说你也明白。我想要告诉你的是，这家伙不是个东西。田美娜有了身孕后，他抛弃了田美娜，自己出国去了。"

梅洁又是一声"啊?!"那语气又惊又怒。

沙驼说："田美娜对他说，你只要一走，你就失去了当父亲的资格。但他还是走了，把怀孕的田美娜撂在了农场。所以田美娜在临死前对我说，不能让他认孩子们，也不能让孩子们认他这个父亲，我答应了田美娜了。"

梅洁好一会儿，才酸楚地说："这么说来，美娜的死跟他有关？"

沙驼说："他当然得负责！他走时，我还代表田美娜捧了他一拳。"

10.

贾莉娅急急地说："瞿董，是你亲生女儿呀，你为啥不要过来啦？过去的事过去了，女儿总是女儿，再怎么也是女儿。我阿姐也奇怪，怎么能再跟这么个乡巴佬结婚呢？我阿姐也真是瞎了眼了。"

田铭源说："贾莉娅，你说话注意点好哎。我阿姐哪能瞎了眼啦？我看那个沙驼能把小娜抚养得这么大，又亲自送回上海来，这就不错！"

贾莉娅瞪了田铭源一眼，说："不管怎么说，瞿董都是小娜的亲生父亲，有血缘关系的呀！那个大兴的阿爸，有什么资格阻止亲生父女相认？"

11.

梅洁对沙驼说："不好意思，我想问一下，你跟田美娜怎么结的婚？"

沙驼说："田美娜怀孕后，班里就开了批判会。要她交代男方是谁，可是那个瞿欧德是个尿货,怎么也不敢站出来! 因为他想出国,要交代了,他就出不了国了。"

梅洁摇摇头,说:"男人啊……"

沙驼说:"我看田美娜真是可怜呀,低着头,弯着腰,那一头的冷汗呀! 到后来,都快支撑不住了。我的血一热,就站起来说孩子是我的!"

梅洁看着沙驼,眼眶里都是泪。她被这个仗义的西北汉子感动了,不知道该说什么好。

沙驼被看得不好意思,摸摸头,说:"我跟田美娜,结婚证是领了,可从没有同过床。田美娜说,等生下孩子后,会好好跟我过的。没想到啊,田美娜生下孩子后就走了……"说到这里,沙驼眼里满是泪。

梅洁听得泪流满面,说:"我的美娜,怎么这么命苦呢……"

沙驼说:"田美娜生了一对双胞胎,可是那男孩第三天就被一对上海支青偷着抱走了。妈,我已经找到那对夫妇了,我会把孩子要回来,跟小娜一样,他会来见你外婆的。"

梅洁扑通跪下说:"沙驼,我代表美娜,给你磕个头吧。"

沙驼赶紧拉住梅洁说:"妈,你千万别这样! 这事只是让我遇到了,说来,这也是我的命。再说我也动摇过几回呢,是个人,都会这样做的。"

12.

瞿欧德说:"好了,田铭源,你确定小娜已经住在你姆妈家了?"

田铭源说:"对,不会错。"

瞿欧德说:"那就好办多了,你姆妈会是个讲道理的人。那个沙驼,是个认死理的倔牛,他把田美娜的话当圣旨,今天我算是领教过了。跟他,是很难再沟通了。"

田铭源有些犹豫,说:"其实我姆妈……"

贾莉娅胳膊肘捅了捅田铭源,那意思是你别再泼冷水了。

13.

小娜撑着伞一直把沙驼送到弄堂口。

沙驼说:"小娜别送了,爸回家只有几步路。"

小娜说:"爸,那个人是个什么人呀?"

沙驼说:"你问的是哪个人?"

小娜说:"就是那个到面馆来要跟我说话的那个人。"

沙驼说:"小娜,现在你用不着知道,迟早有一天爸会告诉你的。只是爸要提醒你,你千万别理这个人。"

小娜说:"为啥?"

沙驼说:"因为他是个大流氓!"

沙驼转身要走。

小娜忙说:"爸,你把伞拿上!"

14.

殷浦江回到家里。

殷浦江显得很疲惫,有些敷衍着说:"姆妈、阿爸,我休息去了。"

许萝琴说:"夜饭吃过啦?"

殷浦江说:"吃过了。"

殷正银说:"浦江,你等等上去休息,阿爸、姆妈有事情要同你商量。"

殷浦江说:"啥事体?"

许萝琴说:"我们在这儿摊头摆久了,想换个地方。"

殷浦江已心存怀疑,说:"换到啥地方?"

许萝琴说:"宝山区。"

殷浦江说:"就是讲,要搬家?"

许萝琴说:"对咯。"

殷浦江说:"姆妈、阿爸,从你们下岗以后就在这儿卖大饼油条豆浆,卖了好些年了,这里的老顾客也不少,生意也还可以,虽说这里不是闹市区,毕竟还是在市区,而且旁边又是小菜场。为啥一定要搬到宝山区去摆摊头?

我不大弄得懂。"

殷正银看看许萝琴，不知该怎样回答儿子的这些问题好。

15.

梅洁对小娜说："你舅舅这个人太肉头，被他那个老婆指挥来指挥去，而且他的那个老婆太可恶，一天到夜跟我吵呀吵呀，弄得我天天不得安宁。没办法，我只好带着刘妈搬到这里来了。"

小娜说："他们跟你有什么好吵的呢？"

梅洁说："房产呀！存款呀！那都是你外公留给我的。但他们硬要把这些东西转到他们的名下，在房产上不但要写上田铭源的名字，还要写上她贾莉娅的名字。贾莉娅说，你要一天不转，你就一天也别想过安稳日子。"

小娜说："他们干吗要这样？我看他们咖啡馆开得不是挺好的吗？还要这么算计你，也太私利了！"

梅洁说："像你阿爸这样的人，这世上能有几个呀！"

16.

许萝琴对殷浦江说："都是因为阿林呀，天天过来吃白食。他这样吃下去，我们哪能吃得消。"

殷浦江心里似乎明白阿林告诉他的事，很可能是真的，于是说："阿林是来吃过几趟白食，但不是天天来。如果仅仅为这个要搬家，而且要搬到离这儿几十公里远的宝山区去，值得吗？光搬家费就可以请阿林早上吃几年的白食了。姆妈、阿爸，你们肯定有别的原因。"

许萝琴心顿时虚了，说："你讲还有啥原因啦。"

殷浦江说："这事我不好问，也不该问，最好由你们自己告诉我！"

许萝琴说："浦江，阿是有人跟你讲什么了？"

殷浦江说："我说了，我不好问，也不该问，应该由你们来告诉我。"说完，就上楼去了。

许萝琴与殷正银面面相觑，如丧考妣。

17.

店门没有开,殷正银和许萝琴仍然决意要搬家,正在一楼收拾东西。

殷浦江穿着好,从二楼下来。

殷浦江似乎对如何处理眼前的事已考虑妥当,想好应付的办法了,于是平静地说:"阿爸、姆妈,你们想搬家你们就搬吧。"

殷正银、许萝琴睁大着眼睛看着儿子。

殷浦江说:"不过我不能跟你们走。你们去宝山区,那我上班就太远了,来回太不方便了。"

许萝琴说:"你可以租房子住啊。"

殷浦江说:"姆妈、阿爸。这栋木板房的产权不是是我们家的吗?"

许萝琴说:"是呀,这还是你爷爷留给你阿爸的。"

殷浦江说:"那我还是住我们家。"说着就出了门。

18.

瞿欧德来到梅洁家,整了整仪容,敲开门。

19.

刘妈进来对梅洁说:"那个大老板又来了。"

梅洁想了想,用严厉的口气说:"让他进来。"

20.

殷浦江刚走出门,许萝琴追出门说:"浦江,你还是去租房住吧。"

殷浦江停下说:"你们的做法越来越让我弄不懂了,本不该搬摊子,你们偏要搬,而且要搬到那么远的宝山区去。我明明有自家的房子住,却偏不让我住,要让我租房子住,我真的是太想不通了。"

许萝琴说:"我们这么做,自然有我们的道理。浦江啊,你就算帮阿爸姆妈一个忙,在外面租个房子住一段时间吧。"

殷浦江说:"姆妈、阿爸,我跟你们透个口风吧。你们怕有个人会来找我,是吧? 我告诉你们,我不会去租房住的。我就要住在这儿,我就要等那个人,因为我想要知道事情的真相。"殷浦江说完,走远了。

殷正银和许萝琴站在门口,又面面相觑了。

21.

客厅兼餐厅。

瞿欧德走进房间,对梅洁微微鞠了一躬说:"伯母,你好。"

梅洁冷冷地也没让座,只是说:"瞿董事长,你来我这儿还有啥事体哦?"

瞿欧德说:"伯母,谢谢你让我见你。我上次提出过一点要求,这次,还是希望能够答应我。"

梅洁说:"啥要求啊?"

瞿欧德说:"就是,能不能给我一张田美娜的旧照片,你那儿肯定有。"

梅洁说:"你和田美娜到底是什么关系,要她照片做什么?"

瞿欧德说:"不瞒伯母,我和田美娜曾是一对恋人……听说她还生下了一对双胞胎,那是我的孩子,而且,现在其中一个叫小娜的就在你这儿,我想……"

梅洁大怒道:"你给我滚出去! 你这个流氓!"

22.

阿林走来看到殷正银家门紧闭着,而四周其他早点摊子的生意正红火。

阿林上去敲门。

许萝琴把门打开。

许萝琴情绪恶劣看到是阿林更是恼怒地说:"又要来吃白食啦!"

阿林说:"许萝琴,你话说好听点好哦? 我不是吃白食的。我吃了你的大饼油条豆浆是记了账的。喏。"阿林说着从怀里掏出一个小本子,翻着说:"几月几日,在你这儿吃的什么,我记得清清爽爽,赖账白吃的事我阿林不会做的。"

许萝琴说:"从今后,你想吃也吃不上了!"

阿林说:"做啥啊?"

许萝琴说:"我们要搬家了。"

阿林说:"为啥?"

许萝琴说:"就因为不想让你吃白食!"

阿林说:"不是吧?"说着冷笑一声,"不是因为我阿林赊账吃你几副大饼油条就要搬家吧?"

许萝琴说:"我说了,就是因为你!"

阿林说:"许萝琴,我告诉你听,你是怕再见一个人,就是那个要请我吃早点的外地人! 他是啥人,我心里有数!"

23.

看到梅洁发火了,瞿欧德也有些慌了,说:"伯母,你听我说。"

梅洁说:"滚! 原来是你这个畜生,败坏了我女儿的名节! 是你要了她的命! 是你彻底地毁了她!"

瞿欧德说:"伯母,伯母!"

梅洁一指门外,说:"滚呀! 小娜现在是住在我这儿。但美娜有话,不许你认这两个孩子! 刘妈,请这位大流氓走! 他要不走,就把他打出去。从此你别再来烦我们!"

24.

殷正银紧张地问阿林说:"你知道他是啥人?"

阿林说:"绝对是跟你们有关,还跟浦江有关!"

殷正银说:"你怎么知道?"

阿林说:"要想人不知,除非己莫为。"

许萝琴突然悟到什么说:"阿林,你是不是在浦江跟前胡说八道了?"

阿林说:"这么大的事我当然要告诉浦江,这是一个人做人的良心。不过浦江为了知道这事,还给我买了包红双喜香烟……"

没等阿林说完,许萝琴就冲了上去,抓住阿林的衣服,猛打。

25.

瞿欧德狼狈地走了出来,他还不死心,想要回头再说什么。

突然刘妈端着一盆洗菜水冲到门口,哗的一声泼到了瞿欧德脚下。瞿欧德赶紧倒退几步,皮鞋和裤脚都溅湿了。

刘妈说:"你这个害死美娜的负心汉,就是做再大的老板,也不是个好东西!"

梅洁在里面大声地说:"刘妈,以后这个人再来,你不许开门!"

门被砰地关上了。

瞿欧德满脸的痛苦与绝望,他自语说:"天呐,谁能理解我的心哪!他们干吗都这样呢?老天,让他们给我点宽容吧!"

26.

许萝琴与阿林扭打成一团,两人衣服被撕破,脸上青一块紫一块满是鲜血,殷正银与路人怎么拉也拉不开。

许萝琴哭喊:"你不死我死,反正咱俩得死一个!"

27.

小街上挤满了围观的人,110警车赶到,两名警察挤进人群。

警察把许萝琴与阿林拉开,两人全身都像被狗撕狼啃过的一样。

28.

店堂里的人又都挤得满满的。

有人喊:"快点呀,怎么这么慢啦!"

老板娘走进后堂,朝阿根使了个眼色。

阿根明白了老板娘的意思,也忙洗了洗手,在面案上去拉面,但他拉出的面总是出现断丝。

沙驼看不下去了说:"阿根,到学到家再上案行不行?"

阿根说:"我表姐让我上案的,你有话跟我表姐说去!"

沙驼喊:"老板娘,你进来!"

老板娘走进后堂说:"啥事体啦?"

沙驼说:"等阿根手艺学到家再上案行不行?"

老板娘说:"阿根面不是拉得蛮好吗?中间断几根丝有啥关系啦,捞进碗里又看不出来喽。"

沙驼说:"这不行!这等于是废品出厂,不能这么做的。"

老板娘说:"哎,沙师傅你这个人事情怎么这么多啦?能过得去就可以了。"

沙驼说:"外行人可能一时看不出来,但内行人一眼就看出来了。我是拉面师傅,丢脸是丢我沙驼的。"

老板娘说:"你看看,现在顾客那么多,你一个人又忙不过来,这不耽误生意吗?"

沙驼说:"店里的顾客多了,但店里的信誉不能丢啊!"

老板娘说:"让阿根做!我是老板娘,我说了算!"

沙驼说:"不可以,咱们每一碗面出去都要是正品,次品半碗也不能出,钱不能这样赚!"

老板娘说:"这里我说了算!你要想走人你就走人!"

沙驼不再说什么,继续干活,似乎屈服了。

老板娘和阿根都得意地笑了。

29.

董事长办公室。

宋蓓进来说:"董事长,你找我有事?"

瞿欧德从沉思中抬起头来,说:"建材超市是不是过几天就可以开业了?"

宋蓓说:"是,招聘工作人员的事也登报了。"

瞿欧德说:"宋蓓,你能不能给我办件事?"

30.

客厅。

沙驼、姚姗梅、小娜、兆强都在。

沙驼对姗梅说:"姗梅嫂子,我要回一趟新疆。"

姚姗梅说:"做啥,拉面师傅不做啦?"

沙驼一笑说:"让人家炒鱿鱼了,明天就不做了。"

小娜说:"爸,今天老板娘只是让他那个表弟上手拉面,又没说要炒你鱿鱼咯。"

沙驼说:"爸又不是傻子,老板娘让阿根上手,其实就是想逼我走。她那种经营方式,我可受不了! 俗话说,道不同不相为谋,我啊,识相点,自己走人吧。"

姚姗梅说:"你这个倔脾气啊,得罪了人家老板是迟早的事!"

沙驼一笑,说:"我准备回趟新疆,但过几天还要回来的,我还有件大事得办!"

小娜说:"对啊,你还没把我哥给要回来呢!"

沙驼说:"那是! 放心好了,我一定会把儿子要回来的。好了不说了,我得到面馆上最后半天班,虽然是最后半天班,那也得好好上呀。"

31.

宋蓓走进牛肉面馆,开票要了一碗面,慢吞吞地吃着,一面在观察着小娜。

等小娜收拾完空碗,从她身边走过时,宋蓓说:"小阿妹看你这样子,大概是个学生吧。"

小娜说:"是。"

宋蓓说:"那怎么在这儿打工呀?"

小娜说:"从学校毕业了,没找到工作前,在服务行业打打工不是很正常嘛。"

小娜说:"什么学校?"

小娜说:"财经大学。"

宋蓓说:"还没找到工作?"

小娜说:"正在找。"

宋蓓说:"到人才中心去找呀。"

小娜说:"去过了,好一点的公司人家有要求要上海户口,可我没有。"

宋蓓说:"不见得每家大公司都要这个条件,有些公司就没这种要求,主要是看工作能力和自身的条件。像你这样的条件,应该会有公司要,再去试试,要不一个大学生老在这儿端盘子,那也太可惜了。"

小娜不好意思地笑了笑,转身走了。

32.

店堂里。

徐爱莲对小娜说:"你阿爸今天怎么啦?屈服啦!这不像你阿爸呀。"

小娜说:"我也不晓得,但我爸绝不会是这样的。可能我阿爸真不想做了。"

徐爱莲说:"为啥?"

小娜有些伤感地说:"他要回趟新疆。"

徐爱莲说:"干吗?"

小娜说:"说是去办件事。"

徐爱莲说:"那我也不做了。"

小娜说:"为啥?"

老板娘喊:"快来端面呀!"

33.

宋蓓面还没吃完,她吃不惯这种面。好容易等到小娜又经过她桌前时,她又叫住小娜。

宋蓓想了想,看上去很随意地从手提包里抽出一张报纸对小娜说:"小姑娘,这里有份人才交流报,你看看。"

小娜接过报纸,扫了一眼,报纸的头版就是某人才中心招聘会的广告。

宋蓓说:"我只是觉得像你这样的姑娘,又是个财经大学的毕业生,因为没有户口,在这面馆里打工,也太可惜了。"

宋蓓像做了件很即兴很随意的事情似的走出了面馆。

小娜又看看报纸,叠了叠就塞进了口袋里。

34.

殷浦江回到家里。看到许萝琴脸上贴着两块膏药。

殷浦江吃惊地问:"姆妈,你脸怎么啦?"

许萝琴说:"打架打的。"

殷浦江问:"打架,跟谁?"

殷正银说:"是跟阿林。"

殷浦江问:"阿林? 他怎么啦?"

许萝琴说:"浦江,我问你,阿林跟你胡说八道了些什么? 他的话你也能听啊,还给他买红双喜香烟! 你是个大学生哎,哪能不动动脑筋啦? 这种骗吃骗喝的人说的话你也会相信啊。"

殷浦江说:"姆妈、阿爸,我没有全信他的话。但姆妈阿爸,既然你们提到这件事,我倒真要问你们,阿林说的事是真的吗?"

许萝琴气恼地大声喊:"刚才我不是说了嘛,他是在胡说八道!"

殷浦江说:"那你们干吗要急着搬家? 阿爸、姆妈,我觉得这件事你们要跟我说真话。"

殷正银说:"浦江,上去休息吧。家不搬了,明天我们还在这儿做生意。"

殷浦江说:"不去宝山区了?"

许萝琴说:"不搬了,省得你疑神疑鬼的! 我们把你拉扯成个大学生,容易吗?"

殷正银说:"萝琴!"他怕许萝琴说漏嘴。

许萝琴说:"睡觉去吧!"想掩盖过去。

殷浦江也听出许萝琴说了的话中所透出的信息,但说:"那姆妈、阿爸,你们也早点休息。"

35.

殷浦江仰面躺在床上,阿林的话不停地在他耳边萦绕。他越发觉得,阿林说的有可能是真的。

帘子的另外一边,殷正银夫妻也没有睡着,许箩琴悄悄地抹着泪。

36.

面馆已打烊。

沙驼特别仔细地收拾着后堂,徐爱莲也在帮忙。

徐爱莲说:"沙驼大哥,我听小娜说你可能要回新疆?"

沙驼说:"回去办件事去。"

徐爱莲说:"还回不回来?"

沙驼说:"我在上海的事情还没做完呢,干吗不回来?"

徐爱莲说:"你要不回来,我就跟你去!"

沙驼说:"干吗?"

徐爱莲说:"你心里清楚。"

沙驼说:"咱俩不合适! 我比你大十几岁呢。"

徐爱莲说:"我不在乎! 就是差一万岁,我也跟你!"

沙驼说:"不说这个。"然后喊:"老板娘,你过来。"

第十三集

1.

老板娘从后门走进来说:"啥事体啦,叫魂似的。让你们单独说说话不是蛮好吗?"

沙驼把工作服往桌子上一放说:"结账吧。"

老板娘说:"结账,结啥账啦?"

沙驼说:"今天你不辞退我了吗? 中午说的,不想做你就给我走人。"

老板娘说:"啊呀,我那时说的是气话。"

沙驼说:"你说气话是你的事,但我是认真的。结账吧! 这个月我做了二十七天,就按二十七天算,一天都不能少!"

老板娘说:"过两天吧,做完一个月再结。"

沙驼说:"明天我就不来了。"

老板娘说:"明天你要不来,我这店就开不了张了。现在深更半夜的我到哪儿去找人呀? 沙师傅你做人也不能做得这么绝吧?"

沙驼说:"明天我再来做一天,不要你的钱。现在你把这二十七天的工资给我结了,你今天进的账,足够给我这么一点工资了。"

徐爱莲说:"老板娘,你把我的工资也给了吧。"

老板娘说:"明天你也不来了?"

徐爱莲说:"沙大哥来我也来,就明天一天,我也不要你的工资,白做!"

老板娘说:"好哦!真是碰到一对赤佬了!"狠狠地把沙驼脱下的工作服往桌上一摔。

2.

面馆已打烊。

沙驼和徐爱莲走出面馆。

老板娘恶狠狠地在后面说:"走好,勿送了!"

3.

马路上依然灯光闪烁。

沙驼对徐爱莲说:"你真是个傻丫头。我不干了,你干吗也不干呢?"

徐爱莲说:"我才不傻呢!你不干了,我再干下去还有什么意思?咱俩的事老板娘已经在叽叽咕咕地说闲话了。你不在了,她会不给我小鞋穿?沙驼大哥,我还是跟你走吧。"

沙驼说:"我去去就回。"

徐爱莲说:"你不会骗我吧?"

沙驼说:"徐爱莲,你看我是个骗人的人吗?就是我会骗人,我也不会骗你呀。徐爱莲,今天我送你回家,我去认认你住的地方。我回来后,会来找你的,但你别搬家。"

徐爱莲说:"工作我会另外找,家不见你我决不会搬,只要你不是骗我就行了。"

沙驼说:"你看看,你又来了。"

徐爱莲走上去紧紧地拥抱了沙驼一下,沙驼反而感到有些无所适从似的说:"徐爱莲,别这样。"

4.

姚姗梅说:"沙驼,不是我说你,你的脾气也得改改了。在我们上海滩,可没人吃你这一套。回新疆去做啥?"

沙驼说:"到新疆有件事要办。"

姚姗梅说:"小娜外婆不是已经收下小娜了吗?在新疆还有什么事要办?"

沙驼说:"现在我还不能告诉你,到时候你就会知道的。"然后对小娜说:"小娜,我走后,你不要去面馆打钟点工了,好好让兆强哥陪你去找工作。"

小娜突然想起中午宋蓓给的那份报纸,拿出来说:"兆强哥,明天你陪我去趟这里吧!这儿好像是家很大的人才交流中心,你看,里面有招聘财会,还有这儿,这里还招聘饭店经理呢。"

姚姗梅说:"喔哟,他还要当饭店经理呀?自家的饭店都败光了。"

兆强觉得很没面子,说:"姆妈,你怎么哪壶不开提哪壶呀?太小看人了。"

沙驼说:"不过兆强,你也该找份工做做吧。干吗赖在家里呀?小鸡老窝在老母鸡的翅膀下,那就永远也长不大!"

兆强说:"沙驼爷叔,明天我就同小娜一起去找好哦?其实我也不想当寄生虫,天天赖在家里听姆妈唠叨,我的日子也不好过呀。"

5.

殷正银家的大饼油条摊又开张了。许萝琴炸油条,殷正银熬豆浆,伙计烙大饼。

阿林脸上也贴着膏药。他一脸正气地走到殷正银家的摊子前。

阿林把一小叠钱拍在条桌上说:"许萝琴,还你钱!"掏出一本子,说:"喏,吃了几顿每顿多少钱我全记在账上了。一分也不会少你们的!我阿林做事从来正大光明,是怎样就是怎样。不像有些人,做那种偷鸡摸狗的事。"

许萝琴说:"你在说谁呀?啥偷鸡摸狗啦?"

阿林说:"啥人做啥事自己清爽!连人家的孩子都会偷,什么东西嘛!"

许萝琴又发怒了,说:"阿林,你身上又痒痒啦?"

阿林说:"来啊,再来呀,啥人怕啥人啊!"

一个路人把阿林拉到旁边的一个馄饨摊。

馄饨摊老板说:"阿林,吃碗馄饨,我请客。"

路人劝解说:"许萝琴,你们做生意吧。冤家宜解不宜结,做你们的生意吧。啊?"

许萝琴既气恼又沮丧地含着泪说:"这生意还怎么做!"

6.

公交车站。

小娜和兆强在等车。

太阳当空,天有点热,周围许多人都撑着伞。

兆强说:"没车了,多不方便呀。小娜,你会开车吗?"

小娜迟疑了一下说:"这问题你不是已经问过我了吗?"

兆强说:"你爸到底是干啥的?"

小娜说:"放羊的,现在是个拉面师傅。"

兆强说:"可他是要坐飞机回去的呀!"

小娜说:"你怎么知道?"

兆强说:"他来同我妈告别时,我发现他口袋里露出的是飞机票。真是飞机票,我不骗你。你爸什么时候走?"

小娜说:"就这几天吧。"

这时车开来了,大家拥着上了车。

7.

车厢里很拥挤,兆强用屁股顶出点空间让小娜可以站得舒服点。

车外下起了倾盆大雨。

兆强看着车外的大雨,看着小娜说:"姆妈让我带伞我还不肯带。不过不要紧,有我保护你。"

小娜一笑说:"你怎么保护啊,让老天爷不下雨?"

8.

人才交流中心大楼前。

公交车到站后,小娜和兆强跳下车。

兆强忙脱下自己的外套,让小娜顶在头上。

小娜说:"那你呢?"

兆强一拍胸脯说:"我是男人。"

9.

小娜和兆强冲进大楼内大厅,发现里面人群熙攘,人声鼎沸。

小娜虽然头上顶着兆强的衣服,但身上还是湿透了。

小娜看到有卫生间的标识,忙把衣服扔给兆强说:"我去卫生间擦一擦。"

但刚好殷浦江从男卫生间出来,小娜刚好回头时把殷浦江撞了一下,两人相互看了看。

小娜忙说:"对不起。"

殷浦江笑着说:"没关系,没关系。"

小娜也点头一笑,然后殷浦江情不自禁地又回头想看看小娜,但小娜已经进了女卫生间了。

10.

德佩建材超市招聘柜台前,队伍排得很长。

殷浦江与人事部的赵经理坐在招聘台前接待想应聘的人员。

兆强看到德佩建材超市的招聘牌,就拉了小娜一把说:"小娜,你看,是不是这家公司?"

小娜点点头。

小娜和兆强都拿了张表填,小娜看看兆强说:"那边不是有招聘饭店经理的吗？真不去呀？"

兆强说："不去，我已经怕了饭店了。反正我是学经营管理的嘛，建材超市也行的呀。"

然后两人都排上队。

11.

在二楼的走道上可以从下看到大厅的情况。

宋蓓看到小娜进来后，忙推开一间休息室的门说："瞿董，沙小娜来了，还有个男青年。"

瞿欧德忙出来，看到小娜与兆强都排在德佩建材超市招聘柜台的那行队伍里。

宋蓓说："我去给赵经理打个招呼？"

瞿欧德："你不要去，小娜肯定认出你，会产生怀疑的。你随便派个人，去跟赵经理打声招呼。"

宋蓓说："那……旁边那个呢？"

瞿欧德看了看，说："这人我知道，是跟我一起支边的老朋友的儿子。一起招进来吧！保险点，让殷浦江接待小娜。"

宋蓓说："为什么？"

瞿欧德狡黠地一笑说："你不懂？"

12.

大厅里。

德佩建材超市的柜台前。

小娜与兆强前面只有六七个人了。

大厅里冲过来一个姑娘，朝小娜队伍前的一个男青年喊了声，那个男青年兴奋地答应了一声，然后用上海话说："哎，来呀，到我这儿来！"

那个姑娘就高兴地站了那个男青年前面。

后面队伍里发出不满的嘀咕声。

小娜走到那插队的姑娘的前面说:"请到后面排队去!"

那姑娘说:"凭什么呀,我本来就排在这儿的呀!"

小娜说:"从我在这儿排队起,我就没见到你,加塞了还强词夺理。"

那姑娘后面的男青年说:"是我情愿让她站在我前面的。"

小娜说:"但我不愿意!"

兆强也站出来说:"我也不愿意!"

那姑娘用上海话对小娜说:"你一个外地人,有啥了不起啦。我就排在这儿了,你能把我怎么样?"

小娜一把把她拉了出来说:"就这样!"

那姑娘抢起包就要砸小娜,小娜一把抓住那姑娘的手,一个劈腿就把那姑娘撂倒在地上。男青年也冲上来打小娜,兆强也与那男青年打了起来。

大厅里乱成了一团。

13.

几个保安把小娜、兆强等拉开了。

殷浦江也从招聘柜台走出来劝架。

殷浦江对那女青年说:"你加塞就是不对嘛!"但也对小娜说:"不过你解决问题的方式似乎野蛮了些。"

小娜捋了捋被抓散的头发,对兆强说:"兆强,咱们走,不报了!"

小娜拉兆强就往外走。

14.

宋蓓看到小娜拉着兆强往外走,急了,她精心安排的事情眼看着要泡汤了。

瞿欧德也急了,在宋蓓耳边说:"宋蓓,不能让沙小娜走呀! 让殷浦江去把他们追回来。"

15.

雨似乎越下越大。

小娜与兆强只好暂时在屋檐下避雨。

殷浦江跑了出来,找到小娜和兆强说:"对不起,肯定是那两个插队的人不对,请你们回去吧。"

小娜看着殷浦江,发现就是那个她进卫生间前撞到的青年,小娜对殷浦江很有好感。

殷浦江又说:"我们的负责人也看到那一幕了,他很欣赏你们,请回去吧。"

看到殷浦江那帅气而真诚和善的样子,小娜点点头,看看兆强。

兆强对殷浦江有些戒心,他已经感觉到小娜对殷浦江的好感了。

但小娜还是拉着兆强跟殷浦江走回了招聘大厅。

16.

中午,赵经理拍拍殷浦江的肩,说:"浦江,走,咱们吃饭去。"

17.

赵经理和殷浦江在吃中饭。

赵经理说:"浦江,你是交了好运啦。"

殷浦江说:"怎么?"

赵经理说:"等招聘工作做完后,你的工作要动一下。"

殷浦江说:"去哪儿?"

赵经理说:"让你到建材超市的财务室去当副主任。"

18.

董事长办公室。

宋蓓把两张表格放到瞿欧德的桌子上说:"你看怎么安排?"

瞿欧德看着沙小娜表格上的照片,他闭了一会眼睛说:"沙小娜不是学财会的吗?让她先去超市的财务室工作吧。当然,让她先在财务室实习,半天实习,半天在超市干点别的活。"

宋蓓有些犹豫,说:"这样,是不是太苛刻了。"

瞿欧德说:"我不想表现得太关照她,这样会被怀疑的。至于这个崔兆强,身格长得蛮健壮的,让他先去库房当个发货员,以后看看表现后再调整吧。"

19.

小娜和兆强从超市出来。

兆强殷勤地对小娜说:"小娜,我是为你做出的牺牲噢。你看,你分到财务室工作。我呢?却分到库房当发货员。"

小娜说:"兆强哥,你要不满意这份工作,可以再找别的工作呀。"

兆强说:"不,我还是为你做出点牺牲吧。"

小娜说:"何必呢?"

兆强说:"小娜,我对你说实话吧,我喜欢同你在一起。另外,我也可以随时保护你呀。怎么?你看不上我这个保镖?"

小娜一笑说:"我爸不是让我叫你哥吗?"

兆强说:"这就对了。但你不要告诉我妈我在库房是出苦力的,只说是当保管员就行了。"

小娜说:"你就直接对你妈这么说。还用得着我多嘴吗?再说,他们告诉我先到财务室实习一段时间。先是半天实习半天还要做别的活,跟你差不多。"

兆强说:"反正比我强。"

小娜说:"我的学历比你高呀!"

20.

德佩建材公司。

财务室,金经理对殷浦江说:"浦江,你的工作跟小陈交接完了吧?"

殷浦江说:"是。"

金经理说:"那好,殷副主任,明天你就去超市财务室上班吧。我祝你前途似锦!"

21.

小娜和兆强又同时来到公交车站。

两人上车,兆强又用屁股顶开一个空间,让小娜站得舒服点。

兆强说:"小娜,你跟你阿爸房子租在哪儿?"

小娜说:"干吗?"

兆强说:"和我家住得近的话,我好去接你一起上班呀。"

小娜说:"不用。我现在住在我外婆家。"

兆强说:"哟,你外婆认你啦?"

小娜说:"是呀,所以我爸一定要我搬到外婆那儿住。我爸说,我要代我妈好好孝顺孝顺我外婆。可其实在外婆家,外婆跟刘妈虽然对我很好,但我还是住不惯,我想搬回去跟我爸住。"

兆强说:"你知足吧。现在你外婆总算认你了。要是你外婆硬是不认你,你们在上海要吃足苦头了。"

小娜说:"可事实恰恰说明,我和我爸能在上海站住脚,能自己养活自己。"

兆强说:"你爸做拉面师傅,还让你一个大学生当跑堂的。虽然你们是能养活自己,但生活质量……"兆强啧啧地摇着头。

小娜生气地说:"我阿爸是个了不起的爸爸,伟大的爸爸。以后不许你再用这种轻蔑的口气说我爸,要不,我会对你不客气的!"

兆强说:"我是实话实说嘛。不过你阿爸也真不容易,一个单身汉,把你拉扯到这么大。现在又辛辛苦苦把你送回上海,是蛮伟大的噢。"

小娜说:"得了吧,现在改口,晚了! 我最讨厌人家用居高临下还带着轻蔑的口吻说我爸,也不知道你们这种自以为是的优越感从哪来的。"

22.

公司餐厅。

中午,殷浦江端着工作餐坐在员工餐厅的一张圆桌前。有个人也端着午餐猛地坐在他的对面。他抬眼一看,是瞿月雅。

殷浦江说:"你怎么在这儿吃饭?"

瞿月雅说:"我也是公司的员工,干吗不能坐在这儿吃饭?殷浦江,我问你,听说你要去建材超市工作了,当了什么财务室的副主任。"

殷浦江说:"对,我明天就要去超市上班了。"

瞿月雅说:"你很满意是吗?"

殷浦江说:"满意呀,为什么不满意?我是个俗人。进公司刚一年多,就给我提职,提薪。我当然满意!"

瞿月雅气恼地说:"你不但是个俗人,而且是个庸人,是个木头人。"

殷浦江说:"为什么?"

瞿月雅说:"把你从公司调到超市去,给你提职加薪,这是我母亲的一个阴谋。"

23.

崔兆强把小娜领进家,高兴地说:"姆妈,我和小娜都被德佩建材超市录用了。小娜分在超市的财务室,我分在库房当发货员,反正小开是当不成了。"说着故作伤脑筋地抓抓头。

小娜说:"还想过寄生生活啊?"

崔兆强说:"现在想过寄生生活的又不是我一个。吃不愁,住不愁,穿不愁,婚姻问题也不用发愁。富二代,官二代,有个好爸活得多自在!我崔兆强命不济,能干的阿爸没了,啃老是啃不成了。"

小娜说:"我爸说人活在世上,首先得自己养活自己,靠爸靠妈活的有什么好自在的!"

姚姗梅叹口气说:"话是这么说啊。可惜,现在你们两个,也只能自己养活自己。兆强的爸死了,想自在也自在不起来了。小娜呢?你爸也没法给你提供这个条件,也只能自己去奋斗。好在你们都有工作做了,我也松了口气。"

小娜说:"姗梅阿姨,今天我们高兴,晚上我想请你们一起去吃顿饭。"

姚姗梅感到有点伤感,一挥手说:"你们去吧,我今朝不想出门了。"

24.

公司餐厅。

殷浦江一面吃着饭,一面不以为然地对瞿月雅说:"阴谋? 什么阴谋?"

瞿月雅说:"就是想阻止我们的往来。"

殷浦江一笑,说:"这也许对你来说是个阴谋,但对我来说不是。"

瞿月雅说:"怎么说?"

殷浦江说:"我并不想跟你有什么往来,这点我已向你表明过,你很清楚。"

餐厅里吃饭的人开始增多,有些人都在朝瞿月雅和殷浦江这里看。

瞿月雅只好压低声音说:"今晚我请你吃饭!"

殷浦江说:"没空,家里有事。"

瞿月雅说:"有什么事?"

殷浦江苦笑一声,说:"每家都有本难念的经。"

瞿月雅说:"要不是什么非得今天处理的大事,请你一定要赴约,下班我等你。"

25.

车厢里。

小娜大方地勾着崔兆强的胳膊。

小娜问:"兆强哥,咱们去哪儿吃?"

崔兆强说:"小娜,你们家到底有没有钱?"

小娜说:"我爸是牧羊人,哪来的钱? 只不过我爸的羊比别人的放得好,所以我爸临去新疆前还是给了我一点钱,请你吃顿饭绝对没问题。"

兆强说:"我想到好一点的饭店吃得好一点呢?"

小娜爽朗地一笑说:"行! 怎么不行?"

兆强说:"你不知道,自从我们家的饭店转让后,我妈太抠门了,每天吃得清汤寡水的,我特想吃点口味重的!"

小娜说:"那你带我去一家新疆饭店吧,我好长时间没吃新疆饭了,馋死了!"

兆强也来神了,说:"行啊,新疆饭油水足,特解馋!"

26.

电梯口。

瞿月雅有意打扮了一下自己,在等殷浦江。

殷浦江看到瞿月雅,停住脚步。

瞿月雅见到殷浦江停住了脚步,就径直朝殷浦江走去。

瞿月雅说:"殷浦江,又想拒绝我吗?"

殷浦江觉得太得罪瞿月雅对自己也不利,于是舒口气说:"由于你母亲的阴谋,我提了职加了薪,今晚我请你吃饭吧。"

瞿月雅高兴了,说:"这话还算有点绅士风度。但你请客,我埋单。"

殷浦江说:"你这算什么风度?大小姐风度吗?"

瞿月雅说:"你别老是大小姐地乱叫,听得汗毛凛凛的。走吧,我带你去家特色餐厅,保准你喜欢!"

27.

殷浦江和瞿月雅从停车场走到饭店门口,这时小娜正挽着崔兆强的胳膊也走了过来。小娜看到殷浦江,一下认出来了,马上豪爽大方地奔上去。

小娜说:"嗨!是你呀。"

殷浦江看到小娜眼睛也一亮,紧紧地握住小娜伸上来的手说:"你好,你好!"

小娜说:"那天你不把我们拉回去,我们就没这份工作了,真要谢谢你。"说着向殷浦江鞠了一躬。

殷浦江有点不好意思地说:"我没帮你们什么忙,只是有人提醒我,让我这么做的。"

小娜说:"反正是帮了忙了,那也得谢你。"

瞿月雅在一边看在眼里。

小娜很大方地说:"来,介绍一下,崔兆强,是我哥。他父亲与我爸是把兄弟。"

殷浦江却不知怎么向小娜介绍瞿月雅,瞿月雅看到殷浦江的尴尬,便一笑。

瞿月雅说:"来,我自我介绍一下吧。我叫瞿月雅,我是殷浦江的异性朋友,但还不是那种女朋友,明白我这话的意思了吧?"

小娜爽朗地笑着说:"明白了。"

殷浦江说:"瞿小姐也是我们公司的员工,不过是高层的。"

瞿月雅看看殷浦江。

小娜说:"你呢? 我还不知道你怎么称呼呢。"

殷浦江说:"我叫殷浦江。我从你的应聘表上知道,好像你是从新疆来的是吧?"

小娜说:"是。跟我爸一起来上海的,有什么问题吗?"

殷浦江说:"我也跟新疆挂了边。我父母是从新疆顶职回来的上海支青。我妈是在新疆怀上我,到上海没几天,就生下我了。"

小娜说:"那咱俩有缘分,再来握握手。请进,今天我请客,吃新疆饭。"

28.

瞿月雅同殷浦江走在一起。

瞿月雅低声说:"殷浦江,我发现你是个伪君子。"

殷浦江说:"怎么?"

瞿月雅说:"我以为你在女生面前都像在我跟前一样这么矜持呢。原来看到漂亮姑娘,也是激情四射啊! 你们怎么认识的?"

殷浦江:"在招聘建材超市的人员时,他们来应聘,是我接待的。但我告诉你,这两个人是你爸关照赵经理一定要招他们进来的。"

瞿月雅惊道:"为啥?"

殷浦江一字一顿地说:"不,知,道!"

29.

一间小包厢里。

服务员在上菜,服务员端上一盘手抓羊肉。

崔兆强高兴了,也顾不得风度,抓起一大块,说:"小娜,这太解馋了。"于是大口大口啃起来。

殷浦江问小娜说:"沙小娜,分配你在超市做什么工作?"

沙小娜说:"财务室。"

瞿月雅心头一惊,看看殷浦江。

殷浦江依然神态自若,没什么反应。

沙小娜继续说:"是让我半天在财务室实习,半天干干别的活,说是这样可以让我全面熟悉超市里的情况。"

瞿月雅说:"什么意思?"

沙小娜说:"我也不知道这里有什么意思。反正赵经理找我谈时就是这么对我说的。"

殷浦江说:"吃饭,吃饭,吃饭问这么多干什么?"

瞿月雅在殷浦江耳边说:"让她在财务室工作,成你手下的兵了,你是不是心里很高兴?"

殷浦江说:"对! 非常非常高兴,怎么啦?"

瞿月雅又在殷浦江耳边说:"你这话是不是有意在气我?"

殷浦江说:"那你就跟着感觉走吧。"

30.

饭店卫生间。

瞿月雅在补妆,看小娜从里面走出来,便说:"沙小娜,殷浦江现在是你的顶头上司,你知道吗?"

沙上娜说:"怎么回事?"

瞿月雅说:"殷浦江是你们要去工作的超市的财务室副主任。"

沙小娜一拍手说:"那太好了呀!"

瞿月雅心里很是酸溜溜的沮丧,但还是笑了笑,但笑得有些尴尬。

31.

包厢内。

殷浦江问兆强说:"你们不是亲兄妹吧?"

崔兆强大口地啃着手抓羊肉说:"刚才不是告诉你了嘛,我爸和她爸是好朋友,把兄弟,沙小娜倒是有个亲哥哥,不过连小娜自己都没见过。"

殷浦江问:"怎么回事?"

兆强说:"具体情况我也不晓得,只是他们大人说起的时候,大概听到一些,好像小娜的哥哥刚出生就被人抱走了。"

殷浦江说:"是吗? 是被送人了吗?"

兆强说:"什么呀,应该是被偷走的吧。"

小娜和瞿月雅走了进来,小娜说:"你们在说什么呢? 神秘兮兮的。"

兆强连忙打哈哈说:"没事,随便聊聊。"

小娜说:"兆强哥,你知道吗? 你边上坐的这位可是我们的顶头上司呢!"

兆强吓一跳,赶忙把手抓肉放下,站起来很夸张的要给殷浦江鞠躬,说:"请多关照,请多栽培。"

殷浦江说:"哪有那么夸张,我不过是个挂了名的副主任。来来,继续,我们干一杯。"

32.

包厢内。

瞿月雅说:"今天的饭局我埋单。"

小娜说:"说好我请客的。"

殷浦江说:"瞿小姐是德佩公司董事长的千金,有的是钱,就让她埋单吧！不然她要不高兴的,我们都得罪不起。"

瞿月雅说:"我才不是那种人呢。殷浦江,你真是太不了解我了!"

殷浦江说:"是呀,一个摆大饼油条摊家的儿子,怎么可能了解一位千金小姐呢?瞿月雅,谢谢你今天的饭!"

小娜和兆强相互看看。

33.

小娜、殷浦江、崔兆强、瞿月雅四人往外走。小娜偷偷地朝殷浦江竖了竖大拇指,但还是让瞿月雅看到了。

瞿月雅气得脸都黄了,但她却没有吭声。

崔兆强心满意足地说:"今天这顿饭吃得真过瘾啊!"

34.

原来的全福饭店经过重新装潢后,已经带有很浓的新疆民族风格。

沙驼与一位装潢公司的老板与设计师在查看饭店。沙驼很内行地在指点着什么,装潢公司的老板与设计师不住地点头。

35.

殷浦银与许萝琴正在招呼着生意。

许萝琴拉拉殷正银,说:"正银,沙驼又来了,哪能办?"

殷正银看到远远走过来的沙驼,长叹一口气说:"看来!坏事是做不得的,躲过了初一,也躲不过十五啊。再说沙驼这个人的脾气,年轻时就这样。你想想,为了田美娜的事,他就敢站出来,说孩子是他的。"

许萝琴说:"西北佬!儿子我是绝不还他的!"

阿林又偷偷地跟在沙驼后面。

36.

殷浦江走出门,对殷正银和许萝琴说:"阿爸、姆妈,我上班去了。"

殷浦江刚走没几步,就同沙驼打了个照面。沙驼看看殷浦江,殷浦江也看看沙驼,殷浦江满脸的疑问,然后又回头看看殷正银和许萝琴。

第十四集

1.

沙驼还是找了个空一些的长条桌坐下,喊:"五根油条,两个大饼,一碗咸浆!"

殷浦江站在那里停了一会儿,这才满脸问号地离开了。

沙驼一直在注视着殷浦江的背影。

殷正银和许萝琴相互看看,满脸的沮丧。

阿林在远远的一家小吃摊坐了下来。

2.

财务室。

沙小娜走进财务室。

已经在财务室上班的殷浦江忙站起来,说:"沙小娜,来,我给你介绍一下。这位是我们财务室的尤主任,这位是方玉芹。"

尤主任四十多岁,是个面善而有心机的人,他亲切地朝小娜点点头。

方玉芹,二十八九岁,一副高傲,目空一切的样子。她跟沙小娜握手时说:"我叫方玉芹,我的阿姨就是这个公司董事长的夫人,以后请你多关照。"那话的意思是,你要想让我以后关照你,你就好好要服帖点,对我尊重点。

沙小娜也一笑说:"玉芹姐,以后要请你多多关照了。"

方玉芹马上说:"好说,好说。"

3.

二楼。

沙驼、殷正银、许萝琴脸色都很凝重。

4.

底楼。

阿林又溜进屋,在楼梯口偷听。

5.

二楼。

沙驼说:"殷正银、许萝琴,我也想了,你们把浦江抚养大了,确实也花了不少心血,也花了不少钱。"

许萝琴说:"所以呀,你沙驼怎么能捡个现成的这么大的儿子回去呢?你觉得好意思吗?"

沙驼说:"有什么不好意思的? 我的儿子,我当然得要回来。我刚才话的意思只是想赔偿你们一些损失,我给你们一笔钱吧,这笔钱够你们养老了!"

许萝琴说:"我们不要钱,我们要儿子! 沙驼,我告诉你,你要想把我儿子从我身边带走,我就死给你看!"

沙驼愤怒地一拍桌子说:"别用死来吓我! 我沙驼不吃这一套!"

殷正银见沙驼翻脸,还是有些怕,说:"你们两个,有话好好说,大家好好商量着办嘛。"

沙驼说:"我今天来就是给你们一句话,我要回新疆去几天,这几天你们必须得把这事告诉浦江。不然,我们就上法院。这是我给你们最后的一次好好商量着办的机会! 中国有句古话,叫敬酒不吃吃罚酒!"

6.

瞿欧德办公室。

瞿欧德在看小娜填写的入职表,上面有小娜的一寸照片。小娜的照片在他眼前变大,变成了田美娜。

闪回:

7.

瞿欧德与田美娜坐在草坡上几棵稀疏的沙枣树下。

田美娜用冷冷的口吻说:"你要出国,你要分手,我都答应你了,你找我还有什么事?"

瞿欧德说:"田美娜,事情有些严重了!"

田美娜说:"怎么了?"

瞿欧德说:"你怀孕的事,队上已经知道了。"

田美娜伤心地说:"这是迟早的事! 肚子总有一天会出卖我的,我也知道。这个丑我是丢大了,全是因为你!"

瞿欧德愧疚地说:"田美娜,对不起,真的对不起你! 其实我的心也在流泪。"

8.

两人走在路上。

瞿欧德说:"美娜,那天晚上,你挨批时的情景,我想起来就浑身打战。这对我来说真是太残忍了,而你受的伤害就更不用说了,将来我一定会好好想法补偿你的。"

田美娜冷笑一声说:"补偿什么? 这事是两个人的事,我要是不愿意,这事也不会发生。何况那时我们决定要很快就结婚的。要说责任,我可能更大!你用不着补偿什么,由于我的失误,所以责任就该由我自己来承担。你用不着藕断丝连地来什么补偿,孩子我会生下来抚养大的。但我也要告诉你,你以后别再想来认孩子!他没有你这个父亲,从今天你离开这儿起,你就失去了做父亲的资格!这就是你该付出的代价!孩子现在有父亲,就是沙驼!"

9.

瞿欧德在回忆着沉思着。

门突然被推开了,瞿月雅冲了进来。

瞿欧德一惊一吓,气恼地说:"月雅,你这是干什么?不会好好敲门,好好走路吗?"

瞿月雅说:"阿爸,对不起,我敲过门了,可你里面没反应,我怕有什么事,就冲进来了。"

瞿欧德说:"我好好地坐在办公室里,能有什么事?有事也是被你吓的。"

瞿月雅说:"我吓着你了?"

瞿欧德说:"你有什么事?要是公司的事直接找你们上司去,家里的事就在家里说。"

瞿月雅说:"我说不清,反正我昨夜一晚上没睡着,在家里老也见不着你。本来不想找你的,但我心里实在憋得厉害,没法不找你,所以我就这么唐突地闯进来了。"

瞿欧德说:"那你说吧。"

瞿月雅刚好看到瞿欧德桌子上的沙小娜的求职表,瞿月雅用手往表上小娜的照片一指说:"我就是为她而来!"

10.

方玉芹在抱怨说:"要记这么多呀!一天哪里弄得完嘛。"

尤主任笑了笑,说:"给你的这个量已经是减半了。你慢慢弄,什么时候记好了,交给我就行了。"

小娜走进财务室。

方玉芹一看到小娜进来就用命令的口气说:"沙小娜,过来,帮我记账。"

殷浦江看看方玉芹。

11.

瞿欧德办公室。

瞿欧德吃惊地对瞿月雅说:"为她?"

瞿月雅说:"对!爸,她是你什么人?"

瞿欧德看了瞿月雅半天,说:"你问这干吗?"

瞿月雅说:"我当然要问。你为什么一定要把她招进公司来?而且还要让她熟悉公司的全面情况?"

瞿欧德说:"我一定要回答吗?"

瞿月雅说:"爸,如果你不想回答,那我让我妈来问你。"

瞿欧德说:"瞿月雅,你虽然不是我亲生的女儿,但我可是一直像亲生女儿一样待你的。"

瞿月雅说:"这点我很清楚。但是爸,请你别撇开我的问题去说别的。我要知道的是这个小姑娘到底跟你是什么关系?"

瞿欧德说:"月雅!"

瞿月雅说:"是因为这个沙小娜长得太漂亮了吗?"

瞿欧德说:"瞿月雅,你在往哪儿想?"

瞿月雅说:"对,我是个当女儿的,大概不该问你这一类的事。但我知道你跟我妈的感情不好,你们俩是由于经济利益才结合的。"

瞿欧德说:"瞿月雅,我可以告诉你。事实与你说的这类事是风马牛不相及的,太荒谬了!就到此为止吧。你可以走了,我还有事。"

12.

沙驼又拎着两篮水果来到梅洁家。

梅洁喜笑颜开地说:"喔哟,你不要每次来都买东西呀! 你不要忘了,你是我女婿呀。俗话说,一个女婿半个儿呀。一家人,这么客气干什么?"

沙驼笑着说:"就因为我是你半个儿子,我才要好好孝顺你呢。"

梅洁突然心酸流泪了,说:"我有个儿子,但同你这半个儿子差得太远了。他一味只听他老婆的,吵着要房产,要分家,还要夺我手中的他父亲留给我的一点养老钱。唉! 看来美娜的眼光不错!"

小娜在一边说:"外婆,过去的事都过去了。我已经回到你身边了,到时我哥哥也会回到你身边的,我和我哥都会像我爸那样孝顺你的。"

梅洁一把抱住小娜,伤心地说:"我差点把你踢出门外,外婆真的好傻啊。"

沙驼说:"妈,今晚我是来跟你道个别的。"

13.

小娜送沙驼走出弄堂。

小娜说:"爸,这些天,你在外面忙什么呀?"

沙驼笑着说:"了解行情呀,你爸在上海也想搞点事业啊。另外,爸在做生意时,也遇见过几位上海客户,虽然有几年不联系了,现在我既然到上海了,总得把关系接上,多个朋友总归多条路嘛。"

小娜说:"都联系上啦?"

沙驼说:"联系上了,所以爸明几天就回新疆去。"

小娜说:"爸,兆强看到你买的机票咯! 还穷追问我你到底是干什么的。"

沙驼一笑说:"迟早会知道的。等爸把上海的事业做起来,还要还他们家一笔债呢。"

小娜说:"爸,你欠过他们家钱?"

沙驼说:"欠了十几只羊,那可比钱值钱多了。爸当初发家致富,这十几只羊可派大用场了。"

14.

小娜走进财务室。

方玉芹又用命令的口气说:"沙小娜,过来,帮我记账。"

小娜说:"上次不是帮你记过了吗?"

方玉芹说:"现在又有账要记了呀!昨天吃过饭,今天就不吃了吗?"

小娜说:"那是你自己的工作,干吗让我做呀?"

方玉芹说:"你一个实习的,叫你做就做,嘴巴噶老做啥?"

小娜说:"我要往电脑里储存昨天的销售数据,还要去货架核对,自己的活儿还忙不完呢。"

方玉芹说:"哪能?才进来两天就觉得自己翅膀硬了是哦?你要不听招呼,我就叫我阿姨炒你鱿鱼!"

小娜说:"我才不怕你呢!我是凭自己的本事考进来的,不是靠关系走后门进来的。"

方玉芹说:"怎么,你说我是走后门的是哦?我就是走后门进来的哪能?今天我这个走后门进来的人,就要你这个考进来的人老老实实听我的!"

小娜说:"我就不听你的,各司其职!"

方玉芹恼羞成怒,说:"你这个外地人嘴巴哪能噶老啦,想吃生活是哦?"

小娜说:"你敢?"

方玉芹举手要打,被殷浦江一把抓住了,说:"方玉芹,有话说话,怎么能动手打人呢?"

有一个营业员在财务室门口叫:"沙小娜,有人找你!"

15.

小娜走出超市,看到是沙驼。

小娜说:"爸,你怎么来啦?"

沙驼说:"爸现在就要去机场,特地再来看看你。顺便也看看你工作的地方。这地方不错,好好干,也照顾好自己。"

小娜说:"爸,你放心好了。这儿有个财务室的副主任,对我很好的。

爸,你要不要见一见?"

沙驼说:"不见了,等我回来再说吧。"

16.

沙驼走到马路边,拦了一辆出租。

沙驼朝小娜挥挥手。

17.

殷浦江走到超市门口,见小娜正朝沙驼挥手。顺着小娜挥手的方向,他看到沙驼正钻进出租车,关上门。

殷浦江也看清沙驼了,问小娜:"沙小娜,那个人是谁?"

小娜走进门说:"我爸呀!"

殷浦江心头一惊,耳边马上响起了阿林的声音:"那个来找你阿爸姆妈的人叫沙驼,就是你的亲阿爸。"

18.

殷浦江看着小娜,心里说:"这会是真的吗?"

小娜发觉殷浦江看她的眼神有些特别,就说:"殷副主任,你怎么啦?"

殷浦江说:"你爸叫什么?"

小娜说:"沙驼呀。"

殷浦江什么也不说了,但却是满腹的心事。

19.

小娜和浦江一起走进财务室。

殷浦江突然对方玉芹说:"方玉芹,我告诉你,你如果再这样欺侮沙小娜,我就对你不客气!"

方玉芹冷笑一声说:"呵,你们俩好上啦?"

殷浦江说:"这不关你的事!"

尤主任打圆场说:"都在一个办公室工作,都不要这样好哦?"

20.

殷浦江看看沙小娜,又埋头在电脑前工作。

耳边响起阿林的声音说:"我阿林骗你是小狗!你亲生父亲我都见了,虽然是外地乡下人,但老有派头咯,说不定还是大款呢。"

殷浦江眨了眨眼睛。

耳边又响起兆强的声音说:"……只是他们大人说起的时候,大概听到一些,好像小娜的哥哥刚出生就被人抱走了。"

殷浦江的独白说:"这难道是真的,真会是这样吗?阿林确实是个喜欢骗吃骗喝的人,他的话能信吗?但这事也不会无中生有啊……阿林也用不着编这种谎言来骗我包香烟抽啊……"

殷浦江的手指停在键盘上。

阿林的声音说:"他的名字好像叫沙驼……"

殷浦江看看小娜,心里说:"那么……她是我的亲妹妹?"他吃不准地摇摇头。

21.

中午下班的铃声响了。

大家都拿着饭盒朝餐厅走去。

殷浦江对沙小娜说:"小娜,今晚我请你吃饭怎么样?"

小娜说:"好呀,就我们俩?"

殷浦江说:"对。"

小娜说:"行。不过瞿月雅知道了会不会不高兴?"

殷浦江说:"我与她啥关系都没有,她有啥可不高兴的?"

小娜说:"她在拼命地追你呀!我看出来了。"

殷浦江说:"她追她的,我过我的,跟我不搭界。"

小娜说:"你不会是想追我吧?那今晚的饭我不敢跟你一起去吃。"

殷浦江说:"沙小娜,这是绝不可能的!"

小娜说:"为什么?"

殷浦江说:"不可能就是不可能! 只是想请你吃个饭。就这么简单!"

小娜一笑说:"那行!"

22.

员工餐厅前的走廊。

小娜与殷浦江端着盒饭正朝餐厅走去。

瞿月雅突然从餐厅里冲出来,看到小娜,忙停住。

瞿月雅看着他俩,冷笑一声说:"哟,都在一起吃饭啦?"

小娜问:"瞿月雅,你怎么来啦?"

瞿月雅说:"怎么,不可以来? 这是我爸我妈开的店,而且这里的饭菜做得好,我为什么不可以来?"

殷浦江说:"我们要去吃中饭,你横在中间做什么?"

瞿月雅不理殷浦江,咬着牙对小娜说:"小娜,我告诉你,殷浦江是我的,你别在中间插杠子!"

殷浦江说:"谁是你的? 我想和谁一起吃饭,你管得着吗? 沙小娜,咱们走,别理她。"说着,拉着小娜绕过瞿月雅就走,背后还撂下一句话说:"有钱人家的小姐,以为天下都应该是她的!"

23.

殷浦江与小娜对坐着在就餐。

小娜说:"殷副主任……"

殷浦江忙打断说:"叫我浦江哥好吗?"

小娜说:"这不行。"

殷浦江说:"为什么?"

小娜说:"当然,要是我有你这样一个哥,自然很不错,但这也会让别人产生误会,你没看见,瞿月雅已经误解了,我可不想被人当成插杠子的。"

殷浦江说:"你看,你又往那方面去想了! 我说了这不可能的。"

小娜笑笑,她觉得自己似乎已经成了殷浦江拒绝瞿月雅的挡箭牌。

24.

瞿月雅在窗口打饭,眼睛不时地瞪着殷浦江和小娜坐的那一桌,连打菜师傅跟她说什么话都没听见。

打菜师傅看看瞿月雅,敲了敲窗户。

瞿月雅这才回过神,忙端起饭菜离开了窗口。

后面排队的员工有人在笑着嘀咕着什么。

25.

殷浦江和小娜坐的餐桌。

殷浦江对小娜说:"小娜,你和你爸到上海来干吗? 是想到上海来打工发展,还是有别的什么原因?"

小娜说:"这话说来可长了。我爸一是要把我送回上海,因为我妈临死前托我爸一定要把我送回上海的;二呢,要找回我的一个双胞胎哥哥……"

瞿月雅也端着饭菜坐在了他俩边上。

小娜看看瞿月雅,把话马上咽了回来。

殷浦江气恼地对瞿月雅说:"瞿月雅,我们正说话呢! 你又来插什么杠子?"

瞿月雅说:"我也想听听你们所讲的故事呀,怎么,保密啊?"

殷浦江说:"对不起,这事与你无关!"

26.

沙小娜与殷浦江吃完午饭往财务室走。

殷浦江说:"你那个双胞胎哥哥叫什么名字?"

沙小娜说"在我妈生下我们的第三天,就让一对上海支青夫妇偷着抱走了……"

突然瞿月雅在后面喊:"殷浦江!"

殷浦江正等着小娜说下去呢,一听见瞿月雅的声音,烦得不得了。他强压了一下火气,转头对瞿月雅说:"瞿大小姐,你能不能适可而止?"

瞿月雅说:"对不起,殷浦江,我想跟沙小娜说几句话。"

殷浦江说:"你还想说什么?"

瞿月雅说:"我的话要跟沙小娜说的。"

小娜说:"行,殷副主任,那你先回办公室吧。"说着转身向瞿月雅走去。

27.

超市后的一片空地。

瞿月雅走到小娜身边,一伸手说:"对不起,刚才是我冒失了,我向你道歉。"

小娜说:"是刚才说插杠子那话吗?"

瞿月雅说:"我刚才所有的行为都有失风度,我为我在你们面前的表现道歉。"

小娜握了握瞿月雅的手说:"好,我接受。"

瞿月雅:"我还想问你件事,你认识我爸吗?"

小娜有些惊诧,说:"你爸? 谁啊?"

瞿月雅说:"殷浦江不是说了嘛,我爸是这家公司的董事长。"

小娜说:"不认识啊,我进公司来,连董事长的影子都没见着,怎么可能认识他。"

瞿月雅突然觉得松了口气,或者自己真的是多心了。瞿月雅顿时轻松了不少,说:"还有,我想知道殷浦江在追你吗?"

小娜哈哈一笑,说:"我就知道你会问这个。他没追我,而且他说我跟他是没可能的。怎么样,满意了吗?"

28.

殷浦江在窗口,看到了瞿月雅和小娜在说话。

不一会儿，两人又说说笑笑地离开了。

殷浦江看得莫名其妙。

29.

小娜走进财务室。

方玉芹气狠狠地瞪着她，不依不饶地说："沙小娜，过来帮我记账！"

殷浦江说："方玉芹，你是不是存心要找碴啊？"

方玉芹说："殷浦江，你的气别那么粗，你这个副主任是怎么当上的？ 是被老板从公司里扫出来的，神气什么！"

殷浦江说："那我也是副主任，起码能管你！"

方玉芹猛地站起来说："尤主任，这活我干不下去了。"

尤主任也烦了，说："干不下去，你就去找老板。但你不把该你干的活干完，我就扣你的奖金。"

方玉芹无奈地坐下，用双拳击了一下桌子喊："气煞我啦！"

30.

殷浦江从货架后面找到小娜说："沙小娜，已经下班了。一起走吧，我请你吃晚饭。"

小娜抿嘴一笑说："今天有人请我们俩吃饭。"

殷浦江一愣，马上反应了过来，说："那我就不去了。"

小娜说："殷浦江，我觉得你不应该对瞿月雅那么狠。今天她单独把我叫住，是向我道歉。"

殷浦江冷笑说："她也觉得有点过分啦？ 真不容易啊！"

小娜说："我觉得瞿月雅这人还是挺好的，知道你的家庭还能这么追你，就很了不起。人家毕竟是这家公司大老板的千金哎！"

殷浦江说："我才不在乎呢！"

小娜说："你这是一种仇富心态。有钱人千金怎么啦？ 要是我也是有钱人家的千金呢？"

殷浦江一笑说:"你不可能是!"

31.

殷浦江和小娜走出超市。

殷浦江问小娜说:"中午你说你那个双胞胎哥哥被人偷走了,后来怎么样了?"

小娜说:"嗯,当天他们就坐车返回上海了。我爸说他们是顶职回上海的,肯定能找得到。"

殷浦江心情复杂地说了一声:"哦。"

小娜说:"我爸说他那天都快急疯了,骑着马去追,也没有追上。但我爸发誓,一定要把我哥要回来。"

殷浦江说:"那你爸找到你哥了吗?"

小娜说:"他正在找。但详细情况,我爸没告诉我。他说,你好好找份工作,自己养活自己。找你哥是你爸的事,你别搅和。"

殷浦江沉默了一会儿,说:"你现在住在哪儿?"

小娜说:"住在外婆家呀。我们来上海后,开始时我外婆不认我,但现在对我要多好有多好,可疼我了。不过这也是因为我爸,他所做的事真的让她感动了。"

殷浦江说:"那个抱走你哥的上海支青夫妇,叫什么名字你知道吗?"

小娜摇摇头说:"我爸没告诉我。殷浦江,你问这些干吗?想猎奇呀?"

殷浦江说:"不,不,你的经历真的好曲折,我忍不住就想知道后面怎么样了。"

32.

瞿月雅把车停在广场上,眼睛盯着出口。

她看到殷浦江和小娜说笑着出来,立即下车。

走到殷浦江和小娜的面前。

殷浦江冷漠地说:"沙小娜说你要请我们吃饭?"

瞿月雅说:"今天我对你们的举动太有失风度了,我向你们道歉,也请你们给我一个改过的机会。"

殷浦江心情很不好地说:"那你们去吧,我家里还有事。"

小娜说:"刚才你怎么没说家里有事呀? 别是托词吧?"

殷浦江说:"我家真的有事。"

瞿月雅说:"殷浦江,我已经道歉了。"

小娜说:"去吧。不接受人家道歉的人是最不礼貌的!"

33.

办公室里只剩下方玉芹和尤主任。

方玉芹看见窗外广场上,殷浦江和小娜都上了瞿月雅的车,鼻子里"哼"了一声。

尤主任说:"方玉芹,我劝你一句。瞿月雅与董事长之间,再吵也是自家人,要是有一天,殷浦江真成了董事长的女婿你怎么办? 外人不要去参与人家家里的事。俗话说,自家人再吵也总是人家自家人,外人不管支持哪一方也永远只能是外人。最后自家人相好了,成为仇人冤家的往往是那些外人。晓得哦?"

方玉芹说:"尤主任,你真是老奸巨猾。"

尤主任说:"这跟老奸巨猾没关系,我这是人生经验之谈。听不听随你便。"

34.

殷正银和许萝琴两人正在吃晚饭。

殷正银叹口气,劝许萝琴说:"还是告诉浦江吧。"

许萝琴说:"怎么跟他讲? 说是我们把他偷出来的? 这样孩子怎么看我们? 他还会认我们是他的阿爸姆妈吗? 我们二十几年,就这么辛辛苦苦地白养了一个儿子?"

殷正银说:"那怎么说?"

许萝琴又伤心地流着泪说:"沙驼不是还要来吗？ 等我们跟沙驼商量后再说。"

殷正银说:"人家沙驼一来,你就双脚跳,结果把人家给惹毛了,现在还怎么跟人家商量?"

许萝琴哭着说:"反正不能让浦江恨我们,得让他感受到我们这二十几年的养育之恩,还得让他认我们是阿爸是姆妈。我们就是把浦江还给沙驼,也得跟沙驼讲清楚,不能说是我们把他偷出来的。"

殷正银:"那该怎么说?"

许萝琴说:"我也不知道该怎么说,反正不能说是偷的!"

35.

雅座。

小娜、殷浦江、瞿月雅围着桌子坐着。

服务员斟完酒,瞿月雅就端起酒杯说:"殷浦江、小娜,对不起,我今天中午真的是太失态了。其实这件事与你们两个都没关系,是我姆妈在耍她的手段,想阻止我与殷浦江的往来。我应该把气撒在我姆妈身上,而不该与你们计较。真的很抱歉,我真诚地向你俩道歉。如果你们接受我的道歉的话,咱们就碰了这杯酒。"

小娜爽快地举起酒杯说:"来!"

殷浦江想了想说:"好吧。不过瞿月雅,今天这酒我喝了,但我有一个要求。"

瞿月雅说:"请说。"

殷浦江说:"从今以后,请你再也别来找我了。"

瞿月雅说:"为什么?"

殷浦江说:"因为你已经给我的生活和工作带来了很大的麻烦。今天我差点同我们财务室的方玉芹打起来! 她说我什么,你知道吗?"

瞿月雅说:"她说你什么啦?"

殷浦江说:"她说我是被老板从公司里扫出来的。我殷浦江也是有自尊的人！我不想再听到这样一类的话了！"

瞿月雅说："如果是这样，那我更要来找你！而且我每天都要到超市来找你，端上饭菜同你一起吃中午饭，让那个方玉芹看看。殷浦江虽然不一定是老板家千金的毛脚女婿，起码是老板家千金最好的朋友！她不就是仗着跟我姆妈有那么一点远房亲戚的关系，不然会这么嚣张的吗？"

小娜笑了，说："对！瞿月雅，就这么做。"

殷浦江说："沙小娜，你别在一旁敲边鼓好不好？这已经够让人心烦的了！瞿月雅，反正是你别再来找我了！"

瞿月雅坚决地说："我做不到！"

殷浦江无奈地把酒杯重重地放在了餐桌上。

36.

五层楼的西域小羊羔饭店。

沙驼正在同一群新招的男女实习生开会。

沙驼对众人说："从今天起，你们先在这儿实习一个月。过关的，跟我去上海！过不了关的，就得留在这儿继续学！大家听到没有？"

众人说："听到了！"

37.

小娜穿着超市的橘红色工作服，与崔兆强一起在推着小车往货架上装货。

瞿欧德、姜丽佩和瞿月雅在察看超市的布置。

小娜和崔兆强推着小车从他们身边经过时，停了一下车。

小娜一看到瞿欧德，有些吃惊，忙推着车想走。

瞿月雅说："沙小娜，你们停一停，我给你们介绍一下，这是我老爸，这是我老妈。"

兆强也认出了瞿欧德，忙鞠躬说："爷叔阿姨好！"

小娜犹豫了一下，礼貌地敷衍说："你们好。"

瞿欧德看到小娜,眼神变得异样的亲切和明亮。

瞿欧德用极其温柔的语调说:"你们已经开始上班了?"

小娜有些奇怪地看了看瞿月雅,说:"是。"

瞿欧德用怜爱的目光看着她说:"好好,你是个好姑娘,你们干活吧。"

姜丽佩全看在眼里。

小娜与兆强把货推向货架,瞿欧德的目光一直注意着小娜。

姜丽佩似乎感到了什么,不满地说:"走呀!"

38.

瞿欧德、姜丽佩、瞿月雅转向另一条货架走道。

瞿月雅悄悄对姜丽佩说:"姆妈,你看到了吧?"

姜丽佩问瞿欧德说:"这两个人是你招进来的?"

瞿欧德说:"对,怎么啦?"

姜丽佩说:"招聘最基层的人员,用得着你大董事长出面吗? 有人事部招就行了嘛。"

瞿欧德不悦地说:"我招了,又怎么样? 什么都要告诉你吗?"

姜丽佩也恼怒地说:"我是公司的大股东,员工的事我问一问又怎么啦?"

瞿欧德说:"你别忘了咱们间的约定,公司的具体业务你是用不着过问的。"

姜丽佩说:"今天这件事我就是想过问一下。"

第十五集

1.

货架道上。

小娜和兆强正在卸货,小娜满脸的疑云。

瞿月雅走了过来,说:"沙小娜,今天你见到我爸了,认识他吗?"

小娜看看瞿月雅说:"怎么,你今天是特意带你爸妈来叫我看的吗?"

瞿月雅耸耸肩,说:"我爸说今天想来超市看看,刚好我妈也在,我就陪他们来了,也没什么刻意不刻意的。"

兆强说:"你阿爸,我倒是认识,他来过我家,好像认识我姆妈。"

瞿月雅说:"小娜你呢?"

小娜说:"不认识。"然后继续帮兆强卸货。

瞿月雅追问说:"你们俩是我爸指定要招进这个超市的。既然崔兆强说他认识,沙小娜你不可能不认识呀?"

小娜没好气地说:"我不认识你爸,也不知道他叫什么,你非要拉上点关系的话,那无非就是我在咖啡馆里做服务员的时候,见过一面,满意了吗?"

瞿月雅说:"什么咖啡馆?"

小娜说:"大小姐,这事应该问你爸吧? 我们现在是在工作,你没看到吗?"说着,跟兆强推着空车走了。

2.

另一边的货架道上。

姜丽佩恼怒地对瞿欧德说:"你看看你看那姑娘的眼光,饿狼似的。别忘了,你已经是当她父亲的年纪了!"

瞿欧德说:"你想到哪里去了? 我是那样的眼光吗? 我会是那样的眼光吗?"

姜丽佩说:"你同那姑娘说话时,连声音都变了,变得简直让我汗毛都竖起来了。"

瞿欧德怒不可遏地喊:"你简直是一派胡言!"

3.

兆强与小娜往货架上装货。

小娜对兆强说:"那个瞿月雅的爸就是这儿的老板?"

兆强说:"好像是,怎么啦?"

小娜说:"不好! 我得离开这儿,我不能在这儿工作。"

兆强说:"为什么?"

小娜说:"兆强哥,这里有阴谋!"

兆强说:"阴谋?"

小娜说:"殷浦江和瞿月雅都说,我和你能进来是瞿月雅他爸的意思。怪不得在招聘时,我们要走殷浦江又把我们叫了回来。"

兆强说:"你认识瞿月雅他爸?"

小娜说:"说不上认识,但打过交道。后来他来找我和我爸,还非要对我说话。我爸警告我说,不许理这个人!离他越远越好。可他偏偏要跟我接近,所以我能来这儿工作,绝对是他的一个阴谋!"

兆强说:"不会吧。这人我也见过,他有天来找我姆妈,我姆妈还要我叫他爷叔呢!应该不是坏人吧。"

小娜说:"不行,我决不能在这儿工作!我爸要是知道,他会生气的。我爸好像对这个人特别的反感。"

4.

驾驶员开着奔驰车,瞿月雅坐在驾驶员边上,瞿欧德与姜丽佩坐在后面。

瞿月雅回过头来说:"阿爸,那个沙小娜姑娘真的长得太漂亮了,是吗?"

瞿欧德故意地说:"当然很漂亮。"他看看车窗外沿街竖立的明星广告牌,指指说:"那些电影女明星都赶不上她,跟她一比,这些都变得俗不可耐!"

瞿月雅说:"怪不得她是人见人爱。"

瞿欧德说:"什么意思?"

姜丽佩喊:"你心里清楚!"

瞿月雅说:"姆妈,她其实是我的情敌,也许也是你的情敌,但我还是非常喜欢她。"

瞿欧德恼怒地说:"瞿月雅!别没大没小,说话得有分寸。"

5.

崔兆强又从仓库里推出满满一车货准备上架。

小娜忙上去帮兆强推。

6.

奔驰车里。

姜丽佩问瞿月雅说:"你说什么?你的情敌?"

瞿月雅说:"对,殷浦江也看上她了,还没两天呢,两个人就热乎上了。"

姜丽佩说:"你还在追殷浦江啊!"

瞿月雅说:"怎么,不可以呀?我就要一追到底。"

瞿欧德沉思说:"沙小娜在追殷浦江?"

瞿月雅说:"追得还紧呢,所以我心里特别的灌醋。"

姜丽佩冷笑着说:"你吃什么醋,该你爸吃醋才对。"

瞿欧德气恼地说:"你们母女俩少在那儿胡诌!要是你们知道真相后,你们会感到你们的话有多扯!"

7.

货架道上。

小娜和兆强推着车在走。

兆强说:"小娜,你一定要离开这里?"

小娜说:"对!还有我和我们财务室的那个方玉芹吵架了,方玉芹是个什么东西嘛,她指挥我干这干那,好像她是财务室的主任,反正在这儿工作我也不顺心。"

兆强说:"那种人狐假虎威的。你不理她就行了。"

小娜说:"我才不受这种气呢!要吵就吵,要打就打,我看这儿也不是什么好地方。"

崔兆强说:"出来工作总要受些闲气的呀,我自己当老板的时候不觉得,现在可是能屈能伸咯。"

小娜说:"不,我一定得走!那个方玉芹跟我一样,是个一般的工作人员,只不过听说她是公司老板娘的什么亲戚,当时我们吵架的时候,我还嘲笑她是走后门的,现在看来,我比她也好不了多少!"

8.

奔驰车内。

姜丽佩追问瞿欧德说:"那事实真相是什么?"

瞿欧德说:"现在没法告诉你们。"

姜丽佩冷笑说:"看你这德性!有什么不可告诉我们的,一个是你妻子,一个是你女儿。"

瞿欧德闷声不响。

瞿月雅接了她妈的话说:"妈,算了。天要下雨,娘要嫁人,谁管得了啊!"

瞿欧德想发作,但忍了。

9.

崔兆强的工作服因为扣子没扣好,衣襟扯进了小车的轱辘里,两人只顾说话,也没在意。轱辘被衣服卡住了,两人再用力往前一推,小车就朝一边倾斜,货物要往下倒,眼看要压到崔兆强身上。小娜用力把兆强推开,几箱沉重的货物压在小娜的身上与腿上。

小娜惨叫了一声,就晕了过去。

崔兆强顿时吓白了脸,大喊:"小娜!小娜!"

10.

瞿欧德的奔驰车里。

瞿欧德的手机响。

瞿欧德接手机,说:"什么?伤得不轻?我马上来。"

瞿欧德说:"小王,你送他们回公司。我下车。"

瞿月雅说:"爸,怎么啦?"

瞿欧德也不说什么,下车拦了辆出租,钻了进去。

11.

瞿欧德的出租车刚停在广场停车处。只听到有一辆救护车朝广场开来。

崔兆强等人把还昏迷中的小娜抬了出来,送进救护车。

瞿欧德一看是沙小娜,吃惊地问也跟着出来的尤主任说:"怎么回事?"

接着也急急地钻进救护车,尤主任与兆强也想进,被瞿欧德推开了,说:"你们都工作去,有我呢!"

12.
救护车呼啸着走了。
崔兆强与尤主任脸上满是疑惑,相互看看:"董事长跟着去干吗?"

13.
救护车呜啦啦叫着在马路上急驰。
瞿欧德焦急而疼爱地看着昏迷中的小娜,心说:"啊,我的女儿,多像她妈妈田美娜啊!"
小娜在救护车里醒了过来,她慢慢睁开眼睛,看到眼前那个人心想:"是谁?怎么会是那个瞿欧德?他怎么会坐在车里看着我?这是怎么回事?"但疼痛使她额头渗出一片冷汗。
瞿欧德忙掏出纸巾为小娜擦汗,瞿欧德也感到奇怪老天怎么给了他这么一个接近自己女儿的机会。

14.
某医院。
病人拥满了医院的急诊室,连走廊上都躺着挂点滴的病人。
小娜躺在担架车上被推进急诊室,疼痛得满头直冒冷汗。
瞿欧德在急诊室门口排队挂号。

15.
医生在给小娜就诊,瞿欧德焦急地等在边上。
医生看完片子。
瞿欧德问:"怎么样?"
医生说:"得住院,腿骨断了,还需要做一些其他的检查。"

瞿欧德说:"好吧。"

医生说:"可能普通病房没有床位了。"

瞿欧德说:"那特间呢?"

医生说:"特间倒还有,就是费用要高一点。"

瞿欧德说:"那就住特间,在哪儿办手续?"

小娜咬着牙说:"不,我就住一般病房吧。"

瞿欧德说:"问题是一般病房没有床位了。你这里不能耽搁,如果腿废了怎么办? 沙小娜,你放心吧,你住院治疗的事都交给我了!"

小娜看到瞿欧德匆匆走出急诊室,满心的疑惑。内心独白:"这个人似乎对我特别的好,而且,咖啡馆里,他也只是让我唱首歌跳个舞,并没有做什么呀。兆强哥说他妈妈也认识这个人,那他应该不是坏人啊? 可为什么……我爸那么讨厌他? 还说他是大流氓,这是怎么回事呀?"

16.

小娜被推进一间特间单人病房。

瞿欧德跟着一起走了进来。

小娜依然疼得满头冷汗,脸色苍白。

她迷迷糊糊地在想:"爸,我好想你! 你回新疆啥时候回来啊? 外婆那儿怎么办? 不行,这事不能告诉外婆,外婆会担心死的! 不能给外婆添麻烦……兆强哥、姗梅阿姨,你们在哪儿呀?"小娜的泪情不自禁地流了下来。她突然又想到了殷浦江:"殷浦江呢? 他会不会来看我啊?"

瞿欧德掏出纸巾为小娜擦去泪和汗。

小娜惊醒了,她看到瞿欧德那亲切与慈爱的目光,顿时感到了一种温馨,但心中又充满了疑惑。小娜说:"瞿董,你? ……"

这时医生进来对护士说:"送手术室!"

17.

小娜听到医生在与瞿欧德说话。

医生说："你是她家属吗?"

瞿欧德说："我是她父亲。"

医生说："那你在这儿签个字吧。"

小娜已被推进了电梯。

18.

小娜躺在推床上,有句话老是在她耳边响："我是她父亲……我是她父亲……我是她父亲……"

小娜脸上已全是疑惑与惊奇。

闪回:

面馆里,一团面团飞到瞿欧德脸上。沙驼拉开窗户严厉地说："哎,你他妈的穿得人模狗样的,你再敢对我女儿要流氓,我对你不客气!"

闪回:

上海弄堂。

雨,小娜打着伞。

沙驼说："小娜,现在你用不着知道,迟早有一天爸会告诉你的。只是爸要提醒你,你千万别理那个人!"

闪回:

梅洁家。

梅洁对小娜说："小娜,你千万别再理这个衣冠楚楚的禽兽,他不是个好人,是个大流氓!"

小娜耳边又响起了："我是她父亲……我是她父亲……"

小娜流泪了,她的伤好痛,她的心也好痛啊。

19.

腿上打上石膏的小娜从电梯里被推出来。她惊奇地发现电梯门口站着殷浦江。

殷浦江忙上去说:"沙小娜,你怎么样?"

小娜看到殷浦江,满眼都是泪,因为她感到此时的殷浦江特别的亲切。

20.

尤主任走进财务室,看到殷浦江的位置是空的。

尤主任不满地问:"殷副主任怎么到现在还没来?"

方玉芹撇了撇嘴说:"去医院了。"

尤主任问:"他去医院干什么?"

方玉芹说:"一听说沙小娜被货物压伤了,他就跑去医院了。"

尤主任不满地说:"谁批准他去的? 就是要去也得跟我请假呀! 不请假就自说自话地走了,像什么话!"

方玉芹说:"就是嘛。现在两个人黏糊得很,一早上来上班两个人就调情!"

尤主任气恼地说:"这太不像话!"

方玉芹说:"现在年轻人都这个样!"

尤主任说:"我们公司可是有规矩的,破规矩是要被炒鱿鱼的!"

方玉芹幸灾乐祸地:"尤主任,他已经破规矩了,那你就得把这事报到公司去,炒他的鱿鱼!"

尤主任说:"报不报这是我的事,跟你方玉芹没关系。要说嘛,这也总是个特殊情况。"

21.

小娜病房。

护士给小娜挂上点滴。

梅洁急匆匆地来到病房,后面跟着刘妈、兆强和姚姗梅。

梅洁、刘妈、兆强、姚姗梅围在小娜的病床边。

姚姗梅抱怨地说:"兆强,你也太不当心了,一个男孩子却要让女孩子保护!"

兆强说:"好唻,姆妈,我恨我自己恨到现在!"

姚姗梅说:"你看看,小娜伤成这样,你沙驼爷叔回来了,你怎么跟沙驼爷叔交代? 小娜是你沙驼爷叔的命根子,你勿晓得我可晓得!"

小娜说:"姗梅阿姨,没什么的。"

兆强说:"小娜,我向你保证! 今后我一定要好好保护你,甚至用我的生命来保护你!"

梅洁心疼地说:"阿囡,以后你做事千万要当心呀! 你阿爸暂时不在,你真要有个三长两短,我怎么向你阿爸还有你死去的妈交代啊!"说着,眼圈红了。

22.

第二天早上。

瞿欧德坐在小车里。

马路上长长的车流时走时停,由于是早上上班时间,车堵得厉害。

瞿欧德这时心焦如焚,说:"小王,能不能快点?"

司机小王说:"瞿董,你看,堵车,急也没用。"

瞿欧德长叹一口气,只好耐着性子等,他突想起件什么事,眼睛似乎亮了一下,但又皱起了眉。

23.

医务室。

已经赶到医院的瞿欧德在同一位医生谈话。

医生说:"从目前检查的情况来看,就是腿部受了些伤,骨头也只裂了点缝,扎上绷带,吊上些日子,就可以康复。到明天我们再给她做个全面的检查。"

瞿欧德问:"是不是还需要抽血化验?"

医生点头说:"需要。"

瞿欧德说:"医生,我有个请求。"

医生说:"不客气。请说。"

瞿欧德说:"能不能也抽我一点血,帮我与她做一次DNA检验?"

医生说:"为什么? 这需要本人或家属同意的。你不是她父亲吧?"

瞿欧德说:"我就是她父亲。"

医生说:"那为什么还要做? 你怀疑她不是你亲生的?"

瞿欧德说:"恰恰相反,我就要证实她是我亲生的。医生,你听我说。"说着,把自己的名片递给医生。

24.

崔兆强穿上衣服对姚姗梅说:"姆妈,我到医院去看小娜去。"

姚姗梅说:"班不去上啦?"

崔兆强说:"这样的工作你舍得让我去做呀! 多危险啊! 我不去做了。要不是小娜救我,现在躺在医院里的就是我! 说不定连命都搭进去了。而且这样的力气活,我也不想干,太让人卖命了。"

姚姗梅无奈地叹口气说:"那怎么办? ……"

崔兆强说:"我慢慢再找呗。姆妈,你放心,我那张大专文凭也不是吃素的,好一点的工作总能找到一个的。"

姚姗梅无奈地叹了口气,她也心疼这个独养儿子,于是说:"那我跟你一起去医院吧。"

25.

沙小娜已住进单间病房,腿上绑着绷带,吊在床上。床头柜上搁着一大捧鲜花。

梅洁、刘妈、崔兆强、姚姗梅提着水果,捧着鲜花走进病房来看她了。

沙小娜高兴地喊:"外婆、刘妈、姗梅阿姨,今天我好多了。"

姚姗梅说:"你受伤告诉你阿爸了哦?"

26.
医生听完瞿欧德的叙述后,很感慨地叹了口气说:"那个年月,就是这样,你也是出于无奈。"医生又看了一下手中瞿欧德的名片说:"瞿董,我真的很同情你,那好吧,这个忙我帮了。不过DNA检验我们医院还做不成,我帮你去打声招呼,再给你个地址,你可以到那里去做。"
瞿欧德说:"那就太感谢你了。"

27.
办公室里沙驼正同刘应丛在商量事情。
沙驼说:"往上海空运小羊羔肉的事联系好了吧?"
刘应丛说:"联系好了,什么时候要就打个电话来。只要有航班,当天就能送。"
沙驼的手机响了。

28.
办公室外的走廊上。
沙驼说:"什么,住院了? 伤得咋样?"

29.
小娜病房。
这时梅洁、刘妈、姗梅已经离开病房,床头柜上堆满了鲜花与食品。
小娜在打手机。
小娜说:"爸,没事的,伤得不太重。"

30.
沙驼说:"伤得不太重住啥医院!"

31.

小娜说:"就是腿打了石膏。医生说,养上几天就可以出院的。不过爸,有件事我一定要现在就问你,你得告诉我,就是那个叫瞿欧德的,他到底是什么人? 爸,我一定要知道! 爸,求你告诉我!"

32.

沙驼说:"他又来找你啦? 他跟你说什么啦?"

33.

小娜说:"是他把我送进医院的。我听他对医生说,他是我的父亲。爸,是不是这样?"

34.

沙驼骂了一句:"狗娘养的,太无耻了!"

35.

小娜说:"爸,他是我父亲吗?"

36.

沙驼对着手机大声吼道:"是个屁! 小娜,我告诉你,你要认他作父亲,你就不要再叫我爸了,我就再也不是你爸了!"

刘应丛从办公室出来说:"怎么啦?"

沙驼说:"那个狗娘养的瞿欧德现在也在上海。"

刘应丛说:"他回国了?"

沙驼对着手机说:"小娜,你好好养伤,爸明天就回趟上海。那个人再来,你就让他从你身边滚开! 他妈的,世上竟有这样无耻的人!"

37.

小娜的病房。

小娜看着手机,满脸的疑惑。

殷浦江拎着一篮水果匆匆进来,跑得满头是汗。

小娜高兴地说:"殷浦江,你来了?"

殷浦江说:"怎么样?"

小娜说:"好多了,打上石膏就没问题了,过些日子就会好的。"

这时瞿欧德突然跟着医生走了进来。

瞿欧德看到殷浦江奇怪地问:"你怎么在这儿?"

38.

沙驼正在与安然谈话。

安然问:"儿子找到了吧?"

沙驼说:"找是找到了,但我还没有认。"

安然说:"为啥?"

沙驼叹口气说:"这事也让我挺为难哪!"

安然说:"咋啦? 那俩人不认账?"

沙驼说:"不认账我怕个狗屁! 大不了法庭上见。可殷正银、许萝琴两口子把那孩子养大也真不容易,两个人都下岗了,全靠着卖大饼油条供孩子上完大学。孩子跟他们的感情也很深了! 就是我,处在他们的地位一时也很难接受。反正孩子说什么我也得认,但也不能对他们伤害太大。所以我想缓一缓,让他们多点时间做思想准备,我也得想办法给他们更多的补偿。"

安然说:"那是,你想得对! 过去搞运动,搞什么以牙还牙,弄得人跟人之间你伤我我伤你,个个都如临大敌,紧张得不得了,没这必要! 就是有怨恨,也得往好里化解。这样,人跟人才能和睦相处嘛。"

沙驼说:"我也是这么想的。但那孩子,我怎么也得要回来! 这是个原则性的问题……好了,不说这事了,安队长,我要赶回上海一趟,后天中午就赶回来。关于我们牧场小羔羊肉往上海空运的具体措施,我回来咱们再商量。"

安然点点头说:"好。"

39.

小娜的病房。

殷浦江有些心虚地说:"沙小娜是我们财务室的人,所以我来看看。"

瞿欧德说:"现在是上班时间,怎么能随便跑出来呢?"

殷浦江说:"现在是吃中饭的时间,我就想抽这个空跑来看看。"

瞿欧德看看表说:"你看看,上班的时间已经到了,你就是飞回去也迟到了! 你来这儿跟尤主任请假了没有?"

殷浦江说:"没来得及。"

瞿欧德气恼地说:"以后不许这样,赶快回去上班吧。"

小娜为殷浦江求情说:"瞿董……"

瞿欧德对殷浦江说:"你回去告诉尤主任,说你来这儿看沙小娜是经过我同意的。"

小娜看看瞿欧德,表示感激。

殷浦江有点惶恐地说:"是。"

40.

殷浦江急匆匆地走进财务室。

尤主任不高兴地说:"殷浦江,怎么回事?"

殷浦江说:"我上医院看沙小娜去了。"

尤主任说:"那你也得请示我这个主任,起码得告诉我一声! 你这样做,这儿的规矩不全被破坏了? 你不要嫌我说话不客气,我是这儿的主任,我要不这么管教你,上司就会说我失责,那我这个位置还坐不坐了?"

殷浦江说:"尤主任,对不起,是我错了。"

方玉芹在一边挖苦地说:"殷副主任,光认个错恐怕不行吧。公司的规矩严得很,等着炒鱿鱼吧!"

殷浦江坐到自己的座位上,说:"我去看沙小娜,是经过瞿董同意的。瞿董也在医院,不信你可以去问瞿董。"

方玉芹惊讶地问:"连瞿董都去了?"

殷浦江说:"对。"

方玉芹感叹地说:"哎呀,人长得漂亮就是好啊!就这么个小业务员,连瞿董都给惊动了。"

尤主任狠狠地瞪了方玉芹一眼。

殷浦江回忆刚才在医院里看到瞿董看沙小娜时那关切而着急的样子,也感到好生奇怪。

41.

夕阳从窗口透进来,映在沉睡中的沙小娜的脸上,一位看护坐在她床边看书。

瞿欧德轻轻地敲门走了进来,瞿欧德问看护说:"怎么样?"

看护说:"睡着好一会了。"

瞿欧德说:"你要好好看护她,我会给你多加看护费的。"

看护点头说:"谢谢。"

瞿欧德说:"你先去吧。"

看护点点头,收起书轻手轻脚地离开了。

瞿欧德坐下,看着小娜,内心独白:"这就是我的女儿啊,长得多美多可爱啊!我的女儿!你就这么走到我的身边来了。这是我连做梦都想不到的啊。真是要感谢老天爷!我的女儿,既然你走到我身边来了,我会用我的所有一切来爱你关怀你的!小娜,你不知道,当我看到你,知道你可能就是我的女儿后,我的心情有多复杂多痛苦又有多幸福啊!……"

瞿欧德的眼睛湿润了。

42.

走廊上,瞿欧德离开小娜的病房,走向电梯口。

电梯门打开，瞿欧德走进去。

43.

沙驼正在问讯处询问小娜的病房。

电梯门打开，瞿欧德走了出来，有些疲惫地揉着鼻梁向大门走去。

44

沙驼谢过问讯处的护士，匆匆向电梯门走去。

瞿欧德低头向门外走，两人错身而过，都没有看到对方。

45.

小娜病房。

沙驼推开门，小娜看到是沙驼，吃惊地张大了嘴。

小娜说："爸，你咋回来啦？"

沙驼说："不回来看看，我咋能放心得下！爸这辈子，不就为你和你哥活着的吗？"

小娜感动地说："爸……"

第十六集

1.

沙驼说:"没事了就好,我就怕你谎报军情!你要真有个三长两短,我这半辈子就算白辛苦了。"

小娜眼里噙着泪,看着沙驼。

沙驼说:"好了好了,不回来亲眼看看,我心里也不踏实。好在没生命危险,爸今晚可以放心地再回新疆去了。"

小娜的眼泪直打转,哽咽着说:"爸,你这也太辛苦了!"

沙驼说:"要想干事业,不辛苦哪来的收获? 可要为了事业舍了亲情,爸失去的会更多! 好好养伤,只要你没事,爸就没事! 爸走了! 还有好些事,等爸回来我们再说。"

小娜说:"爸,那个瞿欧德是我爸吗?"

沙驼严厉地说:"不是! 他再这么说或者再来找你,你就把他骂出去! 这人是狗娘养的畜生!"

2.

小娜的病房。

殷浦江捧着花匆匆来到小娜病房。看到床头柜上已放满了鲜花。

殷浦江说:"喔哟,这么多花呀?"

小娜说:"有瞿董送的,还有我外婆,还有崔兆强他们送的。快请坐。"

殷浦江坐下,看着花说:"这最大的一捧花是瞿董送的吧?"

小娜说:"对。"

殷浦江说:"瞿董很早就认识你?"

小娜说:"不,我也说不清,从我在我舅舅的咖啡店见过一面后,就一直追着我要同我说话。我进公司,也是他特地安排的,这你也知道。"

殷浦江说:"我也感到奇怪,瞿董是个很傲气的人,我在公司工作一年多,他对下面员工虽然是比较关照的,但从来是很有分寸的,总会让你感到,你是员工,他是老板。可今天你受伤后,他会着急关心到这种地步,那我可从来没见过。"

小娜说:"我也不知道他为什么会待我这么好。"

殷浦江说:"那你就得小心点。现在……"

小娜打断他的话,说:"你别说了,我会保持警惕的。"

3.

德佩建材公司董事长办公室。

只有瞿欧德一个人在,抽着烟,似乎在焦急地等待着什么。

突然电话铃响起来。

瞿欧德赶忙接电话说:"陈医生吗? 对,我是瞿欧德。"

陈医生的声音:"瞿董,DNA检验结果出来了,你到医院来一下吧。"

瞿欧德说:"好,好,我马上到。"迫不及待地问:"怎么样?"

陈医生说:"是好消息。"

瞿欧德是满脸的激动与幸福。

4.

殷浦江走进财务室坐下后,听到方玉芹正在同她身边的出纳员惠芳在议论。

方玉芹说:"惠芳,你听说了吧? 瞿董现在每天一下班,就要到医院去看沙小娜哎。"

惠芳说:"对,我听超市里的人讲了。"

方玉芹说:"现在啊,弄不懂啦,漂亮小姑娘会这么吃香。这么大一个公司的老总,会向这么一个女业务员去献殷勤。"

惠芳说:"这有什么弄不懂的。现在小姑娘喜欢有钱有地位的中年男人,说是成熟。中年男人,当然也喜欢漂亮小姑娘,老牛吃嫩草嘛。"

方玉芹说:"是呀,两只碗才会叮当,一只碗是叮当不起来的。"

殷浦江再也听不下去了,说:"你们这些长舌妇,说够了没有? 老总对自己手下的员工关心关心,有什么不可以的!"

方玉芹说:"好嘛,殷副主任,我晓得你是在吃醋。一个老总每天都要去向一个女业务员这么献殷勤,正常吗? 沙小娜是漂亮,人见人爱,你殷副主任不也动心了吗? 为了讨好沙小娜,你咯双佳员工连公司的规矩都不要了! 不过现在啊,你不见得竞争得过瞿董。瞿董听讲还不到五十岁,相貌堂堂,又是个有钱的大老板。小娜会不心动? 小娜的态度肯定也暧昧,要是小娜给瞿董一点眼色看,瞿董也不敢这么天天去呀。"

殷浦江怒不可遏,说:"长舌妇,闭住你这臭嘴!"

尤主任说:"方玉芹、惠芳,你们不许说了! 工作时间,而且诋毁自己公司的老板,像什么话! 你们不怕丢饭碗?"

5.

瞿欧德走出写字楼,坐上汽车。

驾驶员小王回头用眼睛询问:"去哪?"

瞿欧德说:"去医院。"

小王感到有点吃不准:"不回家?"

瞿欧德又说:"去医院!"

小王眼里闪出了些疑惑,但没敢多问,发动了汽车。

6.

姜丽佩把方玉芹引进客厅。

姜丽佩说:"方玉芹,你今天怎么有空来?"

方玉芹说:"今朝是双休日呀,特地来看看姨妈。"

姜丽佩不怎么热情地说:"那就请坐吧。"

方玉芹说:"瞿董和月雅都不在家?"

姜丽佩说:"瞿董说,他公司里还有事。月雅在家哪里坐得住,早跑出去玩了。"

方玉芹话里有话地说:"瞿董太辛苦了,双休日也不休息休息。"

姜丽佩看看方玉芹,方玉芹附在她耳边嘀咕起来。

7.

瞿欧德从车上下来,手上还拎了些水果。

8.

姜丽佩说:"方玉芹,真有这样的事?"

方玉芹说:"超市的人都传遍了。"

姜丽佩不悦地说:"你也传了吧?"

方玉芹说:"我只是听说,所以特地来告诉你。"

姜丽佩说:"方玉芹,你不许传。瞿董是我老公,背后有人这么说我老公,我不愿意!"

方玉芹乖巧地说:"姨妈,我晓得了。"

9.

医务室。

医生把一份DNA检验单送到瞿欧德手上。

医生微笑着说:"她是你女儿,这是检验结果。"

瞿欧德欣喜地看着检验单说:"这下我心里踏实了。虽说我认定她就是我女儿,但总怕有什么不确定的因素。现在我放下心来了。医生,谢谢你,真的是太谢谢你了。"

陈医生说:"没什么。祝贺你,我也为你高兴。你现在就去告诉她?"

瞿欧德说:"现在还不行。我只有与她现在的父亲协商好,在征得她现在父亲同意的情况下,才能告诉她。不然的话,是有违道德良心的。这孩子没出生,我就离开了她。是她现在的父亲把她一手抚养大的。"

陈医生点头说:"对,是应该这样,祝你们父女早点相认。"

10.

姜丽佩一脸的痛苦走进客厅,她想了想后,立即拿起电话。

姜丽佩说:"喂,是小王吗?"

驾驶员小王的声音:"是。"

姜丽佩问:"你现在在哪儿?"

驾驶员小张犹豫地说:"在……在医院门口。"

姜丽佩说:"瞿董又去看那个叫沙小娜的,是吗?"

小王说:"今天一早说是医院的陈医生找他。"

姜丽佩问:"是不是瞿董每天都去医院?"

小王不晓得该怎么说好,只好沉默:"……"

姜丽佩说:"那就是咯?"

小王说:"……基本上是这样。"

姜丽佩说:"好,知道了,但你不要告诉瞿董我打电话问你这件事了。一个公司的董事长关心一下手下的员工也很正常嘛。"

小张擦着脸上的汗,说:"是,我明白了。"

11.

陈医生把瞿欧德送到医务室门口。

瞿欧德满心的喜悦与激动说:"陈医生,我再次表示我对你衷心的感谢。"

陈医生说:"不客气,不客气。"

12.

瞿欧德拎着水果朝小娜的病房走去。

他刚推开一条门缝,突然从窗口看到殷浦江在里面。他犹豫了一下,没有进病房,于是在走廊上来回地走。

13.

小娜问殷浦江:"今天你没事?"

殷浦江说:"今天是双休日,你忘了?"

小娜笑着说:"住院住得我连日子都忘了。"

殷浦江对小娜说:"小娜,我听说瞿董每天都来看你。"

小娜说:"是。"

殷浦江说:"你不感到他这样做很不正常吗?"

小娜说:"我说不上来,也说不清楚。但我凭我的直觉感到,他似乎只是在关心我,并没有你们所说的那种企图。"

殷浦江说:"不见得吧? 不正常就不正常在这儿。他要不是为这个目的,还能为什么? 你无法解释。"

14.

小娜与殷浦江的谈话瞿欧德全听见了,面有怒色。

病房里,小娜的声音说:"现在我是没法同你解释清楚,因为连我自己都弄不清,但我还是感到瞿董对我没有那个意思。"

殷浦江说:"小娜,不说这个了,我想冒昧地问你一句话行吗?"

小娜说:"说吧。"

殷浦江犹豫了一下说:"你做我的妹妹吧。"

小娜说:"做个一般的朋友不好吗? 干吗要做妹妹?"

殷浦江说:"我多么想有你这么个妹妹呀。"

小娜说:"这恐怕不可能。"

殷浦江说:"为什么?"

小娜说:"好像没有这个必要吧。当然对你的这份友情我还是很看重的。"

瞿欧德在外面听了冷笑一声。

15.

殷浦江说:"我已经把你看成我的妹妹了。"

小娜说:"但我不是! 殷浦江,你要再这么说,我要生气了,因为我也有自尊!"

殷浦江说:"你的爸,不是叫沙驼吗?"

小娜说:"是呀。"

殷浦江说:"那我的爸,也可能是一个叫沙驼的人。"

小娜顿时气急得满眼是泪,恼羞得把气都噎住了,最后喘过气来喊:"殷浦江,你怎么是这么个人! 满嘴喷粪! 我要是腿好,我今天非把你撂在地上,再踩上你一脚不可。你现在给我滚出去! 滚——"

殷浦江知道自己这话说得太唐突了,忙道歉说:"小娜,对不起。"

小娜带着哭声喊:"滚!"

殷浦江狼狈地打开门,正要出去,猛地看见瞿欧德站在门口。他惶恐地叫了一声:"瞿董……"

瞿欧德说:"殷浦江,你怎么这么无耻! 纠缠这么一个受了伤的姑娘!"

瞿欧德的突然出现使殷浦江感到既尴尬又惊恐,但却还是说:"瞿董,对不起,我不该对小娜说这样的话。但我也想坦率地告诉您瞿董,您对小娜这样殷勤,我认为是不太正常,这话不光是我这么说,超市里的人也在这么说。"

瞿欧德气恼地说:"人家背后爱怎么说就让他们说去,再大的人物背后也有人说,何况我呢。但你当着面对沙小娜说这样的话让她生气,我听了也很生气,这也很正常吧。请你走吧,以后你别再来缠沙小娜了!"

殷浦江还想说些什么,看了看背过脸去的小娜和威严地耸在那里的瞿欧德,话又咽了回去,只说了句:"瞿董、沙小娜,对不起了。"

16.

殷浦江走出病房。

瞿欧德突然叫了声说:"殷浦江!"

殷浦江停住了脚步。

瞿欧德说:"殷浦江,我也可以告诉你,我不会因为今天你说了这些话而报复你的。对你的工作能力,我还是很看重的。不过我还是要强调一句,请你别再来缠沙小娜了。我也不会让沙小娜再同你一起工作的。"接着用很严厉的口气说:"你走吧!"

17.

殷浦江的情绪极其的沮丧与恶劣。

他走出医院时,把背靠在一棵树上,问自己:"我今天怎么啦? 干吗要说这样的话,沙驼真的是我的父亲吗? 就算是,那也要得到证实后再说呀! 我好糊涂啊! 我怎么会说出这样的傻话呢? ……唉!"用拳头狠狠地砸了一下树,手关节都砸破了皮。

18.

几天后。

殷浦江挤在公交车里。

突然前面发生车祸了,公交车被堵在了路上,马路上车子排成了长龙。

殷浦江着急地看看表,车被堵得一动都动不了。

殷浦江对售票员说:"售票员,开开门好哦,我就在这儿下车。"

售票员用不容商量的口气说:"这怎么可以啦!车只有到站才能开门,怎么可以在路中间开门让你下车的啦?"

殷浦江气急地说:"我要迟到了,公司会炒我鱿鱼的呀!"

售票员说:"我们在路中间给你开门,我和驾驶员不但要写检查,不要说这个月度奖、季度奖、年度奖都要敲掉。再说,路中间开门,发生危险怎么办?我们也是为乘客的安全着想呀!发生事故,我们也要被炒鱿鱼的呀!"

殷浦江一脸的沮丧与无奈。

19.

殷浦江气喘吁吁,急匆匆地冲进财务室。

所有人用不满的眼神看着他,他也感到很狼狈。

尤主任看看墙上的钟,问:"怎么回事?"

殷浦江沮丧地说:"堵车了。"

尤主任说:"这是理由吗?别人怎么都没有迟到?况且你还是个副主任!"

方玉芹幸灾乐祸地一笑。

20.

小娜正在心情愉快地跟沙驼通电话,她的腿已经不吊在床头上了。

小娜说:"爸,你放心好了,再过几天我就可以出院了。真的什么事也没有了。姗梅阿姨和兆强哥也经常来看我,你放心在那儿办你的事好了。我会照顾好我自己的。对,对,我一定会的。好,爸,再见。"

21.

瞿欧德轻轻敲了敲门,推门进来。

小娜说:"瞿董……"有话想说,但暂时把话咽了回去。

22.

殷浦江走出超市,看到瞿月雅从车上下来。

瞿月雅一边朝殷浦江走来,一边招呼说:"殷浦江。"

殷浦江说:"你找我什么事?"

瞿月雅说:"我听说沙小娜受伤住院了。这会儿我想去看看她,你陪我去吧。"

殷浦江摇摇头说:"中午就这么点时间,去了医院,下午肯定要迟到。我已经破过两次规矩了,再破就要被炒鱿鱼了。"

瞿月雅嘟着嘴说:"那我就自己去吧。"

殷浦江说:"等等!"

23.

瞿欧德说:"刚才我是在医生那儿。医生说你恢复得很好。再过几天就可以出院了。"

小娜说:"瞿董,我希望你以后不要再来看我。"

瞿欧德说:"为什么?"

小娜说:"因为有人告诉我,超市里的人正在说闲话。"

瞿欧德说:"让他们说去! 小娜。"

小娜说:"啊?"

瞿欧德关爱地看着小娜说:"今天我想同你一起吃顿饭行吗?"

小娜说:"单独请我?"

瞿欧德说:"对,单独请你。"

小娜问:"现在?"

瞿欧德说:"不,晚上。中午我还有商务应酬,已经定好的。"

小娜说:"医生允许我出去吗?"

瞿欧德说:"我已经同医生讲了,他说今天可以出去的。"

小娜说:"但我不能跟你去! 除非你能说出请我吃饭的理由。"

24.

殷浦江对瞿月雅说："这样吧,下班后我陪你去,我也正要想找她把话说清楚。"

瞿月雅说："怎么啦?"

殷浦江说："那天,我说了几句可能让她误解我的话。"

瞿月雅说："是想追她的话?"

殷浦江说："狗屁!"

瞿月雅说："干吗骂得那么难听哪!"

殷浦江说："因为这绝不可能!"

25.

小娜对瞿欧德说："瞿董,因为我很疑惑,感到很不正常,我已拒绝让你再来看我了,可你每天还是出现在我的病房里。我想,你不仅仅只是出于一种善良的同情心吧?"

瞿欧德肯定地说："当然有原因,我公司的活儿也很忙,我每天都坚持来看你,当然不是仅仅出于同情心,而是有一种情绪驱使我非得天天来看你不可。"

小娜说："你能告诉我原因吗?"

瞿欧德犹豫了一下,说："这个原因,我现在不能同你讲。"

小娜说："不会是那一种原因吧? 就是男女之间的那种原因。"

瞿欧德笑了,说："怎么会呢,绝对绝对不可能是那种原因。虽然现在这类事情很多,但我不是,我不是那种把道德搁在脑后,不顾一切贪图享受的人。而我来看你的原因,同这种事连边都沾不上,是绝缘的。"

小娜说："那你为什么要单独请我吃饭?"

瞿欧德说："因为前几天我有件喜事,有件让我感到特别激动特别高兴的事。"

小娜说："那为什么要单独请我呢?"

瞿欧德说："因为这件事只有你才是应该与我一起庆祝的人。本来前几天就想同你一起吃这顿饭的,但那几天你还不允许外出。"

小娜说:"瞿董,你越说我越糊涂了。"

瞿欧德说:"到时,你会明白的。"

小娜想了想说:"那好吧。既然你绝对保证不是因为那种事请我,我觉得我的感觉是对的。你对我不存在那样一种想法,但原因你总有一天会告诉我是吗?"

瞿欧德说:"我的回答是肯定的,晚上我来接你。"

26.

在瞿月雅的汽车里。

殷浦江说:"瞿月雅,我要认你做我的妹妹你愿意吗?"

瞿月雅说:"不愿意!"

殷浦江说:"为什么?"

瞿月雅说:"因为我想做你的女朋友,就是那种女朋友。"

殷浦江说:"不想当我妹妹就因为想当我女朋友?"

瞿月雅说:"对!"

殷浦江说:"那……那个人要是真是我的妹妹呢?"

瞿月雅说:"那就是妹妹。哪有把妹妹当成那种女朋友的? 那就叫乱伦了,懂吗? 傻瓜!"

27.

瞿月雅突然把车刹住了,殷浦江的脑袋差点撞到车上。

两人都吃惊地朝车窗外看。

28.

瞿欧德的车在门前停着。瞿欧德小心地把小娜扶上车,看护和司机把轮椅装在车后行李箱里。

瞿欧德、看护、小王都坐进车里。

29.

瞿欧德的车在前面开。

瞿月雅的车紧跟在后面。

30.

瞿欧德和看护小心地把小娜扶下车。

瞿欧德说:"小王,你先把看护送回去,我打电话你们再来接。"

小王说:"是。"

小王把看护送走了。

瞿欧德把小娜扶上轮椅。

31.

瞿月雅车里。

瞿月雅与殷浦江看着瞿欧德把小娜推进饭店。但他们不知道,瞿欧德的车后面跟着辆出租车,有个人用DV在偷拍瞿欧德他们。

32.

瞿欧德推着小娜坐的轮椅走进电梯。

拿DV的人藏在柱子背后,等另一架电梯下来,他也冲进电梯。

33.

瞿欧德推着轮椅走出电梯。

34.

瞿欧德推着轮椅穿过大厅,由服务员引着走进一间雅座。

这一经过被DV摄下。

35.
瞿月雅与殷浦江也坐上饭店的另一架电梯。

36.
瞿月雅与殷浦江走出电梯,看到瞿欧德把小娜推进包厢,然后包厢门被关上了。

37.
瞿欧德把菜谱给小娜说:"小娜,你想吃什么就点什么。"

小娜说:"瞿董,你点吧,你点什么我就吃什么。因为江南菜甜分分的,我都不大吃得惯。我更喜欢吃新疆饭菜。"

瞿欧德说:"你瞧,这我倒没想到,上海也有一些新疆饭店,以后我们再去吃吧。今天就多点点海鲜,让他们多弄点口味重的调料吧。"

小娜点头笑笑。

38.
殷浦江对瞿月雅说:"这也太不像话了! 不行,我得去骚扰他们,起码得劝小娜几句,要不我这是等于见死不救了。"

瞿月雅一把拉住他说:"不行,这会让我爸和沙小娜都很尴尬的,反而会把事情搞糟的。"

殷浦江说:"那怎么办?"

瞿月雅说:"殷浦江你冷静点,在饭店里这样莽撞,是会惹麻烦的。要是真有这么回事,你撞进去又有什么用? 回去先告诉我姆妈,再商量该怎么办,不更好吗?"

殷浦江说:"沙小娜不应该这样呀! 她怎么会这么糊涂呢。"

瞿月雅冷笑一声,说:"大上海是个花花世界,充满了诱惑。沙小娜也刚大学毕业不久,又是从草原上来的,有些诱惑也不是人人都能挡得住的。何况像沙小娜这样的人,本来就是奔着这些诱惑到大上海来的。"

39.

瞿欧德给小娜夹菜。

瞿欧德说:"你那天告诉我,你母亲叫田美娜,是吗?"

小娜说:"是,瞿董,从你的语气中,我觉得你好像认识我母亲。"

瞿欧德说:"对。我想,我还是告诉你吧,不然,你一直会怀疑我为什么会那么关心你,似乎有别的什么企图似的。我不但认识你母亲,而且与你母亲还有一段比较密切的关系。"

小娜问:"是恋人关系吗?"

瞿欧德点头说:"可以这么说。"

小娜又好奇地问:"那以后呢? 分手了?"

瞿欧德愧疚地长叹了一口气说:"是啊,我在最不该分手的时候和她分手了。"

小娜问:"为什么?"

瞿欧德说"都是我呀,我为了自己的前程,狠心地离开了你母亲。从此我后悔痛苦怨恨我自己到现在。所以,当我知道你是田美娜的女儿后,我觉得,我有了弥补我对你母亲犯下过错的机会了。所以我想特别关照你,使我的良心能找回一点平衡。"

小娜问:"当时我母亲恨你吗?"

瞿欧德说:"怎么会不恨呢,但你母亲还是答应我让我走了。越是这样,现在回想起来,我越是感到对不起你母亲。当然你母亲后来跟你现在的父亲结婚我想她会很幸福,因为我知道,沙驼很爱很爱你的母亲。"

小娜说:"这么说,你也认识我爸?"

瞿欧德说:"是这样。"

40.

姜丽佩书房。

方玉芹正在滔滔不绝地在讲有关殷浦江的事。

方玉芹说:"殷浦江这个年轻人,是个典型的花花公子,他跟你女儿挂着,又去追求那个叫沙小娜的姑娘。前些日子早上上班时,跟那个沙小娜调情,结果弄得小娜推着的货车翻箱,把沙小娜也砸伤了。"

姜丽佩说:"我听说,沙小娜是为保护那个叫崔兆强的发货员才受伤的呀?"

方玉芹说:"姨妈,是因为殷浦江才受的伤,那个沙小娜受伤后,殷浦江也不向尤主任告假,就自说自话去医院了。尤主任晓得后,气得脸都变青了。"

姜丽佩说:"尤主任没说他?"

方玉芹说:"说他了。话也很难听。可是殷浦江这个人根本不在乎,今天早上上班,又迟到了,而且足足迟到了半个小时。"

姜丽佩生气地一拍沙发扶手说:"那这样的人还留着他干什么? 他也算不得什么难得的人才,财会人员,现在满把抓,我们搞企业的人有句话,叫三只脚的猫难找,两只脚的人有的是! 叫他走人!"

方玉芹说:"这话我们怎么好说呀。"

姜丽佩说:"好了,我知道了。"但心里对方玉芹这样搬弄是非的长舌妇,她也并没有什么好感。马上又想起什么说:"关于瞿董和那个沙小娜的事,你没再到处跟别人讲吧?"

方玉芹说:"自从姨妈你提醒我后,我再也没有讲过一个字。不过别人讲不讲,我就不知道了。"

41.

雅座包厢。

瞿欧德问:"你母亲是怎么死的?"

小娜说:"生下我们,因为流血过多。那时我们那儿太偏僻了,缺医少药的,再加上离医院又那么远,又没有汽车,就这样,我爸眼睁睁地看着我妈走了。我听人说,我爸当时哭得撕心裂肺的。"

瞿欧德惊愕地问:"怎么是……生下你们?"

42.

大厅。

殷浦江与瞿月雅在焦躁地等着。

殷浦江说:"你看看,到现在还没有出来。"

瞿月雅说:"别等了。就是等到他们出来又能怎么样呢?"

殷浦江气恼地拍了一下桌子站起来说:"这个老总他妈的也太无耻了!不行! 我不能眼看着沙小娜受到伤害!"

瞿月雅拉着殷浦江说:"走吧。你听我一句,行吗? 这种事在这样的场合,我和你掺和进去,真的很不合适! 沙小娜是你什么人,你要这么保护她? 而那个人是我爸。俗话说,天要下雨,娘要嫁人,你管得了吗?"

43.

雅座包厢。

瞿欧德说:"你妈生的是一对双胞胎?"

小娜说:"是先生下我哥哥,再生下我。"

瞿欧德问:"那你哥哥呢? 还在新疆?"

小娜说:"不。我听我爸说母亲死后,我爸去给我妈送葬时,回来我哥就不知道给谁抱走了。关于我哥的事,我爸不大愿意跟我讲,一直把这事压在心底。因为一提这事,我爸的心就会像刀割似的痛,眼泪汪汪的觉得太对不起我妈还有我哥。所以关于我哥的事,爸从不主动跟我讲,我也不问,我怕爸会伤心。"

瞿欧德问:"那你哥会在哪儿呢?"

小娜说:"爸没告诉我,但我爸心里大概有点儿数。"

瞿欧德拍拍脑门,轻声地喊:"我的天哪!"

第十七集

1.

殷浦江与瞿月雅在饭店门口等。

瞿月雅说:"走吧!"

殷浦江说:"要走你走! 我不走。我要站在这儿见你爸与沙小娜,让他们也看到我。我要对瞿董说:瞿董,你这也太卑鄙了!"

这时,瞿欧德就刚好推着坐在轮椅上的小娜从电梯里出来。

瞿欧德看到殷浦江与瞿月雅也吃了一惊,想说什么,瞿月雅拉着殷浦江说:"殷浦江,咱们走!"

殷浦江硬是被瞿月雅拽走了,临走时愤怒地瞪了瞿欧德一眼。瞿月雅也是一脸的怨气。

2.

小王开着车。

瞿欧德和小娜坐在后面。

沙小娜说:"殷浦江和瞿月雅刚才……"

瞿欧德说:"沙小娜,人活在这世上,不要在乎别人怎么看。世上让人误解的事太多了,不可能一一都给人去解释,关键是在自己是不是站得正。殷浦江这小子是不是在追你?"

沙小娜说:"不知道。好像是,但好像又不是,我也弄不清。"

小娜透过车窗的折射注视着瞿欧德,心想:"他到底是我什么人呀?难道真是……"

瞿欧德也在沉重地想着心事,不说一句话,心里却在说:"我还有个儿子……"

3.

小娜病房。

瞿欧德把小娜送进病房,扶她躺到床上,同时为小娜盖好被子。

小娜说:"瞿董,真的很谢谢你。"

瞿欧德说:"不用这么客气,你就把我当成你的父亲吧。"

小娜一笑说:"不,我有爸,而且是个非常好非常称职的爸!"

瞿欧德笑着点点头,眼睛里充满了父亲对女儿的深情说:"那你就把我看成是另一个父亲吧。"

瞿欧德的这种真诚的情感显然也感染了沙小娜,小娜笑了笑。

4.

电话铃响。

姜丽佩接着电话说:"好的,我马上就下来。"

5.

那个偷拍DV的人把DV带子交给姜丽佩。

姜丽佩把一个装着钱的信封给那个人说:"辛苦你了。"

6.

姜丽佩把DV带装进DV机里看,看到的是有关瞿欧德与小娜的录像。

姜丽佩是一脸的醋痛!

7.

卧室。

姜丽佩躺在床上翻看画报,显得有些烦躁。

瞿欧德洗好澡,穿着睡衣推门进卧室。

姜丽佩怒视瞿欧德一眼,瞿欧德不理她。

姜丽佩冷笑一声说:"瞿欧德先生,我知道,你对我姜丽佩是再也不会有激情了,因为我已经年老色衰了。"

瞿欧德挖苦说:"你也太自夸了,你什么时候有过色?"

姜丽佩说:"难道我在你眼里就一直这么难看?"

瞿欧德说:"不,按女人标准的尺度来看,你是完全在及格分数线以上的。但情和色是连在一起的,情人眼中出西施嘛。所以因为情不深,色也就不艳了。不要再搞摩擦了,睡吧,我累了。"

姜丽佩说:"你当然累。激情过后,当然就只有疲劳了。"

瞿欧德说:"你这话是什么意思?"

姜丽佩强忍着说:"我现在不想和你理论。等我想成熟了,我会跟你摊牌的!"

8.

从饭店回来,殷浦江情绪很不好,他在闷头喝着啤酒。

9.

游手好闲无所事事的阿林也在街上逛,他路过小酒馆时,眼睛一瞥,看到殷浦江。阿林忙走了进去。

10.

阿林说:"哎,浦江,你在这儿喝啤酒啊?"

　　已有些醉的殷浦江说:"阿林爷叔啊,来,坐,我请你喝啤酒。这几天,我一直想找你。"

　　阿林说:"咯谢谢,我就勿客气喽。"

　　殷浦江说:"你要什么下酒菜?"

　　阿林说:"我要求不高,只要一小碟花生米就可以了。"

　　殷浦江喊:"老板,再来两瓶啤酒,一盘花生米。"

　　小酒店老板说:"好唻。"

　　殷浦江说:"阿林爷叔,我问你,你跟我讲的事是不是在骗我?"

　　阿林说:"我讲过了,我骗你是小狗! 你姆妈为这事跟我打相打,你看,脖子上被你姆妈拉的血印到现在还没有好呢!"

　　殷浦江说:"可我阿爸、姆妈讲,你是在骗我!"

　　阿林说:"是他们在骗你!"

　　殷浦江说:"那好,你讲的事有啥证据没有? 你说来找我的那个人就是我亲阿爸,他的名字是不是叫沙驼?"

　　阿林说:"让我想想,让我想想,好像就是叫沙驼。"

　　殷浦江睁着醉眼说:"你没骗我?"

　　阿林说:"我做啥要骗你呀!"

　　殷浦江猛地捶了一下桌子,自语说:"那沙小娜就是我阿妹! 我决不能让她受到伤害,决不!"

11.

　　门前小街上的小吃店都开了,显得很热闹。

　　殷正银、许萝琴的摊子也已开张。

　　条桌上坐满了吃早点的顾客。

　　门口一片嘈杂声。

12.

　　殷浦江提着箱子和旅行包下楼。

殷浦江阴着脸探出脑袋说:"姆妈、阿爸,你们进来一下。"

殷正银与许萝琴从门口进屋。

许萝琴看到箱子和旅行包伤心痛苦地说:"浦江,你真要搬出去住啊?"

殷浦江说:"我不可能再住在你们这儿了。"

殷正银说:"浦江,我们知道这事已经瞒不住你了。我和你姆妈已经商量好了,我们在等一个人,等那个人来了,我们同他协商好后,会把事实告诉你的。"

殷浦江说:"协商什么?"

许萝琴喊:"我们毕竟养育你二十二年啊!"

殷浦江说:"那个人叫什么? 叫沙驼是吗?"

殷正银吃了一惊,说:"是。"

殷浦江说:"我的亲阿爸?"

殷正银犹豫了一下,不想再节外生枝说:"对。"

殷浦江说:"你们两个人真的好狠毒啊! 把我从我亲生父母身边偷走! 我还有个妹妹是不是?"

殷正银说:"是。"

殷浦江说:"我和我妹妹是双胞胎是不是?"

许萝琴说:"你都知道了?"

殷浦江狂怒大喊:"你们真的太可恶了!"说着殷浦江拎着箱子和旅行包冲出家门。

许萝琴几乎站不住了,痛哭着倒在殷正银身上。

13.

殷正银扶着痛哭流涕的许萝琴走出门,看见殷浦江已坐上了一部出租车。

14.

许萝琴突然想起什么,发疯似的朝出租车奔去喊:"浦江,你等一等,你听我说呀……"

殷浦江坐的出租车屁股喷了一股浓烟,拐出小街……

许萝琴眼前一黑,便跌倒在了路上。

15.

德佩建材公司。

瞿欧德走进董事长办公室。

瞿欧德对坐在外间的宋蓓说:"宋蓓,请人事部的赵经理到我这儿来一下。"

宋蓓说:"好的。"

16.

人事部赵经理走进瞿欧德的办公室。

赵经理问:"瞿董,你找我有事?"

瞿欧德说:"请你帮我办两件事。第一,派人了解一下殷浦江的家庭情况,稍稍打听一下就行了,不要惊动任何人。第二,等沙小娜出院后,把她调到公司本部来工作,不要让她再在超市工作了。"

赵经理说:"好的,那安排沙小娜到财务部工作?"

瞿欧德说:"让她去能全面了解公司经营业务的部门先工作上一段时间,就当一般性的业务员。"

赵经理说:"那就让她先到公司的经营部去吧。"

瞿欧德想了想说:"可以。"

赵经理说:"还有,刚才你说到的殷浦江。关于他擅离职守去医院,上班迟到的事超市财务室的尤主任已经报给董事长您夫人了,您夫人好像对殷浦江这个人也很关注。"

17.

中午,殷浦江情绪低落地端着午饭走进餐厅。

瞿月雅也端着饭菜跟了进来,坐在殷浦江的对面。

瞿月雅看着殷浦江说:"殷浦江,你要被炒鱿鱼了,你知道不知道?"

殷浦江说:"用不着通知,就这两天,我会自己离开的。"

瞿月雅说:"为什么还要等两天?"

殷浦江说:"因为我要把手头没做完的工作做完后再走,拆烂污的事情我不会做也不能做,尤主任也同意了。"

18.

瞿欧德问赵经理说:"她是什么意思?"

赵经理说:"夫人说,公司有公司的纪律,按公司的规定办。"

瞿欧德说:"炒他鱿鱼?"

赵经理说:"是这个意思。"

瞿欧德思考了一阵说:"以后再定吧。"

赵经理说:"那殷浦江家的情况还要不要去打听?"

瞿欧德说:"当然要!"

赵经理说:"知道了。"

19.

瞿月雅感到内疚地说:"殷浦江,对不起。"

殷浦江用冷冰冰的口气说:"你有什么对不起我的? 我做错了事,破坏了公司的规矩,我该受到处罚。最关键的是我得罪的人是你那个无耻的爸!你也用不着流那鳄鱼的眼泪!"

瞿月雅说:"我心里流的是同情和歉疚的泪,不是什么鳄鱼的眼泪!殷浦江你这么说我,也太伤我的心了! 也说明你太不了解我也太小看我了!"

殷浦江痛苦地叹了口气说:"对不起,瞿月雅,刚才我是说得有点过分了,我向你道歉。"说完,突然流泪了。

瞿月雅吃惊地说:"殷浦江,你怎么啦。我发现你今天的情绪有点不太正常。"

殷浦江摇摇头说:"没什么。"

20.
董事长办公室。
电话铃响,瞿欧德接电话。
宋蓓说:"瞿董,你女儿瞿月雅的电话。"
瞿欧德说:"接过来吧。"

21
瞿月雅用严肃的口气说:"阿爸,你下午能不能给我腾出半个小时,只要半个小时就够了。我有重要的事跟你说。"
瞿欧德的声音说:"晚上回家再说不行吗?"
瞿月雅说:"不行,我不想在家说。这事很紧急! 我现在就要跟你谈。"
瞿欧德的声音说:"好吧,就半个小时。"

22.
瞿月雅走进瞿欧德办公室,一坐下就说:"阿爸,你们这样对待殷浦江是很不公平的! 是我在追殷浦江而不是殷浦江在追我,你们干吗要朝殷浦江下手呀!"
瞿欧德说:"什么? 你在追殷浦江?"
瞿月雅说:"对,你不知道?"
瞿欧德说:"你没有告诉过我,我怎么会知道。"
瞿月雅说:"说明你这个当阿爸的根本不关心我!"
瞿欧德笑笑,说:"好,我接受你的批评! 但殷浦江恐怕没接你的这个领子吧?"
瞿月雅说:"他要接了,我就用不着这么死皮赖脸地追着不放了。"
瞿欧德说:"我看,你不用再追了,不会有结果的。再说,炒他鱿鱼,那是他自己犯了错。"

瞿月雅说:"阿爸,你们就是想要阻止我同他的往来。"

瞿欧德说:"月雅,我是你的继父,不是你的亲生父亲。所以这件事……"说着为难地摊摊手。

瞿月雅说:"如果你的亲生女儿,遇到的也是像殷浦江这样的男孩子,你是个什么态度?"

瞿欧德:"我刚才说了,你同他是不会有结果的,他的心思不在你身上。"

23.

许萝琴躺在一楼的一张木板床上。

殷正银说:"阿琴,你好点了吗?"

许萝琴只是摇头流泪。

阿林突然走了进来,还关心地问:"喔哟,我听讲浦江姆妈昏过去啦? 现在好点了哦?"

许萝琴挥手,让阿林走。

阿林说:"哎,浦江阿爸,我们吵架归吵架,我阿林同人吵架从不搁在心上,吵过了,该是朋友还是朋友。吵架归吵架,朋友归朋友,对吧? 做人这点气量没有,还怎么在这世上混,浦江姆妈昏倒了,我肯定要来看看的了。浦江阿爸,我看浦江姆妈的面色不对头,不要再拖了,赶快送地段医院。我去借辆黄鱼车来。"

24.

瞿欧德说:"月雅,感情上的事太复杂也太难处理了,如果你是我亲生女儿,我也会对你泼冷水的。但最后的决定权,自然还在你手里,我不想当一个专制的父亲。专制的结果,往往适得其反,这样的情况太多了。"

瞿月雅说:"那好,有你这话就行。"

瞿欧德说:"不过月雅,在当今的现实生活中,各自家庭的因素不考虑也是不现实的。当然,当感情冲破这种因素时,那又另当别论了。"

瞿月雅说:"阿爸,我明白你的意思了。那殷浦江你们就这样炒他鱿鱼了?"

瞿欧德说:"只能这样。不然,整个公司就会成一盘散沙了。我想,你也不会愿意公司垮台吧?"

瞿月雅:"阿爸,你也有点危言耸听了吧。好了,我心中已经有数了,不打扰你了。"

25.

阿林用力蹬着黄鱼车,车上躺着许萝琴,坐着殷正银,往医院送。

26.

殷浦江一个人还在电脑前做账。

尤主任进来说:"殷浦江,下班吧。做不完明天再做吧。你不下班,我也不方便走啊。"

殷浦江说:"尤主任,你吃过饭了?"

尤主任说:"在外面将就吃了一点,你也去吃一点吧。"

殷浦江说:"尤主任,你再等我一会儿,再有十几分钟就完。"

尤主任同情地点点头说:"好吧。其实你这么走,我也舍不得啊。像现在的年轻人里,有你这样工作态度的真不多。"

27.

阿林骑着黄鱼车拐进医院。

28.

瞿月雅坐在车里,等在那儿。她不时地看看表,看样子,她在下班前就在这儿等了。

29.

殷浦江把电脑关掉后说:"尤主任,明天我是不是就不用来了?"

尤主任说:"上面只是口头说了说,还没有正式下通知。你还是来吧,恐怕明天通知就会下来,等通知下来看看是什么情况,再走也不迟嘛。"

殷浦江想了想,说:"好吧。"

尤主任说:"上班时间你还是准时到。殷浦江,有些事我也无能为力,我也是在人家手下打工。当马仔味儿不怎么样,要是自己能当老板就好了,哪怕当个小老板也好。宁做鸡头,也不要做凤尾呀。"

殷浦江说:"话是这么说,但谈何容易啊。我是刚踏上社会不久,就感觉到社会的复杂了,我现在真不知道怎么去面对它。"心酸地吸了一口气。

尤主任说:"浦江,怎么? 家里还出了其他的事了?"

殷浦江掩饰着说:"没什么,尤主任,辛苦你了。让你这么陪着我。"

30.

车里的瞿月雅终于看到殷浦江从超市出来。

瞿月雅从车里出来喊:"浦江。"

殷浦江一看是瞿月雅,心情很复杂,这个姑娘对他真是一片真情啊。殷浦江走上去说:"什么事? 我还没吃饭呢。"

瞿月雅说:"我也没吃呢。上车吧,一起去吃。"

殷浦江犹豫了半天,说:"那好吧。"

31.

瞿月雅开着小车,殷浦江坐在她边上。

瞿月雅说:"去哪儿吃?"

殷浦江说:"吃碗面吧。填一下肚子就行了,我没胃口。"

瞿月雅说:"殷浦江,今天我总感到你的情绪太不正常了。所以在下班前,我就在门口等你了,到底发生什么事了?"

殷浦江说:"不就要被你老爸炒鱿鱼吗? 还能发生什么事?"

瞿月雅:"凭我的感觉好像不光是这件事。炒鱿鱼的事其实有什么? 此处不留爷自有留爷处! 凭你的条件,另外找份工作又有什么困难? 用得着情绪这么不好？凭我的直觉,你肯定还有别的心事。我们还去那家面馆吃吧,那儿的咸菜肉丝面味道不错。"

32.

殷浦江与瞿月雅相对而坐。

瞿月雅问:"吃咸菜肉丝面?"

殷浦江说:"我想喝口酒。"

瞿月雅问:"啤酒?"

殷浦江说:"白酒。"

瞿月雅说:"那再要几个凉菜吧。"

殷浦江说:"要两个就行了,要不吃不完就浪费了。"

瞿月雅说:"要上四个凉菜吧,我陪你一起喝! 我肚子也早就饿得咕咕叫了!"

33.

夜,内,殷正银家。

许萝琴躺在床上,殷正银在给她喂药。

阿林在外面喊:"浦江阿爸。"

许萝琴挥挥手,让殷正银下去。

34.

殷浦江一杯接一杯地喝着烧酒。

瞿月雅说:"殷浦江,可以了,不要再喝了,再喝你就要醉了。"

殷浦江的舌头已经有点硬了,说:"瞿月雅,请你以后不要再来找我了。真的不要再来找我了。"

瞿月雅说:"不可能,没有结果,我不会撤退的!"

殷浦江说:"不会有结果的。我们两……不合适! 再说,我已经是个无家可归的流浪汉了。"

瞿月雅惊愕地问:"什么? 无家可归的流浪汉? 怎么回事?"

35.

殷正银下到一楼,阿林已进屋。

阿林说:"医生怎么说?"

殷正银说:"中风。不严重,但也不轻。"

阿林说:"为啥不住院啦?"

殷正银说:"住不起呀。医生说,可以在家好好调养,只要按时吃药就行。"

阿林说:"浦江呢?"

殷正银说:"离家出走了。"

阿林大惊道:"什么? 离家出走了? 不回来了?"

殷正银伤感地说:"不晓得啊!"

36.

殷浦江已喝得有八分醉了。

殷浦江端起杯子又猛喝了一口凄凉地说:"我现在好孤单啊。"

瞿月雅说:"不是还有我吗?"

殷浦江眯着醉眼说:"你不是个让我可以跟你说真心话的人!"

瞿月雅说:"我不是,那谁是呢?"

殷浦江摇摇头说:"没有了,现在已经没有了。"说着,又把一小杯酒猛地灌进肚里。

瞿月雅说:"既然没有别的人,那你就跟我说,因为现在我是你最值得信赖的人。当然,除了你阿爸姆妈以外。"

殷浦江被触到了心痛处说:"不要提我阿爸姆妈!"

瞿月雅:"你阿爸、姆妈怎么啦?"

殷浦江说:"我说了,不要提他们!"

37.

殷正银给阿林倒了杯水。

殷正银说："阿林,你把我们家真的害惨了!"

阿林说："浦江阿爸,你这话说得可是没有道理。怎么是我把你们家害惨了呢? 是你们在遭报应呢!"

殷正银说："当时你偷听到了,就不该去告诉浦江。"

阿林说："这话你又说错了。当然偷听,是我阿林的不是。但听到了这件事,我不去告诉浦江,那我阿林就更错了。这么大的事怎么能瞒人呢? 照我阿林看来,既然浦江的亲阿爸来找浦江了,你们就该原原本本地把事情告诉浦江听。把浦江还给人家亲阿爸。做人要光明磊落。"

殷正银说："阿林,你骗吃骗喝的就光明磊落啦?"

阿林说："这话你又说错了。我阿林是有耍无赖的时候,但从来没有骗人的时候。我骗吃过你大饼油条了? 我是让你记账呀,你们不记,我记,前些日子不都还清了? 耍赖,人还可以是清白的。但骗人瞒人,人就不清白了。你们俩就是! 是你们自己害惨了自己,跟我阿林没有关系! 我走了,有啥要我阿林帮忙的,尽管来找我!"

38.

殷浦江眼圈红红地说："我现在从来没感到有这么孤单过! 我真的很想找个人说说话。"

瞿月雅说："那你就跟我说。"

殷浦江说："好吧,我就跟你说。"说着泪滚了下来,"但你得给我保密,你发誓!"

瞿月雅说："我发誓,我保证不告诉任何一个人。"

殷浦江说："想起来真是太可怕了,真的是太可怕了! 你不知道,现在我的阿爸姆妈不是我的亲阿爸姆妈。"

瞿月雅说："你是他们领养的?"

殷浦江说："是领养的倒好了,是他们从我父母身边把我偷走的! 这二十几年,我一直是在认贼作父啊!"

瞿月雅惊讶地说:"有这样的事?"

殷浦江说:"我就是! 这样的家我还能住吗? 住在这样的家里,你让我不感到恐惧吗?"

瞿月雅同情地:"天呐!"

39.

瞿月雅扶着已经烂醉的殷浦江,沿着小街在走。瞿月雅说:"殷浦江,那你的亲生父母是谁,你知道吗?"

殷浦江含糊不清地说:"我不告诉你,我不能告诉你,因为我自己也不知道。"说着,脚步一滑,一头栽倒在地上。

瞿月雅推殷浦江说:"喂,喂,这怎么办呀!"

40.

夜上海,灯火通明。

瞿月雅扶着殷浦江坐在一个街心花园的长椅上。

殷浦江仰头倒在瞿月雅肩头上,瞿月雅回头看看殷浦江,眼中了充满爱、同情与怜悯。

41.

姜丽佩神情焦虑地回到卧室。

瞿欧德还在耐心地看外文报纸,他也在等。

姜丽佩说:"都快十二点半了,还没回来。"

瞿欧德说:"她没说到哪儿去吗?"

姜丽佩说:"没说。可以前总要打个电话回来的,今天连个电话都没有! 我估计她又去找那个殷浦江了。"

瞿欧德说:"不是有手机吗? 打过去问问在哪儿不就行了。"

姜丽佩说:"她要是肯接,我会这么着急吗?"说着,拿起电话又拨了起来。

42.

瞿月雅的小车上。

座位上,手机在一闪一闪地响着。

43.

姜丽佩恼怒地放下电话,说:"唉,女人要对一个男人着迷了,真的是一点办法都没有!"

瞿欧德说:"是吗?"

姜丽佩说:"我对你不就是这样吗?"

瞿欧德说:"那你就成全他们吧。"

姜丽佩说:"绝对不行!"

瞿欧德说:"你真要成全他们,还不见得能成全成呢。"

姜丽佩说:"你这话是什么意思?"

瞿欧德说:"你女儿是戈壁滩烤火一头热,人家殷浦江不见得就肯就范。哪像我呀,傻乎乎的。"

姜丽佩说:"你傻? 鬼才信!"

瞿欧德说:"你等吧。我不等了,瞌睡了,明天我还有那么多业务要处理。"

姜丽佩说:"不是你女儿,你当然不放在心上了。不过瞿欧德,有一笔账,过两天我倒要跟你清算!"

瞿欧德说:"可以的。我思想上已经做好准备了,你想什么时候算都行。"

姜丽佩被激怒了,大喊:"瞿欧德,你真不是个东西!"

瞿欧德翻身从床上坐起来说:"怎么,现在就要开始算?"

姜丽佩说:"我要当着我女儿的面跟你算,让她也看看你是个什么东西!"

44.

夜深了。

倚靠在瞿月雅肩头的殷浦江突然趔趄着站了起来,摇摇晃晃地走了几步。

瞿月雅刚说:"殷浦江,你……"

猛然间殷浦江在绿化带呕吐了起来。

瞿月雅慌了,赶忙来扶殷浦江说:"你没事吧?"

殷浦江摆摆手,又吐了一会儿,这才说:"水,我想喝水。"

45.

瞿月雅冲到附近的小超市,买了两瓶矿泉水,又冲了回来。

瞿月雅拿起一瓶矿泉水,扶起殷浦江的头给他灌水,然后又在他头上浇了点水。

殷浦江把水甩掉,似乎有点清醒了。

瞿月雅长舒了口气,说:"我送你回家?"

殷浦江说:"不!我不回家。"

瞿月雅说:"那你住哪儿?"

殷浦江说:"我在一家小旅馆包了个房间。"

瞿月雅说:"在哪儿?"

46.

一辆出租车停在一家小旅馆门前。

殷浦江推开车门,仍有些摇摇晃晃地走出车来。

瞿月雅扶着他说:"我送你进去吧。"

殷浦江说:"瞿月雅,谢谢你,真的很谢谢你。你回去吧,我自己能行。"

殷浦江迈上人行道,正要推门进旅馆,腿一软,要不是抓住门框,又差点跌倒。

瞿月雅奔了上去,扶着他说:"还是我扶你进去吧。"

殷浦江说:"用不着,这里又脏又乱,光里面的气味你都受不了。"

47.

夜虽深了,但小旅馆里依然很嘈杂。有的房间门还开着,有的房间里的客人还在喝酒,有的房间里麻将声哗哗地响。可以看出,大多都是一些外来人员或一些民工。

瞿月雅扶着殷浦江上了楼梯,她肯定不习惯这里的这种氛围,眉头紧锁着。

殷浦江在二楼楼梯口站住说:"就这儿,你快回去吧。"

瞿月雅是想立即走,但还是忍了忍说:"我送你进屋再走吧。"

48.

二楼,殷浦江隔壁房间的门开着,有四个人正在喝酒。

瞿月雅扶着殷浦江走过去时,其中有一个大鼻子尖下巴,有些油头滑脑的年轻人看到了,学港台味儿地叫了声:"哇噻,好好洋气好好漂亮吧!"

那四个酒气熏天的人冲出屋来。

第十八集

1.

几个喝醉酒的年轻人围住了瞿月雅和殷浦江。

一个尖下巴的年轻人说:"喂,两位是在这儿开房间啊? 不行啦,我们四个都是光棍汉啦,你们从屋里传出来的声音我们会吃不消的啦!"

另有一位方头年轻人说:"看得出你们是有钱人啦,怎么会上这么个破地方开房间啦?"

殷浦江厉声地说:"你们这是干什么?"

瞿月雅说:"你们再这样我要打110了!"

又有一个圆脸说:"打呀,我们又没有对你怎么了。"

这时有个三十几岁,人长得强壮也蛮周正的人上楼,看到此情景喊:"嗨! 嗨! 你们这是干什么?"

尖下巴的说:"喔哟,老板来了。"

四个人赶忙回到自己的房间。

2.

房间很小,一张单人床就把空间基本上挤

满了。

瞿月雅不忍地看看说:"你就住这样的地方啊。"

殷浦江说:"对你来说,当然很吃惊,但对我来说,没什么。我们家是棚户房,比这儿好不了多少。你快回去吧,刚才我还以为隔壁几个人会对你要流氓呢,所以酒也吓醒了。你快回吧。"说着,他拉开门,送瞿月雅出去。

3.

殷浦江刚要送瞿月雅下楼梯,对面的房门开了,那个三十几岁的老板走了出来。

老板客气地点点头说:"对不起,刚才我手下的几个人对你们无礼了。但他们那几个人跟我解释说,他们只是同你们寻寻开心,并没有恶意。这是我的名片,我姓梁,梁敬辞。做水产生意的。"

4.

殷浦江把瞿月雅送出门。

殷浦江左右看看,说:"你的车呢?"

瞿月雅说:"还在我们吃面的那条街上。我也喝了点酒,不敢开车。"

殷浦江说:"那怎么办?"

瞿月雅说:"没关系,我打的回去。明天一早我再去开车。"

殷浦江看着瞿月雅,真诚而感动地说:"瞿月雅,你能这样对我,谢谢你,真的很谢谢你。"

5.

深夜的上海,灯光依然闪烁,但车辆和行人已相当稀少了。

瞿月雅坐在出租车里。

瞿月雅内心独白:"他被我打动了,他真的是被我打动了,我不能气馁。"她的脸上泛起一些笑意。

瞿月雅耳边又响起了瞿欧德的声音说:"在当今的现实生活中,各自家庭的因素是不能不考虑的。当然,当感情冲破这种因素时,那又另当别论了。"

瞿月雅深情地在心中问:"殷浦江,你是不是对我也开始有感情了?……"

6.

董事长办公室。

人事部赵经理正在向瞿欧德汇报。

赵经理说:"殷浦江的父母下岗后,就摆了个大饼油条豆浆摊,生活上还是比较苦的。这两天听说他姆妈又病倒了,摊子也摆不起来了。"

瞿欧德同情地点点头,说:"原来是这么个情况。赵经理,这样吧,公司的规矩不能破,而且我老婆又发了话。但不要把人就这么赶出公司,人家找份工作也不容易,还是在公司里给他安排个工作吧。"

赵经理说:"瞿董,你看安排在哪个部门好?"

瞿欧德想了想说:"外放吧。"

赵经理小心地说:"云南那边刚成立了个采购组,比较缺人手……"

瞿欧德想了想,说:"远一点也好,让他去锻炼锻炼吧。"

赵经理会意地一笑,说:"离上海远一点,您夫人也可以心静了。那瞿董,我就这样跟他谈?"

瞿欧德一挥手,那意思是,你看着办吧。

7.

人事部,赵经理办公室。

赵经理正在同殷浦江谈话。

殷浦江说:"赵经理,云南我不会去的!"

赵经理说:"为什么? 其实去那里虽然辛苦点,但薪酬会要高得多了。"

殷浦江说:"赵经理,不是我怕辛苦,我从小就是在一个很贫穷的家庭长大的,吃苦对我来说算不了什么。是因为有件对我来说非常重要的事,所以我必须留在上海！如果你们不能让我留在上海的部门工作，我也只好离开公司了。赵经理，我也是个有自尊的人，因为某些原因，他们就把我当猴一样地耍来耍去！我真的很反感！"猛地站起来说："如果再没别的事，那我就走了。"

赵经理说："你等等，我跟瞿董通个电话吧。"

赵经理走进他的办公室，等一会出来说："殷浦江，瞿董请你到他的办公室去。"

8.
董事长办公室。

殷浦江在瞿欧德对面坐下。

瞿欧德说："殷浦江，本来我用不着再找你谈话，有赵经理跟你谈就行了。你同意去云南，那你就去。你要想离开公司，那也随便你。"

殷浦江也有点豁出去了，站起身说："瞿董，那天我在医院沙小娜的病房里冒犯了你，伤害了你，现在我再向你道个歉。不过你刚才既然这么说了，那我们也用不着再谈了，我走人就是了。"

9.
小娜病房。

梅洁又带着鲜花、水果和一些糕点来到病房。

小娜说："外婆，你来啦。我明天就要出院了，你还买这么多东西来，吃不完的。"

梅洁说："吃不完就带家去吃。"

小娜说："外婆，过两天我爸也要回来了。"

梅洁说："这些天没见到他，我也很想他啊！"

10.
董事长办公室。

瞿欧德耐心地说:"殷浦江,我再想找你谈一谈是有原因的。我女儿瞿月雅不是正在追你吗?因为这个原因,所以我们对你就有点那个。这你心里也清楚,我也用不着瞒你。所以我才作出那样的决定,你暂时去云南采购组工作上一段时间,以后工作还可以再调整嘛。对我公司的员工,我们还是有责任感的。"

殷浦江说:"瞿董,我觉得你的做法没一点道理!瞿月雅追我,难道这是我的责任吗?你女儿有病却让我吃药!"

瞿欧德说:"那你擅离职守,上班迟到这责任也要我女儿负吗?是因为你没有遵守公司的规章制度才让你离开公司的。而我是因为觉得这中间确实掺杂了一些私人因素,所以才决定把你留下,让你暂时外放一段时间。"

殷浦江很吃硬地说:"用不着了。我殷浦江离开你们公司,不见得就找不到别的工作了,现在就业的路子也多得很!"

瞿欧德说:"年轻人,你的血气是不是太旺点了?作为长一辈的人,我劝你一句。遇事多冷静考虑,千万别意气用事!意气用事不会有好结果的。"

殷浦江苦笑了一下说:"谢谢瞿董的忠告,我告辞了。"

瞿欧德说:"你等一下。既然我们把话说开了,那我们就趁机把话说透吧。在瞿月雅的事情上,你要现实点,停止跟她的往来吧。另外,还有件事我要提醒你,不用再去追沙小娜了,你不适合她。"

殷浦江说:"关于你女儿的事,我觉得需要现实的应该不是我吧!至于沙小娜,你知道我同她是什么关系吗?"

瞿欧德:"怎么说?"

殷浦江强硬地说:"我不告诉你,但我也要警告你离沙小娜远点!到时候你就会吃不了兜着走!告辞了!"

瞿欧德看着殷浦江出门,不以为然地摇了摇头,叹了口气。

11.
财务室。
殷浦江走进财务室。

尤主任说:"殷浦江,怎么样?"

殷浦江干脆地说:"走人!"

方玉芹幸灾乐祸地一笑说:"为了一个女人,把饭碗都丢掉了,值得吗?"

殷浦江说:"方玉芹,你用不着幸灾乐祸。此处不留人,自有留人处。离了此地,不见得就没饭吃,能端饭碗的地方现在有的是!"

尤主任叹口气说:"话虽这么说,但找份合适自己的工作也不容易。不过你的话也有道理,年轻人嘛,就该有这样的志气。"

12.

瞿月雅又把车停在广场上。眼睛盯着超市的出口。

13.

尤主任说:"方玉芹,你让惠芳给殷浦江发这个月全月的工资,这是瞿董的意思。"

14.

瞿月雅看到殷浦江从超市走出来,忙打开车门喊:"殷浦江! 你过来!"

15.

小车里。

殷浦江问瞿月雅:"你怎么知道我会到超市来?"

瞿月雅说:"你工作会不交接? 工资会不领?"

殷浦江说:"我不是说了嘛,你不要再来找我了。"

瞿月雅说:"我不是也说了嘛,没有看到结果,我不会撤退! 因为你今天的这种局面,全是我一手造成的。如果我不追你,我姆妈就不会把你弄到超市来,也就不会有后面一连串的事情发生。如果我就此撒手,那我不是在玩儿你吗? 我不成了女花花公子了? 殷浦江,我对你的感情是真的,我一直要追到你,除非你跟别的女孩子结婚为止。"

殷浦江说:"瞿月雅,你要现实点,我俩不会有结果的。"

瞿月雅说:"那就到真没有结果的那一天再说!"

16.

沙小娜病房。

沙小娜正在收拾东西准备出院。

瞿欧德笑容满面地走进病房。

瞿欧德说:"沙小娜,出院手续都办好了,咱们走吧。我让司机先送你回家,你在家休息两天,然后去公司找人事部的赵经理。他会另外给你在公司里安排个工作的。"

沙小娜说:"谢谢瞿董。"

瞿欧德笑着看着沙小娜,内心独白:"我的女儿,为你,我可以把我自己所有的一切都给你啊!"

17.

小车里。

瞿月雅对殷浦江说:"我不会放弃你的! 所以你离开公司反而更好。我知道你也不愿再在公司做,所以我也没有去求我阿爸姆妈。你以后准备做什么?"

殷浦江说:"我决心了,想自己当老板。哪怕是当个小小的老板,也比在人手下干强。我现在的阿爸姆妈摆大饼油条摊,以前的那些年,他们活得也蛮自在。"

瞿月雅笑了笑说:"你也想摆大饼油条摊?"

殷浦江说:"我想,大事业都是从小事业开始的。我想了好几夜,我才二十二岁,从时间上讲,我有着很大的拼搏空间。既然觉悟了,那我就该早一点着手。我知道,这条路会很长很艰难,我在思想上已做好了准备。"

瞿月雅说:"殷浦江,求你一件事。"

殷浦江说:"什么?"

瞿月雅诚恳地说:"请给我帮助你的机会,好吗?"
殷浦江默然。

18.
德佩建材公司。
上午,人事部赵经理办公室。
小娜坐在赵经理的对面。
赵经理说:"我已经给经营部的郭经理打过电话了,你就去报到吧。"
小娜高兴地说:"好,谢谢赵经理。"
赵经理说:"你应该谢谢瞿董,是他亲自为你安排的。"
沙小娜笑了笑。

19.
小娜高兴地从赵经理的办公室出来,迎面碰上姜丽佩。
小娜对姜丽佩很有礼貌地微微鞠了一躬,从她身边走过。
姜丽佩看着小娜的背影,满脸的醋味和疑惑。

20.
姜丽佩一脸严肃地走进赵经理的办公室。
姜丽佩问:"赵经理,刚才从你这儿出去的是不是沙小娜?"
赵经理忙站起来说:"是。"
姜丽佩问:"怎么回事?"
赵经理说:"是瞿董安排她到公司经营部去当业务员了。"
姜丽佩说:"为什么要安排到经营部去?"
赵经理说:"瞿董是想让她更多地了解一下公司全面经营的情况。"
姜丽佩听后心里沉了一下,顿时一肚子怒气说:"以前是了解超市的全面情况,现在要了解公司全面的经营情况了? 什么意思?"
赵经理说:"这事是瞿董安排的,我们怎么好问呢?"

姜丽佩说:"知道了。"

21.

乌鲁木齐,西域小羔羊饭店。

后堂。

沙驼正在看老师傅教几个学徒炒菜。

沙驼说:"刘师傅,就你带着这几个徒弟跟我去上海。"

这时沙驼的手机响。

沙驼打开手机,是小娜的电话。

22.

沙驼走出后堂,来到饭店走廊。

小娜的声音:"爸,我出院啦。"

沙驼说:"好利索了吗?"

小娜说:"好利索了。医生说,我年轻,恢复得快。外婆、刘妈接我出院的。爸,你什么时候回来啊,我有好多好多的话要跟你说。"

沙驼说:"那个瞿欧德,是不是又在缠你啊?说你是他女儿?"

小娜说:"爸,他没这么对我说,但他到底是不是我的亲爸爸啊?"

沙驼说:"这事等我回上海再说。我再讲一遍,你要认他这个爸爸,就别再叫我爸爸!"

小娜问道:"为啥啊?他待我真的很好。"

沙驼说:"哪有父亲对女儿不好的!但你不能认他,这是你妈死前留下的狠话。回上海我再告诉你!他妈的这个无耻的瞿欧德,倒真的认上来了,他也配!"

23.

中午,殷浦江回到旅馆,掏钥匙准备开门。

隔壁房间的房门开着,梁敬辞与尖下巴、方头两个人在房间里喝啤酒,吃中饭。

梁敬辞看到殷浦江,热情地走出来。

梁敬辞说:"小兄弟,中饭吃了吗?"

殷浦江说:"还没有。"

梁敬辞说:"来来,过来一起吃。"

殷浦江说:"谢谢,我还是出去自己吃吧。"

梁敬辞说:"啊呀,出门在外,都是兄弟嘛,客气什么!"硬把殷浦江拉进他们屋里。

24.

瞿月雅走进姜丽佩书房。发现姜丽佩脸色不好。

瞿月雅说:"姆妈,你怎么啦? 是不是又在生阿爸的气了?"

姜丽佩说:"月雅,今晚你不要出门,行不行?"

瞿月雅说:"怎么啦?"

姜丽佩说:"到时你就知道了。你是不是找我也有事?"

瞿月雅说:"是。"

姜丽佩说:"说。"

瞿月雅坦诚地说:"姆妈,你们把殷浦江炒鱿鱼炒掉了,我心里非常难过。"

姜丽佩说:"是他自己违反了公司规章制度,跟你有什么关系?"

瞿月雅说:"姆妈,你想想,就因为是我追求他。你才把他从公司赶到超市去的。如果他不去超市,以后的那些事就不可能发生,他仍会在公司的财务部做得好好的。这起因,不全是因为我吗?"

姜丽佩说:"他难道就没一点责任? 好了,我不想再同你争! 作为母亲,我在做一个母亲认为应该做的事。你,到底想要同我说什么?"

25.

梁老板的房间。

殷浦江、梁敬辞、尖下巴、方头四个人啤酒已经喝了十几瓶,烟灰缸里也堆满了香烟屁股。

殷浦江说:"我不会在你手下当马仔的。像德佩那么大的公司我都不干了,干吗要在你手下当马仔啊。"

梁敬辞说:"那你想干啥? 当老板?"

殷浦江说:"对。哪怕是当个小老板,那也是老板,自己说了算。"

梁敬辞说:"那好,既然我交了你这么个朋友,我就做个姿态。刚才我讲了,我在上海滩六个区的菜场里有十几个水产摊位。为了表示朋友的情谊,我让给你一个摊位,让你当老板。当然摊位的转让费我还是要咯,朋友归朋友,生意归生意,对哦?"

殷浦江思考了一下说:"那让我考虑考虑。"

梁敬辞说:"你今朝考虑好,明朝我就带你去看摊位。"

26.
姜丽佩的书房。

瞿月雅说:"姆妈,我希望你能不能有点做人的同情心?"

姜丽佩虎着脸说:"怎么讲?"

瞿月雅说:"姆妈,从表面上看,殷浦江长得很帅,很自信,也蛮有气质。但他的身世是很苦的。"

姜丽佩冷笑一声说:"阿爸,姆妈摆大饼油条摊,当然好不到哪里去。"

瞿月雅说:"那不是他的亲生阿爸姆妈,他是被他现在的阿爸姆妈偷来的孩子。"

姜丽佩说:"那他的亲生父母呢?"

瞿月雅说:"不知道。他现在只知道他是被偷来的,因此他离开了他现在那个家。他说,再住在那个家里,他感到很可怕,很恐怖,他现在是无家可归了。"

姜丽佩想了想叹了口气说:"那倒是蛮令人同情的。我不是跟你说过吗? 你这样追他,不是在爱他而是在害他。你看看,这不是……"

瞿月雅说:"所以姆妈,我想帮帮他。"

姜丽佩问:"怎么帮?"

瞿月雅说:"不知道。"

姜丽佩说:"你都不知道,那叫我怎么办? 难道再让他回公司来? 那怎么可能? 我们自己定的公司规矩,我们自己去破坏! 这个公司我们还怎么经营下去?"

瞿月雅说:"好了,姆妈,你叫他回来,他也不见得会回来。他如果连这点自尊心也没有,我早就放弃他了! 好吧,姆妈,晚上我不出去。但当我有事求你的时候,你得帮我。"

姜丽佩说:"殷浦江的事再说。但今晚你必须跟姆妈站在一起!"

27.

梁老板的房间只剩下他、尖下巴和方头。

尖下巴说:"梁老板,你真要把摊位让给那小子啊?"

梁敬辞说:"你懂啥,我会看面相,这家伙将来有福。再讲,好的摊位我会让给他啊? 最近我们生意一直不太好,你们也知道,把不赚钱的亏损的摊位慢慢让出去,把赚钱的摊位留下来,这也是做生意的策略。我在想,那小子不是想当老板吗? 这对我来说正是一次机会,表面上我是帮他,实际上我是把不赚钱的摊位甩给那小子,也就等于是在甩包袱。晓得了吧? 小六子、方头,生意场上的事好好跟着我学吧。"

方头说:"老板说得对,他不是想当老板吗? 那就让他尝尝当老板是什么滋味。"

小六子拍马屁地说:"梁老板,你行。我服了。"

28.

客厅。

瞿欧德从外面进来走进客厅。

客厅里坐着脸绷得紧紧的姜丽佩与感到有些莫名其妙的瞿月雅,客厅电视机的边上连接着一架DV机。

瞿欧德不悦地:"什么事,电话一个劲地催,多等几分钟都不行?"

姜丽佩说:"我再也等不下去了,等下去我就要疯了。"

瞿月雅说:"姆妈,什么事呀,用得着这么大叫大嚷的吗?"

姜丽佩说:"你看了就知道了,瞿欧德,请你坐下。"

瞿欧德说:"今天要跟我最后摊牌了? 我早做好思想准备了,请讲吧。"

姜丽佩打开电视机和DV机。

电视机里是瞿欧德接沙小娜去吃饭的那一幕。最后的镜头是瞿欧德把沙小娜推进饭店包间,然后瞿欧德把门关上。

姜丽佩说:"瞿欧德,请你给我解释。"

瞿欧德冷静地思考了一下后,说:"这有什么好解释的。在你雇人偷拍的DV里不都有了吗? 我从医院里把沙小娜接出来,然后到饭店里的包间里去吃了顿饭。没有什么跌宕起伏的情节,很平淡,比一般的纪实片平淡得多,这又怎么了?"

瞿月雅大叫:"阿爸。你长得帅,有气质,聪明,有能力。在事业上也甩得开。你虽对我姆妈感情不深,但你还从来没什么寻花问柳的事。所以你是我心中崇拜的偶像。可你做的这一些,我早听说也亲眼见到了,你让我太失望,太吃惊,太痛苦了!"

姜丽佩说:"上次在超市时,我就发觉你看这个姑娘的眼神不对,我就警告过你! 现在怎么说?"

瞿欧德依然平静地说:"什么怎么说? 我就请那姑娘吃了顿饭,还有什么?"

姜丽佩说:"还有什么? 亏你说得出。你还把那个姑娘从超市调进公司,让她去经营部。你想以后让那个婊子取我而代之吗?"

瞿欧德恼怒了,说:"姜丽佩,请你把嘴巴放干净点!"

瞿月雅说:"阿爸,刚才我姆妈说的那些话是真的?"

瞿欧德说:"对,是真的。"

瞿月雅说:"阿爸,那你就太过分了!"

姜丽佩说:"我嘴巴怎么不干净了？一个二十刚出头的姑娘勾引你这么个可以当她爸爸的人,她不是婊子是什么？"

瞿欧德怒不可遏,一个耳光甩了上去。姜丽佩一个趔趄趴倒在沙发里,瞿欧德甩门走出了家。

29.

德佩建材公司。

董事长办公室。

瞿欧德从办公桌抽屉里取出一本小文件夹。打开文件夹,里面有两张发黄的照片。是他和田美娜在草原上合影的照片,草原很辽阔,但人像却很小。

瞿欧德凝视着照片。

瞿欧德独白:"美娜,我该怎么办？我们的女儿现在就在我的身边,我能认我的女儿吗？你肯定不让我认,因为你说过,不许我来认孩子的。因为我离开你后,我就失去了做父亲的资格,这就是我离开你所付出的代价。我现在越来越感到这个代价真的是太大太大了,我也感到我的罪孽有多么的深重,可我们的女儿有多么可爱啊,我女儿已经深深地刻在了我的心里,我不能不认啊！还有我们的儿子,他现在又在哪里呢？……"

瞿欧德泪如雨下。

瞿欧德独白:"美娜,我该怎样向你忏悔才可以挽回你对我的宽恕呢？"

30.

一条街上排着十几家水产摊。

梁敬辞陪着殷浦江在水产摊边走过。

31.

梁敬辞说:"看到没有,从东边数起第六个摊位,就是我的摊位。你觉得可以,就转让给你。怎么转让法,我们回旅馆谈。"

殷浦江看着水产摊前川流不息的人群,心中涌出了前景与希望。想了想说:"好吧。"

32.

小娜兴高采烈地从公交车上跳下来,一奔三跳地走进写字楼。显然,小娜是个不存心思的人。

33.

电梯口。

瞿月雅一脸严峻地站在那儿,她看到沙小娜,上去挡在了溢满笑容的小娜跟前。

瞿月雅用严厉的口气说:"沙小娜,我有话要跟你谈!"

小娜说:"瞿月雅,怎么啦? 这么严肃?"

瞿月雅说:"对你当然要严肃!"

电梯门开。

小娜要进电梯,瞿月雅一把拉住她。

瞿月雅说:"你等一等,我话还没说完呢。"

小娜甩开瞿月雅的手说:"上班要迟到了!"说着小娜冲进电梯,瞿月雅也跟进电梯。

34.

电梯内。

小娜解释说:"迟到要被炒鱿鱼的。"

瞿月雅冷笑说:"谁会炒你鱿鱼啊?"

小娜说:"瞿月雅,你怎么啦? 我可没得罪你噢。"

瞿月雅说:"还没得罪? 得罪大发了!"

电梯门开,又有人进入电梯。

小娜问瞿月雅说:"大发什么了?"

瞿月雅见有公司的人在,只好恨恨地把话咽回去,哼了一声。

电梯门又打开了,小娜说:"我到了。"她走出电梯说:"有什么事,等我下班后再谈吧。"

瞿月雅说:"不,中午吃饭时,我们就找个地方谈。"

35.

梁敬辞的房间。

梁敬辞向殷浦江伸出手说:"那咱们就成交了。摊位由你经营,货由我来给你提供。"

殷浦江说:"货当然先得由你提供,因为目前我情况还不熟悉。但以后,货还得由我自己进。"

梁敬辞犹豫了一下,说:"那好吧,目前就这么定。殷老板,你还没踏进做生意的门槛,就知道怎么做生意了,你会大发的!"

36.

小娜抱着一大堆报表走出一间办公室,手机铃声突然响起,沙小娜看了看显示的号码,眉头皱了起来。

小娜在走廊上小声地接电话说:"瞿月雅,拜托,你一早上发了无数条短信,现在又来打电话,你到底想干什么?你还让不让我工作了!"

瞿月雅冷冷的声音说:"我只是想提醒你,不要忘了!中午十二点,底楼的咖啡屋,我等你。"

小娜正想说些什么,对方的电话已经挂了。

小娜气恼地看着手机,自语:"莫名其妙!"

37.

底楼咖啡屋。

小娜走进咖啡屋,看见瞿月雅板着脸正坐在里面。

小娜走到桌边,瞿月雅头一仰,示意对面的座位说:"坐!"

小娜为瞿月雅对自己这么不友好的态度也感到不悦。

小娜说:"什么事,说。"

瞿月雅说:"我问你,你为什么要勾引我老爸?"

小娜听了,在大吃一惊的同时也感觉自己受到了莫大的侮辱,愤怒地说:"你说什么? 我勾引你老爸。就是说,我在勾引瞿董?"

瞿月雅说:"对! 沙小娜,我一直以为你是个非常纯洁爽朗的姑娘,虽说我俩是情敌,但我依然很喜欢你。没有想到你竟是这么卑鄙这么龌龊的一只从草原上跑出来的鸡!"

小娜紫涨着脸再也控制不住自己,一个耳光甩了上去。瞿月雅也不示弱,冲上去与沙小娜撕打起来。瞿月雅哪里是沙小娜的对手,三下五除二沙小娜就把瞿月雅摞倒在地上。

小娜愤怒地说:"瞿月雅,我看你才是只鸡!"说着,离开了咖啡屋。

第十九集

1.

写字楼。

小娜敲董事长办公室的门,开门的是宋蓓。

小娜带着气恼说:"我想见瞿董!"

荣蓓说:"员工见瞿董先要通过部门经理。由部门经理汇报上来预约得到批准才行。你是新来的,不懂这规矩吧。先回去,按规章制度办。"说着要关门。

小娜挡着门说:"你跟瞿董说,我要见他。"声音放大而且坚决,"我现在就要见。你就说,沙小娜一定要见他!"

荣蓓知道内情,但还是用工作的语言拿起电话说:"瞿董,有个叫沙小娜的员工想见你。"

话筒里没有声音,接着里间的门就打开了,瞿欧德走出来。

瞿欧德说:"沙小娜啊,你要见我? 快进来!"

2.

小娜走进瞿欧德办公室，说："瞿董，我想离开公司。"

瞿欧德说："怎么啦?"又看看沙小娜的衣服，有拉扯过的痕迹，而且扣子也掉了一个，说："有人欺侮你啦?"

小娜说："不是! 是你女儿瞿月雅说我在勾引你，骂我是从草原上跑出来的鸡!"

瞿欧德说："沙小娜，你等等。"

3.

门外，宋蓓在听屋内的动静，听到脚步声，赶紧坐回自己的位置。

瞿欧德打开门说："宋蓓，请你暂时出去一下。"

宋蓓说："是。"起身离开。

4.

瞿欧德说："小娜，你继续说。"

小娜说："我受不了这样的侮辱! 干吗我要待在这里受这种气! 她有什么了不起的! 我和她打架了。因为她是你的女儿，又在上海大城市，要是在草原上，我就废了她!"

瞿欧德："就在刚才?"

小娜说："对! 瞿董，你要跟我说清楚，你为什么要对我这么好? 我也不断地在怀疑。因为你仅仅跟我母亲谈过恋爱，也用不着这样待我。你的目的是什么? 你得说出一个让我信服的理由来! 不然，我现在就离开这儿!"

瞿欧德眼里渗出了泪，突然情绪激动地说："小娜，你要信服的理由吗? 我觉得我应该待你更好! 我想把我所有的一切都给你。"

小娜说："为什么?"

瞿欧德说："因为你是我的亲生女儿!"

小娜心里虽然也有所准备，但还是觉得震惊，说："我是你的亲生女儿?"

瞿欧德说："小娜，坐下，你听我慢慢跟你讲。要不要给你冲杯咖啡?"

小娜说："我喝白开水。"

5.
火车站,月台上。
沙驼把二十几个人送上火车,包括大厨和服务员。
沙驼对大厨说："刘师傅,后天我在上海火车站接你们。"

6.
董事长办公室。
瞿欧德在对沙小娜叙述以前的事。

闪回:
瞿欧德与田美娜骑马在草原上……
瞿欧德与田美娜争吵……
瞿欧德跪在田美娜跟前……
……

7.
飞机场,候机室。
沙驼提着只小皮箱,走进检查口的通道。

8.
董事长办公室。
沉默了一会儿,小娜说："这么说,你是在我妈怀孕的情况下抛弃我妈的?"
瞿欧德痛苦而充满悔恨地说："是这样。小娜,我的女儿,我决不会对你隐瞒我对你母亲所犯下的罪孽! 自从看到你后,我就越发地感到自己对你母亲犯下的罪孽有多么深重!"

小娜说:"你先别叫我女儿!"

瞿欧德说:"你还不信,是吗?"

小娜说:"对,但还有别的一层意思!"

瞿欧德说:"那我就给你看一份让你信服的东西吧。"说着转身走到办公桌前,拉开抽屉,取出小皮夹,抽出一张照片和一份化验报告。

瞿欧德说:"小娜,这是我和你妈的合影。这是份DNA报告,证明我和你的关系。"

小娜更吃惊了,说:"DNA报告? 什么时候我们做DNA检查了?"

瞿欧德说:"在你住院的时候。"

小娜拿着那两份东西,沉默良久。

瞿欧德说:"小娜……"

9.

沙驼坐的飞机已经起飞。

沙驼望着窗外翻腾着的白云。

10.

董事长办公室。

小娜猛地站了起来。

小娜说:"瞿董,我不会叫你爸的! 你也不要叫我女儿! 你太可怕了。你如此残忍地抛弃了我妈。你又在我住院的时候背着我搞DNA检查,你把我当什么了! 我告诉你,我只有一个亲爸,那就是我现在的爸! 他叫沙驼,怪不得我爸说我要认你这个爸,就不要再叫他爸了。我现在就离开这儿,我再也不想见你!"

瞿欧德痛苦地大喊一声:"小娜——!"喊着,手扶着办公桌跪了下来,眼泪滚滚而下。

瞿欧德哀求地说:"小娜啊!"

小娜被瞿欧德这一行为吓呆了,一股恻隐之心一下涌上了心头,他毕竟是自己的亲生父亲啊。

小娜上去把瞿欧德扶起来,脱口而出:"你起来。"

瞿欧德一把抱住沙小娜号哭起来。

被感染的小娜眼睛也湿润了,但她突然又想到了什么,立即推开瞿欧德说:"瞿董,我走了……"

11.

小娜走在写字楼走廊里。

在走廊上的宋蓓看到小娜满脸泪水地快步走向电梯,觉得有些不对,忙走进董事长办公室。

走廊尽头的电梯门开,小娜走进电梯,她狠狠地抹去眼泪,似乎下了什么决心似的。

12.

电梯间,小娜按了一楼的电钮,电梯缓缓下降。

闪回:

夜,饭店包厢里。

瞿欧德愧疚地长叹了一口气说:"是啊。我在最不想分手的时候和她分手了。"

小娜问:"为什么?"

瞿欧德说"都是我呀,我为了自己的前程,狠心地离开了你母亲。从此我后悔痛苦怨恨我自己到现在。所以,当我知道你是田美娜的女儿后,我觉得,我有了弥补我对你母亲犯下过错的机会了。所以我想特别关照你,使我的良心能找回一点平衡。"

小娜问:"当时我母亲恨你吗?"

瞿欧德说:"怎么会不恨呢。但你母亲还是答应我让我走了。越是这样,现在回想起来,我越是感到对不起你母亲。当然你母亲后来跟你现在的父亲结婚我想会很幸福。因为我知道,沙驼很爱很爱你的母亲。"

　　小娜说:"这么说,你也认识我爸?"

　　瞿欧德说:"是这样。"

　　回忆结束。

　　电梯门开,小娜走入底楼大厅。

13.

小娜头也不回地走出了写字楼。

她拦了部出租车,钻了进去。

14.

出租车内。

小娜坐在出租车里。

闪回:

德佩公司董事长办公室。

　　瞿欧德激动地说:"小娜,你要信服的理由吗? 我觉得我应该待你更好! 我想把我所有的一切都给你。"

　　小娜说:"为什么?"

　　瞿欧德说:"因为你是我的亲生女儿!"

　　小娜说:"我是你的亲生女儿?"

15.

出租车内,沙小娜的脸部特写。

闪回:

德佩公司董事长办公室。

　　瞿欧德说:"小娜,这是我和你妈的合影,这是份DNA报告,证明我和你的关系。"

小娜更吃惊了,说:"DNA报告?什么时候我们做DNA检查了?"

瞿欧德说:"在你住院的时候。"

16.

出租车内,沙小娜的眼部特写。

闪回:

德佩公司总经理办公室。

小娜猛地站起来。

小娜说:"瞿董,我不会叫你爸的!你也不要叫我女儿!你太可怕了。你如此残忍地抛弃了我妈。你又在我住院的时候背着我搞DNA检查,你把我当什么了!我告诉你,我只有一个亲爸,那就是我现在的爸!他叫沙驼,怪不得我爸说我要认你这个爸,就不要再叫他爸了。我现在就离开这儿,我再也不想见你!"

瞿欧德痛苦地大喊一声:"小娜——!"喊着,手扶着办公桌跪了下来。眼泪滚滚而下。

瞿欧德哀求地说:"小娜啊!"

17.

出租车内,小娜的脸部特写,她还没有从震惊中清醒过来。

手机铃响,小娜一震,赶忙摸出手机接电话说:"喂?"

18.

董事长办公室。

瞿欧德坐在办公桌前,拿着电话的手还在颤抖。

瞿欧德的声音有些嘶哑,说:"沙小娜吗?我是瞿欧德。"

19.

出租车内,小娜在接听电话。

小娜说:"什么事?"

瞿欧德说:"你……冷静下来没有?"

小娜说:"瞿董,就是冷静下来,我也不会叫你阿爸。"

瞿欧德说:"小娜,我已经没有这个奢望了。我尊重你,也理解你。但是你不能就这样离开公司。"

小娜说:"为什么?"

瞿欧德说:"小娜,你替我想想,你就这样才上了半天班就突然离开了公司。公司的员工会怎么看我?他们肯定认为我对你非礼了。"

小娜想了一下,说:"那怎么办?"

瞿欧德说:"这样吧,你既然不想在公司上班,你还是回到超市财务室去工作,别人问起来我也好回答。你哪怕就是想离开公司,那也得上上几天班,然后说找到更好的工作了,到那时再离开,行吗?"

小娜思考了一会,说:"那好吧,明天我还回超市上班。"

瞿欧德说:"沙小娜,谢谢你……"

20.

瞿欧德离开电话机,站在窗台前眺望着黄昏灰蒙蒙的都市景,眼中又充盈着泪水。

21.

夜色降临,飞机下面的上海是一片像繁星一样闪烁的灯光。

沙驼坐的飞机降落到浦东机场。

22.

沙驼拎着包从检查口走出来。

小娜高兴地迎上去,一把抱住沙驼说:"爸……"说着,眼泪抑制不住夺眶而出。

沙驼笑了说:"小娜,你这是怎么啦? 你从小经常离开爸很长时间,还从来没有这样过。"

小娜说:"那不一样……"

沙驼搂了搂小娜的肩,说:"还没吃饭吧,咱们先吃饭去。"

23.

瞿欧德夹着皮包从外面进屋。

一走进客厅,满脸怒气的姜丽佩和脸上红肿的瞿月雅坐在客厅的沙发上,有意在等着瞿欧德。

姜丽佩站起身说:"瞿欧德,你明天就把那个沙小娜给我赶走,不然我们就离婚!"

瞿欧德没有理会她们,他放下公文包,自顾自地倒了一杯水喝。

瞿月雅说:"姆妈,你不能跟阿爸离婚,你提出离婚刚好正中阿爸的下怀!"

姜丽佩说:"你看看那个野蛮的婊……"姜丽佩看到瞿欧德瞪着红得吓人的眼睛,不由地改了口:"……女孩子,把我女儿打成什么样啦?"

瞿欧德突然说:"我的亲生女儿沙小娜对我说,她是对月雅手下留情了,要不然,她就要把月雅废了。你,姜丽佩,骂我的亲生女儿是婊子,你,瞿月雅,骂我的亲生女儿是从草原上出来的鸡。我无法容忍! 我亲生女儿那就更无法容忍了! 知道了吗?!"

24.

沙驼和小娜在一起吃饭。

小娜看看沙驼说:"爸,我能不能问个不该问的问题?"

沙驼说:"问吧。"

小娜说:"就是瞿欧德的事,你说你回来后要告诉我的。"

沙驼说:"你已经长大成人了,所以我也该把身世告诉了你,我认为这事不该也不用瞒你。用现在的话说,就是你有知情权,你妈的遗言:我就是你的亲爸！你再也没有别的什么爸。就是你亲爸真的来认你,你妈说了,也不许他认。你要认了,那就等于背叛了你妈,也背叛了我这个爸。"

小娜说:"爸,我知道了,在这世上,你就是我唯一的爸! 对这我丝毫也不会动摇了!"

25.

姜丽佩和瞿月雅都惊诧到了极点。

姜丽佩说:"你说什么? 你的亲生女儿? 沙小娜是你的亲生女儿?"

瞿月雅说:"老爸,你跟姆妈结婚前,一直都是单身呀! 哪里又来一个亲生女儿?"

瞿欧德打开皮包,抽出一张照片和一份检验单搁在茶几上。

瞿欧德说:"你们看,这是我与沙小娜的母亲叫田美娜一起在草原牧场的合影,这一份是医院为我与沙小娜做的 DNA 检查报告单。沙小娜,就是我的亲生女儿。"

瞿月雅充满好奇心地急不可待地看照片看报告单。

瞿月雅大叫:"阿爸,沙小娜跟她的母亲很像耶! 天呐! 阿爸,沙小娜真是你女儿?"

瞿欧德说:"DNA 报告单上不是写着了吗?"

瞿月雅说:"这么说,沙小娜是我姐姐啰? 天呐! 天呐! 天呐!"

瞿欧德说:"如果你还承认我是你阿爸的话,那她就应该是你姐姐。"

姜丽佩看完照片和报告单脑子是一片空白,蒙住了,她缓缓地把照片和报告单放回茶几上。

26.

沙驼租的房子。

小娜和沙驼走进房子。

沙驼看到屋子收拾得干干净净,满意地点点头。

小娜说:"爸,我觉得你这次去的时间真的好长好长哟!"

沙驼说:"爸才去了一个月不到,就长啦?"

小娜说:"可能是因为这一个月经历的事太多了吧。"

沙驼说:"小娜,你还记得姗梅阿姨的那个饭店吗?"

小娜说:"不是被一个新疆人买去了吗?"突然醒悟过来说:"爸,那个新疆人不会就是你吧?"

沙驼一笑,说:"我托人把你姗梅阿姨的饭店盘下来,就是想开成个正宗的新疆特色的饭店。所以我回去请了两位新疆的民族大师傅,又找了几位民族姑娘和小伙子,还有咱牧场牧工的子女,后天他们坐的火车就到。"

小娜说:"爸,你要是解放前,肯定是搞地下工作的!"

沙驼说:"咋?"

小娜说:"那么长时间,一点风声都不透,连姗梅阿姨和兆强都蒙在鼓里。"

沙驼说:"我不说,是怕你姗梅阿姨抹不开面子,不好开价。好了,你先回你外婆那儿,我得去看个人。"

27.

瞿欧德坐在沙发上,长长地舒了口气。

瞿欧德说:"我知道,我只有把真相告诉你们,你们才会知道我为什么要对沙小娜这么好。要不,你们是永远无法理解的。什么婊子,什么鸡,我无法承受,沙小娜更无法承受。但你们恐怕会一直这么骂下去。所以,我只有把真相告诉你们,才能消除这种误解!"

瞿月雅说:"阿爸,对不起。"

瞿欧德说:"丽佩,我接受了你前夫的女儿,你能接受我的女儿吗?"

姜丽佩缓缓地站起来,走出客厅,她回头看了一眼默默注视着她的瞿欧德和瞿月雅,突然感到有点愧疚了。

28.

沙驼轻轻敲开一家有点像棚户房的门。

徐爱莲打开门,一见是沙驼,高兴地一把抱住沙驼说:"沙驼大哥,你回来啦,我都想死你了! 我真怕你不会来找我呢。"

29.
瞿月雅说:"好了,好了,妈妈不会有事的!"突然高兴地叫起来,"哇! 天呐! 我有姐姐了。我有个姐姐了,不过,我姐姐打我打得你不知道有多狠!"

瞿欧德说:"她要骂你是鸡,你会怎么样?"

瞿月雅爽快地说:"行了,我明天就去向她道歉。啊,我姐姐长得可真漂亮! 就是粗野了一点。"

30.
姜丽佩推门进来,缓缓走到自己的床前坐下。她打开床头灯,注视着灯光,有些发呆。

31.
原全福饭店,现在挂牌是西域小羔羊饭店。

沙驼领着徐爱莲走进饭店。

重新装潢的饭店已有了很浓的西域风味。

沙驼对徐爱莲说:"徐爱莲,你看咋样?"

徐爱莲说:"沙驼大哥,这饭店是你开的?"

沙驼说:"原先它叫全福饭店,我把它买下了,改成了现在这模样,叫西域小羔羊饭店。我的牧场的小羊羔品种的羊,在上海也有了出路。"

徐爱莲说:"沙驼大哥,你好坏呀。你肯定已经是个大老板了,干吗还装模作样地去面馆当拉面师傅呀? 受那个鬼老板娘的欺侮,要我,我才不干呢!"

32.
姜丽佩坐在床上沉思着,这时她已是满脸的愧歉。

瞿欧德走进来,看着姜丽佩。

瞿欧德说:"丽佩……"

姜丽佩叹口气说:"欧德,对不起,我误会你了,我没想到沙小娜是你的亲生女儿。"

瞿欧德无言地看着她。

姜丽佩说:"欧德,我也是受过良好高等教育的人,你既然把事情讲清楚了,我会正确地面对现实的,我真的是误会你了。不过,你也有责任,你应该事先就跟我沟通,我会通情达理地来处理这件事的,就像现在这样。"

瞿欧德:"对不起,我也向你道歉。尤其是昨晚,我不该对你这么粗暴。因为这事的发展过程,当时我也无法和你沟通。"瞿欧德坐到床边,一只手扶在姜丽佩的肩上,真诚地看着姜丽佩说:"丽佩,我没想到你会如此通情地接受这样的事实,我心里特别感动,谢谢你。"

33.

沙驼比着手势对徐爱莲说:"人活在这世上就要能屈能伸,不屈怎么伸呀。"

徐爱莲说:"不过沙驼大哥,虽说人要能屈能伸,但你也屈得太厉害了,一个大老板怎么能屈成个拉面师傅呢?"

沙驼说:"我十二岁就从家里出来谋生,什么样的苦没有吃过呀,能当个拉面师傅算什么!再说,在面馆干那么些日子,我也有收获呀。"

徐爱莲说:"有啥收获? 那点工资对你个大老板来说算啥!"

沙驼说:"我要在上海开西北风味的饭店,就是要从最基层看看西北风味的餐饮在上海有没有市场。现在看来,只要做得好,做得有口味,做得有特色,生意一样可以做大,做好呀! 徐爱莲,我的饭店马上要开张了,到我饭店来做怎么样?"

徐爱莲说:"太好了,你不让我来,我也要来呢,做什么?"

沙驼说:"这些年你都在上海的服务行业干,当领班吧,怎么样?"

34.

姜丽佩已经睡下,瞿欧德坐到自己的床边,从床头柜里取出一包烟。

瞿欧德说:"破个例,在这儿抽支烟好吗?"

姜丽佩体谅地说:"你抽吧。"

瞿欧德用平和而亲近的语气说:"丽佩,在平时,我总感到你有时有点过于激烈,甚至有点像泼妇。但现在看来,你是个很有教养的女人,我对你真是太不了解了。今天,你在我心中已是另一个样子了。"

姜丽佩说:"欧德,你讲的这事,到现在我的心还没有缓过来,我真的是蒙住了。但我理智告诉我,我怀疑你和她之间有那种关系,我骂她是婊子,那是绝对错了,是对你们人格的侮辱,所以我得道歉。但现在,欧德,你能不能告诉我,这到底是怎么回事?"

瞿欧德开始叙述:草原、田美娜,他们的离别,镜头在一幕幕闪过……

35.

瞿欧德感慨而愧疚地把烟屁股摁灭在烟灰缸里。

姜丽佩说:"还想再抽一支吗?"

瞿欧德说:"已经把屋子严重污染了,不抽了。"

姜丽佩说:"这么说,你还有个儿子? 知道他的下落吗?"

瞿欧德摇摇头说:"不知道……"

36.

殷浦江和梁敬辞围坐在桌前,两人正在交换一张合同,殷浦江看了看,签下了自己的名字。

梁敬辞说:"好,小兄弟,这个摊位从今天夜里起,就归你了!"

37.

沙驼走进姗梅家的客厅。

姗梅为沙驼倒杯茶。

沙驼说:"姗梅嫂子,我想告诉你一件事,你们的那个全福饭店你知道是谁买下来的?"

姗梅说:"是个新疆人买下来的,那个老板很大方,价都没还,合同一签,现款就打进银行了。这些钱除了还债外,余下的也够我和兆强过一阵子了。"

沙驼说:"你知道那个人是谁吗?"

姗梅:"不知道,你知道?"

沙驼说:"就是我。"

姗梅大惊,说:"是你? 不会吧? 你不是说你现在还在放羊吗?"

沙驼说:"是呀,我现在还在放羊。"

姗梅说:"那你哪来那么多钱?"

沙驼说:"我办了一个很大的牧场,办牧场不就是个放羊的吗?"

38.

小娜一走进财务室,就用眼睛寻找着,但发现没有看到殷浦江。

尤主任说:"沙小娜,伤好了吗?"

小娜说:"好了。"

尤主任很客气地说:"赵经理已经通知我了,从今天起,你就正式在我们这儿工作了。"

小娜问:"尤主任,殷浦江呢?"

方玉芹说:"沙小娜,你不知道吗? 殷浦江前些日子就被炒鱿鱼了!"

39.

沙驼对姗梅说:"我想让兆强到我饭店里去做。"

姗梅高兴地说:"可以呀,让他干什么?"

沙驼说:"你想让他干什么?"

姗梅说:"你现在是老板,当然由你安排喽。"

沙驼说:"我有两个方案,一个是让他挂个副经理,只拿工资不干活也不管事。"

姗梅说:"这算是什么意思?"

沙驼说:"养着他呀,你现在不是这样吗?"

姗梅不满地说:"你不是说这是在害他吗? 那你另一个方案呢?"

沙驼说:"到饭店干活。"

姗梅说:"干什么活?"

沙驼用很干脆的语气说:"跑堂! 也只拿跑堂的钱。犯了错,同样扣工资。"

40.

财务办公室。

小娜吃惊地问:"被炒鱿鱼? 为啥?"

方玉芹说:"违反制度了! 过分的自信,再加上傲慢,不知道自己是谁! 听说连瞿董的女儿都没保住他。"

小娜说:"那他现在到哪儿去了?"

方玉芹说:"这我们就不晓得啰。"

尤主任说:"方玉芹,你这嘴也太碎了点,你怎么知道瞿董的女儿要保他?"

方玉芹说:"这不明摆着吗? 大小姐看中的人被董事长夫人打压,最后女儿还不是得乖乖听老妈的。"

尤主任说:"这是哪跟哪儿的事! 你又在那里胡传。殷浦江的事我听赵经理说过,瞿董还想挽留他在公司工作,还安排他去云南采购组,但他不肯去。我看殷浦江这年轻人不错,会有出息的。都工作吧,别再闲扯了。"

41.

姚姗梅不满地对沙驼说:"沙驼,你也太不够朋友了。再怎么,也不能让兆强去当个跑堂的呀! 怎么说,他也是全福饭店老板的儿子,让他当跑堂,那也太掉价了,就是我姚姗梅的脸上也挂不住呀。"

沙驼说:"所以我才来跟你商量嘛。"

姚姗梅说:"你和兆强他爸在新疆时不是蛮铁的吗?"

沙驼说:"这点我不会忘记的。崔大哥是对我有恩的,但朋友是朋友,生意是生意,这是两码事。"

姚姗梅说:"该关照的总还也该给关照吧?"

沙驼说:"以好朋友的儿子这一角度说,我让兆强在饭店挂个副经理的虚职,我每个月给他副经理的工资,不让他做事,每个月来领工资就行了,他爱怎么玩就怎么玩去。只要我沙驼的这个饭店生意不垮,这份工资可以一直领下去。"

姚姗梅说:"我们家兆强脸皮薄,这种吃白食的工作绝对不会去做的。"

沙驼说:"那就按生意上的方式做。他就得在我饭店实实在在地干活,不管他读了多少书,哪怕是个博士,那也只能先做跑堂。在生意场上要有真本事,真本事是一步一步练出来的。在生意场上关照这个关照那个,那你这生意就干脆别做了! 要到饭店来工作,只能是这样。要不,就到别的地方另找一份工作做。"

姚姗梅是一脸的不悦。

42.

沙小娜打开电脑时,心绪不宁地又问尤主任说:"尤主任,殷浦江到底为啥会被炒鱿鱼?"

尤主任说:"这事说起来还跟你有关。"

沙小娜说:"跟我有关?"

尤主任说:"那天你被货箱压伤,住院那天,他也没跟我们打招呼,就这么擅自去医院看你了。这是破坏规矩的。"

沙小娜"啊"了一声。

闪回:

医院,电梯门开,殷浦江站在电梯口关切地看着她……

尤主任继续说:"后来又迟到了一次。你知道,公司的规章严得很,不过没有规矩不成方圆哪。规章制度对谁都是一视同仁的,是吧?"

小娜点点头说:"是,那他现在在哪儿? 你也不知道吗?"

尤主任说:"我也真的是不知道。他离开这儿时,没跟我说。"

小娜感到很内疚。

43.

沙驼领着崔兆强走进饭店。崔兆强看到重新装潢的饭店已有了很浓的西域风味。

沙驼说:"兆强,你看怎么样?"

崔兆强说:"蛮有特色的。"

沙驼说:"生意场上就是这样,要想吸引人,得有自己的特色啊。"

崔兆强看沙驼的眼光有点异样,心里说:"姆妈不是说沙驼爷叔就是个山沟里的一个牧羊人吗? ……"

崔兆强说:"沙驼爷叔,姆妈说,你让我到你店里干活,干吗要让我干个跑堂的呢? 我可是个学饭店经营管理的大专生啊!"

沙驼说:"有些话我已经同你姆妈讲过了,我不多说了。今天我带你来饭店看看,就是最后的主意你自己拿。要想真干活做点事,就从跑堂开始。如果像你说的当个能吃喝玩乐的富二代,那你就挂个副经理,给你一份副经理的工资。"

崔兆强说:"那不是忽悠我吗?"

沙驼说:"所以主意你自己拿呀!"

第二十集

1.

客厅。

崔兆强对姚姗梅说:"姆妈,沙驼叔叔真是个牧羊人吗?"

姚姗梅说:"是呀。那时我和你阿爸在新疆时,我们是在牧场一起放过羊的。"

崔兆强说:"他现在还是放羊的?"

姚姗梅说:"他到这儿来时,他跟我说,他还在放羊。"

崔兆强摇头说:"肯定不是,我觉得他在生意场上,绝对是个老手! 说不定比我阿爸还要行,起码是比我阿爸有魄力。"

姚姗梅说:"那你在不在他那儿做?"

崔兆强说:"先做做再说吧。小娜说,人活在世上,首先要自己能养活自己呀! 我也不想让小娜看不起我。"

2.

沙驼走在小街上,各种早点摊子前生意依旧红火。

沙驼走到殷正银家门前,门紧闭着,显得冷冷清清。

沙驼问边上卖糍饭团的摊主:"老板,殷老板家怎么今天没出摊呀?"

糍饭团老板说:"歇摊子已经好些天了。"

沙驼说:"怎么回事?"

糍饭团老板说:"具体情况不大晓得。听说儿子离家出走了,老板娘中风瘫在床上了。"

沙驼听了,急忙上去敲门。

3.

殷正银忙开门。看到是沙驼。

殷正银说:"噢,沙驼啊。"

沙驼问:"怎么回事? 家里出事了?"

殷正银长叹了口气说:"都是你给闹的。你要不来要你的儿子,我们家不是什么事都不会有吗?"

沙驼说:"殷正银,你这话说得好没有道理! 要是你的儿子被我抱走了,你来不来要?"

殷正银语塞。

4.

一长溜的水产摊子里,可以看到殷浦江也正在他的摊子上做生意。

由于他的长相特别的帅,人又年轻,所以他摊子上的生意也特别的好。尤其是那些娘儿们,都要挤到他的摊上去买,他已忙得满头大汗了。

他两边摊子上的老板眼光充满了妒忌。

5.

二楼。

仍躺在床上的许萝琴看着沙驼却说不出话,只是眼泪一串串地往下流。

殷正银说:"当时我和许萝琴已经商量好了,决定把这事告诉给浦江听。但我们想,我们辛辛苦苦地把浦江拉扯到这么大,总不能说走就走呀,总得跟你商量商量看看怎么安排才好呀。那时我们真的是盼着你赶快过来,可谁会想到阿林却在这中间插了一杠子!"

沙驼说:"我懂得你们的意思了。我要回我的儿子,这一点我沙驼决不会动摇的! 你们再挡也挡不住。但我也想过,你们抚养了他二十几年,把他培养成了大学生,像你们这种状况也真不容易。何况你们对他,他对你们也有了很深的感情。只要我和儿子相认了,我会让儿子来照顾你们,如果他愿意,仍可以跟你们住在一起。你们把他抚养大了,他有照顾你们的责任。但他应该知道他的真正母亲是谁,他的父亲是谁,这是他的权利! 你们说呢?"

许萝琴做了个手势,还点了点头。

6.

午餐时间,餐厅。

小娜正在餐厅吃饭,瞿月雅端着饭菜走了过来,笑嘻嘻地在小娜边上坐下。

小娜看看她说:"怎么,你准备再打一架?"

瞿月雅说:"不打了。就是打,也是我吃亏。我不会那么傻!"

小娜说:"那你来干吗?"

瞿月雅说:"我就是特意来看看你,想仔细看看你到底长得像谁?"

小娜说:"就像我自己,还能像谁?"

瞿月雅说:"小娜姐,你要知道,遗传的力量是很伟大的,你不是见过我阿爸姆妈吗?"

小娜说:"怎么啦?"

瞿月雅说:"我长得很像我姆妈,对吧?"

小娜冷淡地说:"这跟我有什么关系。"

瞿月雅:"姐姐,你干吗这么不友好啊?"

小娜说："谁是你姐姐！从草原上走出来的鸡怎么会是你姐姐?"

7.

二楼。

沙驼看着许萝琴,同情地说："我要想办法把浦江找回来,让他也来照顾照顾你们,因为这是他的责任！但你们一定要把实情告诉他,让他认我这个爸!"

殷正银点头说："可以,只要他不恨我们,能常回来看看我们,我们就知足了。"

沙驼说："你们的摊子摆不成了,经济上怎么办?"

殷正银说："现在还可以,以前还留了点积蓄。"

沙驼问："不是很多吧?"

殷正银说："可以维持个把月吧。"

沙驼说："那怎么行,许萝琴这病一时半会也好不了,这样吧。你们把浦江抚养大了,我要要回我的儿子,那怎么也得把抚养费还给你们。目前,我正准备在上海开一家饭店,也是用钱的时候,所以不大可能拿出很大一笔钱给你们。但你们每个月的开销再加上许萝琴目前的医药费,大概需要多少,你们报个数给我,我按时派人送来。"

殷正银说："沙驼,你说这话当真?"

沙驼说："我沙驼什么时候骗过人?"

殷正银说："你哪来这么多钱?"

沙驼说："这十几年,我做生意赚了点。你们不信?"

殷正银说："我信,因为看你的样子,好像是蛮有钱了,只是没想到你沙驼会这么仗义!"

沙驼说："我说了,儿子我一定要认,要要回来！这不光是我的事,那还是我妻子田美娜的事！但你们把孩子养大不容易,做人做事都得讲个真情,讲个理顺！我会找回我儿子来孝顺你们的。"

殷正银感动地叫了声："沙驼,要早知你能这样,我们何必……"眼泪便滚了下来。

8.

餐厅。

瞿月雅有些撒娇地说:"姐姐,我错了,今天我是特地来向你道歉的。"

小娜吃惊地说:"怎么?"

瞿月雅说:"我阿爸把你与他的关系跟我们说了。我知道,阿爸本来是不想说的,但我和姆妈都怀疑他与你的这种亲密关系极不正常,怀疑你们之间有那种事。阿爸很无奈,知道不把你们之间的真正关系告诉我们,他就无法向我们解释清楚。"

小娜说:"这么说,你和你妈都知道了?"

瞿月雅说:"是啊!"

小娜说:"我说呢,怎么一天一个脸,比草原上的天气变得还快。"

瞿月雅讨好地说:"小娜姐,你不知道,当阿爸把你俩的关系亮给我们听后,我们有多吃惊,我姆妈都呆掉了!"

小娜哼了一声,没有说话。

瞿月雅说:"我阿爸还让我们看了DNA的检验单,你不知道我有多吃惊又有多高兴啊!"

小娜突然站了起来,说:"我吃好了,先走一步!"

9.

走廊。

小娜在前面走,瞿月雅追了上来说:"小娜姐,你怎么了? 还在生我气吗?"

小娜说:"没有!"但脸上表情还是很冷漠。

瞿月雅发嗲说:"小娜姐,不要这样嘛。昨天真是我错了,我给你鞠躬好吗?"说着,真的给小娜深深一鞠躬。

小娜忙拉住她说:"你这是干吗? 我已经说了我不生气了。"

瞿月雅说:"真的吗? 那你认我这个妹妹吗?"

小娜说:"不好意思,月雅妹妹,那天我下手也太重了,现在你脸上还有青印子呢。"

瞿月雅高兴了,说:"是呀是呀,没想到阿姐的劲会这么大!"说着,亲昵地挽住了小娜的胳膊。

小娜看看瞿月雅,她被瞿月雅的真诚感动了,说:"月雅妹妹,对不起……"然后陷入了沉思……

10.

门前广场,瞿月雅的小车边。

小娜送瞿月雅走到小车边上。

瞿月雅:"阿姐,今天晚上阿爸、姆妈想请你一起吃顿饭,算是我们全家的正式相认吧。"

小娜摇头说:"不行! 我不能再跟瞿董见面!"

瞿月雅说:"这为什么?"

小娜说:"因为我不想再见他。"

瞿月雅说:"可他是你亲阿爸呀!"

小娜说:"我只有一个阿爸,那就是我现在的爸沙驼! 他就是我亲阿爸,我不可能认瞿董当什么阿爸的,哪怕我身上真有他的血脉!"

瞿月雅说:"为什么?"

小娜说:"你阿爸知道。"

11.

沙驼开门进屋。

小娜说:"爸,你怎么来了。"

梅洁热情地说:"沙驼,快坐,快坐。"

沙驼说:"妈,本来一回上海就该来看你,但我盘下的饭店就快要开张了,事儿有点忙不过来,这几天我又要忙着去请一些捧场的人。"

梅洁说:"我听小娜说了,饭店什么时候开张?"

沙小娜说:"爸,你在上海地生人不熟的,上哪儿去请?"

沙驼说:"我不是跟你说过嘛,几年前上海有几位客户跟我有生意上的往来,这次来不都又联系上了。爸办了那么大的一个牧场,跟天南海北的人都有交道,到饭店开张那天你就知道了。妈,饭店开业你也去捧捧场吧。"

梅洁笑着说:"不去了吧。我是清静惯了的人,又这么一大把年纪,不去凑这个热闹了。"

沙驼想了想,对小娜说:"小娜,你帮我跑个腿吧。"

12.

沙驼对小娜说:"小娜,你现在呢到你舅舅、舅妈那儿去一趟。"

小娜说:"上他们那儿去干吗?"

沙驼说:"他们不管咋样,总还是你的舅舅、舅妈,总还是你的亲人。"

小娜说:"哪有亲人让自己的小辈去三陪的。"

沙驼说:"过去的事了,别再斤斤计较了。再说,你舅舅这个人还是不错的,一开始他就想认你。明天咱们饭店开业,请他们也来参加。来不来是他们的事,请不请是我们的事。"

小娜说:"爸,有这个必要吗?"

沙驼说:"在这世上,多个朋友多条路,多个仇人多堵墙,何况是亲戚呢。再说,他们做下的事,我也已经教训过他们了,还是请吧。"

小娜说:"爸,瞿董与我妈到底是怎么回事,我想知道!"

沙驼叹口气说:"你先到你舅舅、舅妈家去,回来我就详详细细地告诉你和外婆。"

13.

小娜突然走进咖啡屋,田铭源与和贾莉娅又是吃惊,也有点喜出望外,尤其是贾莉娅。

贾莉娅把小娜拉进一间包厢,对田铭源说:"快去倒咖啡拿点点心来呀。

小娜,快坐快坐。"贾莉娅的过分热情反而让小娜感到不好意思。

贾莉娅一面在门口让座说:"小娜,你坐噢。"一面对包厢外的田铭源使眼色,看田铭源没反应,就对着他耳边说:"赶快给瞿董打电话!"

14.

包厢内。

贾莉娅端着咖啡闪进包厢,对小娜说:"小娜,前些日子发生的事,舅舅、舅妈再次向你道个歉。"

小娜说:"不用了。"

贾莉娅说:"来来,喝咖啡。"

小娜说:"舅妈,我来,只是我爸让我来通知你们,明天我爸的饭店开业,想请舅舅、舅妈也去参加开业典礼。"

贾莉娅说:"你阿爸开了家饭店啊? 啥饭店啦?"

小娜说:"就是以前的全福饭店,我爸买下来后,又重新装潢过了。现在叫西域小羔羊饭店。"

贾莉娅说:"我们一定去一定去! 你阿爸开的饭店,我们肯定要去捧场。"

小娜站起来说:"舅妈,我要走了。"

贾莉娅又把小娜拉着坐下,说:"这哪能行啦! 你要这样走,就是你还没有原谅舅妈。坐一坐,喝杯咖啡,再吃点点心再走,舅妈还有话问你。"然后走到包厢门口喊,"阿菊,点心哪能还不端来啦!"

15.

阿菊把点心送进包厢。

田铭源在吧台放下电话,朝贾莉娅点点头,意思是瞿欧德那儿已经通知了。

贾莉娅转身回包厢,田铭源也跟了进去。

16.

包厢。

贾莉娅一面招呼小娜吃点心,一面说:"小娜,你阿爸不是说在新疆农场是放羊的吗? 到上海来又当拉面师傅,现在怎么会开饭店呢?"

田铭源也说:"那家全福饭店老早我们去吃过饭的,不但地段好,饭店规模也不小呀。能盘下来,那需要大手笔的。"

小娜说:"舅舅、舅妈,我现在可以告诉你们。我爸在新疆有很大一个牧场,许多许多的羊,还有上万头的奶牛。在乌鲁木齐还有一个五星级的饭店。"

贾莉娅大惊道:"那你阿爸是个大款喽?"

小娜说:"可我爸总说,他是个放羊人,牧场就是养羊养牛的嘛。"

17.

瞿欧德匆匆走了进来,阿菊引他到包厢门口。

瞿欧德听见小娜说:"在农场我听人说,我妈因为没结婚就怀了我,队上开她的批斗会,让我妈交代我爸是谁。批得我妈支持不住了,我爸就站起来说,我妈肚子里的孩子是他的,这才解了我妈的围。所以我妈生下我后,临死前就把我交给了我爸,因为我爸是个特别仗义的人,把我交给他放心。"

贾莉娅说:"我听出来了,怪不得瞿董对我们这么好,原来是在赎罪呀!"

田铭源说:"我阿姐太可怜了……"

瞿欧德赶紧推门走了进去。

18.

瞿欧德走进包厢。

小娜看到瞿欧德感到有点意外也有点吃惊,忙站起来说:"舅舅、舅妈,我走了。"

瞿欧德说:"沙小娜,请你别走! 我求你,听我说上几句话行吗? 我毕竟是你亲生父亲呀!"

小娜说:"我告诉过你,我爸只有一个,就是沙驼。"说着匆匆走出包厢。

瞿欧德颓然地坐在沙发上。

田铭源想了想,追出了门外。

19.

田铭源追出咖啡屋,叫住小娜说:"小娜,请等一下。"

小娜停下看看田铭源,看得出她脸上很是不满和戒心。

田铭源说:"小娜,瞿董是刚才舅舅打电话叫来的,舅舅向你道歉。"

小娜说:"舅舅,你们这事做得太不地道了!"

田铭源说:"是是,是舅舅做得不对。不过我和你舅妈开这个咖啡馆,瞿董在经济上帮了我们很大的忙,我们都不知道他为什么要这么帮我们。自从晓得你是他亲生女儿,我们以为促使你们相认就能报答他。我阿姐和他之间的这些事我也是今天才搞清楚,原来他说在还债,就是这笔债。"

小娜说:"舅舅,你要是没别的事,我先回去了,我爸和外婆还在等我呢。"

田铭源说:"小娜,请你回去告诉你爸,说我田铭源谢谢他为我阿姐做的一切,我敬服他的仗义。"

20.

瞿欧德痛苦而无奈地坐在沙发上。

贾莉娅说:"瞿董,你是小娜的亲生父亲,她晓得了哦?"

瞿欧德点点头,说:"但她不肯认我这个父亲。"

田铭源走了进来,说:"瞿董,既然我阿姐肚里已经有了你的孩子,你为什么还要抛下我阿姐不管呢?"

瞿欧德恼怒地说:"可当初我不离开你阿姐,哪来的今天啊!"

田铭源还想说什么,贾莉娅赶紧捅捅他,叫他闭嘴。

瞿欧德说:"我会让小娜认我的,我一定要让小娜认我这个爸!是,我抛下了田美娜,我已经受到了惩罚!但我不能再抛下我的女儿,既然她已经来到我的身边!"

21.

小娜对沙驼说:"刚才舅舅又把他给叫去了,好像舅舅也早知道,我是他的……"

梅洁生气地说:"这个不争气的东西,成事不足,败事有余!"

小娜赶紧说:"舅舅追出来向我道歉了,还说敬服我爸的仗义呢。"

沙驼长叹一声,说:"唉! 这世界真的是太小了。你妈绝对不会想到我们回上海,居然还能碰上他。"

小娜说:"在我住院期间,他待我特别的好,他还趁机让医院偷偷地为我和他做了DNA检验,证明他是我的亲生父亲。"

沙驼气恼地说:"这家伙怎么能这么干? 太卑劣了!"

小娜说:"爸,到现在为止,我都只是听到他的一面之词。我想知道他跟我妈到底是怎么回事? 你能告诉我吗?"

沙驼说:"既然已经是这样了,你也知道瞿欧德是你亲爸了,爸就把他和你妈的事详详细细地告诉你吧。"

22.

包厢内。

瞿欧德站起身对田铭源和贾莉娅说:"这次多谢你们通知我了,我先回去了。"

贾莉娅说:"瞿董,你晓得这次小娜来我们这里做啥?"

瞿欧德看看她,他不喜欢贾莉娅卖关子的那副德行。

贾莉娅说:"她是跑来邀请我们参加她阿爸饭店开张的典礼。真搞不懂小娜现在这个阿爸究竟是做什么的。一会儿说自己是放羊的,一会儿又成了个拉面师傅,咯些倒好,又开起饭店来了!"

瞿欧德说:"沙驼在上海开了个饭店?"

贾莉娅说:"是呀,真是吃不准这个人,到底是什么来头?"

田铭源说:"这叫人不可貌相,海水不可斗量。"

贾莉娅说:"喔哟,有啥的啦,再有钱也不过是个乡巴佬,身上还不是一样的土气。"她这话是讨好瞿欧德说的。

瞿欧德说:"沙驼的饭店什么时候开张?"

贾莉娅说:"就是明朝。"

瞿欧德说:"饭店在什么地方? 明天我也给他捧场去。"

23.

梅洁家。

沙驼说:"瞿欧德要离开你妈出国时,你妈曾经要求他带自己一起走。可瞿欧德,那个混蛋,他拒绝了,还那么狠心地抛下你妈走了。你想,你妈当时心里承受了多大的痛苦啊! 你妈甚至想要跳崖自杀,是我紧紧地抱住了她,对她说,你可以去死,但你没权利让孩子跟你一起去死,因为你肚里的孩子是我沙驼的!"

小娜咬着嘴唇,她仿佛已经感受到当年母亲的绝望与愤怒。

梅洁抹着眼泪说:"小娜,当初你姆妈托人给你舅舅捎了信,提到要跟你阿爸结婚的事,还说了她肚子里已经有孩子了,我那时那个气呀,只想死过去算了。我要知道她那么命苦,被那个不负责任的男人抛下,我⋯⋯"

沙驼说:"你妈和我领了结婚证,在生你和你哥之前,她就跟我说了,她觉得自己已经爱上我了。小娜啊,就因为她这句话,我沙驼愿意为她献出我的一生!"

小娜控制不住了,喊了一声:"爸——"

沙驼说:"是啊,我不能否认,在血缘上,瞿欧德是你的亲生父亲。但在他临走前,你妈对他说,从你今天离开这儿起,你就不是孩子的父亲了,因为你已经失去了一个做父亲的资格! 这也是你为此付出的代价。"

24.

瞿欧德卧室。

姜丽佩已躺在床上。

瞿欧德洗好澡进来坐到自己床上看着姜丽佩。

姜丽佩说："怎么啦,用这种眼光看我?"

瞿欧德说："丽佩,我认了我的女儿后,你的表现真的让我很感动也很满意。但也感到有些意外,所以心里也还不很踏实。"

姜丽佩冷笑一下说："那我应该怎么表现? 该跟你大吵大闹,不让你认这个女儿? 那我要跟你大吵大闹的理由是什么? 我不让你认这个女儿的理由又是什么? 你能跟我说说吗?"

瞿欧德说："从我这个角度来讲,当然不应该是这样。"

姜丽佩说："我跟你的想法是一样的,不是吗? 我如果是个不讲理的人,可能会,但我是个讲理的人,那就不会!"

瞿欧德说："那我就放心了。这两天我准备同小娜现在的阿爸见个面,小娜这个女儿,我一定得认!"

25.

小娜送沙驼出来,沙驼说："小娜,你早点休息吧,明天还要去上班呢。"

小娜说："爸,德佩公司,我不想再去了。"

沙驼点点头,说："那你也来饭店里吧,我这里也正好缺人手。不过你先得从跑堂的做起,没意见吧?"

小娜干脆地说："行,我做!"

26.

姜丽佩对瞿欧德说："欧德,你与你的亲女儿能相认,我当然会由衷地为你高兴。我们相处的这些年来,我发现你很孤单。我还有个亲女儿,可你身边什么亲人都没有。我虽是你的妻子,但你并没有把我当成你的亲人,所以你就拼命地工作。我知道你心里一定很苦,你也肯定一直暗暗地在怀念着沙小娜的母亲……"

瞿欧德点点头。

姜丽佩："可我心里也是很苦很苦啊！你是为经济上的原因才同意跟我结婚,这我知道,但我却是因为深爱着你,才想要跟你结婚的。这么些年来,你冷淡我,但我也没发觉你跟别的女人有什么往来,更没有上那种地方去寻花问柳。可当我发觉你突然对一个非常漂亮的姑娘有了那种特别亲切的关怀时,我能不恼怒不痛苦不生气吗？我的反应是过于敏感过于激烈了。"

瞿欧德说："这个误会是我造成的,我要向你道歉。"

姜丽佩摇摇头说："如果你心里真的有把我放在妻子这个位置上,你就该第一个告诉我真相。但你却是在事态变得一发不可收拾时,才来解释,你知道我知道真相时有多狼狈吗？"

瞿欧德有些内疚地说："对不起……"

姜丽佩说："不过当我知道你与沙小娜是父女时,我的心突然放松了下来。因为对我的威胁一下就消失得无影无踪了,所以我干吗要为这事跟你闹呢？这对你来说是件多好的事啊。而对我来说,不也是件好事吗？不管怎么说,我是你妻子。你很疼爱我的女儿,所以我女儿一直也没有把你当外人。那我也会喜欢你的女儿的,而且她也真的很让人喜欢。"

瞿欧德含着激动的泪说："丽佩,我由衷地感激你！我会报答你的！"

27.
夜已经深了,沙驼独自走在空落落的街道上。
他仰望着远处夜空映衬下的参差的高楼,意气风发地吼了一嗓子！

28.
卧室的阳台。
瞿欧德遥望着城市的夜景,默默地抽着香烟。
姜丽佩从卧室里出来,走到瞿欧德身后,抱住他的肩膀深情地说："欧德,你要认女儿,我不会反对的,你真的是太不了解我了！"

瞿欧德说："应该说是,因为我俩之间的沟通和交流太少了。"

姜丽佩说："那是因为你老是拒绝我与你之间的交流,因为你对我没什么感情。"

瞿欧德坦诚地说:"我承认。"

姜丽佩说:"欧德,你与你的亲女儿能相认,我当然会由衷地为你高兴。"

瞿欧德深吸了一口气,转过身,正对着姜丽佩说:"丽佩,既然你是这么个态度,我就可以全告诉你了,当时田美娜生的是双胞胎,一男一女。"

姜丽佩说:"就是说,你还有个儿子?"

瞿欧德说:"是。"

姜丽佩说:"那他在哪儿?你没问问小娜?"

瞿欧德说:"连小娜都不知道,恐怕只有小娜现在的父亲知道了。所以我一定要见见小娜现在的爸。"

29.

门前拥满了人。

穿着民族服装的徐爱莲、小娜,以及从新疆来的服务员们在饭店前排成两排,崔兆强也穿着男式的民族服装站在几个男服务员中,一个个显得十分漂亮灿烂。徐爱莲与小娜穿着民族服装也特别像民族姑娘。

来宾中有姚姗梅、田铭源和贾莉娅等人。

兆强惊奇地发现,来宾中除一些外地人外还有不少上海人。

兆强对小娜说:"你阿爸的路子老宽的噢。"

小娜说:"我老爸在生意场上人缘特好,交的朋友也特别多。他办的那个大牧场和在乌鲁木齐开的那家五星级饭店,都和不少人有生意上的往来。"

30.

鞭炮齐鸣,饭店开张。

满脸笑容的沙驼领着客人们走进饭店,并接受客人的道贺。

田铭源与贾莉娅也过来祝贺。

一辆奔驰车驶来,瞿欧德和宋蓓也从车中走了出来。

瞿欧德走到沙驼跟前说:"沙驼,能谈一谈吗?只占你几分钟。"

沙驼说:"瞿欧德,你能来祝贺我饭店开张,我欢迎,但其他事情我现在一概不谈。"

瞿欧德说:"只几分钟!"

这时又有嘉宾前来,沙驼忙迎了过去。

宋蓓宽慰瞿欧德说:"瞿董,这会儿确实不是说话的时间,我们先进去,等他空下来你再找他谈,不急这一会儿的。"

31.

徐爱莲显得特别的兴奋与卖力,她指挥着工作人员忙着接待客人。

小娜也在店堂里穿梭端茶上酒,洋溢着笑容。

兆强端着盘子显得有些笨拙,尤其是在一些认识的人面前,脸上更有些拉不下,一脸的失落与不悦。

姚姗梅看在眼里,既心疼又恼怒。

32.

沙驼刚从一桌客人旁边走开,姚姗梅挡在跟前说:"沙驼,我有话同你讲。"

33.

离包厢较近的一个走道。

姚姗梅挡住沙驼说:"沙驼,你这饭店开得很有特色啊,比兆强他爸在世时开得还要好。可是,你让兆强跑堂,我和兆强的脸都拉不下呀。"

沙驼说:"小娜不也在端盘子吗? 小娜可是我女儿呀。"

姚姗梅说:"小娜只是暂时帮帮忙的。"

沙驼说:"那兆强也算是暂时帮帮忙吧,什么时候他不想做了,可以随时走人。"

姚姗梅说:"沙驼,你怎么这样呀? 再怎么说,你同兆强阿爸可是好朋友呀!"

沙驼说:"我这是为兆强好！正因为我跟崔大哥是好朋友,我才这么做。"

姚姗梅说:"我真搞不懂,你到底要兆强来做啥？丢人现眼吗？"

沙驼说:"会一项本事吃一行饭！兆强在我看来,就该先做个跑堂的。"

姚姗梅说:"那以后呢？"

沙驼说:"以后再讲以后的事!"

姚姗梅说:"那我现在就把兆强领走!"

沙驼说:"可以,我不会强留的。"

34.

小娜正端着盘子上酒,经过一张桌子前,突然宋蓓站了起来,小娜赶紧刹住,还好酒瓶没倒。

宋蓓说:"沙小娜,今天不是双休日,你怎么没去上班呀？"

小娜已经看到旁边坐着的瞿欧德了,冷冷地说:"从今天起,我不会去德佩公司上班了。我不能在一个逼死我妈的人手下做事!"说着,转身就走了。

瞿欧德重重地捶了一下桌子。

35.

饭店的中央,欢乐的音乐响起,有民族姑娘在表演歌舞,小娜也和着音乐跟那姑娘跳了起来。

瞿欧德坐在桌边喝着闷酒,他盯着小娜的舞姿,眼圈红红的,随时都像要发作似的。

宋蓓在不远处拉住了沙驼,跟他说了些什么,沙驼点点头。

宋蓓走了过来,对瞿欧德说:"瞿董,沙小娜的……那个,请你去那边包厢里谈。"

36.

一间包厢里。

沙驼对瞿欧德说:"请坐。"

瞿欧德坐下。

沙驼拿出一个装了钱的信封,放在桌子上推给瞿欧德说:"你把钱收下,我们再谈。"

瞿欧德说:"什么钱?"

沙驼说:"小娜的住院费。"

瞿欧德说:"小娜是我女儿。"

沙驼说:"小娜是我女儿,她住院的费用当然由我付。"

瞿欧德说:"她受伤时在我公司干活,费用当然由我掏!"

沙驼说:"那咱俩谈不成,不谈了!"起身就要走。

第二十一集

1.

姚姗梅在过道里找到兆强,一把拉住就要走。

兆强说:"姆妈,侬咯做啥啦?"

姚姗梅说:"兆强,我们回去,不在这儿做了。"

兆强说:"姆妈,沙驼爷叔的饭店刚开业,这样做不太好吧?"

姚姗梅说:"我也弄不懂你沙驼爷叔到底安的是什么心。这饭店是你爸爸创办起来的,我们经营不下去了,他就偷偷把店盘下来。说是让你到店里工作,可现在……姆妈咽不下这口气,我们走!"

小娜端着托盘走了过来,一见这阵势,忙问:"姗梅阿姨,这是怎么啦?"

2.

包厢内。

瞿欧德苦着脸把桌上装钱的信封放进口袋里,说:"好,我收下。"

沙驼说:"那请说。"

瞿欧德说:"我要认我的女儿。"

沙驼说:"你不是已经认了吗? DNA都背着小娜做了,你很缺德啊!"

瞿欧德说:"什么意思?"

沙驼说:"你不但背着小娜做这种事,你甚至还怀疑田美娜的人品,怕小娜不是你的!"

瞿欧德说:"我没考虑这么多,我只想认小娜。"

沙驼说:"可小娜肯不肯认你这么个缺德的爸呀!"

瞿欧德站起身一拍桌子说:"那是你灌输的! 你跟小娜说我逼死了她妈妈,你太狠毒了吧?"

沙驼说:"我只说了事情经过,该怎么判断是小娜自己的事。而且,当初狠心抛下田美娜的人是你! 要不是我赶得及时,田美娜已经跳崖了! 你还想认小娜? 那时你就到阴曹地府里去认吧!"

瞿欧德跌坐在椅子上。

沙驼说:"我这里饭店刚开张,忙着呢! 不送客了。"说着,转身就走。

3.

过道里,姚姗梅冲着小娜说:"兆强的阿爸死了,我们家兆强也当过这个店的经理哎! 现在你阿爸却让他当个跑堂的,这不是有意在羞辱我们吗?"

小娜说:"姗梅阿姨,我爸可不是这样的人。"

姚姗梅说:"那你阿爸安排你做啥工作?"

小娜一笑说:"跟兆强哥一样啊,跑堂的。"

姚姗梅说:"你这么个大学生,就心甘情愿做个跑堂的?"

小娜说:"我也不说我是心甘情愿的,但我在做。我爸这个人,他有他的想法,你要改变他的想法,很难。我爸不是说了吗? 兆强可以当个副经理,每月给他副经理的工资,但不让他管理。"

兆强说:"姆妈,我心里清楚了,这其实更是看不起我,对我更是一种羞辱。实际上把我看成是个白痴,一个废物。"

姚姗梅对兆强说:"那你怎么办?"

兆强说:"继续做呗。小娜是他女儿,都在跑堂。"

姚姗梅恼了,说:"你要留下来就留! 可你以后就用不着再说怪话,发牢骚,在我跟前闹!"

兆强说:"我啥时在你跟前闹啦。"

4.

包厢门口。

沙驼拉开门正要走出包厢。

瞿欧德突然追过来说:"要是小娜肯认我了呢?"

沙驼说:"那我就不当她的爸了!"

瞿欧德说:"什么意思?"

沙驼说:"有你这个爸,还要我这个爸干吗?"说着,走出了包厢。

瞿欧德绝望而坚决地说:"我一定要让小娜认我!"

一转眼沙驼又回到了包厢门口,说:"还有件事,我女儿不会在你公司里做了。"

瞿欧德说:"是你要求她的?"

沙驼说:"对! 小娜去你的公司是你耍的阴谋! 我就是让她在我的饭店里当跑堂的,也不会再进你的公司! 省得你再耍什么阴谋诡计,还偷偷地做什么DNA,亏你想得出!"

5.

小娜拎着两兜菜进屋,对梅洁说:"外婆,我爸让我给你送点菜来。"

梅洁说:"喔哟,这是做啥啦? 晚饭刘妈做就可以了,而且这么多菜,我们哪里吃得掉嘛。"

小娜说:"我爸说饭店开业你不去,怕闹,但菜你是一定要尝尝的,都是西北风味儿的。"说着,拿出一盒菜,"你看,这是爆炒羊羔肉,用的都是我爸牧场里养的羊,还是飞机空运过来的! 你尝尝,真的很好吃!"

梅洁说:"小娜啊,你真是摊了一个好阿爸,什么事都想得周到。"

小娜说:"外婆,我想跟你商量件事。"

梅洁说:"你说吧。"

小娜说:"我想回到我爸那儿去住。我爸实在太忙了,生活上也没人照顾。"

梅洁说:"你哥找到了没有?"

小娜说:"可能找到了,还没要回来。"

梅洁说:"告诉你阿爸,找到后一定要带来让我见上一面。你想回你阿爸那儿去住,你就去吧,外婆这儿有刘妈照顾呢。"

6.

殷浦江的水产摊。

摊前挤满了人,看来生意越来越好,殷浦江正忙得满头大汗,似乎不得一点闲。

从摊前买了鱼和虾的两位妇女从人群中出来。

妇女甲说:"我现在就喜欢在这个年轻人摊子里买东西。"

妇女乙说:"就是呀! 货好,份量也足。拿回去一称,总是比你买的份量要多出一点点。"

妇女甲说:"所以呀,信誉好,生意也会好,这就叫会做生意。你要第一次份量不够,下次啥人还买你的东西呀!"

妇女乙说:"是呀! 不过这个男孩子长得哪能这么英俊啦,像电影明星。"

妇女甲说:"看看这只面孔也会让人感到舒服。"

两妇女笑着走远了。

与两妇女擦肩而过的瞿月雅,回头看看她们。

7.

殷浦江仍在摊前忙碌,他发现有人正在搭手帮忙。他回头一看,是瞿月雅。

殷浦江说:"你怎么来啦?"

瞿月雅一笑说:"先做生意,做完生意再说。"

8.

德佩建材公司。

姜丽佩急急地走进瞿欧德的办公室。

宋蓓赶忙站起来说:"夫人,您来啦?"

姜丽佩说:"瞿董在吗?"

宋蓓说:"在,不过他说他现在不想见任何人。"

姜丽佩说:"你说我要见他!"

9.

姜丽佩推门进去,瞿欧德一脸沮丧地闷头在抽烟。

姜丽佩说:"欧德,这是怎么回事? 尤主任说小娜离开公司不再来做了?"

瞿欧德说:"那是她现在父亲的意思。"

姜丽佩说:"为什么?"

瞿欧德说:"他不许我认小娜!"

姜丽佩说:"不许你认,小娜也是你女儿啊! 那小娜的意思呢?"

瞿欧德说:"不是坚决地离开公司了吗?"

姜丽佩说:"那怎么办? 说实话,这几天我想到你有这么一个漂亮的女儿,我也真为你高兴。以后小娜也叫我姆妈,我心里也会感到很滋润。她这么一走,我心里倒也有点不舒服。"

瞿欧德说:"这样,找儿子也没有希望了。我在吃自己种下的苦果啊!"

10.

刚开业不久的饭店顾客盈门。

崔兆强端着盘子,由于不熟练,在餐桌间穿梭歪歪斜斜地在椅背上磕碰了一下,把汤汁溅在一个顾客身上了。

顾客气恼地说:"怎么回事?"

兆强忙强装出笑脸说:"对不起。"

徐爱莲赶过来说:"先生,对不起,对不起噢。他是新手。"

顾客说:"是新手那就让他多练练再上岗!"

徐爱莲说:"是,是。这衣服我们帮你洗一洗,再送到府上。"

顾客说:"不用了!"

11.

水产摊。

殷浦江和瞿月雅都已累得汗津津的,其他水产摊基本上已没有什么顾客了,但殷浦江的摊前却还有几个人在买鱼、买虾。

12.

水产摊尽头。

已经在那儿看了好一阵子的小六子对梁敬辞说:"梁老板,看到了吧?这么好一个摊子你就让给那小子了。"

梁敬辞托着下巴说:"当时我只想甩包袱,没想到引狼入室了。其实这也没什么,现在每天供货的还是我,他赚我也赚!这也没有什么不好。小六子,刚好,我还有两只摊子的生意也不好。也让给他,货还是我给他供。"

小六子说:"人家肯要吗?"

梁敬辞说:"不要也得要呀。好的要了,不好就不要,讲得过去吗?再说,供货渠道我给他一堵,他还做得成生意吗?他不敢不要的!货还由我来供,他出力,我赚钱,有什么不好!"

13.

殷浦江水产摊。

整个菜市场都已冷落下来。殷浦江和瞿月雅都松了口气。

瞿月雅说:"生意不错嘛?"

殷浦江满意而疲倦地叹了口气说:"我现在是尝到自己做老板是什么味道了。再苦再累,那是在为自己干,自己掌握着自己的命运。为别人打工,永远也是在为别人忙,所以只要觉得自己有点本事,那就得自己干。"

瞿月雅说:"看得出,创业有创业的辛苦,但创业也有创业的乐趣。"

殷浦江说:"说得不错。你怎么来了?"

瞿月雅说:"来看看你呀。浦江,我也来跟你一起干吧?"

殷浦江说:"你在开玩笑吧?"

瞿月雅说:"我是认真的!"

殷浦江说:"瞿大小姐,你吃不起这个苦的。"

瞿月雅说:"刚才我不是吃了?"

殷浦江说:"不谈这些空话,我大清早起,还没吃东西。你帮我去叫碗馄饨吧,我肚子饿得都有点疼了。"

瞿月雅很高兴说:"好!"

14.

餐厅。

姜丽佩和瞿月雅在餐前坐下,瞿欧德也走了进来。

瞿月雅看到瞿欧德的面色不好,便问:"阿爸,今天你怎么啦? 今晚不是听说你有应酬吗?"

姜丽佩说:"你阿爸今晚把应酬推掉了。"

瞿月雅:"为什么?"

瞿欧德情绪低落地说:"不说了,吃饭吧。"

瞿月雅问:"姆妈,到底怎么啦?"

姜丽佩说:"你的小娜阿姐从你爸的身边飞走了。"

瞿月雅说:"飞走了? 这是怎么回事? 飞到哪儿去啦?"

瞿欧德伤感地说:"沙小娜离开公司不做了,因为她不想认我这个阿爸……"

瞿月雅一脸的迷惑。

15.
沙驼敲开殷正银家门。

沙驼对殷正银说:"殷正银,本来我早该来的。因为饭店要开业忙了几天。许萝琴怎么样?"

殷正银说:"已经好多了,能说话了,上去看看吧。"

16.
餐厅。

瞿月雅宽慰瞿欧德说:"阿爸,你不要难过,我去把阿姐找回来。其实我能感觉到,阿姐对阿爸已经有感情了,自己的亲生阿爸,怎么会没感觉呢?阿爸那段时间又对阿姐那么好。"

瞿欧德说:"我很后悔! 当初我应该早点告诉你们,这样我就可以待她更好一点。"

姜丽佩说:"欧德,我看月雅讲得对,她已经知道你是她的亲生父亲了,她不会那么轻易地就这么离开你的。人的血缘关系,是怎么也割不断的。因为你毕竟是她的亲生父亲啊! 这是谁也代替不了的!"

瞿欧德摇摇头说:"我只觉得,这事恐怕很难。"

瞿月雅说:"再难也要争取呀! 总不能把亲生女儿撂到一边不管了。"

瞿欧德说:"我当然要争取让小娜回到我身边来,还有那个小娜的哥哥,我的儿子!"

姜丽佩宽慰瞿欧德说:"欧德,这事要慢慢来,不要急,我和月雅会帮你一起努力的。"

瞿欧德感激地朝她俩点点头。

17.
许萝琴看到沙驼,朝沙驼点点头。

许萝琴说话仍有些吃力说:"沙驼,你坐。"

沙驼在一张方凳上坐下,从口袋里掏出一个装钱的信封。

沙驼把信封搁在许萝琴的床头说:"这是给你们的这个月的生活费,饭店刚开张,忙得昏头昏脑,送来得晚了,对不起。"

许萝琴摇摇头悔恨地说:"从一开始,我们就做错了……"

殷正银说:"沙驼,这几天,我和萝琴一直在谈论这件事,细想起来,全是我们的错。可没想到,你沙驼办事却这么通情达理,我们真的很感激。"

沙驼说:"我也想了,你们把这孩子养大不容易。可我要不来要回这孩子,我这个人恐怕就有问题了,我沙驼不能这么做人,这点请你们谅解。有些事,我们只有把孩子找回来,当着孩子的面来谈。我们也得听听孩子是什么个想法,也得尊重他的意思。"

殷正银说:"我们也这么想。"

沙驼说:"可孩子现在到底在哪儿?"

殷正银说:"我也在打听。我们也想能尽快找到他,把实情一五一十地告诉他。然后再把他交给你,只有由我们把他交到你手里,我们也就把以前的罪算赎了。"

沙驼想了想说:"那个叫阿林的人还在吗?"

18.

兆强又闯祸了,小娜忙着帮他收拾地上摔碎的酒瓶。

徐爱莲把兆强拉到一边说:"兆强,你不要端菜了,就收收空盘子吧。"

19.

大堂,兆强在收空盘。

20.

洗碗间。

兆强把摞得高高的盘子送进洗碗间,但还没走到水池边上,手一滑,盘子掉碎在地上。

21.

客厅。

阿姨端上来三杯咖啡。

瞿月雅端起一杯咖啡说："姆妈、阿爸,我有件事想同你们商量。虽然阿爸近来心情不好,但这件事我还是要说,因为这事对我来说也挺急。"

姜丽佩说："你又有什么事?"

瞿月雅说："我不想再在公司做了。"

姜丽佩说："你在公司做什么了? 你看看你,在公司联络部挂了个职,整天东窜窜西逛逛的还不自在啊?"

瞿欧德说："你说你想去干什么?"

姜丽佩说："是不是又想去找殷浦江了?"

瞿月雅说："姆妈,我已经跟你说过,我不会放弃的。"

姜丽佩嗤之以鼻说："你也真是,对殷浦江你就这么痴迷!"

瞿月雅说："对! 他现在把我心中的位置占满了,我一天不见他,我就觉得活不下去!"

姜丽佩说："欧德,你说句话啊?"

瞿欧德无奈地说："都成这样了,还挡什么?"

姜丽佩说："不行! 我就这个态度!"

22.

殷正银领着沙驼走出家门。

殷正银说："阿林平时晚上就在路口的棋摊上混,今天可能也在那儿。"

沙驼说："走,去找他。他下岗后不是没什么事干吗?"

殷正银说："是,你找他干吗?"

沙驼说："让他帮着去找找浦江。"

殷正银皱着眉说："这个人不大好缠,而且也靠不住!"

沙驼说:"不叫他白干。我和你都抽不出空来,只有找像他这样的人帮忙了。我们要尽快把浦江找到,只有把浦江的事处理好了,许萝琴的病才能好得更快。我呢,这二十几年的心事也可以告个段落了。"

殷正银体谅地点点头。

23.

一群人正拥在那儿大呼小叫的,阿林的声音最响:"毛豆,出车呀,现在不出车啥辰光出车啦。"

殷正银走上去,拍了拍阿林的背。阿林回头一看。

阿林说:"喔哟,浦江阿爸,有啥事情?"

殷正银指指身后的沙驼说:"有人找你。"

阿林在灯光下认出了沙驼,忙堆满笑容地走了上去。

24.

阿林走到沙驼跟前说:"沙老板,找我有事情啊?"

沙驼说:"阿林,你知道殷浦江在什么地方吗?"

阿林说:"喔哟,这我倒是真的不晓得。"

沙驼说:"你能不能帮我找一找。"

阿林说:"朋友的忙,倒是应该帮的。沙老板你要晓得,我阿林虽下岗了没有事情做,但每天也要出去打打短工,混口饭吃。"

沙驼说:"阿林,我不会让你白干的。"从口袋抽出一只装钱的信封,"这里有两千元钱,你先用着,希望你能尽快帮我们找到殷浦江。"

阿林喜出望外地接过信封,说:"有数,有数!我下岗前在工厂里,每月工资也只有六百来元,这等于我三个月的工钱了。既然你沙老板这么上路,我阿林也会两肋插刀为你办事。"

沙驼笑了,说:"找个人用不着两肋插刀的,那就拜托你了。"

25.

姜丽佩躺到床上发愁地说:"欧德,月雅的事真让我发愁死了,怎么办才好呢?"

瞿欧德沉默一会,坐到床上说:"我看还是听其自然吧,越逼越上火。"

姜丽佩说:"真要是这样,当初我就不该把殷浦江调出公司。可是殷浦江这样的家庭,让月雅嫁给他,我真是太不甘心了!"

瞿欧德说:"我们都是凡人,要知道以后的事会怎么样,就不会那样做了,也就用不着有后悔这两个字了。"

姜丽佩无奈地长叹了一口气。

26.

夜深了,顾客已散尽。

沙驼已经从殷正银家回到饭店,坐在经理办公室里。

徐爱莲把兆强领到沙驼的办公室。

沙驼一脸严肃地对徐爱莲与兆强说:"徐爱莲,每天晚上下班后,你就让崔兆强练端盘子。什么时候把盘子端好了,再上岗! 今天摔碎的盘子和酒,全都记在账里,该罚多少钱,从工资里扣!"

徐爱莲求情说:"沙驼大哥。"

沙驼说:"叫沙经理!"

徐爱莲说:"是,沙经理,你看兆强这事,下不为例吧。我每晚一定好好教他。"

沙驼说:"不行,就按我说的办!"

兆强满脸的不悦。

27.

崔兆强筋疲力尽地回到家里。

姗梅说:"怎么样?"

兆强说:"姆妈,别说了,反正我是在自作自受!"

姚姗梅说:"怎么啦?"

兆强说:"刚端两天盘子,祸倒闯了不少,昨天把汤汁溅到顾客身上,今天又打掉一瓶酒。领班就叫我回收空盘,结果空盘子又落到地上摔碎了。沙驼爷叔一点情面也不给,一本正经地训了我一顿,还要我赔钞票。再说,一天跑下来,两条腿就不是自己的了,这哪是人干的活呀!"

姚姗梅说:"你以为饭碗都是这么好端的吗? 干着习惯了就好了。你也别指望沙驼会照顾你给你什么面子,人一到了生意场上,心也就变了! 那时候叫你回来你又不肯。"

兆强四仰八叉瘫在沙发上,说:"所以说我是自作自受嘛。"

姚姗梅说:"饭店的生意怎么样?"

崔兆强说:"刚开张嘛,生意当然好。"

28.

天还没大亮,但菜市场里已是人流涌动,熙熙攘攘。

由于生意好,殷浦江的摊子前又增加了许多水桶,与邻家的摊位紧紧地挨在了一起。

瞿月雅也赶来,穿上防水的工作服。

殷浦江说:"你怎么又来了?"

瞿月雅坚决地说:"我以后每天都来。"

殷浦江说:"怎么回事?"

瞿月雅说:"先做生意。有话等一会儿再说。"

29.

殷浦江隔壁的水产摊。

水产摊王老板生意很冷清,旁边殷浦江的水产摊前人却越拥越多。

王老板冷眼看着殷浦江和瞿月雅忙得晕头转向。

有一位顾客在紧挨着殷浦江摊子边上王老板的一只水产摊桶里捞了一条鱼,他以为是殷浦江他们的,于是拿着鱼去让瞿月雅称。

王老板的老婆刚要想叫,但被王老板挡住了,王老板显然是想趁机找碴。

30.
殷浦江的水产摊。

瞿月雅过了称收了钱,把钱扔进钱箱里。顾客提着鱼正准备走,王老板就叫起来:"喂! 喂! 停一停,停一停!"

王老板三十几岁,长得肥头大耳的,一副气势汹汹的样子。那顾客停下来,莫名其妙地看着隔壁水产摊的老板。

殷浦江问:"王老板,怎么啦?"

王老板说:"还怎么啦,你装糊涂啊? 拿我桶里的鱼当自己的卖,生意场上有这种规矩的啊? 我倒要请教请教。"

殷浦江说:"这怎么可能呢?"

王老板抓住那位买鱼的顾客说:"请问先生,你这条鱼是从哪只桶里拿的?"

顾客指了指桶说:"这只,我以为是这位老板的呢。"

王老板说:"好了,先生,没有你的事了,你走吧。"

顾客说:"这事怪不得这位年轻人,是我拿错了。"

殷浦江说:"王老板,对不起。瞿月雅,把刚才收的钱还给王老板。"

王老板说:"慢! 这几天来,我桶里的鱼老是少,这怎么讲?"

瞿月雅冲出来说:"王老板,刚才这位顾客讲了,鱼是他拿错的,不是我们。我们把钱还你就是了,怎么,想趁机敲诈啊?"

王老板说:"我不知道你是谁,是老板娘还是准老板娘。怎么? 你说我想趁机敲诈? 既然你把话说得这么难听,那我今天就敲定了,怎么样? 这些天我就是少了一桶鱼! 你就得赔我一桶鱼。"

殷浦江说:"王老板你讲理不讲理?"

顾客在一边喊:"喂,老板,你们还做不做生意啦?"

殷浦江说:"瞿月雅,把钱还给他,我们做我们的生意。"

31.

水产摊。

殷浦江和瞿月雅又开始做生意,他们水产摊的顾客反而更多了。

王老板气得冲了进去,掀翻了殷浦江的两个鱼桶,水流了一地,鱼在地上乱扑腾。

气愤之极的殷浦江与王老板打成了一团,王老板的老婆也上来打殷浦江,瞿月雅也冲上去,于是两个女人也拧成了一团。

32.

水产摊。

梁敬辞领着小六子、方头来到殷浦江的水产摊前。看到殷浦江、瞿月雅和王老板夫妇打成一团,使了个眼色,小六子和方头立刻冲上去,把四个人分开了。

梁敬辞说:"怎么回事?"

王老板一见梁敬辞顿时就怯了,忙凑上前说:"梁老板,你来啦? 来抽支烟。"

梁敬辞伸出手把烟挡回去说:"王老板,这是怎么回事? 你想堵我财路是吧?"

王老板说:"梁老板,我怎么敢呢?"

梁敬辞说:"这位殷老板是我朋友,摊子是我让给他的,每天的货也是我供的,你应该清楚呀。你欺我朋友,堵我财路,这账怎么算?"

王老板笑容可掬地说:"梁老板,小弟错了,我跟殷老板赔礼道歉!"

殷浦江说:"梁老板,算了,这中间也有点误会。"

梁敬辞说:"你掀翻人家的鱼桶怎么办?"

王老板说:"我赔,我赔。"

梁敬辞说:"今天晚上设桌子! 摆道歉酒。"

王老板说:"这是规矩,兄弟一定照办。"

殷浦江说:"梁老板,算了吧,今后和睦相处就行了。"

梁敬辞说:"不,今天晚上这酒一定要喝! 我还有事同你商量呢。"

33.

菜场冷清下来。

殷浦江和瞿月雅坐下歇口气。

殷浦江看到瞿月雅做过的精致头发被扯乱了,右眼角上一块青,右嘴角红肿着还渗出血。感到很过意不去。

殷浦江说:"瞿月雅,我叫你不要来,可你偏要来,你看你,被打成这样。"

瞿月雅打开小背包,拿出镜子看看自己的脸,反而笑了,然后又掏出梳子梳头发说:"不就挂了点花嘛,有什么。"

殷浦江说:"可我觉得心里很那个……"

瞿月雅说:"有你这句话,我以后更要天天来了。"

殷浦江说:"为啥?"

瞿月雅说:"说明你对我有感情了嘛!"也看到殷浦江脸上也有好几块紫青块,"因为发生了今天的事,我就更放心不下了。"

殷浦江说:"做这样的生意真是太苦太累,还有生不完的气,你何苦陪着我受这份罪呢!"

瞿月雅坚定不移地说:"我愿意!"

殷浦江被感动了,说:"肚子饿了吧,我去弄点吃的,你想吃点什么?"

瞿月雅笑着说:"你吃什么,我就吃什么。"

34.

沙驼与小娜拎着菜兜走进梅洁家。

沙驼对梅洁说:"妈,这几天忙,一直没来看你。我听小娜说,饭店开张那天,小娜给你送来的爆炒羊羔肉,你特别喜欢。看,我今天特意请大师傅炒了份,给你带点来。"

梅洁眉开眼笑地说:"哎哟,我这个人,本来是不吃羊肉的。没想到你们那里出来的羊羔肉,那么好吃,一点膻味都没有。"

小娜:"外婆,还热着呢,你快趁热吃。"

梅洁说:"小娜阿爸,小娜阿哥的事情怎么样了?"

沙驼说:"我还在努力。等我要回来后,我一定把他带来见外婆!"

梅洁笑着但很认真地说:"千万不要忘记。我一定要见到,不然我会生气的!我这个老太婆,还是那个老思想,重男轻女!"

沙驼笑着说:"妈,老思想大家都有。要不那对夫妇就不会偷小娜的哥,而是把小娜抱走了,那就省了我好多心了。"

小娜知道沙驼是在开玩笑,但仍然撒娇地说:"爸!"

沙驼说:"妈,你放心好了。那我们先忙去了,饭店里的事实在太多。"

梅洁说:"不行。小娜留在我这儿吃完饭再走!外婆再去买点菜来。"

35.

梅洁来到殷浦江和瞿月雅的水产摊前。

梅洁说:"小老板,要上一斤活虾,一条鲑鱼,我不还你价,但分量要称够。"

殷浦江说:"阿婆,你放心。你到公平秤上去称,分量不够,我一斤赔你五斤。"

第二十二集

1.

梁敬辞和殷浦江在喝啤酒。

殷浦江说:"梁老板,谢谢你。今天要不是你来拉架,我也不知道该怎么收场了。"

梁敬辞说:"这算什么,小菜一碟! 我看到你生意做得不错,心里也高兴,怎么样? 我再让两个摊位给你,货还是由我来供。"

殷浦江说:"我怕顾不过来。"

梁敬辞说:"雇人干嘛,当老板的,哪能自己去站摊位的?"

殷浦江想了想说:"那就谢谢梁老板了。但这事是不是缓上几天,雇人也得雇可靠的人呀,我得慢慢物色才行。"

梁敬辞说:"行! 哎,同你一起站摊位的那个姑娘,从穿着打扮到气质,不像个打工妹,倒像个有钱人家的姑娘,她就是你的那个吧?"

殷浦江说:"现在还说不上。"

梁敬辞说:"怎么还说不上啊? 上次你喝醉酒

好像就是她把你送回来,我问你,你说还不是。到现在你还没同人家敲定?我看这姑娘不错,真的不错! 今天为帮你还挂了彩,敲定算了,还有什么好犹豫的!"

殷浦江一笑说:"再说吧。"

2.

餐厅。

瞿月雅走进餐厅。瞿欧德、姜丽佩已坐在餐桌前。

姜丽佩看到瞿月雅脸上的伤痕吃惊地说:"月雅,你怎么啦?"

瞿月雅说:"干活时碰的,有什么大惊小怪的!"

姜丽佩说:"你今天一天都跟他在一起?"

瞿月雅说:"对,以后就要天天跟他在一起了。"

瞿欧德说:"他在做什么生意?"

瞿月雅说:"水产生意。"

姜丽佩说:"怎么样?"

瞿月雅说:"生意兴隆,供销两旺。"

瞿欧德说:"我看还是让他回公司吧。"

瞿月雅说:"人家才不肯回呢!"

姜丽佩说:"为啥? 公司的工作还不比他做水产生意好?"

瞿月雅说:"人家说了,在公司为别人当马仔不如自己当老板。当马仔当得再大,也得看上司的脸色行事,自己当老板当得再小,苦虽然苦点但自在! 用不着看上司的脸色行事。"

姜丽佩说:"月雅,你对他就这么死心塌地了?"

瞿月雅说:"追不到手我决不罢休。"

姜丽佩说:"就是追到了,人家也会把你甩掉的。"

瞿月雅说:"追到了再说,他想甩也是以后的事。不在天长地久,但愿一朝拥有!"

姜丽佩气恼地说:"不可救药!"

3.

夜很深了,兆强还在大堂里满头大汗地练着端盘子,徐爱莲在一边指导着。

沙驼从里面出来,穿过大堂。

兆强忙停下,徐爱莲站起来。

沙驼淡淡地说了一句:"你练你的。"然后走出大堂。

徐爱莲笑笑,她能看透沙驼的想法。

4.

瞿欧德卧室。

躺在床上的姜丽佩关掉电视,看看瞿欧德的床还是空的。

姜丽佩想了一下,翻身下床。

5.

瞿欧德坐在椅子上抽着烟,书桌上是他和田美娜合影的那张照片和那份检验单,他情绪低落。

姜丽佩轻轻敲了敲门,然后推门进来。

姜丽佩看看桌上的照片说:"还在怀旧啊!"

瞿欧德说:"人都走了二十多年了,怀旧又有什么用。我感到心酸的是,刚到身边的女儿一瞬间就又飞走了。说还有个儿子,可连一点点音讯都没有,哪怕能见上一面,知道他是长得什么样子也好啊。"

姜丽佩说:"你想让小娜重新回到你的身边,你想见到你的儿子,只有一个办法。"

瞿欧德说:"什么办法?"

姜丽佩说:"去找小娜现在的阿爸谈,做通他的工作。只要他点头了,事情就好办了。"

瞿欧德说:"我也这么想。可你不知道,这家伙是个认死理的人,一竿子插到底,就怎么也没法让他拗过弯来。"

姜丽佩说:"那也得找他谈。要不,你就放弃,只当这世上不存在你的儿子和女儿。"

瞿欧德说:"这怎么可能! 我是人! 不是冷血动物。"

姜丽佩说:"那你就再去见他!"

6.

大堂里兆强已练得筋疲力尽了。

徐爱莲说:"坐下歇会儿,收收汗就回家吧。"

兆强点点头,然后在徐爱莲的对面坐下。

兆强说:"徐爱莲,让你这么陪着我,真不好意思。"

徐爱莲说:"那有什么,谁让我是个领班呢。而且这又是沙驼经理吩咐我做的事!"

7.

夜已很深了。

兆强开门进家,姚姗梅还在客厅看着电视等兆强。

姚姗梅问:"怎么这么晚回来?"

兆强说:"练习端盘子呢。"

姚姗梅说:"想继续在那儿干下去?"

兆强说:"沙驼爷叔让自己的女儿小娜都在端盘子。我又有什么好再说的? 做下去再说呗!"

姚姗梅说:"小娜怎么不在德佩公司做了?"

兆强说:"不知道。我问小娜,小娜也不肯说,只说反正不能在那儿做了。"

姚姗梅叹口气,说:"既然沙驼叫小娜也在端盘子,那你也好好地端你的盘子吧。谁让你守不住你阿爸的家业呢?"

8.

沙驼提着一篮水果和一盒糕点敲开殷正银家的门。

来开门的殷正银一脸的憔悴与病态。

沙驼说:"殷正银,你怎么啦?"

殷正银说:"身体有点不太舒服。沙驼,你也知道,我自从在牧场得过那种病后,虽说病是没再发过,但身体就一直虚弱。"

沙驼说:"那许萝琴呢?"

殷正银说:"她倒是好多了,就是还不能下床走路。"

9.

阿林正在跟两个人喝酒,阿林喝得已有七分醉。

阿林说:"阿五头、阿龙,喝! 不够再要,今天我埋单,我请客!"

阿五头说:"阿林,你哪来怎么多钱?"

阿林说:"这你不要管,反正不是偷的,我是遇到贵人了! 朋友之间就是这样,有福同享,有难同当……"

10.

沙驼把水果和糕点放在桌子上。

许萝琴感动地说:"沙驼,谢谢你。你给我们生活费,又经常来看我们。想想过去我们做下的事,真是太对不起了。"

沙驼说:"不说这些了,殷正银,阿林找浦江有消息没有?"

殷正银说:"沙驼,不是我说你,你不该把那么多钱给他。他是个二流子,拿了那些钱天天喝酒,自己喝不说,还请别人一起喝,每天醉醺醺的,哪里还会去找浦江。你是把钱扔进水里了。"

11.

殷正银领着沙驼走进酒店。

阿林看到沙驼立即站起来。

阿林有些不好意思地说:"喔哟,沙老板!"

沙驼说:"阿林,浦江有消息吗?"

阿林说:"沙老板,不好意思,不好意思啦,还没有找到。不过沙老板,你想想,上海这么大,寻个人,就像大海捞针一样。不过沙老板你放心,我阿林两肋插刀,也要帮你找到。"

殷正银恼怒地说:"少喝点酒!天天醉醺醺的,就是人走到你跟前,你都会看不到。"

阿林说:"不可能,绝对不可能!"

沙驼说:"阿林,好吧,希望你努力,我把这事就拜托你了。"

阿林拍拍胸部说:"沙老板放心,你交给我阿林的事体,你可以绝对放心!"

12.

沙驼进到店里,夜已深了,但徐爱莲与小娜还在忙着收拾。

沙驼说:"徐爱莲、小娜,你们太辛苦了。"

徐爱莲说:"为你沙驼大哥出力,我可是心甘情愿的!"

小娜说:"爸,这是咱自己的店嘛。"

沙驼说:"小娜,你来,我有事跟你商量。"

13.

沙驼对小娜说:"饭店刚开张,爸忙得也没时间好好跟你说说话,我还要想办法找到你哥。"

小娜说:"是不是我哥有消息了?"

沙驼说:"找到了,又跑了。"

小娜说:"跑了,跑到哪儿去啦?"

沙驼说:"以前,爸不想跟你说这件事,一是怕你幼小的心灵受到伤害,学业会受到影响;二是爸只要一想起这件事,就觉得对不起你妈,就感到撕心裂肺的痛苦,所以就不想跟你提。现在你大了,所以爸就详详细细地把事情告诉你吧。"

沙驼叙述……

闪回：

草原牧场。木屋。

婴儿的啼哭声。

沙驼冲进木屋，发现床上少了男婴，只有女婴在啼哭……

沙驼骑马飞快地赶到队部办公室，推开安队长的门……

木屋。沙驼和安队长走进木屋，女婴又在啼哭。沙驼打开女婴的襁褓，里面掉出一张烟盒纸来……

沙驼骑马赶到路口车站，空旷的公路上只有稀稀拉拉的车辆在行驶，太阳正在西下……

14.

经理室。

沙驼叙述完，眼泪汪汪的。

沙驼说："那时把你哥偷走的夫妻，就是你哥现在的爸爸妈妈。"

小娜愤怒地说："爸，他们怎么能这么做！太不道德了。这样的人应该把他们扭进公安局！让他们坐牢！"

沙驼说："是呀，爸当时气得虽不一定想杀了他们，但也得狠狠地揍他们一顿！可当时爸真的没办法，没钱来上海，又丢不下你和羊群，只好把泪水、痛苦和对你妈的愧疚埋在心底。后来政策好了，爸就发誓要拼出个像样的事业来，这样也好配得上你死去的妈，也可以有条件找你哥，又可以按你妈的意愿把你送回上海来。爸在创事业上，尝尽了人间的酸甜苦辣，但也知道了该怎么做人，该怎么做生意。"

小娜感动地说："爸，我知道，我都看在眼里呢。"

沙驼说："偷走你哥的那对夫妇，男的叫殷正银，女的叫许萝琴。那个殷正银在牧场时就得了一种病，病治好了，但不会生孩子了，身体到现在还是病恹恹的。说实话，我也真同情他们。他们偷走你哥回到上海后……"

闪回：

15.

回上海的火车上,车厢里很挤,殷正银和许萝琴手忙脚乱地照顾着啼哭不止的小浦江……

16.

在弄堂里,许萝琴得意的给街坊看怀里已经一岁的小浦江。穿着工作服的殷正银骑自行车下班,从怀里小心地掏出两袋奶粉。两人逗着小浦江,幸福地笑着……

17.

半夜里,五六岁的浦江发着高烧,殷浦江和许萝琴冒着大雨抱着浦江上医院,两人守在浦江的病床前,许萝琴紧张地哭着,殷正银也焦虑地望着医生……

18.

许萝琴靠在门旁,两眼含泪无奈地看着沮丧地坐在床边的殷正银,手里也拿着一份下岗通知。放学回家少年浦江和同学分手,叫着阿爸姆妈跑进屋。许萝琴赶紧抹了一下眼睛,强露笑容地走下楼,浦江高兴地拿出一张三好学生的奖状……

19.

殷正银和许萝琴在早点摊前忙碌着,已经高中的殷浦江想要帮忙,被许萝琴推回楼上温习功课……

20.

夜里,闷热的二楼,浦江在温习功课准备高考。许萝琴拿着蒲扇帮他扇风,殷正银拿着电蚊拍赶蚊子……

21.

浦江把录取通知书交给殷正银和许萝琴,他们看了又看,许萝琴激动地哭了……

殷浦江戴着学位帽与殷正银和许萝琴的合影……

22.

沙驼说:"当爸找到他们后,爸有一肚子的怨气要冲他们撒。可在向他们要你哥的过程中,听到他们讲的怎么把你哥抚养长大的经过,我也被他们含辛茹苦的那份心给感动了。他们能把你哥抚养大,还供着他读完了大学……实在太不容易了!"

小娜说:"那你就不想要回哥了?"

沙驼说:"不是,要不我对不起你妈。但你哥不知道怎么知道了这件事,说他是被他现在的父母偷来的,你哥就逃离了他们家。你知道,到现在都没找到。"

小娜说:"爸,你是想让我去找我哥?"

沙驼说:"不是,是这样,你哥离开殷正银家后,许萝琴受了刺激,中风了,现在虽然已好多了,但还不能下床行走,殷正银的身体又不好。今晚我去他们家,家里已脏得不像样了。爸想让你每天上午去上两三个小时,帮他们打扫打扫卫生。爸还想给许萝琴买把轮椅,你推着她到外面走走,他们毕竟把你哥抚养了二十几年,让你去帮他们,就算是你替你哥报答一下他们对你哥的养育之恩吧。"

小娜说:"爸,我不去!哥都从他家逃走了,我还去他们家干吗?何况,是他们把我哥偷走的!"

沙驼说:"小娜,你听爸说,他们是做了件很不该做的事,爸也是一定要把你哥要回来的!要不,爸对不起你妈,也对不起爸自己的良心。但你想想,他们待你哥也真的是好,像待自己的亲生儿子一样。自己省吃俭用,辛辛苦苦,把大部分赚的一点钱都用在培养你哥上了。我们得讲道理。他们做错了,他们也认了,咱们就得原谅他们,人的心胸也要开阔点。我把你哥要回来,对他们的打击是太大了,这也等于是他们付出了做错事的代价。但人也该有同情心……"

小娜叹了口气,说:"爸,你别说了,我去就是了。"

23.

沙驼领着小娜在往殷正银家走。

沙驼说:"小娜,爸谢谢你了。"

小娜说:"爸,你太善良了,作为女儿,我不能让你的这份善良落空。但是,到现在我还不知道我哥叫啥呢。"

沙驼说:"你哥叫殷浦江。"

沙小娜大惊:"啊?殷浦江?!"

沙驼说:"怎么,你认识?"

沙小娜说:"我和他在一个办公室工作过。"

小娜突然想起殷浦江对自己说过的话:"你做我的妹妹吧!"

小娜大叫着说:"爸,你一定要找到他!一定要找到我哥!"

24.

沙驼领着小娜来到殷正银家。

这时殷正银家真是又乱又脏。

沙驼拉着小娜说:"殷正银,这是我女儿,沙小娜。"

殷正银说:"喔哟,应该是浦江的妹妹吧?"

沙驼说:"是。"

殷正银说:"长得太像田美娜了。"

沙驼拉着小娜上了二楼。

25.

二楼。

沙驼指着床上的许萝琴说:"叫伯母。"

小娜说:"伯母,你好。"

许萝琴已能坐起来,说:"像!像田美娜。"

沙驼说:"殷正银、许萝琴,我想让小娜每天来帮你们家打扫打扫卫生,做一些你们干不动的活。"

殷正银、许萝琴同时喊:"这怎么可以啊!"

小娜说:"伯父、伯母,这没什么。主要是浦江哥哥不在,我应该来做的。"

殷正银感动的眼里涌满了泪,说:"沙驼,你这样待我们,我们还真是没脸再活在这世上了。"

许萝琴也感动得说不出话来,半天才说:"殷正银,你代我向沙驼兄弟磕头。"

殷正银要跪下磕头。

沙驼挡住殷正银说:"别这样。"

许萝琴的泪顿时哗哗地往下流。

26.

中午已过,已经又累又冷又饿的阿林来到殷浦江的水产摊前的小街。阿林看到街面上有几家小饭店,他看到饭店的玻璃柜台里摆满了熟食,他咽了口水。

阿林自语:"寻了一上午了,慢慢再寻吧。先去填填肚子,寻人也不能亏自己啊。"

阿林走进小饭店。在饭桌前一坐。

阿林气粗地说:"喂,老板,来半斤三黄鸡,一盘花生米,一瓶黄酒!"

27.

小娜在打扫卫生,她用抹布擦拭一个旧的五斗柜,在五斗柜上捅到一个翻倒的镜框。小娜翻开镜框,那是殷浦江大学毕业带着学士帽的照片。

小娜看着照片,耳边又响起了殷浦江在医院里说的那些话:"我爸可能也是沙驼呢……""你做我的妹妹吧……"

小娜内心独白:"哥,你那会儿就已经知道我是你妹妹了吗? 怪不得你对我那么好……"

殷浦江的话音说:"你看,你又往那方面去想了! 我说了这不可能的。"

小娜自语说:"我怎么那么笨呢?"越想越懊悔地骂自己说:"我真是愚蠢啊!"

28.

菜场的人慢慢多起来。

阿林醉醺醺地从小饭店晃晃悠悠地出来,沿着菜场的小街往前走。嘴里还不住地咕哝:"我这是在大海捞针,大海捞针啊! 就是大海捞针我也要捞到,不然对不起人呀,对不起人的事我阿林从来不做!"

阿林从殷浦江的水产摊前走过,殷浦江的水产摊前已拥了七八个人。

29.

菜场里人声鼎沸,殷浦江透过人头,看到了摇摇晃晃走着的阿林。

殷浦江喊:"阿林爷叔——阿林爷叔——"

喝醉酒的阿林没听见,依然摇晃着在人群中走着,嘴里还在念叨:"大海捞针也要去捞到,不然对不起沙老板啊——"

阿林在人流中消失。

殷浦江忙着做生意,但可以看出,脸上挂了心事:不知家里怎么样?

30.

餐厅,只有姜丽佩与瞿月雅在吃饭。

瞿月雅问:"姆妈,阿爸呢?"

姜丽佩说:"今晚有应酬。"

瞿月雅:"最近阿爸不是很少出去应酬吗?"

姜丽佩说:"是呀,他最近心情不好。但生意总还得做呀。"

瞿月雅说:"还是为小娜姐姐的事吧?"

姜丽佩叹口气说:"是呀。你有小娜的消息吗?"

瞿月雅说:"我也很想知道呀,可我怎么会有她的消息呢? 况且现在我每天早出晚归地在帮殷浦江做生意。"

姜丽佩说:"你别在我跟前提他! 为了这个人你连姆妈都不要了,阿爸也不要了。你阿爸刚认上的阿姐也不要了!"

瞿月雅说:"我不是不要了,而是我都有了,姆妈、阿爸、阿姐能跑得掉吗? 现在我什么都不缺,缺的就是爱情。没有爱情的人生,那是最不完全的人生!"

31.

公交车站。

小娜跳上车。

兆强也跟着上了车。

小娜说:"咦,兆强哥,你怎么在这?"

兆强说:"你阿爸放了我两天假,特地出来玩玩,看见你上了车,我也就上来了。你去哪儿? 我发现这两天,每天早上都不见你去饭庄了! 忙什么呢?"

小娜说:"我爸给我安排了一项工作。"

兆强说:"什么工作?"

小娜说:"我在干家政呢。"

兆强说:"当保姆?"

小娜说:"可以这么说吧。"

兆强不相信地说:"不会吧? 你爸会让你当保姆?"

小娜说:"是我爸求我去做保姆的。"

崔兆强说:"那我跟你去看看你怎么给人家当保姆的。"

小娜说:"你不信?"

崔兆强说:"嗯,我在想什么人家能用你这样的保姆。"

小娜说:"其实我这份家政是我爸让我去做的,而且一分钱的工钱都没有,但我愿意。"

崔兆强说:"不会是在做好事吧?"

小娜说:"可以说是吧。而我去帮忙的这家人还非常残酷地伤害了我爸的感情和身心。"

崔兆强说:"以德报怨?听起来像是个传奇故事。"

小娜说:"是啊,我们父辈当时生活的那个年代,本来就是一个创造传奇故事的年代,而且还都是些让人心酸的传奇故事……"

32.

瞿月雅打着哈欠正要出门。

姜丽佩刚从卫生间里出来,没好气地说:"又去那个殷浦江那儿?"

瞿月雅说:"是啊,今天起晚了,得赶快去!不然就赶不及浇灌我的爱情咯!"

姜丽佩说:"问题是人家爱不爱你!"

瞿月雅说:"我是在不懈的争取!有时爱情是在不断地争取中产生的。我一定要跟我所爱的人在一起。有的人说,不能跟你爱的人在一起,那就跟爱你的人在一起,这是屁话!跟你不爱的人在一起有什么意思,还不如一个人独过呢!"

姜丽佩无奈而伤心地说:"反正我已管不住你了,我该表的态我已表过了,我该做的也做了。我不可能把你锁在家里不让你出去,你老妈是懂得尊重人权的,但你以后别后悔就行了。"

瞿月雅说:"姆妈,我上次跟你讲过的,你给我点钱吧。"

姜丽佩说:"要干什么?我不能无缘无故给你钱。"

瞿月雅说:"我们想买一辆货运车。现在浦江已有三个摊位了,生意都做活了,他想自己进货,这样就能赚得更多。"

姜丽佩说:"我说了,我不干涉你,但我也不会支持你!钱,我不会给,也不许问你阿爸要!你阿爸正为小娜的事烦着呢!……"

瞿月雅一嘟嘴说："小气!"走出门。

姜丽佩气恼地要推门进卧室,突然想起了什么,站在门口沉思起来。

33.

兆强跟着小娜下了车,说："小娜,让我跟你一块儿去吧。"

小娜说："干吗呀? 我可不是去玩的!"

兆强说："我想跟你一起去看看,要能帮上忙更好。"

小娜说："可你这两天休息啊! 应该去放松一下。"

兆强说："跟你在一起我就觉得很放松啊,心里也快活多了。"

小娜说："很脏很累的。"

兆强说："你不是天天在做吗?"

小娜说："我从小在牧场做惯脏活累活了。"

兆强说："我现在干的活,不也很脏很累吗?"

小娜说："可是,你们上海人不是很瞧不起保姆吗? 你不怕失身份啊?"

兆强说："你别打击一大片好不好,你不也是半个上海人吗? 再说,做好事怎么会失身份? 小娜,我可是认真的!"

34.

姜丽佩走进自己办公室。

姜丽佩打电话："人事部赵经理吗?"

赵经理答："是。夫人,有事吗?"

姜丽佩说："当时你们招聘沙小娜的时候,她填的表格还在不在?"

赵经理说："应该在。"

姜丽佩说："表上是不是登记有联系地址?"

赵经理说："当然有,要不怎么通知她。"

姜丽佩欣慰地松了口气说："那把沙小娜填的入职表给我送来。"

35.

小娜和兆强拐进小街。

36.

殷正银开门,把小娜和兆强迎进家里。殷正银好奇地看看兆强。

殷正银说:"小娜,以后你用不着每天都来,隔上几天来一次就行了,我们会把卫生保持好的。"

小娜说:"可伯母每天都得出去吸吸新鲜空气呀,这样会好得更快。"

殷正银看着兆强说:"这位是?"

小娜爽快地说:"他是崔兆强,姚姗梅阿姨家的儿子。"

37.

殷正银看着兆强点头说:"啊,那崔秉全是你阿爸了? 你阿爸、姆妈还好吧?"

兆强说:"我姆妈好着呢,可阿爸前几个月就过世了。"

殷正银吃了一惊,惋惜地说:"啊呀,是吗? 你阿爸可是我们那拨支青里脑子最灵光也是最能干的人啊! 怎么这么年轻就……唉,他只比我大几岁啊!"

兆强一愣,但他马上反应过来,赶紧鞠躬说:"啊,爷叔好,原来您和我阿爸、姆妈认识啊!"

殷正银说:"我们是同一个牧业队的,那时候你姆妈背着你和沙驼一起去放羊,我们经常碰面。你肯定记不得我了,那时你还只有一岁多。"

兆强看着这个家的简陋陈旧与贫困显然有些吃惊。

小娜说:"兆强哥,你能干些什么?"

兆强说:"我现在啥都能干,你讲吧。"

小娜正在找抹布,说:"行了,你还是坐在一边看着吧,等会儿我让你干一件重活。"

殷正银已打了一盆水,端到她面前。

小娜利索地把抹布浸在水里搓了搓,然后抹桌子、凳子、柜子。不过这些家具已有些陈旧,擦过后依然是灰蒙蒙的感觉。

小娜收拾完一楼后,又去二楼收拾,拖地板,抹桌子。

崔兆强想上去帮忙,因为房间里面太局促,他帮不上什么忙,只好在楼下干着急。

38.

小娜已经收拾好了,在楼梯口叫兆强说:"好了,兆强哥,上来吧! 帮我一个忙!"

兆强一边上楼一边问:"好,做什么?"

小娜说:"帮我把许阿姨背下楼。"

兆强说:"好!"

39.

兆强把许萝琴背下楼,小娜推过轮椅在楼梯口等着。等许萝琴坐到轮椅上,兆强已经累得满头冒汗。

许萝琴很不好意思地说:"真是麻烦你们了。"

40.

小娜推着坐着许萝琴的轮椅沿着街道在散步,兆强在一边陪着。

许萝琴的眼神在回忆。

闪回:

路口,车站。

许萝琴接过殷正银抱来的婴儿跳上长途汽车……

殷正银家。

许萝琴撒泼地同沙驼争吵。

41.

风和日丽,公园满是休闲人群。

小娜推着许萝琴的轮椅,兆强不在。

这时,许萝琴的眼里含满了感激和愧疚的泪。

许萝琴眼泪滚滚而下。

小娜说:"伯母,你怎么啦?"

许萝琴说:"小娜,伯母太对不起你姆妈,更对不起你阿爸,也太对不起你阿哥了。现在我感到,"说着捶着胸,"我所做的事有多亏心啊,可你阿爸和你还能这样对我们!……"

小娜说:"伯母,别伤心,事情都已经过去了。我爸说,你啥也不用想,只要好好地把病养好就行了。我爸说了,虽然我爸是我哥真正的爸,但把他找回来后,还会让他来照顾你们,还要让他叫你们阿爸姆妈的。"

许萝琴拉着小娜的手,把小娜拉到身边,搂着小娜痛哭起来。她哽咽着说:"不,我不配让浦江叫我姆妈,我也不配让你们这么照顾我,我对不起你姆妈!当初你姆妈怀孕受批斗时,我也说了几句不好听的话,而且还偷走了她的孩子!我知道,现在这都是报应!都是老天给我的惩罚!"

小娜劝慰她说:"伯母,这些都是过去的事了!我爸说,你们能把我哥抚养大,还供着他读完了大学……实在太不容易了!所以,过去的那些事你就都不要太计较了。"

不远处,兆强手拿着饮料从小卖部出来,看到这个情景,赶紧跑来。兆强问:"许阿姨怎么啦?"

许萝琴拉着兆强的手说:"你们在楼下打扫卫生时,正银都跟我说了,你是崔秉全和姚姗梅的儿子!在新疆牧业队的时候,我跟你姆妈也吵过架!现在想想都是我太自私……"她抹了把眼泪说:"想不到,今天姚姗梅的儿子也会来帮我们。你们都能以德报怨,可我做的事……"许萝琴捶着胸,已经是泣不成声了。

小娜说:"伯母,你的身体刚好些,这样会哭坏的!"

兆强说:"是啊,阿姨,你不要这样……会伤身体的。"

第二十三集

1.

兆强又背着许萝琴上了楼。

2.

快中午了,小娜和兆强从殷正银家出来,殷正银热情而感激地送到门口。

殷正银说:"小娜,你们吃了中午饭再走吧,兆强又是第一次来这儿。"

小娜说:"不用了。我爸那儿还有事呢。"

殷正银说:"兆强啊,代我们向你姆妈问好!"

3.

沙小娜和崔兆强信步走在街上。

崔兆强感慨地对沙小娜说:"小娜,我今天遇见你,真是老天有眼。"

沙小娜说:"怎么?"

崔兆强说:"现实给我上了一课,让我受到了一次深刻的教育!"

沙小娜扑哧一笑说:"这一点都不像你说的话。"

崔兆强很认真地说:"当初,你阿爸让我这个败家子去当饭店跑堂的时候,我觉得自己是天底下最惨的人,倒霉透了! 心想你爸怎么能这样,一点义气都不讲! 可是……今天我才看到,原来还有比我们家更惨的人,也看到你阿爸是怎么去帮他曾经怨恨的人,又怎么对待你这个他最亲近的人。我终于明白你阿爸的意思了,以后,我会好好干的!"

沙小娜说:"兆强哥,你明白过来就好。"

崔兆强说:"明天我还跟你来。"

4.

姜丽佩从车上下来,按响姚姗梅家的门铃。

姚姗梅出来开门。

姜丽佩说:"请问沙小娜住在这儿吗?"

姚姗梅说:"不,你找她有事?"

姜丽佩说:"她不是在德佩建材公司工作过一段时间吗? 我是德佩公司的董事,这是我的名片。"递上名片说:"有一件业务上的事要找她核实一下,因为这是她经手的,这事对我们公司来说很重要。"

姚姗梅看看名片,看看姜丽佩的装扮和气质,又看看她坐的那辆豪华轿车,知道这事恐怕不会有假。

姚姗梅说:"当时她没有稳定的住所,所以找工作时填了我家的地址,她不住在我这儿了。"

姜丽佩说:"那您知道她住在哪儿吗?"

姚姗梅说:"要找你最好到西域小羔羊饭店去找,那是她阿爸开的饭店,她就在饭店工作。"

姜丽佩说:"好,谢谢,打扰你了。你把饭店的地址告诉我好吗?"

5.

姜丽佩坐的车在饭店门前停下,姜丽佩下车,打量着饭店。

6.

姜丽佩走进饭店,遇见徐爱莲。

姜丽佩说:"请问姑娘,沙小娜在这儿工作吗?"

徐爱莲说:"在,不过她每天上午都要出去有事。"

姜丽佩暗喜地松了口气,说:"她什么时候回来?"

徐爱莲说:"要到中午才能回来,你找她有事?"

姜丽佩说:"我明天想在这儿定一桌饭。"

徐爱莲说:"那你找我是一样的。"

7.

已显得筋疲力尽的阿林又在喝酒。

殷正银走进小酒店,看到阿林又是一副醉醺醺的样子,气不打一处来。

殷正银恼怒地说:"阿林,你寻的人呢?"

阿林说:"这么大一个上海,人有这么好找的啊。"

殷正银说:"沙老板给你两千块钱,不是光叫你喝酒的!我只看到你喝得醉醺醺的,哪里去找过人啦!"

阿林说:"殷老板,讲话要凭良心噢!整个上海的小菜场,我都快跑遍了!"

殷正银说:"叫你寻人,你跑小菜场干吗?"

阿林说:"殷老板,你这就不懂了。浦江跑到外面住,不会是天天去吃饭店吧?吃饭店的开销你是知道的。他哪怕找份好工作,那点工资也不够他开销的。所以他有时肯定要去菜场买点菜自己做了吃。所以我是瞎猫去碰死老鼠,说不定会碰上呢。"

殷正银长叹一口气说:"你这样找,这一辈子别想找到!"

阿林说:"你这能怪我吗?就是我找不到,你也只能怪你自己。你当初不要去做这种缺德事呀,就是做了,人家老爸找上门来,你就该痛痛快快把孩子还给人家呀。像沙老板这样的人,会亏待你吗?真是的。还跑到我这里来闹。坐下来,跟我一起喝口酒吧。老板,添副碗筷!"

8.

姜丽佩脸露喜色地在看电视。瞿欧德洗好澡穿着睡衣进来。

瞿欧德说:"丽佩,刚才你说有好消息告诉我,是吗?"

姜丽佩得意地说:"小娜我找到了。"

瞿欧德也喜出望外地说:"怎么样,你同她谈啦?"

姜丽佩说:"他现在的阿爸在上海开了家饭店,叫西域小羔羊饭店,我去了饭店,但小娜今天出门了。明天我预订了一桌饭。"

瞿欧德有些失望地说:"她在她阿爸的饭店工作,我早知道。我现在只想能让她认我这个阿爸。"

姜丽佩笑着说:"你待我好一点,我来帮你办成这件事!"

9.

瞿月雅开着辆货运车驶出交易市场。

10.

瞿月雅开着运货车停在小旅馆门口。

11.

瞿月雅敲开殷浦江住的房间的门。

瞿月雅高兴地说:"殷浦江,你看看下面。"

殷浦江把脑袋探出窗口说:"怎么啦? 没什么呀。"

瞿月雅说:"这么大一辆新货运车你没看到?"

殷浦江说:"这是怎么回事?"

瞿月雅说:"从明天开始我们不是要自己去进货了吗? 没有车怎么行?"

殷浦江说:"这车是你买的?"

瞿月雅说:"我把我的小车卖了,买的这辆货车。"

殷浦江说:"可你的那辆小车比这货车值钱的多呀。"

瞿月雅说:"那有什么! 为了你,我什么都舍得!"

殷浦江被感动了说:"瞿月雅,你真对我这么死心塌地吗?"

瞿月雅说:"是,我可以为你去死。"

殷浦江把瞿月雅搂进了怀里说:"瞿月雅,谢谢你。我谢的不是你这辆车,我谢的是你对我的这一片真心。"

瞿月雅幸福地哭了……

12.

瞿欧德,姜丽佩从小车里出来,走进饭店。

13.

饭店大堂。

中午,顾客盈门。

小娜正在热情地迎接客人,她一看到瞿欧德和姜丽佩走进来,吃了一惊。

小娜还是迎上去说:"瞿董,你们来啦?"

姜丽佩说:"我听说这里新开了一家新疆风味的饭店,我昨天就来过了,预订了一间包厢。瞿董他也一直怀念新疆那段生活,也想来吃吃正宗新疆饭。"

瞿欧德看到小娜,顿时感到一种感情上的冲动说:"小娜!"

因为毕竟站在眼前的是亲生父亲,小娜的心灵又感到了一种强烈的触动。

小娜对大堂里喊:"徐爱莲大姐!"

徐爱莲忙迎上来一看是姜佩丽,忙说:"噢,你昨天预定的包厢,请跟我来,给你们安排在雪莲厅。"

瞿欧德说:"小娜,你爸在吗?"

小娜说:"在。"

瞿欧德说:"能不能请他到我们的包厢来一下,你说,我还是想再见见他。"

小娜想了想说:"好吧。"

14.

沙驼正在声音嘈杂的后堂帮着洗菜。

小娜走到沙驼跟前,贴着他耳朵喊说:"爸,有人找你。"

沙驼说:"谁?"

小娜说:"瞿董。"

沙驼说:"他又来这儿干吗?"

小娜说:"说是来吃正宗的新疆饭。"

沙驼说:"知道了,肯定又是个借口。你告诉他,我洗完这些菜就去。"

15.

小娜走进去,说:"瞿董,我爸等一会儿就来。"

小娜说完要走。

瞿欧德喊:"小娜,你等一等。你爸让你在这儿做什么工作?"

小娜说:"跑堂。"

瞿欧德惊诧地说:"端盘子?"

小娜说:"是。"

瞿欧德说:"沙驼怎么能这样!"

小娜说:"这有什么?在新疆牧场时,我爸什么活儿都让我干。他说,人的生活能力就是这样锻炼出来的。我去你们公司时,不是你们也让我干活吗?"

姜丽佩说:"小娜,还是回公司吧。瞿董知道你是他亲生女儿后,他一天也不想让你离开他。"

小娜说:"是吗?当初我还在我妈肚子里的时候,他不是下决心要离开我们吗?"

沙驼敲门走了进来。

瞿欧德忙站起来说:"丽佩,还有小娜,你们先离开一下行吗? 我想单独再同沙驼老弟谈谈。"

沙驼说:"不要套近乎,我不喜好这个!"

16.

包厢里只留下沙驼与瞿欧德。

沙驼说:"瞿欧德,刚才那位是你太太吧?"

瞿欧德说:"是。"

沙驼说:"你们不是特意来吃饭吧?"

瞿欧德说:"没错。"

沙驼说:"还有什么事? 上次我们不是谈过了吗?"

瞿欧德说:"沙驼,我觉得你没有权力不让我与我女儿相认。"

沙驼说:"我当然没有这个权力,我怎么会有这个权力呢? 但田美娜有,她有这个权力。"

瞿欧德说:"可她已经死了。"

沙驼说:"但她的遗嘱还有用! 不是吗? 虽然她已经在满腔的怨恨中凄惨地走了。如果她活着就好办了,你就可以直接同她说了,我也用不着插在这中间受罪了。"

瞿欧德说:"你也觉得插在这中间是受罪?"

沙驼说:"怎么会不是呢? 明明知道你们是亲骨肉,但我却不允许你们相认,我也感到是一种折磨。"

瞿欧德说:"你让我们相认,不是不会有这种折磨了吗? 而且我会把你看成我的大恩人。你知道,我现在很富有,我会给你很大的补偿。"

沙驼说:"但让你们相认,我心里受到的折磨就会更厉害。田美娜是我心爱的妻子,我知道,她没有把她所有的爱给我,但她却把她所有的信任都给了我。她留下的遗嘱我必须遵守,我对她的承诺,我也必须做到! 瞿欧德,很对不起,你的要求我无法答应你。至于说到补偿,我可以告诉你,我沙驼只花我自己挣的钱!"

瞿欧德说:"沙驼!"

17.

姜丽佩对小娜说:"沙小娜,你真的就那么讨厌你的亲生父亲吗?"

小娜说:"就我接触到的瞿董本人,我一点都不讨厌他。他对我很好,尤其是他对我关心和爱护确实让我很感动。"

姜丽佩感觉看到了希望,说:"那你为什么就不能认他呢? 你不知道,你的亲阿爸现在有多痛苦多可怜。"

小娜说:"对不起,我不能认他。我一看到他,就想到我死去的姆妈有多痛苦多可怜! 所以我不会认他的,而且我不想失去我现在的爸!"

18.

沙驼对瞿欧德说:"好了,在这件事上,我不会让步的,你就死了这条心吧。你不是想来吃正宗的新疆饭吗? 你想吃什么,就点什么,今天你们的饭,我请客。"

瞿欧德说:"沙驼,你等一等,我还想问你一件事。"

沙驼说:"说。"

瞿欧德说:"我听说,田美娜生的是双胞胎?"

沙驼说:"对。"

瞿欧德说:"小娜还有个哥哥?"

沙驼说:"不错。那都是你的血脉啊! 可叹啊! 可惜啊! 可怜啊!"

瞿欧德含泪说:"能不能……让我见一见?"

沙驼说:"有这个必要吗?"

瞿欧德:"你说呢?"

沙驼说:"我看不见更好,要不你心里会更受不了的。"

瞿欧德说:"但我想见,沙驼,我给你下跪行吗? 求求你了。"

沙驼说:"瞿欧德,你用不着这样。"但又心软地长叹口气,"你儿子,你见过的。"

瞿欧德说:"我见过?"

沙驼说:"对。"

瞿欧德说:"谁?"

沙驼说:"这我不能告诉你。但小娜告诉我,他在你们公司工作过。"

瞿欧德痛苦凄楚地大喊:"沙驼!你太狠心了。"

沙驼说:"我不是狠心,我是在遵守对田美娜的承诺!"

19.

沙驼把小娜叫到一边。

沙驼说:"小娜,你去招待他们吧。他们的饭爸请了。"

小娜说:"知道了。"

沙驼说:"好好招待他们。虽然我得按你妈的遗愿办事,你妈不让他认你。但他毕竟是你亲爸。你懂我的意思了吧?"

小娜含着泪说:"爸,我明白了。"

沙驼说:"还有,他要是问你哥的事。你说你什么都不知道。"

小娜点头说:"嗯!"

20.

沙小娜正要朝雪莲厅走去。

兆强一把拉住小娜说:"小娜,我看那人好像是德佩公司的瞿董啊!"

沙小娜说:"是。"

崔兆强说:"他还缠在你?"

小娜笑了一下说:"兆强哥,不是你想的那回事。他认识我爸,我爸在请他吃饭。"

21.

姜丽佩正在劝瞿欧德,瞿欧德两眼挂着泪。

姜丽佩心疼地说:"欧德,自我同你结婚以来,我还从来没看到你掉过泪。"

瞿欧德说:"丽佩,你知道吗? 现在我的心都要碎了。"

小娜推门进雪莲厅。

沙小娜说:"瞿董,你们想吃点啥,随便点。我爸说,你们这顿饭,他请了。"

瞿欧德伤感地说:"小娜,你先坐。"

沙小娜迟疑了一下,坐在对面。

瞿欧德说:"小娜,你真的不能认我这个爸爸吗?"

沙小娜说:"认不认,你都是我的亲爸爸,这是事实,谁也改变不了。"

瞿欧德说:"是呀,那你为什么不可以叫我爸爸呢?"

沙小娜说:"道理我爸都跟你讲过了。"

瞿欧德说:"你也认为他讲得对吗?"

沙小娜说:"我想,他忠于我妈,忠于他对我妈的承诺,这真是他崇高人格的表现,我为我有这样的爸自豪。"

瞿欧德说:"那你又怎么看我呢?"

沙小娜说:"我说了,你是我的亲爸爸这是事实。但你抛弃了我妈,抛弃了我和我哥,背叛了你和我妈之间的感情,这点你自己也对我承认了。那你还有什么资格让我叫你爸爸呢? 你不是已经丧失了做爸爸的资格吗?"

22.

沙驼在后堂的一个角落抽着烟,徐爱莲走了过来。

徐爱莲说:"沙驼大哥,真是难为你了。"

沙驼说:"咋?"

徐爱莲说:"在这世上,感情的事儿最难理。看你夹在里面两头难做人,我都心疼。"

沙驼说:"你懂个啥。"

徐爱莲说:"你还以为我是当年十六七岁的小姑娘啊? 我啥都看得明白着呢。"

23.

瞿欧德痛苦地说:"对,你说的都对!所以这二十几年来,我一直在谴责着我自己的行为。但人生中有些事情是无法挽回的,就像我对你的母亲,无论我再怎样忏悔,都无法改变她已经逝去的事实。可是,小娜,有些事情还可以挽回,就像我与你,我可以用我余下的人生来弥补我所犯下的过错,以便求得你的原谅。"

小娜说:"瞿董,你用不着求得我的原谅,因为你的行为,使我拥有了世界上最好的爸,我应该感激你才对!"

瞿欧德说:"小娜……"

小娜看着他痛苦的样子,又有些心软,说:"其实我的心里也很矛盾也很痛苦。当你告诉我你是怎样背叛我妈的时候,我应该痛恨你!可我看着你,只觉得怜悯和悲哀,我怎么也恨不起来。也许这就是血缘的力量……"

瞿欧德的眼睛闪着泪光,充满希望地说:"小娜……"

小娜说:"可是,当我看到我现在的爸时,那些怜悯和悲哀都变得那么脆弱,那么渺小。我爸他深爱着我妈,也深爱着我。为了他对我妈的爱,也为了他对我妈的承诺,他的付出太多太多,已经远远超过了你的血脉所能给我的。我不能背叛我爸,我也不可能背叛我妈,尤其是已经离开了人世的妈。所以,如果你想求得原谅,就去求我妈原谅吧,只有我妈原谅你了,我爸才会让我认你,我才有可能回到你身边。"

瞿欧德说:"小娜,这是件无法做到的事。"

小娜说:"那你就点菜吧,我爸让我好好招待你们。"

瞿欧德站起来说:"丽佩,我们走吧,这饭我不想吃了。"

小娜说:"瞿总,我爸请你吃饭,你不吃,显然是对我爸表示不满。"说着,小娜的眼圈也有些红,说:"瞿总,我能不能劝你一句,你只有跟我爸表示友好,事情恐怕才会朝好的方向发展,也就可能有希望。"

瞿欧德满眼溢泪,坐下说:"小娜,那你就看着为我们点吧……"他感到伤感极了。

姜丽佩也在一边很同情地叹着气。

24.

天还没亮,阿林已在小菜场转了,他站在离水产摊不远的地方搜寻着来来往往的行人。

瞿月雅开着货运车,殷浦江坐在瞿月雅身边打盹。

车从阿林跟前开过,但阿林只注意路上的行人,没有去注意驾驶室里坐的人。

25.

殷浦江和瞿月雅跳下车,被雇用来站摊的一男一女两个人也帮着卸车。

殷浦江对男的说:"分量一定要给足,晓得吧? 你们如果为了多捞点提成,做点手脚,我是决不允许的!"

男的说:"殷老板,你放心! 我们站过好几个摊位,老板从来没有像你这样大度过。我们不会身在福中不知福的。"

殷浦江说:"这就好,诚信为本,生意就会越做越顺畅的。"

男的说:"晓得了。"

26.

瞿月雅和殷浦江跳上车。

货车又从阿林身边开过,贴得很近,但阿林根本不会想到车里会坐着他要找的人,只是瞪大了眼睛盯着来往的行人。

殷浦江在与瞿月雅说话,也没有看到阿林。

车拐出菜场。

27.

货车驾驶室里。

瞿月雅对殷浦江说:"殷浦江,你从哪学到的这套生意经?"

殷浦江说:"你别看把我偷来的阿爸姆妈,他们虽然摆的是大饼油条摊,因为讲信誉,生意就一直不错。另外,我也说句公道话,你阿爸瞿董做生意不是也很讲诚信吗？所以生意才做得这么大嘛！唉,这个世界,讲诚信的人少了,所以诚信反而变得特别的珍贵,而珍贵本身就有很大的价值!"

瞿月雅说:"殷浦江,没想到你年轻轻的却挺有心计的。"

殷浦江说:"你不知道吗？穷人家的孩子早当家。"

28.

兆强走进沙驼的办公室。

兆强说:"爷叔。"

沙驼说:"在这种场合,不要叫爷叔,要不,人家会认为你在这儿是个特殊人物。"

兆强有些不悦地说:"那叫什么?"

沙驼说:"叫老板叫经理都行,不是我沙驼讲究这个,是想让你养成这个习惯。以后你同别人相处,有些人不讲究称谓,可有些人就讲究得很。在这世上,把人叫得好听点,总不会错。人活在这世上,要懂得守规矩,不同的场合就有不同的规矩。这些规矩不是有意要束缚人,而是要让人与人之间相处得像个样子。这两天休息的还好吗?"

兆强说:"很好,这两天我都跟着小娜去了殷叔叔和许阿姨家帮忙。"

沙驼点了点头,说:"那很好呀! 现在果然懂事多了。崔兆强,从今天起我想把你的工作换一下。"

兆强说:"做什么?"

沙驼说:"去当采购,会更辛苦的。怎么样?"

兆强有些高兴地说:"我会努力做好的。"

沙驼说:"做好了,也会长学问的。刚才我说的那些话,就是因为你从明天起要同外面人打交道了,我才这么提醒你的。"

兆强说:"我明白了。"

29.

瞿欧德和姜丽佩都已躺在各自的床上。

瞿欧德说："丽佩,我想抽支烟。"

姜丽佩说："抽吧。"

瞿欧德抽着烟继续沉思说："沙驼说,我的儿子我见过,那会是谁呢?"

姜丽佩眼睛倏地亮了一下,说："欧德,会不会是殷浦江啊? 我觉得他跟你年轻时长得有点像。"

瞿欧德说："这怎么可能! 我让人去调查过他,他是出生在上海,他父母先是在工厂当工人,后来下岗摆大饼油条摊。他怎么可能会是我儿子呢? 怎么联也联不上啊!"

姜丽佩点头说："你这么一说,当然就不可能了,那会是谁呢?"

30.

沙驼回到家,小娜正在洗衣服。

沙驼说："怎么晚上洗衣服?"

小娜说："白天不是没时间嘛。"

沙驼心疼地说："小娜,真的太辛苦你了,许萝琴的病情好点了吗?"

小娜说："好多了,能起来稍微走走了。"

沙驼说："过两天我抽空再去看看他们。如果情况好点了,就给他们请个钟点工吧,你也不用每天去了。"

小娜说："爸,还是我去好了,不要紧的。"

沙驼说："小娜,爸饭店的生意已经走上正轨了,你去找份工作吧,爸不能再耽搁你了。"

小娜说："好的,爸。"

沙驼转身要走,小娜突然忍不住问："瞿董的事怎么办?"

沙驼说："什么怎么办?"

小娜说："爸,对他的事,我心里一直很矛盾。知道他是我亲爸爸,又知道他对我妈做的那些事,我总觉得应该恨他! 可是,不知道为什么,看到他那个样子,又觉得他很可怜,不知不觉地就开始同情他了。"

沙驼说："小娜,不但你同情他,我也很同情他。如果不是你妈留下的那些话，我可以马上把你送到他身边去。"

小娜说："爸，我不是这个意思。你永远是我的爸，比亲爸还亲的亲爸。我只是想，既然他是我亲爸爸，就让我叫他声爸爸，好不好？"

沙驼说："是呀，这也不是不可以。但小娜，你要理解你爸，爸不能松这个口。我告诉过你，你妈在送你爸去长途汽车站的时候，又一次告诉他，从今天你离开这儿起，你就已经不是他的亲生父亲了。其实你妈说这话的意思是希望他不要走，这是你妈最后的挽留，但瞿欧德还是走了。你妈告诉我，当时她的整个心都碎了。"

小娜说："他当时干吗要这样做呀！"

沙驼说："这只能问他了。而你妈的死，也可以说跟他瞿欧德有直接的关系。你妈肚子大起来后，遭到了许多人的谩骂和嘲笑，你妈的日子真可以说是度日如年。本来你妈答应等生下孩子后，再同我结婚。但在我的恳求下，在你们出生前，我们就去领了结婚证。当时我想，有我这么个男人为她撑着点要比她孤军奋战好得多。但当她快要临产时，我要送她去医院，她坚决拒绝去。你妈是个自尊心很强的女人，她怕去了医院后那些医生、护士也会嘲笑她。那时，我也是不大懂，认为女人生孩子会有危险，会死人，但那些是极少数。谁也没想到，这事真的摊到你妈身上了。我要知道会有这么个后果，我硬拖也要把你妈拖到医院去。可当时已无法挽救了，场部医院离我们住的地方有四十多公里呢。就是赶着马车去，也赶不急。又是个大冬天，地上铺满了积雪。你妈说，还有那么点时间，还是说上几句话吧。"

小娜听着抿着嘴在流泪。

沙驼说："你妈最后的几句话就两个意思，一是要我把你们抚养大，送回上海。二是不许瞿欧德来认你们。她让我发誓，我发誓，你妈是带着对瞿欧德满腔的恨走的。"

小娜说："爸，我知道了。"

沙驼说："小娜，爸不是个没有同情心的人，你只要看看爸是怎么待殷正银、许萝琴两口子的，你就知道了。可你爸不能背叛你妈啊，爸是发了誓的啊。要不，我沙驼就没脸活在这世上了。"

小娜说:"爸。我全明白了。"

沙驼说:"小娜,你以后别再跟爸提这事了。爸是死也不会跨出这一步的。所以我说,你要去叫瞿欧德爸爸,你就别再叫我爸了。"

小娜说:"爸,对不起,我今天就不该再提起这事的。"

31.

姜丽佩推门走进瞿月雅的房间,瞿月雅正在做睡前的面部保养。

姜丽佩说:"月雅,你的车呢? 这两天车库里怎么没看到你的车啊?"

瞿月雅说:"我把车卖掉了!"

姜丽佩吃惊地说:"把车卖掉了? 干吗?"

瞿月雅说:"我把卖车的钱,买了辆运货车。"

姜丽佩说大叫:"你疯啦!"

瞿月雅说:"我问你借钱,你不肯借嘛! 又不许我问阿爸要,那我只好卖小车了。反正这小车当初是阿爸买给我的,又没用你的钱。"

姜丽佩说:"是不是那个殷浦江的主意? 这种小市民出生的人,就会想方设法地去做占别人便宜的勾当!"

瞿月雅冷笑一声说:"姆妈,你错了! 你就这么看殷浦江啊?! 我卖掉小车买货车的事他根本不知道,当我把货车开到他跟前时,我才告诉他的。"

姜丽佩说:"他怎么表示?"

瞿月雅说:"他当然很感动喽。"

姜丽佩说:"他要不感动才怪呢! 四十多万的一辆小车,换成了一辆十几万的货车,他能不感动吗? 你个傻丫头,没像你这样追男人的。用过去的上海话说,你就是个倒贴户头。"

瞿月雅说:"这表达的是一种情感,不是做什么买卖!"

姜丽佩说:"我迟早会被你气死。"

32.

姜丽佩走进自己的办公室。

她从抽屉里拿出沙小娜的简历,若有所思地翻着看了又看,接着拿起电话说:"赵经理吗? 你把殷浦江应聘时填的表也找出来拿给我好吗?"

33.

姜丽佩在对照着两张表。摇摇头自语着说:"不是的。出生地,出生日子都不一样。"

34.

姜丽佩走进瞿欧德的办公室。

姜丽佩说:"欧德,我昨晚睡觉时,老怀疑殷浦江是你儿子,但现在看来肯定不是了! 殷浦江出生在上海不说,他比沙小娜还小十二天。沙小娜和那男孩是双胞胎,应该是同一天出生的,而且还是哥哥。"

瞿欧德说:"我想起来了,我曾问过小娜,她说她也没见过她哥哥。不知道她哥哥在哪儿。我越想越纳闷,沙驼说我见过这孩子。看来,我想让小娜认我这个爸爸,想知道我儿子是谁,希望全在沙驼身上了。"他心酸而伤感地自语说:"田美娜啊,你为什么最后要跟沙驼这么个倔头结婚呢? ……"

35.

兆强骑上三轮车来到水产摊前。

殷浦江正好在他的摊位里安排事情,兆强看着殷浦江眼熟,似乎在哪见过,他想起来了。

兆强说:"嗨,你不认识我啦?"

殷浦江看到兆强想了想,也记起来了说:"噢,是你呀,你好,你好! 你这是?"

兆强说:"来买点鱼。"

殷浦江说:"那就在我这儿买吧,肯定给你优惠。"

兆强说:"你不是在德佩建材超市当财务部的副主任吗? 怎么? 不干了?"

殷浦江说："想自己当老板，老板再小也是老板，自在多了，你呢？"

兆强说："嘿，不说了。在一家饭店当采购。"

殷浦江说："那今天晚上我请你吃饭。"

兆强说："为什么？"

殷浦江说："想让你成为我的关系户呀，希望以后你们饭店的水产由我来给你们提供。"

兆强说："这当然好。但这饭先不忙吃，我前面那个采购，就因为吃了人家的饭，拿了人家的回扣，结果进的货又贵又次，没几天就让我们的老板给发觉了，撸掉了。这几天，我先摸摸底，货比三家，最后再定看哪家合适。"

殷浦江说："这是应该的。但把我的也考虑进去，行吗？我相信，我会胜出的。"

第二十四集

1.

兆强拉着一车蔬菜回来。

小娜也刚从殷正银家回来,兆强看到小娜就喊:"小娜,来帮我卸一下菜。"

小娜走上去帮忙。

兆强说:"小娜,这两天又在忙什么呢?"

小娜说:"爸让我另外找份工作做。"

兆强说:"小娜,我一直弄不懂你干吗不在德佩建材公司做了呀,那个公司蛮不错的嘛。"

小娜感情复杂地叹了口气说:"你别再提了行不行?"

兆强说:"就因为过去这么些日子了我才问问嘛。不能告诉我?"

小娜想了想说:"问你妈去吧,你妈可能知道这件事。那个公司老总叫瞿欧德。"

2.

姚姗梅吃惊地说:"瞿欧德?那个建材公司的

董事长真叫瞿欧德?"

兆强说:"是,小娜说你可能知道这件事。"

姚姗梅说:"原来是这样。这就不奇怪了,所以他会待小娜这么好,看来他是知道小娜是谁了。也怪不得沙驼不让小娜在那家公司做了。"

兆强说:"姆妈,你讲的这些,我一点都听不懂。"

姚姗梅说:"你也不要再问了,以后你会知道的!"

3.

沙驼来到殷正银家。许萝琴已能下床走动了。

许萝琴感激地说:"沙驼,谢谢你,我真的好多了,小娜可以不要来了。这些日子,小娜每天都来忙这忙那,推着我出去散步,真是苦了她了。你教育出了这么一个能干,肯吃苦,懂事理的好姑娘,想想我们真的感到很后悔,很惭愧。沙驼,"许萝琴含着泪,"你是个好人,我和殷正银对不住你。"

沙驼说:"不说这些了,这事可以说是解决了。关键是要把浦江找到,然后由你们把这事告诉他,要看看他的态度。孩子大了,自己会有自己的想法,我不会强求他的。"

许萝琴说:"应该这样。我们做错的事,就由我们来纠正。"

沙驼说:"从一开始,我也是这么想的,由你们同他讲,更好。"

殷正银说:"不过沙驼,你不该让阿林去找浦江,也不该给他这么多钱,用上海人的话来说,这是个白相人。"

沙驼说:"疑人不用,用人不疑,过些日子再说吧。只要有缘,不会找不到的。"

4.

瞿月雅与殷浦江在看一套房子。

瞿月雅说:"浦江,我看就租这套房吧,两室一厅的,你一个人住也蛮宽敞的。那个小旅馆又乱又脏又闹,别再住了。"

殷浦江说:"好吧,听你的。"

瞿月雅说:"现在你又不是租不起这套房子。赚钱是为了什么？不就是让自己生活得舒服点嘛。"

殷浦江说:"你说得对,每次让你去那家小旅馆,也真有些委屈你。"

瞿月雅含情脉脉地说:"浦江……"

殷浦江说:"怎么?"

瞿月雅说:"抱抱我。"

殷浦江想了想,把她拥进怀里。瞿月雅抬起头,与殷浦江亲吻。

5.

德佩建材公司。

姚姗梅从出租车里下来,看看高耸入云的写字楼。

姚姗梅想了想,走进写字楼。

6.

姚姗梅敲门,开门的是宋蓓。

宋蓓说:"你就是姚姗梅女士吗?"

姚姗梅说:"你们的董事长是不是叫瞿欧德?"

宋蓓说:"是。我们董事长正在等你。"

姚姗梅说:"刚才在前台,小姑娘还说要我预约。我说你先打个电话上来问问,看来还真是管用啊!"

宋蓓一笑说:"请吧。"

7.

宋蓓说:"瞿董,姚姗梅女士来了。"

瞿欧德立即站起来,大步走出办公室。

瞿欧德热情地把姚姗梅引进办公室。

瞿欧德说:"姚姗梅,快坐快坐! 你怎么会找到我的啦?"

8.

崔兆强骑着三轮车急急来到殷浦江的摊位前。

崔兆强说:"殷老板,快,再给我弄上二十条活鲤鱼。"

殷浦江说:"今早拉去的鱼全用完啦?"

崔兆强说:"你不晓得,现在我们饭店的生意越来越好,人气也越来越旺。"

殷浦江说:"看来你们的老板很有经营之道啰?"

崔兆强说:"真弄不懂,我们老板以前只是新疆山沟沟里的牧羊人,大老粗一个,想不到现在这么会做生意了。"

殷浦江说:"鱼装好了。再加点水吧,要不鱼会死的。"

崔兆强说:"不用加,再加水也太重了,我快点骑就行了。"

殷浦江想了想,说:"你们家老板以前在新疆是个牧羊人?"

崔兆强急匆匆地骑上车,说:"是。殷老板,以后再讲,以后再讲。"

崔兆强骑着车急急地行驶在马路上。

9.

车流涌动,崔兆强焦急地跟在别的车后面。看看后面车厢,有的鱼已在浅水中翻肚子。

10.

又是红灯,崔兆强骑在车上,急得满头大汗,已有不少鱼翻肚白。

11.

宋蓓端了两杯咖啡进来,分别放在瞿欧德和姚姗梅跟前。

姚姗梅欠了欠身说:"噢,谢谢。"

宋蓓走出办公室,关上门。

瞿欧德说:"田美娜生的不是双胞胎吗? 而且是龙凤胎,那男孩还是哥哥,你见过吗?"

姚姗梅说:"你走后,没多久我和兆强也离开新疆回到上海来了。后来她跟沙驼结婚,生孩子的事我都不大清楚,不过孩子是你的孩子这我知道,田美娜跟我讲了。"

瞿欧德说:"可那男孩的事你也一点都不知道?"

姚姗梅说:"知道是知道点,那也是沙驼来后告诉我的。"

12.

崔兆强满头大汗地赶到,发现只剩下几条活鱼了。

大师傅从后堂出来一看,说:"这么三四条活鱼怎么够?"

崔兆强气喘吁吁,汗流浃背地说:"其他的鱼刚死,不是一样是新鲜的吗?"

大师傅说:"这可不一样!"

崔兆强说:"那就看你的本事了。"

大师傅不高兴了,说:"把死鱼做成活鱼的味道? 我可没这本事!"

崔兆强说:"那你们就看着办吧!"

沙驼也从后堂出来问:"怎么回事?"

13.

姚姗梅对瞿欧德说:"殷正银、许萝琴他俩你知道吧?"

瞿欧德说:"以前在一个队上,怎么会不知道。他俩怎么啦?"

姚姗梅说:"就是他俩趁沙驼去为田美娜送葬时,把那个男孩偷走了,接着就回到了上海。在他们回来的那一年,我见过他们,抱着个挺漂亮的小男孩。他们说这是他俩的亲生儿子。当时我也纳闷,殷正银得过那种病后不会生育了呀,怎么又能生了呢? 沙驼来了,跟我一说,我才明白,他们是偷的田美娜的孩子。"

瞿欧德说:"那男孩也姓殷了?"

姚姗梅说:"肯定是。"

瞿欧德突然感觉到什么,立马问:"叫殷什么?"

姚姗梅说:"不知道,沙驼没告诉我。你不知道沙驼这个人,直起来很直,其实肚子里弯弯道也多得很。他不想告诉你的事,你怎么问都问不出来。他最不喜欢别人插手本该由他办的事。"

瞿欧德说:"唉,这是个很难缠的人啊。"

姚姗梅说:"但绝对是个好人,只是他的想法有时你不大容易摸得透。"

14.

大师傅对沙驼说:"崔采购让我们把死鱼做出活鱼的味道来。老板你看着办,我可没这本事。"

沙驼说:"崔兆强,你要当饭店老板,也把死鱼当成活鱼来欺骗顾客吗?"

崔兆强说:"沙经理,我可不是这个意思!"

沙驼说:"那是什么意思? 就是大师傅有把死鱼做成活鱼的味道的本事,那也不能这么干呀! 人家顾客在菜谱上点的是活鱼,不是死鱼! 兆强,你这是在砸我沙驼爷叔的牌子啊。"

崔兆强委屈地说:"哪有这么严重啊!"

沙驼严厉地说:"就这么严重! 一只苍蝇就可以毁掉整个饭店的前程! 人家卖给你的是活鱼吧?"

崔兆强点头说:"是。"

沙驼说:"把死鱼退还给人家,人家要不要?"

崔兆强说:"那怎么可以呢?"

沙驼说:"这些鱼的损失由你赔,从你工资里扣! 现在赶快去菜场,尽快把活鱼拉回来。影响了饭店的生意,全由你来承担!"

崔兆强气得要哭,说:"沙老板,你也太过分了! 我阿爸和你还是把兄弟呢!"

沙驼说:"生意场上不讲这种情分! 讲了这种情分,我这生意就做不成! 不要拖了,赶快去菜场!"

15.

崔兆强汗流浃背地骑着三轮车在车流间穿行,因感到委屈两眼含着泪。

他没想到沙驼竟会对他这样无情,他想不通!

16.

瞿欧德把姚姗梅往电梯口送。

瞿欧德说:"姚姗梅,请你帮帮我。我那两个孩子的事,你得在沙驼跟前替我说说话。我知道,你跟沙驼的关系不错。"

姚姗梅说:"这事恐怕难。我儿子在沙驼的饭店干活,他让我儿子跑堂,最近又让他当采购,一点面子都不给我。"

瞿欧德说:"让你儿子到我这儿来干吧。"

姚姗梅说:"恐怕不好吧,沙驼是会有看法的。再说……"把话又咽了回去,然后一挥手说:"算了!"

17.

满头大汗的崔兆强骑车来到殷浦江的水产摊前。

崔兆强看到殷浦江还在说:"殷老板,对不起,我没听你话,路上又堵车,结果鱼死掉不少。"

殷浦江看看车上十几条死鱼,对站摊位的男的说:"汪生,把这十几条死鱼全换成活的。崔采购,这次损失我来承担。知道你这方面没经验,当时我没坚持我的意见,全怪我。"

崔兆强感动地说:"这怎么可以。"

殷浦江说:"就这一次! 下不为例。来,我用汽车帮你送,我刚好也要出去办事。汪生,等一会儿你把三轮车骑到西域小羔羊饭店去。"

汪生说:"好的,殷老板。"

18.

瞿欧德在打电话:"赵经理,殷浦江的入职表在你那儿吗?"

赵经理声音:"瞿董,殷浦江和沙小娜的表格都在你夫人那儿,有什么要我办的吗?"

瞿欧德说:"跟安排工作没关系,我知道了。"

瞿欧德又拨电话。

瞿欧德说:"丽佩吗?"

姜丽佩的声音:"嗯,是我。"

瞿欧德说:"你到公司来一下好吗?"

姜丽佩说:"好,有什么事吗?"

瞿欧德说:"丽佩,你猜对了,殷浦江很可能就是我儿子,他的入职表不是在你那儿吗?"

姜丽佩说:"对。"

瞿欧德说:"那上面有他们家的地址,对吧? 我想让你陪我一起到他们家去一次,详细情况见了面我再跟你讲。"

19.

殷浦江把车开进饭店的后面弄堂一个小院里,崔兆强坐在殷浦江边上。

两人从驾驶室里下来,把鱼从车上抬下来。

楼上,沙驼从他办公室探出脑袋,殷浦江被车挡住了,他只看到崔兆强。

沙驼说:"鱼拉回来啦?"

崔兆强说:"拉回来了,全是活的。"

沙驼说:"很好。"缩回脑袋。

在沙驼缩回脑袋的一瞬间,殷浦江走出被车挡住的身子。

殷浦江说:"崔采购,我得办事去了,再见!"

崔兆强说:"殷老板,真是太谢谢你了!"

殷浦江说:"不客气,不客气!"

殷浦江跳上车,车开出小院子。

沙驼的脑袋又伸出来:"崔采购,你到我这儿来一下。"

崔兆强不满地撸了一下鼻子。

20.

瞿欧德和姜丽佩在看入职表。

瞿欧德说:"你看,父殷正银、母许萝琴,没错!我怎么没往这上面想呢?你看,这里还有家庭地址。丽佩,走,去他们家!"

21.

瞿欧德、姜丽佩坐在小车里,驾驶员小王把车开到殷正银家门前。

瞿欧德、姜丽佩从车里出来。

姜丽佩看看那破旧的棚板房,摇了摇头。

瞿欧德上去敲门。

门打开后,瞿欧德见到了殷正银,后面跟着许萝琴。

瞿欧德已经有些认不出殷正银与许萝琴了,但感觉让他肯定,站在眼前的就是殷正银与许萝琴。但殷正银、许萝琴一时没有认出瞿欧德来。

殷正银奇怪地问:"你们找谁?"

瞿欧德说:"殷正银、许萝琴,你们认不出我啦?我是瞿欧德呀!"

殷正银、许萝琴有点大惊失色说:"你是瞿欧德?"

瞿欧德与姜丽佩站在门口,殷正银和许萝琴看着瞿欧德显得有些紧张和不知所措,显然瞿欧德夫妇的穿着与坐的豪华车让他们感到现在瞿欧德是个大富翁。

瞿欧德说:"殷正银、许萝琴,能不能让我们进到你家里谈?"

殷正银慌张地说:"请进吧,请进吧,不过家里很脏。"

瞿欧德说:"没关系的。"

22.

姜丽佩看着殷正银家的贫穷与简陋又一次让她皱起了眉头。

瞿欧德说:"殷正银,我来找你没别的意思,我只是想问一问你有一个儿子是吧?"

殷正银说:"是。"

瞿欧德说:"是不是叫殷浦江?"

瞿欧德和姜丽佩紧张地看着殷正银夫妇。

殷正银说:"是,是叫殷浦江。"

许萝琴马上说:"不过他不是我们的亲生儿子,他是沙驼的儿子!"把后面一句话说得特别肯定特别响。

瞿欧德松了口气,内心显得很激动。姜丽佩也向瞿欧德点了点头。

瞿欧德说:"他现在在哪儿?"

许萝琴马上接上说:"不晓得,你找他有什么事?"

瞿欧德急中生智地说:"殷浦江本来是在我的公司里做的,后来我与他之间可能发生了点误会,他离开公司不肯做了。这孩子的工作能力很强,人也聪明,本质又好,我们想把他再请回去。"

殷正银说:"这当然是好事,但他离开家已经有好几个月了,我们真不知道他在哪儿。"

瞿欧德说:"他为什么要离家出走?"

许萝琴说:"瞿欧德,这是我们家里的事,你问得这么仔细想干什么?"

姜丽佩暗地里拉了瞿欧德一下。

瞿欧德一笑,说:"对不起,那我就不问了。等殷浦江回来,你告诉他一声,希望他尽快回到公司来。"殷正银家的环境让他们也真的感到很不舒服,于是站起来说:"那我们就告辞了。"

23.

瞿欧德与姜丽佩一走,许萝琴立即关上门。

许萝琴说:"这怎么办?"

殷正银说:"怎么啦?"

许萝琴说:"这你还不明白?瞿欧德肯定是听到什么风声了,他是来认儿子的!"

殷正银说:"那怎么办?"

许萝琴说:"沙驼待我们这么好,我们绝不能对不起沙驼!将来浦江回来问起来,我们要一口咬定,他就是沙驼的儿子!"

殷正银说:"他当然是沙驼的儿子。瞿欧德与田美娜又没有结婚,浦江是沙驼与田美娜结了婚后生的孩子。无论从哪个角度讲,他就是沙驼的儿子!"

24.

瞿欧德与姜丽佩坐在小车里。

瞿欧德思绪万千,眼里含满了泪。

姜丽佩也是感慨地说:"我女儿追啊追啊,追得魂不附体,原来追的是你的儿子!我们母女俩前世不知欠了你们什么了!……"

瞿欧德说:"还好,我跟月雅没有血缘关系。要是月雅是你和我生的,那这事真不知道该怎么收场了。"

姜丽佩说:"你的意思是让月雅嫁给浦江?"

瞿欧德说:"只要浦江愿意,这事也没有什么不可以的。这样的婚姻,这世上又不是没有。现在我操心的是怎么去认我这个儿子!"

姜丽佩说:"这有什么不好认的,直接告诉他。"

瞿欧德说:"这能行吗?"

姜丽佩说:"这有什么不行的?浦江的情况跟小娜不一样!小娜是那个沙驼抚养大的。她当然要听沙驼的。但浦江是殷正银他们偷出来的,跟沙驼没关系了。你再看看他们家这种状况,我想想,浦江也真可怜,竟是在这样的环境下长大的。"

瞿欧德说:"我今天看了,心里也很不好受啊!唉,我的罪孽真的是够深重的了!"

姜丽佩说:"欧德,你能不能不要再这么说了。虽然我能理解你,但你老把这话挂在嘴上,你想想我心里会好受吗?从现在开始,我会配合你去弥补你那深重的罪孽的。"

瞿欧德说:"丽佩,对不起。唉!这是老天爷在惩罚我啊,他有意把我的这两个孩子放到我的身边来了,让我认也不是,不认也不是。"

姜丽佩说:"这是老天爷对你的恩惠！把你的这两个孩子全送到你的身边来了。要我说啊,那个死去二十几年的田美娜还在爱着你呢,说不定,是她有意把这两个孩子送到你身边的。"

瞿欧德含泪说:"她这是有意在惩罚我啊！丽佩,我现在的心情真的是太沉重了！太沉重了!"

25.

崔兆强气恼地回到家里。把衣服往沙发上一甩,对姚姗梅说:"姆妈,我不想在沙驼爷叔那儿做了。"

姚姗梅:"为啥?"

26.

崔兆强继续在对姚姗梅诉苦。

崔兆强说:"他连气都没让我喘一口,又逼着我去菜场拉活鱼,我是人呀,又不是牲口!"说着,委屈得眼泪汪汪的。

姚姗梅心疼而气恼地说:"沙驼怎么能这样！你要不想在他那儿做,那就不做了,我们再找份工作!"

崔兆强说:"就是嘛,我干吗非要吊在他那棵树上啊?"

姚姗梅说:"兆强,要不你再回德佩建材公司去做,妈给你去说说,让公司老板给你做一份好一点的工作。"

崔兆强说:"公司老板你认识?"

门铃响。

27.

姚姗梅开门一看,是沙驼。

姚姗梅没好气地说:"沙驼,我正要找你呢,你也太不把我儿子当人看了!"

沙驼说:"进屋去说吧。"

28.

沙驼说:"兆强,你回你屋里去,我有话要单独跟你母亲谈。"

崔兆强走后,沙驼去把客厅门关上。

沙驼说:"姗梅嫂子,你说吧。"

姚姗梅说:"沙驼,你再这样待兆强,我就不让他在你那儿做了!"

沙驼说:"那你准备让他去哪儿干?"

姚姗梅说:"我去过瞿欧德那儿了,他让兆强去他们公司工作。"

沙驼说:"那你就让他去吧。可他去瞿欧德那儿,瞿欧德会安排他什么工作呢? 小娜初到他们公司去时安排的是业务员。后来他认定小娜是他女儿后,就安排小娜到公司经营部去又当个业务员,也是最低层的工作人员。你想想,兆强去他那儿能安排干啥?"

姚姗梅说:"那总比在你那儿受你的气强!"

沙驼说:"那好呀! 我不是说过嘛,我可以让他当饭店的副经理,给他一份优厚的工资,不让他管事,他爱怎么玩就怎么玩去。这样他不就用不着受我气了吗?"

姚姗梅说:"你干吗非不让他管事呢? 让他管点事嘛。"

沙驼说:"让他当副经理,再让他管点事?"

姚姗梅说:"不行?"

沙驼说:"那他就会把我饭店的生意砸了,就像他把他爸的饭店弄垮了一样! 像他今天做的事,就是砸饭店生意的事。姗梅嫂子,我让他在我饭店里做,我是有用意的。我看了,兆强这孩子本质不错,会成才的。但像你这样放纵他,那就会把他毁了!"

姚姗梅想了好一会儿,叹口气说:"听你讲得也有道理。"

沙驼说:"姗梅嫂子,你要相信我沙驼,我会对得起你,对得起秉全大哥的! 这点你放心,过去游手好闲惯了的人,对他严点决没有坏处!"

29.

沙驼走后,崔兆强回到客厅。

崔兆强说:"姆妈,沙驼爷叔他说了些我什么?"

姚姗梅说:"说你好,说你不错!兆强,还是在沙驼爷叔那儿好好做吧。沙驼爷叔是老板,那你就得听他的。不管到哪家公司企业做事,你能不听老板的?沙驼爷叔不会亏待你的!"

崔兆强仍有些不愿意地说:"姆妈——"

姚姗梅说:"你就听姆妈的,不会错!你今天做的事是不对嘛,你要真自己有出息,也就不会做出这种不负责任的事来!"

30.

天微微有些亮。已在菜市场转悠的阿林突然在二十几米远的水产摊前,看到殷浦江在从车上往下抬鱼桶。

阿林揉揉眼睛再看着,是殷浦江。

阿林边奔边喊:"殷浦江——殷浦江——"

在嘈杂的人声中殷浦江没有听到阿林的喊声。而是一跳上车,车就开走了。当阿林在人群中钻着奔到水产摊前,车已开出路口,拐弯了。但阿林看清了车的样式与牌号。

31.

阿林走到站水产摊的汪生夫妇跟前。

阿林问:"喂,老板。刚才那个坐车走的是不是叫殷浦江?"

汪生说:"是呀。我不是老板,他才是我们老板。"

阿林说:"噢,他现在在做水产生意,当老板啦?"

汪生说:"是的。生意做得老好的,现在他在好几个菜场都有摊位。"

阿林说:"他住在哪儿你晓得吗?"

汪生说:"这倒不晓得。你要找他?"

阿林说:"对。"

汪生说:"那你明天早上这个时候来找他好了,他每天早上都要给我们送货来的。"

32.

梁敬辞走进小旅馆,小六子、方头正在房子里等他,他走进房间。

小六子说:"梁老板,你去广州怎么到现在才回来呀!"

梁敬辞说:"怎么,出什么事啦?"

小六子指指隔壁房间说:"殷浦江这小子搬走了,货他也不从我们这儿进了。"

梁敬辞说:"那谁在给他们进货?"

方头说:"他们自己弄了辆车,自己在进货呢。"

梁敬辞说:"这不是在断我们的财路吗?"

小六子说:"梁老板,你对这小子太客气了。"

梁敬辞气恼地说:"好吧,这家伙既然这么不讲情面,那就给他点颜色看看。"

方头说:"这种忘恩负义、过河拆桥的家伙,就得教训他一下。"

33.

天色还没亮。路上的行人还很稀少。

瞿月雅开着车,殷浦江坐在她边上,当车往菜场方向拐时。梁敬辞领着小六子、方头突然拦在车前。

瞿月雅猛地把车刹住。

梁敬辞说:"殷浦江,你小子给我下来!"

34.

阿林领着沙驼也匆匆准备往菜场拐,这时看到几个人在争吵,周围也围了一些人。

阿林说:"沙老板,好像是浦江的声音。你看,车也是浦江的车。"

35.

殷浦江、瞿月雅与梁敬辞、小六子、方头在争吵。

殷浦江说:"梁老板,你把摊位让给我,我感谢你,你领我走上这条路我也感谢你。但我们把话索性也亮开,你让给我的那三个摊位都是亏钱的摊位,这点你心里是清楚的。"

小六子说:"姓殷的! 你说话要托托下巴壳噢,亏钱! 那你赚的钱是在哪个摊位上赚的啦?"

殷浦江说:"这些摊位我接下来后是赚钱了。你们知道这是为什么吗?"

梁敬辞说:"你说是为什么?"

殷浦江说:"是经营之道不一样! 这三个摊位,短斤少两,卖货时还要做做手脚,称活虾趁人家不注意时塞几只死虾进去。结果没有了信誉,人家不上这些摊位来买货,怎么会不亏? 我呢? 讲信誉,分量给人家给足,在称虾时,死虾或者半死虾全挑出来后再给人家过秤,所以生意好,这你也看到的。"

梁敬辞说:"不讲这些。但你的货我给你进,不是讲好的吗?"

殷浦江说:"什么时候讲好的? 从一开始我就没有答应。我说,开始时你们帮我进货,但以后我还是要自己进货的。本来,你们帮我进货也不是不可以。但你们在帮我进货时也做手脚……"

方头说:"小赤佬,败坏我们公司的名声。"

小六子说:"揍他。"

36.

方头刚举起拳头要往殷浦江头上砸,但手腕在半空中被一只强有力的手死死地抓住了。那是沙驼的手。

沙驼说:"有道理讲道理嘛,怎么能动手打人呢。"

方头抽回手,他觉得手腕被捏得好疼,这家伙太有劲了。

梁敬辞说:"你是什么人?"

沙驼说:"我是他阿爸!"

殷浦江看到是沙驼,有点吃惊沙驼的出现,但马上明白了过来。

方头朝梁敬辞使了个眼色,意思是这家伙厉害。

梁敬辞摆了一下头,领着小六子、方头走了。

小六子色厉内荏地说:"殷浦江,你等着,会有你的好果子吃的!"

37.

看热闹的人已经散去。

殷浦江恭恭敬敬地向沙驼鞠躬,叫了声:"阿爸。"

瞿月雅惊奇地看看沙驼,又看看殷浦江。

瞿月雅说:"他是你阿爸?"

殷浦江说:"他是我真正的阿爸,叫沙驼。"

阿林说:"浦江,这你已经知道啦?"

殷浦江说:"我跟阿爸已经见过面了。"

沙驼说:"浦江,先去送货吧,不要耽误了做生意。送完货你到西域小羔羊饭店来,地址你知道吧?"

殷浦江说:"阿爸,那个饭店是你开的啊? 我去送过货呀! 崔采购崔兆强不就在你饭店做吗?"

沙驼笑了,说:"啊哟,真是踏破铁鞋啊! 为找你,阿林可跑断了腿。"

阿林说:"是呀,是呀,我是在大海捞针,但还是被我捞上了! 哈哈哈……"笑得很得意。

38.

殷浦江在汪生的摊位上卸下货,然后又跳上车。

汪生说:"殷老板,昨天有个人找你。"

殷浦江高兴地说:"已经找到了!"

殷浦江跳上车。

瞿月雅眼睁得好大看着殷浦江。

殷浦江说:"月雅,你怎么啦?"

瞿月雅说:"刚才那个叫沙驼的人真是你阿爸?"

殷浦江说:"是呀,我不是跟你说过嘛,开车呀。"

第二十五集

1.

车拐向马路。

殷浦江说："我是被现在的阿爸姆妈偷出来的，沙驼是我真正的阿爸，带着我妹妹沙小娜到上海来找我了！"

瞿月雅大惊，说："什么？沙小娜是你的妹妹？"

殷浦江说："是。我们是双胞胎兄妹。"

前面是红灯，瞿月雅猛地刹住车。

瞿月雅摸着前额说："天呐！"

殷浦江说："月雅，你怎么啦？"

瞿月雅："浦江，我没法开车了，我想回家！"

殷浦江说："怎么回事？"

瞿月雅："我真的没法开车了，我想回去找我阿爸。你开车自己去送货吧！"说着，跳下车。

殷浦江说："危险！你这是违反交通规则的！到底出什么事啦？"

瞿月雅说："以后我会告诉你的。"说着冲过斑马线，拦了部出租，一溜烟地走了。

殷浦江只好移到驾驶座上,满脸疑惑。

绿灯亮了。

2.

瞿月雅从出租车上出来,直冲进写字楼。

3.

瞿月雅冲进董事长办公室的外间,她满身的鱼腥气,宋蓓本来想挡住她,赶紧又躲开了。

瞿月雅回头说:"我有急事找我阿爸!"说着就猛地推开瞿欧德办公室的门。

4.

瞿月雅闯了进来,瞿欧德也吃了一惊。

瞿月雅说:"阿爸,阿爸! 殷浦江就是你的亲儿子! 他就是小娜的双胞胎哥哥!"

瞿欧德舒了口气,说:"阿爸也已经知道了。昨天,阿爸和你姆妈去了把浦江养大的那家人家。昨天晚上想跟你说,找你也找不到。"

瞿月雅摸着额头说:"天呐! 这事怎么会这样!"

5.

殷浦江把车停在西域小羔羊饭店的后院里,他跳下车高兴地朝饭店的楼上奔去。

6.

殷浦江奔到二楼大堂,看到沙驼、沙小娜,正在那儿等着他。

沙小娜看到殷浦江,激动地迎上去。两人紧紧地拥抱在一起。

沙小娜喊:"哥!"眼里闪着泪花。

殷浦江说:"妹妹,我……"

沙小娜说:"你早知道我是你妹妹了是吧? 那你为什么不告诉我呀?"

殷浦江说:"我告诉你了呀,我说我的爸也叫沙驼,可你还把我骂了一顿,现在不骂我了吧?"

沙小娜说:"哥……"

殷浦江转向沙驼喊:"阿爸。"

沙驼也抱了抱殷浦江说:"浦江,看到你,我就觉得好对不起你妈啊。可看到你成长得不错,生意也做得不错,我又为你妈高兴。"沙驼想了想,又很肯定而干脆地说:"不过浦江,我要告诉你,我不是你的亲爸。你和小娜的亲爸是另外一个人。我不想瞒你,想瞒其实也瞒不住。我想,迟早要告诉你们,那还是早告诉你们的好。"

殷浦江惊异地说:"你不是我的亲阿爸?"

沙驼说:"是,详细情况,让你妹妹告诉你吧。"

7.

瞿欧德问瞿月雅说:"月雅,你和浦江的事到底发展到什么程度了?"

瞿月雅紧张地说:"阿爸,你问这个问题是什么意思? 是不是因为他是你儿子了,我们就不可以了?"

瞿欧德笑了一下说:"不是。当我和你妈确信殷浦江就是我的儿子后,我和你妈也谈到了这件事。我说,你和浦江没有血缘关系,只要浦江愿意,这事也没有什么不可以的。这样的情况世上也不是没有。你姆妈也这么看。"

瞿月雅说:"那么说,我和浦江好没什么关系? 是吗?"

瞿欧德说:"应该是。"

瞿月雅高兴而得意地说:"那我可以告诉你,我用我的热情,真诚和无私,把他彻底俘虏过来了。"

瞿欧德说:"浦江愿意了?"

瞿月雅得意而甜蜜地说:"那还用说!"

8.

殷浦江的眼里含着泪,小娜的脸上笼着哀伤。

殷浦江说:"这么说,是瞿董抛弃了我姆妈? 也抛弃了在姆妈肚子里的我们俩?"

沙小娜说:"是这样,他要不知道妈怀孕了,那倒还好说,可妈告诉他自己已经怀孕了,但他还是走了! 那时妈有多伤心啊,妈对他说,从你离开我的这一天起,你就失去了做爸的资格,你已经不配做孩子的爸了! 这是你应该付出的代价!"

殷浦江愤愤地说:"姆妈说得对! 他是个不负责任的家伙,他怎么能做出这种事来!"

沙小娜说:"所以妈在临死前对爸说,不许瞿欧德来认我们! 而且妈和爸已经领了结婚证,他就是我们的亲爸!"

殷浦江说:"从法律上讲,就是这样。这样看来,我姆妈的死,我的被偷,都跟瞿董抛弃了我姆妈有关。"

沙小娜黯然地说:"当然是这样! 妈甚至想结束我们和她自己的生命。多亏了爸,我们才能来到这世上。"

殷浦江说:"瞿董怎么能这样,太残忍太不道德了! 姆妈讲得对,这样的人根本就没资格做我们的父亲!"

9.

瞿欧德对瞿月雅说:"当我们知道殷浦江是我儿子后,你姆妈讲,殷浦江的情况跟沙小娜还不一样,小娜是在沙驼身边长大的,有感情,她也得听沙驼的。但殷浦江不在沙驼身边长大,基本上没什么感情基础。因此我们想让你把殷浦江请到家里来。由我来把事情给他挑明,再加上你的因素,那情况可能就会不一样。你看行吗?"

瞿月雅说:"把殷浦江请到我们家来?"

瞿欧德点头说:"对。"

瞿月雅说:"这还有什么问题! 今天就去请?"

瞿欧德说:"那当然好,就今晚吧! 请他到家里来吃饭。"

瞿月雅说:"那就包在我身上吧!"

10.

沙小娜对浦江说:"其实我们的爸是很了不起的,我特别地爱他,崇拜他。"

殷浦江说:"我也感觉到了。阿爸不是个简单的人物。"

沙小娜说:"你是我哥,我可以告诉你,爸一般是不让我告诉人的。其实现在爸的事业做得蛮大的。他办了一个很大的牧场,有上千头的奶牛,上万只的羊,在乌鲁木齐有个大饭店,现在,又在上海搞了这么个饭店,生意也越来越好。"

殷浦江说:"我看到了。"

沙小娜说:"自爸跟妈结婚后,爸老感到自己配不上妈。妈去世后,他还是这么个感觉,为了让九泉之下的妈看到,他沙驼也是个能干得出大事业来的人,政策开放后,爸决定要自己办一个现代化的牧场。他千辛万苦才有了今天。"

殷浦江感叹地说:"阿爸真是太不容易了。"

11.

瞿欧德在打电话:"丽佩,你让阿姨今天去多买点菜,晚上浦江到家来吃饭。"

姜丽佩的声音:"他会来吗?"

瞿欧德说:"月雅说没问题。"

姜丽佩声音:"欧德,你放心,我会好好配合你的。"

12.

姜丽佩在电话前。

瞿欧德的声音说:"丽佩,谢谢。"

姜丽佩说:"其实你早就该知道,为你做什么我都愿意。"

瞿欧德的声音说:"丽佩,我要告诉你……"

姜丽佩说:"什么?"

瞿欧德听筒里长时间的沉默着……

姜丽佩说:"没事我就挂了。"

瞿欧德的声音说:"我爱上你了……"

姜丽佩怔怔地举着话筒,激动得眼泪汪汪的。

13.

沙小娜把殷浦江领进沙驼的办公室。

沙小娜说:"爸,我把有关我和我哥的事,还有你和妈的事,还有瞿董跟我妈的事,凡是我知道的,我都跟我哥讲了。"

沙驼问殷浦江说:"都知道了?"

殷浦江充满感情地含着泪说:"知道了。在法律上,你是我们的阿爸,而我姆妈临死前也讲了,你就是我们的亲阿爸,我们是你的亲儿女!你辛辛苦苦到上海来创业的一个重要目的,就是要把我找回到你的身边,阿爸,我回来了,我回到你的身边了!"

沙驼激动地含着泪说:"浦江,你的事,除我很对不起你妈外,我也很对不起你,我没有尽到一个当爸的责任。不过,当时我也真是没办法,那时一没钱,二是,我放的羊群我又不能丢下不管,第三呢,小娜没法带着走,那时,连队里还很艰难,我们那个牧业队,好几年都发不出工资,就算我一路讨饭追到上海,我也不能让小娜跟着我这么受苦啊!"

小娜眼泪汪汪地说:"爸——"

沙驼说:"要是小娜再有个三长两短,我还有啥脸面活在这世上呢?所以只有委屈你了。好在那时牧场牛奶、羊奶有的是,小娜就能活下来。俗话说,小不忍则乱大谋,我只好忍着。我不敢提你的事,一提起你的事,我的心就会流泪。"

殷浦江说:"阿爸,我理解你,这不是你的错!"

沙驼说:"你能原谅我,我就松了口气。可正因为你的事成了这么一种情况,所以浦江,我这个当爸的也对你有一个请求。"

殷浦江说:"阿爸,你千万别说这样的话,我们是父子,你直说就行了。"

沙驼说:"跟爸现在一起去一下殷正银家行吗?小娜也一起去吧。"

14.

沙驼领着浦江、小娜走进殷正银家。

许萝琴看到浦江,扑上去抱着浦江大哭起来。

许萝琴哭着说:"浦江呀,千不好万不好,都是我和你阿爸不好。一是不该把你从沙驼身边偷走,二是不该瞒你。你阿爸一来找我们,我们就该把事情一五一十地告诉你。害得你离家出走,你一定是吃尽了苦头吧?"

殷浦江说:"阿爸、姆妈,我很好。"

殷正银看着沙驼说:"沙驼,可以这样叫我们吗?"

沙驼说:"他应该这么叫。"

殷正银感动地说:"沙驼,谢谢你,真的太谢谢你了。"

许萝琴也激动地说:"沙驼,我给你泡茶去。"

沙小娜说:"伯伯、伯母,你们坐,还是我来吧。"

15.

沙驼、殷正银、许萝琴、浦江、小娜围着桌子坐着。像是在开会。

沙驼说:"殷正银、许萝琴,还是你们把当时抱走浦江的情况讲一讲吧。我也想知道你们当时是咋想的。"

殷正银说:"那就我先说吧。"

许萝琴说:"正银,你等一等,有一句话我也先问一问。沙驼,瞿欧德的事,浦江和小娜知道吗?"

沙驼说:"已经知道了,孩子们大了,他们自己有判断能力了,要瞒也瞒不住。殷正银你说吧。"

殷正银说:"沙驼,我们做的这件事,真的是很对不起你,也对不起田美娜,当然也对不起浦江。沙驼,你也知道,自我十八岁从上海到新疆在牧场工作,后来得了一种病,虽然治好了,但我却落下了个不育症。许萝琴一直想要个孩子,可我做不到,所以我觉得很对不起许萝琴。那些年,我和许萝琴想要孩子都想疯了。"

许萝琴哽咽地哭起来。

16.

殷正银在继续说着:"后来我们知道田美娜怀孕了,你知道,那时未婚先孕是挺严重的作风错误,开始我们觉得这很丢上海人的脸,许萝琴抱怨过田美娜。可当我们知道根据政策可以双顶回上海后,我们就更想要个孩子了。后来的事你也知道了。田美娜产后流血过多死了,生的是一对双胞胎。我们怕你会把孩子送给别人,因为他们不是你的孩子。而我们又极想要个孩子。我们趁你去给田美娜送葬那天,我就上你那儿把浦江抱走了。"

许萝琴说:"这事是我的主意,殷正银不敢,我逼着殷正银去抱的。"

殷正银说:"那天早上,天还很冷。你让那条叫勇士的牧羊犬看守着你的房子,我去你那木屋时,它就咬着叫着不让我进,那时急得我没办法,我就给勇士下跪磕头了,求勇士放我一马。勇士冲到我跟着,我以为它会来咬我,反正让它咬吧,我也不动,但它看看我,却给我让开了路。我就进了屋,当我抱起浦江时,我就想起给你留张条,怕你丢了孩子会急疯的。就在当天,我们就赶着上了公共汽车。当晚,就上了火车。回到上海后,我们把浦江的生日也改了,说是在上海生的。"

许萝琴说:"这都是自作聪明啊!人在做,天在看,做这些事,只是骗骗自己罢了,该来的迟早是要来的。"说着,又流下了眼泪。

17.

沉默了一阵后,沙驼看看殷浦江说:"浦江,清楚了吧?"
殷浦江点点头。
沙驼说:"殷正银、许萝琴,你们讲完了,就该由我来讲两句了。你们认错了,所以抱走浦江的事我不再讲了。我现在要当着你俩的面,跟浦江说上两句。浦江,虽说你现在的阿爸姆妈以前做了件很不道德的事。但他俩在抚养你时,却是尽到了做父母的责任的。是把你当亲生的儿子来抚养的,这点我清楚,你就更清楚了。他们省吃俭用,让你吃好穿好,一直抚养你到大学毕业。没有亏待你什么。"

殷浦江点点头说:"是这样,在我不知道这事以前,我认为他们就是我的亲生父母,从来没有怀疑过。所以当阿林告诉我,他们可能不是我的亲生父母时,对我来说,真可以说是晴天霹雳。"

沙驼说:"所以我要说,你还应该叫他们阿爸、姆妈。因为他们尽到了他们作为父亲和母亲的责任。"

殷浦江说:"阿爸,我明白你的意思了。"

殷正银、许萝琴同时跪在了沙驼的跟前,急速地朝沙驼磕了三个头。

沙驼也含着泪说:"起来吧。我把田美娜的儿子找回来了,我也好向田美娜有个交代了。可我心里还是感到很难过……"

沙驼突然捂着脸哭了。

沙小娜说:"爸,哥已经找回来了,你别伤心难过呀。"

沙驼流着泪说:"事情本不该是这样啊!"

殷正银说:"沙驼,对不起,这全是我们造下的孽。"

沙驼抹去泪说:"不说了。浦江,经常回来看看,住上几天,你阿爸、姆妈把你睡的床,仍收拾得好好的。不过到底怎么做,还由你自己来做决定。"

殷浦江说:"知道了,我今天夜里回来,就是来同阿爸姆妈商量这件事。"

18.

殷浦江正在收拾行李,听到敲门声。

殷浦江开门,瞿月雅闪了进来。一把抱住殷浦江。

瞿月雅说:"浦江,我太高兴了,太幸福了,我甚至幸福得要晕过去了。"

殷浦江冷冰冰地把瞿月雅拥抱自己的手臂拉开。

瞿月雅疑惑地说:"浦江,你怎么啦?"

殷浦江说:"我是你阿爸的亲儿子,你不是知道了吗?"

瞿月雅说:"是呀,所以我感到特别高兴呀!我虽是你妹妹,但我与你之间没有血缘关系,不影响我们相好啊。现在姆妈也不再有理由因为你那个家庭而反对我们了。阿爸讲,我姆妈也赞成我俩的事了。我现在正式通知你,阿爸和姆妈今晚让你回家去吃饭。为今晚的这顿饭,姆妈亲自去了菜市场。"

殷浦江冷冷地说:"我不去!我不想见那个人。"

瞿月雅问:"为什么?他是你亲阿爸呀!"

殷浦江冷笑一声说:"瞿月雅,我告诉你。瞿董是我的亲阿爸,但他没有资格做我的阿爸!我也不会认他这个阿爸!"

瞿月雅惊异地说:"这是为什么?"

殷浦江说:"他配当我的阿爸吗?你去问问他自己去。"

瞿月雅说:"阿爸就是阿爸,这还有什么配不配的?"

殷浦江说:"要想当阿爸,那就要承担起当阿爸的责任来!不承担当阿爸的责任的人,他就不配当阿爸!"

瞿月雅说:"你这话我有点听不懂。"

殷浦江说:"你可能听不懂,但瞿董应该懂!"

19.

殷浦江拎着行李走出门外,瞿月雅追了出来。

瞿月雅说:"殷浦江,到底怎么回事?你得给我个说法呀!"

殷浦江说:"我不想说!"

瞿月雅喊:"可我想知道!前一分钟我还在天堂,后一分钟你就把我撂进地狱!你得告诉我为什么!"

殷浦江愤怒地说:"好,我告诉你!那个瞿董,他爱上我姆妈后,跟我姆妈没结婚就那个了,我姆妈怀上我们后,他为了他个人的利益,就无情地抛弃了我姆妈,甚至在我姆妈的批斗会上,他都不敢站出来!也就是说,他也无情地抛弃了他的孩子。我姆妈告诉他,他抛下我姆妈的这一天起,他就失去了当父亲的资格。但他硬是走了,就是说,他当父亲的资格也不想要了。是他自己放弃了当父亲的资格,我凭什么还要去认他?"

瞿月雅不相信地说:"怎么可能,我阿爸是这样的人?"

殷浦江说:"什么叫道德败坏?这就是道德败坏!正是他的这种无情,导致了我姆妈的死,也导致了我的被偷。想到这些,我恨死他了,我怎么会再去叫他阿爸呢?"

瞿月雅:"……"

殷浦江说:"瞿月雅,我也要对不起你了。我对你真的是有了些感情,但这感情我觉得不能再发展了,就到此为止吧。"

瞿月雅急了,说:"我们之间的事,跟他有什么关系?"

殷浦江说:"他是你阿爸,你们是一家子,但我根本就不想认他也不想见他!我们的关系到此为止!"

20.

餐桌上已摆满了菜。

瞿欧德、姜丽佩正等待着,瞿欧德还不时地看看表。

瞿月雅一脸沮丧地走进餐厅,靠在墙上。

瞿欧德说:"怎么啦?"

瞿月雅说:"……"

姜丽佩说:"他不肯来吗?"

瞿月雅的目光落在满桌的菜上,突然冲过去,把满桌的饭菜都掀翻到地上。

姜丽佩喊:"月雅,你疯啦!"

瞿月雅冲着瞿欧德喊:"阿爸,我现在才体味到被心爱的人遗弃是个什么滋味。我现在真想去跳楼!去跳黄浦江!当初,浦江的姆妈被你遗弃,而且还怀着你的孩子,她会有多痛苦!她说,你没有资格当孩子的父亲,她讲得对。既然浦江的姆妈给孩子们留下了这样的话,浦江当然不会认你,小娜更不会认你了。也因为这个原因,浦江那颗快要被我俘虏的心,又飞走了。

我也被他遗弃了！阿爸,我现在恨死你了!"说完,转身就往自己的房间
奔去。

21.
瞿月雅奔回自己的房间,砰地关上门,扑到床上痛哭起来。

22.
殷正银、许萝琴、殷浦江在一起吃晚饭。
殷浦江说:"阿爸、姆妈,我想跟你们商量件事。"
许萝琴说:"说吧。"
殷浦江说:"本来过去的事已经过去了,不该再提了,我阿爸也已经宽容
你们了。但今晚我还要再提一提。你们做的这件事,我一想起来就伤心,就
有些恨你们。因为你们不但伤害了我,也伤害了我阿爸。我可以想象得出,
当时我阿爸的心情有多痛苦啊!"
殷正银愧疚地说:"浦江,这件事我和你姆妈是绝对做错了,真是对不起
你,更对不起你阿爸沙驼。"
殷浦江说:"所以我想问你们,现在我有三个阿爸,一个是你,一个是瞿
欧德,一个就是沙驼。你们倒告诉我,我真正的阿爸到底应该是谁?"

23.
瞿欧德沮丧而绝望地坐在椅子上。
姜丽佩看着满地的狼藉,也是一脸的失望与无奈。

24.
许萝琴对殷浦江说:"你阿爸当然是沙驼,这还用得着说吗？沙驼是跟
你妈田美娜办了结婚手续的。"
殷浦江说:"那好,我也认为我真正的阿爸是他。他是我姆妈的合法丈
夫,姆妈生前也告诉他,他就是我和我阿妹的亲生父亲。至于那个瞿欧德他

不配做我的阿爸！所以,你们说,我应该姓什么？ 姓殷?姓瞿? 还是应该姓沙?"

殷正银说:"从法律上来讲,应该姓沙,你阿妹就叫沙小娜嘛。"

殷浦江说:"那我把姓改过来,姓沙,你们不会有意见吧? 当然,我还会叫你们阿爸、姆妈的。"

许萝琴说:"浦江,我们也想开了,只要你还能叫我们阿爸、姆妈,并且经常来看看我们,我们也知足了。"

殷浦江说:"我想跟你们商量的第二件事就是这件事,我不可能一直住在这里,因为我决定要跟我现在的阿爸和阿妹住在一起,虽然姆妈去世了,但我们三个只要住在一起,我们这个家也总算团圆了,姆妈在九泉之下也会得到安慰的。"

许萝琴说:"应该的,应该的。"

殷浦江说:"我会像阿爸讲的那样,经常来看看你们的。还有一件事就是,现在你们每月的生活费都是由我阿爸给的,是吧?"

殷正银说:"是的。我们心里也真是过意不去。我们伤害了他,他还能这么以德报怨。我和你姆妈商量了,等你姆妈身体再好点,我们还是把大饼油条摊摆起来。"

殷浦江说:"阿爸、姆妈,用不着了。你们年岁都大了,身体又都不好,大饼油条摊也不要摆了。我是你们抚养大的,无论从法律上还是从道义上讲,我都有义务来抚养你们。所以你们每个月的生活费由我来给,不要让我阿爸再给了。"

许萝琴含着泪说:"浦江……我发觉你跟你沙驼阿爸是一样好心肠的人。"

殷正银说:"浦江,听说你也在做生意是吧?"

殷浦江说:"我从瞿欧德的公司里出来后,我自己就做水产生意了。做得还可以。要讲起来,我还得感谢你们俩,让我在这样的家庭中长大,吃得起苦,做得了活,也拉得下面子。你们给了我不少生活上所需要的东西。姆妈、阿爸,晚上我还有事,以后我再来看你们。"说着,站起来从口袋里掏出一只装了钱的信封,"姆妈,阿爸,这是两个月的生活费,你们收下。"

殷正银含泪点头,许萝琴哭了。他们感到了一种宽慰。

25.

夜已深。饭店正在清扫,准备打烊。

殷浦江上楼,遇见刚从办公室出来的沙驼。

殷浦江说:"阿爸。"

沙驼说:"怎么还没休息?"

殷浦江说:"再过几个小时我就要去进货了。可能睡不成了。我有事想同阿爸讲。"

沙驼说:"那就回家去说吧。"

26.

瞿欧德、姜丽佩,沮丧着脸坐在客厅里。

姜丽佩说:"欧德,你也不用伤心,既然儿子女儿都不认你,那就算了。只当世上没这件事,跟以前一样就行了。"

瞿欧德说:"丽佩,你觉得这事可能吗? 不知道,当然可以把它当作不存在,但既然知道了,怎么能只当没这事呢? 况且是自己的儿子女儿啊,是自己的亲骨肉呀!"

姜丽佩说:"欧德,我不忍心看你那么痛苦。"

瞿欧德点头说:"你讲得对,我是很痛苦,但我决不放弃! 因为我能感觉到,放弃了我可能会更痛苦,甚至会活不下去! 我做错了的事,得去弥补。"

27.

沙小娜也没睡,在看电视。

沙驼和殷浦江进家门。沙小娜高兴地跳起来。

沙小娜说:"哥,你也来啦!"

沙驼说:"小娜,给你哥冲杯咖啡,给我沏杯浓茶,今晚我陪你哥聊聊天,他今晚睡不成觉了,过几个小时就要去进货,做生意就是辛苦啊。"

沙小娜说:"好,那我也陪你们聊。"

沙驼说:"小娜,许萝琴现在的行动也方便多了,她让你别再去了。我想,饭店的生意也上轨道了,你也不用去饭店帮忙了,自己再去找份工作吧。爸也不能再耽误你了,这些日子真委屈你了。"

沙小娜说:"嗯,那明天我就去人才市场。"

28.

瞿月雅的房间。

瞿月雅虽然还在抽泣,但似乎已经冷静了下来,她咬着枕头角在沉思。

29.

瞿月雅的房间门前。

瞿欧德站在门口,想敲门,又有些举棋不定。

30.

殷浦江说:"阿爸,今晚我去了原先的那个家,跟他们一起吃了个饭。"

沙驼点头说:"好,应该这样。"

殷浦江说:"我跟他们讲,以后我会经常去看他们的。但还有两件事,我自作主张做决定了,请阿爸原谅。"

沙驼说:"啥事?"

殷浦江说:"阿爸,我知道,你这次领着阿妹到上海来,一是想让阿妹留在上海,二是来找我的。是吧?"

沙驼:"是,不过爸还有件事,但这事跟你们没关系,跟你妈也没关系,那只是我的事。"

沙小娜说:"爸,啥事?"

沙驼说:"爸现在还不能告诉你们。浦江,你说你的吧。"

殷浦江说:"阿爸,你既然把我找到了,我想,我们就应该住在一起。我有三个阿爸,你、殷正银,还有瞿欧德,但真正合法的阿爸就是你。姆妈临死前也说了,你就是我们的亲阿爸。我和阿妹也是这么认为的,阿妹,你说是吧?"

沙小娜说:"那还用说吗?"

沙驼很感动,眼也湿润了。

殷浦江说:"所以我觉得我们应该住在一起,这才感到自己有了一个真正的家,我们在上海团圆了,姆妈在九泉之下也会感到欣慰的!"

30.

敲门声。

瞿月雅说:"进来吧。"

瞿欧德推开门,带着愧意走了进来。

瞿欧德说:"月雅,对不起。"

瞿月雅说:"阿爸,应该是我说对不起,刚才我太冲动了。"

瞿欧德说:"我以前不负责任的行为,伤害了我的亲生儿女,他们因此而怨恨我,那是我该得的。可如果因此也伤害到了你,却是我最不想看到的。"

瞿月雅说:"阿爸……"

31.

沙驼激动起来,说:"浦江,你讲得对,我是该有个家,完整的家! 我咋没想到!"

沙小娜说:"爸,你老考虑别人,想到的也总是咋把人家的事安排好。可就没想我们自己该咋办。"

沙驼说:"不把人家的事安排妥当,自己的日子也过不安生嘛。"

沙小娜说:"你让我住到外婆家,又想让哥还是住回到那家人家好去照顾人家,可就没想到你、我、和我哥才是真正的一家子呀! 我再去把我妈的照片去冲洗放大一张,挂在客厅里,这样我们全家就在上海团聚了,这不正是我妈所希望的吗?"

殷浦江说:"我也就是这样想的。"

沙驼兴奋地说:"就这么办!"

殷浦江说:"阿爸,还有件事我也跟那家人家商量好了。就是我不能再姓殷,再姓殷,那就等于他们把我偷走是合法的了,既然在法律上我是你儿子,那我就该姓沙。他们也同意了。所以阿爸,你再给我起个名吧。"

沙驼说:"他们真的同意了?"

殷浦江说:"心甘情愿地同意的,他们很后悔过去做的事。"

沙驼思考了一会说:"是呀,你应该姓沙,因为我是你妈的丈夫。但我想,你姓改过来,名就不要改了,就叫沙浦江吧。要不,就显得有些绝情了。他们平时都叫你浦江,没挂那个姓,现在把姓改了,他们还是像以前一样,叫你浦江嘛。这样他们也就会不那么难受了。你看呢?"

浦江说:"阿爸,行,就这样吧。"

沙驼抑制不住激动,站起来,像孩子似的挥着手说:"好啊,好啊,美娜啊,你儿子讲得对,我们该住在一起。再把你的照片挂上,我们全家就团聚了!我们全家就团聚了啊!"

沙小娜说:"爸,我们该买一套自己的房子。"

沙驼说:"买!买!现在上海已经盖了那么多商品房了,咱们去买一套,现在你爸又不是买不起。爸当时下决心是下对了,先赚钱,再办事!有了经济基础,啥事都好办多了!这样,我们在上海就有了一个真正的家!"

沙驼兴奋激动得满眼都是泪。

32.

瞿月雅的房间。

两人都有些沉默。

瞿欧德还想说些什么,但有些哽咽,他拍了拍瞿月雅的肩,转身想要出去。

瞿月雅突然说:"阿爸,我不会放弃的。"

瞿欧德转头看着瞿月雅。

瞿月雅坚定地说:"阿爸,过去做错的事虽然能影响现在,但不能决定将来。现在就得面对现实,努力去争取。毛泽东有句话我特欣赏,那就是:下定决心,不怕牺牲,排除万难去争取胜利!"

瞿欧德说:"谢谢,阿爸也不会放弃的。亲生儿子和女儿就在眼前,我怎么可能放弃!"

33.

浦江跳上货运车,发现驾驶室里面已经坐着个人,是瞿月雅。

浦江说:"咦,瞿月雅你怎么又来啦?"

瞿月雅说:"什么你怎么又来啦,我为什么不能来啊?你倒跟我说说我不能来的理由。"

浦江说:"由于你阿爸同我的那层关系,我和你不可能再继续发展下去了,我昨天不是已经跟你讲明白了吗?"

瞿月雅说:"你是讲了,但我没有明白,为什么我俩之间不能再发展了?就算你不想再发展了,但我与你交朋友总可以吧?难道一般朋友关系都不行?再说,我跟你还是生意上的合伙人,不是吗?这辆车就是我入的股,所以我和你之间起码是朋友与合伙人的关系,不是吗?"

浦江说:"瞿月雅,我们就此了结了吧,买车的钱我还给你。"

瞿月雅说:"浦江,你不要那么绝情好不好?连一般性的朋友和合伙人都不让我当?"

浦江无奈地叹了口气说:"开车吧。时间来不及了,我们的事以后再说吧。"

瞿月雅发动着车子,说:"浦江先生,有句话说,有其父必有其子。"

浦江说:"你说这话是什么意思?"

34.

沙驼从他办公室的后窗户看到崔兆强满头大汗地把满满一车蔬菜拉进后院,同后堂里的人一起把蔬菜卸进厨房。

崔兆强又骑上三轮车要赶往菜场。

沙驼满意地微笑了一下,然后喊:"崔兆强。"

崔兆强仰头看说:"经理,有事吗?"

沙驼说:"你是不是去买鱼虾?"

崔兆强说:"是。"

沙驼说:"告诉浦江,价钱还按原价算。生意场上父子归父子,生意归生意,而且还连着别人的利益呢。"

崔兆强很感慨地点点头说:"知道了。"

35.

瞿月雅开着货车,浦江坐在她边上。

瞿月雅说:"浦江你知道吗? 我现在也非常气恼我阿爸。"

浦江说:"你有什么要气恼他的?"

瞿月雅说:"因为他抛弃了你姆妈。昨天下午你抛弃了我,你知道我有多痛苦,我差点要去跳黄浦江。这时我就想到,我阿爸抛弃你姆妈时,你姆妈肯定比我更痛苦,因为当时她肚子里已怀上你们了。"

浦江说:"所以你就说有其父必有其子了是吧? 你认为我跟瞿董都是那么一个品德?"

瞿月雅说:"不是吗?"

浦江咬了咬牙说:"不是! 因为他不是我阿爸,我阿爸不叫瞿欧德,他叫沙驼。他在我们出生前就是我姆妈的丈夫!"

瞿月雅说:"但你身上流的是瞿欧德的血,你身上刻着的是瞿欧德的遗传。不是吗?"

浦江说:"停车。"

瞿月雅说:"干吗?"

浦江说:"我要下车!"

瞿月雅说:"生意不做啦? 菜场的人正等着货呢。谈不谈得拢是一回事,做不做生意是另一回事,气量小得哪像个男人!"

第二十六集

1.

浦江和瞿月雅的货车拐进小菜场。

2.

浦江和汪生正在从车上往下卸货。

崔兆强骑车赶到。

崔兆强对汪生说:"汪生,跟昨天一样,上货吧。殷老板,真想不到啊,你就是小娜的阿哥啊! 昨晚我把沙驼爷叔找到你的事也跟我姆妈讲了,我姆妈高兴得不得了。她让我抽空领你到家里去吃顿饭。"

浦江说:"崔采购,以后不要叫我殷老板了,就叫我浦江吧,从今天起,我不姓殷了。"

崔兆强说:"对对对,你应该姓沙,不应该姓殷。你晓得吧? 我阿爸生前同沙老板是好兄弟,我们也应该是兄弟,是吧? 你妹妹小娜就叫我兆强哥。"

浦江说:"那我也叫你兆强哥吧。"

崔兆强说:"那我就太荣幸了。"

汪生说:"崔采购,货装好了。"

浦江说:"汪生,我们不是还有装电池的输氧器吗?"

汪生说:"有。"

浦江说:"给兆强哥的车上装上,省得每次拉回去鱼总要死几条。"

汪生说:"好。老板,今天账怎么算?"

瞿月雅在一边说:"儿子同老子还算什么账。"

崔兆强说:"这不行! 我来时沙经理就关照我了,结账还按原来的价钱算,不光是儿子同老子的事,还有像站摊的汪生夫妇,他们站摊是拿提成的。不算账他们怎么提成?"

浦江一笑说:"我阿爸想得周到,汪生,按原价跟崔采购算。"

3.

阿林壮壮胆,收收裤腰,走进饭店。

4.

阿林走上二楼,遇见徐爱莲。

徐爱莲问:"先生,你找谁?"

阿林低头哈腰地说:"我找沙老板,找沙老板,他在吗?"

5.

徐爱莲敲开门,沙驼一眼就看到阿林。

沙驼说:"阿林,我正要找你呢。"

阿林说:"沙老板,我阿林没有放空炮吧? 说帮你找儿子,就是大海捞针,也要捞上,现在总算捞到了吧?"

沙驼说:"所以我要好好谢谢你,你看怎么谢好?"

阿林说:"谢倒不用谢了,我找浦江也不是白找的,你是给了报酬的。我阿林是有啥说啥,实事求是咯。不过沙老板,我想求你件事。"

沙驼说:"说。"

阿林说:"你开了这么大一家饭店。能不能给我阿林一份差事做做? 我刚四十出点头,你不要看我生得瘦,但我筋骨相当好,也很少生病,连感冒也很少。自我下岗后,吃低保,这么游手好闲的,我自己想想都对不起自己。"

沙驼笑笑说:"好吧,让我考虑考虑,你明天来听回音吧。"

阿林作揖,说:"沙老板,那就谢谢了!"

6.

货已卸完,瞿月雅把车开到一家小吃馆前。

瞿月雅问浦江:"吃早点吧,我肚子饿了。"

浦江看看瞿月雅,心想:"她一个大小姐不做,这么辛苦地跟着我,图的是什么? 我不该对她那么无情啊! 算了,走一步看一步吧。"

浦江点点头跳下车,说:"走吧。"

7.

此时吃早点的人已经不多了,两人坐在长条桌前。

浦江语气温和了许多,说:"想吃什么?"

瞿月雅说:"喝碗咸豆浆,再来二两锅贴吧,最近胃口大了好多呢!"

浦江说:"好吧。老板,来两碗咸豆浆和半斤锅贴。"然后用更温和的口气说:"瞿月雅。"

瞿月雅说:"啊?"

浦江说:"刚才你看到了吧? 我阿爸开的饭店,到我的水产摊来买货,事先就关照崔采购,虽说是父子,但按原价算,这里不光是父子的利益,还有别人的利益呢。你看我这个阿爸怎么样? 把事情拎得清爽吧? 这种话只有他好说,我不好说。"

瞿月雅说:"所以呀,我说你不像这个阿爸,反而像我阿爸。"

浦江说:"为什么?"

瞿月雅说:"你这个阿爸把事情摆得那么清爽,可你呢? 却把什么事情都放在一个锅里煮。"

浦江说:"怎么说?"

瞿月雅说:"瞿欧德抛弃你姆妈,抛弃你们,跟我瞿月雅搭什么界?而且瞿欧德又不是我的亲阿爸,从我同你交往的一开始,我就把这事同你讲清楚了。但你却不分青红皂白地要同我分手,这理你摆清了吗?你是不是也该去问问你现在的阿爸,让他说说你这样做有没有道理?我反正是想不通!绝对想不通!"说着突然伤心地哭了……

8.

崔兆强走进沙驼的办公室。

崔兆强说:"经理,你找我?"

沙驼说:"对,你坐。兆强,最近你采购做得不错,后堂几位师傅也很满意。"

崔兆强说:"经理,我想通了,人活在这世上,既然要做事,那就要把事情做好。你要做不好,那就索性不要去做。"

沙驼说:"你能悟到这点就好。兆强,我想把你的采购工作换一换,采购我想安排另一个人去做。"

崔兆强:"经理想让我做什么。"

沙驼说:"你做后堂经理吧。"

崔兆强听了心里自然高兴,提拔了嘛,但嘴上却说:"我怕做不好。"

沙驼说:"你不是说想通了吗?就按你刚才说的话去做,怎么会做不好呢?谁也不是天生下来就什么事都会做的。"

崔兆强说:"沙驼爷叔,谢谢你。"

9.

瞿欧德情绪低落地走进客厅。

姜丽佩看到瞿欧德满脸愁云的样子,叹了口气说:"欧德,你在这件事上一定要想得开啊。"

瞿欧德说:"我是想想开点,但不行啊,这几天,田美娜的脸,小娜的脸,浦江的脸老是在我眼前转呀转的。我如果不把这事办好,我会什么事也做不成的。"

姜丽佩说:"那公司的业务怎么办?"

瞿欧德说:"所以呀,我回来想同你商量,最近这些天,你去顶替我一下吧。我已经跟宋秘书说了,最近这些天公司业务上的事就同你联系。"

姜丽佩说:"好吧,为了你,我这个甩手掌柜也当不成了。"

瞿欧德说:"月雅回来没有?"

姜丽佩说:"还没有。"

瞿欧德说:"我们是经历过了读毛泽东语录的时代,月雅是改革开放后成长起来的人,想不到她倒学了一段语录就用上了。"

姜丽佩说:"她像我,当初我为了追你,不也是把什么都豁上了吗?"

瞿欧德笑了一下说:"可她的执着比你更厉害,咬着后就是不松口!"

10.

浦江开着车把瞿月雅送到公寓门口。

瞿月雅说:"浦江,让我亲你一下行吗?"

浦江犹豫着说:"你不是说是朋友,是合伙人吗?这我接受了。可是……"

瞿月雅说:"好,不说了,再见。"跳下车,"但浦江,我告诉你,我不会放弃你的。不管在我面前有多少障碍,我都会越过去的,我的忠诚不变!"

浦江又让她的态度感动了。

浦江说:"月雅,再见。"

11.

客厅里。

崔兆强对姚姗梅说:"姆妈,沙驼爷叔好像是有意在培养我,我品出来了。"

姚姗梅说:"我也感到了,他不只是在培养你。他好像还有更深的想法,你沙驼爷叔是个非常重义气的人。但我都不敢往那上头想……好了,不说了,那你就更要好好做了。"

崔兆强说:"姆妈,你不是说要请沙驼爷叔的儿子吃饭吗?"

姚姗梅说:"明天晚上!你没看我这两天在打扫屋子吗?你姆妈也是个要面子的人,屋子里乱哄哄的,我哪好意思请人家来。"

12.

瞿欧德正在客厅等瞿月雅。

瞿月雅走进客厅。看到瞿欧德的脸色依然很沉重。

瞿月雅说:"阿爸,你还没有睡啊?"

瞿欧德说:"月雅,你坐,阿爸就在等你,有事想请你帮忙。"

瞿月雅说:"是浦江的事吧?"

瞿欧德说:"对,我想直接找浦江谈一谈。我也要像你那样,下定决心,不怕牺牲,排除万难,去争取胜利。"

瞿月雅说:"阿爸,你的意思是让我陪你去找他?"

瞿欧德说:"对,不入虎穴,焉得虎子啊!"

瞿月雅想了一下说:"阿爸,请你原谅,不行。"

13.

姚姗梅说:"明天晚上吧。我们请沙驼全家都来吃顿饭,祝贺他们全家团圆。"

崔兆强高兴地说:"姆妈,那我今晚帮你突击一下,我们一起收拾。"

姚姗梅心疼地说:"不用,你忙了一天了,明天还要上班!既然沙驼爷叔都提拔你了,你可不要给人家拆台面呀!"

崔兆强说:"咯我晓得的,我哪会那么没眼色啊!"

14.

瞿欧德没想到瞿月雅会拒绝他,有些失望地说:"为什么?"

瞿月雅说:"阿爸,我要诚实的告诉你,我得为我自己着想。你不知道,浦江有多恨你,他认为是你害死了他姆妈,把他也弄得那么惨。"

瞿欧德说:"所以我才要同他当面谈,不管他多恨我,他也总该听听我的忏悔吧?"

瞿月雅说:"阿爸,当我刚开始知道这件事时,我并不感到这事有多严重。只不过是你年轻时荒唐了一下。这对我们这一代的年轻人来说,真的不算什么。但现在我才感到,年轻时的荒唐有时是要付出代价的。甚至会付出惨重的代价。你不是吗?你给别人造成了死亡和不幸,你给你自己呢?造成了这么大的痛苦,一对这么好的子女不肯认你。阿爸,我知道你现在的心在流着血,流着无限的悔恨,你让我看到了你的罪孽有多么得深重。阿爸,我很想帮你忙,但我发觉我没法帮你。为了帮你,我差点把我争取到的希望全都破灭了。"

瞿欧德说:"你今天仍同浦江在一起是吗?"

瞿月雅说:"我说了,我要锲而不舍地继续争取我的希望。"

瞿欧德说:"会成功吗?"

瞿月雅说:"只有你不放弃,才会有成功的希望。要是放弃了,希望也就跟着化为泡影了,不是吗?"

瞿欧德说:"月雅,我也会的。我能理解你,那就不用你出面,你只要告诉我,在哪儿能见到浦江,我去找他。这样行吗?"

瞿月雅看着瞿欧德的眼睛,犹豫片刻说:"好吧。"

15.

浦江跳上车,看到瞿月雅已坐在驾驶室里等着他了。

浦江很有点感动地说:"瞿月雅,你这样跟着我,真的是太辛苦了,我真是有些过意不去。"

瞿月雅说:"这是我情愿做的!能同你在一起,就不感到辛苦,我只会觉着幸福。"

16.

瞿月雅开着车。

瞿月雅说:"浦江,我阿爸想见你。"

浦江说:"见我也没有用,我不会认他这个阿爸的!一想到他对我姆妈造成的伤害,我就无法原谅他。"

瞿月雅说:"浦江,不管认不认,见一面有什么关系呢?你总该听听他说些什么吧?你在阿爸的公司里也做过一段时间,他待你还是不错的,不是吗?见他一面吧,你不知道他在你和小娜的事情上变得有多可怜!自从他跟我姆妈结婚后,他在我姆妈跟前,一直是个堂堂的男人,可为了你们的事,他变得像个女人一样的心软、无奈和可怜。浦江,他毕竟是你的亲阿爸呀!"

浦江犹豫了一会,也动了感情说:"好吧,见一面就见一面,我也有话要对他说。"

瞿月雅说:"谢谢你。"

浦江说:"你不用代他谢我,我不会有好听话跟他讲的!我也不会叫他阿爸的,这些都是他自己种下的苦果,他又能怪谁呢?"

瞿月雅说:"浦江,我在你跟前老这么低三下四的,你是不是觉得我特别的下贱?"

浦江说:"下贱?才不是呢!我的感觉是,你这个人太自信太自尊了。"

瞿月雅说:"你会有这种感觉?"

浦江说:"因为在你心里你从没服过输!你认为你一定能成功,所以你才会这么做。"

瞿月雅一笑说:"浦江,你开始了解我了。"

17.

浦江驾着车拉着货往回走。

突然有两个人从路边窜出来,挡住车,他们是小六子和方头。

浦江刹住车。

小六子走上来说:"殷老板,你下来一下好吗?"

浦江准备下,瞿月雅一把拉住浦江。

瞿月雅说:"你坐在车上,我下!"然后不由分说地就跳下了车。

瞿月雅说:"你们有什么事,跟我说。"

小六子说:"梁老板让我直接跟殷老板说。"

瞿月雅说:"跟我说一样!"

方头一把拉开瞿月雅,走到车头边上说:"殷老板,你下来!"

瞿月雅又插到方头前面,一副凛然的样子说:"我说了,有话跟我说!"

浦江跳下车,说:"瞿月雅,你上车! 你这个样子,人家会笑话我的。"

18.

瞿月雅在车上紧盯着路边的小六子和方头,手里拿着手机,随时准备拨号。

浦江很淡定地对小六子说:"有话说吧,我还要赶着送货呢!"

小六子变得很客气,说:"梁老板让你今晚上他那儿去一下,他说他请你。"

浦江说:"什么事?"

小六子说:"不知道。"

瞿月雅在车上听到了,喊:"对不起,我们没时间,不去!"

方头瞪了瞿月雅一眼,继续对浦江说:"梁老板说,务必请你去一次,大家朋友一场,不会对你怎么样的。"

浦江考虑了一下,说:"好吧,我去! 我也不怕你们老板会对我怎么样。但今晚我有事,明天晚上吧,在什么地方?"

小六子说:"行,那我回去告诉梁老板。不过你明晚一定要到,就在你住过的那家小旅馆。"

浦江说:"知道了。"说着,转身朝货车这边走来,说:"月雅,我们走!"

19.

瞿月雅在开车。

瞿月雅说:"今晚你有什么事?"

浦江说:"崔兆强的姆妈请我们全家吃饭,祝贺我们全家团圆。"

瞿月雅长叹了口气说:"这么一想,我阿爸好惨哪!"

浦江说:"他那是自找的! 我阿爸带着小娜在新疆农场受苦受罪的时候,他不是有你和你姆妈吗? 你们是个完整的家,我也有我过去的阿爸姆妈疼爱,可我阿爸和小娜呢? 他们不惨吗?"

瞿月雅叹口气,转移话题说:"浦江,明晚你去梁老板那儿,我也要跟着去。"

浦江说:"有这个必要吗?"

瞿月雅说:"我一定要去! 你一个人,我不放心!"

20.

阿林走进沙驼的办公室。

阿林说:"沙老板,我来了。"

沙驼说:"阿林,你会不会骑三轮车? 你们上海人把它叫黄鱼车。"

阿林忙说:"会会会,我骑这种车子一只鼎。在厂里我就经常骑黄鱼车搬东西,许萝琴中风昏倒,也是我用黄鱼车送她去医院的。"

沙驼说:"那好,阿林。我想让你当采购,为饭店采购东西,可以吧?"

阿林一拍胸脯说:"没问题! 让我阿林采购东西,你一百个放心好了!"

沙驼说:"其他的我可以放心,但有一条,却让我放心不下。"

阿林:"是什么?"

沙驼说:"喝酒。"

阿林说:"那我不喝就行了。"

沙驼说:"不是不喝,是工作时间不许喝! 你要喝酒误事,那我就轻饶不了你! 我是说到做到的。因为这不只是关系我一个人,而是关系到整个饭店!"

阿林说:"我保证! 要是我喝酒误事,你就炒我鱿鱼好了。"

沙驼说:"那明天一早你就来上班,具体怎么做,后堂的崔经理会告诉你的。"

阿林既高兴又得意说:"好咪。"

21.

沙驼领着小娜和浦江高高兴兴地来到姚姗梅家,姚姗梅、崔兆强热情地招呼他们。

崔兆强说:"经理,你快坐。"

沙驼说:"到你家里就不要叫经理了,该叫沙驼爷叔了。在店里,我是经理,你是员工,所以要叫经理。在家里呢,我是爷叔,你是侄儿,就该叫爷叔。"

姚姗梅笑着说:"沙驼,你的规矩可真多啊!"

沙驼说:"没有规矩就不成方圆。这么几十年了,我是看清了,人活在世上就得守规矩,社会上有社会上的规矩,生意场上有生意场上的规矩,要不,这个世界就乱套了。'文革'把所有的规矩都破了,你说大家不都活得惨兮兮的? 不光是咱老百姓,那些大官不也整惨了吗? 这生意场上大家都不守规矩,这生意还怎么做? 今天你骗了别人,明天你就会被别人骗! 在店里我不让兆强叫我沙驼爷叔,就是不要给别人感到他在店里特殊,这对他没好处。"

姚姗梅说:"沙驼,你这人生真是活出深滋味来了,你这个牧羊人不简单哪! 行了,不说这些了,看到你们全家这么团聚了,我真高兴!"

沙驼说:"浦江回到我身边了,我心里也是美滋滋的。这两天我正在看房子,想买上一套大一点的房子,我们全家住在一起,然后在客厅里把田美娜大幅的照片挂上,我们全家就大团圆了。"

姚姗梅说:"沙驼,你真是个痴心汉子哪。"

沙驼说:"我说了,人活在世上就得守规矩,答应了的事情就得做到,不管这个人是活在这世上还是不在这世上了。诚信不只是做给别人看的,而是自己该这么做的,那样你才会感到做人的自尊和自豪。"

22.

瞿欧德的车停在了公寓门口。

瞿月雅对瞿欧德说:"阿爸,就是这儿了。不过今天他们一家要去朋友那里吃饭,会很晚回来的。"

瞿欧德说:"不要紧,我会一直等他回来的。月雅,你赶快回去吧。"

瞿月雅下了车,回头看了看瞿欧德说:"阿爸,那我走了。"

瞿欧德摇下车窗,朝她点了点头,那意思是:你放心,我知道该怎么做。

23.

姚姗梅感慨地说:"沙驼,你真是条汉子! 瞿欧德就不像你呀! 瞿欧德的事孩子们都知道了吧?"

沙驼说:"知道。"

姚姗梅说:"那时瞿欧德离开牧场时他来找过我。我怎么劝他他都听不进去,执意要走。后来我说,那你就写份保证书,保证你去后,也想办法把田美娜接过去! 可这样的保证书他也不肯写。当时我恨他也恨得咬牙切齿的,做人怎么能这样无情无义? 那时的田美娜也真可怜哪! 还好,你娶了她。要不,这两个孩子一生下来,她就走了,小娜和浦江不都成了孤儿了? 哪会有今天这么个家啊! 我说小娜、浦江,你们这个阿爸当得不容易啊!"

小娜和浦江都含着泪,沙小娜说:"我们都会牢牢记在心里的。"

浦江点着头说:"伯母您放心,我们……不会忘的!"

崔兆强说:"姆妈,吃饭吧! 菜都摆好了。"

24.

瞿欧德站在车边等待浦江,他抽着烟,似乎又在回忆什么,眼圈红红的。

25.

餐厅,饭桌上大家都愉快而轻松。

姚姗梅说:"浦江,听说你也在做生意?"

浦江说:"是。"

沙驼说:"做得不错,蛮懂得生意上的规矩的,很像我的风格。"

姚姗梅说:"那为啥不到你的饭店做呢?"

沙驼说:"我不愿让我的孩子在我手下做。能独立谋生的孩子长得大,更快地学会懂事。护在身边的孩子长不大,不是吗?"

姚姗梅笑着点点头。

26.

夜深了,浦江从姚姗梅家吃完饭,往自己租的房子走去时,看到有一辆豪华轿车停在门口。他认出来了,那是瞿欧德的车。

坐在车里的瞿欧德看到浦江,忙打开车门下车。

瞿欧德用深情而伤感的眼神看着浦江。

浦江看到瞿欧德,想到瞿欧德就是他的亲生父亲时,眼神也变得不一样了。

浦江说:"你找我?"

瞿欧德说:"想找你谈谈。"

27.

屋子比较简陋,只有两把木椅,一张简易床,一张台子和一个简易衣柜。而且有些行李已整理好,好像要随时搬走的样子。

两人在木椅上坐下。

瞿欧德说:"浦江,我是你亲生父亲,你知道了吧?"

浦江:"知道了。但这话应该怎么说呢?"浦江的眼神变得有些怨恨,"本来,我应该只有一个父亲,那就是你,是吧?"

瞿欧德点点头。

浦江说:"可我现在却有三个父亲,这是为什么? 你,我的亲生父亲,但却无情地把我们和我母亲抛弃了;而我第二个在法律上的父亲,沙驼,在我母亲最艰难最悲惨的时候娶了我母亲,至今为止还虔诚地爱着我母亲,并把我妹妹抚养成人;而我的第三个父亲,也就在我出生两天后把我偷走的那个父亲,虽说他们的手段非常的不道德,但在抚养我时,他却尽到了一个做父亲的责任,他们含辛茹苦,省吃俭用,把我培养成了大学生。这三个父亲我应该认哪个父亲? 你能告诉我吗?"

瞿欧德是满腔的悔恨和尴尬:"浦江……"

浦江说:"我认为最不该认的父亲恰恰是你这个亲生父亲! 当你离开我母亲时,她对你说,从你离开她的那天起,你已经失去了做父亲的资格! 她是不是这样对你说的?"

瞿欧德说:"是。"

浦江说:"那你还来找我干什么?"

瞿欧德说:"我是来向你表示我的悔恨的,是来向你忏悔的。人会随着时间和年龄的增长,许多想法就会随着变的,我现在才真感到了人性的分量。"

浦江说:"对不起,瞿董事长,现在忏悔晚了。我心中的父亲只有一个,他叫沙驼,他是我母亲的丈夫。他才是我心目中真正的父亲。因为他是个懂得应该怎么做丈夫应该怎么做父亲的人! 是个真正懂得人间真爱的人! 母亲也说了,他就是我们的亲生父亲!"

28.

夜很深了,天在下着雨,马路上只有稀落的车辆和行人。

瞿欧德满脸绝望地开着车,车已开到了郊区,他的耳边响着浦江的话。

浦江的声音说:"我认为最不应该认的父亲恰恰是你这个亲生父亲。"

浦江的声音说:"我心中的父亲只有一个,他叫沙驼。因为他是个懂得应该怎么做丈夫应该怎么做父亲的人! 是个真正懂得人间真爱的人! 母亲也说了,他就是我们的亲生父亲!"

瞿欧德在路边停下车。满脸是悔恨的泪水。

雨拍打着车窗。

29.

浦江和瞿月雅走进小旅馆。

小六子在门口朝楼上喊:"梁老板,殷老板来了!"

30.

梁敬辞房子的小桌上放了几样菜,几瓶啤酒。

梁敬辞把浦江、瞿月雅引进屋。

梁敬辞客气地说:"小兄弟,请坐,我们随便吃点吧,不大好意思。"

浦江想了想,看看瞿月雅,然后坐下。瞿月雅也在浦江的身边坐下。

梁敬辞说:"小六子、方头,你们也坐。小六子倒酒。"

小六子给大家倒上啤酒。

梁敬辞举起酒杯说:"小兄弟,今天我请你来,一是要给你道个歉,上次冒犯,希望你能宽宏大量,千万别计较。第二呢,就是我有事要请你帮忙。"

浦江说:"上次的事已经过去了,不要再提了。至于要我帮忙的事,只要我能帮的,我肯定帮。"

梁敬辞说:"那好,我们先把这杯酒喝了。"

两人碰杯,一口都喝了。

梁敬辞说:"在座的,也都喝了。"

浦江放酒杯说:"什么事,请说吧。"

梁敬辞说:"浦江兄弟,当初你住在隔壁的小房间里没事做的时候,是我拉了你一把,这事你不会忘吧?"

浦江说:"对,我不会忘。"

梁敬辞说:"现在你大哥也面临艰难了,你能不能也拉大哥一把?"

浦江说:"什么事,你说吧?"

梁敬辞说:"我原先有十几个摊位,但现在是越做越少了,只剩下六个了,就这六个,现在也是亏的多,盈的少。我也不怕丢面子给你说实话吧,我维持不下去了。"

浦江说:"那你叫我怎么帮?"

梁敬辞说:"我想请你帮我经营这六个摊位。"

浦江说:"是想再让给我?"

梁敬辞说:"不是!是让你帮我经营。我要全让给你,那我不是成了那个叫崔健的歌手以前唱的那样一无所有了?"

浦江说:"让我帮你经营,要是亏了怎么办?"

梁敬辞说:"你经营的摊位不都是盈的吗? 怎么会亏呢?"

浦江说:"也有亏的时候,但总体上是盈的。"

梁敬辞说:"那不结了?"

浦江说:"我又不是神仙! 要是总体上也亏了怎么办?"

梁敬辞说:"我不是让你帮吗?"

浦江说:"你这话的意思是,亏了由我承担?"

小六子说:"殷老板,发扬发扬风格嘛。"

方头说:"就是嘛。"

浦江说:"那盈了呢?"

梁敬辞说:"四六开,你拿四,我拿六。因为摊位的资产是我的。"

浦江说:"这可是不平等条约,我不能接受!"

梁敬辞说:"什么不平等条约,我是让你帮我,平等了还叫帮吗?"

浦江说:"这个忙我帮不了!"

瞿月雅拍案而起说:"你们这不是在欺负人吗? 浦江,咱们走!"

方头说:"你们要不答应,别想走!"

浦江猛地站起来说:"你要这么不讲理,我们之间没有什么好谈的。月雅,我们走吧!"

梁敬辞冲着方头说:"方头,你怎么老这样!"

方头说:"他殷老板是存心不想给我们饭吃嘛!"

小六子说:"那也太不够朋友了!"

浦江拉着瞿月雅的手说:"我们走。"

31.

小旅馆。

浦江拉着瞿月雅的手,朝楼梯口走去。

方头突然冲了出来,奔到浦江跟前想把浦江推下楼。瞿月雅眼快,忙把浦江推到一边,方头推在了瞿月雅身上,瞿月雅滚下楼梯。

32.

楼梯下。

浦江冲下楼梯,扶起瞿月雅。

浦江喊:"月雅! 月雅!"

33.

浦江把瞿月雅抱上车,然后自己也急急地跳上车。

梁敬辞奔到车前喊:"浦江兄弟,对不起,我可没叫他这么干,这绝对不是我的意思……"

浦江大喊:"走开!"他发动着车,朝医院的方向开去。

34.

驾驶室里。

浦江开着车,看着歪在他身边脸上有着几块瘀血的瞿月雅。

浦江说:"月雅,怎么样?"

瞿月雅说:"浦江,慢慢开车,就是手臂有些疼得抬不起来,别的也没什么。所以我想不会有什么大事的,你放宽心把车开好。"

浦江这时眼里含满了感动的泪,点点头。

35.

红灯,浦江停车。

浦江说:"月雅,对不起。"

瞿月雅说:"没什么,我跟你来跟对了吧? 两个人总比一个人的力量大……"

浦江含着泪点点头,充满感情地说:"月雅……"

瞿月雅轻轻地喊了一声:"浦江……"

浦江说:"啊?"

瞿月雅说:"我想让你亲我一下,我身上不觉得怎么疼,就是心疼得厉害。"

浦江说:"我知道了。"

浦江在瞿月雅的脸上吻了一下。

绿灯……

第二十七集

1.

急诊室门前走廊。

浦江坐在走廊的长条凳上。用关切的目光盯着急诊室的门。

瞿欧德和姜丽佩急急地来到走廊。浦江看到他们,忙站起来。

浦江说:"瞿董,夫人。"

姜丽佩说:"怎么样?"

浦江说:"医生正在诊断。"

医生从急诊室出来。

浦江说:"医生,怎么样?"

医生说:"目前来看没什么大问题,手臂受了些伤,那要到明天拍了片子才能确诊。这样吧,先住下,明天再做进一步检查吧。你们先去办一下住院手续。"

瞿月雅由护士扶着从急诊室出来。

2.

瞿欧德、姜丽佩、浦江看着护士把瞿月雅安排到病床上。

姜丽佩说:"欧德,你先照顾着月雅,我有话想同殷浦江谈。"

瞿欧德明白了姜丽佩的意思,感激地点点头。

3.

灯光闪烁。

姜丽佩与浦江坐在一座凉亭里。

姜丽佩说:"殷浦江。"

浦江说:"夫人,我不姓殷了,你就叫我浦江吧。"

姜丽佩说:"叫我月雅姆妈吧。那你现在姓什么?"

浦江说:"姓沙。跟沙小娜应该是一个姓,因为我们是兄妹。"

姜丽佩感动地说:"其实呢,你同小娜都应该姓瞿。"

浦江说:"当然应该是!但我们却姓了沙,而没有姓瞿,二十几年来我一直姓殷。这是个悲剧,但造成这一悲剧的是谁? 我们也多么希望我们一生出来就姓瞿啊! 可我们却不能够! 这不是很凄凉很可悲吗?!"

姜丽佩说:"浦江,你这么一说,把我想要说的话全堵回去了。但我想告诉你,昨晚瞿欧德同你谈过话后,回家时已是今天黎明了,他开着车在雨中整整兜了一夜。一回到家里,他就瘫倒在床上了。他告诉我,他的心在流血。"

浦江说:"那说明他还有良心,还知道悔恨。我为此也感到很抱歉。"

4.

瞿月雅的病房。

瞿欧德坐在瞿月雅身边,一直不安地望向窗外。

瞿月雅说:"阿爸,我觉得你真可怜。"

瞿欧德说:"怎么?"

瞿月雅说:"我姆妈是那么爱你,她愿意为你付出一切! 你跟我姆妈那么多年,却一直都没把姆妈放在心上。"

瞿欧德惭愧地说:"月雅,我知道,我对不起你姆妈。"

瞿月雅说:"浦江的妈妈那时也很爱你吧,你也那么狠心地把她抛下了。想想那时候,你真是个铁石心肠的人哪!"

瞿欧德语塞了。

瞿月雅说:"可现在,看到你的亲生儿子女儿,用那么激烈的语言痛斥你,挖苦你,我又觉得你可怜。阿爸,你不会一直这么消沉下去吧?"

5.

凉亭内,姜丽佩对浦江说:"浦江,他真的是悔恨自己,甚至感到自己有点活不下去了。我觉得你们应该原谅他,我可以告诉你,在这世上,他祖父,以及他后来母亲去世后,就再也没有什么亲人了。我虽然是他的妻子,是他最亲近的人,但月雅与他之间也没有血缘关系。而你们兄妹则与他有血缘关系,因此你们才是他真正的亲人。所以当他得知他还有一对亲生儿女在这世上,他是多么兴奋多么激动啊!那时,他就想把自己所有的一切都给你们。可没想到,你们却不认他,他失望后的那种痛苦连我看着都可怜他。"

浦江说:"我心里也很矛盾。"

姜丽佩说:"他只希望你们能叫他一声爸爸。难道在这上面你们真的就这么吝啬吗?"

浦江说:"我们是想叫,但我们又很难叫出口,因为我们心里就有障碍,一个残酷地抛弃了母亲抛弃了我们的人,他还能让我们叫他爸爸吗?另外我母亲临死前留下的话,我们还听不听?再说现在我们的阿爸对我妹妹说过,你们叫瞿欧德阿爸,那我这个阿爸你们就不要叫了,他说,他不能对我母亲食言,不能背叛我母亲。我们也一样!"

姜丽佩说:"那你看这事该怎么解决才好呢?人性这东西是很复杂的,你别看瞿欧德在抛弃你们母亲时那么冷酷,但现在他知道在这世上亲情有多么可贵。他甚至为了这种亲情可以抛弃自己的一切。"

浦江为难地说:"我不知道,我真的不知道。"

6.

瞿月雅的病房。

瞿欧德对瞿月雅说："月雅,你好让我感动啊,你为他真的是舍得献出一切。"

瞿月雅说："我是在为你儿子献出一切,不是吗?"

瞿欧德说："谢谢你,月雅,在这件事上,你和你姆妈理解我,体谅我,支持我,我真的很感谢你们。"

瞿月雅说："阿爸,你现在那么痛苦,是因为你开始看重感情了,你知道这世上除了自己和事业,还有亲情、爱情,这些都是你过去忽视了的,所以你才会痛苦。我理解你。"

7.

姜丽佩问浦江："你和月雅到底怎样了? 我看月雅为你肯献出自己的一切,她对你真的是很痴情啊。"

浦江说："从我进公司后,她就开始追我了,我的拒绝,我的阻拦,都改变不了她。她的执着和真诚,让我感动,在这世上能遇到一个无私地爱你的人,真的不容易。她用她的行动化开了我的心。我还说不上已经爱上了她,但我已经准备接受她的爱。"

姜丽佩说："我不会再阻拦你们了,愿你们有个美满的结果。"

8.

瞿月雅病房。

瞿月雅说："阿爸,我与浦江会有一个好的结果的,我相信! 只要坚持一条,绝不放弃!"

瞿欧德沉思着点点头,这话好像也是对他自己说的,他自语着说："绝不放弃! 对,绝不放弃……"

9.

梅洁与姚姗梅在菜场相遇。

姚姗梅说："小娜外婆,你也来买菜啊。你晓得哦,田美娜的儿子沙驼找到了呀,我儿子回来说的。"

10.

梅洁一回家,生气地把菜篮子往桌上重重一放,对刘妈说:"你到我女婿的那个饭店,把他和小娜,还有小娜的哥哥叫来。你告诉他,今晚不来见我,我要生气了。"

刘妈不知道怎么回事,只是答应说:"好。"

11.

刘妈走进饭店。

饭店里坐满了顾客,前厅里和门外都等着不少顾客。

12.

沙驼办公室门口。

沙驼急急地拉着刘妈走出他的办公室。

沙驼说:"刘妈,你在这儿等一会儿,等等小娜、浦江他们,我们马上去外婆家。"

13.

沙驼和刘妈正在门前等,小娜坐出租赶到。

小娜问沙驼说:"爸,咋啦?这么急。"

崔兆强匆匆从后堂拎着个沉甸甸的大塑料袋出来。

崔兆强说:"经理,你要的菜全打好包,装在里面了。"

小娜夸他说:"兆强哥,我觉得你越来越能干了。"

崔兆强说:"全是经理教导有方。"

浦江坐着出租车也赶到了。

沙驼说:"浦江,就上你这辆车走吧。"

14.

出租车里。

浦江说:"阿爸,我们这么急急地去哪儿?"

沙驼说:"去你外婆家。你看看我,我说找到你就带你去见外婆的,生意一忙,这么大的事都忘了。"

15.

刘妈领着沙驼、浦江、小娜匆匆走进家门。

浦江提着那一大袋菜。

沙驼说:"浦江,你把菜交给刘妈,我们赶快去给你外婆赔不是去。"

浦江把那袋菜交给刘妈,跟着沙驼和小娜匆匆走进梅洁的房间。

16.

沙驼领着小娜、浦江推开房门。

沙驼说:"妈,对不起,这事你提醒过我两次,但我都疏忽了。我把这么大的事给忘了,真是太不像话了!"

梅洁背着身不理他们。

沙驼赶紧拉过浦江说:"妈你看,这就是浦江,美娜的儿子。"

浦江鞠了一躬,叫:"外婆!"

梅洁原本还在生气,一见浦江吃了一惊说:"你不就是那个水产摊上的小老板吗?"

浦江说:"噢,我想起来了,外婆你上我们摊子上买过几次鱼和虾,我还记得每次买的都是鲑鱼和青虾。"

梅洁激动得满眼是泪说:"是咯,是咯,你叫啥? 刚才我没听清。"

浦江说:"叫沙浦江,外婆,我以后经常来孝敬你鲑鱼和青虾。"

梅洁说："浦江，我的亲外孙啊，想不到你的生意会做得这么好！"

刘妈探头进来说："快去吃饭吧！小娜阿爸带来了不少好小菜，还有师母你爱吃的爆炒羊羔肉！"

17.

餐厅。

梅洁看到围着餐桌的沙驼、小娜、浦江，再加上她和刘妈，也有满满的一桌人了，顿时显得既兴奋又满足，满眼是激动的泪花。

餐桌上摆满了沙驼带来的菜。

梅洁抹了把泪说："今天我要说句实事求是的话，说句公道话。沙驼，你是在美娜最苦最难的时候娶的她，她却把两个孩子就这么扔给你，让你受苦了。今天，你把美娜的两个孩子带到了我身边，看到两个这么好的外孙外孙女，我真不知该怎么感谢你才好啊！"

沙驼说："妈，你千万别这么说。是我还不懂得孝顺，没能理解你老人家的心。本早该带浦江来见你。"

梅洁说："不说这些了。我还要告诉你们，今天我为啥要你们来，让刘妈去找你们，一定要叫你们来，因为今天是美娜的生日！"

小娜在沙驼耳边说："爸，你不知道我妈的生日吗？"

沙驼说："你妈没告诉过我，我也没敢问，我真该死！"

梅洁说："拿酒来！倒酒！"

刘妈为大家倒上酒。

梅洁举起酒杯说："美娜，今天是你生日，我现在感觉到了，你嫁了个好老公，你给两个孩子找了个好父亲！"

小娜与浦江抱着沙驼哭起来。梅洁与刘妈也都流泪了。

梅洁抹去泪，举起酒杯说："不哭了，今天是个好日子，应该高兴！女婿又给我们拿来这么多好吃的菜，大家干了这杯酒！"

18.

餐桌上。

沙驼悄悄对小娜说："小娜,吃过晚饭,你带你哥去看看舅舅舅妈,咱们这点礼数还是要的。"

小娜说："好。"

梅洁听到了,只当没听见,既没赞同也不反对。

19.

小娜带着浦江朝甜蜜蜜咖啡馆走去。

小娜说："我就在舅舅、舅妈开的咖啡馆遇见瞿董的。舅舅这个人还不错,就是舅妈这个人太小市民了,又刻薄又俗气。"

20.

小娜和浦江正准备进咖啡屋,听到里面有人在吵架,甚至有的人在砸东西。

小娜和浦江赶忙探头在门口张望。

看到有一个人说："贾莉娅,你要不把钱还给我们,我们就把你这个咖啡屋全砸了。"

田铭源点头哈腰地说："请你们放宽些时间,我们把我们住的小楼作抵押,贷上款就还你们,好哦?……"

贾莉娅耷拉着脑袋,一脸的沮丧。

小娜和浦江闪到一边儿,看到几个人走出门扬长而去。

浦江说："怎么回事?"

小娜说："不知道。"

浦江想了想,说："这会儿进去好像不太合适吧? 要不我们明天再来?"

小娜说："行,走吧。"

21.

沙驼、小娜和浦江坐在出租车里。

沙驼说:"原来是这样,那怎么也得去看看她呀!这样吧,明天浦江你要送货做生意,这耽搁不得,我看让小娜先代表我们去看看她吧。明天是双休日,小娜休息。小娜,你看咋样?"

小娜说:"万一我代表大家去看她,她把我这个阿姐拖住了,再把她阿爸瞿董叫来……"

沙驼说:"哪那么多顾虑?叫你去就去!浦江,她叫什么?"

浦江说:"瞿月雅。"

沙驼说:"真是瞿欧德老婆带过来的?跟瞿欧德没血缘关系?"

浦江说:"是的。"

沙驼摇了摇头,感慨地说:"唉,人生中的事,有时就是这么胡搅蛮缠的!"

小娜说:"爸,刚才在外婆那儿我不敢说,其实舅舅舅妈我们没见成。"

沙驼说:"咋啦?"

小娜说:"舅舅舅妈那里好像出事了。"

沙驼说:"出什么事?"

浦江说:"可能是欠人家的钱了。"

沙驼沉默不语。

22.

瞿月雅的病房。

瞿月雅右手臂已挂上绷带。

小娜提着水果捧着鲜花走进病房。瞿月雅一见小娜,忙下床迎上去,用左手臂搂着小娜。

瞿月雅说:"小娜姐!"

小娜:"伤的怎么样?"

瞿月雅说:"没多大问题。只不过右手臂上的骨头受了点伤。等会儿上上石膏就没事了。明天就可以出院。"

小娜说:"我哥送完货就来看你。"

瞿月雅说:"今天我帮不上他忙了,他可要受累了。"

小娜说:"我爸说,他抽空也要来看你。"

23.

瞿月雅的病房。

瞿欧德走进病房,看到小娜,眼睛一亮。

瞿欧德说:"小娜,你来啦?"

小娜说:"瞿董,你好。我爸和我哥让我来看看月雅妹妹。"

瞿欧德说:"你现在在哪儿工作?"

小娜说:"我现在在一家图书发行公司财务室当会计。"

瞿欧德说:"小娜,还回到我这儿来工作吧。"

小娜说:"我爸不会同意的。"

护士进来说:"瞿月雅,来,跟我去上石膏。"

小娜说:"月雅、瞿董,那我走了。"

瞿欧德拉住小娜,用恳求的口气说:"小娜,能不能让我同你说上几句话?"

24.

医院门前绿树丛中的一处僻静处,有一张石桌与一圈石凳。

瞿欧德与小娜坐在石凳上。

瞿欧德说:"小娜,你能不能让我做一些解释?当初我离开你姆妈,肯定是不对的!但当时我也有我的难处。你要知道,在那段时间里,我们生活的那个地方,真的是太艰难了。我已经有些忍受不住了。刚好在这个时候,我有了出国的机会,而且是去继承一笔数目不少的遗产,就是我祖父的公司。就是说,我可以一下子就改变命运了。这样的诱惑我怎么能抵挡得住呢?当时有许多有这样机会的人,不都是这样做的吗?我不是玩弄你母亲后再抛弃她的,我是因为为了改变自己的命运才离开她的!"

小娜说:"就是说,你没有错?"

瞿欧德说:"不是说我没有错。而是我另有原因。"

小娜说:"可后果不是一个样吗?"

瞿欧德说:"但性质并不一样。"

小娜说:"瞿董,我也开始懂得人生了,我知道每个人都有选择自己该如何生活的权利。"

瞿欧德说:"是这样。"

小娜说:"所以当初你离开我妈不管是什么原因都是你的权利,妈也无权阻止你。"

瞿欧德说:"你母亲确实没有阻止我。"

小娜说:"因为我妈是很坚强很明智的,所以,你也就无法阻止我妈选择如何生活的权利,对吧?"

瞿欧德说:"是这样。"

小娜说:"那我妈就选择了我现在的爸,就选择了她生下我和我哥后就不许你来认我们,指出我现在的爸就是我的亲爸!"

瞿欧德说:"你们不是也可以有你们的选择吗?"

小娜说:"是,我们选择了我妈为我们做的选择。"

瞿欧德痛苦地说:"这真让我感到绝望啊!"

小娜说:"瞿董,我想说几句会让你感到更难堪的话,行吗?"

瞿欧德说:"说吧。怎么说都行,我就想知道你们是怎么看我的。"

小娜说:"在我刚到你的公司时,我看到你时我感到你很伟大,能经营这么大一家公司。但我现在感到你跟我爸相比,却显得很渺小。"

瞿欧德说:"为什么?"

小娜说:"你为了去继承财产而抛弃了我妈,你依靠的是你祖父遗留给你的财产改变了命运。但我爸却不!他为了爱我妈,甚至为让自己配得上已去世的我妈。为了能实现我妈留下的遗言,他从他的三十几只自留羊起步开创了他的事业,他在生意场上摸爬滚打,他以他的辛劳,他的诚信,他的智慧,他的毅力,他把自己的事业搞得轰轰烈烈的,他现在拥有的财产,不会比你瞿董少。这样,他才很顺利地把我带回了上海,顺利地找回了我哥,也让我妈的灵魂也跟着我们来到了这里。昨天,是我妈的生日,我们全家在我外婆家团圆了,我外婆对她的这个女婿很满意!这几天,我和我哥一谈论到我爸的事业,我哥就说,我阿爸真的很了不起!"

瞿欧德愧疚地长叹一口气。

小娜说:"所以瞿总,你刚才所做的解释显得不是太苍白无力了吗?"

瞿欧德含着泪说:"这么说你们永远也不会再认我这个父亲了?"

小娜摇摇头,含着同情和不忍说:"我不知道……"

25.

沙驼、小娜、浦江一同在看一套公寓。

沙驼说:"你们看怎么样?要是不满意,我们再找。"

浦江说:"阿爸,这就相当不错了。三室两厅两卫,在上海滩上有这样的住房,可以知足了。况且在内环线里,交通也方便。"

沙驼说:"小娜,你说呢?"

小娜说:"我住哪间?"

沙驼说:"你就住里面带卫生间的那间,女孩子家洗漱都方便。我和你哥都是男人,共用一个卫生间吧。"

小娜甜甜地笑着说:"爸,你真棒!"

26.

沙驼对小娜、浦江说:"那咱们就把这套房子买下来了?"

浦江说:"阿爸,那就买吧。阿妹你说呢?"

小娜说:"我也没意见。爸,今天上午我去医院看望瞿月雅时,遇见瞿董了。"

沙驼说:"他是不是又跟你谈你们之间的事了?"

小娜说:"是。他又想让我认,但我没认,我还把你与他比,让他感到爸的伟大,他的渺小,可是爸,我真的觉得他很可怜,不管咋说,他毕竟是我们的亲生父亲啊!"

浦江说:"阿爸,我也是这样感觉的。"

沙驼说:"不只是你们,那次他来找我谈时,我跟你们的感觉是一样的。但你爸这辈子还没有做过失信于人的事,何况要失信我依然深深爱着的你们妈妈!我也理解你们,因为他毕竟是你们的亲爸!而且他又这么苦苦地在求着你们,我也好为难啊!"说着,沙驼也是一脸的痛苦,为难地说:"我说浦江、小娜,这事暂时先搁一搁好吗?"

浦江说:"阿爸,你也不要为难,我和妹妹只是说说。我们不会因为这个无情无义的父亲而让你和已去世的姆妈不满意的!"

沙驼说:"但这事迟早要想办法解决的。爸也跟你说句实话吧,爸在上海不会住很长时间的。等把你们安置妥当了,再把另一件事办了,爸还要回新疆回我的牧场去!爸的事业不在上海,而在新疆!"

小娜说:"爸,那我也要跟你回新疆。"

沙驼说:"你要跟我回新疆,你妈的遗愿爸不就完不成了?你外婆又会怎么想?你们隔一段时间去新疆玩玩,去看看爸,那倒可以。这事今天不说了,让人扫兴。好吧,明天我就去办手续,把这房子买下来。"

27.

瞿欧德的卧室。

瞿欧德和姜丽佩各自躺在床上。

瞿欧德说:"丽佩,你认为这世上有没有因果报应的事?"

姜丽佩说:"我想应该有吧。"

瞿欧德说:"以前,我很少去想这一类的事,只知道做生意,觉得把生意做好就行,全身心迷在生意上了。感情上的事变得淡漠了,我过去深爱过的那个田美娜也从我记忆中变得模糊了。但突然间,我的亲生儿女出现在我的眼前,我的感情世界又被打开了,而在这同时,我也发觉我开始在遭报应了。"

姜丽佩说:"你要觉得这是报应也可以,但我认为这算不得是什么报应。"

瞿欧德说:"是报应啊!但报应有大有小。像二次世界大战时,什么希特勒,墨索里尼,东条英机,他们做的恶事太多太大,他们都不得好死!在这世上,有些做恶事坏事的人,虽然生前并没有遭报应,但生后也会遭报应的。为富不仁也好,为贫不仁也好,只要不仁,就会有报应的。这看上去是个宗教的命题,但在现实生活中却是个频频显现的事情。"

姜丽佩说:"欧德,今晚你怎么感悟起人生来了?"

瞿欧德说:"因为我感到我正在遭报应。虽然我并没有有意要抛弃田美娜,但她还是把我的这对亲生儿女送到我跟前来了,让我知道却不让他们与我相认,让我认,认不成;舍呢?又无法舍掉。就这么苦苦地折磨着我的感情。这不是报应是什么?"

姜丽佩说:"所以我说你要想开点,不要钻在牛角尖里出不来!"

瞿欧德说:"我不是在钻牛角尖。我要面对现实,我要忏悔我的罪过,我要弥补我的不是。这就是报应!"

姜丽佩说:"你那个田美娜已经死了二十几年了,你怎么去弥补?"

瞿欧德说:"所以我想求得你的允许,我想把她的相片放大挂在我的书房里。"

姜丽佩说:"欧德,你这样做,对我来说是不是有点太残酷了?"

瞿欧德说:"所以我才求你嘛。"

姜丽佩说:"不行!接受你的儿女可以,但要在我们家挂田美娜的相片,无论挂在什么地方都不行!"

瞿欧德说:"丽佩……"

姜丽佩说:"没商量的余地!我觉得你真的神经有些不正常了。我要睡觉了!"

瞿欧德看到姜丽佩把被子猛地蒙住了头,无奈地叹了口气,他痛苦得很!

28.

浦江打开车门,看到瞿月雅手臂上打着的绷带,一条带子还挂在脖子上,已经坐在里面了。

浦江说:"嗨! 不在家好好养伤,又跑来干什么?"

瞿月雅说:"帮帮你呀!"

浦江说:"谁帮谁呀! 你这样能帮我吗? 你快回去吧,你的情我领了。"

瞿月雅说:"我这点伤真的不要紧。一个人闷在家里替你担心,还不如直接看到你呢! 我帮不上你别的什么忙,我可以看看车吧? 可以给你叫叫人吧? 你受人欺负了,我可以帮你打110吧!"

浦江真有点哭笑不得,但他的心真的被她打动了,说:"真拿你没办法啊!"

29.

瞿欧德卧室。

瞿欧德在起床,姜丽佩也翻身下来。

姜丽佩说:"喂,你不是想放大那个田美娜的照片吗?"

瞿欧德说:"是,不过既然你不同意,我也不能强求啊。仔细想想,我这样做对你来说,是有点过分。"

姜丽佩说:"我也想通了,你就把照片给我吧,我去放,其他的你就别问了!"

30.

饭店已打烊。小娜帮完忙,同崔兆强一起往外走。

小娜说:"兆强哥,你有空吗?"

崔兆强说:"怎么,什么事?"

小娜说:"我心里装着一件事,想同你聊聊。"

31.

小娜与崔兆强相对而坐。

小娜说:"那个瞿董的事,你妈跟你讲了吧?"

崔兆强说:"是不是瞿董和你姆妈的事?"

小娜点点头。

崔兆强叹了口气,说:"都讲了,瞿董和你姆妈,沙驼爷叔和你姆妈的事,我姆妈都详详细细地跟我讲了。"

小娜说:"那你怎么看呢?"

崔兆强说:"我觉得,就这件事而言,所有关联的人,包括你姆妈,你和浦江,沙驼爷叔,还有瞿董,都是很不幸的。"

小娜说:"说了等于没说!"

崔兆强说:"我也认为,对你姆妈来说,当时作出那个决定,是可以理解的。"

小娜说:"是呀,如果是我,我也会的!"小娜的眼神随即又变得忧郁起来,说:"可是现在该怎么办呢? 真的心里好烦哪!"

崔兆强说:"按理讲,瞿总那么无情地抛弃你姆妈和你们,他这个阿爸当然是没资格当的! 可是……以一个男人的角度来说,瞿总那时的确是很为难。听我姆妈讲,当时谁不想离开那个地方啊,穷得快让人失去希望了! 我阿爸就是为了能摆脱那个困境,才撇下我们母子回上海来另谋生路的。你想想,瞿总那时遇到的机会……一个能出国的机会,在那个年代,那真的是改变命运的机会啊!"

小娜冷冷地说:"是啊,一个可以抛家弃子的机会。"

崔兆强说:"可是……就算是现在,也很难有人会放弃这样机会的!"

小娜说:"我现在的爸就能,他肯为我妈放弃一切!"

崔兆强说:"不是所有的男人都能做到你阿爸那样的。就是我阿爸,要不是他在上海混出了点人样,他会不会接我姆妈和我回来,连我姆妈都不敢说。"

小娜说:"你们男人,真自私。"

崔兆强说:"不是这样的! 如果一个男人,连养活自己都困难的话,他在女人面前永远都抬不起头的,那他还有什么资格去爱一个女人呢? 我想,瞿总当时就是这种心态吧。所以他才会想要牢牢地抓住那个出国机会,才会做出让他现在天天都会忏悔的事情来。"

小娜沉默着,眼里有泪光在闪。

崔兆强说:"原谅他吧,毕竟,你们的身上都流着他的血脉啊。"

小娜说:"其实,我们也想。可我爸说:你们要认他这个阿爸,你们就不要再叫我这个爸了。因为我不能背叛你们的妈。"

崔兆强说:"这事,可真的很难办……"

小娜再也控制不住自己了,她捂着脸,痛苦地哭起来。

崔兆强一下子慌了手脚,说:"小娜,你别难过!这事是你爸和瞿董之间的事啊……"

32.

餐厅。

瞿欧德和姜丽佩正在吃饭。

有人按门铃。

保姆接门铃电话问:"请问找谁?"

外面的人回话说:"给你们送照片的。"

姜丽佩说:"快开门让他进来。"

33.

客厅。

保姆开开门。

一男子提着个用牛皮纸包扎好的大镜框走进来。姜丽佩从餐厅出来。瞿欧德也跟了出来。

姜丽佩说:"都搞好啦?"

送镜框男人说:"都弄好了。老板让你看看这样行不行?"

姜丽佩说:"打开吧。"

送镜框的男人把纸包打开,现出一方精致的镜框,里面镶着经过修整后的一幅瞿欧德与田美娜坐在草原上的照片。因为年代久远,再加上修饰,感觉像一幅黑白插画,意境很美。瞿欧德惊喜得眼睛倏地一亮。

姜丽佩问瞿欧德:"欧德,满意吗?"

瞿欧德连连点头说:"满意,满意。"

姜丽佩对送照片的人说:"好,谢谢你。回去也代我谢谢你们老板,他尽心了。就说我们很满意。"

34.

送货的人走后。

瞿欧德说:"丽佩,我该怎么谢你呢?"

姜丽佩说:"夫妻之间,这还用谢吗? 为这事,我昨晚想了一夜。是的,开始我是吃醋,感到心里特别酸痛。但后来我想,我为一个已经过世二十几年的女人吃醋,我是不是太没有品位太没有档次了?气量是不是也太狭小了? 人活得大度点不是对你对我都好吗? 现在你是我丈夫,让你满意不正是我应该做的吗?"

瞿欧德感动地说:"丽佩,谢谢你这么体谅我! 那就把照片挂到我书房去吧。"

姜丽佩说:"不用,就挂在客厅。你瞧,你跟她那时都很年轻漂亮,可以说比现在有些明星还要漂亮。挂在客厅里,会使客厅增光的。而且,也可以让人知道我姜丽佩的胸怀嘛。这样的好事,我干吗不做?"

瞿欧德说:"还是挂在我的书房吧,我已经太感激你的宽容和大度了。"

35.

浦江开着运货车,瞿月雅手臂仍挂着绷带坐在他身边。

瞿月雅说:"浦江,我告诉你一件事。"

浦江说:"什么事?"

瞿月雅说:"我阿爸,其实说起来应该是你阿爸,把他和你姆妈年轻时的一张旧照片放大,挂在他书房里,看过的人都以为他们是哪个过去的电影明星呢。"

浦江说:"既然今天想要这么供神一样的供我姆妈,那当初就不该那么残忍地离开我母亲!"

瞿月雅说:"我看你不懂! 忏悔的是什么? 人只有犯了错并且知道自己的错才会去忏悔。世上哪有不犯错误的人。知道错并肯忏悔的人就是好人! 那些知错死不忏悔的人,就不是好人。所以你亲阿爸绝对是个好人!"

浦江突然放慢了车速。

浦江说:"月雅,你看前面,好像是梁老板他们。"

第二十八集

1.

浦江把运货车放慢了速度,他紧张地盯着前面的梁敬辞和他两个手下。

瞿月雅在一旁说:"开过去,怕什么? 他们想推我们下楼的账还没跟他们算呢!"说着打开手机。

浦江说:"干吗?"

瞿月雅说:"打110,这次把旧账也一起跟他们算了!"

浦江说:"先不打。到时看情况再说。"

2.

梁敬辞、小六子、方头拦停车。

梁敬辞说:"殷老板,你下来一趟吧!"

浦江说:"有什么事说吧,我还要去送货呢。"

梁敬辞说:"殷老板,对不起,为前几天的事我来向你道歉。方头,向殷老板他们道歉!"

方头鞠躬说:"殷老板,对不起。"

梁敬辞说:"殷老板,那天你也太急了,有事都需要商量着办嘛。我们再坐下谈一次好吗？地点由你定。"

3.

书房。

瞿欧德正看着田美娜的像在回忆。

闪回：

草原上鲜花盛开。

瞿欧德、田美娜骑着马在草原上飞奔，两人高兴地笑着喊着。

瞿欧德追上田美娜，跳到田美娜的马上。

两人滚落在草丛中，鲜花压倒又弹起。

两人在草丛中热吻着。

瞿欧德翻身压到田美娜身上。

瞿欧德用颤抖的手去解田美娜的衣服扣子。

田美娜一把抓住他的手说："这不行！"

瞿欧德说："美娜，你还不相信我吗？我们永远不会再分开的，要不我对天发誓！"

田美娜眼里含着深情说："你以为发誓真的有用吗？……"说着慢慢伸出手臂勾着他的脖子……

4.

书房。

瞿欧德看着田美娜的照片。悔恨的泪滚了下来。

瞿欧德说："田美娜，我真的很对不起你，我是个伪君子……"

电话铃响。

瞿欧德说："噢，姗梅啊。"瞿欧德突然振奋了起来，说："去见小娜的外婆？这我怎么没想到呢！嗯，我要去，就算再被她骂也没关系。"

姚姗梅的声音说："瞿欧德啊，我们家兆强告诉我，小娜对你也不是铁板一块,她还在犹豫当中,她也很矛盾,很痛苦。我想,她总有一天会认你的。"

瞿欧德说:"我知道了,谢谢你,姗梅嫂子。"

5.

浦江、瞿月雅、梁敬辞、小六子、方头坐在一间茶室里喝茶。

梁敬辞说:"殷老板,我是真心求你帮忙,不是想敲你点什么。"

浦江说:"你上次讲的那些条件不是敲诈是什么?"

梁敬辞说:"你认为我在敲诈你,那我就把我上次的话收回。上次我把我的情况已经跟你摊明白了。那么殷老板,如果你肯帮我的话,你准备怎么帮?"

浦江想了想说:"梁老板,我想先说上几句让你不中听的话。你听不听?"

梁敬辞说:"请说。"

浦江说:"好。我觉得你首先要把做生意的观念变一变。"

梁敬辞说:"怎么变?"

浦江说:"在我做生意前我读了很多有关这方面的书。做生意不光是为了赚钱,它其实也是种服务,而且在我看来首先是服务,并且要服务得让顾客满意,其次才是赚钱,而且不要赚黑钱,要赚那种光明钱。"

梁敬辞说:"不大懂。"

浦江说:"你以前赚的钱里,就有一部分是黑钱。"

小六子说:"我们哪里赚黑钱啦?"

浦江说:"暗地里扣克人家的钱,缺斤少两赚的钱,在我看来就都是黑钱。你们每次给人家送货,缺斤少两不说,还把货的等级也偷偷地往高里提。你们这样对待你们的摊位老板,摊位老板也这样去对待顾客。摊位的信誉丧失了,谁还来买你们的货? 水产可比不得别的货,鱼、虾、蟹、牛蛙、黄鳝时间长了会减轻分量,会死的。这样的损失一加进去,你不亏才怪呢。"

梁敬辞说:"生意场上大家不都是这样干的吗?"

浦江说:"开始时大概是这样,但现在这样做的人越来越少了。生意场上流传着这样的话,说是敬弥勒佛,和气生财;敬关公,义气生财;敬财神,财气生财。但在我看来,得靠诚信生财。要做到货真价实,分量给足,和气待客,服务到家。我们的摊位,当天拉的货当天就能销完。我们赚上钱了,摊位老板也赚上钱了。这有什么不好?生意场上看上去是在怎么做生意,其实是看你怎么做人。"

梁敬辞说:"殷老板,没想到你在生意场上混了才这么几天,却混出这么些道道来了。言归正传吧,你看你怎么帮我?"

浦江说:"我没法帮你经营,我现有的摊位都有些顾不过来。人的精力总是有限的。你的摊位还是由你经营,我给你当顾问吧。"

梁敬辞说:"那酬劳呢?"

浦江说:"不是说是帮忙吗?要什么酬劳?"

梁敬辞说:"说话算数?"

浦江说:"当然算数!"

6.

瞿欧德开着车来到梅洁家。他下车,从车里拎下一堆礼品。

瞿欧德按门铃。

梅洁的声音说:"谁呀?"

瞿欧德说:"是伯母吗?我是瞿欧德。"

梅洁冷淡的声音说:"你又来干什么?"

梅洁没去开门。

7.

客厅,门铃声还在响。

梅洁气恼地走到门口,隔着门说:"你要是再按门铃,我就要打110报警了!"

瞿欧德的声音:"小娜外婆,我……"

8.

瞿欧德失魂落魄地站在门口。

买菜回来的刘妈奇怪地看了他一眼,拿钥匙开门进去。瞿欧德想跟进去,但被刘妈赶了出来。

瞿欧德看着重新又关紧的门,有些发呆。

9.

客厅。

刘妈进屋,对梅洁说:"那个人还站在门口呢,他想跟进来被我推出去了。"

梅洁听着,似乎有了主意。

10.

梅洁突然起身去开门,看到瞿欧德还站在门口。

梅洁没说话,只是把门开着,没再关。

瞿欧德马上跟了进去。

瞿欧德走进梅洁的房间,朝梅洁鞠了一躬说:"伯母,你好。"

梅洁矜持地说:"坐吧。你是喝咖啡还是喝茶?"

瞿欧德说:"不麻烦了。"

梅洁说:"刘妈,端杯咖啡来吧。"

11.

客厅。

刘妈把咖啡端到瞿欧德跟前。

瞿欧德起身说:"谢谢。"然后坐下。

梅洁说:"请用吧。本来,我不想再见你,因为我们之间没有什么关系。况且是你伤害了我女儿,见了你,我就会想到我女儿遭遇的苦难和不幸,这就会让我感到更伤心更痛苦。拜你所赐,让我们田家也蒙受了耻辱。因此我见你又有何益。"

瞿欧德说："伯母，对不起。我来见你，就是来向你道歉向你赔罪的。"

梅洁说："其实根本用不着！事情都过去了，我女儿也走了二十几年了，这晚来的道歉和赔罪又有什么用呢？"

瞿欧德说："虽然这道歉和赔罪是太晚了。但我想，不来道歉不来赔罪不是更错了吗？所以来道歉来赔罪总比不来的要好。所以我就来了，伯母怎么指责我都行。"

梅洁说："瞿先生，我觉得你来道歉来赔罪的背后恐怕另有目的的吧？"

瞿欧德说："伯母，我不想隐瞒。是因为我知道田美娜生下了一对儿女，而这对儿女正是我的亲生儿女。"

梅洁说："你怎么知道他们是你的亲生儿女？"

瞿欧德说："小娜在住院期间，我与她之间做过 DNA 检验。要不，我也不敢这么贸然肯定。但他们却不肯认我。我才真正感觉到我以前所犯下的罪过有多严重。"

梅洁说："他们干吗要认你？他们有他们合法的阿爸，我的女婿！他们认你，不等于向世人公开了我女儿的不贞吗？就是他们要认，我也不会允许他们认！"

瞿欧德说："伯母……"

外面突然响起急促的脚步声，把瞿欧德的话打断了。

12.

贾莉娅突然从外面冲进来，噗地一下跪在了梅洁跟前。

梅洁吃惊地说："贾莉娅，你这是干什么！你没看见家里有客人吗？当着外人的面，像什么！"

贾莉娅哭着说："姆妈，帮帮我！帮帮我呀！"

田铭源也哭丧着脸跟了进来。

梅洁说："怎么回事?！"

田铭源说："贾莉娅同人合伙做了笔生意，但被人骗走了好大一笔钱，我们破产了。"

梅洁说："你们不是开着咖啡店了吗？怎么又去做生意了呢？"

瞿欧德知道自己再在这儿已很不合适，忙站起来说："伯母，既然家里有事，我先告辞了。以后我再来拜访。"

梅洁说："那就不送了。"

13.

瞿欧德走后，贾莉娅坐在地板上号哭着喊："这哪能办啦！我去跳黄浦江算了呀！"

贾莉娅说："姆妈，帮帮我们哝，要不，我和田铭源只有去跳黄浦江。"

梅洁说："你们先给我站起来再说话。"

两人站起来。

田铭源说："姆妈，我们要破产了。我让她不要跟人合伙做别的生意，开好咖啡屋就行了，她说，现在开个咖啡屋赚不了几个钱。现在有笔大买卖可以做，有钱不赚是猪头仨。就把咖啡屋抵押上，不但从银行贷了款，还向私人借了不少钱。结果……"

贾莉娅说："姆妈，现在是债主都追上门要债了。我们实在是没办法，就想到银行去贷点款，把债还了，再开门好好做生意。"

梅洁说："那你们就去找银行，来找我做啥？"

贾莉娅说："现在贷款要么有人担保，要么有财产抵押。我们问过银行了，我们家的楼房可以作抵押。就是要有你一张委托书。"

梅洁恼怒地说："你们是不是想把我的家产全败光了才甘心啊！又来打我房产的主意了，想都不要想！前些年你们来要钱的时候都讲好了，我把那笔钱给你们后，你们不要再来找我。你们给我走吧！"

14.

小娜拎着一袋菜进来，她一进屋就发现气氛异常，小娜说："外婆，你喜欢吃的爆炒羔羊肉，爸让我再给你送点来。"然后说："舅舅、舅妈，你们好。"

梅洁对贾莉娅与田铭源说:"你们以后不要再来找我。我只剩下你父亲留下的这栋小楼了,你们还想动小楼的脑筋! 你们走,我不想再见你们。"

贾莉娅哭丧着脸哀求着说:"姆妈。"

田铭源拉着贾莉娅说:"走哦!"

15.

田铭源和贾莉娅在夜色中躲躲闪闪地在弄堂里走着。

田铭源抱怨地说:"看到了哦? 我讲不要来,没有用的,你偏要让我来,哪能? 我姆妈心肠硬起来,刀枪不入。"

贾莉娅说:"那怎么办? 现在我们是有家不能回。"

16.

田铭源和贾莉娅走后,梅洁有些心神不宁。

梅洁不放心地对小娜说:"小娜,你帮外婆一个忙。你舅舅、舅妈家你认得吧?"

小娜说:"我去过,认识。"

梅洁说:"你帮外婆到那儿去看看,有什么情况没有? 那栋楼房的产权是你外婆的,要有什么情况,你就来告诉外婆。"

小娜点点头。

17.

小娜一路小跑来到田家小楼前。

楼前已站了不少人,其中有居委会的,民警和上次在咖啡馆见到的那几个债主。

债主甲说:"田铭源和贾莉娅跑的没有踪影了。我们借给他们的钱怎么办? 我们只有撬开门去搬东西。要不我们损失谁来补?"

居委会主任说:"我是这里的居委会主任,我知道,这栋楼的产权是属于田铭源母亲梅洁的,你们不能随便进去的。"

民警说:"谁要敢撬门进去就是私闯民宅,犯法的。就是你们要拿里面的东西抵债,也要通过法律程序来解决。"

债主乙说:"好吧,我们走。"然后冲着楼房喊:"贾莉娅,你躲得了初一,我看你还能躲得了十五!"

债主们愤愤然走了。

18.

小娜对居委会主任说:"我叫沙小娜,是梅洁的外孙女。这是我舅舅、舅妈的家,他们人呢?"

居委会主任对小娜说:"那你外婆晓得这件事哦?"

小娜点点头。

居委会主任说:"那你回去告诉你外婆,既然贾莉娅和田铭源跑得不见踪影了,你外婆就该搬回来住。啥人晓得田铭源他们什么时候能回来啦,房子这么老空着也不是办法呀。不要说那些债主,就是小偷进去过了,也没有人晓得的。是哦?"

19.

沙驼的房子里,沙驼、浦江,正忙着收拾屋子,徐爱莲也在帮忙摆放着家具。

小娜走进来在沙驼耳边说:"爸,我想跟你说句话。"

20.

小娜的房间。

沙驼听小娜说完后,点点头。

小娜说:"爸,舅妈哭得眼睛都像两个大核桃了。"

沙驼叹口气说:"我知道了。"

21.

阿林高兴地拎着两瓶酒,提着几包熟菜走进殷正银家。

阿林高兴地说:"浦江阿爸姆妈,来来来,今朝我请客,请你们吃杯酒。"

殷正银说:"阿林,你今天怎么这么高兴啦?"

阿林说:"今朝是我阿林下岗几年后,又重新工作,拿到的第一月的工资,从此结束我阿林月月拿低保的日子。这当然首先要感谢沙老板,第二就要感谢你们。"

许萝琴说:"说起来难为情。我们有什么好谢的。"

阿林说:"不管怎样,吵也好,闹也好,总归是你们为我同沙老板牵的线,我当然要谢你们。浦江姆妈,你去拿几只盘子来盛菜,我和浦江阿爸好好喝两口,你也来吃上几口菜。"

22.

瞿欧德走进客厅。

姜丽佩迎上去说:"欧德,今天家具店送来了一张双人床,是你叫他们送的?"

瞿欧德说:"是。"

姜丽佩不解地问说:"干吗?"

瞿欧德说:"我想征求一下你的意见。从今天起,我们睡在一张床上吧。你同意吗?"

姜丽佩悲喜交加,含着泪说:"你说你爱上我了? 真的?"

瞿欧德点点头。

23.

阿林已经喝多了,舌头也直了,但阿林还要喝。

殷正银拉住他说:"阿林,不要再喝了,明天一清早你还要去上班呢。"

阿林说:"没有事! 我阿林只要睡上一觉,酒就全没了。今天我阿林高兴,所以就想痛痛快快喝一口。我阿林活在这世上,是最懂得情义也最重情义的人,来,喝!"

24.
瞿欧德卧室,两张分开的单人床已换成双人床了。

姜丽佩激动地一下扑进瞿欧德的怀里。

姜丽佩说:"欧德,谢谢你。"

瞿欧德说:"丽佩,对不起,这么多年来,我对你太冷淡了,我没有尽到一个做丈夫的责任。现在我明白了,人活在这世上是有责任的,因为不光你一个活在这世上,而是同许许多多人共同活在这世上,你做丈夫就该有丈夫的责任,你做父亲就该有做父亲的责任,你是这个社会中的一员,你就也该有社会上的责任。"

姜丽佩说:"欧德,以前的那些年,我也有错,我不能好好地理解你,反而老是抱怨你。"

瞿欧德说:"人与人之间是真情换真情的,假情换不来真情,夫妻之间、父母与子女之间也是这样。对浦江、小娜,我也要用我的真情去让他们谅解我。"

姜丽佩说:"欧德,我也会用我最大的力量来配合你的。"

25.
崔兆强骑着助动车赶到饭店后院,看到拉菜的三轮车还停在后院。

崔兆强喊:"阿林!阿林!"

厨房一位师父伸出脑袋说:"阿林好像还没来!"

崔兆强喊:"徐爱莲大姐。"

徐爱莲从二楼的窗口探出脑袋说:"哎!"

崔兆强说:"你看到阿林没有?"

徐爱莲说:"没见他呀。"

崔兆强说:"糟糕!"

崔兆强赶紧跨上三轮车往菜场骑去。

26.

小娜的房间。

沙驼和浦江已出去忙各自的生意了,小娜因是双休日,还睡在床上。

小娜的手机响。

小娜惊叫:"什么?舅妈半夜里就出走了?好,好。"

27.

崔兆强蹬着已装满蔬菜的三轮车急匆匆地在人群车辆拥挤的小街上骑去。一辆自行车被挤到他身边,从他腿边擦过。当他拐出大路,有人叫他,他才发觉腿上的血流了一串。他跳下车,发觉小腿刮去一大块肉,鲜血还在涌着。他从衬衣上撕下一条布,把伤口扎好。又骑上车往饭店蹬去。

28.

后院,沙驼正在训满脸后悔与沮丧的阿林。

阿林说:"沙老板,我下次再出现这种情况,不用你炒我鱿鱼,我自己就走人。"

沙驼说:"好吧。就按你说的办!"

崔兆强骑着车赶到。

沙驼说:"快卸车!"

崔兆强一跳下车就歪倒在地上。腿上的鲜血还在往布外面渗。

沙驼看了看他受伤的腿说:"快!我送你去医院。"

29.

护理室。

护士正在为崔兆强包扎好伤口,沙驼关切地看着。

30.

沙驼扶着崔兆强走出医院。

沙驼拦了辆出租,把崔兆强扶进车里。

沙驼说:"回家好好休息。"

崔兆强说:"沙驼爷叔,不用,你也进来吧,我们一起去饭店。今天是星期六,顾客多。我这腿包扎后也没事了。"

31.

徐爱莲走进沙驼办公室。

徐爱莲说:"经理,你找我有事?"

沙驼说:"我出去有件急事要办,崔经理的腿受了伤,这儿你多负上点责。"

徐爱莲说:"我知道了!"

32.

饭店后院。

阿林满头大汗地拉着装满鱼虾的三轮车走进后院。

崔兆强瘸着腿,帮着卸车。

33.

小娜从公交车上下来朝西域小羔羊饭店走。

路上刮着风。行人都穿上了棉衣和大衣。

贾莉娅穿着羽绒服戴着大口罩跟在小娜身边,轻轻地拉了小娜一下。

贾莉娅说:"小娜,我是舅妈。"

小娜说:"舅妈?"

贾莉娅惶恐地朝她摇摇头叫她不要叫她。

34.

贾莉娅把小娜领到一条僻静的小弄堂,在房背后的一个角落上。

贾莉娅脱下口罩,说:"小娜,我和你舅舅要活不下去了……"说着就哭了。

贾莉娅的脸色憔悴,神情忧伤。

小娜同情地说:"舅妈,你干吗不回家啊?"

贾莉娅说:"我们要一回家,那些债主还不把我们撕了。"

小娜说:"我爸说,你们躲得了初一也躲不了十五呀,这样下去也不是长久的事呀。"

贾莉娅说:"现在我们有什么法,只能熬一天算一天了,可现在我们带出来的一些钱全用完了,我们真的是活不下去了。"

贾莉娅伤心地哭了起来。

小娜说:"那怎么办?"

贾莉娅说:"我们找过你外婆,她不肯帮我们,你那天也看见了。唉!想当初我真不该为了房产的事同你外婆闹得那么僵,我真是懊悔死了!"

小娜:"那你们准备怎么办呢?"

贾莉娅说:"小娜,我是特地来找你的,我知道你和你阿爸都是好人。能不能让你阿爸帮帮忙,借点钞票给我们。"

小娜说:"舅妈,我身上没带几个钱,晚上我同爸商量一下。不过,最好你们直接找我爸,反正我爸的饭店离这儿只有几步路。"

贾莉娅说:"你现在口袋里有多少?"

小娜说:"只有五六十元。"

贾莉娅说:"小娜,先借给我吧,我们快有两天没吃东西了。现在我不敢去见你爸,说不定债主会发现我,你最好跟你爸商量好再给我打电话。这是我电话号码,用这个电话跟我联系,我再同你爸约见面的地方。"

小娜把钱给她,她拥抱了一下小娜。

35.

贾莉娅同小娜分手后。在一家包子店买了几个包子,一面走一面狼吞虎咽起来。

36.

小娜对沙驼说:"爸,舅妈刚才来找我了。"

沙驼说:"咋样?"

小娜说:"她说她和舅舅都快活不下去了。样子可怜得很。我把身上的钱全给她了。她马上就买了几个包子吃,那样子肯定是饿坏了。"

沙驼说:"这事你外婆知道吗?"

小娜说:"知道。"

沙驼说:"你外婆什么态度?"

小娜说:"外婆说,逢绝路而后生,他们饿不死的。"

沙驼说:"他们是把你外婆的心伤透了,要不,外婆不会说这样的话。"

小娜说:"爸,舅妈想问你借点钱。"

沙驼说:"要说呢,你外婆的话从道理上讲也不错。但救人之难,雪中送炭也是件善事。他们毕竟是你的舅舅、舅妈啊。咋跟他们联系?"

小娜说:"她给我留了个电话。"

沙驼说:"那你就给他们回电话。明天让她约个地方,我们去见她。走,现在去外婆家看看。"

小娜说:"好!"

37.

梅洁叹了口气,对沙驼说:"我说女婿,让她去,你不用帮他们,他们饿不死的。我这个儿媳妇,该让她接受些教训了。"

沙驼说:"妈,他们这次教训已经很深刻了,他们毕竟是你的儿子、儿媳妇啊。中国有句俗话说:儿子、女儿总是身上的肉。他们已经是无家可归了,我们还是得帮他们一把。"

梅洁说:"女婿啊,他们的事我是不想再管了,只要他们还活着就行。你要想帮他们,你找他们谈去。但我要告诉你一声,不要帮得太大,能让他们维持下去就行,我那个儿媳妇可是很贪心的人!"

沙驼笑笑说:"我会掌握分寸的。"

梅洁说:"女婿,那个叫瞿欧德的人,又到我这儿来了。"

沙驼说:"他来干吗?"

梅洁说:"说是来赔罪,来道歉的。"

沙驼说:"噢。"

梅洁说:"美娜走了二十几年了,他才想到来赔罪,道歉。女婿,你怎么看?"

沙驼想了想,叹了口气说:"不管是早还是晚,只要他还能想到来赔罪,说明他还是有点良心的。"

梅洁感叹地说:"女婿啊,你真是个宽宏大量的人哪! 他可是想来要小娜、浦江的。"

沙驼说:"妈,你怎么看这件事? 让他们相认吗?"

梅洁说:"我告诉他,这是不可能的! 我不会让小娜、浦江认你的,小娜、浦江有阿爸。他是和我女儿办了正式结婚手续的。你算什么? 让小娜、浦江认你,那不是明摆着丢我女儿的脸吗? 我说,你跟我们家没关系,我有女婿!"

沙驼激动地说:"妈,谢谢你。"

38.

第二天晚上,饭店门口。

沙驼不时地看着表,在焦急地等着小娜。

39.

小娜从灯光下走来,沙驼赶忙迎了上去。

沙驼说:"怎么这么晚回来。你瞧,约好的时间已经过了。"

小娜说:"爸,今天公司结账,我们财务室的人加了个班。"

沙驼拦了辆出租,说:"快,车上说吧。约好的时间,我们不到,舅舅、舅妈会失望的。不管你舅舅、舅妈以前对我们怎么样,我们也不能干这种失信的事情。"

40.

一条大马路的街心花园,贾莉娅和田铭源冷得缩成一团,坐在一条树丛背后的长凳上。

田铭源看看表,说:"好唻,回去吧,不会来的。"

贾莉娅说:"再等等吧,讲好了的。"

田铭源苦笑说:"莉娅,你也太天真了。沙驼凭什么借给我们钱,他只要不记我们仇就算不错了。再说我们目前这个样子,怎么还他钱? 他会看不出来? 明摆着的,借给我们钱,就等于是肉包子打狗。"

贾莉娅说:"我相信他会来的。"

田铭源说:"我是冻得吃不消了,今朝夜里只吃了一碗咸菜面,哪能顶得牢。"

贾莉娅说:"你要走你先走,我还要等,不等到他们,我们后面的日子怎么过!"

田铭源说:"那我先走了。"

贾莉娅说:"你走呀,怎么不走啦?"

田铭源说:"车钱,没有车钱我怎么走啦?"

贾莉娅从口袋里掏出两只硬币塞给田铭源说:"跟你结婚,真是倒了八辈子的霉了!"

田铭源说:"好唻,当初不知道是谁追的谁噢。"

41.

沙驼和小娜从出租车上下来,走到街心公园。

沙驼说:"是这儿吧?"

小娜说:"是这儿。喏,那儿有块保护绿化的牌子。"

蜷缩着的贾莉娅和已经走到路边车站上的田铭源看到了沙驼和小娜,他们兴奋地小跑过去。

42.

贾莉娅和田铭源蜷缩成一团站在沙驼和小娜跟前,轻声地说:"小娜,小娜阿爸你们好。"

沙驼说:"等急了吧?"

贾莉娅:"没,没……小娜阿爸,我们……"话没说下去就哭了。

沙驼说:"不要哭,不要哭,哭也没用。"

田铭源说:"妹夫,我们真的是太丢脸了。你们刚来上海时,我们对你们那样,现在却要向你伸手借钱。"

贾莉娅说:"借你的钱,我们一定会还你的。"

沙驼说:"这没啥。人跟人相处,都会有个相互磨合的过程,只要双方有一份诚意,事情也容易合拍。"

贾莉娅说:"小娜阿爸,我贾莉娅不是那种没良心的人。我在人生的路上跌了个大跟头,但我只要有机会,我一定会洗心革面,重新做人,好好报答你的。"

贾莉娅含泪朝沙驼鞠了一躬。

沙驼说:"这次,我可以帮你一把,主要是小娜的外婆说话了。外婆说,女婿,你要能帮,就帮他们一把吧,他们毕竟是我儿子和儿媳妇啊。"

田铭源也哇地哭了,这个男人哭得还特别的伤心。

贾莉娅也懊丧地说:"现在想想,我们也真的做了不少错事。有时也越想越后悔。都是因为人太贪心啊。什么东西都想归自己所有。就是这种贪心,把我们拖到了泥潭里。"

沙驼说:"靠自己的本事,挣钱没有错,但不能靠歪门邪道去弄钱,这迟早会摔跤的。做生意跟做人是一个道理!这样吧,你们借别人私人的钱,我借给你们。人家私人的腰包里的钱,也是人家的心血钱,你们不还,人家也会吃不好,睡不好的。但我借你们的钱也是要利息的,按银行的利息算。你们先把咖啡店再营业起来。银行贷款是有法律规定的,你们就按期还吧。你们看怎么样?"

贾莉娅说:"小娜阿爸,太谢谢,太谢谢了!"

43.

双方分手后,大家都没走出几步路。

贾莉娅突然又转了回来。

贾莉娅说:"小娜阿爸、小娜,你们等一等。"

沙驼说:"还有什么事?"

贾莉娅说:"小娜,请你去告诉你外婆。让她和刘妈还是搬回到小楼去住吧。你就对她讲,说来说去,都是我一时鬼迷心窍,为同她争房产的事我都后悔死了。我对不住她。"

沙驼说:"小娜,把舅妈讲的这些话都记住了,要原封不动地告诉你外婆。"

小娜点头说:"我记住了。"

贾莉娅说:"你外婆租的虽然是石库门房,但每年的房租也不是小数目。"说着,把一串钥匙塞给小娜。

第二十九集

1.

沙驼和小娜坐上公交车,由于已经深夜,乘客很少。

沙驼说:"小娜,回去劝劝外婆,让她和刘妈搬回楼房去住吧。"

小娜说:"外婆不一定肯。"

沙驼说:"为啥?"

小娜说:"我从外婆平时说话的口气中感觉到的。"

沙驼说:"你跟外婆讲,既然舅舅、舅妈想和好,就给舅舅、舅妈一个下台阶的机会吧。"

小娜说:"外婆好像对那楼房另有打算。"

沙驼说:"打算什么?"

小娜说:"她没说。"

沙驼若有所思地说:"那你明天就到外婆家去,把这串钥匙交给外婆,看她怎么说。"

小娜说:"好。"

沙驼:"不管咋说,你要想办法做你外婆和舅舅、舅妈的和解工作,冤家宜解不宜结! 啊?"

小娜说:"哎。"

沙驼说:"我看到了,现在外婆很疼你,你也懂事,爸没白养你。"

小娜说:"爸,我知道。"

沙驼一笑,深有感触地说:"唉,这上海滩,比咱们那戈壁滩可复杂多了。"

2.

浦江开着送货车拐进菜市场,梁敬辞也开着送货车跟在后面。

3.

浦江在跟一位摊位老板讲着什么,站在边上的梁敬辞也在点头。

4.

浦江与梁敬辞卸完货准备上各自的车。

梁敬辞又回过头对摊位老板喊:"一定要照殷老板交代的做,不然我就拆你的摊子!"

车开走了。

那位摊位老板抱怨说:"早就该这么做了! 真是的!"

5.

沙驼与小娜回到家里,看到浦江正准备休息。

沙驼说:"浦江,最近你没去看过殷正银他们吧?"

浦江说:"准备过两天就去。"

沙驼说:"明天是星期六,我们一起去吧。顺便也去看看你们姗梅阿姨,明天上午你早点回家,行吗?"

浦江说:"阿爸,晓得了。"

6.

沙驼同浦江拎着一些水果和补品一起来到殷正银家,浦江叫了声:"阿爸、姆妈。"

殷正银、许萝琴都很兴奋,热情地让座。

许萝琴说:"小娜呢? 小娜怎么没来?"

沙驼说:"去她外婆家了。"

殷正银说:"沙驼,我正要找你呐。"

沙驼说:"怎么啦?"

殷正银说:"前几天,瞿欧德又到我这里来了。"

7.

殷正银对沙驼和浦江说:"前几天,瞿欧德又到我这里来了。"

许萝琴说:"喔哟,他是热情客气得不得了,正银,详细情况你跟沙驼讲呀。"

闪回:

8.

瞿欧德拎着一篮水果和几盒补品从小车里下来,走进殷正银家。

9.

底楼。

瞿欧德把水果补品放到桌子上说:"殷正银、许萝琴,今天我特地来看看你们,还想同你们商量件事。"

殷正银与许萝琴相互看看。

许萝琴说:"那你坐吧。"

瞿欧德说:"你们也坐呀。你们一定知道,浦江是我的亲生儿子。"

许萝琴说:"浦江是不是你亲生儿子,我们也不大清楚,但他是沙驼的儿子,这我们清楚。因为他和他妹妹是在沙驼和田美娜结婚后生的。我和正银做了件很对不起沙驼的事。现在浦江不姓殷,姓沙了,我们正在改正我们的错误,沙驼和浦江也原谅我们了。这孩子心肠好,也不记恨我们,浦江还是叫我们阿爸、姆妈。"

瞿欧德说:"应该是这样。沙驼做事是很有人情味的。但我可以告诉你们,浦江确实是我的儿子,你们应该是清楚的。浦江,还有她妹妹小娜也都知道了。"

殷正银说:"你有什么事就直说吧。"

瞿欧德说:"首先我要感谢你们。"说着站起来朝殷正银、许萝琴鞠了一躬,"因为我听浦江说,你们把他抱回上海来后,含辛茹苦,省吃俭用,像亲生父母一样把他培养成了大学生。"

许萝琴说:"这点你没说清,我们把他抱回上海,就是把他看成自己的亲生儿子的。如果不想把他当亲生儿子,那干吗要担这么大风险把他抱出来。"

瞿欧德说:"所以我要感谢你们呀。我听浦江说,自你们歇摊以后,你们的生活费先是有沙驼给你们的,后来有浦江给你们了?"

殷正银说:"对,这孩子很懂事,很孝顺。"

瞿欧德说:"我来想同你们商量的就是这件事。不管浦江肯不肯认我这个亲爸爸,但他终归是我的儿子,在这世上没有任何力量可以改变这一事实。既然你们这样含辛茹苦地抚养大了我的儿子,就该由我来给你们补偿。你们每个月的生活费,有我来出,我会让人按时送来的。"

许萝琴说:"这事我们得同沙驼和浦江商量。"

瞿欧德说:"殷正银、许萝琴,请你们给我这么个机会好吗?不然的话,我的良心真的得不到一点安宁了。"

殷正银说:"瞿欧德,你的这份情我们领了,但这事我们不能答应。我们得征求沙驼和浦江的意见,他们同意我们就答应,他们不同意我们是不能接受的。"

瞿欧德说:"这是为什么?"

殷正银说:"这我想你应该比我们更清楚,我们不想当着你的面伤你的心。"

瞿欧德一脸的沮丧。

10.

底楼。

殷正银说:"唉,这就是现世报呀,我们经历过一回了,现在轮到他了。"

许萝琴说:"他的样子真的是很可怜。"

浦江的脸上有些不忍。

沙驼冷静地说:"殷正银、许萝琴,谢谢你们这么信任我。你们每月的生活费还是浦江给吧,他是你们抚养大的这是他该做的。他要是什么时候困难了还有我给呢!"

许萝琴说:"知道了。"

11.

小娜进门,叫了声:"外婆。"然后说:"外婆,给,钥匙。"

梅洁说:"怎么回事?"

小娜说:"我和我爸昨晚去见了舅舅、舅妈。"

梅洁说:"去见他们干什么?"

小娜说:"可我爸说,能帮他们一把就帮一把,他们毕竟是我妈的弟弟和弟媳妇,我的舅舅、舅妈。"

梅洁说:"既然你阿爸要这么做,我也不好说什么,但外婆的态度,小娜你是知道的。"

小娜说:"外婆,你不高兴了?"

梅洁说:"这倒说不上。像你阿爸这样的好人,在这世上可找不到了。小娜,外婆也不瞒你,前些日子你舅舅、舅妈也来求我,你是看到的,被我一口拒绝了。"

小娜说:"我爸说了,做好人总比做坏人好,坏人做了坏事心里会有负担的。为人做了好事,就会感到一身轻松。"

梅洁说:"但你阿爸现在这样做,不是让外婆感到有点难堪吗?"

小娜说:"我爸对他们说了,是外婆让他帮他们一把的,舅舅都感动得哭了,舅妈也后悔得不得了。这钥匙是舅妈给我的,让你和刘妈住回小楼去,说是租这儿的房子住,一年还得付不少钱的房租。外婆,你就同刘妈一起搬回楼房去住吧。"

梅洁说:"不搬!"

小娜说:"外婆……"

梅洁说:"这又是贾莉娅设的套,我不会上她的当!"

小娜说:"外婆,那钥匙怎么办?"

梅洁说:"先留在我这儿再说。"

12.

小娜从梅洁家过来,门口正好碰上沙驼和浦江。

小娜说:"爸,外婆说,她拒绝了舅舅、舅妈,你却去帮他们,外婆就感到有些难堪。"

沙驼说:"那你怎么说?"

小娜说:"我说,我爸说了,是外婆让我爸帮他们的。"

沙驼点头笑笑。

13.

沙驼领着浦江、小娜走进姚姗梅家客厅。

姚姗梅说:"怎么这么晚才来? 接了你的电话后,我就把中午饭做好,一直等着你们呢。"

沙驼说:"我们到殷正银家去看了看。"

姚姗梅说:"他们还好吗?"

沙驼说:"看上去不错。许萝琴的身体也好像全恢复了。"

姚姗梅说:"他们是遇到了你沙驼,要不,哪会有现在这么个结果。"

沙驼说:"他们也不容易。我看,现在这样一个结果最好。把他们弄得惨兮兮的,一是不合情理;二呢,我们良心上也过不去呀。"

　　姚姗梅说:"说的也是。沙驼,你知道吧,昨天瞿欧德到我这儿来了。"

　　沙驼说:"哦? 他还来你们家了!"

　　闪回:

　　14.

　　瞿欧德提着水果补品来到姚姗梅家。

　　瞿欧德说:"姚姗梅,上次你到公司来看我,我还没有回访呢,今天特地来看看你。"

　　姚姗梅说:"请坐吧。"

　　姚姗梅为瞿欧德冲了杯茶,寒暄说:"最近还好吧?"

　　瞿欧德说:"说不上好。"

　　姚姗梅轻轻叹了口气,说:"小娜外婆那里,你去过了吗?"

　　瞿欧德说:"去过了。上次多亏你提醒我,我还没谢谢你呢。"

　　姚姗梅说:"用不着谢,是我家兆强跟我说起来,我才打电话给你的。怎么,不太顺吗? 你脸看上去憔悴了许多啊。"

　　瞿欧德说:"我去过,努力过,小娜的外婆也有些松动,可是……沙驼就像一座翻不过去的大山,横在当中。"

　　姚姗梅说:"为什么?"

　　瞿欧德说:"沙驼说,他要坚守对田美娜的承诺,他不肯让孩子们认我!"

　　姚姗梅说:"是啊,沙驼就是那样的人。"

　　瞿欧德说:"姚姗梅,你还记得吧,当初你逼着我写保证书,被我拒绝了。"

　　姚姗梅说:"怎么不记得,好像就在眼前的事。当初我是怎么劝你的? 现在后悔了吧?"

　　瞿欧德说:"后悔极了。当时,我有了这么一次出国的机会,我认为要改变自己的命运,也只有这么一条路了,不可能有别的路了,所以我才狠下心离开了田美娜。但现在看来,不是这么回事,沙驼不就改变了他的命运了吗。要改变自己的命运有许多条路可走的,但同一个人真正的爱情,却只有一次机会,离开了她,你就再也没有机会了。或者你可以去找别的爱情,但那已不是她了。而自己的儿女,我以为会不一样,我想孩子终归是我自己的,我好愚蠢啊!"

姚姗梅同情地看着他,说:"那现在,你准备怎么办?"

瞿欧德说:"姚姗梅,请你帮帮我,行吗?"

姚姗梅:"怎么帮?"

瞿欧德说:"给我一次赎罪的机会,让浦江和小娜能认我这个爸爸。要不,我真的不想活在这个世上了。"

姚姗梅说:"瞿欧德,在这世上有些事是没后悔药去吃的。说句不好听的比喻,你把一样东西扔掉了,人家拿回去后拾掇得好好的,你知道了,又想去要回来,世上有这样的理吗?"

瞿欧德用带着哭腔的声音恳求说:"我不是想要回来,我只是希望他们能叫我一声爸爸。"

姚姗梅说:"那你找我有什么用? 你直接去找沙驼、浦江和小娜。"

瞿欧德说:"你不是跟沙驼的关系好吗? 想请你帮我说说。"

姚姗梅:"这我做不到。真的! 我也很同情你,甚至还可怜你。但这忙我真的帮不上。解铃还须系铃人,这道理你应该懂。"

瞿欧德满脸的绝望。

15.

餐厅。

沙驼、浦江、小娜跟着姚姗梅在餐桌前坐下。

姚姗梅说:"沙驼,我话虽这么对瞿欧德说,但他真的很可怜,让孩子们叫他一声爸爸吧。"

浦江和小娜的眼睛不敢看沙驼。

沙驼冷静地说:"姗梅嫂子,吃饭吧。"

小娜有些忍不住了,抬头说:"爸……"

浦江说:"阿爸!"

沙驼严峻地说:"那你们妈留下的遗言还算不算数? 我该怎么向你们的妈交代? 你们的妈虽走了,但她一直在我这里!"沙驼指了指自己的胸口,"我发过誓,我要是松了这个口,那我就没脸跟你们的妈交代! 你们可以去叫,但我沙驼不能改这个口!"

16.

姚姗梅把沙驼他们送出门。

沙驼说:"姗梅嫂子,你看,我们在你家又吃又喝的,兆强却还在店里忙。"

姚姗梅说:"店里总要有人招呼嘛,何况他干的又是具体的工作。"

沙驼说:"我没看错,兆强是个能锤成材的孩子,最近他的工作我很满意。"

17.

崔兆强瘸着腿从后堂出来。

徐爱莲说:"兆强,你怎么啦?"

崔兆强不屑地说:"工作时擦破点皮,没什么!"

突然有一女服务员闯进来。

服务员说:"崔经理、爱莲大姐你们快去一下前堂。"

崔兆强说:"怎么啦?"

服务员说:"服务生小马跟顾客吵架了,沙经理不在,你们快去看看吧。"

18.

二楼大厅。

一位服务员正在同顾客吵。

徐爱莲说:"怎么回事?"

服务员小马说:"这位顾客点的这个蒸羔羊肉是不要糯米的,但上的是加糯米的。顾客吃了几筷,才说不是他点的菜。"

崔兆强说:"小马,菜上错桌了?"

小马说:"没有呀,菜单上写的就是第六桌。"

崔兆强说:"拿菜单给我看。"

崔兆强接过小马拿上来的菜单。

崔兆强说:"对不起,先生,可能我们后堂师傅把菜弄错了。我去后堂,给你补上来,耽误你时间了,对不起。"

小马说:"崔经理,那这个菜怎么办?"

崔兆强说:"顾客已经动用了,没法收回了,就请顾客吃吧。就是没动筷子,也不能收回给别的顾客呀。"他对顾客说,"先生,这菜不收钱,因为责任在我们,对不起了。"

顾客说:"这多不好意思啊。"

崔兆强说:"没事,没事,我们吸取教训就是了。好,我去通知厨房间,为你们重新做。"

崔兆强往后堂走去时,徐爱莲喊了他一声,然后悄悄竖起了大拇指。

19.

客厅。

瞿欧德坐在沙发上,一脸的愁闷和一筹莫展的样子。

姜丽佩问:"事情没有进展?"

瞿欧德说:"我不知道。但我起码让那些知道这事的人知道,我在忏悔我的过去,忏悔那些做过的……对不起田美娜和她孩子的事。让他们也知道浦江和小娜是我的亲生儿女。别人会不会同情我,我不在乎,我在乎的是我对我自己的谴责。"

姜丽佩说:"欧德,我发觉你真的是很可怜但也很可爱。因为从这件事上我感到你是个有责任心有良心并且懂得珍惜亲情的人,是个懂得感情的男人。"

瞿欧德苦笑着说:"浦江、小娜能这样看我就好了。"

姜丽佩说:"你再去找他们,让他们知道你在不懈地努力!他们也是人,他们会同情你的。毕竟,你是他们的亲阿爸啊!"

瞿欧德说:"我也这么想,冰块只有靠热量去融化。也只有不断地加热,冰块也才会融化。月雅对浦江不就是这样吗?丽佩,我告诉你,我下决心了,到死都不会放弃的。"

姜丽佩说:"欧德,我有个想法,把浦江、小娜请到家里来,让他们也看看你挂在书房里的他们姆妈的像,对他们会有触动的。这次你不用出面,我去请他们。"

20.
办公室内。

下班时间到。小娜关掉电脑,收拾凭证准备下班。

手机响。小娜接手机说:"喂?噢,月雅妈妈啊。"小娜思考了一下,下决心地说:"……好吧,我跟你见面。"

21.
停车场,姜丽佩坐在车里,说:"我就在你们公司的停车场,我等你。"

22.
姜丽佩、小娜坐在一间包厢里。

姜丽佩说:"瞿董和我想请你跟浦江到家里吃顿饭。"

沙小娜说:"为什么?"

姜丽佩看着沙小娜说:"难道,你就一点感觉都没有吗?"

沙小娜低头不语。

姜丽佩说:"沙小娜。瞿董为你和浦江的事真的是痛苦极了。从你们的角度讲,你们不认他,肯定有你们的道理,没有什么不当的。但从他这个角度讲,他确实感到极度的痛苦。"姜丽佩叹了口气,说:"我跟他结婚那么多年,从来没见到他这么可怜,这么得无助。"

小娜也痛苦地说:"月雅妈妈……"

姜丽佩说:"我真的很想帮他,无论他过去如何的冷酷和不负责任,但他已经认识到了,也在忏悔了。而且现在,我能感觉到他已经是个有责任心有良心并且懂得珍惜亲情的人。不是吗?"

小娜说:"月雅妈妈,请你不要再说了。"

姜丽佩说:"给他个机会吧,让他能赎罪,好吗?"

小娜的眼睛溢满了泪水,说:"我去!但我要跟我爸说一声。"

姜丽佩说:"你爸会同意吗?"

小娜说:"我想会的。我了解我爸,只要我不认瞿董这个爸爸,只是吃顿饭,我想他是会同意的!"

23.

瞿月雅的手臂已经好了,她一面听着手机一面指挥浦江把车驶入停车场。

瞿月雅关上手机,说:"浦江,我姆妈想请你和小娜到家里去吃顿饭,小娜已经同意了,你看怎么样?"

浦江说:"但我要同我阿爸和小娜商量一下。"

瞿月雅说:"你阿爸只要同意,你就会来?"

浦江说:"对!说句心里话,对瞿董我也真是很同情的,因为他毕竟是我的亲阿爸!过去的事毕竟是过去了,人总是应该生活在现在和将来,而不应该生活在过去。"

瞿月雅说:"那你自己认不就行啦?"

浦江说:"但我阿爸说了,对过去总也该有个交代。如果就这么认了,那我阿爸二十几年来守着的姆妈的承诺,不就没有任何意义了嘛。"

瞿月雅失望的表情。

浦江搂着瞿月雅的肩,安慰她说:"月雅,只要你不变心,你总有一天会看到我叫他阿爸的。"

瞿月雅喜出望外说:"真的?"

浦江肯定地点点头,瞿月雅幸福地扎进浦江的怀里。

突然,瞿月雅抬起头,说:"可是,要是你阿爸不同意呢?"

浦江说:"我会努力说服他的。我一定争取去!"

瞿月雅深情地说:"浦江……吻我……"

浦江给了她一个热热的吻。

24.

沙驼住宅。

浦江走进家门,小娜已经在看电视了。

浦江说:"小娜,瞿董想请我们去他家吃顿饭,你知道吗?"

小娜说:"知道,是月雅妈妈找我谈的。"

浦江说:"你看去还是不去?"

小娜说:"你想不想去?"

浦江说:"我想去,不然的话瞿董真的会感到绝望的。"

小娜说:"我也这么想。"

浦江说:"但阿爸会不会同意?"

小娜说:"会的,但去了不能叫瞿董爸爸。你不知道爸,他认准的理你很难改变他,但这理以外的事,他还是很灵活的,爸是个通情达理的人。"

浦江长叹了口气说:"我们那位亲阿爸真是很可怜哪。如果当时他知道今天会是这样,他大概是不会离开姆妈和我们了。"

25.

沙驼开门回家,看到浦江、小娜仍坐在客厅里。

沙驼说:"这么晚了,咋还不睡?"

小娜说:"爸,想请示你一件事。"

沙驼说:"说!"

小娜说:"瞿董想请我哥和我明天晚上到他家去吃顿饭,你看行不行?"

沙驼说:"那你们怎么想?"

小娜说:"我们想去,但我们不会叫他阿爸。"

沙驼说:"那你们就去。你们妈只是不许他认你们,但没说不许往来。去吧。"

小娜立即朝浦江伸了个"V"字,沙驼只是看在眼里。

26.

贾莉娅问:"啥人电话啦?"

田铭源说:"小娜爸爸,他约我们今天晚上见面,把我们要借的钱给我们。"

贾莉娅说:"老天,我们有救了。只要把我们借私人的钱还清,他们就不会来缠我们了,我们的咖啡馆又可以重新开业了。不过铭源……"

田铭源说:"又怎么啦?"

贾莉娅说:"我们把楼房钥匙给姆妈,姆妈真住进去了,我们住到啥地方去?"

田铭源说:"也住回去呀,楼房里的房间姆妈和刘妈住得完啊?"

贾莉娅说:"要是姆妈不肯让我们同她住在一起呢?"

田铭源说:"不会吧?"

贾莉娅说:"不会?那天我们去求姆妈,都朝她磕头了,她那态度,冷得就像三九严寒天。再讲咪,姆妈现在有小娜了。我昨天突然想到,姆妈要是把房子的产权留给小娜,我们又怎么办?"

田铭源说:"你又来了!就你事情多!"

贾莉娅说:"我讲给你听,我昨天夜里溜回去看了看,整栋楼没有灯光,说明姆妈还没有搬进去。"

田铭源说:"那又怎么样呢?"

贾莉娅说:"要是姆妈先搬进去了,我们就彻底被动了。姆妈再把产权啪地划给小娜,田铭源,我和你在上海滩上就无立足之地了。"

田铭源说:"到时再说,姆妈不是像你说的那种人!莉娅,给我一点零用钱来。"

贾莉娅说:"做啥?"

田铭源说:"让我喝口啤酒呀! 你对我这么抠作啥啦? 我是你老公呀,男人呀,没有啤酒喝算什么啦!"

贾莉娅说:"拿去! 你看看你,除了喝啤酒抽香烟,你哪里还有一点点男人样!"

27.

刘妈对梅洁说:"师母,既然他们把楼房的钥匙给你了,那我们为啥不搬过去住啦? 房产是你的呀!"

梅洁说:"我是怕她又天天跟我闹,我老了,想清静,想多活两年。"

刘妈说:"现在同过去不一样了,你有小娜,还有浦江,有外孙、外孙女。如果贾莉娅再跟你吵,你索性把房产过继给外孙外孙女,你看她还再敢吵!"

梅洁说:"等等再说。"

28.

饭店已经打烊。

田铭源和贾莉娅偷偷溜进饭店,看到徐爱莲和服务员在清扫卫生,小娜也在帮忙。

29.

沙驼对田铭源与贾莉娅说:"你们把你们的债务列个清单给我。"

贾莉娅说:"小娜阿爸,我们这个忙你一定得帮啊。"

沙驼说:"你们放心,我沙驼说话从来算数!"

30.

田铭源和贾莉娅正走出包厢。

贾莉娅点头哈腰地说:"小娜阿爸,清单明天晚上就给你送来。"她看到小娜,马上把小娜拉到一边。

贾莉娅在小娜的耳边说:"小娜,楼房的钥匙还在你这儿吧?"

小娜说:"我交给外婆了。"

贾莉娅说:"外婆讲啥?"

小娜说:"外婆现在不想搬。"

贾莉娅说:"那这样,明天你下班后去问外婆要回来,我要进去拿几样急用的东西,再还给外婆,好哦?"

小娜说:"好。"

贾莉娅说:"明天你就带到这儿来,千万不要忘记噢。"

小娜说:"哎。"

31.

小娜来到梅洁家里。

梅洁说:"小娜,你阿爸和你舅舅、舅妈谈得怎么样?"

小娜说:"明天晚上,舅舅、舅妈把债务情况列个单子交给我爸,我爸想办法帮他们还。外婆,舅妈想要楼房的钥匙用一下。"

梅洁警觉地说:"干吗?"

小娜说:"她说要去楼房拿几样急用的东西。"

梅洁想了一会说:"她是不是要的很急?"

小娜说:"是。她要我明晚就带到我爸的饭店去,让我千万不要忘记。"

梅洁冷笑一声,喊:"刘妈,你今天去找一家搬家公司,明天我们就搬到楼房去住。我们明明有小楼住,住在这里做啥。小娜,你讲是哦?"

小娜点点头说:"外婆,你就该搬去住嘛。我爸说,冤家宜解不宜结。"

32.

田家小楼院门口停着一辆搬家公司的大卡车。

梅洁、刘妈正看着工人们在往里搬东西,沙驼也在帮忙。

沙驼看看楼前那一方已荒芜了的花园,高兴地搓着手说:"啊,这下好了。"

梅洁说："小娜阿爸,你在说什么?"

沙驼说："我说这样好,一家子就该住在一起。这么一栋楼,有那么多房间空着多可惜。我来帮你们拾掇院子,种花,培草,筑花坛,那是我的拿手活。"

梅洁说："饭店的事你都忙不过来,哪有空干这种事儿。"

沙驼说："外婆,你不知道手艺人能耍耍自己的手艺,那是件大乐事。就像唱戏的能吼吼嗓子,画画的能在人跟前露两手,一个样。"

梅洁点点头,她真的喜欢上了这个女婿。

33.

客厅。

瞿月雅拉着浦江的手走进客厅,瞿欧德、姜丽佩忙从沙发上站起来。

浦江朝瞿欧德、姜丽佩鞠了一躬说："瞿董、伯母你们好。"

姜丽佩说："好好好,快坐快坐,小娜也马上到了。"

姜丽佩刚把话说完,门铃响了。

一会儿,小娜走进客厅。

小娜鞠躬说："瞿董、月雅妈妈好。"

姜丽佩说："快坐,快坐。"

34.

书房,瞿月雅推开门,让小娜和浦江进来。

浦江和小娜看到书房里挂的瞿欧德和田美娜那张放大了的黑白照,都被吸引住了。由于那时正在甜蜜的恋爱之中,因此两人都笑得特别的灿烂与舒展,也都显得更帅气更漂亮。

浦江说："小娜,姆妈年轻时真漂亮啊!"

小娜说："我妈这张照片笑得多灿烂啊!那时候,她一定不会想到以后的结果吧。瞿董,要是我妈会想到以后的这么个结果,她还会笑得那么灿烂吗?"

瞿欧德站在门口,说:"浦江、小娜,让我说说我现在的感觉好吗?"

姜丽佩和瞿月雅识趣地悄悄离开,到客厅去了。

瞿欧德说:"浦江、小娜,你们能猜到我现在的感觉是什么吗?现在我看到浦江和小娜坐在一起,我的儿子,我的女儿,都是这么优秀!如果我没有离开田美娜的话,田美娜还在世的话。那将是多么幸福美满的一家啊!……"瞿欧德突然控制不住自己,大声地痛哭起来。

浦江想要上去劝。

小娜拉住浦江说:"让他哭,他就该这么哭一哭。"

瞿欧德看着照片说:"田美娜,我后悔死了啊!我真的是后悔极了。我是该有这样的报应。可,我的亲生儿女,我怎么也得认啊。请你们能给我这样的机会吧……"

35.

客厅。

姜丽佩听到瞿欧德的哭声,慌忙站了起来,想去看看。瞿月雅一把拉住她,摇摇头。

36.

瞿欧德尽情宣泄了一番后,渐渐平静下来。

浦江走上去,把瞿欧德扶了起来。

浦江也被感动了,说:"瞿董,你起来吧。"

浦江把瞿欧德扶到沙发上坐下,小娜也上去帮了一把。

浦江说:"瞿董,你的心情我和小娜都很理解。我也给你说句心里话吧,我和小娜也都想叫你一声阿爸,因为你是我们的亲阿爸,我们身上流着你的血,这谁都无法改变。"

瞿欧德说:"你们真是这样想的吗?"

浦江看着小娜,说:"小娜……"

小娜说:"是。"

浦江说:"如果这事不涉及别的人,我们现在就可以叫你爸。但我们叫你爸后,却会严重地伤害了另一个人,那就是我现在的阿爸。而阿爸又坚守我姆妈留下的遗言。姆妈已经离世二十几年了,但我阿爸依然忠诚于他对我姆妈的承诺,可见他对我姆妈的感情有多深。我知道,阿爸把小娜带回上海,把我重新找回到他的身边,都是不折不扣地在完成我姆妈给他留下的遗言。这样忠贞不贰,身体力行忠实地落实一个女人留给他的遗言。这样的男人称得上伟大了吧。我和小娜除了崇敬他感激他外,怎么还可能去伤害他的感情!"

瞿欧德说:"那我该怎么办?"

小娜说:"好好找我爸去说,只要他一点头,我们就叫你阿爸。"

37.

客厅,瞿欧德穿着睡衣在闷头抽烟,烟灰缸里已经塞得满满的了。他迟疑了很久,终于拿起电话。

瞿欧德说:"沙驼,我是瞿欧德。"

第三十集

1.

贾莉娅急匆匆地走进他和田铭源住的房间。

贾莉娅对田铭源说:"铭源,姆妈和刘妈搬进楼房去住了,小娜阿爸也在帮他们搬。"

田铭源说:"你看见了?"

贾莉娅说:"看得清清楚楚的,你看看,我又走错了一步棋。"

田铭源说:"贾莉娅,不是我说你,你有哪步棋是走对的? 你再精明,也精明不过我姆妈。姆妈年轻时跟着阿爸在上海滩的生意场上混,你现在想想,我们哪一步棋是胜过姆妈的? 贾莉娅,不要再跟姆妈过不去了,就跟姆妈一起好好过日子吧。小娜阿爸要不是看在姆妈的面子上,他肯帮我们? 他又凭什么来帮我们?"

贾莉娅长长地叹了口气。

2.

总经理办公室。

沙驼对着电话说:"有什么事,请说。"

瞿欧德说:"上次你在你的饭店请我吃了饭,我还没有回请呢,你能给我一个机会回请你吗?"

沙驼说:"我知道,你有话要跟我说,浦江和小娜昨晚在你家吃了饭,回来已经给我说了。瞿欧德,我告诉你,你再跟我谈,也不会有什么结果的。"

瞿欧德说:"那我的饭,你不准备吃了吗?"

沙驼说:"吃呀,怎么不吃,不吃不是太没礼貌了吗?"

瞿欧德说:"中午,我用车来接你。你就在饭店等我吧。"

沙驼说:"我自己坐出租去,告诉我在哪个饭店就行了。"

3.

瞿欧德与沙驼相对而坐。

瞿欧德说:"沙驼,我想提一提往事。"

沙驼说:"说吧。"

服务员小姐在往桌上端菜。

瞿欧德说:"你还记得,那天在牧场的路口车站,你骑着马赶来,二话没说就狠狠揍了我一拳,你说你是代表田美娜揍我的,当时我满嘴满鼻子都是血,但我什么也没说,忍了,然后上了车。因为我觉得我确实该挨揍。"

沙驼说:"当时我年轻,血气方刚。要搁着现在,我不会揍你,甚至连骂都不会骂你。"

瞿欧德说:"为什么?"

沙驼说:"这还用说吗? 你在人生路上种下了一颗苦果,迟早会让你尝着味道的。你现在不就在尝吗? 味道是不是好极了? 有首歌里唱,种瓜得瓜,种豆得豆,谁种下仇恨他自己遭殃,不是吗? 眼下社会上有些人,做坏事不顾后果,但总有他吃苦果的那一天。"

瞿欧德说:"那我对田美娜做的这件事是不是十恶不赦的?"

沙驼说:"你说呢?"

瞿欧德说:"能不能允许我改正? 赔罪? 认错?"

沙驼说:"这是你的权利!"

瞿欧德说:"你是田美娜的丈夫,田美娜不在人世上,我向你赔罪,道歉,不行吗?"

沙驼说:"瞿欧德,我可以坦率地告诉你,我不恨你,我还要感谢你,不是你抛弃了田美娜,田美娜不可能同我沙驼结婚,我沙驼也就不会有一个这么漂亮的大学生妻子,虽然我们结婚只有几个月,但这几个月给了我一辈子的幸福。而且田美娜又给我带来这么一对让人羡慕和值得自豪的儿女。听到他们叫我爸,我就感到我是世间最幸福的人。现在我们住在一起,享受着我从没有体会过的天伦之乐。"

瞿欧德大叫起来说:"可这对儿女是我的!"

沙驼:"这点我承认。但他们却叫我阿爸,为什么?"

瞿欧德感到痛苦不堪。

沙驼对服务员说:"小姐,倒酒!"

服务员为他们倒上酒。

沙驼端起酒杯说:"瞿欧德,喝酒,俗话说,一个人做事一个当,当初既然做了,那就应该当得起。"

瞿欧德说:"沙驼,你是不让我活呀!"

沙驼把酒杯往桌子上一磕说:"不是,我是想让你活得更好,更像个人!"

瞿欧德说说:"这话怎么说?"

沙驼说:"你是个大学生,这话还要我来给你挑明吗?"

瞿欧德说:"沙驼,我求你了,让他们叫我一声阿爸吧。我再也经受不住这种良心上的折磨了。"

沙驼说:"我说了,我不恨你。你要认你的儿女,我不反对,浦江、小娜愿叫你阿爸,我也不反对。但我沙驼不能点这个头。你可以违背你曾给田美娜许下永不离开她的诺言,但你还是抛弃了她,可我沙驼就是杀了我的头我也不会背叛我给田美娜许下的承诺。要不,我沙驼不就跟你瞿欧德是一个样子了吗?"

瞿欧德说:"沙驼! ……"

沙驼一口喝干酒杯里的酒,把杯子往桌上一搁说:"瞿欧德,我告诉你,你就是给我下跪也没用!因为你没有做过一件对不起我沙驼的事,你这样做,让我担待不起!我还有事,谢谢你的酒饭。"

4.
沙驼匆匆走出饭店。拦了辆出租。

5.
出租车里。
沙驼望着马路上那川流不息的车辆和人流,眼里流露出同情,不忍。心里在感叹:"这个世界啊,什么事都会发生啊……"

6.
满桌的菜碰都没碰过。
神情木然的瞿欧德拿了一张卡,让服务员去刷。

7.
瞿欧德感到头晕,天昏地转似的。他摇摇晃晃朝饭店门口走去,田美娜冷冷的脸在他眼前闪现……
田美娜的声音:"……补偿什么?这事是两个人的事,我要是不愿意,这事也不会发生。何况那时我们决定要很快就结婚的。要说责任,我可能更大。你用不着补偿什么,由于我的失误,所以责任就该由我自己来承担。你用不着藕断丝连地来什么补偿,孩子我会生下来抚养大的。但我也要告诉你,你以后别再想来认孩子!!他没有你这个父亲,从今天你离开这儿起,你就失去了做父亲的资格!这就是你该付出的代价!孩子现在有父亲,就是沙驼!"
……
瞿欧德突然眼前一黑,一个趔趄,摔倒在饭店的大厅里。

8.

沙驼与田铭源在通电话。

田铭源激动地说:"是吗?"

沙驼说:"对,今天下午你们过来吧。我跟银行约好了,你们就到银行直接去提现金吧。把钱还了,你们的咖啡馆就可以开业了,老躲着也不是个办法呀。"

9.

田铭源高兴地说:"贾莉娅,我们总算可以重见天日了呀。"

贾莉娅说:"哪能啦?"

田铭源说:"小娜阿爸现在就让我们去银行拿钱,然后还了。这样我们就可以回去了!"

贾莉娅说:"回哪里?"

田铭源说:"回店里呀。"

贾莉娅说:"楼房呢? 回不去了?"

田铭源说:"姆妈已经住进去了……"

贾莉娅说:"我真是走了一步臭棋,当时我要是不把钥匙给姆妈,我们现在不就又可以回楼房去住了? 现在算啥?"

田铭源说:"好唻,知足哦! 要不是小娜阿爸帮忙,你连店都回不去。弄不好,我们只好逃到外地去讨饭!"

10.

救护车在鸣叫着。

11.

急诊室。

瞿欧德正在输液。

12.

急诊室。

瞿欧德已醒来。

姜丽佩匆匆赶到,瞿欧德朝她点点头,然后凄然地一笑。

姜丽佩说:"怎么回事?"

瞿欧德绝望又伤感地说:"没什么。"

姜丽佩看看医生。

医生说:"血压有些高。再加上受到了强烈的刺激,一时昏厥。目前看来问题不大。在医院观察上两天,做一次全面检查吧。"

13.

瞿月雅和浦江正在一家小饭店吃中午饭。

瞿月雅手机响,瞿月雅接手机。

瞿月雅听着,脸色有些紧张地说:"好,好,我马上去医院。"

浦江说:"怎么啦?"

瞿月雅说:"我阿爸突然在饭店吃饭时昏倒了。现在正在医院。"

浦江说:"怎么会的?"

瞿月雅说:"不知道。"

浦江说:"我跟你一起去吧。"

14.

天空乌云密布,划了几道闪电,打了几声雷后,雨便哗哗倾泻下来。

瞿月雅开着车朝医院赶。坐在她身边的浦江手机响了起来。

浦江一面打开手机一面说:"月雅,车开慢点。不要太急。喂,噢,阿爸啊。"

沙驼的声音:"浦江,今晚你外婆让我们去她家吃饭,外婆已经搬回那栋小楼去住了。"

浦江说:"噢,阿爸,瞿董在饭店吃饭时昏倒了,我想去看看他。我和瞿月雅正在往医院赶呢。"

　　沙驼说:"什么? 瞿欧德昏倒了,要紧吗?"

　　浦江说:"还不知道。"

　　沙驼问:"是哪个医院?"

　　浦江说:"就是小娜上次住的那家。"

　　沙驼说:"去医院后,看看什么情况,立马打个电话给我。"

　　浦江说:"好。"

15.

　　梅洁走出屋外,看着沙驼在园子里筑花坛。

　　梅洁说:"小娜阿爸,你上过学吗?"

　　沙驼说:"我们那个小山沟穷是穷,但对读书识字的事倒都挺重视,所以我小时候,我爸就教我读书认字,我闲下来,也常看看书看看报。小娜喜欢的那些杂志我也常翻着看,蛮有意思的。"

　　梅洁说:"我生了一儿一女,女儿高雅,但就这么惨兮兮地走了。另一个儿子,却俗得不能再俗了。你看看他们墙上挂的,什么都有,影视明星的,体育明星的,足球明星的,还有那些歌星。我不知道他们在崇拜什么,俗哦!"

　　沙驼说:"妈,这都是'文化大革命',把他们闹得没文化了吗?"

　　海洁说:"有许多小青年也是从'文化大革命'过来的呀。现在你看看,他们中间什么博士、硕士的也蛮多的呀。有的还从海外学成归来,成了海归族,关键是他自己不肯长进!"

　　沙驼说:"妈,有件事我不知道该不该问。"

　　梅洁说:"啥事体?"

　　这时下雨了。

　　梅洁说:"女婿,下雨了,不要做了,回房子里避避雨吧。"

　　沙驼说:"没事,就再砌上几块砖就好了。"

　　梅洁赶忙回到房子里,撑着把伞出来。沙驼继续干活,梅洁为他撑着伞。

沙驼说:"今天,我把钱借给田铭源和贾莉娅了,他们把债还清后就可以回来了,回来后他们住哪里?"

梅洁说:"先让他们住在店里,我现在还不想见他们。尤其是那个贾莉娅,看到她我就心烦,花头劲赫透!"

沙驼说:"妈,老让他们住在店里也不是个办法,还是让他们回家住吧。还有,瞿欧德他住院了,我想去看看他,妈,你去不去?"

梅洁说:"你去吧,我不去了。你让孩子们认他了?"

沙驼说:"没有。这是个原则问题,我沙驼为了田美娜,决不会让步!"

16.
雨还在哗哗地下。

沙小娜坐在出租车上,小娜的手机响。

小娜接手机说:"嗯,是哥啊……我知道了,正在往医院赶。"

17.
瞿欧德病房。

瞿欧德仍在输着液,但脸色好多了。

雨还在下着。

小娜冲进病房。

姜丽佩、浦江、瞿月雅都已围在床边。

瞿欧德看到小娜,神色黯然。小娜走到床边。瞿欧德拉住小娜的手,又去拉浦江的手。

瞿欧德潸然泪下,说:"浦江、小娜,虽然我是你们的亲阿爸,但这辈子,我是没有希望听到你们叫我阿爸了。"

小娜说:"我爸不同意?"

瞿欧德说:"今天中午,我请你们阿爸吃饭。我求他,甚至想给他下跪。我说,我没别的奢求,只求你们叫我一声阿爸,我的良心也算是得到了安宁。但你们阿爸指责我说:你可以违背你曾给田美娜许下永不离开她的诺言,但却抛弃了她。可我沙驼就是杀了我的头我也不能背叛我对田美娜许下的承诺,要不,我沙驼不就跟你瞿欧德是一样的人了吗?"

大家都默不作声。

瞿欧德说:"我不能怪你们阿爸。他的为人让我佩服,他是个真正的西北汉子啊! 做人就该做这样的人。但对我来说,已经看不到任何希望了……"说着眼泪滚滚而下,"可我真是死不瞑目啊!"

浦江说:"瞿董,我们会求我们阿爸的。"

小娜说:"瞿董,你好好养病。我爸会让我们认你的。其实他是个心地非常非常善良的人,我和我哥去求他。"

瞿欧德:"真的还会有希望?"

小娜说:"你入院的事,我们已经告诉我爸了。"

18.

天在下雨。

沙驼坐在出租车里,望着窗外的雨,表情凝重。

19.

瞿欧德病房。

小娜说:"瞿董,我还有些事。"

瞿欧德说:"去吧。小娜,谢谢你来看我。"

浦江说:"瞿董,我也要走了。"

瞿欧德说:"没关系,有月雅在,你们去吧。"

20.

雨越下越大,伴随着闪电和雷声。

浦江和小娜站在公交车上。

浦江说:"小娜,我们真能说服阿爸吗?"

小娜痛苦地摇摇头说:"不知道。刚才跟瞿董讲的那些话,都是在安慰他,其实爸的脾气我知道,很难……"

21.
车路过黄浦江边,他们下车。
浦江说:"小娜,还没到站呢。"
小娜说:"哥,我想去江边走走。"
浦江说:"这么大的雨……"
小娜说:"就因为这样,我才想去看看。我现在的心情,就像这雨中黄浦江的水……哥,你不也是吗?"

22.
浦江为小娜打着伞。
黄浦江上一片灰蒙蒙的雨幕。
小娜说:"哥,如果我们说服不了爸该怎么办呢?"
浦江说:"我也不知道。瞿董是我们的亲阿爸,当我知道他那么无情地抛弃了姆妈和我们时,我们不认他,我觉得这是对他最好的惩罚。可现在,因为悔恨,因为绝望,因为渴望着想让我们叫他一声爸爸,他付出了那么多……我觉得我们似乎也变得残忍了。"
小娜说:"当时我就想叫他。但每次要张口时,耳边都是爸说过的话:你要叫他阿爸,就不要再叫我爸了。我真的很痛苦!哥,我们到底该怎么办啊!"
小娜突然哭了起来,她在宣泄着自己内心的痛苦。
浦江搂着小娜的肩膀,眼里也含着泪说:"小娜,坚强点,这不像你的性格!"
雨点在江面上溅起无数的涟漪。

23.
走廊。天仍在下雨。
沙驼捧着鲜花,提着水果来到瞿欧德病房门口。

他推开门。

24.
瞿欧德病房。

沙驼站在病房门口。

瞿欧德的床位却是空的,姜丽佩坐在空床边发呆。

姜丽佩一看到沙驼,满腔的恼恨立刻爆发了出来:"他走了! 不见了! 失踪了! 你满意了吧!"

沙驼一时不知如何是好,僵在那里。

走廊里传来匆匆的脚步声。瞿月雅推门进来说:"妈,护士说她也不知道阿爸是什么时候溜出医院的。"瞿月雅突然看到沙驼站在那里,赶忙说:"沙叔叔,天下着这么大的雨,我阿爸能去哪里啊!"

沙驼说:"什么时候发现他不见的?"

瞿月雅说:"护士测量血压和体温,发现他人就不在了,就赶紧打电话给我们了。"

沙驼说:"那他会上哪去呢?"

瞿月雅说:"不知道,反正他常去的几个地方都打电话问过了,都说不在……"

姜丽佩说:"沙老板,你的心肠也太狠了! 让孩子们叫他一声阿爸怎么啦?"

沙驼虽然感到内疚,但还是很冷静地说:"先找人吧,找到人再说。"他拿出手机问瞿月雅:"通知浦江和小娜了吗?"

瞿月雅摇摇头,说:"我还没来得及……"

沙驼拨通了手机,手机里传来浦江的声音:"阿爸,有什么事吗?"

25.
客厅。

沙驼回到家里。

沙驼、小娜、浦江走进房间。

外面还在淅淅沥沥地下着雨。

沙驼说:"都坐吧。"

小娜说:"爸,我给你泡杯茶。"

沙驼说:"不用,你们先坐下。我知道你们有话要对我说。我刚从医院回来,瞿欧德从医院跑了,到现在也不知道到哪儿去了。"

浦江和小娜一下跪在沙驼跟前。

小娜说:"爸,让我们叫他一声爸吧。"

浦江说:"阿爸,他也只有这点要求,但你永远是我们的爸。"

沙驼说:"都起来。亲爸爸嘛,总要认的。但我说过。我总得对你们的妈有个交代。"说着,站起来,走了出去,把门砰地关上了。

可以听到沙驼匆匆下楼的声音。

小娜猛地拉开门喊:"爸——爸——! 你别抛下我们不管呀! 爸——!"

浦江说:"小娜,我相信爸不会抛下我们不管的……"

26.

姜丽佩在打国际长途。

姜丽佩失望地挂上电话。

27.

浦江与瞿月雅在同民警说明情况。

民警说:"好,你们把电话和手机号都留下,有情况我们会尽快通知你们的。"

28.

沙驼在前台等待。

前台小姐在登记簿上查找,摇了摇头。

29.
小娜沿江寻找,她在向环卫工人打听。
环卫工人想了想,摇摇头。

30.
第二天。
姜丽佩失望地放下电话,眼睛有些红肿。

31.
民警对浦江和瞿月雅摇摇头。
浦江和瞿月雅一脸失望地走出警署,瞿月雅无力地伏在浦江的肩头上,轻轻地啜泣起来。
浦江的脸上也罩着愁云。

32.
沙驼在一家宾馆前台。
前台小姐的目光移开电脑,冲他摇摇头。
沙驼迈着沉重的步子走出门口。

33.
已经打烊了的饭店。
小娜一脸疲惫地走进饭店,崔兆强关切地迎了上来。
小娜摇摇头,焦虑和痛苦的情绪一时间无法自抑,她失声痛哭起来。
崔兆强赶紧把小娜扶进一个雅座。

34.
崔兆强扶着沙小娜走进雅座。
雅座里,沙驼、浦江、瞿月雅和姜丽佩等人都满面愁云坐在里面。

姜丽佩看到哭泣的小娜,忍不住也掉下泪来,她大声抱怨沙驼说:"沙老板,你的心真是太狠了!孩子们要是能早一点叫他一声爸爸,事情也不会弄成这样!"

沙驼说:"董事长夫人,我的心没有瞿欧德狠,如果当初他没有那么狠心,就不会有现在的结果。这件事我一直不想说,为什么孩子们的母亲会让我发誓不许瞿欧德认这两个孩子,可现在我必须得告诉你们!你们可能不知道,在那个年代,未婚先孕是多么严重的错误!女方要做检查,接受批判;男方不仅身败名裂,还有可能被送去劳改!在牧业队召开的对田美娜的批斗会上,硬要田美娜交代出男方是谁,否则就不许散会!你们想想,已经入秋了,新疆的晚上有多冷!田美娜怀着身孕站在台上,掉着眼泪一言不发。是啊,田美娜知道,只要她讲出瞿欧德,瞿欧德就甭想出国,什么事业啊前程啊都毁了,所以她咬紧牙关不肯说。可台下,孩子的父亲在干吗?他把头埋在膝盖里不敢站出来!台上是他的爱人,他孩子的母亲!看着她在受怎样的折磨,他却不敢站出来……只是为了能出国。"沙驼有些说不下去了,站在那里停了一会儿。

雅座里的众人震惊地望着沙驼。

沙驼继续说:"我沙驼不是那么狠心的人。我实在不忍心看着田美娜受那份罪,在田美娜在台上快撑不住要倒下去的时候,我冲了出来……"沙驼看了看小娜和浦江说:"我说:她肚里的娃儿是我的,你们批判我吧!让田美娜下去。就这样……我成了你们的父亲。"

小娜哽咽地说:"爸……"扑到了沙驼的怀里。

浦江也叫了一声:"阿爸。"

沙驼说:"你们的妈在瞿欧德临行前又给了他一次机会,希望他能回头,可他还是走了。在绝望中,你们的妈甚至想要跳崖,可被我拦住了,我说:你要死没人拦你,可孩子呢?你没权利带着孩子去死!因为现在你肚子里的娃儿是我沙驼的!"沙驼抬头看着天花板,眼睛也有些湿润,说:"也许就是那一天,你们的妈才会决定:只许你们认我这一个父亲。"

姜丽佩原本抱怨的脸上也露出了敬意。她低下头,眼泪又止不住流了下来说："沙老板，对不起。我不知道……"

瞿月雅也含着眼泪说："叔叔，您真的很伟大……"

沙驼摇了摇头说："可是，看到瞿欧德现在受的苦，我也心软了，我也想让孩子们去认他们的亲爹。可我对田美娜的誓言，像块石头压在心里，让我松不了这个口。"

小娜说："爸，我们知道，可是……"

浦江也心情复杂地望着沙驼。

瞿月雅说："叔叔，我阿爸也不是我的亲阿爸！可他对我比我的亲阿爸还要好，他不是坏人，他是个好人！真的！"

姜丽佩说："是啊，他是我的丈夫，我知道，他一天都没有忘记田美娜，田美娜和孩子一直在他的心里藏着！如果田美娜还活着，看到他现在因为忏悔过去而所受的痛苦，她一定会原谅他的！"

沙驼突然一震，说："田美娜……忏悔过去！……我知道他去哪了！"

姜丽佩也恍然，站起来说："你是说……"

35.

飞机在蓝天与云层间穿行。

36.

机舱里坐着沙驼。他的脸很庄重。

37.

牧场场部小楼外。

安然对刚下车的沙驼说："你再不回来，我就要给你去电话了！"

沙驼说："怎么？"

安然说："你知道吗？瞿欧德大前天来到牧场，跪着要我带他去找田美娜的墓地。"

沙驼说："他现在人呢？"

安然叹口气说:"他在田美娜的墓前坐了一天一夜,一句话也不说,拉也拉不回来,现在还在那呢! 这么老冷的天。"

沙驼说:"看来,他真是忏悔了……"

38.
田美娜的坟前摆放着供品。

显得苍老许多的瞿欧德独自坐在田美娜的坟前,身上披着一件安然给他的军大衣。瞿欧德抬起头望着天空,憔悴的脸上挂着绝望和愧疚,他的眼神已经有些恍惚了。

39.
沙驼匆匆向坟地奔去。

40.
田美娜的坟前。

瞿欧德颤颤悠悠地站了起来,看到沙驼正向这里奔过来,他的眼睛模糊了,踉跄了一下,几乎要摔倒。沙驼冲到跟前,一把抱住他。

沙驼说:"瞿欧德,我知道你憋了一肚子的话想对田美娜说! 现在,你就痛痛快快地倒出来吧!"

瞿欧德眼泪纵横,抱着沙驼痛哭起来。

41.
田美娜的坟前。

瞿欧德庄重地跪下,在坟前磕了三个头。

瞿欧德说:"美娜,对不起……"顿时泪如泉涌,说:"你让我得到了教训,你让我懂得了在这世上,真情和亲情有多么得珍贵。我在这里,除了向你赔罪,向你道歉外,我也向你保证,我会关照好我们的儿女的。美娜,对不起,真的对不起了,求你原谅我吧……"然后就泣不成声了。

沙驼也一下跪倒,磕了三个头。

沙驼说:"田美娜,我没法再守住我对你的承诺了。亲生的父亲要认自己的儿女,儿女也想认自己的亲生父亲!不让他们相认,你不知道他们有多痛苦啊!这份亲情谁都挡不住的。让他们相认吧,让他们幸福吧。所有的错,都有我沙驼担着,你要责怪就责怪我吧,是我对你食言了。让孩子们认他们的亲阿爸吧!我们该把真爱还给他们……"说着泪流满面。

42.

田美娜的坟前。

沙驼对瞿欧德说:"瞿欧德,我会让小娜和浦江认你这个爸的。但回上海后,你不要急于去认他们,也给我点时间好吗?"

43.

封闭了好些天的卷帘门终于又拉起来了。

贾莉娅搂着小娜,眼里含着激动但又心酸的泪。田铭源在一边却长吁短叹的,似乎另有一番滋味。

沙驼看看四周,感慨地说:"这里是多好的地段呀。"

田铭源说:"是呀。六七年前,我们为了同别人抢这块地段上的门面,费了多大的劲啊。"

沙驼说:"世上有许多事情就是这样。得到的时候不知道珍惜,但真要丢了,才感到有多重要!"

贾莉娅说:"小娜阿爸,我们懂你的意思了。我们一定会好好经营的。"

44.

姚姗梅把沙驼领进客厅。

姚姗梅说:"沙驼,听说你又去了一趟新疆?"

沙驼说:"对。姗梅嫂子,有件事想来同你商量商量。"

姚姗梅说:"啥事?"

沙驼说:"姗梅嫂子,你给我泡杯浓茶吧。"

姚姗梅说:"好。"

45.

客厅。

姚姗梅沏了杯茶放在沙驼跟前的茶几上,自己在对面沙发上坐了下来。

沙驼说:"姗梅嫂子,你还记得你离开新疆时留给我的那十几只自留羊吗?"

姚姗梅说:"还提这个干吗? 当时不是说好的,送给你了!"

沙驼说:"可我当时没有接受,我只是说,等到你们有困难了,需要钱花了,我就把羊卖掉,把钱寄给你们。"

姚姗梅说:"二十几年了,就不要提了……"

沙驼说:"但我要提,人不应该忘了别人的好处。姗梅嫂子,你这十几只羊,造就了我的今天。"

姚姗梅说:"这话怎么说?"

沙驼说:"我的牧场是靠着你的自留羊,再加上我的,一共三十几只羊开始发展起来的。现在我可以告诉你,我已有了一个很大的牧场,几千万的资产。所以说,我是靠你的羊和我的羊起的家。我这次到上海来,一是找浦江,二是送小娜回上海,三呢,就是来还你钱的。还有一件事我要告诉你。在我十六岁的那年,那时我流浪在兰州,到处都是饥荒,我饿得不行了。看到一个人从口袋里掉出两毛钱和几两粮票,我捡了。但被那个人发现了,那个人抓住我,硬说是我偷他的。许多人就围住了我,打我,拳脚像雨点一样朝我身上泻。我觉得自己要被打死了。这时有个人突然冲进来,一把抓住我,就往外跑。他救了我,还带我去了一家小饭馆,用他的粮票和钱,让我吃了个饱。"

姗梅有些明白了,说:"这人就是兆强他爸吧?"

沙驼点点头,说:"秉全大哥又把我领到新疆的农场牧业队,把我带成了个放羊人,但他从来没有跟任何一个人讲起过救我的这件事。姗梅嫂子,他也没有跟你讲吧?"

姚姗梅说:"没有。"

沙驼说:"姗梅嫂子,是秉全大哥让我知道该怎么做人的。所以姗梅嫂子,我想把小羔羊饭店还给你们,那本来就是秉全大哥的产业。"

姚姗梅说:"沙驼,你不是在开玩笑吧?"

沙驼说:"这是开玩笑的事吗? 我让兆强留在我身边干,就是为了能让他将来会经营这饭店。给你们钱,像兆强以前那样,再多的钱也会花完哪。"

姚姗梅说:"沙驼,这叫我们怎么受得起啊!"

沙驼:"我和秉全是兄弟,我有今天,怎么能忘了秉全大哥呢? 再说,本钱原来就是你们借给我的。这饭店我只是还给你们,姗梅嫂子,过几天我就要回新疆了。"

姚姗梅眼里转满了泪,说:"沙驼……"

沙驼说:"让兆强学好,比这饭店更重要!"

姚姗梅拉住沙驼的手,泪流满面地说:"沙驼,我知道你的苦心了……"

46.

崔兆强,坐在沙驼的办公室里。

崔兆强说:"可是,沙驼爷叔,你就这么走了,我还是……还是怕我做不好。"

沙驼说:"兆强,上次厨房上错菜的事,你就处理得很好啊。说明你慢慢成熟了,已经能独当一面了。"

崔兆强说:"沙驼爷叔,我那是跟你学的。你遇到这样的事不就是这样处理的吗? 损失几个菜算不得什么,但要把信誉丢了,那整个饭店也就跟着丢了。"

沙驼说:"是这话。信誉越好,回头客就越多,饭店也就越兴旺。"

47.

徐爱莲走进沙驼的小办公室。

徐爱莲说:"沙经理,你找我有事?"

沙驼说:"叫沙驼大哥。"

徐爱莲说:"怎么啦?"

沙驼不再说话,只是看着徐爱莲,看得徐爱莲不好意思了。

徐爱莲说:"沙驼大哥,你怎么啦?"

沙驼憨憨地一说:"没什么。"说着,走出了办公室。

48.

沙驼走出了饭店,回头说:"兆强、徐爱莲,我去办点事,你们好好干。"

49.

田家小楼。餐厅里,沙驼、梅洁、小娜、浦江、田铭源、贾莉娅一家人围坐一堂。

沙驼说:"岳母,田美娜在临走前,托付我的事,现在,我这个任务完成了。她说,两个孩子回到了上海,她的灵魂也回到了上海。浦江有了自己的事业,做得不错。小娜也有了份工作,也稳定下来了。我来上海还有笔债要还,我也还清了。这样,我在上海要办的事就都办完了,我就该回新疆去了。那儿有我的牧场,我原本就是个牧羊人,那才是我的本行。"

梅洁吃了一惊,说:"怎么,你要回新疆去?"

小娜说:"爸?"

浦江说:"阿爸!"

沙驼说:"我买了一套公寓,那是给浦江的。小娜在没结婚前,也可以去住那儿。但我想,如果外婆愿意,她更多的应该住在外婆家,代他妈好好地照顾孝顺外婆。"

梅洁伤心地落泪了,说:"你真的要走?"

沙驼说:"妈,我说了,我的事业在新疆。"

梅洁说:"怎么说走就要走呢? 再住些日子吧。"

沙驼说:"机票都买好了,明天就得走了。"

小娜说:"爸,我也要跟你回去。"

沙驼说:"从明天起,你就住在外婆家。有些事,今晚我们回去再说。"

田铭源说:"小娜阿爸,我们真舍不得你走啊!"

贾莉娅说:"是呀! 是呀!"

沙驼说:"小娜、浦江,等我离开上海,你们就去认瞿欧德你们的亲爸。我沙驼没有权利不让你们去认你们的亲爸,我已经同意了。但等我上了飞机后,你们再认吧。好吗?"

小娜、浦江点头,但都潜然泪下。

50.

瞿欧德、小娜、浦江、殷正银、梅洁、姜丽佩、瞿月雅、田铭源、贾莉娅、姚姗梅、崔兆强都来给沙驼送行。

沙驼走进登机口时,向送行的人招手说:"你们都回吧。"

然后走进登机口,拐了个弯消失了。

瞿欧德转过身,看着浦江与小娜。他们三个相视了好一会,都显得很激动。

小娜含着泪叫:"爸……"

浦江也叫:"阿爸……"

瞿欧德一下抱住他俩,放声痛哭起来。

51.

沙驼乘坐的飞机腾空而起。

所有送行的人都向空中的飞机挥手。

瞿欧德含着泪对浦江与小娜说:"浦江、小娜,沙驼永远是你们的比亲爸还要亲的爸。"

所有的人都点头。都含着泪朝天空的那架飞机挥手。

52.

沙驼的牧场。

沙驼骑着马与安然一起巡视着牧场。

但沙驼突然看到一个女人背着行李包唱着花儿从小路朝山上走来。

徐爱莲在唱:

"眼泪的花儿把心淹(哈)了,走哩走哩(者)越哟的远(哈)了,褡裢里的锅盔轻(哈)了,哎哟的哟,心上的惆怅就重(哈)了……"

沙驼一下就认出那是徐爱莲。

53.

沙驼策马朝徐爱莲奔去。

徐爱莲汗水淋漓。

沙驼跳下马说:"爱莲,你咋来了?"

徐爱莲说:"沙驼大哥,你太没良心了,回新疆干吗不告诉我一声?"

沙驼笑着说:"你自己来不是更好吗?"

徐爱莲:"你这个人坏死了,干吗非要我自己来?"

沙驼说:"我要的就是你的这个。"他指指心。

徐爱莲说:"那你要不要我吗?"

沙驼说:"我要是再不要你,我还是个男人吗?"

徐爱莲一把抱住沙驼激动而幸福地喊:"沙驼大哥——"

沙驼也紧紧地拥抱了徐爱莲。

54.

沙驼与徐爱莲一起走向牧场。

草原上开满了鲜花,满山的牛羊在绿草丛中蠕动着。

徐爱莲说:"阿依古丽大嫂还在吗?"

沙驼说:"在呢,你瞧,毡房的门前,她不正在向我们招手吗?"

55.

沙驼拉着徐爱莲的手向毡房走去。

鲜花在风中摇曳,蓝蓝的天上飘着白云。

沙驼与徐爱莲幸福地笑着。
在摇曳的鲜花丛中,推出了"剧终"两个字。

2011年4月28日于上海锦秋花园家中

附录

电视剧《下辈子还做我老爸》专家研讨会 发言摘录

（根据录音整理）

时间：2016年12月26日

地点：广电国际酒店三层多功能厅

韩天航（《下辈子还做我老爸》编剧）：非常荣幸能够在这样的会上谈谈我的创作感受。今天能够参加《下辈子还做我 老爸》研讨会，聆听专家的意见感到非常荣幸，谢谢大家。电视剧《戈壁母亲》播出之后，曲江影视集团的乔总跑到上海去找我，他说《戈壁母亲》播得很好，让我给他们曲江影视集团写个东西。《下辈子还做我老爸》是在《戈壁母亲》之后，我为曲江影视集团创作的剧本。最早写的是中篇小说叫《养父》。这个中篇小说的来源是我在火

电视连续剧《下辈子还做我老爸》根据文学剧本《西北汉子》改编拍摄

车上碰到一个我们新疆生产建设兵团农场的老农工,他和一个同座的人在车上谈话。老农工说我到上海去了。那人说你到上海去干什么? 你也不是上海人。老农工说你不知道,我送我的娃到上海去。原来他收养了一个上海女支青的私生女。把她养大以后,又准备送回上海外婆家里去。听了这个故事,那个人说你了不得,收养孤儿还把她送回给人家。老农工说这是人之常情,一个上海娃娃挺可怜,又生了私生女,我不收养谁来收养,我是老职工又没有娃。我听了这个故事以后,我就写了中篇小说《养父》,后来小说发表以后反响挺好,于是我就把中篇小说改编成了电视连续剧剧本《下辈子还做我老爸》,原来叫《西北汉子》。讲一个农工收养上海女支青遗孤的故事,后来农工改成牧民,又觉得光一个女儿太单薄,就变成了双胞胎。男娃娃被回上海支青偷走了,他后来又回去找到,把他的养女和被偷走的男孩一起送到外婆那里去。跟外婆又有矛盾,我想这个戏应该是讲人性的,讲人情的东西,所以也是很感人的一个故事。感谢侯勇把沙驼塑造成我心目中的沙驼,是个汉子,也显示了人性的光辉,也表达了我们中华民族讲信用、有情有义的传统美德。当前我总觉得我们的文艺创作,有良心的文艺家,应该大量创作净化人们的心灵,发扬人性善的东西,发扬社会上真善美的东西。而《养父》就是要发扬这个精神,这次把它拍成了33集的电视剧,侯勇老师和王力可、吴启华等演员也演得非常好。尤其是我们的侯勇,演的是我心目中的沙驼,就是这么一个男子汉。《下辈子还做我老爸》播出以后受到了广泛的欢迎,因为我是上海人,在上海地方台首播,我当时就收到很多电话。对这个片子很赞扬,而且特别让我高兴的是老少咸宜,从父母老一辈到子女这一代都说这个剧不错都爱看。说明真善美的东西在人们的心里也是闪闪发光的。我再次感谢电视创作人员能把这个剧本诠释得这么好。

侯勇(著名电影演员):

我今年50岁了,到了一个承上启下创作上出成绩的年龄。2013年底碰到这个戏,原来叫《西北汉子》。市场前景不是太明朗,但是因为沙驼这个人物,这个题材,表现了那个年代的真善美,给当下观众传递了正确的价值观,我就接了这个戏。当时在苏州前后拍了将近三个月,我有将近900场戏,也比较辛苦。好在还是有热情,从创作上尽自己所能,想去演好一个自己心目中敬佩的人。 在拍摄的两个多月里感同身受,生活在沙驼的精神世界。这个人有时候看似很傻,仔细想想他的行为逻辑,出生的环境,所接触的人,包括那个时代有很多的支撑点是可以把沙驼支撑到我们当下这个社会上来的。首先这个人物能打动我,我也相信通过我会有一些观众能接受这个人物,通过这个人物展现真善美,展现那个时期中国普通老百姓的价值观。沙驼认为兑现承诺是天经地义的事,而且要做一个好人。我不应该做吗? 所以我是非常愉悦愉快地创作了这个角色,也真诚地希望用自己的专业技能,把沙驼这个角色通过《下辈子还做我老爸》传递给广大的电视观众。

浦彤(江西电视台卫视节目主管):

非常荣幸我今天代表江西卫视给大家介绍一下《下辈子还做我老爸》在我们台播出的情况。这个剧拿到我们台审的时候,我们打分小组给的分数普遍比较高,达到了90分。这是一个很难看到的现象。我本人审这个片子的时候,几度眼眶中充满了热泪,确实有共鸣。这个剧我们收视率播到了全国第七名,已经是非常难得了。我们的主流观众群,他们喜欢看情感足一点的电视剧。我们电视台买片子的时候,有几个硬性标准:第一具有大情感的内核;第二有一定家庭伦理在里面;第三有都市气息;第四是接地气和故事情节丰富、饱满;第五有共鸣;第六讲一些中国好故事,弘扬中华文化。

我们流程立项表对这个剧的评价是:

一、父爱的表达新鲜有难度。现在表现女性、母爱的电视剧非常多,不胜枚举,但表现男性父爱的电视剧鲜有佳作,《下辈子还做我老爸》可以说是题材难得的品质之作。表现母爱的方式很多,比如女性的柔弱、可怜、不幸,更能轻松调动起观众情感,但要让父爱能引起观众的情感共鸣很难,《下辈子还做我老爸》不仅做到了让观众有共鸣,还刻画了刚正不阿的父亲形象。既丰富了电视剧的题材缺失,又弘扬了阳光的父爱。这种父爱情感剧其实非常少,能选到这部剧也是我们幸运。

二、朴素外衣下的华丽情感。该剧没有夸张的表演,在制作上比较质朴。朴实无华的外衣下处处填满了让人感动的情感。故事发展线索由远至近,从大草原到上海这样的大都市,到我们熟悉的生活中,故事发生地的切换,照顾到大多数观众群和主流观众群的喜好,时间、故事节奏的快速推进,让故事更符合都市人的口味。侯勇老师饰演的父亲感情真挚,把草原汉子纯洁质朴的情感展现得淋漓尽致,父爱的默默付出,信守诺言的大义,形成了精神的华丽,让人感动。

王伟国(中国传媒大学教授、博士生导师):
我觉得这个片子总的趋向就是用优秀的传统文化引领人。
电视剧《下辈子还做我老爸》是一部弘扬中华优秀传统文化精神的优秀作品。这部作品通过对男主人公沙驼命运的叙事,表现了扎根在沙驼生命中的仁爱之心、仁义之心和美善之心等优秀传统文化精神。这是中华民族共同的文化信仰。沙驼小时候是个孤儿,奶奶收养他。二十年来奶奶不仅把沙驼培养成优秀的牧人,还潜移默化地在沙驼身上培养了中华民族的优秀传统文化。

其一,沙驼以仁爱、仁义和美善的行为和精神救田美娜于危急之中,陆远山(剧本原名瞿欧德)为了自己的前程抛弃了田美娜和还未出生的孩子。在田美娜受到羞辱的时候,在陆远山不敢认账的时候,沙驼勇敢站出来,高声承认"孩子是我的"。后来沙驼真诚地向美娜表示了愿意和她结婚的愿望,这不是简单地表现了沙驼对她的同情,而是用一份真情的爱去鼓励田美娜重新点燃生活的勇气,抚慰她受伤的心灵。这是沙驼在播种仁爱、播种仁义、播种真善美,也是培植着中华民族优秀传统文化的根。

其二,沙驼以宽大的胸怀、宽容之心消解了对许琴(剧本原名许萝琴)夫妇偷子之怨恨,并善待许琴夫妇。按照田美娜的遗愿二十年后带着田小娜去外婆家认亲,在上海沙驼又意外发现了误认为已经死了的儿子王子诚,要不要把这个孩子认回来?沙驼面临艰难的抉择。沙驼经过冷静思考,并亲眼看到了许琴夫妇二十年如一日潜心培养儿子成为名牌大学毕业生,他逐渐放弃了把儿子认回来的心思,只是让子诚根据生母田美娜的遗嘱认了外婆,让孩子与许琴夫妇继续保持母子、父子关系,在沙驼动之以情,晓之以理的劝说下,王子诚回了家。仁、义、善是沙驼的突出特点,沙驼以仁、义、善感化教育了许琴夫妇,同时给女儿、儿子作了榜样。如果说沙驼是培植中华民族传统文化之根的人,陆远山就是拔中华民族优秀传统文化之根的人。当年他抛弃田美娜的同时,抛弃了做人的魂,也拔掉了做人的文化之根,他为什么拔掉这个根呢? 原因是他人性中的极端自私和对金钱的贪婪,这是从弘扬中华优秀传统文化的视角去批判拷问陆远山这样的人。

《下辈子还做我老爸》是一部用中华民族优秀传统文化的根和魂来讲述故事的优秀电视剧。

阎晶明(中国作家协会党组成员、书记处书记):

首先,这是一个价值观非常正的电视剧,主要是特别好地处理了金钱、名利和亲情之间的关系。要说这样的一种主题,电视剧、文学作品是很多的,但是这个剧处理得比较好,不是简单化地去处理,是于情于理于事实于现实的生活都融合得非常好。比如说对金钱的探究并不是概念化的推演,用善恶简单划分,还考虑到了我们今天的社会和时代所面临的复杂性。凡是精神上得到的东西,用金钱是拿不走的,这个底线把握住了,那么这个戏就立住了。

第二点,我认为这部电视连续剧戏剧性特别强,它的人物的矛盾,互相之间错综复杂的关系,架构得非常完备。前三集一开始就让主要人物都出场,然后再来叙述他们是如何成长的,发生了怎样的关系,后来又变成了什么样子,最后的大结局是什么。这一点我觉得编剧创作是很见功力的。戏剧性不但体现在一开始设计好了,还体现在人物互相之间情感的关系是不断地发生反转,不断发生变化。但是恩怨情仇之间不是固定不变的,随着一起成长,一起生活,一起交往,一起冲突,最后还有一起化解。

第三点,我觉得这个戏的历史感和当代性都是具备的。这部剧中上海生活场景的当代性是最强的,把其他的支青、出国的背景历史感都推到后面去了。这里有楼上楼下,有外滩夜景,有创业者、奋斗者、打工者之间所发生的种种新的情感和新的矛盾关系,都处理得很好。

第四点,在真善美价值观上,很符合我们传统文化因素。比如说因果报应,善恶有报,在这部剧里面表现得非常好,既有血缘之情,也有养育之情,最后突出亲情永恒的思想。

第五点,所有演员的投入度都是非常到位的。同时分寸也把握得很好。人物的品位、性格之间的差异,社会身份和地位特征,生活成长,历史形成的必然状态都是很对的。

李震(陕西省文艺评论家协会主席):

《下辈子还做我老爸》形成了一种在电视剧里面好人主义的思潮。与其让观众在虚拟的战争英雄里面象征性地满足人格理想的渴望和膜拜,还不如在现实层面让观众更多看到好人的行为,让好人离观众更近一些。所以这部剧把好人主义思潮推到了一个顶峰。

一是过去的好人形象,大部分都是从现实的小细节中表现出来的。而我觉得这部戏,它找到了我们这个时代中国式的好人文化逻辑。这跟我们的文化价值观直接相关。我们中华文化的价值观基础就是仁爱。而这部剧整个讲的都是仁爱,有些人把仁爱一以贯之,从头到尾坚持到底,有些人在中途变卦了,背叛了,走向了反面了。然后就形成了矛盾冲突,就是惩恶扬善。它体现了中华民族主流价值观,根源就在这一点上。围绕仁爱,作为大众媒体的电视剧有冲突有故事就有善恶的冲突,逻辑关系就是在义与利,仁爱与私利,血缘亲情和公众道义之间发生冲突,线索非常明晰。而且作为一个大众媒介产品,能把这些问题思考得这么深是不大容易的。这部剧不管编剧是自觉还是不自觉,它都触摸到了中华文化根部的一些东西,这是非常可贵的一点。

另外侯勇的表演全方位地到位。一是侯勇的性格跟沙驼的性格,跟我们编剧对沙驼的想象完全一致,演得非常好。二是侯勇表演非常本色,没有任何矫揉造作。三是侯勇对民族认宗认根的意识是自觉的。他要给社会创造正能量的东西,我们对英雄的渴慕也罢,对好人的渴慕也罢,都是在为这个社会寻求正能量。这个剧应该是做到了。

李春利(《光明日报》文艺部副主任):这部戏带给我这样几点思考。

第一就是伤痕文艺作品的新视点。伤痕文学曾经非常流行,当年卢新华的小说《伤痕》开启了一代人的青春记忆,知青们和小芳们,知青们和知青们之间,大多数在特定的历史环境下,因为寂寞产生的情感,常常都是以悲剧结束的。剧中这样一对男女也是如此,爱时不得不说是真情,别时不得不说是残酷。剧中编导试图用客观的视角,不愿意把这段苦难归结于一个人的身上,是命运弄人,是时代特定背景下产生的悲剧,所以这样也更真实,也为宽恕和救赎找到了理由,我觉得这里面的伤痕不仅有苦痛,还有美好的人性和人情。这让伤痕文学获得了新的视点。当主人公们选择宽恕的时候,是亲情的回归也是良知的回归。这个过程充满了恩情和正能量,让这个作品有超越于伤痕文学之上的能量。

第二是结构很戏剧化,内容很戏剧化,人物设置非常戏剧化。关系错综复杂,养子、亲子之间的感情,朋友之间的转换,大草原和都市文明的切换,编剧为我们制造了一个基因密切的关系网。更打动人的还是情感的注入,因为剧中一直引领我们在思考人的根在哪里,不仅仅是生存的家园,还有精神的家园;不仅仅是生育,还有养育;不仅仅是爱,还有如何去爱;所以这个故事不仅仅是寻亲,还有寻根的意味,阐释了人活着为了事业,为了亲情,为了家人的意义。

易凯(中国电视艺术委员会副秘书长):

我觉得这是一部很走心的电视剧。有两点感受特别深刻。

第一点这是一个信守承诺的故事,但这是个苦情戏。把沙驼的厚道人的故事,给展示得特别清楚。有个名言说:"总有一天你会把你所受到的各种苦,会笑着说出来。"这部剧就让我们感觉到是这么一个情况。它把一段很苦难的故事,微笑着温情地告诉了大家。我觉得传递着信守承诺的美德,传递了正能量。通过沙驼表现得非常好。

李准(重大革命和历史题材影视创作领导小组副组长)：这个片子很有味道，是一个《雷雨》式的人物结构关系，主要人物从血缘到情感到社会属性的错综交织的关系，写一个就是一个炸弹。但是叙事非常清晰，行云流水娓娓道来，看着很舒服，也很感动，有不少地方很震撼。讲述的是中国平民英雄的文化逻辑。

回头审视弘扬民族文化中的优秀的文化，实际上是围绕着四组关系来展开的。

第一是义与利。孟子说舍生取义。活着非常好，但是还有比活着更重要的东西，我为了保护那个东西，我舍出我的东西。这是儒家文化非常核心的东西。

第二是理和欲。理性、责任意识，与各种欲望，包括你的生理的欲望，怎么对待这个关系，这一直都辩论不休。

第三是德与利，靠道德，靠良心，靠习惯，靠民风民俗，这是一种社会规范。这个完全是每个人内心的自觉，是一种内心的自我约束。靠内心的修养，内心的人生目标来作为自己行动的标准。

第四是教与法。教育是基础，教育是说服的、灌输的、引导式的。法律的规定是最刚性的规定，法律的规定都是硬性规定，对于任何人都是最高的行为规范，中华民族的文化和西方相比，从儒家传统来讲，显然是强调义，讲理和义，从责任高度约束自己，讲道德是第一性的，以德治国。法与教强调教，强调自身修养和自己的德行。这部剧就是从一个重要的角度，把这四对关系都触及了。就从被亲生父亲抛弃的这一对兄妹的角度讲。第一主人公是沙驼，首先从沙驼的视角看待这四个方面的关系。片名可以再讨论，沙驼主人公的名字起得很好。骆驼是沙漠之舟，骆驼任劳任怨，从来不抱怨。这个片子的第一视角就是沙驼整个人的生命体验和生活经历，侯勇对很多感受是内化于心在表演上表现出来，化繁为简，很简单的东西提炼了很多，跟着感觉走，台词说出来，完全跟着他所领会的内心的感觉走。实际上通过沙驼的经历，通过孩子认父的过程，讲了人性是什么，人的自然属性和人的社会属性是什么,本来我们的传统文化是血缘关系,是中华民族五千年认祖归宗,就是祖先崇拜,特别讲究血缘上的亲子关系,父子关系,这在今天为止仍然是构建家庭和整个社会关系的情感和基础。

这四个关系,中华民族传统文化的优势和局限性都融在一起,很难一刀切开。人首先是个社会动物,人是社会关系的总和。家庭是命运共同体,在一起生活,在一起奋斗,在一起为国家做贡献,在一起吃饭,这才是最扎实最可靠的父子兄弟姐妹社会关系。离开共同的奋斗,共同的生活,那样的亲情生活靠不住的。所谓亲情绝不仅仅是血缘,离开了社会实践,很难说是社会关系意义上的爸爸亲,还是有血缘关系的爸爸更亲。血缘是生理的条件,如果能和社会关系统一是最好的结局,所以谁是最好的爸爸,当然是沙驼。

这部剧不自觉地涉及了以中国儒家的人性善的伦理为基点的中国式的忏悔和原罪。人性善这是中华民族的文化优势,一是以人为本,二是以和为贵。

仲呈祥(原中国文联副主席):

这部剧最大的特点,或者最大的值得我们肯定的地方,是在它表现了中华民族的优秀传统文化基因,优秀的传统伦理道德,在当代生活当中的生命力、感召力、凝聚力。

从一定意义上来讲,陆远山(瞿欧德)就是在特定的历史情境下,抛弃了自己的文化传统、文化伦理、文化价值、文化理想。中国文化历来谴责这种背信弃义,这种取利而舍义不道德的行为、不人道的行为,这本身就是一种选择。

这个戏塑造了沙驼这个人物。他是生长在中华民族传统文化土壤中,当代的一个践行中华民族文化理想、文化价值、文化道德的一个平民英雄。这是这部戏最有价值,也是最感动我们的地方,也是今天最需要的。

我们的影视作品要反映百姓喜怒哀乐的真情实感,让人民从身边的人和事中体会到人间真情和真谛;感受到世间的大爱和大道。通过这么一个中国故事的讲述,让我们体会到了中华文化的真情,中华文化的真谛,而且明白了作为一个人在世间的大爱和大道,这个戏的价值取向是提供正能量的,是教育我们做人要像沙驼这样做人,要懂得真情,要懂得真谛,而且要有大爱,要悟大道。沙驼处理一切事情都是把他人的利益放在第一位,他是理解了血缘关系所体现出来的生育之恩,与非血缘关系在社会实践里面形成的养育之恩孰重孰轻。他的可贵在于他站在当代文化的高度,没有简单的是此非彼。他在一定特殊的条件下,支持自己养育的一双儿女,认了他们的亲生父亲,这体现了中华文化的和为贵。这部戏里讲的中华文化基因是仁爱。讲仁爱,求大同全在这部戏里面。悲剧是把好的东西毁灭给人看,这大大强调了这部剧的悲剧力量,虽然是正剧,但是含有悲剧感人的艺术魅力。

这部戏最大的好处是实现了以文化人,以义养心。它是养心的。大家说的走心,是我们每个观众看完这部戏之后灵魂得到洗礼,精神得到升华,道德得到净化,它传承了中国文化。我敢说看完的人都比较鄙弃陆远山的做法。陆远山要利用现代传播开个新闻发布会,公布事实真相,这个基本上是西方的方式。到最后沙驼陪着他到了田美娜的墓前,那个是中国式的忏悔。那是跟西方的忏悔是完全不一样的。我们要寻求我们中华文化的审美表达,这个戏很好地用了两种忏悔形式之后,让人思考,让人比较,让人鉴别,让人悟出更多的中华文化的独特的礼仪、独特的神韵、独特的气度,这就更有价值了。所以这个戏应该说是一部看完走心的,提升道德境界的好戏。清泉永远比淤泥更值得拥有,光明永远比黑暗更值得歌颂。要善于从平凡当中发现伟大,从质朴当中发现崇高,从人们行云流水般的生活流程当中,自然而然地揭示出理想的光彩,信仰的光彩,道德的光彩,这是这部作品最值得肯定的地方。

王丹彦(国家新闻出版广电总局宣传管理司副司长):

编剧韩天航说这部戏是捕捉现实生活中真人真事的情感的线头,然后又调动了生活积累、情感积累和社会变迁的多方面的背景的积累,完成了这个故事。我觉得这样的创作手法符合以人民为创作的中心,以接地气、有露珠的创作故事,来引领时代风尚,建设先进文化要求。这部戏的创作姿态是非常值得肯定的,和我们的当下社会生活形成了一种共振。我们需要在平凡中发现崇高,在日常中发现英雄,在我们日常的生活的感悟中,我们要进行更深层的挖掘和提炼。这部局对传统文化基因的现代表达,是有光彩的,有神采的,有筋骨的,有个性的。这样的典型人物的刻画和书写,使现实主义的题材创作更加精彩,更加有感召力,有生命力。这部戏给当下的现实主义题材创作提供了很好的范例。这部作品对于我们传统文化根脉的精华如何实现现代化的转换做了很有价值的尝试。

沙驼这样一个人物,他是平民英雄,或者是我们的好人主义当代文化的表达,我们就是需要在生活中发现这样的精神的标识,精神的闪光和光彩,它代表着我们这个时代风尚引领的一个符号,而我们的艺术家就是要诠释好这样的符号,把这个符号诠释得更有艺术的感染力,更有走心的能力,更有穿透力,更有审美陌生化的这样一种能力。